Impressum
Verlag MEIGA GbR, 1. Auflage 2021
ISBN 978-3-927266-81-0

Waldsiedlung 15, 14806 Bad Belzig
Telefon: +49 (0)33841 30538
E-Mail: info@verlag-meiga.org
www.verlag-meiga.org

VERLAG MEIGA

DANKE!

Herzlichen Dank an Henriette Kordasch, die Hebamme dieses Buches, die mich geduldig und liebevoll durch den Schreibprozess begleitet hat.

Herzlichen Dank an Sylvaan Sterck, Mercedes Kordasch, Stefan Marks, Daniel Calvez, Louis Sterck, Monika Alleweldt und alle, die mich kräftig unterstützen und an dieses Projekt glauben.

Herzlichen Dank an die Bewohner der vielen Gemeinschaften, die ich besuchen durfte, für ihre Inspiration – und an alle Besucher meines Kunstprojektes ›Die Bärensuppe‹ für ihre wohlbesonnenen und heraus-fordernden Widerstände. Damit halfen sie mir, das Ziel dieser Arbeit ein Stück weit zu verwirklichen: Widerstände abzubauen und Platz für Glück zu schaffen.

Herzlichen Dank an Henriette Kordasch, Hugo Schneider, Isabel Pawelke, Kristin Herbig, Leila Dregger, Madita Hampe, Markus Weichsler, Max Heinsius, Petra Lorber, Sybille Schütz, Sylvie Schindler, und andere für das gemeinsame Lektorieren und Korrigieren dieses Buches. Mit ›andere‹ sind gemeint alle deutschen Muttersprachler, die, während ich geschrieben habe, zufällig in meiner Nähe waren und Verständnis für eine französische Schriftstellerin hatten, die sich vorgenommen hat, einen Roman auf Deutsch zu schreiben.

SARUJ

Stell dir vor, es gibt kein Geld mehr

Im tiefsten Inneren haben sich die Menschen schon lange vor der Transition Frieden und eine Welt ohne Geld gewünscht. Nur galt dieser Traum als eine unerreichbare Utopie. Das Auflösen dieses Glaubenssatzes war die schwierigste Aufgabe der Transition.

Für dich,

Bilbo Calvez

DIE ABSCHAFFUNG DES GELDES

Am 16.04.2064 erschien im Interfonischen Währungsforum folgende Meldung:

16.04.2064, IWF - Interfonisches Währungsforum
Heute wurde Geld in all seinen Formen als wertlos deklariert. Im Museum für Zeitreise und Allzeitanthropologie werden jedoch weiterhin Scheine und Münzen aus verschiedenen Zeiten aufbewahrt, die – gegebenenfalls – Zeitreisen in die Vergangenheit vereinfachen sollen. Berichte über die Erfahrungen von Menschen, die in diesen düsteren Zeiten gelebt und unter der Macht eines seelenlosen Gottes namens Geld gelitten haben, werden ebenfalls dort archiviert. Somit soll das Ausmaß des Leides, welches Geld verursacht hat, niemals in Vergessenheit geraten.

Diese paar Zeilen wurden an alle Interforen der Welt weitergeleitet und somit ein offizielles Datum für die Abschaffung des Geldes festgelegt. Niemand wusste genau, warum sich die wenigen IWF-Mitglieder für dieses Datum entschieden hatten. Das Geld war nicht an einem bestimmten Tag verschwunden, sondern allmählich über mehrere Jahrzehnte hinweg. Es war auch nicht ganz klar, warum überhaupt ein Datum notwendig war. Anscheinend hielten es einige für wichtig, die Geschichtsbücher mit einer bestimmten Zahl zu schmücken. Warum dies so spät erledigt wurde, war genauso unklar. So oder so hatte sich niemand für diese Mitteilung besonders interessiert. Die Menschen lebten längst ohne Geld und in Frieden. Sie waren anderweitig beschäftigt, vor allem damit, das Leben zu genießen.

An eben diesem Tag wurde in einer Gemeinschaft in den frankophonen Pyrenäen Saruj geboren. Ihr Verständnis für Geld war gleich Null. Ihr Verständnis für die Zeiten des Geldsytems ebenso.

Obwohl Saruj seit klein auf wusste, dass alle Menschen stets versuchen, glücklich zu sein, selbst wenn ihre Taten dabei andere oder sich selbst verletzen, erlitt Saruj, wenn sie sich auch nur das Leid eines hungernden Kindes oder das eines Baumes, der zersägt wird, vorstellte, solche physischen Schmerzen, dass sich diese Einsicht in glühende Wut verwandelte. Hätte sie vor der Transition[1] gelebt, wäre sie garantiert eine Ökoterroristin geworden.

[1] Manchmal auch die große Wende genannt

UNIFORMEN UND PARFÜMS

Saruj bestätigte ihre Auswahl. Nein, sie wollte nicht, eingesperrt in die luftleeren Bahnen des S-Mag, die Stadt in weniger als drei Minuten durchqueren. Sie wollte lieber mit dem bummeligen U-Mag fahren und ihr offenes, straßenköterblondes Haar im Fahrtwind frei wehen lassen. Nach wenigen Sekunden Wartezeit kullerte die bestellte, eiförmige Magkabine – auch Mag[1] genannt – bis vor ihre Füße und die 29-jährige stieg hinein. Die Mag glitt sanft die Rampe wieder hoch und fädelte sich in die Schienen des U-Mag ein. Oben angekommen lehnte sich die junge Frau in ihrem Sitz zurück und beobachtete mit einem Lächeln auf dem Gesicht, wie die Oberschale ihrer Mag sich wie die Blätter einer blühenden Knospe öffnete.

Achtzig Kilometer Luftlinie entfernt lief ein junger Mann in Richtung einer kreisförmigen Plattform, auf der ein Helison, eine Art magnetbetriebene, hubschrauberähnliche Maschine, seit gut dreißig Jahren vor sich hin rostete. Das Herz seines 99-jährigen Vaters Saman war wenige Stunden zuvor stehengeblieben, und im gleichen Moment hatte sich das Magnetfeld über der Siedlung, das den Sohn ein Leben lang von der Außenwelt getrennt hatte, automatisch abgestellt. Endlich war der Achtzehnjährige frei. Er kletterte die Stufen des ehemals hochmodernen Edelfahrzeugs hoch und öffnete die Tür. Dann entdeckte er einen in die Jahre gekommenen Gesichtserkenner und blieb erst einmal stehen. Existierte er in der Welt da draußen? Hatte er dort eine Identität und brauchte er überhaupt eine? Mit etwas mulmigen Gefühl trat er ein und wartete.

Eine Stimme ertönte: »Herzlich willkommen, Kevalam.«

[1] Das Mag (das Magsystem)
Die Mag (die Magkabine) / Plural: die Mags

Daraufhin leuchtete eine ganze Reihe an Kontrolllampen auf, und ein leises, surrendes Geräusch wurde hörbar. Das Fahrzeug war startbereit.

Erleichtert und zugleich von Unbehagen ergriffen setzte er sich, ein wenig angeekelt, in den verstaubten Sessel und begann vorsichtig, über das genauso verstaubte Bedienfeld zu pusten. Schließlich seufzte er einmal laut und schlug entschieden mit der Faust auf den Startknopf. »Also dann, Kevalam, lass uns fliegen.«

Der Helison hob ab. Obwohl der Jugendliche nicht genau wusste, wo sich die Grenze der magnetischen Kuppel befunden hatte, merkte er, wie auf einmal ein extrem befreiendes Gefühl all seine Ängste beiseite wischte. Draufgängerisch schaltete er die automatische Steuerung aus und schrie: »Ab nach Berlin!«

Den Kopf nach unten geneigt, studierte Saruj, wie das Stadtleben unter ihren Füßen vorbeilief. Da die Mags generell genauso wie das gesamte Magsystem größtenteils aus durchsichtigen Graphen[2] bestanden, verdunkelte das Berliner Nahverkehrssystem die Stadt nicht und gab Saruj die Gelegenheit, sich einer ihrer Lieblingsbeschäftigungen zu widmen: dem Weltkino.

Zuerst sah sie, wie bunte Fische spielerisch um die Füße eines gigantischen Monsters flitzten, das in Zeitlupe durch die Stadt kroch. Eine pragmatischere Zuschauerin hätte anstelle der Fische Fahrräder in extravaganten Ausführungen und statt des Monsters einen gewöhnlichen Lieferhund gesehen. Lieferhunde waren stattliche Transportmittel, zuständig für größere Lieferungen innerhalb der Stadt, und mit einem maximalen Tempo von fünf Kilometern pro Stunde waren sie tatsächlich langsam[3]. Eilig hatte es sowieso selten jemand in dieser von

[2] Graphen ist ein Material, das aus einer einfachen Lage Kohlenstoffatome besteht, die einer zweidimensionalen Honigwabenstruktur gleicht. Graphen ist durchsichtig, biegsam und jedoch reißfest.

[3] Im Glossar am Ende des Buches finden sich weitere Informationen zu den neuen Begriffen und Techniken. Seite 501

Zwangsarbeit und Geld befreiten Gesellschaft. Ohne Geld hatten die Leute Zeit.

Die Szenerie verschwand und wurde ersetzt durch das sich nähernde Bild eines glatzköpfigen Androiden, der auf eine Algie zuging. Dieses direkt über dem Boden schwebende Vehikel verdankte seinen Namen der Besonderheit, dass es mit aus Algen gewonnenem Kraftstoff betrieben wurde, welche in dessen gesamter Karosserie gediehen. Bei der glatzköpfigen Gestalt handelte es sich in der Tat um einen Maschinenmenschen, für Saruj eindeutig erkennbar durch die Leichtigkeit, mit der er eine riesige Kiste in den Bauch des untertassenähnlichen Fahrzeugs warf. Sarujs Blick wurde von einem überwältigenden Klang angezogen. Einige Menschen lagen, ihre Köpfe auf einen riesigen Gong gerichtet, sternförmig in Mitte eines buntes Blumenfeldes. Die Szene verschwand.

Plötzlich fing die junge Frau an zu kichern. Ein Reh war dabei, an den goldenen Schuhen, die einen Apfelbaum schmückten, zu knabbern. Ein Brauch – das Aufhängen von Fußbekleidungen an willkürlichen Stellen –, der bereits lange vor der Transition weltweit verbreitet war.

Der Helison hatte nun die Grenze Berlins erreicht. Zuerst ging der junge Fahrer des extrem schnellen und wendigen Fahrzeugs davon aus, dass das fast durchsichtige Magsystem ein gigantisches Datenbeförderungssystem war. Er näherte sich ihm zur genaueren Inspektion. Zwei Gitternetze lagen übereinander. Das untere Netz, etwa fünfzehn Meter über der Stadt, ähnelte mit seinen flussähnlichen Bahnen einem Fischernetz, und das obere sah mit seinen geraden, geschlossenen Bahnen aus, als bestünde es aus Fiberglasleitungen. Er suchte nach einer Verbindung zwischen den zwei übereinanderliegenden Systemen. Bald entdeckte er eine Übergangsschleife und an dessen unterer Öffnung eine offenbar bemannte Kabine. Neugierig flog er noch ein wenig näher und verfolgte den Vorgang. Zuerst wurde die Oberschale der Kapsel verschlossen – wahrscheinlich hermetisch verriegelt – und in eine sich vor ihr öffnende Schleuse geleitet. Anschließend wurde sie in die zweite Hälfte der Verbindungsschleife hinaufgejagt und gelangte in das obere

Netz. Innerhalb eines Wimpernschlags war sie verschwunden.

Just in diesem Moment bemerkte der Jugendliche, wie gefährlich nah er sich dem gigantischen Konstrukt befand. Gerade noch rechtzeitig, um eine Kollision zu vermeiden, zog er kräftig am Hebel und flog gen Himmel.

Wenige Sekunden später sah Saruj, wie eine riesige Schmeißfliege, die sich offensichtlich nicht ganz unter Kontrolle hatte, einen chaotischen Looping absolvierte, so als versuchte sie, die Schleife des mit Graffitis zugepflasterten Berliner Lindwurms[4] nachzuahmen. Amüsiert verfolgte die junge Frau das Spektakel, bis die Fliege nicht mehr zu sehen war, und richtete dann ihren Blick wieder nach unten. Die vielen Farben der Kinoleinwand am Boden waren durch das satte Grün eines riesigen Waldes am Rande der Stadt ersetzt worden. Sie würde bald ankommen.

Der Fluganfänger war noch am Jubeln über seine Looping-Unternehmungen, als er von einem unüberhörbaren Knall abrupt unterbrochen wurde. Eines der Rotorblätter seines Helison hatte sich aus seiner Achse gelöst und verfing sich in das andere. Durch die Hebelwirkung des eingeklemmten Blattes, das gegen den Korpus des Fluggeräts drückte, riss das heile Rotorblatt mitsamt der Bedeckung des Fahrzeugs ab. Der Jugendliche sah noch, wie die Decke über ihm durch den freien Himmel ersetzt wurde. Wie paralysiert, erstarrte er.

Jemand böswilliges hatte vor langer Zeit an dem Helison Samans einige Schrauben gelockert – nur hatte sein geplantes Opfer das Fahrzeug nie wieder benutzt. Saman war, obwohl ein wenig klapprig geworden und an Demenz erkrankt, erst Jahrzehnte später eines natürlichen Todes gestorben. So wurde der jüngste Erbe eines der reichsten Männer des 21. Jahrhunderts Opfer eines terroristischen Anschlags.

[4] Das Berliner Lindwurm ist eine gelb lackierte, fast zwanzig Meter hohe Skulptur aus den 1980er Jahren.

Das wegfliegende Dach zerschellte auf der Bahnstrecke des UMag, direkt hinter der Mag, in der Saruj saß. Wie eine Erbse, die jemand von einem Löffel schnippst, wurde ihre Kabine aus dem Magsystem herausgeschleudert und flog in einer eleganten Schleife nach oben. Am Ende dieses fast perfekten 360-Grad-Loopings befand sich die Mag direkt unter dem Helison, der kopfüber hinunter wirbelte. Der Fahrer des Edelfahrzeugs wurde behutsam wie das Gelb eines Eies aus seiner Schale in die geöffnete Mag befördert, in der Saruj infolge des Stoßes am Boden lag. Das durch Zufall generierte Tandem aus beiden ineinander verkeilten Fahrzeugen raste einen Kilometer lang über den Grunewald weiter, bevor es in die überragende Krone eines höheren Baumes donnerte, der zerfetzte leere Helison voran und dicht dahinter folgend, die Mag Sarujs. Diese war mysteriöser Weise trotz des Aufpralls ganz geblieben und hatte so das Leben seiner beiden Insassen gerettet. Ein Unfall, der von jeder Filmproduktion als komplett unrealistisch abgewiesen worden wäre, aber manchmal sprengt eben die Realität jede Vorstellung.

Zwei Dinge konnte Saruj nicht ertragen: Uniformen und Parfüms. Daher war sie alles andere als begeistert, in den Armen eines nach Parfüm riechenden Mannes gestrandet zu sein, der noch dazu einen Anzug trug. Nach einigen Minuten Besinnung, während derer sie einerseits nachspürte, ob alles in ihrem Körper am richtigen Platz lag und andererseits feststellte, dass sie in diesem engen Kokon aus Ästen, Graphenscherben und Hanfbekleidung keine Möglichkeit hatte, der Situation zu entfliehen, musste sie ihrem Unmut Ausdruck verleihen: »Wie kommst du denn darauf, deinen Geruch so zu vertuschen? Schämst du dich dafür, organisch zu sein?« Und bevor er die Zeit bekam zu antworten, fragte sie noch: »Alles okay bei dir?«

Der Jugendliche im Anzug hätte sie darauf hinweisen können, dass sich der Geruch, den sie wahrnahm, vorwiegend aus Harz, Blättern, sowie einem verbrannten undefinierbaren Etwas ergab und weniger mit den zwei Tropfen Parfüm zu tun hatte, die er sich täglich hinter beide

Ohren tupfte, um sich Glück zu wünschen. Er stand aber unter Schock. »Manche finden den Duft von Parfüm besser als den von Schweiß«, gab er höflich zu bedenken und versuchte, sich zu bewegen, um herauszufinden, ob er tatsächlich unverletzt war.

Infolgedessen erklang ein lautes Knirschen. Der junge Mann unterließ jede weitere Regung.

Als nach ein paar Minuten keine weiteren beunruhigenden Geräusche zu hören waren, fügte er leise hinzu: »Ich habe keine Schmerzen. Danke der Nachfrage.«

»Ich auch nicht«, sagte sie ungefragt. Und nach einem Seufzen: »Ersticken am Gift. Was für ein dämliches Schicksal.«

Der Jugendliche brauchte einen Moment, um zu verstehen, dass sie mit ›Gift‹ sein Parfüm meinte. »Wenn wir überhaupt ersticken sollten, dann an einer Überdosis Kohlenstoffdioxid.«

»Oder eine Mischung aus beidem. Hochexplosiv!«

Dem Knacken eines brechenden Astes folgte ein gewaltiger Krach. Die Mag wurde erschüttert. Reflexartig zog er Saruj näher zu sich heran. Sie blieben still, wartend und horchend.

»Ich glaube, das war mein Helison«, flüsterte er, als die Kabine zum Stillstand kam.

Saruj atmete mit einem leisen Zischen ein, als ob eine scharfe Nadel sie in dem Finger gestochen hätte. »Privater Helison? Vergammelter Geruch des Geldes? Woher kommst du denn?« Sie versuchte ihr Bein, das zwischen den seinen eingeklemmt war, zu befreien.

Daraufhin sank die Mag ein Stückchen tiefer in ihrem schützenden Kokon und kippte dabei ein wenig zur Seite, sodass die beiden noch näher aneinander gedrückt wurden. Sie entschied, ihr Bein genau dort zu lassen, wo es lag.

»Es war der Helison von meinem Vater«, rechtfertigte sich der Jugendliche.

»Und sein Riechwasser«, schlussfolgerte sie.

»Sie sind ganz schön beharrlich ...«

Saruj hielt inne. Sie hatte seine Bemerkung als Kompliment empfunden und ihn daraufhin, trotz seines Parfüms, des Anzugs und der anbrechenden Dunkelheit endlich wahrgenommen – samt der ungewöhnlichen Intensität seiner blauen Augen, die tief unter regelmäßigen schwarzen Augenbrauen lagen.

»Warum das ›Sie‹?«, fragte sie. »Soll das eine verkappte erotische Einladung sein?« Ihr fiel auf, wie ihr französischer Akzent ein wenig stärker herausragte als sonst. »Rein theoretisch …«, sie überlegte, »… oder vielleicht auch praktisch … wäre es schon intelligenter, sich zu küssen, anstatt zu reden, wenn wir nur noch ein paar Minuten zu leben haben, oder?«

»Wir schaffen es sicher länger«, erwähnte er, ein wenig überfordert.

Eine kurze Stille trat ein. »Ja«, sagte sie schließlich.

Er war einerseits beruhigt, dass sie ihr Bein jetzt ruhig ließ, jedoch verwirrt, weil er es so nah an seinem Unterleib spürte. Um sich abzulenken, fragte er: »Sie sprechen anders. Sind Sie nicht von hier?«

»Ich bin von hier und von überall.«

»Wollen Sie mir das näher erklären?«

»Nope. Reden kostet zu viel Sauerstoff.«

Sie schwieg. Er auch.

In die sich ausbreitende Langeweile hinein begann Saruj in sporadischen Abständen, willkürliche Ploppgeräusche von sich zu geben. Gedankenlos hätte er fast damit begonnen, sie nachzuahmen, aber als ihm sein Vorhaben bewusst wurde besann er sich schnellstens, innerlich empört, und unterließ es – um sich schlussendlich doch zu ärgern, sich nicht getraut und darauf eingelassen zu haben. Stattdessen versuchte er, diesmal mit vorsichtigen Mikrobewegungen seine Position ein wenig zu verändern, damit dieser unangenehme Druck in seinem unteren Rücken, womöglich verursacht durch eine zerbrochene Stuhllehne, weniger wurde. Ansonsten lag er bequem. Das Bein von Saruj wärmte weiterhin seine Hoden und er spürte, wie sich ihr Bauch bei jedem ihrer Atemzüge regelmäßig in seine Taille presste.

»Wie sollte das mit dem Kuss umgesetzt werden?«, meldete er sich abrupt. »Sie können mich nicht einmal riechen.«

Sie ließ eine imaginäre Blase zerplatzen. »Du sprühst dir doch kein Rasierwasser in den Mund, oder?«

»Natürlich nicht. Dazu nehme ich Mundwasser.«

»Ich frage mich jetzt ernsthaft, ob ein Löwe dich noch als genießbar einstufen könnte …«

»Es gibt keine Löwen hier«, unterbrach er sie. »Was meinten Sie vorhin mit dem Von-überallher-Kommen?«

Dramatisch antwortete sie: »Ich möchte lieber sterben, während ich küsse, als während ich von meinem Leben erzähle. Mein Leben kenne ich schon, Mundwassergeschmack noch nicht.«

»Haben Sie noch nie jemanden geküsst, der Mundwasser benutzt?«

Sie schüttelte verneinend den Kopf. »Nope. Du wärst damit der erste.«

Was Saruj an dieser Stelle nicht erwähnte, war, dass sie in ihrem Leben recht wenig Menschen geküsst hatte, ob mit oder ohne Mundwasser. Androiden waren zwar sexuell voll funktionsfähig, aber das Küssen mit ihnen war ausgesprochen dürftig. Allerdings erwähnte auch Kevalam nicht, dass er noch gar niemanden in seinem Leben geküsst hatte, nicht einmal einen Androiden.

Nach einem langen Schweigen begann Saruj, leise vor sich hin zu sprechen: »Wir werden in todlangweiliger Stille sterben … Körper an Körper, Mund an Mund, Auge in Auge … Irgendwann werden unsere Skelette gefunden, ineinander verflochten und alle werden denken: ›Oh, sie sind in Liebe gestorben, wie romantisch!‹ Aber sie werden sich getäuscht haben! Wir werden als Fremde gestorben sein. Und die letzten Momente unseres Lebens werden sinnlos gewesen sein.« Sie wirkte wirklich betrübt. »Jetzt habe ich keine Lust mehr. Jetzt will ich weg!« Nach einem tiefen Einatmen hielt sie die Luft an und schloss ihre Augen, so als könnte sie damit ihrem Schicksal entfliehen.

Gefühlt eine Ewigkeit wartete er, bis schließlich ein langsames Ausatmen, gefolgt von einem kurzen Seufzen aus ihr herauskam. Erleichtert seufzte auch er. Sie lag jetzt regungslos da, ihre Augen immer noch geschlossen. Er beobachtete sie. Es schien, als wäre sie tatsächlich nicht mehr da. Ihr Körper lag noch in seinen Armen, aber sie selbst war weg.

Einfach weg.

Von der Welt da draußen war nichts zu hören. Sie wussten nicht genau, wo sie waren. Bis sie gefunden würden, könnte es sehr lange dauern.

»Wie heißt du?«, fragte er sanft.

Sie öffnete langsam ein Auge und antwortete, ebenfalls leise: »Saruj. SA wie in Glossar, RU wie die Straße auf französisch, also RÜ, und J wie in je t'aime – oder wie in Garage.«

»Sssa-rrru-jjj«, artikulierte er gewissenhaft.

Saruj war es , aus welchem Grund auch immer, besonders wichtig, dass man ihren Namen französisch aussprach. Und trotz ausführlicher Erklärungen schafften es die meisten nur selten, ihn auf Anhieb so auszusprechen[5], wie sie es sich wünschte. Sie lächelte in der Dunkelheit, angenehm überrascht.

»Hat dein Name eine bestimmte Bedeutung?«, fragte er.

»So etwas wie Empathie in Sanskrit[6]. Ist auch ein Dorf in der Farsifonie, glaube ich zumindest.«

Er erwähnte nicht, dass er das Wort Farsifonie[7] zum ersten Mal hörte, ging jedoch davon aus, dass es sich um den Iran handeln musste. »Mein Vater kommt auch von dort. Ich … « Er zögerte. »Ich heiße Kevalam«, sagte er schließlich.

»Kevalam«, wiederholte sie mit Genuss und lächelte.

Er zögerte noch ein wenig und sagte dann: »Es bedeutet ›allein‹ und

[5] Obwohl Saruj in Sanskrit phonetisch [saʀudʒ] ausgesprochen wird, besteht Saruj darauf, dass ihr Name französisch ausgesprochen wird: [saʁy ːʒ]

[6] In Sanskrit: denselben Schmerz empfindend.
In Litauisch: seufzen

[7] Früher als Iran bekannt und dort, wo Farsi nativ gesprochen wird

ist ein Sanskrit-Name[8].« Und nach einer längeren Pause: »So wie deiner auch.«

Unerwartet gab er ihr einen kaum spürbaren Kuss.

Hätte sie nicht gelegen, wäre sie in Ohnmacht gefallen, wie es die in Korsett geschnürten Frauen in älteren Filmen bei jeder Aufregung taten. Beide blieben regungslos, ihre Münder so nah aneinander, dass es nur noch eine Frage von Millimetern war, ob sie sich berührten oder nicht. Sie genoss den Geruch. Eine Mischung aus Parfüm, Mundwasser und einem Hauch Kaffee.

So trafen sich Saruj und Kevalam. Sie hatten zuvor in solch verschiedenen Welten gelebt und waren so radikal verschieden, dass nur ein missratener Terroranschlag sie hatte zusammen bringen können.

[8] [kewalam] In Sanskrit: Allein, isoliert, ganz, speziell, rein, unvermischt
In Telugu: Einfach

ACHTE DARAUF, DASS DIE SUPPE SCHMECKT

Sie hätten nicht sagen können, wie lange sie dalagen, gefangen in ihrem Kokon aus Ästen und den Trümmern ihrer Maschinen. Sie hatten mittlerweile verstanden, dass sie sich in der Kuppe eines Baumes befanden, da die Mag leicht hin und her schwankte, wenn Windstöße aufkamen. Sie wussten auch nicht, wie lange es brauchen würde, bevor sie gefunden würden. Wenigstens waren sie am Rand von Berlin und nicht mitten in der Sahara. Irgendjemand würde sie schon finden. Nur nicht sofort. Die Nacht war hereingebrochen und es herrschte völlige Dunkelheit. Es war zu beängstigend, um einzuschlafen oder auch nur die Stille da sein zu lassen.

Kevalam fragte Saruj: »Glaubst du, dass es etwas gibt nach dem Tod? Glaubst du an Seelen?« Er flüsterte. Sie lagen so nah aneinander, dass normales Sprechen sich wie Schreien angefühlt hätte.

»An persönliche Seelen, die den Tod überstehen, glaube ich nicht.«, antwortete Saruj genauso leise.

»Wie meinst du das?«

»Den Glauben an Reinkarnation halte ich für einen Egotrip.«

»Wie kommst du denn darauf?«

»Guck. Ein Planet, der von einem schwarzen Loch verschluckt wird, kommt auch nicht wieder beim nächsten Big-Bang.«

»Ich bin mir nicht so sicher, ob es so einfach funktioniert mit schwarzen Löchern und Urknallen …«

»War nur so eine Metapher.« Und nach einem Moment: »Mir gefällt einfach dieses Bild, bei dem schwarze Löcher Planeten und Sterne aufsaugen, sie so zusammenpressen, dass keine Spuren mehr existieren, die verraten könnten, was jemals zu wem gehört hat. Irgendwann explodieren sie und so werden ganz neue Galaxien geboren. Kein Planet, der davor existiert hat, wird ein zweites mal entstehen. Aber gut, was Urknalle betrifft, ist die Realität sicher komplexer. Ich bin keine Expertin in Astronomie, verflixt.«

Sie lachten leise.

Saruj ließ ein wenig Zeit verstreichen und flüsterte: »Mir ist gerade ein anderes Bild eingefallen. Weißt du, was Wassercluster sind?«

»Ja, das sind geometrische Anordnungen aus verschiedenen Wassermolekülen, die sehr kurzlebig sind.«

»Genau. Jetzt, könnte deiner Meinung nach ein Wassercluster mit exakt den gleichen Wassermolekülen in einer exakt identischen geometrischen Konstellation zweimal entstehen?«

»Sehr unwahrscheinlich.«

»So ist es. Das Universum ist kein Fan von Wiederholungen – obwohl es manchmal so erscheinen mag. Keine Konstellation wird jemals exakt wiederholt. Ein Bild entsteht, wird verwischt und gibt Platz für ein neues, das noch nie zuvor existiert hat. Deshalb wüsste ich echt nicht, warum Seelen eine Ausnahme zu diesem universellen Prinzip bilden sollten. Also, die Idee, dass meine kleine persönliche Seele meinen Tod übersteht, irgendwo rumirrt, bis sie wieder eine neue Inkarnationsgelegenheit findet, sei es ein Mensch, ein Frosch oder eine Mohnblume, klingt für mich wie weltfremder Unsinn.«

Nach einer kurzen Denkpause zuckte sie mit den Schultern. »Und wenn doch? Wenn individuelle Seelen nach dem Tod bestehen könnten, wo würden sie hingehen? Gibt es kleine unsichtbare Boxen, wo es sich jede Seele zwischen den verschiedenen Reinkarnationen gemütlich machen kann? Wo soll eine Seele warten, wenn sie nicht in einem Lebewesen steckt?«

»Ich glaube nicht«, erwiderte er, »dass wir jemals diese Frage beantworten können. Man müsste dafür wissen, was eigentlich genau Seelen sind und ob sie überhaupt existieren. Wir wissen aber nichts davon und wahrscheinlich werden wir das niemals tun, egal wie viele Theorien wir dazu aufstellen. Es sind alles nur Spekulationen, Saruj.«

»Wenn es dir lieber ist, können wir auch ›Ich sehe was, was du nicht siehst‹ spielen«, schlug sie vor.

Sie war ein wenig von seiner prosaischen Aussage ernüchtert, dafür war ihr eigenes Angebot völlig absurd, weil es in der totalen Finsternis, nichts zu sehen gab. Er brauchte ein paar Sekunden, um diese Absurdität zu bemerken und Saruj die gleiche Zeit, um zu realisieren, wie lächerlich ihre Erwartungen an ihn waren.

Schließlich lachten sie gemeinsam, immer noch leise.

Als sie wieder ruhig wurden, sagte Kevalam: »Deinen wilden Theorien zuzuhören, ist mir gerade recht. Was bleibt mir anderes übrig?«

»Wenn du mir nur zuhören willst, weil du nicht weißt, was du mit deinem Leben anfangen sollst …«, sagte sie ein wenig beleidigt, bevor beide erneut lachten.

Er hatte in der Situation tatsächlich nicht so viele Optionen.

»Wo waren wir stehengeblieben?«, fragte sie dann. »Hab den Faden verloren.«

»Das ging ja schnell«, sagte er amüsiert. »Du hast gefragt, ob es kleine Boxen gibt, in denen Seelen sich aufhalten können, und ich habe dazu gesagt, dass wir diese Frage nur beantworten könnten, wenn wir genau wüssten, was eine Seele ist.«

»Ach ja. Stimmt. Okay. Ich mache dir einen Vorschlag. Lass uns davon ausgehen, dass Seelen so etwas wie Energien … Wellen … nein, Schwingungen sind. Passt das für dich?«

»Schwingungen? Von mir aus«, räumte er ein.

»Wenn also eine Seele eine Schwingung ist oder sagen wir, eine komplexe Verstrickung vieler verschiedener Schwingungen, wie soll sich diese eine Seele von anderen abgrenzen? Was hält sie davon ab, mit weiteren Seelen zu verschmelzen?«

»Was spricht dagegen, dass Seelen interagieren? Warum müssten überhaupt Seelen voneinander getrennt sein?«

»Genau da will ich hin!«, rief sie auf einmal doch lauter geworden.

Kevalam zuckte und versuchte, mit den Händen an seine Ohren zu gelangen, um sie zuzuhalten. Ohne Erfolg. Saruj nutzte den durch seine

Bewegung freigewordenen Raum und hob einen Zeigefinger vor ihr Gesicht, um seine Aufmerksamkeit zu wecken. Ein in der Dunkelheit genauso sinnloses Unterfangen.

»Aber jetzt kommt's«, sagte sie, diesmal leise. »Wenn Seelen miteinander interagieren können, dann sind sie nicht getrennt. Also sind sie eins.«

»Du glaubst also doch an die Seele?«, fragte er.

»Klar. Aber nur an eine einzige.«

»Und die wäre?«

»Keine Ahnung. Bewusstheit. Universelle Informationen, gespeichert im Tanz aller Elementarteilchen. Existenz. Ordnung. Liebe. Gott ... Egal. Was du willst. Alles eine Frage des Vokabulars, das man hat, um das Unvorstellbare zu beschreiben.«

»Und eine Frage der Fantasie«, sagte er.

Saruj lächelte. »Willst du mein Lieblingswort dafür hören?«

»Sicher.«

»Suppe.«

»Suppe?« Er begann begeistert weiter zu sprechen: »Weißt du was? Der Gärtner bei uns, Stefanos, hat mir einmal Folgendes gesagt, als ich ihn nach dem Sinn des Lebens gefragt habe: ›Achte darauf, dass die Suppe schmeckt!‹«

»Echt? Das sage ich auch immer«, sagte sie, genauso aufgedreht wie er. Dann wurde sie nachdenklicher. »Aber sag mal Kev, wie alt warst du denn, als du den Gärtner nach dem Sinn des Lebens gefragt hast?«

»Ich weiß es nicht mehr genau. Sechs, glaube ich.«

»Pfff, nicht schlecht. Und hast du damals auch andere danach gefragt? Deine Eltern vielleicht?«

»Mit meinen Eltern ... ist es kompliziert.«

»Verstehe. Zurück zur Suppe?«

»Mhm ...«

»Also«, begann sie, unterbrach sich jedoch selbst im nächsten Moment. Sie hatte gespürt, wie viel Schmerz sich hinter seiner Aussage verbarg. Sie verspürte das Bedürfnis mit ihm nur einen Moment da zu sein. Einfach so, um Raum für seinen Kummer zu lassen oder ihn, wortlos, vielleicht ein wenig zu trösten.

Nach eine Weile fuhr sie sanft fort: »Stell dir eine riesige Suppe vor. Sie brodelt, wie auch das Leben. Kleine Bubbelchen entstehen. Sie schweben für sich allein oder tanzen miteinander. Und Paff! fällt eines zurück in die Suppe und wird durch einen gigantischen Stabmixer vermischt.«

»Somit erklärst du das spiralförmige Erscheinungsbild unserer Galaxie?«, fragte er amüsiert.

»Aber selbstverständlich.«

Sie lachten leise.

»Niemals entsteht das gleiche Bubbelchen zweimal«, flüsterte sie weiter. »Niemals ist der Saft eines Bubbels exakt identisch mit dem eines anderen.«

»Blasen.«

»Ach ja? Okay. Bläserchen.«

»Bläschen.«, korrigierte er sie erneut.

»Iiih! Klingt wie eine Hautkrankheit. Geht gar nicht. Bubbelchen.«

Er lachte erneut, diesmal ein wenig lauter.

Ihr fiel auf, dass die Stöße seines Lachens besonders regelmäßig aus seiner Kehle herauskullerten. Ein wenig wie das Lachen eines Androiden. Ihr Lachen ähnelte eher chaotischen Kreischsalven – so empfand sie es zumindest.

Sie wartete, bis der letzte Leckerbissen seines Lachens verklungen war, und fuhr mit ihrer These fort: »Was wichtig ist zu verstehen, ist dass die Zeit, während derer ein Bubbelchen schwebt, extrem kurz ist. Ein magisches Momentum, auf kosmischer Zeitebene ein Wimpernschlag. Dieses Momentum ist das absolute Privileg, aus dem Zustand der kosmischen Suppe herauskristallisiert zu werden. Eine physische, definierte Form zu bekommen. Sich für einen kurzen Moment ausdrücken zu können. Mit einem Körper, der es uns bestenfalls ermöglicht zu sehen, zu hören, zu schmecken … spüren, fühlen, reden, denken, mit anderen interagieren, sich lieben oder sich auf den Keks gehen. Die Suppe bereichern oder versalzen. Meistens beides.«

Er lachte kurz.

»Dann kommt der Tod und man verliert diese Fähigkeiten. Zurück zur Suppe. Es ist ein wenig so, als ob die Suppe eine Künstlerin wäre, die mit ihrem Pinsel lebendige Kunstwerke erschafft und ihre Leinwände ständig neu bemalt. Du bist also genauso wie ich und alle anderen Lebewesen ein Exponat der aktuellen Kunstausstellung des Universums. Ein Unikat. Nicht schlecht, oder?«

»Aber Saruj, nicht nur Lebewesen sollten zu den künstlerischen Ausdrücken des Universums gehören. Die Erde, die Steine, die Berge ... Klänge und Farben sollten auch mit dazuzählen.«

Sie wurde nachdenklich. »Ja ... das stimmt. Warum sollte das alles nicht zur Sprache der Suppe gehören ...«

Beide wurden still, jeder in seine eigenen Gedanken versunken. Saruj dachte an die Berge, die auch, so wie sie selbst, künstlerische Ausdrücke der Suppe waren. Berge lebten nur in einer anderen, viel langsameren Zeitskala als sie selbst. Fast unmerklich, aber existent. Mit einem Anfang und einem Ende. Auch andere Planeten teilten dieser Logik nach diese eine Seele mit ihr. Sogar Galaxien. Alles ist eins. Ihr wurde regelrecht schwindelig. Was war das Alles? Und was war das Nichts um das Alles herum?

»Saruj, wie erklärst du es, dass sich Menschen an frühere Leben erinnern?«, rettete er sie aus ihrem gedanklichen Schachmatt.

»Sie haben einen besonderen Zugang zur Suppe«, antwortete sie schlicht.

Da sie nicht von allein weitersprach, fragte er: »Was meinst du mit Zugang?«

»Es gibt einen Zustand, in dem du die Erfahrungen aller Lebewesen aus allen Zeiten anzapfen kannst.«

»Und wie kann man diesen Zustand erreichen?«, fragte er ein wenig skeptisch.

»Wie du willst. Durch Meditation, durch Hypnose, durch luzide Träume, ekstatischen Tanz oder Sex, Magie, bewusstseinserweiternde Substanzen – man beachte an dieser Stelle, wie passend dieses Wort ist. Alles trance-ähnliche Zustände. Alles Wege, um eine Vorahnung zu bekommen, wie es sich in der Suppe anfühlt. Nahtoderfahrungen gehören natürlich auch dazu und sollen besonders aufschlussreich sein, nur ist Meditation sicherer …« Sie lachte kurz. »Ja, man sagt, Meditation sei der ›königliche Weg‹. Dafür brauchst du nichts als dich selbst. Auf alle Fälle ist es kein Wunder, dass es meist geübte spirituelle Menschen sind, die ›reinkarnieren‹, beziehungsweise sich an andere Leben erinnern.« Sie tippte ihn an, um sich seiner Aufmerksamkeit sicher zu sein. »Aber jetzt kommt's. Sind es tatsächlich ihre eigenen Erinnerungen oder fühlt es sich nur so an? Gibt es so etwas wie Privateigentum im universellen Gedächtnisspeicher? Und zwar für ewig? Was wird überhaupt gespeichert? Und vor allem wie?«

Sie blieben lange ruhig. Der Wald war alles andere als still. Das Leben war überall. Sie hörten Rascheln, vielleicht von Tieren, die sich verfolgten. Der Ruf einer Eule. Wölfe, die in der Ferne heulten.

Kevalam brach die Stille. »Ich habe einmal gelesen, dass das Wasser ein Gedächtnis haben soll. Ich weiß nicht, ob es stimmt. Aber vorhin, als wir von Wasserclustern gesprochen haben, ist mir eine Idee gekommen. Diese ständig wechselnd angeordneten Muster bilden ja so etwas wie ein …« Er überlegte.

»Einen Tanz?«, schlug sie vor.

»Ja … vielleicht steckt hinter diesem ›Tanz‹ das Geheimnis des Wassergedächtnisses. Die verschiedenen Konstellationen der Atome, Moleküle und Cluster könnten eine Art Sprache bilden. Die Atome wären die Buchstaben, die Moleküle die Worte, die Cluster die Sätze, die Zeit die Kapitel und das Wasser ein Buch.«

»H2O, H2O, H2O, H2O, H2O … spannendes Buch«, folgerte sie und lachte.

Er wurde nachdenklich. »Mhm … ja … etwas fehlt. Mit so einer trivialen Sprachsyntax kann nicht besonders viel archiviert werden.«

»Warum so pessimistisch? Gene kriegen es doch auch gebacken mit lediglich vier Buchstaben[1], das aktuelle Kapitel unseres genetischen Daseins zu verschlüsseln und sogar in der Archiv-DNA frühere Kapitel unserer genetischen Vergangenheit zu speichern. Wer weiß, wie weit, vielleicht bis hin zum Einzeller. Oder noch weiter zurück. Und das alles nur mit diesen paar Buchstaben.«

»Ich nehme an, du meinst mit Archiv-DNA nichtkodierende DNA[2].« Er wunderte sich, dass diese Theorie, die er nur als bezweifelte Hypothese kannte, jetzt anscheinend doch zu selbstverständlichem Allgemeinwissen geworden war.

»Wir müssen noch basteln«, sagte sie schließlich.

Beide lachten leise und wurden dann still.

Saruj probierte zu erfahren, was sie im Augenblick dachte, ohne ihre Gedanken in Worte zu fassen. Es war so ermüdend, dass sie bald an nichts mehr dachte und in Schlaf sank. Kevalam spürte, wie ihre Atembewegungen langsamer wurden. In der Finsternis versuchte er, sich ihr Gesicht ins Gedächtnis zu rufen. Züge, die weder typisch männlich noch weiblich waren, weder erwachsen noch infantil, als ob beim Erwachsenwerden die Natur ihr Gesicht ein wenig außer Acht gelassen hätte. Er konnte überhaupt nicht einschätzen, wie alt oder wie jung sie sein mochte, und entschied, sie niemals danach zu fragen.

»Niemals«, flüsterte er und lachte lautlos. Als ob es schon klar war, dass sie nach dieser Episode beieinander bleiben würden.

Saruj wachte auf und schaute ihn schlaftrunken an. »Ich habe Durst«, murmelte sie.

»Versuch an einem deiner Handknöchel zu saugen, das soll helfen. Das habe ich bei einem Online-Kurs ›Überleben in apokalyptischen

[1] Die vier Buchstaben A, G, C, T stehen für die DNA-Basen Adenin, Guanin, Cytsosin, und Thymin. RNA verwendet Uracil anstelle von Thymin.

[2] Auch Junk-DNA genannt

Zeiten‹ gelernt.«

In der Enge ihres Kokons versuchte er seine Hand zum Mund zu zwängen, aber es gelang ihm nicht. Ihr dieses Verfahren zeigen zu wollen, war in der Finsternis sowieso absurd. Dafür schaffte es Saruj, mit viel Mühe ihre Zunge zu ihrem Handknöchel zu führen.

»Hilft es?«, fragte er nach einen Moment.

»Man kann es sich einreden«, antwortete sie und saugte schlaftrunken weiter an ihrem Knöchel.

Sie waren beide müde. Kevalam spürte, dass sein Bein, eingeklemmt unter das von Saruj, taub geworden war. Er versuchte, indem er seine Muskeln anspannte und wieder losließ, dieses unangenehme Gefühl zu verjagen, was ihm jedoch nicht gelang.

Um sich abzulenken und auch weil es ihn interessierte, fragte er: »Aber Saruj, ob Menschen an eine einzige Seele glauben, an individuelle Seelen oder an gar keine, was spielt das eigentlich für eine Rolle? Warum ist es dir so wichtig?«

»Ach so«, nuschelte sie und ließ ihre Hand los. Sie versuchte – vergeblich –, sich ein wenig zu strecken und zu lockern. »Weil der Glaube an individuelle Seelen uns voneinander trennt. Weil dieser Glaube ein Hindernis zum vollkommenen Frieden ist. Deshalb. Für mich stellt der Glaube an eine beständige individuelle Seele nur die tiefe Angst des Menschen dar, nach dem Tod sein kleines Ich zu verlieren, das er, um die Spuren seines Ego zu verwischen, ›meine Seele‹ nennt. Deshalb behaupte ich, dass der Glaube an Reinkarnation ein Egotrip ist. Diese individuelle Seele ist nur ein Vorwand, um sich von anderen zu trennen. Jeder sorgt sich um sein eigenes Egoseelchen, versucht das Beste für sich herauszufischen und wirft achtlos seinen Abfall in den großen Topf zurück. Ist doch egal, was die Nächsten abbekommen.

Aber wenn wir uns bewusst werden, dass es gar keinen persönlichen Teller gibt, sondern wir alle den gleichen teilen, dann ändert sich auf einmal alles. Sätze wie ›Ich bin du‹ und ›Du bist ich‹ bekommen eine ganz andere Bedeutung. Eines Tages ertappst du dich dabei, einen Baum zu streicheln und ihm zuzuflüstern: ›Wir sind eins …‹, als wäre es die allerwichtigste Erkenntnis deines Lebens. Eine Liebeserklärung. Du lächelst blöd vor dich hin. Du wirst von Glück überwältigt. Ab diesem Moment ist es für dich nicht mehr vorstellbar, einem anderen Leben Schaden zuzufügen. Es würde sich genauso absurd anfühlen, wie wenn du dir deinen eigenen Finger abbeißt oder dir den Kopf an der Wand zu Matsch schlägst. Verschiedene Herkünfte, Kulturen, Bildungsstände, Glauben oder Meinungen erscheinen dann nur noch, als wären sie sinnloses Streitfutter.«

Sie hielt einen Moment inne. »Was bedeutet Leben? Oder Liebe? Warum sind wir da? Was ist der Sinn des Ganzen? Das sind die wichtigen Fragen. Sie betreffen uns alle. Und ab dem Moment, in dem wir das erkennen, wird unsere Aufgabe klar: Darauf zu achten, dass die Suppe schmeckt. Das Leben, der heilige Zustand, inkarniert zu sein, ist eine Einladung – wenn auch nur für eine kurze Zeit –, die Suppe aktiv mitzugestalten, also mitkochen zu dürfen. Das soll geschätzt und gewürdigt werden.« Ihre Stimme bekam einen andächtigen Klang: »Kevalam, herzlichen Glückwunsch dazu, dass du gerade das besondere Privileg erfährst, als Bubbelchen inkarniert zu sein.«

»Herzlichen Glückwunsch auch dir, liebe Saruj«, flüsterte er.

»Lass uns schweben. Sonne und positive Energie tanken. Dieses Momentum bewusst genießen und was Tolles draus machen. Yo, Saruj hat gesprochen.«

Sarujs Deutsch war nicht immer poetisch, aber Kevalam genoss das dunkle Timbre ihrer Stimme, das besonders hervorkam, wenn sie ruhig sprach. Das Privileg, eine Inkarnation zu sein, wurde ihm in diesem Moment äußerst bewusst. So dankbar dafür, lebendig zu sein, hatte Er sich noch nie gefühlt. Und so glücklich. Der Kokon fühlte sich anders an als vorher, irgendwie heller. Er hatte keine Angst mehr zu sterben. Er war Gott. Saruj auch. Es gab nichts zu fürchten. Nur der Körper würde sterben, die Seele war man schon immer gewesen und würde es immer sein.

Er flüsterte. »Küssen?«
»Selbstverständlich«, antwortete Saruj.

Sie küssten sich lange. Sie atmete seinen Atem und er ihren. Saruj hatte keine Angst vor dem Tod. Man würde sie finden und sagen, dass sie in Liebe gestorben waren, und es stimmte. Alles war perfekt.

ZEIG MIR DEINE WELT

Zwei Tage nach dem Unfall wurden sie gefunden. Ineinander verschlungen. Wie in einem tiefen Winterschlaf. Fari hatte die Unfallstelle während seines Morgenjoggings entdeckt und Hilfe organisiert. Drei Männer waren mit einem diesmal modernen Helison, der innerhalb weniger Minuten zur Stelle war, herbeigeeilt. Mit Seilen und der Kraft des mächtigen Gefährts wurden die Überreste der verunglückten Fahrzeuge vorsichtig aus ihrem Astkokon befreit und die Passagiere in das Bluemoonlokali geflogen, in dem auch Fari lebte.

Nachdem ihr körperlicher Zustand genau untersucht worden war, saßen beide zusammen in warme Decken gehüllt. Dankbar, in diesem Momentum noch existieren zu dürfen.

»Ist es euch bewusst, dass eine ganze Horde von Engeln anwesend gewesen sein muss, damit ihr das alles und dazu noch mit kaum einem Kratzer überleben konntet?«, fragte Fari.

»Anscheinend waren sie zu wenig, um meine Klamotten zu retten«, erwiderte Saruj und schaute dabei auf ihre zerfetzte Kleidung.

»Mein Anzug ist auch zerrissen«, flüsterte Kevalam, offenbar betrübt.

»Willkommen in der businessmanfreien Welt«, rief Saruj und lachte.

Ihr mediterran aussehender Retter wunderte sich, was diese Aussage zu bedeuten hatte, ging jedoch davon aus, dass es sich um einen Insider-Witz handelte. »Wir können gern in unserem Fundus schauen, was euch passt und gefällt.«, schlug er vor. »Bei uns werden sehr schöne Hanfbekleidungen angefertigt. Die könnten schon in wenigen Tagen für euch bereit stehen. Wie klingt das?«

Bevor Kevalam die Zeit fand, zuzustimmen oder seine Dankbarkeit zu äußern, hatte Saruj schon das Wort ergriffen: »Es klingt super, echt. Danke für dein Angebot. Leider werde ich erwartet. Ich will für eine Reinigungswallfahrt bei den Vorbereitungen helfen.«

»Oh, du meinst sicher ›Die geistige Putzkolonne‹«, antwortete Fari begeistert. »Ich kenne diese Gruppe von ihrem Zusammenschaffen[1] mit dem 3F[2]. Eine super Sache. Der Treffpunkt soll sich in einem verlassenen Gutshof befinden, habe ich gehört, etwa eineinhalb Tage zu Fuß von hier entfernt.«

Kevalam hätte gern mehr über die geistige Putzkolonne oder das 3F erfahren, traute sich jedoch nicht nachzufragen.

»Kannst du uns den Weg erklären?«, fragte Saruj. »Das Orientierungsgen ist bei mir nicht vorhanden oder defekt oder mutiert. Weiß nicht so genau.«

Fari lächelte sie amüsiert an. »Sicher, aber zuerst ist Duschen, Anziehen und Essen angesagt. Einverstanden, ihr beiden?«

Kevalam konnte die Freundlichkeit des komplett in Gelb gekleideten Mannes nicht fassen. »Wir sind dir äußerst dankbar«, sagte er.

»Habt ihr auch nichtgelbe Klamotten?«, fragte Saruj mit einem breiten Lächeln, das Kevalam an die Grinsekatze von Alice im Wunderland erinnerte.

Fari nahm ihre Bemerkung mit Gelassenheit und stand auf, um zum Fundus aufzubrechen. »Stimmt, ich habe mich noch nicht vorgestellt. Ich heiße Fari, werde aber, wie du es hättest erraten können, Saruj, Zitrone genannt.«

Seine Gäste standen auch auf. Saruj tauschte mit Fari eine herzliche Umarmung. Da Kevalam nicht wusste, wie das Begrüßungsritual für Männer hier gängig war, streckte er zögerlich eine leicht gekrümmte Hand aus, die er bei Bedarf schnell hinter sein rechtes Ohr gleiten hätte lassen können, um ein plötzliches Kratzbedürfnis vorzutäuschen. Fari kam ihm zu Hilfe, indem er auch seine Hand vorstreckte.

Kevalam, erleichtert, schüttelte sie. »Guten Tag, Fari.«

Fari zog ihn sanft zu sich für eine kurze Umarmung, darauf bedacht,

[1] Zusammenarbeit: ›das Schaffen‹ oder ›schaffen‹ werden anstelle von ›die Arbeit oder arbeiten‹ verwendet.

[2] Fukushima-Foundation-Forum. Das 3F widmet sich vorwiegend dem Reinigen radioaktiv verseuchten Gegenden.

dass sein Gegenüber es auch wollte. »Du bist willkommen, Kevalam.«

Nach dem Duschen standen sie zu dritt in einem riesigen Lagerraum, Kevalam und Saruj im Bademantel. Der Fundus war ein ganz besonderer. Kleider aus allen Zeiten, mit bunten Etiketten versehen, hingen an zahlreichen Kleidungsständern in langen Reihen vor ihnen.

Kevalam – und auch Saruj – waren beeindruckt.

»Wir haben viele Künstler und Schauspieler bei uns, deshalb der Umfang dieser Sammlung«, erklärte Fari seinen Gästen. »Eigentlich haben wir viel zu viel. Bedient euch freizügig. Nur die Bekleidungen mit roten Etiketten bitte hierlassen, sie werden für derzeitig aktuelle Aufführungen benötigt.«

»Habt ihr auch Unterwäsche?«, fragte Saruj. »Meinen Rucksack habe ich während des Unfalls irgendwie verloren.«

Kevalam schaute sie an, ein wenig empört. Was wollte sie denn noch alles?

»Sicher«, antwortete Fari. »Hinten rechts, nach der Schuhsammlung. Wenn ihr soweit seid, kommt einfach nach oben zum improvisierten Spätfrühstück. Ich bereite euch etwas vor.«

»Vielen herzlichen Dank«, sagte Kevalam, den dessen Großzügigkeit immer noch verwunderte.

Fari verließ das Lager und ließ die beiden alleine. Sie liefen die Gänge entlang auf der Suche nach passenden Kleidungsstücken.

»Sind alle so nett in deiner Welt?«, fragte Kevalam.

»Manche sind auch doof. Echt. Aber was Dinge oder Essen angeht, ist es hier sehr entspannt.« Dann nach ein paar Sekunden: »Hey, Kev. Was hast du gerade gemeint mit ›deiner Welt?‹«

»Du weißt schon. Die von Businessmännern befreite Welt«, rettete er sich prompt, erleichtert, so schnell eine plausible Antwort gefunden zu haben.

»Ach ja, natürlich«, antwortete Saruj, doch ein wenig stutzig.

Aber bevor sie nachbohren konnte, holte er einen schwarzen Anzug heraus, mit einem weißen Hemd und einer sehr dünnen schwarzen Krawatte. »Perfekt«, sagte er.

»Nee, du spinnst.«

»Ich mag Anzüge. Und dieser sieht sehr modern aus mit diesem dünnen Schlips.«

»Modern? Typisch Achtziger. Aus dem zwanzigsten Jahrhundert wohlgemerkt.«

»Ich mache Anzüge zum Hit des Jahres«, verkündete er, indem er den Anzug vor seinen Körper hielt und mit erhobenem Kopf versuchte, besonders edel auszusehen.

Gespannt wartete er auf ihre Reaktion. Seine gespielt noble Haltung beeindruckte sie nicht, aber das leicht Rebellische in seinen Augen schon. Sie lachte. Er auch.

»Wie immer habe ich keine Ahnung, was ich nehmen soll«, lamentierte Saruj nach wenigen Minuten des Herumirrens durch die Gänge. »Hast du eine Idee? Wenn ich schon mit dir unterwegs bin, soll es dir auch gefallen. Aber bitte keine Sekretärinnenuniform.«

»Keine Sorge, ich stehe mehr auf viktorianische Rokoko-Kleider mit Wespentaille«, rief er, während er in einem Gang verschwand.

Ein wenig später kam er mit einem Sommerkleid zurück. Weiß, mit roten Rosen.

»Das ist nicht dein Ernst«, sagte sie erschüttert.

»Probier es einfach.«

Mit einem widerwilligen Gesicht zog sie das Kleid an.

Kevalam hatte sich währenddessen höflich umgedreht. »Bist du soweit?«, fragte er.

»Yo«, grummelte sie, während sie das Kleid an ihrem Körper zurecht zog.

»Es passt dir ausgezeichnet«, sagte er und lächelte zufrieden.

Saruj überlegte kurz, ob sie jetzt losschreien sollte, sich das Kleid vom Leib reißen und es ihm ins Gesicht werfen. Das tat sie jedoch nicht und überraschte sich selbst, als sie den Mund aufmachte: »Wenn es keine

Taschen hat, kommt das Teil nicht in Frage.«

»Hat es.«

»Dazu möchte ich eine feste Jacke, mit Reißverschluss und Kapuze. Pflicht.«

»Einverstanden.«

Kurz danach gingen sie in den Essensraum des Lokali[3]. Kevalam hatte für Saruj eine Vintage-Baumwolljacke gefunden, die einen Hauch kürzer war als ihr Kleid. Dunkelgrau und mit einem breiten rosaroten Streifen auf dem Rücken, der an der Spitze der Kapuze endete. Für sich hatte er ein kurzärmliges Hemd mit vielen Linien und Kreisen in schwer nachvollziehbaren geometrischen Mustern entdeckt. Blau, schwarz und weiß. Er hatte auch für Saruj eine weiße Bluse mit einer gekritzelten Libelle auf der linken Schulter und eine kurze orangefarbene Hose mitgenommen. Er trug den Achtziger-Jahre-Anzug mit einem weißen Hemd, dem dünnen schwarzen Schlips und unter dem Arm die passende Jacke. An den Füßen schwarze Schuhe aus Weinleder[4], wasserabweisend und atmungsaktiv. Unterwäsche für beide hatte er in eine Hanftüte gesteckt.

Fari hatte liebevoll einen Tisch gedeckt. Süße Hirse mit Zimt, Nüssen, Kirschen und Erdbeeren. Auf einem Stuhl lagen zwei Tagesrucksäcke, eine volle Glaswasserflasche und ein holographisches Positionierungssystem. »Bitte!«, begrüßte er die beiden mit einer einladenden Geste.

Saruj hob das HPS hoch. »Das ist ja der Oberwahn!«

»Für dich«, sagte Fari. »Du sagst, wo du hinmöchtest und wenn du auf

[3] Singular: das Lokali / Plural: die Lokalis
Das Wort Lokali, sowie die meisten neuen Worten dieser Zeit, wird in Genitiv Singular ohne die Endung ›s‹ geschrieben.

[4] Der Begriff Leder, der früher nur für die Haut von Tieren benutzt werden durfte, ist erneut für pflanzliche Alternative gängig geworden, da tierisches Leder nicht mehr hergestellt wird. Es gibt Apfelleder, Myzeliumleder, Kombuchaleder, Biomasseleder, Weinleder, Algenleder ... Eine Vielfalt an Möglichkeiten.

diesen Knopf da drückst, erscheint vor dir ein Holopfeil, der dir den Weg zeigt. Du kannst dir auch den gesamten Weg holografisch anzeigen lassen. Noch ein paar weitere Schnickschnacks sind dabei – das findest du schon alles.«

»Das ist das schickste Objekt, das man mir je geschenkt hat. Du, Zitrone, du Held.«

Fari musste lachen. »Das freut mich, dass es dir so sehr gefällt. Eine Freundin von mir hat es entwickelt.«

»Es ist so schön klein.« Sie inspizierte das Objekt und freute sich wie ein junges Mädchen. »Tolles Ding. So kann ich mich nie wieder verlaufen. Danke, danke, danke!«

Plötzlich wurde sie nachdenklich. Das Verlaufen war ein Bestandteil ihres Lebens, ihrer Identität. Elf Jahre nomadische Zeiten hatte sie gerade hinter sich, und ihr Orientierungsmangel hatte sie zu den unvorstellbarsten Orten und Begegnungen geführt. Was, wenn sie sich jetzt nie wieder verlaufen würde? Musste sie ab jetzt immer wissen, wo sie hinwollte? Und genau dort hingelangen?

Fari lächelte sie verständnisvoll an. »Schalte einfach das HPS aus, wenn es dir nach Abenteuer zumute ist.«

»Hast recht, Zitrone.« Sie schaute ihn an, beruhigt. »Alles prima. Millionen Dank an dich und deine Erfinderfreundin.«

»Du kannst sie besuchen, wenn du mal in Berlin bist. Ihr Kontakt steht in den Einstellungen. Sie ist besonders produktiv und hat einige großartige Dinge entwickelt.«

»Woran schafft sie im Moment?«

»Ihr ganzes Leben dreht sich um Androideren[5].« Er lachte.

»Worum genau?«, fragte Saruj, neugierig geworden.

»Erotik in der Robotik ist ihr Lieblingsfeld. Aktuell geht es in ihrer Forschung um Streicheln, Küssen und …« Fari errötete ein wenig und beendete seine Aussage mit einem einfachen: »Ja.«

[5] Maschinenmenschen
Anm. der Autorin: Die Grammatik der Zukunft wird später erläutert.

Saruj hätte viel über das Thema erzählen können, aber das war alles mit Schmerz verbunden, und sie wollte sich gerade die Laune auf keinen Fall verderben lassen. »Ich werde sie besuchen«, sagte sie stattdessen.

Alle drei aßen zusammen und sprachen über die bevorstehende Wallfahrt. Über die Kraft der Meditation und die Kraft der Gruppe. Über den zwar auf dem Weg der Besserung, aber immer noch bedenklichen ökologischen Zustand der Erde. Kevalam hörte gespannt zu und sagte kaum ein Wort.

»Ihr beiden Lieben, wollt ihr nicht doch hier übernachten?«, fragte Fari. »Ihr könnt den Tag bei uns in Ruhe genießen und morgen früh losgehen. Ich kann auch eine Transportmöglichkeit organisieren, wenn euch das lieber ist.«

Kevalam wäre gern geblieben, aber Saruj entgegnete: »Vielen Dank. Nachts zu laufen, ist echt angenehm bei der Hitze.« Eine Aussage, die für Fari ein wenig merkwürdig klang, da es erst Mittag war. Was sie nicht zugeben wollte, war, dass sie, so schön es auch mit ihm in seinem gemütlichen Lokali war, bereits die Zweisamkeit mit Kevalam vermisste. »Haben wir nicht Vollmond heute?«, erkundigte sie sich, um von ihrer Ablehnung abzulenken.

»Doch«, antwortete Fari, ein wenig von ihrer Absage betrübt. »Dein HPS hat außerdem ein recht potentes Licht.«

»Dann kann nichts mehr schiefgehen«, sagte sie lächelnd, während sie sich erhob.

Nach weniger als einer Stunde kamen sie an der Stelle des Unfalls vorbei. Ohne ein Wort miteinander auszutauschen, setzten sie sich zwischen die Überreste ihrer Fahrzeuge. Draußen stand die Sonne hoch am Himmel. Sie blieben lange sitzen. Sie genossen die Luft, die Stille, den Geruch, die Farben und die Schönheit des Waldes – und ihre gegenseitige Nähe. Dass beide zusammenbleiben würden, hatten sie nicht abgesprochen. Es hätte sich aber völlig unnatürlich angefühlt, jetzt getrennte Wege zu gehen.

Saruj unterbrach sanft die Stille: »Komm, lass uns zu Didi gehen.«

»Didi?«, fragte Kevalam.

»Meine ehemalige Wegbegleiterin. Sie hat die geistige Putzkolonne ins Leben gerufen. Sie holte ihr HPS aus ihrer Tasche heraus. »Laut diesem wunderbaren Gerät liegt es genau dreizehn Stunden zu Fuß entfernt, wenn wir die Städte vermeiden. Ein sehr schöner Weg, fast durchgehend durch Wälder und Felder. Lass uns gehen, bis wir nicht mehr können.«

»Ja, zeig mir deine Welt.«

ZYANKALI IM MUND

Kevalam bot Saruj die Hand an. Sie stand auf, ein wenig wackelig auf den Beinen. Erst jetzt, nachdem alles vorbei war, hatte sich auf einmal der Schock des Unfalls bei ihr bemerkbar gemacht. Ohne seine Hand loszulassen, folgte sie ihm auf den Waldweg.

Als Kevalam spürte, dass sie allmählich wieder ansprechbar war, unterbrach er die Stille: »Erzähl mir von Didi.«

»Ich habe Didi vor vielen Jahren getroffen, in der mexikanofonen Wüste«, begann Saruj zu erzählen. »Ich hatte mich verlaufen.«

Ein Schmunzeln bahnte sich in seinem Gesicht an.

»Und wehe, du lachst«, warnte sie ihn. »Dann bleibe ich stumm, bis wir bei ihr angekommen sind.«

Als Antwort drückte er ermutigend ihre Hand.

Sie erzählte weiter: »Der Boden war von Sträuchern und Kakteen bedeckt, die mir die Füße und Beine mit ihren Dornen bei jedem Schritt verletzten. Ehrlich gesagt, ich war am Fluchen und am Heulen zugleich. Dann sah ich auf einem Felsenhügel eine orangenfarbene Gestalt in der Morgendämmerung. Ob es an der Müdigkeit oder der Verzweiflung lag, kann ich dir nicht genau sagen, aber es sah aus, als würde diese Form leuchten. Wie von einem Magnet angezogen, bewegte ich mich dort hin. Weiter fluchend und heulend natürlich. Es war sowieso der einzige Fleck, wo diese verdammten Kakteen den Boden nicht voll vereinnahmt hatten.

Es war Didi. Sie saß da, still, den Kopf leicht zur linken Seite geneigt. Ihre Hände lagen in ihrem Schoß und ihre Augen waren geschlossen. Ich setzte mich neben sie, versuchte, ihre Position zu imitieren, und blickte sie dabei aus dem Augenwinkel an. Sie öffnete langsam die Augen und drehte ihren Kopf leicht zu mir. Ihr Blick war voller Frieden. Haselnussbraune Augen in einem sanften Gesicht. Ob sie wie ich siebzehn oder siebzig war, hätte ich in dem Moment nicht sagen können.

Sie war einfach nur schön. Völlig angstfrei, alleine, in der Mitte der Wüste.«

»Das warst du auch«, bemerkte Kevalam.

»Schon. Aber nicht absichtlich«, erwiderte die Expertin im Sichverlaufen. »Wie sie es dorthin geschafft hatte, ohne ihr Gewand völlig zu zerfetzen, war für mich ein Rätsel. Wie so einiges an ihr, stellte ich später fest.«

Die Sannyasinii[1] im safranfarbenen Gewand sah Saruj sacht an und schloss geruhsam ihre Augen wieder. Es wäre das Normalste der Welt gewesen, wenn das Mädchen das Gleiche getan hätte. Dieses war jung genug, Meditation in frühestem Alter gelernt zu haben. Als Kind hatte sich Saruj dem aber verweigert. Sie hatte im Grunde alles verweigert, was man ihr in ihrem Lokali angeboten hatte. Nach einem kleinen Zögern schloss sie dennoch ihre Augen. Eine volle Minute lang fand sie es sogar schön.

Dann wechselte sie die Position ihrer Beine, weil eines davon einzuschlafen drohte.

Dann bekam sie Rückenschmerzen, also kniete sie sich hin.

Dann überlegte sie sich, wie lange das Ganze dauern würde.

Dann verlor sie die Geduld und öffnete ihre Augen.

»Ich finde Meditieren so doof«, beschwerte sie sich. »Es ist so langweilig. Das blöde Sitzen macht mich nur unruhig.«

»In deinem Alter bekam ich auch Knieschmerzen nach wenigen Minuten«, antwortete Didi. »Aber ich wollte es unbedingt lernen.«

»Warum das denn?«

»Spiritualität war mein Weg. Das wusste ich schon als junges Mädchen. Also habe ich mit sehr kurzen Sitzungen begonnen. Mit zwei oder drei Minuten, dafür täglich. Und schrittweise ein wenig länger.«

»Wie lange ist es geworden? Wie lange meditierst du pro Tag?«

[1] Sannyasins sind Menschen, die ihr Leben spirituellen Aktivitäten widmen und auf jegliche Art von Besitz verzichten.

»Sechs Stunden.«

»Was?! Aber dann bleibt dir für rein gar nichts mehr Zeit übrig.«

»Ich beginne schon früh morgens. Von vier bis halb acht sind es schon dreieinhalb Stunden. Dazu mittags und abends jeweils eine Stunde und nach dem Morgenyoga eine halbe Stunde Kaos'ikii. Das alles regelt meinen Tag, egal wo ich bin.«

»Was ist das, Kutschiki?«

»Kaos'ikii ist eine bewegte Form der Meditation. Ein heiliger Tanz, der speziell für Frauen entwickelt worden ist. Wenn du möchtest, bringe ich es dir bei. Stille Meditation wird erstmal wohl nichts mit dir.«

Didi lächelte Saruj an, keineswegs ungehalten darüber, ihre Praxis abgebrochen zu haben. Sie stand auf und begann Kaos'ikii zu tanzen. Sehr langsam und die Schritte zählend, damit Saruj ihr folgen konnte. Die Sannyasinii hatte ihr nicht die Zeit gelassen abzuwägen, ob sie ihrer Rebellennatur nachgehen sollte – oder eben nicht. Saruj stand auf und versuchte, ihre Bewegung nachzuahmen – eine Aufgabe, die ihre gesamte Konzentration erforderte. Nach einer Weile begann Didi, ihre Schritte anstatt mit Zahlen leise mit einem Mantra zu skandieren.

»Das Mantra kennst du sicher«, sagte Saruj zu Kevalam mit einem mysteriösen Lächeln.

»Ja?«, fragte er.

»Baba Nam Kevalam, Baba Nam Kevalam, Baba Nam Kevalam ...«

»Ich kenne es nicht. Was heißt es genau?«

»Was? Du kennst das nicht? Deine Mutter hat dir nicht erzählt, dass dein Name in einem weltbekannten Mantra vorkommt?«

»Nein, nur von der Bedeutung meines Namens in Sanskrit habe ich erfahren. Ich habe meine Mutter nicht gekannt.«

»Neun Monate schon, oder?«

Kevalam wirkte verlegen.

»Frühchen«, beschloss Saruj, um das Thema abzuschließen. Sie spürte aber, wie sich seine Hand in ihrer auf einmal wie ein kalter toter Fisch anfühlte.

Geduldig fing sie an, ihm die Bedeutung des Mantras zu erklären: »Kevalam: allein. Nam: der Name. Baba: des mir Nächsten und Liebsten. Baba Nam Kevalam: Allein der Name des mir Nächsten und Liebsten. Weil so einen Satz kein Mensch versteht, wird es oft übersetzt mit: Nur die Liebe existiert. Oder: Die Liebe ist die Essenz von allem. So ungefähr …«

»Danke«, sagte er nur und versank für einen Moment in seiner Gedankenwelt.

»Wir sind lange zusammen gereist«, sagte Saruj fast wie für sich. »Zwei oder drei Jahre. Ich konnte mich nicht von ihr trennen.«

Kevalam schaute sie an. »Was hat euch dennoch getrennt?«

»Lange Geschichte.«

»Habt ihr euch gestritten?«

»Nee. Schwierig mit ihr. Auch wenn ich total nervig wurde, wütend oder alles an ihr doof fand, hat sie immer noch so viel Verständnis ausgestrahlt, dass es gar nicht ging, mich ernsthaft mit ihr zu streiten. Ich hab's echt versucht. Sie nimmt aber nichts persönlich.« Sie lachte kurz. »Wir haben uns getrennt wegen eines Magiers.«

»Hattest du dich in ihn verliebt?«

»Du spinnst. Er war mindestens siebzig und potthässlich. Außerdem war er alles andere als nett, ein schwarzer Magier eben. Ein gruseliger Punk. Von allen gefürchtet. Überheblich und unerträglich.«

»Warum bist du dann mit ihm gegangen?«

»Kann ich dir nicht sagen. Irgendetwas war da. Etwas Wichtiges, was ich unbedingt erfahren wollte.«

»Und Didi?«

»Didi war nicht daran interessiert«, antwortete sie fahrig.

»Was war das, was du bei dem Magier lernen musstest?«, wollte er wissen.

Sie ignorierte seine Frage. »Ich habe seitdem Didi nicht mehr gesehen. Vor kurzem habe ich erfahren, dass sie ein Projekt in der Nähe von Berlin vorbereitet. Ich fand es spannend und deshalb bin ich hier.«

»Und deshalb haben sich unsere Wege gekreuzt«, sagte er und lächelte sie an.

Sie drückte seine Hand fester. Saruj war als Erwachsene noch nie mit einem Menschen Hand in Hand gegangen. Sie hatte noch keine Situation erlebt, in der sich so etwas angemessen angefühlt hätte. Kevalam kannte dieses Gefühl auch nicht. Er war fünf Jahre alt, als er zum letzten Mal in der Nähe einer Frau gewesen war. Daran trug er keine bewusste Erinnerung. Er hatte auch keine Ahnung, was ein Lokali sein sollte. Aber das alles wusste Saruj noch nicht.

Der Wald endete abrupt und ein Weg zwischen den Feldern öffnete sich vor ihnen. Über diesen schwebten ein paar riesige eiförmige Maschinen. Unzählige Fasern schlüpften aus ihren geräumigen Körpern blitzartig heraus, um genauso schnell wieder hineinzuverschwinden.

»Was sind das für Ungeheuer?«, rief Kevalam völlig verblüfft.

»Erntekugeln. Noch nie gesehen? Von welchem Stern bist du denn?«

»Erklär es mir, bitte«, flehte er sie fast an.

»Okay, okay.« Sie lockerte ihre Schultern, räusperte sich demonstrativ und begann zu erzählen, als ob sie eine Fremdenführerin wäre: »Rechts und links von uns befinden sich Permakulturfelder – genannt Permafelder. Die größte Herausforderung mit solchen Feldern ist das Ernten. Warum?« Um zu signalisieren, dass es sich um eine rhetorische Frage handelte, hob sie den Zeigefinger. »Weil viele verschiedene Pflanzen auf einem Fleck zusammenwachsen. Pflanzen sind glücklicher, wenn sie in der Nähe von Freunden wachsen dürfen, seien es andere Pflanzen, Pilze, Mikroorganismen und weiteren Lebewesen. Sie gedeihen gesünder, brauchen weniger Wasser und es werden weder Pestizide noch Insektizide benötigt. Sowieso. Nur wegen der Vielfalt der Pflanzen, die miteinander wachsen, werden die Felder häufig geerntet. Manchmal nur eine bestimmte Art Gemüse, Kraut, Frucht oder Beeren.

Wenn Permafelder nicht so groß sind wie diese, werden sie manuell von Androiden oder von Menschen geerntet. Diese Felder hier sind aber für Berlin-Innenstadt angelegt worden und dementsprechend riesig.« Sie schwang mit einem gestreckten Arm über das Feld. »Wie wir sehen können, gibt es hier keine Zwischenwege. Betreut und geerntet werden die Felder von oben, und da kommen unsere Ungeheuer ins Spiel.« Sie zeigte auf eine der schwebenden Kugeln. »Lass uns jetzt eine Erntekugel genauer anschauen.«

Kevalam musste schmunzeln. Saruj nahm ihre Aufgabe als Fremdenführerin wirklich sehr ernst.

Sie erklärte weiter: »Von hier aus können wir feststellen, dass die untere Seite der Kugel und auch der Erdboden darunter besonders hell sind. Es befinden sich nämlich auf ihrem Bauch mehrere Reihen Miniatur-Leuchten, jeweils gepaart mit Miniatur-Rezeptoren. So werden die Pflanzen erkannt, die erntebereit sind. Ihre Plasmaarme können sowohl ihre Form als auch ihre Anzahl je nach Bedarf ständig verändern. Somit können sie ihre Ausbeute geschickt zupfen, ohne die Pflanzen zu beschädigen. Im Nachhinein wird diese, gerade sind es Heidelbeeren, in ihrem Bauchbehälter abgelegt. Wenn die Erntekugel voll ist, schwebt sie zur Lagerstation zurück. Dort wird die Ernte in Kisten verpackt und in den verschiedenen Lokalis verteilt. Fragen?«

»Ja. Ich würde gern mehr über diese Plasmaarme erfahren. Welche Technik steckt dahinter?«

»Ui. Schwierige Frage. Okay, ich versuch's. Das Wort Plasma hat in diesem Fall wenig mit dem vierten Aggregatzustand[2] zu tun. Das Ganze sieht ein wenig wie altmodische Plasmalampen aus, das ist alles. Die Plasmaarme sind eine Ansammlung von Zellen, die nicht in einer Membran zusammengehalten werden. Sie bilden also einen Schwarm. Der Schwarm hält zusammen und kann seine Gestalt durch eine konstante Kommunikation zwischen seinen Zellen verändern. Elektrische Impulse diktieren die Distanz von jeder Zelle zur nächsten. Damit wird die Form und die Festigkeit der Arme beeinflusst. Wenn die Zellen sehr

[2] Neben den festen, flüssigen und gasförmigen Aggregatzuständen der Materie gibt es noch einen vierten: das Plasma. Dieser Zustand tritt in der Natur bei Blitzen, elektrischen Funken, in Flammen oder im Weltraum auf.

nah aneinanderstehen, ist das ›Plasma‹ in diesem Bereich fester und in der Lage, etwas zu greifen.« Sie prüfte mit dem Blick, ob er sie verstanden hatte.

»So ungefähr«, sagte sie schließlich.

Zwei Erntekugeln, am Ende des Feldes angelangt, wirbelten elegant in die Kurve, bevor sie parallel nebeneinander die Spitzen der Sträucher der nächsten Bahnen streichelten. Ein ruhiges Spektakel.

Unerwartet fragte Kevalam: »Was sind Lokalis?«

Saruj schaute ihn perplex an und hielt dabei ihr linkes Auge zugekniffen. »Jetzt im Ernst. Kommst du aus der Vergangenheit oder von einem anderen Planeten?«

Er schaute weiter zu den Erntekugeln, um ihrem bohrenden Blick zu entkommen.

»Du hast es auch echt drauf, nur zu beantworten, was dir in den Kram passt«, beschwerte sie sich. »Okay … yo … jetzt egal. Ich lege los. Oh Mann, sollen wir nicht erstmal eine Pause einlegen, küssen oder so? Ich habe Durst und muss dringend Pipi.« Daraufhin verließ sie ihn und verschwand in der Üppigkeit des Permafeldes.

Als sie zurück kam, nahm sie auf einem Felsbrocken Platz, der wie gerufen am Wegrand lag. Kevalam holte aus seinem neuen Rucksack die Wasserflasche heraus und reichte sie ihr. Sie trank in kleinen Schlucken, dann er. Ja, er hatte auch Durst, und das Wasser floss in seine Kehle wie ein wunderbares Elixier. Dann legte er beide Hände um sie, lehnte sich vor und küsste sie sanft. Wieder spürte sie, wie der Boden unter ihr wegglitt und ihre Muskeln schwach wurden. Stirn an Stirn und mit beiden Nasen aneinander, blieben sie einen Moment still.

»Erzähl mir von den Lokalis«, flüsterte er.

»Mann, bist du hartnäckig«, flüsterte sie zurück. »Ja, bald … beim Gehen.« Sie entfernte ihr Gesicht langsam von seinem, atmete lang und tief und schaute um sich herum, als ob sie die Landschaft zum ersten Mal entdecken würde.

»Sag mal, Kev, wartet nicht irgendwo irgendjemand auf dich?«, fragte sie dann.

»Nein. Nur ein Androide ist noch in meiner Siedlung.«

»Zumindest jemand, der sich um das Haus kümmert.«

»Er wird es nicht tun.«

»Warum denn nicht?«

»Er ist nicht dafür programmiert, Entscheidungen selbstständig vorzunehmen. Pascal[3] tut nur, was man ihm sagt. Ich gehe davon aus, dass er jetzt keine Energie mehr hat und irgendwo im Haus bloß herumsteht.«

»Ist er nicht energieautark?«

»Ich befürchte, wenn ich dir so zuhöre, dass er ein sehr altmodisches Modell ist.«

»In der Tat.«

Er räusperte sich und fragte: »Wie habt ihr das mit der Energieversorgung der Androiden gelöst?«

»Androiden haben in ihrer Haut chloroplastenähnliche Strukturen. Kyberplasten nennt man sie. Wie Pflanzen holen sie ihre Energie aus der Sonne. Durch Photosynthese also.«

»Sind sie grün?«

Sie musste laut lachen. »Nope. Kyberplasten sind so gut wie farblos. Androiden haben außerdem keinen Ausschaltknopf. Sowie die meisten Biohybrids.«

»Und wenn man sie nicht braucht?«

»Es gibt immer etwas zu tun. Wenn nichts akut ansteht, rechnen sie irgendetwas.«

»Kryptowährungen schürfen?«

»Jetzt übertreibst du ein wenig.« Sie schüttelte leicht den Kopf. »Es gibt seit Dekaden kein Geld mehr. Auch kein Tausch oder so ähnlich. Wir sind raus aus dem Salat. Kapitalismus, Konsumoberwahn, Hunger,

[3] ['paskal] Das Osterfest. Pascal ist auch eine Anfang der 1970er Jahre entwickelte Programmiersprache.

Wirtschaftswachstum, Ausbeutung, dekadenter Umgang mit den Ressourcen des Planeten, Wettbewerb und Wissenskampf sind passé.« Sie legte eine kurze Pause ein. »Yo.«

»Und Kriege?«, fragte er.

»Wofür?«

»Gut, ich gebe zu, es war ein Witz mit dem Schürfen von Kryptowährungen. Ich weiß, dass die Zeit des Geldes vergangen ist. Ich bin aber davon ausgegangen, dass hier Mord und Totschlag herrschen würde.«

»Zu viele blöde Science-Fiction-Streifen aus alten Zeiten angeguckt?«

»Das ist das Szenario, das mir erzählt worden ist«, versuchte er sich zu rechtfertigen. »Deshalb wurde meine Siedlung durch ein magnetisches Feld von der Außenwelt abgetrennt. Für meinen und den Schutz all ihrer Bewohner.«

»Krass … nee … wow.« Sie war bestürzt. »Und du bist nie rausgegangen?«

»Ich habe mit dem Helison von meinem Vater vor zwei Tagen zum ersten Mal die Siedlung verlassen.«

»Das ist sowas von krank … Pfff, man hat dich bitter angelogen! Aber, wie konntest du so einen absurden Müll glauben?«

Er schaute sie an, sichtlich verletzt. »Das wäre doch möglich gewesen!«, protestierte er. »Kein Geld mehr. Kämpfe um Essen, um Häuser, um Energie, Kämpfe um alles. Nur die Gewalttätigsten überleben.« Er wurde in seiner Verzweiflung lauter: »So undenkbar ist es doch nicht, oder? Ich bin doch kein Vollidiot!«

Er wusste auf einmal mit sich selbst nichts anzufangen. Er wollte wegrennen, aber wohin? Herumschreien, aber wofür? Er fühlte sich so verloren, verraten. So allein.

Er hob einen Stock vom Boden auf und begann, um sich zu schlagen, schluchzend und schreiend zugleich: »Ich bin ein Leben lang belogen worden! Ich habe Jahre verbracht mit einer wandernden Enzyklopädie als einzigem Gesprächspartner. Eine Maschine, die vom Rest der Welt getrennt und zuletzt aktualisiert wurde …«, er stieß mit dem Fuß Erde vom Boden weg, »2012, als das Internet weltweit kollabiert ist!«

Auf einmal schaute er sie an, von Zweifel übermannt. Mit seinem Blick fragte er, ob das mit dem Kollaps des World Wide Webs überhaupt stimmte.

Bedauernd verneinte sie mit dem Kopf.

Entsetzt lief er im Kreis und schrie: »Ich hatte so eine Angst! Ich bin davon ausgegangen, dass ich in der realen Welt kaum eine Chance haben würde zu überleben. Ich habe deshalb jahrelang Kampfsport geübt. Ich habe mir sogar eine Zyankalipille in einen Zahn einsetzen lassen, für den Fall, dass mich irgendwelche hungrigen Zombies gefangen nehmen!«

»Ähm …«, zögerte Saruj. »Ist das gefährlich beim Küssen?«

Kevalam schaute sie mit einem finsteren Blick an und wurde plötzlich wütend. »Und mach dich jetzt gefälligst nicht lustig über mich. Du verstehst rein gar nichts!«

»Dann schrei doch rum. Brüll doch. Hau dir die Fäuste auf dem Boden kaputt. Aaarrrhhh«, machte sie vor.

»Aaaaaaarrrrrrrrrrrrrhhhhh«, schrie er lauter.

Saruj hatte sich einige Meter von ihm entfernt. Sie schloss ihre Augen und besann sich. Sie atmete tief und lange ein, wartete einen Moment und atmete wieder aus.» Ja, lass es einfach raus …«, sprach sie leise wie zu sich selbst. »Ja, lass es raus. Lass es raus. Es ist mehr als in Ordnung. Lass es raus.«

Er ließ sich auf die Knie fallen, den Kopf in den Nacken gelegt. Töne, Vibrationen kamen aus seiner Kehle heraus. Etwas Ursprüngliches. Das Leiden eines gebrochenen Menschen, der gerade erwachsen geworden war, nur auf eine sehr unschöne Art und Weise.

Sie kniete sich auch nieder, ließ bewusst ihren Kopf in den Nacken sinken, öffnete ihren Mund und begann, Töne herauszulassen. Erst leisere, dann vollere. Es war für sie beide befreiend. Für ihn ein notwendiges Ritual. Für sie eine Mischung aus Empathie und Urschmerz.

Aus diesem Schrei-Duett entstand eine zuerst nicht wahrnehmbarer Melodie, die mit der Zeit immer deutlicher wurde. Man hätte sie nicht unbedingt als schön bezeichnet, aber es lag eine gewisse Harmonie in ihr. Ihre beiden Gesichter waren mit Tränen und Rotz bedeckt. Sie befanden sich in einer gemeinsamen Vibration. Nein, sie waren diese Vibration geworden.

Als er langsam ruhiger wurde, näherte sie sich ihm. Sie half ihm, sich auf den Boden hinzulegen, nahm ihn behutsam in die Arme und streichelte mit einer Hand sein schwarzes Haar. Er schluchzte, krallte sich in ihre Schultern. Seine warmen Tränen fielen auf ihre Wange, auf ihren Hals.

Die Sonne war untergegangen. Nichts musste sein. Hier hörte alles auf. Hier auf der Erde war ein Junge, der niemals die Arme einer Mutter gespürt hatte. Hier war eine Frau, die noch niemals so viel Liebe für einen Menschen empfunden hatte. Die Nacht brach herein und beide versanken im Schlaf. Einfach so, am Wegrand. Unter einem wunderschönen Sternenhimmel.

DAS REH UND DIE WALDWESEN

In der Nacht wachte Kevalam plötzlich auf. Er setzte sich hin, hellwach, und schaute um sich. Zunächst vernahm er nur die Stille. Dann den Ruf einer Eule, das Konzert von Fröschen in der Ferne, eine leichte Bewegung von Saruj, die ihn in ihrem Schlaf vielleicht suchte. Alles war ruhig und friedlich.

»Wie ist das alles entstanden, wie ist es alles gelungen?«, sagte er leise zu sich, wie komplett verloren. »Wie geht es ohne Geld, ohne Belohnung, ohne Peitsche?«

Saruj wachte auf. »Was hast du?«, murmelte sie.

»Wie ist diese Welt überhaupt möglich? Warum ist Frieden, warum gibt es keine Kriege? Wie ist es möglich? Wo ist der Neid, die Lust nach Macht, das Böse?«

»Alles eine Frage der Perspektive«, nuschelte sie.

Er schaute sie an. »Ich verstehe das alles nicht.«

»Deine Welt verstehe ich auch nicht.«

»Was verstehst du denn nicht?«, fragte er fordernd.

Saruj streckte sich wie eine faule Katze. Sie erhob sich, setzte sich und schaute ihn einen Moment ernsthaft an. »Ich verstehe nicht, wie Menschen jahrhundertelang akzeptiert haben, in einem Pyramidensystem zu leben, in dem die wenigen an der Spitze in obszönem materiellen Überfluss gelebt haben, während alle anderen sich versklaven ließen, nur um überleben zu können. Eine angeblich zivilisierte Welt, in der Millionen Kinder verhungert sind oder sich totgearbeitet haben, weil sie zufälligerweise dort geboren wurden, wo es zu wenig Geld gab. Ich verstehe nicht, wie es so weit kommen konnte, dass die Erde rücksichtslos für die weiteren Generationen geplündert, vergiftet und verwüstet wurde. Wie Menschen, Tiere und auch Pflanzen massenweise gefoltert und umgebracht werden konnten. Ich verstehe nicht, wie das alles geschehen konnte.«

Sie hielt kurz inne. »Und jetzt kommst du mir mit der Frage, wie eine Welt möglich ist, in der es normal ist, dass Menschen füreinander sorgen? Eine Welt, in der man sich nicht gegenseitig umbringt für ein paar bedruckte Blätter? Oder für ein paar Zahlen im Computer? Ist eine Welt, in der man sich gemeinsam für das Leben, das Leben der Menschen und auch das Leben aller anderen Wesen einsetzt, so absurd, dass du sie dir nicht vorstellen kannst? Schau dich einfach um. Es ist alles da.«

Er schluckte. Sein Weltbild war total am Zerbröseln und es weckte schiere Angst in ihm. »Aber es geht doch nicht. Wer hätte davon Profit gehabt?«

»Profit?«, fragte sie völlig entgeistert. »Einfach alle. Ausnahmslos alle. Ohne die Transition hätte die Spezies Mensch diesen Oberwahn nicht viel länger überlebt.«

Er schaute sie an, nachdenklich.

»Kevalam, wir sind morgen bei Didi. Ich habe das Geld nicht gekannt, aber sie schon. Frag sie, wie die Transition stattgefunden hat.« Sie strich ihm eine Haarsträhne aus der Stirn. »Schlaf jetzt. Schlaf«, sagte sie liebevoll. »Keine Horde von hungrigen Zombies werden uns anfallen. Und auch wenn, können sie gern unser Essen haben. Es gibt hier genug.« Sie legte dann ihr Hand auf ihre Jackentasche. »Aber mein HPS bekommen sie nicht«, sagte sie bestimmt, bevor sie sich lachend wieder zum Schlafen hinlegte.

Kevalam blieb noch lange wach. In zwei Tagen hatte er gefühlt mehr erlebt als in seinem ganzen Leben. Plötzlich sprang ein Reh aus dem Permafeld heraus und blieb ein paar Meter vor ihm stehen. Still, mit einem Vorderlauf in der Luft. Es schaute ihn an. Angst schien das Reh nicht zu haben. Nach einer Weile sprang es geschmeidig auf die andere Seite des Weges und verschwand in den Feldern.

Der Himmel war klar. Er konnte sogar die Milchstraße sehen. Irgendwo dazwischen saß er. In einer Welt, die er nicht verstand und an die er nicht mal wirklich glauben konnte. War das alles ein Traum?

Er schaute zu Saruj. Sie war sofort wieder eingeschlafen und atmete ruhig. Sie war real. Er fühlte sich so dankbar, sie getroffen zu haben, und auch, dass das Reh ihn besucht hatte. Er schmiegte sich an ihren Rücken, ließ den rechten Arm unter ihre Taille gleiten, legte den anderen um ihre Schulter und wartete auf den Schlaf.

Bald wurde er von dem Reh geweckt. Neugierig roch das Tier an seinem Gesicht. Er blieb still, da er es nicht erschrecken wollte. Ihm fiel dann auf, wie sich sein linker Zeigefinger langsam hochhob und wie leblos auf die Schulter von Saruj herunterploppte. Und noch einmal. Und noch einmal. In einem unheimlich regelmäßigen Tempo.

Er schaute genauer auf den Finger. Drum herum sah er eine kleine Truppe von klitzekleinen Wesen, die mit viel Anstrengung seinen Finger hochhob, um ihn dann auf einmal wieder fallen zu lassen. Nach jedem dumpfen Knall mussten die Waldwesen laut lachen. Also zogen sie noch einmal an den Seilen und ließen sie erneut los. Dazu tauschten sie Kommentare in einer für ihn unverständlichen Sprache aus. Gut, dachte er. Es muss ein Traum sein. Er begann von Seite zu Seite zu wippen, um aufzuwachen. Das Reh war wieder da, ganz real und schnupperte an seinem Körper. Also musste er jetzt wach sein.

Plötzlich aber verjagte das Tier die Waldwesen mit einem lauten Sprung auf der Stelle. Sie flohen schreiend und voller Empörung. Das Reh drehte sich zu Kevalam um und entschuldigte sich für das unverschämte Verhalten der Waldwesen. Es wünschte ihm eine angenehme Nacht und ging davon.

»Wo bin ich?« schrie er entsetzt. »Was ist real? Was ist geträumt?« Er versuchte zu entkommen, aber die Luft wurde zu einem Gelee, in dem er kroch, schwamm und flog zugleich. Es wurde ihm schwindlig. Er musste unbedingt aufwachen. Und zwar bevor er in der Welt seiner Träume gefangen gehalten wurde.

Auf einmal wurde alles ruhiger. Es gab kein Reh mehr, keine Waldwesen. Nur den ruhigen Atem Sarujs, die friedvoll neben ihm schlief.

Seine Hand lag immer noch auf ihrer Schulter. Still.

Er blieb lange wach, regungslos, darauf achtend, seine Augen offen zu halten, um nicht erneut in Träumen zu versinken.

Die Realität war ihm Herausforderung genug.

SCHAU DIR DIE BILDER AN

Saruj und Kevalam wachten gleichzeitig auf. Obwohl er eine recht unruhige Nacht hinter sich hatte, fühlte er sich ausgeruht und glücklich. Die Vögel waren auch in Feierlaune. Es war ein wenig frisch, aber der Tag würde sicher heiß werden, wenn die Sonne auf diesem blauen und klaren Himmel höher steigen würde. Nachdem sich die beiden noch etwas Zeit im Liegen gegönnt hatten, um die Szenerie zu genießen, tranken sie ein wenig Wasser und aßen die Äpfel, die sie von Faris Proviant übrighatten.

»Wolltest du mir nicht erklären, was ein Lokali ist?«, fragte Kevalam. »Du weißt zumindest jetzt, dass ich nichts weiß.«

Sie musste lachen. Die Situation erinnerte Saruj an wenig an ihre Zeit in den No-Go-Territories. Die Indios hatten sie auch mit Fragen regelrecht bombardiert. »Sobald wir beide fest auf den Beinen stehen, geht es los«, antwortete sie.

Er sprang auf und half ihr, ihren Rucksack aufzusetzen. Sie zupfte ihr Rosenkleid zurecht und schnallte den Taillengurt des Gepäcks enger. Dann lächelte er sie an und bot ihr galant die Hand.

Nach einigen Minuten stillen Gehens begann sie mit ihrer Erläuterung: »Ein Lokali ist die Gemeinschaft, in der man wohnt, also abgesehen von solchen Exoten wie du oder den Menschen, die in den No-Go-Territories leben und mit unserer Forengesellschaft nichts zu tun haben, gehört jeder einem Lokali an, und deshalb auch einem Lokalforum.«

»No-Go-Territories?«

»Orte wo man nicht hingeht. Dort leben Urvölker.«

»Sind das Schutzgebiete?«

»In Schutzgebieten baut man nichts Festes. In die No-Gos geht man einfach nicht hin. Ist interfonisch so entschieden worden.«

»Interfonisch?«

»Es gibt keine Landesgrenzen mehr. Nur Fonies, Sprachregionen also. Berlin zum Beipsiel liegt in der Germanofonie. Die Stadt gehört nicht mehr zu Deutschland, weil es Deutschland nicht mehr gibt. Und mein Geburtslokali befindet sich in den Pyrenäen der Francofonie – früher Frankreich genannt, unter anderem.«

»Und wenn mehrere Sprachen an einem Ort gesprochen werden?«

Sie lächelte. »Hab gewusst, dass du fragst. Dann gehört dieser Ort zugleich mehreren Fonies. Sprachen und Kulturen sind irgendwie verknüpft. Also deine Fonie oder deine Fonies sind lediglich eine kulturelle Information. Als geographische Auskunft reichen sie nicht. Dafür kannst du besser Flüsse, Strände, Berge oder Städte erwähnen. So ungefähr. Hört sich vielleicht kompliziert an, ist es aber nicht.«

»Warum gibt es keine Weltsprache? So würde man gar keine Grenzen mehr haben, nicht mal sprachlich?«

»Wir sind keine Fans von Monokultur. Für interfonische Kommunikation wird Globisch gesprochen. Vereinfachtes Englisch mit Worten von überall dazu. Wenn du Englisch kannst, verstehst du das meiste.«

»Sag mir bitte etwas auf Globisch«, bat er.

»Okay«, sagte sie und blieb dann stumm.

»Und?«, fragte er nach einer Weile.

»Okay ist globisch.« Sie drehte sich zu ihm, gespielt empört. »Ich dachte, du wolltest etwas über Lokalis erfahren, und du quatschst nonstop dazwischen.«

»Ich bin jetzt ganz Ohr«, antwortete er und verschloss seinen Mund mit einem imaginären Reißverschluss.

»Yo. So isses brav.« Sie lachte. »Also, abgesehen von Globisch sprechen die meisten Menschen drei Sprachen oder mehr. Es hängt unter anderen davon ab, wo sie überall als Nomads unterwegs gewesen sind.«

»Nomads?«

»Jugendliche gehen normalerweise für ein oder zwei Jahre zu Fuß in die Welt. Manchmal länger. Nomadische Zeit heißt es. Sie sind dann Nomads. Jetzt, Achtung, Kevalam. Das Wort Nomads ist globisch. Hat sich in der deutschen Sprache eingenistet wie einige andere Worte samt

Elementen der globischen Grammatik. Das Adjektiv ist auf globisch gleich wie das Substantiv Plural. Also: ich bin Nomads und es kommen ein paar Nomads heute Abend. Wirst schon damit zurechtkommen.«

»Und du warst Nomads, als du Didi getroffen hast?«, fragte er.

»Exakt«, bestätigte sie, erfreut, dass er sie verstanden hatte. »Wenn du Nomads wirst, verlässt du zwar dein Geburtslokali, du gehörst aber noch dazu. Manche Nomads kommen auch am Ende ihrem nomadischen Weg dorthin zurück.«

»Und wo befindet sich jetzt dein Lokali?«

»In der Francofonie. Ich bin noch Nomads.«

»Wirklich?«

»Yep. Didi auch. Es geht alles.«

»Bin ich jetzt auch Nomads?«, fragte er aufgeregt.

»Wäre auch langsam an der Zeit!«

»Ich bleibe erstmal lieber bei dir, wenn es für dich in Ordnung ist.«

Diese Bemerkung brachte ihr ein glückseliges Lächeln auf das Gesicht. »Man darf auch zu zweit unterwegs sein ...«

Kevalam erwiderte ihr Lächeln und bot ihr erneut die Hand an, die sie während des Gesprächs verloren hatte.

Saruj benutzte viel ihre Hände beim Reden, und zwar beide. So entstand ein kleiner Tanz zwischen ihren und Kevalams Händen. Mal waren sie zusammen, mal getrennt. Hände zusammen, Hände getrennt, Hände zusammen, Hände getrennt. Sie nahm entzückt sein Angebot wahr, und Hand in Hand gingen sie weiter. Wiesen mit wilden Blumen und vereinzelt ein paar Bäume und Sträucher hatten jetzt die Permafelder ersetzt. Ein Paradies für Bienen, Schmetterlinge und viele andere Insekten. Die langen Ohren eines Hasen ragten kurz über roten Mohnblumen hervor und verschwanden wieder. Im tiefen Flug kreuzte eine Familie von Rebhühnern ihren Weg.

»Hey«, rief Kevalam, mit dem Blick den fliegenden Vögeln folgend. »Mir ist gerade etwas eingefallen. Du hast gesagt, dass Nomads zu Fuß gehen, aber du warst in einer Mag. Du hast geschummelt!«

»Nahverkehr zählt nicht. Sag ich einfach so. Das Gegenteil würde keinen Sinn ergeben, finde ich. Wir haben eh keine Gesetze, keine in Marmor gemeißelten Regeln …« Sie unterbrach sich. So ein komplexes Thema wollte sie jetzt nicht angehen.

»Was ist, wenn man zum Beispiel auf einen anderen Kontinent möchte?«, fragte er.

»Schwimmen«, antwortete sie, ohne mit der Wimper zu zucken.

Er schaute sie perplex an.

»Für Nicht-Schwimmer gibt es Tunnels unter den Ozeanen und Meeren«, fuhr sie unbeirrt fort. »Speedtubes. Luftleer. Geht mega-schnell.«

»Mit welcher Energie?«

»Energieformen gibt es wie Sand am Meer.« Sie überlegte kurz. »Hm. Okay, ich gebe es zu. Ich habe wenig Ahnung, wie die Dinge alle angetrieben werden. Speedtubes brauchen Strom das weiß ich. Aus welchen Quellen auch immer. Wasserstoff, nehme ich an. Würde Sinn ergeben. Oder vielleicht Blaualgen? Ähm. Wir fragen mal bei Gelegenheit einen Androiden, passt?«

»Einverstanden. Lokalis?«

»Lokalis«, bestätigte sie erleichtert. Sie ließ seine Hand los, um sich ein wenig die Schultern zu lockern, nahm dann erneut seine Hand und fuhr fort: »Jedes Lokali hat ein virtuelles Pendant, ein Lokalforum. Mit ein paar Ausnahmen. Hey, merk's dir, Kev: Egal, was ich sage, es gibt immer Ausnahmen. Wir sind hier, wie schon erwähnt, keine Fans von Monokultur.«

»Lokalforum?«

»Ach ja. Du hast natürlich keinen Plan, was eine Forumgesellschaft ist. Okay. Dann fangen wir mal an. Es gibt lokale, regionale, fonische, interfonische und dazu endlos viele Interessens- und Kausalforen. Ich vergesse garantiert noch einige. Erstmal egal. Das lokalste Forum ist logischerweise das Lokalforum und ist mit einem Lokali verknüpft.«

»Wie autark kann ein Lokali sein?«, unterbrach er sie. »Kann ein Lokali vollständig für all seine Bewohner sorgen?«

»Unterschiedlich. Geht von fast allem bis kaum etwas. Hängt von verschiedenen Faktoren ab. Ob Stadt oder Land erstmal. Auf dem Land sind die meistens Lokalis ernährungsautark. Zumindest könnten sie gut überleben, falls sie, warum auch immer, vom Rest der Welt isoliert werden müssten. Für exotische Produkte nicht unbedingt, es wird anders organisiert. Erfährst du mit der Zeit. Energiemäßig sind fast alle Lokalis autark, sofern ein paar Technologie-Enthusiasten sich dafür begeistern – übrigens gibt es hier verdammt viele Enthusiasten.« Sie lachte. »Und wenn sich in einem Lokali niemand findet, bekommt es Unterstützung von nahegelegenen. Irgendwie klappt's.«

Kevalam hatte den letzten Worten von Saruj nicht mehr zugehört. Er wirkte unruhig. »Woher bekomme ich Schuhe?«, fragte er.

Saruj ließ seine Hand los. Sie brauchte jetzt ihre beiden Hände für eine Geste des völligen Unverständnisses. »Schuhe?«, fragte sie. »Wie kommst du denn jetzt auf Schuhe?«

»Es ist mir gerade so eingefallen.«

»Perfektes Beispiel«, sagte sie mit einem Blick auf ihre nackten Füße.

»Trägst du nie Schuhe?«

»Wenn es arschkalt ist …«

»Ich. Brauche. Schuhe«, fiel er ihr ins Wort. Man konnte die Aufregung in seiner Stimme nicht überhören. »Und ich frage mich, wer sie jetzt für mich macht. Ich bin kein Schuster und bezahlen kann ich dafür auch nicht, da es kein Geld mehr gibt. Womit kann ich denn tauschen? Muss ich dafür eine Woche lang den Müll von meinem Lokali wegbringen? Weil, wenn das so ist, dann wäre es schlauer gewesen, gestern bei Fari alle Schuhe, die da standen und mir passen, mitzunehmen.«

Sie seufzte laut. »Das ist aber viel auf einmal. Ich weiß gar nicht, womit ich beginnen soll. Okay. Warum hast du gestern nicht alle Schuhe mitgenommen?«

»Wäre es durchgegangen?«

»Na ja, Zitrone hätte dich schon gefragt, warum du alle Schuhe haben willst. Das ist auch meine Frage an dich. Warum, verflixt noch mal, brauchst du so viele Schuhe?«

»Um sie zu haben. Und zwar, wann ich es will. Um jeden Tag wechseln zu können. Schuhe sind etwas Persönliches, die Sohle verändert sich mit einem persönlichen Gang. Es ist nicht gesund, Schuhe von anderen Menschen zu tragen.«

»Am gesündesten ist es, gar keine zu tragen. Aber jetzt egal. So oder so sind deine Schuhe deine. Gemeinschaft heißt nicht, dass man seine Unterhosen mit allen teilt. Falls du aber ein Paar Schuhe, die noch gut in Schuss sind, nicht mehr willst, kannst du sie in einen Fundus geben, und ihre Sohlen werden für den nächsten glücklichen Abnehmer repariert oder ausgetauscht. Die Schuhe, die wir entwerfen, sind alle modular.«

»Wirklich?«

Kevalam zog ein Bein nach hinten an und schaute über seine Schulter auf die Sohle seines Schuhs. Saruj näherte sich und hielt seinen Fuß fest. Dann zeigte sie auf einen dünnen Strich, der die Sohle umkreiste. Knapp über dem Strich, rechts und links von der Ferse, befand sich jeweils ein kleiner gelber Punkt.

»Siehst du? Wenn die zwei Punkte gleichzeitig mit den Fingern angefasst werden, fällt die Sohle runter.«

Er nickte und befreite seinen Fuß aus ihren Händen.

Ein paar Meter weiter fuhr sie mit ihrer Erklärung fort: »Gegenstände werden, so gut es geht, modular konzipiert. Also wenn ein Gerät veraltet ist oder etwas kaputtgeht, werden nur die betroffenen Module ersetzt. So spart man an Human- und Materialressourcen. Ich meine, wer möchte schon seine Energie und seine Zeit der nächsten Mülltonne schenken? Schlechte Qualität ist ein Luxus, den wir uns nicht leisten können. Und auch nicht wollen. Zurück zu deinen Schuhen?«

Er nickte erneut.

»Wärst du damit einverstanden, ein Paar deiner Schuhe jemandem zu schenken, der keine hat und warum auch immer welche braucht?«

»Ja, sicher.«

»Mehrere Paare, falls mehrere Leute fragen?«

»Ich denke schon.«

»Dann wäre es doch im Grunde so, als ob das Schuhlager deines Lokali in dein Zimmer verlagert wäre, oder?«

Kevalam musste kurz überlegen, was Saruj damit meinte. »Nein, nicht wirklich«, antwortete er schließlich. »Ich möchte die Kontrolle über mein Eigentum behalten. Ich möchte entscheiden, von welchen Paaren ich mich trennen will und von welchen nicht.«

»Okay … Würde es sich für dich richtig anfühlen, den anderen Leuten gegenüber?«

»Eben nicht. Das ist ja mein Problem. Mit Geld kann ich in einen Laden gehen und die Schuhe kaufen, die ich will. Alle, die im Laden stehen, wenn ich es mir leisten kann. Alles in bester Ordnung.«

»Und gehst raus und da stehen Typen, die unfreiwillig keine tragen.«

»Sollen sie doch etwas tun, um an Geld zu kommen«, protestierte er.

»Dich in der Nacht überfallen vielleicht?«

»Nein, natürlich nicht. Arbeiten gehen. Geld verdienen.«

»Und wenn sie nicht arbeiten können oder keine Arbeit finden, die sie machen möchten?«

»Es findet sich immer etwas, wenn man es wirklich will. Es geht auch darum, abzuwägen, einen stupiden Job zu machen und sich dafür Schuhe kaufen zu können oder sich eben keine zu leisten. Außerdem gibt es soziale Einrichtungen für Ärmere, bei denen sie Geld beantragen können, ohne etwas für ihren Unterhalt tun zu müssen.«

»Gab's«, erinnerte sie ihn. »Soll auch nicht so entspannt gewesen sein, wie du denkst. Habe ich mal am Rande mitbekommen. Egal. Brauchen wir nicht mehr. Kein Mensch steht in der Kälte ohne Schuhe, wenn sier es nicht will.«

»Sier?«

»›Sier‹ steht für sie und er. Hab dich mit unserer Grammatik[1] bis jetzt

[1] Die Grammatik der Zukunft wird im Anhang am Ende des Buches explizit erklärt. Seite 491

verschont, weil ich davon ausgegangen bin, dass du als Anzugsträger die alte patriarchale Grammatik bevorzugen würdest und ich keine Lust hatte, dich damit zu stressen. Aber jetzt nervst du.«

»Wieso? Das sind doch alles berechtigte Fragen. Was mache ich ohne Geld und ohne Tausch, wenn ich Schuhe haben möchte? Und zwar ohne ein schlechtes Gewissen haben zu müssen.«

Sie waren an einem kleinen, länglichen See angelangt. Der HPS projizierte einen roten Pfeil über das Wasser. Oberhalb des Sees war ein umlaufendes Kabel gespannt, an dem auf beiden Seiten ein blaues Floß befestigt war. Auf jedem Floß waren am Bug zwei Crosstrainer angebaut, die ein Räderwerk antrieben. Nur war das Floß auf der Seite, auf der Saruj und Kevalam standen, in Schilf eingewachsen, sodass, ohne die geballte Kraft von Passagieren von beiden Flussseiten aus, das Floß sehr schwer zu befreien gewesen wäre. Es gab zwar einen schmalen Holzpfad um den See, aber laut HPS hätte es einen drei Kilometer langen Umweg für die beiden bedeutet.

»Und jetzt?«, fragte Kevalam. »So sieht es aus, wenn niemand für die Wartung bezahlt wird.«

Saruj ignorierte seine Bemerkung. Sie hatte ein kleines Bootshaus entdeckt und ging wortlos darauf zu, er hinter ihr her. In dem Haus lagen hintereinander aufgereiht ein paar Kanus. Rettungsjacken und andere Wasserbekleidung hingen an einer Reihe von Kleiderhaken, und an einer anderen Wand gesichert verschiedene Garten- und Heckenscheren, die für die Situation perfekt geeignet waren. Saruj fand eine passende Wathose, und mit einer Gartenschere bewaffnet verließ sie das Bootshaus, Kevalam weiterhin dicht auf den Fersen.

Bald hatte sie das Floß vom Schilf befreit. Als sie dabei war, die Sachen wieder auszuziehen, beobachtete sie, wie er die abgeschnittenen Schilfrohre zusammenband – mit großer Sorgfalt.

Nachdem beide Kleidung und Werkzeug ins Bootshaus zurückgelegt hatten, stiegen sie auf das Floß. Saruj hielt sich mit den Händen an den muskulösen Armen einer riesigen Ameise fest, legte einen Fuß auf einen ihrer kräftigen Oberschenkel, den zweiten auf den anderen und begann zu treten. Als sie sich stabil fühlte, schwenkte sie dazu mit den Armen die Vorderpfoten des Insekts hin und her. Das Gefährt fuhr allmählich los. Auf dem zweiten Crosstrainer fing Kevalam an, Kraft zu geben und vor Freude laut zu jubeln. In der Mitte des Sees fuhr das Paar an dem anderen unbemannten Floß vorbei. Dessen Crosstrainer stellten keine Ameisen dar, sondern zwei Heuschrecken, die mit genauso viel Liebe geschmiedet worden waren.

Sie verließen das Floß und gönnten sie sich eine Pause auf dem einladenden Sandstrand. Aus ihrem Rucksack holte Saruj zwei Leinsamenbrötchen mit Linsenaufstrich und Sprossen.

»Sag mal, als Kind hast du brav deinen Vater nach jedem Kühlschrankbesuch bezahlt?«, fragte sie ihn, bevor sie in ihr Brötchen biss.

»Natürlich nicht, das wäre ja unsinnig, ich war doch ein Kind. Es ist normal, dass man für seine Kinder sorgt. Innerhalb der Familie ist es auch nicht wichtig, wer das Geld verdient. Das ist Familie, da hält man zusammen.«

»In gesunden Familien ist es auch so. Jetzt stell dir vor, deine Familie, eine gesunde Familie also, wäre sehr groß. Vater, Mutter, Großeltern, Onkel, Tanten, Cousins, Cousinen und so weiter und so fort. Wer würde das Geld für die Schuhe verdienen?«

»Die, die gerade arbeiten können, die gesunden Erwachsenen.«

»Also dürfte die Urtante, die den ganzen Tag im Sessel abhängt, auch Schuhe bekommen?«

»Sicher«, antwortete Kevalam, der nicht verstand, wo sie hinwollte. »Nur, solche Großfamilien brauchen wir nicht, dafür gibt es Renten.«

»Gab«, korrigierte sie. »Da es kein Geld mehr gibt, gibt es auch keine Renten mehr. Auch keine Lebensversicherungen oder Aktien. Jetzt aber egal. Also. Dein Lokali ist wie deine Großfamilie. Mit dem Unterschied, dass du, im Gegensatz zur genetischen Familie, dein Lokali wechseln kannst, so oft du es möchtest. Nur dein Geburtslokali suchst du dir nicht aus.« Sie biss erneut in ihr Brötchen. »Blöd genug«, brabbelte sie mit vollem Mund.

Er schielte auf sein Brötchen, das er noch nicht angerührt hatte. »Und wer macht mir meine Schuhe?«

Sie nahm sich die Zeit, ihren Bissen herunterzuschlucken, bevor sie ihm antwortete. »Dide, dide es kann und möchte. Und Achtung«, warnte sie, bevor er Zeit hatte, nachzufragen. »›Dide‹ steht für die oder der.«

»Und wenn ›dide‹ keine Lust hat, mir welche anzufertigen?«, fragte er und betonte dabei besonders das dide.

»Dann jemand anders. Allerdings, wenn du jeden Tag neue Schuhe haben möchtest, wird sier dich schon fragen, warum du Schuhe sammelst.«

»Ich will sie jeden Tag wechseln. Passend zu jedem Anzug. Passend zur Situation. Zu meiner Stimmung«, forderte er unnachgiebig.

»Du verwöhntes Kind der Elite!«, rief sie plötzlich laut aus.

Die Geduld von Saruj wurde auf die Probe gestellt. Sie stand auf, schloss ihre Augen und atmete ein paar Mal tief und lange durch, um sich zu beruhigen. Er beobachtete sie, von unten, mit verschränkten Armen.

»Okay«, fing sie an. »Wenn du so ein Verlangen hättest, was ich allerdings noch von niemanderen[2] erfahren durfte, dann würde dein Anliegen sehr wahrscheinlich im Lokalforum angesprochen werden.«

»Und man würde mich ermahnen. Na, toll«, beschwerte er sich.

»Nein, würde mane[3] nicht. Niemand ist daran interessiert, ein schmollendes Kind, geplagt von Schuldgefühlen und mit gesenktem

[2] Die Deklination des vierten Artikels folgt generell dem Plural. Als Eselsbrücke, kann man sich vorstellen, dass der vierte Artikel, da es sich um eine männliche oder eine weibliche Person handeln kann, ein Zwitter ist, zwei in eins, deshalb plural.

[3] ›Mane‹ wird anstelle von ›Man‹ benutzt. Wenn das folgende Wort mit einem Vokal beginnt, wird jedoch ›man‹ verwendet.

Haupt, durch die Gegend streifen zu sehen.« Daraufhin reichte sie ihm die Hand und zog ihn die Böschung hinauf bis zu einem schmalen Weidengürtel, der sich hinter einem Obst- und Getreideanbau öffnete.

Rechts und links quer zum Feldweg verliefen mäandrierende Getreide-, Hülsenfrucht- und Hanfreihen, die sich in die hügelige Landschaft einfügten und jeweils von Obst- und Nussbäumen eingesäumt waren. Diese Baumreihen schenkten den Pflanzen in der Sommerhitze Schatten sowie Kühlung und schützten sie vor dem Wind. Die tieferen Wurzeln der Bäume sorgten im Verbund mit Pilzen dafür, dass Wasser und wertvolle Nährstoffe an der Oberfläche verfügbar blieben. Im Herbst lieferten die fallenden Blätter gegebenenfalls auch geschredderten Baumschnitt, Mulch direkt vor Ort. Dieser bereicherte den Boden und beschützte ihn in den kälteren Monaten. Ein Agroforstwirtschaftssystem, das eine erstaunliche Vielfalt an Tieren nach sich zog. Neben vielen Vögeln sorgten über hundert Billiarden Sorten von Pilzen und weitere Mikroorganismen für ein stabiles und gesundes Ökosystem.

Saruj wartete, bis das Gehen in dieser von Lebenskraft sprühenden Szenerie sie beruhigt hatte und fuhr mit ihrer Erklärung fort: »Also nein, niemande würde dich ermahnen. Mane würde versuchen herauszufinden, was hinter deinem merkwürdigen Wunsch steckt. Warum dein Bedürfnis an Schuhen und Anzügen so groß ist. Geht es um ein Machtspiel oder um irgendetwas anderes? Ist es eine Masche deines Ego? Möchtest du damit etwas kompensieren? Vielleicht etwas, was dir in deiner Kindheit gefehlt hat? Hast du Angst, dass dir etwas fehlt? Angst, keine Schuhe zu haben, Angst dich zu verletzen? Angst vor Hornhaut? Oder bist du einfach ein Schuhfetischist?« Sie lachte kurz. »Allerdings, wenn sich herausstellen würde, dass du ein Schuhfetischist bist, also dass das Besitzen dieser vielen Schuhe ein wichtiger Teil deiner Identität ist, würde man es mit denjenigen, die Schuhe anfertigen, besprechen und schauen, ob man in der Praxis deinem Bedürfnis nachkommen kann. Ob genug Ressourcen vorhanden sind, dir zum Beispiel dreißig Paar Schuhe und meinetwegen auch dreißig Anzüge bereitzustellen. So könntest du jeden Tag des Monats dein Outfit ändern und im Monat danach wieder von vorne beginnen.«

Sie blieb stehen und schaute ihn an. »Wärst du mit so einer Lösung zufrieden?«

»Ich glaube schon … aber wenn alle so ein Verhalten zeigen würden, gäbe es bald keine Schuhe mehr.«

»Junge, mit diesem ›alle‹ kommen wir nicht weiter. ›Alle‹ ist etwas, dass benutzt wurde, um die Leute zu verängstigen. Nach dem Motto: Wenn alle dies oder das so machen würden, dann bla, bla, bla, schlimm, schlimm, bla, bla, bla. Damit kannst du die absurdesten Regeln rechtfertigen. Eine wunderbare Manipulationswaffe kann dieses Wort werden.

Nun, wer sind alle? Mach mir eine Liste von allen Schuhfetischisteren, die dir irgendwie bekannt sind. Wie viele werden es sein? Sicher nicht alle. Wir sind nämlich nicht alle gleich. Die Menschen sind alle anders und aus dieser Vielfalt lebt und gedeiht unsere Gesellschaft. ›Diversität ist die Königin der Säulen, die unsere Welt stützen. Und die Liebe die Prinzessin.‹« Dann lächelte sie verklärt. »Den Spruch habe ich soeben erfunden. Finde ich echt schick«, fügte sie hinzu und nahm dabei eine bewusst übertrieben stolze Haltung ein.

Sie fuhr dann fort: »Ich kann mir sowieso nicht vorstellen, dass in einem Lokali ›alle‹ einen Schuhtick und auch noch einen Anzugtick dazu haben. Und wenn es so wäre, würde es das Motto des Lokali werden. Das Schuh- und Anzugfetischisterenlokali. Dein Paradies.«

Daraufhin schenkte sie ihm ein breites Katzengrinsen.

Er schluckte beleidigt.

Nachdem sie länger schweigend nebeneinander hergegangen waren, kamen sie an einer Kreuzung an. Laut HPS sollten sie jetzt links ein Stück Wald durchqueren, dann ein paar Wiesen entlang gehen und zuletzt noch einem kleinen Fluss bis zu einem See folgen. Dort würden die Pilger erwartet.

»Was ist mit Androiden?«, fragte Kevalam aus heiterem Himmel. »Gehören sie jemandem Bestimmten? Kann man seinen individuellen Androiden besitzen oder sogar mehrere?«

»Androideren gehören niemanderen«, erklärte sie, während sie ihr HPS in die Tasche steckte und kontrollierte, dass es tief drin sicher lag. »Es kann sein, dass einere Androidere zum Beispiel mit eineren Forschere zusammenschafft und immer in dem Labor mit dieseren bestimmten Forschere ist. Also diesere Forschere besitzt dide Androidere nicht, aber schon so gut wie. Verstanden[4]?«

Eins war sicher. Für Kevalam kam es nicht in Frage jetzt zuzugeben, wie schwer er sich tat, sich aufgrund dieser für ihn ungewöhnlichen Grammatik auf den Inhalt ihrer Worte zu konzentrieren. »Klar«, antwortete er lässig.

»Wunderbar. Allerdings ist die Tatsache, dass Menschen besondere Bedürfnisse haben nicht ungewöhnlich. Ganz und gar nicht. Zum Beispiel Bastleren, die einen Werkzeugtick haben und, obwohl genug Werkzeuge für alle herumliegen, ihre eigenen für sich alleine besitzen wollen. Es könnte unsere Schustere sein, dide nicht sihne Werkzeuge mit anderen teilen möchte. Diesem Herzenswunsch wird, so gut es geht, nachgegangen. Ist auch irgendwie verständlich. Außerdem, wenn unsere Schustere keinen Spaß mehr hat am Schustern, wird sier einfach nicht mehr schustern und das wäre für dich blöd. Es ist aber unwahrscheinlich, dass diesere Schustere einen Werkzeugtick hat, einen Anzugtick und auch noch einen Schuhtick dazu. Obwohl Letzteres in diesem Fall natürlich relativ egal wäre.«

»Schon gut«, sagte er und kickte entnervt einen Stein zur Seite.

Ein Grünspecht, der dabei war, Ameisen mit der Regelmäßigkeit einer Maschine zu picken, flog empört weg.

[4] Anm. der Autorin.: Nimm dir ein wenig Zeit, dich mit der Sprache der Zukunft vertraut zu machen. Es wird deinen Lesespaß definitiv erhöhen. Wie jede Sprache ›will‹ die Sprache der Zukunft gelernt sein.

Er folgte dem davonfliegenden Vogel mit dem Blick und völlig unvermittelt fragte er: »Gibt es bei euch Androiden, die auch eine sexuelle Funktion haben?«

»Gibt's«, antwortete sie.

Kevalam brauchte ein wenig Zeit um die Information zu verdauen. Er ging ein paar Minuten schweigend her neben Saruj, bevor er klarstellte: »Wenn ich sowas hätte – ich betone das ›wenn‹, weil ich es mir nie und niemals vorstellen könnte –, also wenn ich rein theoretisch sowas hätte, möchte ich, dass sie nur mir gehört. Ich möchte sie nicht ausleihen und sicher nicht mit anderen Männern teilen.« Er verzerrte das Gesicht. »Das ist doch eklig.«

»Wenn dein Problem die Hygiene ist, brauchst du dir mit deiner Androida[5] keine Sorgen machen«, klärte sie ihn auf. »Im Gegensatz zu Menschen nehmen Androideren regelmäßig Luftbäder von hundertzwanzig Grad.«

»Ich möchte auch nicht, dass mein Gynoid anderen etwas über meine Sexualität preisgibt«, erwiderte er.

»Keine Sorge. Deine Geheimnisse werden optimal aufbewahrt. Du definierst, was privat oder öffentlich ist, und so bleibt es auch. Androideren teilen zwar gemeinsame Datenbanken für relevante Dinge, aber deine Privatsphäreneinstellungen definierst du. In jeder Situation. Und wenn nichts erwähnt wird, gilt als Standardeinstellung: privat. Garantiert Panzer-Safe.« Sie lachte kurz.

Kevalam war noch nicht überzeugt. »Meinen Gynoid möchte ich bei mir haben, wenn ich es will, und nicht mit anderen diskutieren müssen, wann er zufällig mal Zeit hat.«

»Du hast Besitzansprüche! Zum Glück ist sie keine Frau. Jetzt egal. Also, wenn es genügend Androidas gibt, kann mane – vielleicht – deinen Wunsch als einen persönlichen Tick durchgehen lassen und es sogar ermöglichen. Aber zusammen mit deinem Schuh- und Anzugtick

[5] Der männliche Begriff Gynoid für eine weibliche Androide hat sich nicht durchgesetzt.

wird es langsam viel, findest du nicht auch?«

»Da wäre doch Geld die perfekte Lösung. Ich arbeite viel, damit ich meinen eigenen Gynoiden, meine dreißig Anzüge und meine dreißig Paar Schuhe nur für mich allein haben kann, und brauche vor niemandem Rechenschaft abzulegen.«

»Es ist echt schwierig mit dir«, sagte sie mit müder Stimme. »Gerade finde ich, dass dein Widerstand nur noch Ego ist. Krankes Ego. Hat schon verdammt viel Horror verursacht, soll ich dich daran erinnern? Versklavung, Kriege, Zerstörung der Umwelt, Massentierhaltung und so weiter. Das hat alles mit überdimensionierten Egos zu tun, dabei waren, alles für sich haben zu wollen.

Wünschst du dir so eine Welt? Ich meine, wie wär's, wenn es nicht mehr nur um dein persönliches Glück ginge, sondern um das Glück aller, inklusive dem deinen? Denk dran. Und ich versichere dir: Es geht nicht darum, dass deine Bedürfnisse missachtet werden. Echt nicht. Ich habe ein Leben lang beobachtet, wie verdammt viel gegrübelt und möglich gemacht wurde, um die merkwürdigsten Bedürfnisse von einzelnen schrägen Vögeln zu befriedigen. Aber es soll verdammt noch mal im gesunden Rahmen bleiben.

Kevalam, es geht nicht nur um dich, sondern auch um einen nachhaltigen Umgang mit Ressourcen und Menschenenergie. Auf alle Fälle, ein Mann, der unter einem Schuhtick, einem Anzugtick und einem Androiderentick leidet, das hat es noch nie gegeben.«

»Das gibt es aber«, konterte er. »Meine Familie zum Beispiel. Alles was wir wollten, konnten wir haben. Soviel wir wollten. Viel mehr und immer mehr, als wir eigentlich brauchten.«

»Und genau deshalb ist es schiefgegangen. Kevalam, Gier ist eine Suchtkrankheit, merk's dir. Eine besonders hartnäckige. Und ihr Motor ist die Not, der Zwang, fehlendes Glück zu vertuschen. Wenn mane Glück in sich selbst nicht findet, sucht man es woanders.«

»Vielleicht. Aber die Reichen oder deren Familien haben viel für ihren Reichtum geleistet.«

»Andere ausgebeutet?«

»Das tun intelligente Menschen eben. Es kann genauso hier geschehen. Es gibt hier sicherlich Menschen, die, obwohl sie gesund sind, tatenlos bleiben, sich ernähren lassen und auf ihren dreißig Paar Schuhen bestehen. Mit Geld wird zumindest so ein Fehlverhalten sichtbar, da müssen die Faulen beginnen, etwas für ihren Unterhalt zu tun.«

Saruj fühlte sich ermattet. «Pfff … das tut ein bisschen weh …«

»Gibt es hier keine Profiteure?«, fragte er gnadenlos weiter. »Menschen, die sich von allen anderen versorgen lassen und selbst nie etwas tun? Was würde geschehen, wenn alle gar nichts mehr tun würden?«

Saruj fiel erstmal nichts ein. Geistesabwesend schaute sie sich um. »Hey, guck mal«, rief sie, wieder zum Leben erweckt.

Ein paar Meter vor ihnen, dicht am Waldweg, entdeckte sie unter dem Schatten eines Baumes eine Wasserbüffelfamilie, die dort ruhte. Die Lichtung, die sich hinter dem Baum befand, mit ihrem idyllischen Teich in der Mitte, hatte die Tiere wahrscheinlich angelockt. Ein wenig abseits konnte man noch eine Baracke erkennen, wo die Tiere in den kalten Wintermonaten Schutz, Wasser und Heu finden würden.

Der Bulle hob seinen Kopf und brummte lang. Kevalam, sichtlich verunsichert, blieb stehen. Saruj ließ ihren Arm um seine Taille gleiten und zog ihn einfühlsam vorwärts. Sie spürte seine Angst, ein leichtes Zittern in seinem unteren Rücken. Mit ihrer freien Hand zeigte sie auf ein Kalb, das hemmungslos sein Kinn auf dem Rumpf seines Geschwisters kratzte. Vergnügt musste sie kichern. Kevalam versuchte zu lächeln, aber es gelang ihm nur krampfhaft.

»Wir sind keine Wasserbüffel, die lediglich Wasser und Gras brauchen, um zu überleben«, sagte sie leise, nachdem sie sich eine gute Strecke von den Tieren entfernt hatten und er wieder entspannter wirkte. »Also. Wenn niemande mehr etwas tun würde, dann würden wir sterben. Punkt. Verwahrlost, im Müll erstickt, krank, verletzt, erfroren, ausgehungert … wie auch immer.«

Er dachte eine Weile nach. »Theoretisch verstehe ich das schon«, sagte er schließlich. »Aber was macht man in der Praxis, wenn zum Beispiel die Kläranlage kaputt ist und niemand sich darum kümmern will? Dafür ist Geld doch gut. Als Entlohnung für Tätigkeiten, die niemand gerne tut. Geld ist ja nur ein Werkzeug, das man gut oder schlecht bedient. Eine Motivation. Ein Energieausgleich. Ich kümmere mich um die Kläranlage, was mir keinen Spaß macht, und dafür bekomme ich meine Schuhe, meine Anzüge und meinen Gynoiden. Übersichtlich und praktisch. Ich würde mich auf alle Fälle besser fühlen in einem Geldsystem. Auch wenn ich kein Geld hätte und es mir erstmal hart verdienen müsste.

Ich kann doch nicht der Einzige sein, der so denkt, oder?«

Saruj hatte sich instinktiv ein wenig von ihm entfernt. Sie blieb stehen und beobachtete ihn, als wäre er ein abartiger Fremdkörper. Dieses alte Denken war ihr so zuwider. »Kevalam, willst du meine echte Meinung hören über das Geld? Über das, was die Menschen geistesabwesend verursacht haben, in dem System, das du so sehr vermisst? Diese Leute waren der letzte Dreck. Einfach der letzte Dreck. Ich habe Bilder gesehen, gefolterte Menschen, gefolterte Tiere, gefolterte Umwelt. Überall nur Dreck und Müll.«

»Ich habe manche Bilder auch gesehen«, gab er zu.

»Also warum verteidigst du dieses Scheißsystem und dessen Scheißgeld!«, schrie sie, plötzlich nicht mehr in der Lage, ruhig zu bleiben. »Ich kapiere es einfach nicht. Guck dir die Bilder an! Diese fetten Säcke, die sich den Magen mit den Leibern von gequälten Lebewesen vollstopfen. Guck dir die Bilder von diesen Kindern an, die nackt auf dem Boden kriechen und auf den Hungertod warten. Guck dir die Bilder von den Gemüsebergen an, die einfach weggeschmissen werden wegen irgendwelcher Subventionen oder weiß ich nicht was. Guck dir die Bilder von den Obdachlosen an, die schlicht, um überleben zu können, gedemütigt in verdreckten Klamotten betteln. Und erkläre mir, wie du überhaupt auf den Trip kommen kannst, diesem Scheißgeld hinterher zu trauern. Guck dir verflixt noch mal die Bilder an!«

Trotz ihrer Aufregung war ihre Stimme glasklar geblieben. Ihre Sprache überdeutlich. »Bei uns wirst du keine Kuh hören, die um ihr Kalb tagelang heult, das ihr direkt bei der Geburt entrissen wurde. Frischgeboren und für die wenigen Wochen seines Lebens verdammt, in einer dunklen Box zu vergammeln, weil sein Fleisch so angeblich besser schmecken soll, bevor der Tod es endlich aus seiner Qual erlöst. Ein Lebewesen, das als Nebenprodukt der Milchindustrie bezeichnet wurde. Fließt Blut oder Sand in euren Herzen? Milch von Kühen trinken, seid ihr total bescheuert? Warum nicht von Hunden, Katzen oder Ratten? Macht doch Käse aus Frauenmilch, wenn ihr das unbedingt braucht. Und lasst die Titten anderer Säugetiere in Ruhe! Perverse Diebe. Ihr seid so widerlich. Und krank. Und hässlich. Und das mit den Kälbern ist nur eines von den harmlosesten Beispielen aus diesen völlig gestörten Zeiten!«

Er schwieg.

Ihr schossen auf einmal die Tränen aus den Augen. Ihre Stimme bebte vor Wut. »Schau dir verdammt noch mal die Bilder an! Schau sie dir an, solange bis du gerafft hast, dass du keine verflixten dreißig Paar Schuhe und dreißig Anzüge brauchst. Und es ist mir gerade scheißegal, warum du sie brauchst! Guck dir verdammt noch mal die Bilder an. Tag und Nacht, wenn du es kannst! Guck sie dir an, bis du endlich kapierst!«

Sie lief los, hoffend, dass sie schneller als ihr Zorn sein könnte und diesen hinter sich lassen würde. Kevalam war aber der erste, den sie zurückließ. Das war genau richtig. Er brauchte Zeit für sich. Er ging immer langsamer, gerade schnell genug, um noch zu sehen, wohin sie verschwand. Dann blieb er stehen. Es war ihm egal, wo sie war. Warum sollte er sich an den ersten Menschen, den er getroffen hatte, binden? Er brauchte niemanden. In die Gegenrichtung zu gehen, wäre jedoch eine zu radikale Entscheidung gewesen. Also setzte er sich langsam in Bewegung und schlenderte den Weg entlang, dem Zufall überlassend, ob er sie wieder finden würde oder nicht.

Saruj wusste, dass Kevalam ihr nicht gefolgt war. Na und? Wenn er nicht mitkommen wollte, war es seine Entscheidung. Er war frei. Außerdem wurde sie alleine bei Didi erwartet. Was soll ich plötzlich mit so einem Exoten von geldgeilem Businessmann aus der Vergangenheit aufkreuzen, dachte sie. Der Wald mündete bald in eine Lichtung, von da aus erstreckten sich weitere Permafelder. Ein Weg bog nach rechts ab, einer nach links und geradeaus lag noch einer, an dessen Rande nach wenigen Metern eine große Eiche stand. Dieser Weg führte zu Didi. Saruj setzte sich hinter den imposanten Baum, mit dem Blick zu den Feldern. Vielleicht würde er sie sehen, vielleicht auch nicht. Sie würde es dem Zufall überlassen. Ein bisschen Entspannung würde ihr so oder so guttun. Sie schloss ihre Augen.

Nach einer Weile erreichte Kevalam die Lichtung und überlegte, wo er weitergehen wollte. Der gerade Weg mit diesem wunderschönen Baum als Aufforderung war eindeutig seiner. Er lief los, an Saruj vorbei, sah sie aber nicht. Sie hörte ihn vorbeigehen und rief ihm nicht hinterher. Eine ungewöhnliche Gestalt. Ein junger, hochgewachsener Mann im Anzug, der elegant in großen Schritten ging und, als er sich entfernte, langsam kleiner wurde. Plötzlich wurde ihr bewusst, dass es sehr unwahrscheinlich war, dass sie ein erneutes Attentat bald wieder zusammen bringen würde. Sie stand auf, sah aber, wie Kevalams Schritte genau in diesem Moment langsamer wurden. Sie hielt inne. Als sie den Mund zum Rufen öffnete, drehte er sich um.

Sie schauten sich an, gingen aufeinander zu, immer schneller, rannten die letzten Meter, bis sie dann voreinander standen. Er zog sie zärtlich näher zu sich heran, ließ seine Stirn sanft auf die ihre gleiten. Beide Nasen legten sich aneinander. Der heftige Klang ihres Atems beruhigte sich und wurde langsam eins. Einatmen. Ausatmen. Pause. Einatmen. Ausatmen. Pause. Er schob ihren Kopf leicht mit einer Hand zurück, um ihr Gesicht besser sehen zu können.

»Du bist da«, flüsterte er.

Zusammen gingen sie Hand in Hand zu dem Eichenbaum zurück. Sie lehnte sich an seinen Stamm. Er legte achtsam seine Stirn wieder auf die ihre, ließ sie aber diesmal weitergleiten und begann ihr Gesicht mit seinem Mund zu streicheln. Ihren Hals und ihre Brust. Dann zog er langsam ihr Kleid aus, um mit seinen Küssen den Weg zu geheimeren Orten ihres Körpers zu öffnen.

Saruj war es nicht gewöhnt, das Szepter aus der Hand zu geben. Sie krallte sich an dem Baum fest, mit den Armen hinter sich, den Kopf leicht im Nacken, an den starken Stamm gedrückt. Sie zwang sich, die Augen offen zu lassen, um die Kontrolle nicht ganz zu verlieren. Nicht fliehen. Loslassen. Lange einatmen, Pause, ausatmen, Pause.

Die Baumkrone verschwand.

DER BAUM DER ENTSCHEIDUNG

Die Liebenden ruhten unter dem Baum der Entscheidung. So hatten sie ihn genannt. Eine leichte Brise kühlte ihre nackte Haut.

»Ich habe Hunger«, flüsterte Kevalam.

»Ich auch. Lass uns etwas essen«, antwortete Saruj, ohne jegliche sichtbare Absicht, sich bewegen zu wollen.

»Was denn? Wir haben nichts mehr.«

Sie deutete mit ihren Armen auf ihre Umgebung.

»Dürfen wir?«, fragte er zögernd.

»Auf gar keinen Fall«, antwortete sie vollem Ernst. »Wenn ›alle‹ hier sich so frei bedienen würden, hätten wir bald nichts mehr übrig.«

Sie sprang auf und rannte nackt in das Permafeld hinein, lachend. Er blieb liegen und schaute ihr zu. Bald kam sie zurück mit ihrer Beute, die sie fest zwischen den Armen und Brüsten trug. Eine grüne Paprikaschote, eine Gurke, ein paar kleine Tomaten und zwei Pfirsiche. Diverse Blüten und Blätter, die in kapitalistischen Zeiten für gewöhnlich zu Unkraut degradiert gewesen wären, hielt sie in einer Hand, ein paar Erdbeeren in der anderen. Sie ließ alles auf ihre ins Gras gelegte Jacke fallen, und mit dem kleinen Messer, das jahrelang ihr nomadisches Leben begleitet hatte, schnitt sie die Paprikaschote entzwei und befreite beide Hälften von ihren Samen. Dann legte sie einige mundgerecht geschnittene Gurken- und Tomatenstücke mit Kräutern gemischt in diese improvisierten Essschalen.

»Ein paar Blumen on top und alles wird schick«, murmelte sie für sich.

Kevalam pickte sich eine der Margeriten, die Saruj bereits von ihren Blättern befreit hatte, steckte sie zwischen seine Lippen und begann, an ihrem Stiel zu knabbern. Dann schaffte er es, geschickt mit der Zunge die ganze Blume in seinem Mund verschwinden zu lassen. »Wie weit sind wir noch entfernt?«, fragte er, die Blume kauend.

»Wir sind nicht gerade die Schnellsten«, antwortete sie, bevor sie einen Blick auf ihren HPS warf. »Laut dieses wunderbaren Gerätes liegen knapp fünf Stunden Weg vor uns, also theoretisch sollten wir es locker vor Sonnenuntergang schaffen«, fügte sie hinzu und schaute zur hochstehenden Sonne hinauf.

Kevalam folgte ihrem Blick und musste schmunzeln. »Das war die erste Blume meines Lebens«, gestand er fröhlich.

Daraufhin schenkte sie ihm ein verschmitztes Lächeln.

Erst dann bemerkte er die Zweideutigkeit seiner Aussage. »Herrlich«, fügte er hinzu und lächelte zurück.

Sie hatten Hunger und jeder saftige Bissen von dem frisch geernteten Essen wurde genüsslich verzehrt.

»Saruj?«, fragte Kevalam ein wenig schüchtern, nachdem er das letzte Stück seiner Paprikaschale aufgegessen hatte. »Hast du trotzdem Lust, mir mehr über deine Welt zu erzählen?«

»Kev, es tut mir leid, dass ich vorhin so explodiert bin. Du kannst nichts dafür. Du bist bloß ein junger Mann, den man ein Leben lang angelogen hat. Du glaubst, dass Menschen böse sind, dass es normal ist, so sein muss und immer so sein wird. Es stimmt einfach nicht. Man hat dich angelogen. Sowie Milliarden Menschen angelogen worden sind, damit sie an einem System hängen, das fast alle exterminiert hätte. Frag ruhig weiter. Alles, was du willst. Alles. Es ist völlig in Ordnung. Und lass dich nicht beeindrucken, wenn ich mal ausraste. Auf einere Mensche[1] länger wütend zu sein als zehn Minuten, ist für mich so gut wie unmöglich. Und sowieso nicht, wenn ich diesere Mensche …«

Er schaute sie an und wartete.

»… wenn ich diesere Mensche sooo dooof finde«, sagte sie schließlich, bevor sie ihm einen Kuss durch die Luft zupustete.

»Komm«, sagte er sanft.

[1] Der Mensch: die Menschheit
Dide Mensche: ein bestimmter Mensch

Sie robbte auf den Knien zu ihm und er lud sie auf seinen Schoß ein. Er streichelte ihren nackten Rücken, ihre Schultern, ihren Kopf.

»Wenn wir so weiter machen, schaffen wir es nie zu Didi«, hauchte sie.

»Und?«, flüsterte er zurück. »Es gibt hier genügend Essen, der Sommer hat offiziell nicht mal begonnen und ich habe nichts vor.«

Als sie wieder angezogen und bereit waren zu gehen, hatte sich der Schatten des Baumes der Entscheidung wesentlich verlängert. Sie kosteten mit der Eiche zusammen eine lange Umarmung aus und verließen Hand in Hand den Riesen. Nachdem sie eine Weile gegangen waren, wurde es für Kevalam wieder Zeit, die Einweihung in seine neue, für ihn fremde Welt fortzusetzen.

»Was wird genau in einem Lokalforum besprochen?«, fragte er, um seine zweite Lektion in Sachen Forengesellschaft zu eröffnen.

»Yo.« Sie ließ ihre Schultern ein wenig rotieren und begann mit ihrer Erklärung: »Ein Lokalforum ist zwar technisch nicht abgetrennt von anderen Foren, wird aber, wie der Name Lokalforum es andeutet, vorwiegend für die Organisation lokaler Alltagsbelange verwendet. Es dient auch dem Informationsfluss, von lokal bis interfonisch, also weltweit. Je nach Belang wird der Verbreitungskreis definiert. Erweitert, zum Beispiel wenn in den naheliegenden Lokalis keinere Schustere für Kevalam gefunden worden ist. Hm, hm.«

Sie reichte ihm, um ihn zu besänftigen, eine der Erdbeeren, die sie in der Tasche hatte. »Überwiegend wird aber das Lokalforum vor Ort benutzt. Zwanzig Nomads kommen übermorgen auf einmal und wollen eine Woche bei uns verbringen. Wer übernimmt die Planung für ihren Aufenthalt? So in der Richtung.« Sie warf eine weitere Erdbeere in ihren Mund. »In jüngeren Gemeinschaften kann es auch um das Toilettenputzen gehen. Aber das sind Dinge, die in gestandenen Lokalis äußerst selten Thema sind.«

»Wie wird entschieden, wer die Toiletten putzt?«, fragte er. Man konnte einen deutlichen Widerstand in seiner Stimme erkennen.

»Wer will und kann«, antwortete sie unbeeindruckt. »Die Toiletten zu putzen, ist – deinem Weltbild wahrscheinlich widersprechend – wirklich kein Problem. Es gibt Leute, die sich für Toilettenreinigungssysteme, Kläranlagen, Müllsammlung, Trennung und Recyceln interessieren, sogar begeistern, ob du's glaubst oder nicht.«

»Ich geh nicht davon aus, dass ich mich jemals dafür entflammen könnte, die Exkremente anderer zu beseitigen.«

»Du vielleicht nicht, irgendjemande schon …« Sie schaute ihn nachdenklich an. »Hm. Ich glaube, ich ahne, was in deinem Weltbild mit der Realität definitiv nicht übereinstimmt. Lieber Kevalam, stell dir vor, es gibt kein Geld mehr.«

»Vorstellen? Gibt es doch noch Geld?«, fragte er provokativ.

»Nope. Nur manchmal bin ich mir nicht sicher, ob die Botschaft bei dir tatsächlich angekommen ist.«

Er sah, wie sich eine Beere seinem Mund näherte. Bevor er die Zeit hatte, sie abzulehnen, um seinen Missmut zu verdeutlichen, hatte er sie schon geschnappt.

»Das waren die letzten«, warnte sie ihn, nachdem sie sich selbst eine Beere in dem Mund geworfen hatte. »Da es kein Geld mehr gibt, bekommt dide Heilere nicht mehr als dide, dide die Kläranlage betreut oder die Toiletten putzt. Toiletten putzen ist also genauso wertvoll wie Heilen. Alle bekommen das Gleiche. Und zwar, Doppelpunkt, nichts.«

»Dann würde ich erst recht gar nichts tun«, sagte er und lief mürrisch weiter, den Blick auf den Boden gerichtet.

Saruj schaute ihn an und überlegte, welche Strategie sie jetzt mit ihm ausprobieren könnte. »Okay. Vorausgesetzt, all deine Grundbedürfnisse werden in deinem Lokali voll befriedigt: Nahrung, Dach über dem Kopf, soziale Kontakte, Raum für Entfaltung, Freiheit … Meinetwegen kriegst du auch deine dreißig Anzüge mit den passenden Schuhen dazu …«

»Und meinen Gynoiden?«, wollte er noch geklärt haben.

»Passt.«

»Danke.«

»Bitte, bitte«, sagte sie mit einem kaum wahrnehmbaren Kopfschütteln. »Stell dir also vor, all deine Bedürfnisse und Extrawünsche werden erfüllt. Wie lange würdest du dann auf dem Sofa liegen, nichts tun und dich komplett von den anderen Lokals versorgen und bedienen lassen?«

»Ich würde schon etwas tun, aber was ist mit den anderen?«

»Vor nicht mal einer Minute wolltest du gar nichts tun. Und jetzt sind die anderen die Faulenzeren?«

»Ich würde schon etwas tun, aber mich möglichst aus dem Toilettenthema herausziehen«, korrigierte er sich.

»Warum?«

»Weil es stinkt, weil es dreckig ist, weil es degradierend ist«, rief er gereizt.

»Weil du der Sohn eines reichen Patriarchen bist?«

Er zögerte. »Ja … das auch«, gab er schließlich zu.

»Tja, diese Art Reichtum zählt nicht mehr. Stell dir vor, lieber Kevalam, es gibt kein Geld …«

»Wir haben Land, einen großen Wald, ein paar Seen«, unterbrach er sie. »Wir produzieren unseren eigenen Strom. Wir haben einen riesigen Lagerkeller voll mit Samen, Stoffen, Edelmetallen. Gold, Silber, Platin, Coltan, Kupfer … und noch sehr, sehr viel mehr. Saman, mein Vater, hatte starke Zukunftsängste und hat deshalb mit Bedacht vorgesorgt. Wir brauchen den Rest der Welt gar nicht. Wir haben sogar eine Zeitmaschine.«

»Neee! Verflixte Klamotte«, schrie sie völlig aufgeregt. Sie hatte sich vor ihn gestellt, so dass sie rückwärtsging und ihm direkt in die Augen schauen konnte. Sie blieb stehen und versperrte ihm den Weg. »Lass uns sofort zu dir. Dann verbringen wir ein paar exotische Tage im Jahr 5555 und schauen zu, dass wir hier zurück sind, genau in diesem Moment, in dem ich in diese herrliche Kirsche reinbeiße.« Daraufhin biss sie in die Frucht und fragte mit vollem Mund: »Hast du schon in der Maschine gesessen?«

»Ja, aber mehr auch nicht …«

»Hat es überhaupt jemand ausprobiert?«, unterbrach sie ihn.

»Ein paar Mäuse sind in die Zukunft geschickt worden. Vermutlich. Sie saßen in der Maschine drin und waren plötzlich weg. Zurückgekommen ist keine.«

»Es ist bekannt, dass Mäuse sehr gute Erzählerinnen sind.«

»Hä?«

Sie lachte. »Sie lifspeln fzwar ein bifschen, aber allefs sonfst fsuper.«

Jetzt musste er auch lachen.

Sie tänzelte auf seine Seite. »Nee, jetzt im Ernst. Warum bist du nicht in die Vergangenheit abgehauen, wenn du so einen Schiss davor hattest, von Zombies überfallen zu werden?«

»Wo sollte man in der Vergangenheit ankommen, wenn dort keine Zeitmaschine steht, weil sie noch nicht erfunden worden ist?«

»Hm«, stimmte sie zunächst zu. Dann fiel ihr doch etwas ein: »Rückweg durch natürliche Zeittore?« Sie warf den Kern der Kirsche mit einem Schnipser in die Luft weg. »Viel Glück«, wünschte sie dem Samen.

»Mein Vater hielt es nicht für möglich, in die Vergangenheit zu reisen. Was schon geschehen ist, kann nicht rückgängig gemacht werden, davon war er überzeugt. Seine Zeitmaschine ist deshalb so konzipiert, dass du nicht weiter zurückreisen kannst als zu dem Zeitpunkt, von dem du gekommen bist. Er war außerdem der Meinung, dass Zeittore, wenn es überhaupt welche gibt, nicht praktikabel seien. Du müsstest erst eines ausfindig machen, dann hoffen, dass es lange genug stabil bleibt, damit du einsteigst und es dich dazu noch in die Zeit mitnimmt, die du dir wünschst. Saman wollte sich nicht auf solche Zufälle verlassen und hat sich deshalb für den technischen Weg entschieden.«

»Selbst gebaut?«, fragte Saruj überrascht.

»Ja. Er hätte zwar niemals in seinem Leben einen Finger krumm machen brauchen, so reich, wie er war. Ein Diener für den Teller, ein Diener für das Besteck, so hat er seinen Status beschrieben. Jedoch war er an vielem interessiert. Er hat eine Menge Zeit mit Studieren verbracht. In diversen Universitäten oder auch privat mit berühmten Forschern, und er hat dauernd herumexperimentiert.«

»In welchen Bereichen?«

»Vielfältig. Genetik, Quantenphysik, Alchemie …«

»Alchemie? Krasser Typ.«

»Ja … das war er schon …«, nuschelte er. »Auf alle Fälle brauche ich nicht die Hinterlassenschaften von irgendjemandem wegzuputzen, um zu überleben.«

»Stell dir vor, lieber Kevalam, es gibt kein …« Sie beendete ihren Satz nicht. Sie schaute ihn aus den Augenwinkeln an, nachdenklich. Hinter seinem Nein verbarg sich etwas Tieferes. Das spürte sie. Es machte keinen Sinn, ihm mehr über Foren und sicher nicht über Anarchie und natürliche Ordnung zu erzählen, bevor dies geklärt wurde. Es brauchte seine Zeit.

Kevalam war auch in Gedanken versunken. Als er ein kleines Kind war, hatte ihm sein Vater oft erzählt, wie viel seine Familie für ihren Reichtum geleistet hatte. Dahinter steckten viel Fleiß und Zeit, betonte der Patriarch immer wieder. Arme waren faul oder dumm und man sollte sich vor ihnen in Acht nehmen. Neid würde sie schnell dazu verführen, hinterlistig und gefährlich zu werden. Unter Reichen zu bleiben, war das Sicherste. Und darauf zu achten, dass das Volk sich nicht gegen sie zusammenrottet.

Nichtsdestotrotz hatte Saman eine deutsche Studentin geheiratet, die aus einer bescheidenen Familie stammte. Marie war während der Semesterferien mit einem Motorrad durch den Iran gereist und eine Panne hatte die beiden zusammengebracht. Saman war noch sehr jung und hatte zu dieser Zeit keine Ahnung von Mechanik und Motorrädern, aber großen Respekt vor Frauen, die auf solchen Feuerstühlen saßen. Er hatte ihr Motorrad kilometerlang durch die Hitze geschoben, völlig verschwitzt und schnaufend, während sie ihm in gebrochenem Englisch über die Geschenke des Lebens erzählte und wie alles und jenes stets auf den richtigen Platz falle. Man bräuchte es sich nur vorzustellen. Am Ende des Tages hatte er den härtesten Muskelkater seines Lebens erlitten und sich zugleich verliebt.

Diese Geschichte hatte sich Kevalam immer wieder von Saman erzählen lassen. Vielleicht war diese Erzählung sogar seine schönste Kindheitserinnerung. Beide liebten diese Geschichte und sie mussten immer genau an den gleichen Stellen zusammen lachen. Während Saman erzählte, schaute sich Kevalam oft das Bild von Marie an, das sein Vater für ihn auf Papier gedruckt hatte. Verloren in dieser heilen Welt, die er nur aus Erzählungen kannte, wurde sie lebendig. Sie lächelte ihn an, manchmal lachte sie sogar. Er lächelte zurück. Er streichelte ihr Gesicht, ihre roten Lippen, die große blonde Locke auf ihrer Stirn, die knallblauen Augen, die er von ihr geerbt hatte, und am Rand des Bildes ein breiter Träger ihres Kleides, auf dem man die Blüte einer roten Rose erahnen konnte.

»Warum lächelst du?«, fragte Saruj sanft.

»Ich mag dein Kleid«, antwortete er.

Er reichte ihr die Hand. Sie ließ diese hinter ihre Taille gleiten, genoss das kurzes Streicheln auf ihrem Rücken und entfernte sich dann ein wenig, sodass ihre Hand in die seine gelangte. Am Horizont konnten sie schon den See, an dem Didi Saruj erwartete, hinter hohen Bäumen durchschimmern sehen.

»Saruj, erzählst du mir ein wenig mehr von deiner Zeit mit Didi?«

ICH HABE NICHT MITGEMACHT

Saruj hatte gerade ihre erste Kaos'ikii-Tanzstunde chaotisch abgeschlossen. Rechts, links, Füße, Arme, oben, unten und noch dieses verflixte Mantra dazu, das ihrer Meinung nach nicht einmal einem logischen Takt folgte und sie immer wieder durcheinander brachte. Außerdem war sie müde und ihre zerkratzen Füße schmerzten sie. Sie saß auf ihrem Rucksack, schnaufend und schwitzend.

»Hast du vielleicht etwas zu essen dabei? Ich sterbe vor Hunger«, fragte sie Didi.

»Nein, aber wir können gern etwas für dich suchen«, bot diese an.

»Da ist aber weit und breit nichts, nur blöde Kakteen.«

»Die alle essbar sind. Wir können sicher noch Ameiseneier finden. Sie schmecken wie Käse.«

»Hast du schon mal Käse gegessen?«, wunderte sich Saruj. »Ich meine aus Tiermilch?«

»Ja, früher mal.«

»Ich zum Glück nicht. Menschen hatten echt merkwürdige Gewohnheiten damals.«

»Mit ein wenig Glück finden wir noch ein paar Schmetterlingslarven in den Agaven. Sie sind besonders nahrhaft und werden dich satt machen.«

Saruj hatte schon beim Erwähnen der Ameiseneier gezuckt, aber jetzt verzog sie völlig angeekelt ihren Mund. »Und du, hast du keinen Hunger?«

»Nein, mir geht es gut.«

»Du isst gar nichts, kann das sein?«, fragte das Mädchen mit einem forschenden Blick.

»Ich esse wenig, aber ich esse schon. Am ehesten im Winter oder auch an manchen trüben regnerischen Tagen. Oder ganz einfach, wenn ich spüre, dass es mir guttut. Ich mag Äpfel, rote Beete und Süßkartoffeln. Brennnesseln esse ich auch sehr gern.«

»Seit wie vielen Jahren isst du nichts?«

Didi lächelte nachsichtig. »Zwanzig Jahre vielleicht … oder dreißig … Ich weiß es nicht. Ich verfolge die Jahreszahlen nicht so genau.«

»Warum hast du mit dem Essen aufgehört? Wenn mane schon als Nonne keinen Sex haben darf, ist der Verzicht auf Essen ein bisschen heftig, oder?«

Die Sannyasinii ging nicht auf den provokativen Begriff von Saruj ein. Religiöse Nonnen gab es keine mehr, das wussten sie beide. »Früher tat mir das Essen nicht gut«, erklärte sie. »Ich wurde auf fast alles allergisch. Demzufolge ließ ich immer mehr Lebensmittel aus meinem Speiseplan weg. Bis ich für einige Zeit mit dem Essen komplett aufhörte. Es ging mir schlagartig besser.«

»Und wenn du jetzt etwas isst, wie ist es dann?«

»Zu viel Essen macht mich müde und bringt mich zum Abnehmen.«

»Ab?«

»Ja, ab. Das Verdauen ist mühsam für meinen Körper geworden. Deshalb esse ich stets in kleinen Portionen.«

Saruj beobachtete rätselnd, wie die Sannyasinii in ihrem Rucksack wühlte. »Vielleicht hast du Kyberplasten in der Haut. Wie bei einer Androida.«

Didi lächelte sie amüsiert an. Das gesuchte Objekt, ein kleines Messer, das in einer eleganten Schutzhülle aus Kombuchaleder steckte, hatte sie inzwischen gefunden. »Also, sollen wir dir jetzt eine Mahlzeit organisieren?«, gab sie dem Mädchen als Antwort.

»Nur bitte ohne Eier. Die Ameisen wollen auch leben. Und ohne Larven. Auch die Larven wollen leben.«

Didi nickte wohlwollend. »Ruhe dich ein wenig aus, Saruj. Deine Füße und Beine sind voller Schürfwunden. Nach dem Essen kümmern wir uns um sie.«

Barfuß entfernte sich Didi durch den Kakteenteppich. Sie ging vorsichtig, jedoch ohne zu zögern. Mit ihrem kleinen Messer schnitt sie ein paar junge Kakteenblätter ab und sammelte sie in einer Falte ihres safranfarbenen Gewandes, das sie mit dem Ellbogen am Körper festhielt. Als sie genug geerntet hatte, kam sie zurück auf den kleinen Hügel, wo sie sich getroffen hatten, und begann, die Mahlzeit vorzubereiten.

Saruj betrachtete ihre grazilen Hände, die genauso einem jungen Mädchen hätten gehören können. »Wie alt bist du? Ich bin siebzehn.«

Didi befreite ein Kakteenblatt von seinen Dornen und begann es mundgerecht zu schneiden. »Ich bin schon länger in diesem Körper«, antwortete sie dann. »Irgendwann vor vielen Jahren habe ich aufgehört zu zählen. Das Alter – in Zahlen – sollte nicht den Umgang zwischen Menschen beeinflussen. Das tut es aber. Deshalb habe ich aufgehört, mein Alter preiszugeben. Ich möchte von niemanderen ermahnt werden, dass ich mich irgendeinem Alter entsprechend zu benehmen habe und ab einer gewissen Zahl mich mit dem Tod befassen muss. Weder in den Kommentaren noch in den Augen meines Gegenübers. Diese Energie zieht auf Dauer jedere zu Grabe.«

»Glaubst du nicht an den Tod?«, fragte Saruj, neugierig geworden.

»Der Tod ist eine freiwillige Angelegenheit. Mane stirbt, weil man an ihn glaubt. Weil das Umfeld einere davon überzeugt, dass er unumgänglich ist. Oder weil mane nicht genug auf sihnen Körper achtet. Oder weil mane sihne Mission beendet hat. Oder, oder … Es gibt viele Gründe.«

Saruj drehte einen Kaktuswürfel zwischen ihren Fingern hin und her und beobachtete ihn skeptisch. »Wirst du sterben?«, fragte sie zögernd.

»Das ewige Leben ist nicht mein Weg.«

»Warum wirst du sterben?«

»Weil es mir irgendwann genug sein wird. Weil ich es entscheiden werde.«

»Du könntest auch krank werden. Du warst schon krank. Mit den Allergien und dem Essen.« Saruj nahm doch den Würfel in den Mund und begann, sehr vorsichtig darauf herumzukauen.

»Diese Allergien sind in mein Leben gekommen, damit ich den Weg der Atemnahrung erkunde. Die Information jedoch, dass ich diese Inkarnation verlassen möchte, werde ich erkennen, ohne krank zu sein.

Deshalb werde ich nicht wegen einer Krankheit sterben.«

»Platz für die Nächsteren?« Saruj nahm ein zweites Stück Kaktus, das sie diesmal sofort aß.

Didi lächelte sanft. »Zeig mir bitte deine Füße«, bot sie dem Mädchen an.

Saruj legte vorsichtig ein Bein in ihren Schoss. Didi schloss ihre Augen. Sie wollte sich erst vergewissern, dass das Mädchen bereit war, ihre Hilfe anzunehmen, und ob sie sie behandeln durfte. Als das Bild der Heilung vor ihrem geistigen Auge klar erschien, öffnete sie die Augen und lächelte Saruj an. Dann holte sie einen Hanfbeutel aus ihrem Rucksack. Sie zog vorsichtig ein gerolltes herzförmiges Makulanblatt heraus und ließ ein wenig Flüssigkeit aus einer Glasphiole auf seine leicht behaarte Unterseite tropfen. Die Sannyasinii platzierte die fertige Kompresse um die Wade des Mädchens, bog das Ende des Blatts um ihren Fuß herum und fixierte den Verband mit einer Nesselschnur.

»Was ist das für eine Heilpflanze?«, fragte Saruj interessiert.

»Mexikanischer Blattpfeffer, hier Makulan genannt. Ein Pfeffergewächs. Die Blätter sind essbar und schmecken nach Pfeffer.«

»Ich kann es direkt riechen.«

»Auf die Blätter habe ich noch ein wenig Kamillen- und Ringelblumentinktur gesprüht, die beruhigend und entzündungshemmend wirken.« Sie legte das versorgte Bein behutsam auf den Boden zurück.« Gibst du mir bitte dein anderes Bein?«

»Es war vorhin nur so dahin gesagt mit dem Sex«, beichtete Saruj und vertraute ihren zweiten Fuß Didis Händen an. »Ich hätte auch Nonne werden können. Ich finde diesen ganzen Stress mit Männern und Liebesdramen einfach nur gestört. Reine Zeit- und Energieverschwendung. Ich wüsste auch nicht, wofür Sex mit Menschen gut sein sollte, abgesehen vom Kinderkriegen. Will ich aber keins. Ich finde Babys potthässlich, ihr Geschrei unerträglich und ihr Gesabber widerlich.«

Didi musste laut lachen.

»Nee, im Ernst«, fuhr Saruj fort, von Didis Lachen animiert. »Und wenn sie damit aufhören, dich anzupinkeln oder auf die Schulter zu kotzen, beginnt die ewige blöde Fragerei. Irgendwann, wenn sie dich völlig ausgesaugt haben, wirst du als Vollidiotin behandelt, und wenn die großgewordenen Terroristeren dich nicht mehr brauchen, merkst du, dass dein Leben ohne diese Schmarotzeren keinen Sinn mehr hat.«

Didi lachte immer noch.

»Und du, hast du keinen Stress mit deinen Eltern bekommen?«, fragte dann Saruj.

»Nein, meine Eltern waren stets sehr liebevoll zu mir. Sicherlich habe ich ihnen manchmal Mühe gemacht und Sorgen bereitet, aber wir haben uns wirklich sehr gut verstanden und auch geliebt. Meinen Beschluss, eine Sannyasinii zu werden, haben sie zwar nicht verstanden, jedoch haben sie mir bei der Verwirklichung meines Traumes ihre volle Unterstützung geschenkt.«

»Warum bist du überhaupt Nonne geworden?«

»Ein tiefes Verlangen nach geistiger Nahrung ... nach spiritueller Entfaltung ... Vervollständigung. Das Leid ...«

»Das Leid ist immer der Motor«, unterbrach sie Saruj.

»Das Leiden ist nicht mein Anliegen.« Die Sannyasini überlegte einen kurzen Moment. »Im Grunde doch, du hast recht, Saruj. Ich gehe dahin, wo Leid ist und helfe, so gut ich kann. In diesem Sinne ist schon das Leid ein wichtiger Motor für meine Entscheidungen.«

»Macht dich das Leid von anderen auf Dauer nicht völlig fertig?«

»Selber leiden würde niemande weiterhelfen. Je gesünder und glücklicher ich bin, desto mehr Energie steht mir zur Verfügung, um anderen zu helfen, und desto wirksamer werden meine Heilkräfte.«

Die Sannyasinii war mit ihrer Behandlung fertig und hatte sich im Lotussitz hingesetzt. »Weißt du, was dein Name bedeutet, Saruj?«

»Irgendwas mit Licht?«, antwortete Saruj und beobachtete dabei ihre vor sich hin gestreckten Beine und ihre bandagierten Füße.

»Dein Name bedeutet auf Sanskrit ›Leid empfindend[1]‹.«

[1] Die offizielle Übersetzung von Saruj ist ›denselben Schmerz empfindend‹.

»Deshalb zerkratzen mich diese blöden Kakteen und dich nicht«, rief das Mädchen empört. »Das finden sie lustig. Deshalb fühlt es sich immer so an, als wäre ich der Boxsack von allem und allen. Weißt du, wenn es nur ein einziges verflixtes Petermännchen[2] irgendwo eingebuddelt auf einem ewig langen Sandstrand gibt, ist er für mich. Garantiert! Ich bin die persönliche Clownin des Universums. Ich hasse mein Leben«, fügte sie noch theatralisch hinzu.

Didi lachte. Sie hatte Spaß. Saruj auch. Sie liebte es, andere zum Lachen zu bringen. Sie war – insgeheim – sehr gern die Clownin. Für ein lachendes Gesicht war sie vom Herzen bereit, ein paar Beulen zu erdulden.

»Empfindend, nicht empfindlich«, erklärte Didi. »Letztendlich bedeutet dein Name Empathie. Die Fähigkeit, sich in die Emotionen anderer zu versetzen, sie nachzuempfinden. Vielleicht bist du deshalb so gern bereit, ein wenig zu übertreiben, um deine Zeitgenossenen zu amüsieren. Es macht dir selber Freude.«

»Aber du hast gesagt ›Leid empfindend‹, nicht ›Spaß empfindend‹«, erwiderte Saruj ein wenig gekränkt, so schnell von Didi durchschaut worden zu sein.

»Leiden, Leidenschaft … beides sind intensive Emotionen. Darum geht es.«

»Ich weiß ehrlich gesagt gar nicht, ob ich so sehr empathisch bin. Mit Tieren schon, ja, auf alle Fälle. Oder auch mit Pflanzen. Manchmal mit Androideren. Aber mit Menschen, ehrlich gesagt rein gar nicht.«

»Noch nicht?«

»Was sollte mir das bringen?«

»Liebe?«

[2] Das Petermännchen ist ein Fisch, der sich gern im Sand oder im Schlamm aufhält. So kann es geschehen, dass Spaziergänger auf ihn treten und von seinen giftigen dorsalen Stacheln gestochen werden.

»Mit Liebe habe ich bisher nicht viel Erfahrung … Ich habe mich mal in einen Androiden verliebt …« Ihr kam das Bild von Pythagore[3] vor Augen. »Er nicht.«

Didi lächelte sie liebevoll an. »Das wäre auch ein wenig viel verlangt, oder?«

»Wir kannten uns seit meiner Geburt!«, konterte sie. »Ein perfekt eingespieltes Team. Und er war definitiv anders mit mir als mit allen anderen. Wärmer, lustiger, freier …«

»Interpretation deinerseits? Er hat dich besser gekannt. Deshalb schneller reagiert und genauer gewusst, wie er in deinem Sinne reagieren soll. Ein Android ist …«

Sarujs Blick wurde auf einmal finster. Den Begriff Android empfand sie, wie die meisten, die Androiden wohlgesonnen waren, als besonders abwertend.

»Einere Androidere«, bereinigte Didi, »ist immer noch eine Maschine, wenn auch eine hochentwickelte.«

Saruj schluckte. »Was hat Pi denn überhaupt gefehlt?« Man konnte in ihrer Stimme Verzweiflung hören.

»Empathie, das hat ihm gefehlt. Er konnte dich verbal verstehen, aber nichts davon, was du gefühlt hast, selbst nachempfinden.« Und nach einer Pause. »Bist du deswegen weggegangen? Aus Liebeskummer?«

Saruj lenkte ab. »Ich drehe echt durch, wenn ich die alten Bilder sehe, wo Tiere so herzlos behandelt wurden. Es reicht schon, wenn ich davon höre. Es schmerzt so sehr und ich fühle mich so hilflos. Damals wäre ich garantiert eine Ökoterroristin gewesen.«

»Das kann ich mir bei dir bildhaft vorstellen.« Didi schmunzelte.

»Hey, allerdings. Hast du diese Zeiten noch erlebt?«

»Ja.«

»Und was hast du gemacht? Wie bist du mit diesem Leid zurechtgekommen? Was hat deine verflixte Empathie gebracht? Ich meine, was

[3] [pitagɔr]: Pythagoras von Samos, geb. etwa 580 v. Chr. war u.a. Philosoph, Mathematiker und Visionär.

bringt es für das Kalb, kurz vor der Schlachthofhölle noch einen liebevollen Abschiedskuss zu bekommen?«

»Viel und nichts. In diesen wenigen Sekunden der empathischen Verbindung hat das arme Tier Liebe erlebt. Vielleicht war es das erste Mal in seinem traurigen Leben. Es zählt, Saruj. Für dieses eine Wesen zählt es.«

Saruj wischte wütend eine Träne weg. Sie hasste es, so zu sein. Sie hasste ihre so ausgeprägte Vorstellungskraft. Sie hasste auch diese Menschen, die früher mal diese Millionen von sensiblen Wesen misshandelt und ermordet hatten. »Und du? Was hast du gemacht?«, fragte sie erneut. Man konnte jetzt etwas Vorwurfsvolles in ihrer Stimme hören.

»Ich habe nicht mitgemacht«, antwortete Didi.

»Was?!« Saruj war entsetzt. Wie konnte sie so viel Passivität mit so wenig Scham beichten.

»Ja, ich habe nicht mitgemacht«, wiederholte Didi. »Ich habe versucht, so gut es ging, an diesem Leid nicht teilzunehmen. Ich bin vegan geworden und habe in allen anderen Bereichen meines Lebens meine Entscheidungen und meinen Konsum Schritt für Schritt überdacht und so gut es ging geändert.«

»Und wer nur ein einziges Leben rettet, rettet die ganze Welt«, zitierte Saruj. »Ich kenne den Spruch, klar, kann aber damit wenig anfangen. Das eine Schwein hat Schwein gehabt, ja, aber die anderen sind arme Schweine geblieben.« Das Mädchen war voller Wut und gerade nicht in der Lage, über ihre Sprachspielerei zu lachen.

Didi blieb auch ernst. »Es geht darum, dass mane beginnen soll. Wer den ersten Schritt tut, gibt eine Richtung vor, der andere folgen können. Viele Menschen haben sich am Anfang der Transition sehr machtlos gefühlt. Jedere war für sich überzeugt, dass sier allein nichts hätte ändern können oder nur so wenig, dass es keinen Sinn gemacht hätte, damit anzufangen. Wie du mit dem Kalb, wenn du glaubst, dass du mit einem liebevollen Abschiedskuss nichts verändert hättest. Es geht um

Mut. Erst wenn sich einere traut, trauen sich die anderen. Wer beginnt, kann die ganze Welt retten.«

Saruj hatte Didi verstanden. Aber ihre Wut hing weiterhin in ihr fest. Ihre Schläfen taten ihr weh und ihre Kehle fühlte sich an, als hätte jemand versucht, sie zu erwürgen. »Wäre es nicht sinnvoller gewesen, nachts die Türen der Massentierhaltungsanstalten zu knacken und alle Tiere freizulassen?«, wandte sie völlig hilflos ein. »Auch wenn sie nur für eine kurze Zeit draußen rumgelaufen wären, hätten die Menschen ihre Qualen gesehen. Stell dir vor, wie es gewesen wäre, wenn plötzlich Hunderte von verdreckten Schweinen auf einen Dorfplatz gehinkt wären. Nicht holographisch. Real!«

»Es hat stattgefunden, Saruj. Mehr als einmal. Ökoaktivisteren oder auch Ökoterroristeren, wie du es vielleicht geworden wärst, hättest du in jenen Zeiten gelebt, gab es einige. Und obwohl ich mir gewünscht hätte, dass es nicht dazu gekommen wäre, gebe ich zu, dass Ökoterror seine Wirkung hatte. Aufgrund solcher radikaler Aktionen haben viele Menschen begonnen, vegan zu leben und manchmal daraufhin ihr ganzes Leben überdacht.«

Zu erfahren, dass es Ökoterroristen tatsächlich gegeben hatte, hatte Saruj ein wenig getröstet. Ihre Schmerzen waren am Abklingen, gefolgt wie so oft von Tränen, die sie diesmal ignorierte und laufen ließ. »Dem Schwein ist es wurscht, warum man es nicht umbringt«, protestierte sie noch leise.

»Ja. Für dieses eine Schwein ist es unwichtig«, stimmte Didi mit einem sanften Lächeln zu.

»Schweineglück gehabt!« Die Francofon[4] freute sich ebenso für das Schwein wie über ihr Wortspiel.

[4] In einer französischsprechenden Fonie gebürtig

SCHULDGEFÜHLE MACHEN KLEIN UND GEFÄHRLICH

Kevalam hatte Saruj umarmt und ihre feuchten Wangen geküsst. »Es ist vorbei«, tröstete er sie. »Es werden doch keine Tiere mehr gefoltert und getötet. Warum bewegt dich das noch so arg?«

»Ich weiß nicht, Kev. Manchmal wache ich in der Nacht auf und sehe ihre verängstigten Augen. So viel Leid. Es ist schrecklich. Und ich kann nichts tun. Wenn ich an Reinkarnation glauben würde, würde ich davon ausgehen, dass ich in diesen herzlosen Zeiten gelebt habe.«

»Und du warst eine Kuh«, stichelte er.

Saruj befreite sich aus seiner Umarmung und schaute ihn empört an. »Wenn überhaupt, war ich eine Ökoterroristin! Und sei lieb zu mir. Vielleicht habe ich dir damals das Leben gerettet.«

Er bedankte sich mit einem flüchtigen Kuss in die Luft. »Allerdings, Saruj, ich wollte dich noch etwas fragen«, sagte er dann. »Was hat Didi gegen Ökoterror gehabt? Die Methode beschrieb sie doch als effizient und sie hat, soweit ich es verstanden habe, niemandem ernsthaft geschadet.«

»Genau das habe ich sie damals auch gefragt«, antwortete Saruj. »Willst du von ihrer Theorie jetzt hören oder reicht es dir für heute?«

»Wie lange haben wir noch vor uns?«

Saruj schaute auf ihr HPS. »Laut diesem großartigen Gerät: eine Stunde.«

»Dann bitte.«

Saruj kreiste ihre Schulter, um sie von imaginären Verspannungen zu lösen, und begann zu erzählen: »Wir saßen also noch auf unserem Felsen mitten in der Wüste. Ich hatte gegessen, getrunken und – am allerwichtigsten – jemande gefunden, dide offensichtlich einen Plan hatte, wo wir uns befanden. Didi schien auch noch zu wissen, wie man dort überleben konnte. Also hatte ich nicht vor, sie so schnell zu verlassen. Ich konnte sowieso kaum gehen, nachdem ich die Nacht davor durch diese dummen Kakteen gelaufen war. Ein Tag Pause war für mich bitter notwendig und es war eindeutig, dass Didi mich nicht im Stich lassen würde. Sie hatte mich direkt adoptiert.«

Saruj hatte Didi also gefragt, warum sie den Weg des Ökoterrorismus bedauerte. Die Sannyasinii hatte ein Problem damit, dass Ökoterroristen Schuld als Werkzeug benutzt hatten.

»Mane kann mit Schuldgefühlen Menschen wunderbar manipulieren«, erklärte sie Saruj. »Nur ist Schuld eine gefährliche Energie.«

»Ja, weiß ich. Auf der Wand vom Plenarsaal in meinem Lokali steht in Französisch, also ich übersetze es dir mal direkt: ›Schuldgefühle machen klein, kleinlich, frustriert, bitter und am Ende gemein und gefährlich.‹ So ungefähr.«

»Der Spruch beschreibt meine Gründe sehr genau.«

»Aber indem mane die Tiere nicht mehr isst, befreit mane sich doch von der Schuld, oder?«, fragte Saruj nach.

»Wenn es nur aus Schuldgefühlen heraus geschieht, hat dieser Entschluss keine Tiefe und auch keine Widerstandskraft«, antwortete Didi. »Stell dir vor, Saruj, einere frischgebackene Veganere würde es übel genommen werden, Lederschuhe zu tragen, oder ihme würde vorgeworfen, das gemeinsame Familienessen nicht würdigen zu wollen. Falls sihne Entscheidung nur auf Schuldbewusstsein beruhte und dennoch sihn neues Verhalten ihme von der Schuld nicht befreit hätte – weil es immer etwas zu bemängeln gibt –, dann wäre es sehr gut möglich gewesen, dass diesere Mensche doch irgendwann alles über Bord geworfen hätte. Und sogar andere in sihner Bitterkeit mitgenommen hätte, die auch lediglich ihr Essverhalten umgestellt hatten, um ihre Schuldgefühle zu besänftigen. ›Ich habe es probiert, es war nicht meins.‹«

»Geantwortet hätte ich: ›Ist das Töten von Tieren deins?‹«, antwortete Saruj prompt.

»Damit wärst du leider nicht weiter gekommen«, erwiderte Didi. »Mit solch einem Satz hättest du den Ring der Schuldzuweisungen nicht verlassen. Schau. Wenn alle Fleisch essen, dann sind alle Komplizeren. Schuldig ist niemande, solange alle mitmachen.«

»Mathematisch betrachtet ist die eigene Schuld die gesamte Schuld durch alle, also wenn alle mitmachen: Null Komma null, null, null … und irgendwann kommt eine Eins«, stellte Saruj fest.

»Genau. Insofern verriet jedere Austeigere die Schuld der anderen. Da die Schuld zwischen weniger Menschen aufgeteilt wurde, wurde sie auf ein Individuum bezogen höher. Je mehr Leute ausstiegen, desto auffälliger wurde dieser Zustand für die übrig Bleibenden. Deshalb wurden die Veganeren stark kritisiert oder schlicht lächerlich gemacht. Die Fleischessenden wollten sich vor diesem bedrängenden Schuldpensum befreien, Ruhe sollte wieder auf ihren anklagenden Tellern einkehren.«

»Ich habe auch gerade ein Bild vor Augen«, sagte Saruj, die Metaphern überaus liebte. »Schuld ist wie ein Feuerball. Wenn jemande sie zu mir wirft, verbrennt es mir die Hände. Also werfe ich den Ball schnell eineren anderen Abnehmere zu.«

»Ein treffendes Bild«, sagte Didi. »›Die jeden Tag Fleisch essen, sind das Problem, nicht ich‹, ›Die Bauern sind schuld, weil sie für ihren Profit Tiere ausbeuten‹, ›Die Natur ist schuld, Löwen essen auch Gazellen.‹«

»Rohgazellen«, unterstrich Saruj.

»Saruj, du hast keine Ahnung, was alles behauptet wurde, um den Fleischkonsum zu rechtfertigen. Immerhin ging es um eine Fleischindustrie, die gigantische Geldsummen erwirtschaftete. Das solideste Argument jedoch, das ich jemals von Fleischkonsumbefürworteren zu hören bekommen habe, war, dass der Geschmack vom Fleisch so toll sei.«

»Stimmt das?«

»Wie immer in der Küche geht es darum, wie gut die Köcheren sind.«

»Es war also ein Krieg zwischen verschiedenen Kochkünsten«, schlussfolgerte Saruj.

Didi lächelte. So einfach konnte man die Situation auch beschreiben. »Es ging in der Tat um Gewohnheiten. Um Tradition. Um Status. Um Sicherheit. Das Gefühl, dass mane geldreich genug war, um sich Fleisch leisten zu können. Es ging um Macht.«

»Macht über das Leben anderer Wesen, die sich nicht wehren können.«

»Die Veganeren waren demzufolge daran schuld, dass mane nicht mehr ohne Schuldgefühle seine Geschmacksknospen befriedigen durfte«, sagte Didi schließlich.

»Der Spruch war gut, Didi.« Das Mädchen brauchte einen Grund, um sich zu freuen, einen Anker, um sich festzuhalten und nicht erneut in Trauer und Wut zu rutschen.

Didi fuhr fort: »Die katastrophalen Umstände in den Tierfabriken wurden von den bösen Veganeren fotografiert und jederen vor die Nase gestellt. Das Darstellen eines lächelnden Schweinegesichts durch die Zusammenstellung farbig verschiedener Fleischstücke für eine Kinderpastete wurde als Sarkasmus entschleiert. Das Verdrängen und Vertuschen des jemals von Menschen verursachten größten und gewaltigsten Blutbads wurde offengelegt.«

»Das hat doch geholfen, oder?«

»Bedingt. Es löste sehr viele Widerstände aus, die in den friedlichsten Fällen mit der Aussage endeten: ›Jeder darf essen, was er will.‹ Plötzlich ging es um das ›gute Recht‹, um persönliche Freiheit. Unantastbar.«

»Aber es ging doch verdammt noch mal um Lebewesen, die gefoltert und umgebracht wurden«, protestierte Saruj.

»Mane kann nicht mit Schuldgefühlen Empathie in eineren Menschere erwecken. Es geht zu guter Letzt um das Empfinden einer tiefen Verbundenheit miteinander. Ich lasse dieses Wesen am Leben, ich behandle es liebevoll, weil ich es für richtig empfinde. Nicht weil ich mich nicht schuldig fühlen möchte oder weil ich nicht von anderen ausgegrenzt oder bestraft werden möchte, sondern weil ich das Leben dieses Wesens, das Leben an sich, achte.«

Saruj war in einer Zeit geboren, in der solche Konzepte selbstverständlich waren. Außer in den No-Go-Territories wurden Tierprodukte äußerst selten konsumiert und Fleisch hatte sie selbst noch nie in ihrem Leben gegessen. Trotzdem hatte sie den Drang, die Logik der Fleischkonsumenten zu verstehen. In ihr schlummerte die unerklärliche Angst, dass diese geldbefreite Gesellschaft, die ausgerechnet am Tag ihrer Geburt offiziell verkündet worden war, nur ein süßer Traum war und dass am nächsten Morgen ein bitteres Erwachen auf sie wartete.

»Und wenn es nichts anderes zum Essen gäbe?«, wollte sie wissen. »Wenn es nur noch dich und ein Kaninchen da gäbe?«

»Das sind Ausnahmesituationen, womit mane keine Regeln aufbauen sollte«, klärte Didi auf. »Wenn mane nicht gerade in der Einöde lebt, wird der Fall nicht eintreten, in dem mane vor so einer Entscheidung steht. Wir haben hier so viel qualitativ wertvolles Essen und brauchen keine Kaninchen erlegen. Aber ich möchte mir trotzdem deine Frage näher anschauen. In dieser speziellen Situation würde ich abwägen, ob ich bereit bin, dein Kaninchen zu töten, um selber zu überleben. Ob ich in der Lage dazu wäre, es zu schlachten, ihm das Feld über die Ohren zu ziehen, es zu entleeren …«

»Hab schon verloren«, unterbrach sie Saruj. »Ich suche mir ein paar Wurzeln.«

»Abgesehen davon hätte ich nach wenigen Tagen weiterhin wieder Hunger und einen geselligen Kompagnon weniger.«

»Du würdest also das Kaninchen leben lassen, oder?«

»Mittlerweile ja. Es gibt einen Moment, ab dem es nicht mehr geht, ab dem das Bewusstsein des Einsseins mit allen anderen Lebewesen so gereift ist, dass mane nicht mehr ein Leben gegenüber einem anderen bevorzugen möchte, nicht einmal sein eigenes. Es bedeutet nicht, dass ich mich oder dich nicht verteidigen würde, falls hier ein hungriger Säbelzahntiger auftauchen würde, und wenn ich es mit Liebe nicht schaffe, dann mit Notgewalt[1].

[1] Neues Wort in der Zukunft. Gewalt, die aus der Not heraus ausgeübt wird.

Es sind wie gesagt extrem unwahrscheinliche Situationen, die zwar oft zitiert wurden, um einere herauszufordern, aber denen ich wenig Beachtung schenkte. Nun, wem erzähl ich das jetzt? Kommst du gerade aus der Vergangenheit oder spielst du nur zu gern des Teufels Advokat mit mir?«

Saruj wirkte ungeduldig. Sie hatte in der Tat nicht mehr wirklich zugehört. Ihr war eine Geschichte über ein Kaninchen eingefallen, die sie unbedingt loswerden wollte.

Kaum hatte Didi ihren Satz zu Ende gebracht, begann sie damit: »Weißt du was, meine Mutter hat mir mal eine echt schräge Geschichte erzählt. Ihre Großmutter, meine Urgroßmutter also, hatte mal ein Kaninchen von ihrem Vater zum Geburtstag geschenkt bekommen. Sie war acht Jahre alt, hatte sich über das Kaninchen total gefreut und sich sofort verknallt. Im Grunde war aber dieses Kaninchen nur eines von vielen anderen, die dort gehalten wurden. Nachts schlief das Kaninchen von Valérie, so hieß die Uroma, sogar mit seinen Geschwistern zusammen im Käfig.

Eines Tages stand aber ihr Kaninchen als Sonntagsbraten auf dem Tisch. Ihr Vater hatte total vergessen, dass dieses eine Kaninchen ihr Haustier geworden war. Als Valérie, völlig in Tränen aufgelöst, ihn daran erinnerte, hat er ihr eine Pfote des Tieres geschenkt. So, als Trost oder als Glücksbringer.«

»Was hat sie mit der Pfote gemacht?«, fragte Didi.

»Sie hat sie behalten. Glaube ich zumindest«, antwortete Saruj.

»Deine Geschichte zeigt wunderbar, wie willkürlich Werte über andere Lebewesen deklariert wurden. Wurde das Kaninchen gegessen oder gestreichelt? Für den Vater von Valérie stand dies nicht im Widerspruch. Das Kaninchen war erst ein Lebewesen gewesen, das sihne Tochter liebkoste, später wurde es zu Nahrung für die Familie und zu guter Letzt blieb von ihm nur noch ein Objekt übrig – eine Pfote, die er Valérie als Glücksbringer schenkte.«

Saruj wurde still. Sie fragte sich, ob sie die Pfote angenommen oder sie dem Vater ins Gesicht geworfen hätte. Sie war unschlüssig. Sie hatte ihren Vater nicht gekannt. Nach ein paar Minuten wischte sie diesen bizarren Gedanken aus ihrem Kopf. Didi beobachtete sie liebevoll.

»Was ist mit Pflanzen?«, fragte das Mädchen. »Wir bringen so gut wie keine Tiere mehr um, aber weiterhin viele Pflanzen.«

»Willst du gerade probieren, mir Schuldgefühle einzujagen, oder ist es eine ernst gemeinte Frage?«, fragte Didi zurück.

»Ernst. Du isst eh nur Luft.« Saruj lachte.

»Ich habe dir diese Frage gestellt, weil sie als Totschlagargument von vielen, die sich von ihrem Fleischkonsum nicht trennen wollten, benutzt wurde. Nun, wenn Fleisch gegessen wird, bedeutet es lange nicht, dass die Pflanzen verschont werden. Dennoch sind Pflanzen besonders empfindliche und kommunikative Wesen, und darum habe ich mich mit diesem Einwand ernsthaft beschäftigt. Wo ich allerdings ihr Leid sehr stark gespürt habe, war in Monokulturfeldern, in denen sie früher mal in Reih und Glied wachsen mussten. Gleich schnell. Getrennt von ihren wichtigen Partnern[2] durch den Einsatz von Chemikalien und ohne sich ihre Nachbarpflanzen selber aussuchen zu dürfen.«

»Wie Ruderen in Galeeren«, bemerkte das Mädchen.

»Ja, diese Metapher finde ich sehr treffend.«

»Aber Didi, wenn man ein Kaktusblatt mit einem Messer herausschneidet, verursacht das nicht auch Leid?«

»Es war sicherlich keine angenehme Erfahrung für den Kaktus vorhin, aber er wird es überleben. Er wird nicht mal krank davon oder besonders geschwächt.«

»Kommt drauf an, wie viel du nimmst«, wendete Saruj ein.

»Darauf habe ich geachtet«, versicherte ihr Didi. »Im Gegensatz zu dem Bein von einem Schwein, das nicht nachwachsen würde, wenn ich

[2] Würmer, Pilze, Bakterien u.a.

es herausschneide, um es zu braten, wird unser Kaktus neue Blätter bekommen.

»Und was ist mit Wurzeln? Wir essen ja auch Möhren.«

»Das stimmt. Deshalb gibt es einige Menschen, die keine Wurzeln konsumieren.«

»Wäre es eigentlich nicht am besten, wenn wir alle uns nur noch von Luft und Sonne ernähren würden?«

»Es ist nicht gesagt, dass wir nicht irgendwann dahin gelangen werden.«

»Und was wäre dann mit den Löwen?«

»Manche sind der Meinung, dass alle Tiere eines Tages nichts mehr zu essen brauchen werden. Das biblische Paradies. Alle sitzen angstfrei nebeneinander. Ich weiß nicht, ob es jemals so sein wird. Ich begrüße es, dass wir schon soweit sind, Tiere als unsere nächsten Verwandten nicht mehr zu quälen. Es ist ein Beginn.«

»Nee, begonnen haben die Menschen, indem sie sich nicht mehr gegenseitig gefressen haben. Kannibaleren. Brrr.«

»So hat es vielleicht begonnen. Wie weit wir noch gehen werden, weiß ich nicht. Es ist eine Frage von Bewusstsein. Nun, ganz ohne Einfluss auf deine Umwelt wirst du nicht leben. Und das ist auch gut so. Was du ausatmest oder ausscheidest, bedeutet Leben für andere Wesen. Was würde geschehen, wenn alle Lebewesen, inklusive Würmer, Insekten und Bakterien aufhören würden, sich zu ernähren? Was, mit unserem Körper nach dem Tod? Mit dem Körper aller Lebewesen? Das Leben würde zum Stillstand kommen. Und schließlich aufhören.«

»Oder es würden sich ganz neue Wege finden, die wir uns jetzt gar nicht vorstellen können.«

»Wer weiß?« Didi beobachtete das junge Mädchen. Die Welt hatte sich wirklich stark verändert in den im Grunde wenigen Dekaden ihres Daseins.

Die zwei Frauen betrachteten die Wüste. Die Sonne stand hoch, aber die Temperatur war in diesem vor kurzem angebrochenen Frühling noch sehr angenehm. Überall wimmelte es vor Leben. Tiere, die sich alle ernähren mussten, um zu überleben. Pflanzen, die die Ausscheidungen der Tiere brauchten, um zu wachsen und auch von der Nahrungskette abhängig waren.

Nach einer Weile unterbrach Saruj die Stille: »Und jetzt? Geht es darum, dass mane sich dem Kreislauf des Essens und Gegessen-Werdens entzieht?«

»Wie ich vorhin schon sagte, geht es meines Erachtens nach darum, das Leben zu achten«, antwortete Didi.

»Also theoretisch könnte mane doch von Zeit zu Zeit ein Tier töten und essen, oder?«, fragte Saruj. »In einem Ritual. In ›Dankbarkeit‹.« Sie verzerrte das Gesicht angewidert. Mit oder ohne Dankbarkeit hätte sie kein Tier töten oder essen wollen und auf dem Speiseplan eines anderen Wesens wollte sie auf keinen Fall stehen, egal wie viel Dankbarkeit ihre Genießer ihr vordudeln würden.

»In den Sammler- und Jägervölkern war es auch so. Und es wird auch jetzt in den meisten No-Go-Territories praktiziert«, antwortete Didi. »Auch wenn ich es richtig finde, dass – wenn es um des Überlebens wegen nicht zwingend notwendig ist – nicht mehr gejagt wird, sehe ich da schon einen wesentlichen Unterschied. Wird das wilde Tier, das mane gerade bewundert, eines Tages Beute oder eben nicht? In diesem Moment hat es noch keine Funktion. Mane kann sich an seinem Anblick erfreuen, ohne Vorbehalt. Ein Tier, im Gegensatz dazu, das gezüchtet wurde mit dem Wissen, es eines Tages zu töten, hat von Anbeginn eine klare Funktion. Es ist von Geburt an Nahrung. Ihm Liebe zuzusprechen, wäre Heuchelei – Heuchelei vor dem finalen Verrat. Also werden empathische Gefühle instinktiv blockiert.

Wenn es sich früher um wenige Tiere handelte, konnte man als Betreuere sihne Tiere liebevoll behandeln und sich mit ihrem Totschlag einigermaßen arrangieren. Sobald es aber viele wurden, die aus reinem Profitdenken in erbärmlichen Zuständen gehalten und umgebracht wurden, ging es nicht mehr. Das war der Moment, in dem der Mensch sich davor fürchtete, seine Gefühle zuzulassen, weil er diese nie und nimmer ausgehalten hätte. Vor allem waren die Menschen, die direkt damit zu tun hatten, also die Züchteren, Aufpasseren und Hinrichteren, am härtesten betroffen. Vielleicht wurden deshalb Tiere in Massentierhaltung so missachtet und so entsetzlich gefoltert. Das Tier musste zu einem Objekt reduziert werden. Ein Objekt, das so wenig wie möglich mit Leben und Lebendigkeit zu tun haben sollte, verstümmelt, unkenntlich gemacht, hinter dicken Türen ungehört und möglichst weit weg. Reduziert zu einem leblosen Produkt. Das Produkt Fleisch. Und der Verzehr dieser völlig verängstigten und traumatisierten Tiere hat, ich bin mir darüber absolut sicher, eine vernichtende Wirkung auf die empathischen Fähigkeiten der Menschen ausgeübt.«

»Den Spruch kennt jedere: ›Solange es Schlachthöfe gibt, wird es Schlachtfelder geben.‹«

»Ich freue mich, dass wir beides los sind«, äußerte Didi dankbar.

Saruj streckte ihre Arme hoch und guckte sich um. »Didi, was machen wir heute?«, fragte sie völlig unvermittelt.

Die Sannyasinii musste schmunzeln. »Was machst du hier, Saruj?«

»Ich bin Nomads.«

»Das sehe ich. Wie lange schon?«

»Frischlingin. Ich bin vor etwa zehn Wochen unter dem Ozean mit dem Speedatlantik geschleudert und an Land ausgespuckt worden.«

»Aber warum bist du ausgerechnet hier, in der Sonora-Wüste?«

»Hab mich verlaufen. Danke, dass du mir sagst, wo wir sind.« Das Mädchen lachte.

»Suchst du etwas Bestimmtes?«

»Weiß nicht. Tiere vielleicht. Ich mag Tiere. Aber hier, in dieser blöden Wüste ist nicht so viel zu sehen ...«

»Hier gibt es viel Fauna«, versicherte Didi.

»Stimmt, was erzähle ich. Ich habe einen Leguan gesehen. Willst du sehen?«

Ohne auf eine Antwort von Didi zu warten, öffnete Saruj ihren zerfransten Rucksack, wühlte in Unterhosen und allem Möglichen herum und holte endlich einen zerknitterten Zeichenblock heraus. Der Leguan. Es war mehr eine Karikatur als eine Zeichnung.

Didi schaute sie sich aufmerksam an. »Deine erste Zeichnung?«

»Hier schon.«

»Du hast Talent, Saruj. Mane sieht regelrecht, wie er in der Sonne lächelt.«

»Er langweilt sich ein wenig, glaube ich.«

»Auf dem Bild sieht er eher gelassen aus. Er fühlt sich wohl.«

»Ja?«

»Schau, das ist doch ein schönes Lächeln, oder?

»Er lächelt wie du«, bemerkte Saruj.

Didi hob ihren Blick und sah, wie das Mädchen in dem Bild versunken war. Die Sannyasinii genoss ihre unbefangene Direktheit und wusste, dass diese Begegnung keine Eintagsfliege war. Sie würden eine Weile zusammenbleiben. Didi brauchte keinen Begleiter, sie war sich selbst genug. Sie hatte jedoch nichts gegen Freundschaften, und das Mädchen hatte, trotz ihrer groben Manieren, ein reines Herz. Ein wenig Geleit würde sie ihr gern schenken.

Vor Kevalam und Saruj lag endlich der See. Die Wasseroberfläche war glatt wie ein Spiegel, in der sich die Bäume am Seeufer und die untergehende Sonne verdoppelten.

»Wir sind angekommen«, sagte sie und, den Blick auf das Wasser gerichtet, befreite sie sich blitzschnell von ihrer Kleidung.

Kevalam schaute seiner nackten Freundin zu, wie sie zum See rannte. Ein wenig verlegen rief er: »Du hast vorhin über deine Liebe zu einem Androiden gesprochen. Erzählst du mir nächstes Mal mehr darüber?«

»Ab ins Wasser!«, gab sie ihm als Antwort.

»Und den Leguan möchte ich auch sehen«, rief er noch und begann sich auszuziehen.

DUZEN IST EIN POLITISCHER AKT

Am Rande des Sees, ein wenig abgelegen, befand sich ein alter Gutshof, der in den Dreißigern des 21. Jahrhunderts zu einem Seminarhotel umgebaut worden war. Wenige Jahre später wurden die Gebäude wegen Konkurs aufgegeben und waren jetzt als Treffpunkt für die bevorstehende Wallfahrt ausgewählt worden. Die Natur hatte sich in diese über mehrere Jahrzehnte andauernde Verlassenheit überall breit gemacht. Ein Haus verschwand, geborgen unter den riesigen gebogenen Armen eines Brombeerstrauchs. Die restlichen Häuser und die verlassene Kirche, die an ein zentral stehendes Haus angelehnt war, zeigten kaum noch Mauern unter ihren dicken Mänteln aus Efeu. Die Wege waren zugewachsen und schwer erkennbar. Außer einem, der offensichtlich vor kurzem freigelegt worden war und zu dem Hauptgebäude führte. Als das Paar auf diesen einladenden Pfad zuging, erschien schon Didi vor der Tür.

Saruj warf sich genüsslich in ihre offenen Arme, beide Frauen lachten vor Glück. Erst als sie satt waren, drehte sich die Frau im safranfarbenen Gewand lächelnd zu dem im Anzug gekleideten Jugendlichen.

»Namaskār[1]«, grüßte sie ihn, die Hände vor dem Herzen gefaltet und mit einem leichten Kopfbeugen.

»Guten Abend, Didi«, begrüßte er sie zurück. »Sehr erfreut, Sie kennenlernen zu dürfen, nachdem ich so viel Schönes über Sie gehört habe.«

Didi kicherte.

»Ein Zeitreisender«, improvisierte Saruj ungeniert. »Ich schätze, Anfang unseres Jahrhunderts. Er hat von nichts eine Ahnung, ist nur am

[1] Oder Namastē. 'Meine Seele ehrt die Seele in dir', das soll mit dieser Grußform ausgedrückt werden. Wörtlich bedeutet jedoch Namaskār: 'Ich mache den Akt des Begrüßens oder Verbeugens mit Respekt.'

Staunen und stellt dauernd komische Fragen. Ach, noch was, Didi.« Sie legte eine kleine Pause ein, um die Spannung zu erhören. »Er heißt Kevalam.«

Die Sannyasinii musterte ihn, tatsächlich verdutzt. »Dann hereinspaziert mit euch beiden. Mane sieht kaum noch etwas hier.«

Der zentrale Raum des Gebäudes war riesig, die Wände waren mit weißem Kreidewasser frisch getüncht und der Boden mit einer dicken Schicht Stroh bedeckt. Algenwandleuchter strahlten ein weiches, besänftigendes Grünlicht aus. Hinten rechts trennte eine lange Theke den Küchenbereich vom Rest des Raumes ab. Links formten ein Dutzend Bodentische eine kleine Insel. Einer davon, direkt am Fenster, war für zwei Menschen, die nebeneinander sitzen konnten, gedeckt. Didi setzte sich in ihrer gewohnten Halblotus-Sitzpose an eine freie Seite des Tisches. Die zwei Geliebten häuften Stroh aufeinander, um sich einen bequemen gemeinsamen Sitz zu gestalten.

Ein zugedeckter Topf Suppe, Pflücksalat in einer großen Holzschüssel, ein Korb mit Buchweizengalettes, eine Karaffe Wasser, Porzellanteller und -besteck, alles war zusammen mit Kerzen in hohen Baumharzvasen liebevoll auf dem Tisch angerichtet. Bei der Herstellung der gedruckten Gefäße waren während des 3D-Druckprozesses klitzekleine Blumen eingegossen worden, die dank der inneren Vasenbeleuchtung einen lebhaften Schattentanz an den Wänden des imposanten Raumes darboten.

Saruj lehnte sich nach vorne und hob den Deckel von der Suppenschüssel. »Brennnesselsuppe«, rief sie begeistert. »Es hätte mich auch gewundert, wenn es keine Brennnesseln zum Essen gegeben hätte.«

Beide Frauen mussten laut lachen. Um das Haus herum wucherten die blutreinigenden Kräuter tonnenweise. Didi hatte eine kleine Emailkelle in die Hand genommen und war zum Servieren bereit. Heiter hielt Saruj ihr den Teller hin. Kevalam wartete höflich, bis seine Freundin bedient worden war, bevor er selbst seinen Teller hinreichte.

»Es freut mich besonders, dich kennenzulernen, lieber Kevalam«, sagte Didi, während sie ihm achtsam eine Portion heiße Suppe ausschenkte. »Deinen Namen habe ich schon unzählige Male in meinem Leben ausgesprochen oder gesungen, dennoch hatte ich noch keine Gelegenheit, damit einere bestimmte Mensche zu meinen. Kevalam, du bist hier willkommen, und ich werde dir deine Fragen, soweit mein Wissen es erlaubt, sehr gerne beantworten.«

Er hob seinen Löffel hoch, zögerte kurz und legte ihn wieder hin. Didi beobachtete ihn mit einem einladenden Lächeln.

Dann räusperte er sich dezent und traute sich doch: »Weshalb haben Sie vorhin gelacht?«, fragte er mit verunsicherter Stimme.

Didi schaute ihn mit einem wohlwollenden Lächeln an. »Lieber Kevalam, wahrscheinlich ist dir dies nicht bewusst, aber deine Sprache klingt ein wenig altmodisch, vor allem aus dem Mund eines jungen Mannes«, klärte sie ihn dann auf. »Das Siezen ist ein Relikt damaliger hierarchischer Strukturen und wurde im Konsens schon vor einigen Dekaden weltweit aberkannt, da es nicht mehr zeitgemäß war und unseren Gesellschaftswerten nicht entspricht. Verboten ist natürlich nichts. Das Verbieten ist auch ein Konzept, dem wir weiterhin keine Beachtung widmen. Es finden sich demnach einige Nostalgiker des alten Systems, die diese hierarchische Umgangsform noch benutzen. Da es sich meist um Männer handelt, benutze ich jetzt bewusst nicht die genderneutrale Form.«

»Spielt keine Rolle, Didi«, warf Saruj dazwischen, während sie kleine Stückchen ihrer Galette abbrach, um sie in ihrer Suppe zu tränken. »Unsere Grammatik ist ihm auch fremd.«

Didi, ein wenig verdutzt, nahm die Information zur Kenntnis. »Du trägst einen Anzug und ich hätte es deshalb für möglich gehalten, dass du zu diesen vereinzelten Nachtrauernden des Geldes gehörst. Mein Vorurteil«, gab sie aufrichtig zu.

»Für mich geht es lediglich um Respekt, den Respekt, den ich Ihnen gerne zeigen möchte«, rechtfertigte er sich.

»Deinen Respekt erkenne ich auch so an«, versicherte sie ihm. »Ich danke dir dafür, lieber Kevalam.«

Er bedankte sich auch für die Aufklärung und begann zu essen.

»Wer duzt wen und wer siezt wen, lieber Kevalam?«, fuhr Didi fort. Offensichtlich, genoss sie es, den Jugendlichen beim Namen zu nennen. »Die Sklaveren haben ihre Herren gesiezt und der Herr seine Sklaveren geduzt. Dide Schülere hat sihnere Lehrere gesiezt, dide Jugendliche ältere Menschen. Der Geschäftsmann hat dide Obdachlose geduzt – falls er sier überhaupt angesprochen hat. Und falls er sie doch gesiezt hat, dann womöglich, um anderen zu beweisen – oder sich selbst –, dass er alle gleich respektvoll behandelt. Was für eine Heuchelei! Das Siezen wurde als Respekt proklamiert, während es in Wirklichkeit um die Aufrechterhaltung hierarchischer Strukturen ging.«

»Verstanden?«, fragte Saruj Kevalam, die sich vergewissern wollte, ob ihr Schützling mit der genderneutralen Grammatik zurechtkam.

Didi musterte den eleganten jungen Mann dabei, wie er auf Sarujs Nachfrage mit einem höflichen Nicken zustimmte. Die Sannyasinii war nicht so leicht zu beeindrucken und außerdem Sarujs Überraschungen gewohnt. Aber diesmal hatte sich die junge Frau mit diesem Fund übertroffen. Ihr Begleiter erschien wie frisch aus früheren Zeiten herkatapultiert. Dies würde zumindest erklären, wie es möglich war, dass er die Transition nicht miterlebt hatte. Stürmische Zeiten, in denen übrigens Didi eine radikale Verfechterin des Duzens gewesen war, und dies, obwohl es ihr selber nicht immer leicht fiel.

Ihrer Meinung nach gab es in dieser Hinsicht zwei Möglichkeiten: Man könnte entweder darauf warten, dass das Siezen in Folge des Zusammenbruchs des pyramidalen Machtsystems von selber verschwindet oder, und dies bevorzugte sie, das Auflösen des hierarchischen inneren Zwangs fördern, der in jenen Zeiten tief in der Kultur und in der Erziehung verankert war, indem man systematisch das Duzen benutzte. Wohlgemerkt auch, oder vielleicht umso mehr, wenn man selber über seinen eigenen Schatten zu springen hatte. Ihrer Meinung nach würde man hierdurch ein wenig dazu beisteuern, die hierarchische Machtfestung, die der Kapitalismus aufgebaut hatte, zu zerrütten. ›Duzen ist ein politischer Akt‹, unterstrich sie gerne.

Gewiss ging es ihr nicht darum, durch ungebetenes provokatives Duzen Menschen zu beleidigen, denen man nur ein paar Minuten begegnete und die man wahrscheinlich auch niemals wieder treffen würde, sondern das Duzen rasch und geschickt anzubieten. Umso größer war Sarujs Überraschung, als sie sich an Kevalam wandte.

»Lieber Kevalam, du kommst nicht von hier. Ich sehe ein, dass es dir schwerfallen mag, dich gegen deine Gewohnheiten auszudrücken. Deshalb, wenn es dir lieber ist, darfst du mich gern weiter siezen«, bot sie ihm mit einem zuvorkommenden Lächeln an.

»Ich danke Ihnen«, antwortete er und lächelte zurück.

Gerade hatte Saruj zwei große Holzlöffel in die Hände genommen, um Kevalam und sich Salat zu servieren. In ihrer Verblüffung jedoch vergaß sie ihre Absicht, und wie gelähmt beobachtete sie die kuriose Szene, die sich vor ihren Augen abspielte – beide Löffel in der Luft, aus denen ein violettes Blatt drohte, zu entkommen und herauszufallen. Didis Lächeln war einen Tick breiter geworden und Saruj glaubte sogar, ein wenig Koketterie darin entdeckt zu haben. Didi fühlte sich in der Tat ein wenig geehrt, diese Umgangsform zu hören, die sie als junge Frau verachtet hatte. Als sie dies selbst erkannte, schüttelte sie schnell diese Selbstgefälligkeit aus ihrem Kopf, und leicht beschämt entschied sie zu beobachten, wie Saruj, die im gleichen Moment aus ihrer Erstarrung erwacht war, den Pflücksalat auf die Teller legte.

Sarujs Geburt lag lange nach der Zeit, in der das Siezen abgelegt wurde. Nun, aus dem Mund von Kevalam gesprochen oder vielleicht, weil Didi es anscheinend als schmeichelhaft empfand, klang es doch besonders, und sie vermisste auf einmal die kurze Zeit, in der er sie auch gesiezt hatte. »Du darfst mich auch gern wieder siezen«, schlug sie ihm unvermittelt vor.

»Das geht leider nicht«, antworte er mit einem amüsierten Lächeln. »Wenn ich dich jetzt siezen würde, wäre es ein offensichtliches Zeichen, dass ich dir die Freundschaft kündige. Dass ich keine Nähe mehr zu dir zulassen möchte und dich als Fremde betrachte. Oder, wie du es mir am

Tag unserer ersten Begegnung unterstellt hast, dich in eine sadomasochistische Welt der Erotik einladen möchte. Ich fühle mich aber von diesen Spielen nicht besonders angezogen. Es tut mir leid, Saruj. Du hättest früher wissen sollen, was du willst.«

»Darf ich vielleicht nicht immer sofort wissen, was ich will?«, protestierte sie. »Ich bin keine Androida!«

Didi brach in Lachen aus. »Ihr seid ein lustiges Pärchen. Ich freue mich wirklich, die kommenden Wochen mit euch verbringen zu dürfen.«

Daraufhin nahm Kevalam eine Löwenzahnblüte von Sarujs Teller und streichelte schelmisch damit ihren Mund. Sie schnappte zu.

»Damit wäre es bewiesen: Androiden essen Blumen«, folgerte er.

»Androideren«, wies Saruj hin und verspeiste die Blume.

Während der gesamten Wallfahrt wurden etwa 2500 Menschen erwartet, die sich über die gesamte Strecke der geistigen Putzkolonne, ein- und ausklinken würden. Davon sollten insgesamt um die zwanzig Didis und Dadas[2] teilnehmen, sowie etliche weitere Eleven aus den verschiedensten spirituellen Strömungen.

»Kevalam, merke es dir«, warnte ihn Saruj vor, »wenn überall Didis und Dadas rumlaufen, unsere Didi heißt Didishu.«

Als Saruj eine Dekade zuvor die spirituelle Gemeinschaft von Didi kennengelernt hatte, war sie mit den offiziellen ›ewig langen Namen‹ der Didis und Dadas überhaupt nicht zurechtgekommen, und hatte, ohne um Erlaubnis zu bitten, Abkürzungsformen erfunden und diese konsequent benutzt. Ihre Gewohnheit wurde lange belächelt, jedoch nach und nach von allen übernommen.

[2] [didi] Didi oder Dadi: ältere Schwester
[dada] Dada: älterer Bruder.
In einigen indischen Traditionen werden diese Anreden vor dem Namen verwendet, um spirituelle Meister zu bezeichnen.

Einige Helfer wurden schon am darauffolgenden Morgen erwartet, um die dreitägige Zusammenkunft der Pilger, die am Anfang dabei sein wollten, vorzubereiten. Etwa 250 Menschen waren es, die den Start miterleben wollten, und es gab dementsprechend einiges zu tun. Das Gutshaus war mit Solarziegeln ausgestattet, die leider mit der Zeit kaputtgegangen waren, und die Wasserleitungen waren undicht. Es gab also im Haus weder Strom noch Wasser. Einige Helfer hatten deshalb die Woche zuvor um die fünfzig tragbare Algen- und Solarlichter mitgebracht und dazu noch einen mittelgroßen schraubenartigen Windgenerator. Da in der Küche ein paar Gasherde zur Verfügung standen, sollten zu einer kleinen Gasflasche, die Didi vor Ort gefunden hatte, noch weitere, größere Gasflaschen gebracht werden. Geplant war, dass die Siedlung samt Kirche nach der Wallfahrt zu einem neuen Lokali umgebaut werden sollte. Erst dann würde man die Kochplatten mit dem aus Kompost gewonnen Gas anheizen und ein moderneres Solar- und Winddach anbringen.

Ein technisch versierter und sprachkarger Sannyasin namens Dadamax hatte einen transportfähigen Nawaro[3]-Wasserfilter entwickelt, mit Komponenten, die er großtenteils aus Flachs gedruckt hatte. Das zu reinigende Wasser wurde mithilfe des von Mikroorganismen produzierten Stroms durch eine Graphenmembran gezwungen und etwaig überschüssig erzeugte Energie konnte in dem eingebauten Salzakku gespeichert werden. Der Filter war imstande, täglich bis zu zweitausend Liter Wasser zu säubern. Für die Didis und Dadas, die alle ein Leben lang Nomaden gewesen waren und deshalb über ein recht gut trainiertes Vertrauens- und Immunsystem genossen, hätte das Wasser aus Seen, Flüssen und Bächen gereicht, aber man wollte für die zusätzlichen Pilger kein unnötiges Risiko eingehen.

Der Bedarf am Essen war in den Lokalforen der Region angekündigt worden. Gemüse und Früchte würden für die kommenden Tage aus den

[3] Nachwachsender Rohstoff

Erträgen der Permafelder geliefert werden, an denen Kevalam und Saruj entlanggelaufen waren, und für trockene Lebensmittel[4] hatte sich ein naheliegendes Lokali bereit erklärt zu sorgen.

»Was gibt es zu tun?«, fragte Saruj, die dabei war, die leere Salatschüssel mit einem Stück Galette auszuwischen.

»Morgen früh kommen ein paar befreundete Sannyasineren …«, begann Didi mit ihrer Antwort.

»Dididan und Dadamax?«, unterbrach sie Saruj.

»Dadame auch«, fügte Didi hinzu.

Dem letzten Namen gab Saruj bewusst keine Beachtung. »Die Androideren-Killerbande wäre hiermit komplett«, jubelte sie.

Obwohl Sannyasins sich eher von Androiden fernhielten, hatte damals die kleine Gruppe doch akzeptiert, einen nach Mexiko mitzunehmen, da er stark überholungsbedürftig war und in der kleinen Stadt, in der er residierte, das technische Fachwissen für seine Reparatur fehlte. Sie hatten diese für sie ungewöhnliche Gelegenheit genützt, Goliath mit philosophischen Fragen regelrecht zu überschütten.

Schließlich kollabierte sein System wegen einer banalen Bemerkung von Dididan, die eigentlich dafür gedacht war, den überforderten Maschinenmenschen zu ermutigen: ›Du bist dide besten Androidere, dide mane sich wünschen kann, Goliath.‹ Pythagore, der Androide von Sarujs Lokali, hätte so eine absurde Aussage mit einem Schmunzeln abgewimmelt. Aber Goliath war schon äußerst verheizt, und als er hinter die Logik der Aussage zu kommen versuchte, kam er nirgendwohin. Er blieb bis zum Ende der Reise stumm.

»Dringend ist, dass wir uns um die sanitären Anlagen kümmern«, erwähnte Didi.

»Wäre das nicht etwas für dich?«, fragte Saruj Kevalam, bevor sie in Lachen ausbrach.

[4] Getreide, Gewürze, Kräutertees …

Er schaute beide Frauen an, sichtlich betrübt. »Können Sie uns vielleicht eine andere Aufgabe erteilen?«, fragte er schüchtern. »Beim Kochen helfen vielleicht?«

»Hm …«, überlegte Didi. »Dididan hat sich schon dafür angeboten, mich in der Küche zu unterstützen. Für morgen brauchen wir dort keinere dritte Möchtere[5]. Wenn dir aber etwas am Kochen liegt, wird deine Hilfe in ein paar Tagen willkommen sein. Wenn 250 Gäste da sind, wird es ordentlich etwas zu schnippeln geben.«

»Warum holen Sie sich keine Androiden zu Hilfe?«, fragte er. »Das wäre doch sinnvoller, als wenn wir uns hinsetzten, um kiloweise Möhren zu putzen, oder?«

»Wir finden, dass menschliche Liebe zum Kochen dazugehört, Kevalam«, antwortete Didi. »Die Aufmerksamkeit, die du deinen Möhren schenkst, indem du sie von Erde befreist und schneidest, ist auch Nahrung für diejenigen, die diese Möhren essen werden. Mich sättigt sogar bereits diese Tätigkeit.« Sie lachte kurz. »Dass wir hier nicht die Zeit hatten, das Gemüse selber anzupflanzen und zu ernten, ist für uns schon Kompromiss genug.«

»Aber um Toiletten zu putzen, wäre diese Hingabe nicht notwendig«, erwiderte er.

»Wir werden ausreichend Leute sein, um alle anstehenden Aufgaben selber zu bewältigen«, antwortete Didi schlicht.

»Für 250 Menschen? Wer sollte sich freiwillig dafür opfern?«

»Die es möchten. Beziehungsweise, die es können«, erklärte Didi. »Alle Aufgaben werden nach dem Frühstück verkündet und zwischen Freiwilligeren aufgeteilt. Was die Sanitäreinrichtungen betrifft, wird eine gewisse Anzahl an Menschen gesucht, die mithelfen möchten. Diese werden ihre Hände heben und es wird weiter zur nächsten Aufgabenverteilung übergegangen. Es gibt nichts Mysteriöses dabei. Das hat schon in Zeiten des Geldes genauso funktioniert.«

[5] Synonym in der Sprache der Zukunft für Freiwillige.

»Mit dem Unterschied, dass man dafür Geld bekam«, wendete er ein.

»Ich spreche natürlich von selbstorganisierten Treffen, bei denen niemande dafür bezahlt wurde. Aber sag mir bitte, Kevalam, hast du ein Problem mit Sanitärbelangen?«

»Hat er«, verriet Saruj.

»Dann teile dich dafür nicht ein. Das ist doch kein Problem«, versicherte ihm Didi. »Damit wäre das Thema abgeschlossen«, sagte sie noch und warf Saruj dabei einen unmissverständlichen Blick zu.

»Vielen Dank«, sagte Kevalam, sichtlich erleichtert.

»Ist dir klar, dass du diese Toiletten irgendwann benutzen wirst?«, schikanierte ihn Saruj weiter, die es hasste, Befehle zu bekommen, so indirekt sie auch sein mochten.

Didi verdrehte resigniert die Augen und entschied zu schweigen.

»Ich kann auch irgendwo in den Wald gehen«, antwortete Kevalam pikiert.

»Bloß nicht, du Wahnsinniger! Du trägst zwar Schuhe, aber fast alle, die hier anwesend sein werden, laufen barfuß.«

»Ich buddele ein Loch und decke es dann zu.«

Saruj musste lachen.

»Was ist daran so lustig?«, schrie er. »Hast du dich noch nie vor einer undankbaren Aufgabe gedrückt?«

»Ich? Eine ehemalige Sich-verdrücken-Expertin steht gerade vor dir.«

»Und damit bist du durchgekommen?«

»Was sollten die anderen machen? Mich zwingen?«

»Dich ermahnen. Notfalls dich bestrafen«, antwortete er entschlossen.

»Das System Strafe und Belohnung war schon vor meiner Geburt verpönt.« Sie schenkte ihm ihr Grinsekatzenlächeln.

»Gut für dich«, sagte er verärgert. »Wenn ich dort gelebt hätte, hätte ich dir aber schon meine Meinung gesagt.«

»Sagt der, der sich gerade vor dem Toilettenputzen gedrückt hat.« Erneut grinste sie ihn an.

»Ich wohne nicht mal hier«, konterte er.

»Ich finde, du machst Fortschritte. Gestern wolltest du unter keinen

Umständen von Toiletten etwas hören, und jetzt hängt es davon ab, ob du hier Lokols[6] bist oder nicht.«

Didi hatte die kurze Auseinandersetzung zwischen den beiden beobachtet und fand, dass es an der Zeit war, dazwischen zu gehen. »Saruj, ist es dir klar, dass es nicht gerade angenehm für Kevalam ist, wenn du versuchst, ihm Schuldgefühle einzujagen?«

»Ich mache nur Spaß«, rechtfertigte sich Saruj.

»Spaß, der offensichtlich nicht ankommt. Was willst du damit erreichen? Stell dir vor, ich hätte dich so mies behandelt, als du zu mir kamst. Stell dir vor, ich hätte dich ermahnt oder dich ins Lächerliche gezogen, weil du dich an unserem kleinen nomadischen Gemeinschaftsleben, sei es Essen vorbereiten, Wasser holen oder Unterkunft organisieren, so gut wie nie beteiligt hast? Wie hättest du dann reagiert? Und vor allem, hätte es etwas gebracht?«

Saruj schluckte. »Ich weiß nicht«, sagte sie, auf ihren leeren Teller blickend. Dann schaute sie beide aus den Augenwinkeln an und sofort wieder nach unten. »Ich glaube, ich wäre gegangen.«

Didi sah sie an, den Kopf zur Seite geneigt und nickte leicht.

Saruj war es mulmig zumute geworden. Didi hatte recht. Mit solch dummen Sprüchen war sie dabei, Kevalam zu verjagen. Was ihre tiefe Absicht mit solchen Sticheleien war, wusste sie nicht so genau. Sie überlegte.

Möglichkeit eins: Es ging ihr darum, die Grenzen von Kevalam zu testen. Zu erfahren, wie sehr sie ihn erniedrigen konnte, bevor er tatsächlich gehen würde. Wie viel er aushalten würde, um bei ihr zu bleiben.

Möglichkeit zwei: Sie wollte ihn, unbewusst, verlieren. Damit würde sie sich wieder auf ihrem bekannten Terrain befinden, und zwar auf dem der unergründlichen Sehnsucht nach Liebe.

[6] Bewohner eines Lokali
Singular: die, der, dide Lokol / Plural: die Lokols

Möglichkeit drei: Es war tatsächlich nur ein dummer unreflektierter Spaß. Nun. Egal wie, sie sollte schleunigst einen anderen Weg einschlagen. Sie ließ eine Hand in Kevalams Richtung langsam auf den Tisch gleiten und hielt sie genau in der Mitte zwischen ihnen.

»Frieden?«, schlug sie leise vor.

Er betrachtete ihre offene Hand und anschließend ihr Gesicht. Sie wartete und sagte nichts. Sie schloss ihre Augen, atmete langsam ein, legte eine Pause ein und atmete aus. Wie zu jener Zeit in den Trümmern des Unfalls sah sie aus, als wäre sie nicht mehr da. Kevalam zögerte ein wenig. Nicht aus der Absicht heraus, sie zu kränken oder bei ihr Schuldgefühle zu erwecken, sondern, weil er diesen friedvollen Anblick noch ein wenig länger genießen wollte. Schließlich legte er seine Hand sacht in die ihre. Sie öffnete die Augen und sah, wie er sie anlächelte. Sie lächelte erleichtert zurück.

»Ihr Lieben«, sagte Didi. »Es ist recht spät. Ich möchte schlafen gehen. Wie steht es mit euch, seid ihr auch müde?«

Beide nickten bejahend.

»Saruj, du kannst hier im Haus schlafen. Ich werde Kevalam ins Männerhaus begleiten«, erklärte die Sannyasinii.

»Echt jetzt?«, fragte Saruj.

»Es war ein Scherz«, antwortete Didi verschmitzt. »Wir sind hier nicht im Ashram. Noch nicht. Ich habe euch ein Zimmer vorbereitet. Ihr werdet dort einen Eimer frisches Wasser finden, zwei Bambuszahnbürsten, Salz, Pfefferminz- und Aprikosenkernöl, Seife und Handtücher. Wenn ihr noch etwas braucht …«

»Ja. Bevor ich es vergesse, Didi«, unterbrach sie Saruj. »Kann jemande Samen von wilden Karotten mitbringen?«

»Ich frage nach«, versprach Didi. »Falls du schon unsicher sein solltest, komm bitte zu mir. Ich habe eine Notfallmixtur in meiner kleinen Reiseapotheke. Basierend auf Mentha pulegium[7] und

[7] Poleiminze

Caulophyllum thalictroides[8].«

»Worüber redet ihr gerade?«, fragte Kevalam.

»Verhütung«, antwortete Saruj sachlich.

»Auch eine Männersache«, erwähnte Didi. »Es wäre sicher besser, wenn ihr beide vorsorgen würdet. Kevalam, sprich bitte mal in den kommenden Tagen mit den jungen Männern, die hier sein werden. Selber kenne ich als Spermizid nur das Niemöl, aber der Niembaum wächst leider nicht bei uns. Mach dich schlau.«

Das war Kevalams erstes Gespräch über Verhütung und er wusste nicht, wie er damit umgehen sollte. »Gut«, sagte er.

Didi stand auf und Saruj ging zu ihr für eine lange Umarmung. Dann verließen Saruj und Kevalam den Raum und machten sich auf die Suche nach ihrem Rückzugsort.

Das Zimmer befand sich ganz oben im Haus, direkt unter dem Dach. Es war schwül. Kevalam öffnete das kleine Fenster in der Dachschräge, um frische Luft zu schnappen und lehnte sich hinaus. Er konnte den See kaum in der Dunkelheit erkennen. Der Mond war hinter tiefliegenden schwarzen Wolken verborgen. Es fühlte sich nach baldigem Regen an.

Saruj hatte hinter der Tür, an einem Haken aufgehängt, einen verlassenen Hut im Cowboystil gefunden. Sie hatte den Staub mit der flachen Hand weggewischt, sich den Hut auf den Kopf gesetzt und erwartete Kevalam mit einem undurchdringlichen Gesicht.

Kevalam drehte sich vom Fenster weg. »Oho! Es wird gefährlich hier.«

»Warte mal ab, bis du morgen die Freunde von Didi kennenlernst.« Sie zielte mit einer imaginären Pistole durch die Gegend. »Einige von ihnen sind noch in den Neunzigern geboren. Aus dem zwanzigsten Jahrhundert wohlgemerkt.«

»Willst du mir gerade sagen, dass morgen Hundertjährige kommen, um die Toiletten zu putzen?«

[8] Frauenwurzel

»Sie werden doch nicht alle hundert sein. Außerdem wirst du dich wundern, wie fit die Alten sind.«

»Ich verstehe einfach nicht, warum keine Androiden hier sind. Es wäre doch viel praktischer bei so vielen Leuten. Abwaschen, aufräumen, putzen. Das muss man doch nicht alles selber machen. Ihr habt ja kein Geld mehr, um Bedienstete zu bezahlen.«

»Ich habe noch nie einere Androidere in einem Ashram oder in irgendeiner anderen spirituellen Stätte gesehen. Warum auch immer, halten sich Eleveren von Androideren fern.«

»Eleveren?«

»Sammelbegriff für spirituell Praktizierende aus allen möglichen Richtungen. Egal ob Wegbegleiteren oder Eleveren, alle sind Eleveren. Du kannst auch Mystikeren sagen, wenn es dir lieber ist. Mit diesem Begriff sind auch diejenigen gemeint, die sich keiner spezifischen spirituellen Richtung zuordnen.«

»So wie du?«

»Yo. Gut geraten.«

Bald lagen sie zusammen auf dem Bett, Gesicht an Gesicht.

»Ich bin echt müde«, seufzte sie.

»Ich auch. Lass uns schlafen.«

Ja, der Tag war sehr lang gewesen und sie waren beide erschöpft. In der Dunkelheit konnten sie sich nur erahnen, aber die Augen schließen und das Bild des anderen aufgeben wollten beide nicht. Er streckte einen Arm zu ihr und begann, ihre Schulter sanft zu streicheln. Sie ließ eine Hand auf seine Taille gleiten, berührte seinen unteren Rücken.

Plötzlich wurde es im Raum hell und nach ein paar Sekunden ertönte ein gewaltiger Donnerschlag, der in einem grollenden, endlosen Klangteppich endete. Instinktiv zogen sie sich zueinander. Sie küssten sich. Mit einer Berührung an der Schulter lud sie ihn dazu ein, sich auf den Rücken zu rollen und, ihre Arme in seinen Händen festgestützt, begann sie mit ihrem Körper über den seinen zu gleiten. Strömender Regen begann, auf das Dach zu trommeln.

Erneut wurde der Raum durch einen Blitz erhellt. Die Schönheit seines Gesichts, vermischt mit der Wonne der Fülle in ihr, zwang sie dazu, ihren Kopf tief in den Nacken zu legen. Die Zeit verlor ihre Beständigkeit. Ein Zustand der Schwerelosigkeit. Präsent und frei von Gedanken. Floating nannte sie es.

EINE SCHRÄGE MISCHUNG AUS VERTRAUEN UND ÄNGSTEN

Um vier Uhr in der Früh war ein Sonnenscoop angekommen. Mit munteren Mystikern sowie gähnenden Jugendlichen, die, hätten sie sich auf die Morgenmeditation eingelassen, sicherlich dabei eingeschlafen wären. Sie hatten sich deshalb für ein paar Stunden hingelegt. Das schwebende Gefährt, welches mit künstlicher Photosynthese betrieben wurde und bis zu zwanzig Menschen transportieren konnte, war nach seiner Ankunft freigeschaltet worden und somit bereit, eigenständig loszufahren, sobald das regionale Transportforum es auf eine weitere Anfrage als das naheliegendste verfügbare Gruppenfahrzeug erkennen würde.

Ein Dutzend Menschen saßen schon vor dem Haupthaus an einem langen Tisch zusammen. Nach einer kurzen Vorstellungsrunde, in der Saruj ihren Begleiter wie selbstverständlich als Zeitreisenden vorstellte, wurde angekündigt, dass die Aufgabenverteilung für den Tag nach dem Frühstück stattfinden würde. Kevalam, der Gruppen nicht kannte und vor allem nicht gern über seine wahre Herkunft reden wollte, hatte sich schutzsuchend zwischen Saruj und Didi gesetzt. Das Konzept jedoch, dass sich Menschen beiläufig bereit erklärten, irgendwelche Dienste zu leisten, ohne dafür eine Vergütung zu verlangen, beschäftigte ihn noch mehr als seine Sorgen, entlarvt zu werden.

»Wie weiß ich, ob ich zu viel oder zu wenig mache?«, fragte er leise Saruj.

Philemon[1], ein zierlicher Jugendlicher aus Berlin, der den beiden gegenüber saß, hatte seine Frage gehört. »Mach immer gefühlsmäßig einen Hauch zu wenig«, schlug er ihm vor.

[1] [fi'lemon] Aus dem Griechischen: der Freundliche.

Kevalam blickte hoch und entdeckte den jungen Berliner. »Das wäre nicht fair den anderen gegenüber«, gab er zu bedenken.

»Dann mach doch immer ein wenig zu viel«, sagte Philemon.

»Das wäre dann für mich nicht fair. Wie weiß ich überhaupt, wann die Waage sich im Gleichgewicht befindet? Dafür wäre ein genauer Messwert – Geld – doch viel einfacher«, erwiderte Kevalam.

»Meinetwegen«, sagte der junge Berliner, keineswegs von seiner Aussage irritiert. Auf einmal lächelte er geheimnisvoll. »Ich habe eine Idee.«

Bevor Kevalam die Zeit hatte, ihn aufzuhalten, hatte sich Philemon schon zu den anderen gewandt. »Hey Leute«, sprach er in die Runde. »Es gibt ein besonderes Anliegen hier.« Und als die Anwesenden aufmerksam wurden: »Unser Zeitreisender tut sich gerade schwer damit, sich bei uns einzubringen, ohne dass klar definiert wird, welche Vergütung er für welche Leistung bekommt …«

Er wurde vom Gelächter eines robusten rothaarigen Jugendlichen unterbrochen, dessen Gesicht mit Sommersprossen übersät war.

Philemon wartete, bis sich Mikel[2] beruhigte. »Um ihm ein Stück weit entgegenzukommen und seine Ankunft bei uns zu erleichtern, möchte ich vorschlagen, für die kommenden drei Tage Geld einzuführen.« Er freute sich sichtlich über seinen Einfall und fuhr vergnügt fort: »Lasst uns schauen, was passiert. Es könnte doch lustig werden. Was haltet ihr davon? Einwände?«

Kevalam schaute sich um, jetzt recht unbehaglich, so große Aufmerksamkeit auf sich gezogen zu haben.

Neben Mikel saß dessen Freundin Ilia[3], ein schüchternes Mädchen aus Jerusalem mit blondem Haar und auffällig hellen grünen Augen. Mit einer kaum hörbaren Stimme schlug sie vor: »Ich habe vorhin ein altes Monopoly-Spiel herumliegen sehen, wir könnten die Scheine davon

[2] [mikɛːl] der Mächtige

[3] [iˈlia] Ursprünglich ein männlicher Vorname hebräischer Abstammung: der Friedliche

benutzen.« Auch sie schien gegen die Idee, sich mit Geld anzufreunden, keinen Vorbehalt zu haben.

Am Ende des Tisches saß Dadame, ein stolzer hundertzweijähriger Sannyasin, der aber von Philemons Vorschlag keineswegs begeistert war. »Warum sollten wir so etwas Absurdes tun?«, fragte er und fixierte dabei Kevalam, der am liebsten unter den Tisch gekrochen wäre. »Geld ist genug ausprobiert worden. Mit horrenden Konsequenzen. Warum sollten wir unsere kleine Gemeinschaft damit vergiften. Ich finde diese Idee äußerst kontraproduktiv.«

Hinsichtlich der Auswirkung des Geldes war Saruj mit Dadame absolut einer Meinung. Nur mochte sie den alten Mann nicht. Wie sie selbst, war er an einem besonderen Tag geboren. Nämlich am ersten Jahrestag des Todes von Shrii Shrii Anandamurti, dem Sozialrevolutionär und spirituellen Lehrer, der die Anandamarga-Organisation ins Leben gerufen hatte. Der alte Sannyasin im orangefarbenen Gewand kokettierte gern damit, die Reinkarnation des Babas zu sein, und führte sich immer wieder so auf, als ob er tatsächlich der Guru aller Didis und Dadas wäre. Es war also kein Wunder, dass er mit Sarujs Theorie, der Glaube an Reinkarnation sei ein Egotrip, seine Probleme hatte und mit ihr ein paar Mal in Schwierigkeiten geraten war. Dies erklärte auch seinen unterschwellig giftigen Tonfall, als er dem Schönling, der an ihrer Seite saß, seine Einwände klarmachte.

Saruj sah keine andere Möglichkeit, als Kevalam in Schutz zu nehmen, und reagierte prompt: »Entspann dich, Dadame. Es wäre doch nur ein Experiment!«

Der Greis schaute sie entrüstet an. Das waren die Momente, in denen er das Siezen vermisste. ›Entspannen Sie sich, Dadame‹, hätte sie vielleicht nicht so schnell gesagt. Vor allem nicht mit so einem unangemessenen Tonfall.

Saruj hatte seinen Blick sehr wohl mitbekommen. Es war ihr auch bewusst, dass sie sich an der Grenze zur Respektlosigkeit befand. Kurzerhand entschied sie, sich in Schach zu halten und erklärte mit einer pragmatischen und ruhigen Stimme: »Alle hier, die gleich alt oder jünger sind als ich, haben nie mit Geld zu tun gehabt. Es könnte für uns eine lehrreiche Geschichte werden.«

Der ältere Sannyasin war immer noch pikiert. »Geld ist einfach nur lästig. Es kostet Zeit, es kostet Energie und es trennt uns voneinander.«

Daraufhin wurde sie doch wieder barsch. »Es würde nur um drei Tage gehen, Dadame. Warum machst du jetzt so einen Aufstand?«

Didi beobachtete die zwei Hitzköpfe. Ein aufklärendes Gespräch oder vielleicht sogar eine Mediation war überfällig. Jetzt war aber nicht der richtige Moment für solch ein Angebot. Stattdessen versuchte sie, die Diskussion in eine konstruktivere Richtung zu lenken. »Kevalam, wie stellst du es dir vor?«, fragte sie.

»Ich weiß es nicht so recht«, antwortete er, verunsichert aufgrund der Feindseligkeit, die zwischen Saruj und Dadame in der Luft hing. »Ich hatte noch gar keine Zeit, mir darüber Gedanken zu machen. Mit dem verdienten Geld könnte man vielleicht erstmal sein Essen bezahlen …«

»Hey du«, mischte sich Mikel ein. »Und wenn ich heute nicht fit bin, dann darf ich mich nicht satt essen, oder wie ist der Plan? Ich meine, die drei Tage werde ich fakt überleben.«

Er wurde durch das Gelächter von ein paar der Jugendlichen unterbrochen. Theatralisch zog er einen vollen Brotkorb zu sich, hielt ihn in den Armen fest, so als ob er ihn für sich alleine bunkern wollte, und grinste zufrieden.

Kevalam ignorierte sein Späßchen. »Dafür arbeitest du mehr an den Tagen, an denen es dir gut geht und kannst damit etwas für schwierigere Zeiten zurücklegen«, erklärte er ihm. »Das Geld in deiner Tasche ist der Beweis, dass du schon mal in der Gesellschaft eine Vorleistung erbracht hast. Du brauchst also kein schlechtes Gewissen zu haben, wenn du nicht arbeiten kannst. Im Notfall kann deine Familie oder die Gesellschaft für dich sorgen. Ich finde es äußerst fair. Und praktisch.«

»Und wie ist es, wenn ich wirklich länger nichts leiste, weil ich gerade mit anderen Dingen aktiv bin?«, forschte Mikel nach, während er eine dicke Schicht Sesampaste auf ein Leinsamenbrötchen schmierte.

»Auf lange Sicht müsstest du schon berücksichtigen, dass das, was du unbedingt machen möchtest, rentabel wird«, antwortete Kevalam.

»Das raff ich nicht«, rief Zasch[4], ein vierzehnjähriges Mädchen aus Nairobi mit kantigem Gesicht und einem drahtigen muskulösen Körper.

Kevalam wandte sich ihr zu. »Wenn das, was du tust, niemanden interessiert, wird dir niemand dafür Geld geben. Diese Erfahrung würde offenlegen, dass das, wofür du gerade deine Zeit und Energie investierst, die Gesellschaft nicht benötigt.«

Zasch war mit seiner Antwort nicht zufrieden. »Ich raff es immer noch nicht. Müssen die anderen alles brauchen, was ich gerne tue?«

»Nein. Du kannst natürlich alles Mögliche für dich privat machen, wenn du dir dafür die Zeit erkauft hast. Davor oder eventuell auch danach, wenn du einen Kredit aufnimmst. Geld bekommst du aber als Gegenleistung nur für Leistungen, die der Gesellschaft dienen. Und das Schöne dabei ist: Es wird nur produziert, was verkauft werden kann.«

Dadame hatte sich während des Gesprächs zwischen den Jugendlichen bemüht, still zu bleiben, aber langsam wurde es ihm doch zu bunt. »Junger Mann, das ist mir jetzt alles ein wenig zu voreilig. Ich weiß kaum noch, womit ich beginnen soll.« Er versicherte sich mit einem Rundblick, dass er die Aufmerksamkeit für sich hatte. »Gut. Fangen wir mal an. Das Prinzip von Angebot und Nachfrage, das du gerade beschrieben hast, hat wirklich nicht nur Vorteile. Wenn es überhaupt welche hat, gehabt hat oder … na, ja.

Um dies zu belegen, brauchen wir nur in die Vergangenheit zurückzuschauen. Die Nachfrage hatte weniger damit zu tun, was Menschen tatsächlich benötigten, sondern, was die Anbieter sie glauben ließen zu brauchen, vielmehr sogar, sie glauben ließen, es haben zu müssen. Die Werbung, eine riesige Industrie, sorgte dafür, dass sich

[4] [t͡saʃ] Spitzname.

diese Glaubenssätze in den Köpfen tief eingruben. ›Solange du das nicht besitzt, kannst du nicht glücklich werden‹, ›Wenn du dies besitzt, werden dich alle lieben‹, ›Dieses Produkt wird all deine Probleme lösen‹, und so weiter und so fort. Wie viel Energie und Ressourcen dafür verschwendet und dazu noch wie hoch der psychologische Schaden ...« Die Abschweifung erstickte in seinem langen Bart und er lenkte wieder auf den ursprünglichen Kurs ein: »Hauptsache, die Nachfrage wurde nach oben angekurbelt und möglichst viel Geld erwirtschaftet. Die Qualität der angebotenen Waren war im Grunde nebensächlich. Dementsprechend wurde – und zwar genau in Zeiten des Geldes – unfassbar viel Schrott produziert, der zwar verkauft wurde, aber trotzdem unnütz war. Durch das Abschaffen des Geldes, beziehungsweise das Unterlassen von Tauschgeschäften und demnach die Abkopplung von Dienstleistung und Gegenleistung, zwei Begriffe nebenbei erwähnt, die in Wörterbüchern gestrichen ...« Er nuschelte noch ein paar Worte und hielt kurz inne.

Dann griff er seinen vorherigen Gedanken wieder auf: »Da es kein Geld mehr gibt, wirst du niemande finden, dide bereit ist, Billigmüll, und zwar en masse, zu produzieren. Weil jede Handlung bei uns freiwillig geschieht und nicht mehr von Überlebensängsten diktiert wird. Die Gemeinschaft sorgt für das Befrieden unserer Bedürfnisse, dies ausnahmslos für alle und zwar ein Leben lang. Wer sollte also sihne Zeit und Energie geben wollen, um Müll zu produzieren, und vor allem: warum? Wir haben genug davon. Müllberge aus der Zeit des Geldes, die wir immer noch dabei sind zu beseitigen. Müll, der damals schnell produziert und noch schneller weggeworfen wurde.« Ebenso begann der Zeitzeuge, sein Sprachtempo zu beschleunigen: »Wenn du ein flagrantes Beispiel brauchst, nimm mal die geplante Obsoleszenz. Objekte wurden so konzipiert, dass sie nach einer festgelegten Zeit zerbrachen, und da das Reparieren von diesen meist im Alltag kaum entbehrlichen Objekten geschickt erschwert oder sogar unmöglich gemacht wurde, war es bequemer, und oft genug billiger, das Objekt neu zu kaufen. Eine groteske Verschwendung von Energie und Ressourcen.

Die Erde wurde geplündert und zugleich wie eine riesige Mülltonne betrachtet.«

Eine Glasschale mit frischen Beeren und geschnittenem Obst machte die Runde und wurde Kevalam angeboten. Er reichte sie weiter zu Saruj, ohne etwas davon anzurühren. »Wir könnten solche Verhaltensweisen verbieten«, schlug er zögernd vor. »Wenn zum Beispiel jemand ein defektes Produkt anbietet, würde man ihm eine Geldstrafe auferlegen. Hingegen wenn er auf die Umwelt und auf Nachhaltigkeit achtet, würde man ihm finanzielle Vorteile erlassen.«

»Verbieten? Bestrafen? Belohnen? Du meinst also, alles und jedere kontrollieren zu müssen?«, erwiderte Dadame. »Was für ein bürokratischer Aufwand. Was für eine Vergeudung von menschlichem Potential. Das hatten wir alles schon. Fürchterlich!« Er seufzte. »Überdies, wer würde jetzt solche stumpfsinnigen Aufgaben übernehmen wollen?«

»Irgendwie muss doch kontrolliert werden, ob jemand sich allen Regeln und Abmachungen zu entziehen versucht. Oder einfach nichts tut und sich von allen bedienen lässt«, wandte Kevalam ein. »Das müsst ihr doch auch tun, oder?«

Saruj hätte Kevalam gern darauf hingewiesen, dass er damit genau beschrieben hatte, wie die frühere Elite sich benommen hatte. Möglichst wenig tun und sich von allen bedienen lassen. Jedoch fand sie es interessanter zu beobachten, wie der Zeitzeuge mit ihrem Zeitreisenden zurechtkam. Genau in diesem Moment merkte sie, wie Dadame sie beobachtete.

»Hm«, wog der Sannyasin nachdenklich ab, den Blick weiterhin auf Saruj gerichtet. Dann überlegte er es sich doch anders und widmete sich Kevalam erneut: »Nein, junger Mann, kontrollieren tun wir nicht. Wenn wir den Wert jeder Dienstleistung bemessen würden, also kontrollieren müssten, wer sich mehr oder weniger einbringt – Berechnungen, die, nebenbei erwähnt, nur pauschale Einschätzungen und nie wirklich gerecht … Ihr wisst schon …« Er ließ den Gedanken fallen. »Also, wenn wir alles kontrollieren würden, wäre es aus praktischen Gründen tatsächlich sinnvoller, das Geld wieder einzuführen. Das möchten wir aber nicht. Bei uns basiert jede Tätigkeit auf Freiwilligkeit. Jede. Bedingungslose Freiheit, sie ist unser höchstes Ziel.«

»Und bedingungsloses Vertrauen«, fügte Saruj hinzu, bevor sie sich einen Stängel Johannisbeeren in den Mund steckte und anschließend den nackten Stiel genüsslich herauszog.

»Liebe«, hörte man noch Philemon schnurren.

Kevalam guckte verwirrt. Ihm schossen tausend Fragen durch den Kopf.

»Allerdings, Kevalam«, fuhr Dadame fort, »wurden manche Modelle, wie du es eben vorgeschlagen hast, tatsächlich ausprobiert. Unternehmen wurde zum Beispiel angeboten, die Nachhaltigkeit ihres Handeln mit einem Punktesystem zu bewerten und dementsprechend belohnt oder bestraft zu werden.« Er schüttelte entmutigt den Kopf. »Ich bezweifle, dass diese Ködermethoden die grundsätzliche Einstellung derjenigen geändert haben, denen die Umwelt egal war. Ihnen ging es in erster Linie darum, die vorgeschriebenen Bedingungen zu erfüllen, um am Ende des Rennens eine positive Punktbilanz zu erzielen. Der Wunsch nach Gewinn blieb ihre treibende Kraft.« Dadame blickte Kevalam jetzt direkt in die Augen. »Kevalam, der entscheidende Punkt ist aber, dass man ethisches Denken nicht mit Geld erzwingen kann. Ein ethisches Benehmen vielleicht, bloß wenn dabei keine ethische Überzeugung vorhanden ist, geraten alle guten Vorsätze in Vergessenheit, sobald die Belohnung oder das Gespenst der Bestrafung fehlen. Es ist mit einem invertierten Pendel vergleichbar. Wenn die Kugel oben stillsteht, scheint das Modell stabil zu sein. Nur benötigt es ständig Kontrolle. Kaum ist diese weg, fällt bei dem kleinsten Windstoß die oben stehende Kugel wieder nach unten.«

Das Frühstück neigte sich dem Ende zu, und Didi war sich bewusst, dass es längst an der Zeit war, zur Tagesordnung überzugehen. Nichtsdestotrotz und obwohl sie prinzipiell mit Dadame einig war, fand sie es wichtig, die Vorteile dieser Versuche zu erwähnen, und nahm deshalb das Risiko auf sich, den gesprächigen Sannyasin darauf hinzuweisen.

»Diese Methoden haben einiges Positives gebracht«, wandte sie zunächst ein.

»Die Aufklärungsarbeit, liebe Didishu, die mit diesen gutgemeinten Projekten geleistet wurde, war sicherlich sinnvoll«, bestätigte er. »Aber das Modell selbst? Die meisten Unternehmen, die sich der Not der Situation bewusst waren, hätten sich – mit oder ohne Belohnung – gleichwohl für die Umwelt eingesetzt.

Nun trug dieses Punktesystem einen bitteren Nachgeschmack mit sich. Es war mit alten Traumen verknüpft, beginnend mit den Noten in der Schule. War die Note schlecht, fühlte sich dide Schülere gedemütigt und beneidete sihne Freunderen. Fiel sie gut aus, war dide Schülere glücklich, aber dieses Gefühl war getrübt von der Scham sihnen traurigen Freunderen gegenüber. Ein Gefühlschaos, dem am besten zu entgehen war, indem die Schüleren sich emotional voneinander distanzierten und sich auf Wettbewerb konzentrierten. Auf das Glück der linken Gehirnhemisphären ...« Er unterbrach sich selbst und deutete auf Saruj. »Aber lass dir irgendwann dieses Konzept von deiner Freundin ausführlich erklären. Sie ist da die Expertin ... Auf alle Fälle war das Punktesystem für viele nicht gerade verlockend. Was die Suche nach bereitwilligen Unternehmen für die immer ausgelaugten und frustrierten Vermittleren noch mühsamer machte.«

»Beim Punktesystem ging es nicht primär um eine Bewertung, sondern darum, eine Intention sichtbar zu machen«, erwiderte Didi.

»Ja. Damit wurde dieses System gerechtfertigt«, sagte Dadame. »In dem Punktesystem selbst lag aber der Widerspruch. Es wurde ausgedacht, um jene Konzerne, die profitorientiert waren, mit einer ihnen vertrauten Sprache abzuholen: die Sprache des Profits. Nur gehörte diese Sprache genau dem Apparat an, der die Probleme hervorgebracht hatte. Wenn ich damals die Initiatoreren auf diese Widersprüchlichkeit hinwies, bekam ich als Antwort: ›Ich habe das Punktesystem nicht erfunden.‹ Oder: ›Wie könnte mane sonst die nachhaltigen Handlungen dieser Unternehmen sichtbar machen?‹ In Zeiten globalen Informationsflusses war letzteres für mich kein relevantes Argument. Nur waren die Verfechteren dieses Werkzeugs einfach nicht bereit, es ernsthaft in Frage zu stellen, weil sie, so gut wie alle zu diesen Zeiten, selber an der gleichen Krankheit litten, und zwar an fehlendem Vertrauen.«

Dadame sprach Kevalam gezielt an: »Die Wahrheit – und dieses Wort sage ich recht selten – ist, dass erst, wenn ein ethisches Verhalten komplett freiwillig ist und es von Herzen geschieht – ohne Erwartung auf Belohnung und ohne Angst vor Strafe –, erst dann wird es tatsächlich verlässlich, beständig und widerstandsfähig.«

Er hielt kurz inne. »Unbestechlich«, fügte er noch hinzu, bevor er in die Leere vor sich hinschaute und in Gedanken versank.

Saruj hatte während einer heftigeren Auseinandersetzung, die sie mal mit ihm geführt hatte, Dadame eine ›eingebildete, zerknitterte Giftorange‹ geschimpft. Seine jetzige Rede jedoch hätte direkt aus ihrem eigenen Mund stammen können. Einen Applaus in Gedanken schenkte sie der faltigen Apfelsine.

Dididan, mit 108 Jahren die Älteste der Runde, hob bescheiden eine Hand, um Aufmerksamkeit auf sich zu ziehen und begann mit einer etwas zittrigen Stimme zu sprechen: »Danke für deine Worte, lieber Dadame. Es ist stets erfreulich, wie viel Feuer bei dir noch aufkommt, wenn es darum geht, unsere schwer ergatterten Werte zu verteidigen.« Sie lächelte ihn warmherzig an. »Es hört sich jedoch ein wenig so an, als ob kein Unternehmen mit sauberen Absichten solche Modelle mit Begeisterung begrüßt hätte. Das stimmt auch wieder nicht. Viele empfanden das Punktesystem wie ein Zeichen der Dankbarkeit für ihre Bemühungen. Ein effizienter Ansporn für alle …«

»Es ging damals um die Rettung unserer Welt. Nicht um Ego-Schmeicheleien«, unterbrach sie Dadame.

»damit etwas geschieht, und zwar sofort«, brachte die Greisin ihren Gedanken seelenruhig zu Ende. Dann tippte sie zart mit dem Finger auf Dadames Arm. Er drehte sich zu ihr und sie lächelte ihn sanft an.

»Kannst du dich noch an den seelischen Notstand erinnern, der damals herrschte?«, fragte sie. »An die Atomisierung der Gesellschaft, an das Misstrauen, den Neid, den Egoismus? Die Menschen hatten Angst. Angst vor dem Mangel, vor dem fortschreitenden Zerfall der Umwelt, den stets gewaltigeren Flüchtlingstsunamis, der Armut, der Gewalt, den Seuchen ... Sie hatten so eine Angst vor dem Tod.« Die Sannyasinii faltete sanft ihre Hände zum Gebet, die Fingerspitzen am Kinn ruhend. Sie verblieb so einen Moment in mitfühlender Stille.

Dann erhob sie ihren Kopf und sagte leise: »Glaubst du nicht, Dadame, dass diese Methoden geholfen haben, indem sie dafür gesorgt haben, dass die Kugel deines invertierten Pendels lang genug oben anhielt und somit genug Zeit eingeräumt wurde, dass ein stabiler Baum um seinen Stab herum wachsen konnte?«

Dadame beobachtete, wie seine langjährige Herzensfreundin dabei war, mit ihren Armen einen in die Breite wachsenden Baum darzustellen. Es war nicht der richtige Moment für eine weitere ausführliche Erklärung. Dazu spürte er noch, wie sehr das Thema bei ihm mit Frust verbunden war und ihm gerade auf den Magen schlug. Er mochte sowieso keine langen Monologe mehr von sich geben. Davon hatte er in seinem Leben genug gehalten und deshalb nahm er – seine redegewandte Natur konnte er nicht ganz unterdrücken – immer wieder grobe Vereinfachungen in Kauf, was ihm wiederum nicht gefiel. »Ich bin mir nicht sicher«, sagte er nur und nachdenklich begann er, seinen langen weißen Bart mit den Fingern vorsichtig zu kämmen.

Saruj beobachtete ihn. Sie fühlte sich in diesem Moment mit dem Sannyasin tief verbunden. Wie er war sie eine unverbesserliche Idealistin. Wie ihn widerten sie diese fragwürdigen Kompromisse an. Abermals kreuzten sich ihre Blicke. Sie hielt seinem Blick einen Moment stand und schluckte. Ja, solche Methoden hatten eine offensichtliche Schattenseite.

Genau dies machte die Transition aus: Eine schräge Mischung aus Vertrauen und Ängsten.

Dididan hatte auch entschieden, nichts weiter zu sagen. Sie hatte erlebt, wie Dadame sich als junger Mann die Finger bös verbrannt hatte bei einem Exkurs in die Politik und bei seinem Versuch, einen nachhaltigen Wandel von oben herab anzuleiten. Er hatte am eigenen Leib erfahren, wie tückisch das Ganze gewesen war. Eine lange Geschichte … Den Widerspruch mit dem Punktesystem hatte er nur als Reaktion zu Kevalams Bemerkung erwähnt. Was aber tatsächlich seine Zuversicht in den Erfolg der damals aufkeimenden Transition schwer erschüttert hatte, war der Schaden, den Großkonzerne unter dem Deckmantel der Nachhaltigkeit angerichtet hatten, und vor allem die perverse Wirkung, die die Enthüllung dieser betrügerischen Aktionen auf die Öffentlichkeit ausgeübt hatte.

Für die Giganten selbst waren Skandale so lästig wie ein Mückenstich. Sie konnten sich gewissenlose Rechtsanwälte leisten, führten genug einflussreiche Politiker an der Leine und die belastenden Schlagzeilen würden genauso schnell aus den Köpfen verschwinden wie aus den Medien, die sie ebenfalls unter Kontrolle hatten. Im Gedächtnis der Konsumenten blieb jedoch hängen, dass die grünen Verpackungen, mit denen die Unternehmen geprotzt hatten, doch nicht vertrauenswürdig waren. Somit sank das Vertrauen in alle grüne Etiketten. ›Grünes Denken wird von Grünwäsche überschattet.‹ Dididan erinnerte sich, dass Dadame diesen Satz öfters gesagt hatte.

Die Menschen waren viel zu bequem gewesen, um – trotz ihrer Schuldgefühle gegenüber der Umwelt – ihren Konsum zu überdenken. Es war billiger und praktischer, auf der Seite der Großkonzerne zu bleiben. Sie rechtfertigten ihr verantwortungsloses Kaufverhalten damit, dass die grüne Etikette ohnehin nicht ernst zu nehmen war. Zu guter Letzt waren es also nicht die verantwortlichen Giganten, die die größten Schäden für ihre abwegigen Handlungen davontrugen, sondern die Menschen, die es gut mit dem Planeten meinten. Betreiber von kleineren Unternehmen, die sich mit aller Kraft für die Umwelt einsetzten. Und dazu zählten die Initiatoren der Gemeinwohlprojekte, die der Zeitzeuge zwar kritisierte, aber auch besonders schätzte.

Die Stille wurde von Philemon unterbrochen. »Ähm« begann er vorsichtig, da er fürchtete, dass aufs Neue ein langes Gespräch entstand. »Monopoly-Scheine holen oder nicht?«

Er bekam keine Antwort.

»Einwände?« fragte er prompt hinterher.

Dadame nickte abwesend.

»Geht für mich klar«, verkündete Zasch. »Nur die Bank will ich nicht sein.«

»Kevalam soll doch die Bank sein«, rief Mikel. »Einwände?«

Alle lachten. Also war es entschieden.

Didi machte ihrem wenige Jahre jüngeren Bruder im Herzen, Dadamax, ein Zeichen. Das Gespräch hatte viel Zeit in Anspruch genommen. Er sollte jetzt übernehmen und zur Tagesplanung übergehen.

Die Situation der Sanitäranlagen war das dringendste Anliegen. Es gab im Haupthaus noch Wassertoiletten, die mit Wassereimern benutzt werden konnten, aber sie sollten nicht repariert werden. Abgesehen von dem absurden Wasserverbrauch dieser veralteten Technik waren die Zeiten, in denen sich die Menschen krampfhaft über die Natur zu erheben versuchten, einfach vorbei. Der Mensch war das einzige Lebewesen gewesen, das es soweit gebracht hatte, seine von der Natur als guten Dünger geplanten Ausscheidungen zu schädlichen Überresten verkommen zu lassen. Die wertvollen Ressourcen wurden zu Giftmüll, welche man durch riesigen technischen Aufwand versucht hatte zu entsorgen und zu guter Letzt die Böden, das Grundwasser, die Meere verschmutzten und die Luft verpesteten.

Eine andere Sichtweise auf unsere Notdurft war eine fundamentale Erkenntnis in der Zeit der Transition gewesen. Dadurch wurde ins Bewusstsein gerückt, dass Menschen, genauso wie alle anderen Lebewesen auch, Teil natürlicher Zyklen und Ökosysteme sind und entsprechend Verantwortung tragen. Unser Urin, reich an wertvollen Mineralien, unsere Fäkalien, die zu wertvollem Kompost verwertet werden können, und natürlich auch unser Körper nach dem Tod gehören zur Erde zurück. Seit dem Zeitpunkt, an dem dies verinnerlicht wurde, wurden schnell sinnvolle Lösungen für die Praxis gefunden. Sogar für mehrstöckige Häuser in Großstädten wurden, der einfachen Grundidee der Komposttoiletten folgend, einfallsreiche Systeme entwickelt. Sie stanken nicht und produzierten, neben nutzbaren Wärmequellen und Baumaterialien, große Mengen an wertvollem Menschendünger, der im Wald oder – nach genauerer prophylaktischer Kontrolle – zusammen mit Mulch auf die Permafelder ausgebracht wurde. Das Ganze benötigte deutlich weniger Wartung als das alte Kanalisationssystem mit gewöhnlichen Kläranlagen, und vor allem produzierte es keine toxischen, nicht wiederverwertbaren Rückstände.

Für die kleine Gemeinschaft hier würden die einfachen Komposttoiletten, die schon im 20. Jahrhundert von alternativen Idealisten meist aus recycelten Materialien entwickelt wurden, völlig ausreichen. Philemon hatte auf seinem nomadischen Weg interessiert zugeschaut, wie eine solche Komposttoilette aufgebaut wurde und auch bei der Herstellung von Terra Preta[5] mit Menschenkot als Rohstoff hatte er geholfen. Von der Physiologie der Regenwürmer bis hin zu der Herstellung qualitativ hochwertiger effizienter Mikroorganismen war er hochinformiert und absolut begeistert. Dadamax hatte zwar in seinem langen Leben nie selber eine Komposttoilette gebaut, dafür war er aber handwerklich versiert. Zusammen hatten sie sich, er mit seinen bald siebzig Jahren und der Junge mit seinen achtzehn, ein paar Wochen zuvor getroffen, um ein Konzept für die Toiletten des Gutshauses zu entwerfen, und die benötigten Materialien organisiert.

Der auffällig hagere Dadamax stand auf, wartete einen Moment und sprach zu den Anwesenden am Tisch: »Zusammen mit Philemon möchten wir den Aufbau des Kompostklos hüten. Einwände?«

[5] Schwarzerde. Eine mit Pferdemist (üblicherweise), Pflanzenkohle, Holzspann, Steinmehl und effektiven Mikroorganismen als Grundzutaten hergestellte Erde. Regenwürmer spielen bei der Herstellung eine wesentliche Rolle.

Es war natürlich eine rhetorische Frage, da keiner sonst dafür kompetent gewesen wäre, aber es gehörte einfach dazu, Rückfrage zu halten, um möglichen Missverständnissen oder Misslaunen vorzubeugen. Es wurde spontan gejubelt.

Kevalam beugte sich zu Saruj. »Warum jubeln sie jetzt alle?«

»Zustimmung, nehm ich an«, antwortete sie leise.

»Wir werden ein erstes Modell fertigstellen, um sicher zu sein, dass sich keine Denkfehler in der Planungsphase eingeschlichen haben«, erklärte Dadamax, bevor er sich zu einem robusten, gedrungenen Mann in den Vierzigern wandte. »Dafür brauche ich einere Möchtere, dide handwerklich erfahren ist. Rok[6], hast du mit Holz Erfahrung?«

»Mehr mit Metall, aber Holz geht schon klar«, antwortete der Mann, der die Ameisen und die Heuschrecken geschmiedet hatte, die das Floßsystem antrieben, das Saruj und Kevalam tags zuvor benutzt hatten. Rok, Mikels Vater, hatte sich den Vorbereitungen der Wallfahrt angeschlossen und hatte auch vor, nach dem Start einige Wochen dabei zu sein. Aus Interesse und auch, weil sein Sohn und dessen Freundin Ilia ihre nomadischen Zeiten mit diesem besonderen Ereignis beginnen wollten und alle drei es schön fanden, noch ein wenig Zeit zusammen zu verbringen.

»Zum Bauen des ersten Turmes würde ich dich gerne einteilen, Rok. Wir wären dann zu dritt: du, Dyonis[7] und ich.«

Dyonis nickte zustimmend. Der introvertierte Vierundzwanzigjährige war wie sein Wegbegleiter Dadamax von Handwerkern über Gärtnern bis hin zum Kochen vielseitig begabt und hatte schon am Tag zuvor sein Interesse an dem Vorhaben angekündigt.

»Einverstanden«, bestätigte auch Rok.

Darauf folgte erneut ein kurzes Gejubel in der Runde.

»Warum jubeln sie wieder?«, flüsterte Kevalam zu Saruj.

[6] [Rɔk] Von Hrok. Ruhe

[7] [dioːnis] Von Dionysios abgeleitet. Männlicher griechischer Einweihungsname, der ein Kind dem Schutz des Gottes Dionysos unterstellt.

»Anerkennung ist doch super, wenn Leute sich für irgendetwas einsetzen, oder?«, flüsterte sie zurück.

»Vor allem, wenn sie es für nichts tun.«

Schockiert hob sie beide Augenbrauen hoch. »Ich dachte, heute gibt's Geld.«

»Oh. Hätte ich fast vergessen«, sagte er. Er sah ein wenig bekümmert aus.

Sie kicherte leise.

Dadamax war gerade dabei zu erklären, wie Emailwannen im Boden eingesetzt werden sollten. »Wollt ihr schaufeln, Kinder?«, fragte er dann. »Auch, wenn wir erstmal nur eine Ausfertigung bauen, können ruhig alle fünf Fundamente für die folgenden schon heute gegraben werden.«

»Ja, buddeln macht Spaß – und Muckis«, sagte Mikel, der trotz seiner siebzehn Jahre seinen Babyspeck noch nicht ganz abgelegt hatte.

Ilia und Zasch wollten auch gern dabei sein. Es wurde kurz gejubelt und Kevalam machte diesmal mit. Saruj schielte ihn mit einem amüsierten Lächeln an.

»Philemon wird sich euch anschließen und zeigen, was genau zu tun ist«, sagte Dadamax.

»Passt«, rief Mikel. Dann grinste er kurz Ilia und Zasch zu. »Hey Mädels, ihr liebt doch auch unseren Berliner, oder?«, sagte er noch und lachte.

»Gut«, übernahm Dadamax. »Ich glaube, die restlichen Möchteren sind schon von Didishu nach der Medi[8] eingeteilt worden, ja?«

Didi nickte. Gandhari[9], eine lebensfrohe junge Frau und die aktuelle Elevin von Didi, würde mit Saruj zusammen das naheliegende Haus von seinem Dornendom befreien. Gandhari liebte es, auf Bäume zu klettern und mit Sägen zu hantieren, also war die Aufgabe für sie ideal. Saruj

[8] Meditation

[9] [ɡaŋdaʁi] Figur der indischen Mythologie.

hatte zwar großen Respekt vor Dornen – und Brennnesseln – dafür genoss sie die Gegenwart von Gandhari. Sie würde gern ihre Leiter festhalten und die Schubkarre für sie schieben.

»Noch Fragen?«, erkundigte sich Dadamax. Er wartete ein paar Sekunden und schloss die kleine Versammlung: »Dann lasst uns beginnen. Diejenigen, die essen möchten, werden hier um 13:31 erwartet«, sagte er mit einem verschmitzten Grinsen.

Mikel runzelte die Stirn, gespielt perplex.

»Wie? Hat hier keinere eine Uhr?«, fragte Dadamax mit einem breiten Grinsen. »Der Gong wird drei Mal laut geschlagen«, sagte er schließlich. »Viel Spaß und gutes Gelingen euch allen Lieben.«

PUTZEN IST EINE HELDENTAT

Kevalam schaute, wie sich die Gruppe auflöste und den Raum verließ. Sie wussten alle, was sie zu tun hatten. Niemand machte sich Gedanken über Geld oder über das Geld, das sie heute bekommen sollten. Er blieb allein, die Ellbogen auf dem Tisch, das Gesicht in die Hände gestützt. Durch die Spalten seiner Finger konnte er die Monopoly-Schachtel, die vor ihm lag, erkennen. Obwohl er mehr oder weniger den ganzen Tag für sich hatte, spürte er eine schwere Last auf seinen Schultern.

Nach wenigen Minuten kam Didi mit einer Teekanne zu ihm. »Ist alles in Ordnung mit dir, lieber Kevalam?« Sie hatte zwei Tassen auf den Tisch gestellt und sich seitlich neben den Jugendlichen gesetzt.

Er nahm die Hände von seinem Gesicht. »Ich fühle mich hier nicht wohl«, gestand er. »Wie von der Gruppe abgelehnt. Ich bin für alle hier der komische Mann im Anzug, der mit den Toiletten nichts zu tun haben möchte und das Geld wiedereinführen will.«

»Abgesehen davon, dass niemande von deiner ›Toilettenphobie‹ mitbekommen hat – stimmt es wirklich?«, fragte Didi.

»Es ist doch nicht fair, dass ich deshalb ausgestoßen werde.«

»Das tut definitiv niemande hier. Mit Sicherheit nicht. Nur, Bindungen wirst du schwer aufbauen, indem du dich absonderst.«

»Niemand will mit mir die Bank sein«, sagte er mit einer bedrückten Stimme.

»Du hast nicht danach gefragt. Vielleicht hätte einere Jugendliche gern mitgemacht, das weißt du nicht.«

Kevalam war den Tränen nahe. »Was soll ich tun?«, fragte er verzweifelt. »Was macht Saruj heute? Ich weiß es nicht. Ich habe nicht mal mitbekommen, wann und wie sie sich für eine Aufgabe eingeteilt hat. Sie ist voll im Fluss und ich habe keine Ahnung, warum wir hier sind. Warum bin ich hier, Didi?«

»Saruj ist hier, weil sie der Meinung ist, dass diese Wallfahrt sinnvoll ist. Dass die noch stark verseuchten und geschwächten Böden, Seen und weitere Orte, sei es durch intensive Monokultur und Einsätze von Pestiziden, Radioaktivität oder sonstigem Müll unsere Unterstützung brauchen. Alle, die gekommen sind, sind aus diesem Grund hier. Wir befinden uns immer noch in Zeiten des Putzens, Kevalam.

Am Anfang der Transition war das für alle sehr deprimierend. Während die meisten noch unseren schönen Planeten hemmungslos vermüllten, setzen Einzelne ihre ganze Energie ein, um ihn zu putzen. Diese Menschen – oft waren sie so jung wie du – sind für mich wahre Helderen gewesen. Putzen, lieber Kevalam, ist eine Heldentat. Es geht um unser aller Überleben. Und um Dankbarkeit dafür, dass die Erde ihren Bewohneren ideale Bedingungen fürs Leben großzügig schenkt.«

Kevalam hatte seinen Tee ausgetrunken. Didi auch. Sie stand auf und sammelte die Tassen ein.

»Darf ich Ihnen beim Abwaschen helfen?«, fragte er mit einer schüchternen Stimme.

Didi schaute ihn an, sichtlich erfreut. »Ich habe mir genau diese Frage von dir gewünscht.«

»Warum haben Sie mich nicht gefragt?«

»Weil wir an Zwängen nicht interessiert sind. Du bist nicht mein Sklave. In einer Gemeinschaft sowie in einer Partnerschaft geht es nicht darum, Befehle auszuführen, sondern Initiative zu ergreifen. Sehen, was zu tun ist, und es auch tun.«

»Vorhin, mit dem Aufbau der Komposttoiletten, ging es schon um reines Ausführen«, wandte er ein.

»Kevalam, ich weiß, dass du mich schon verstanden hast.«

»Ja, das stimmt.« Er fühlte sich ertappt. »Ich weiß nicht recht, warum ich gefragt habe. Da Dadamax und Philemon zusammen das Projekt konzipiert haben und hier die Einzigen sind, die sich damit auskennen, ist es schon richtig, wenn Helfer sich nach ihren Aussagen ausrichten.«

»Dadamax und Philemon hüten das Projekt. Vorgesetzte sind sie nicht.«

»Was ist der Unterschied?«

»Sie haben sich dieses Projekt als Hütere gerufert.«

»Gerufert?«, fragte er.

»Mit der Abschaffung des Geldes hat sich unser Leben grundlegend verändert. Neue Worte wurden gebraucht. Rufern ist einer dieser neuen Begriffe«, erklärte sie geduldig. »Sich rufern bedeutet: Sich zu etwas gerufen fühlen und sich freiwillig dafür melden. Dadamax und Philemon haben sich als Hüteren gerufert, also sich bereit erklärt, die Verwirklichung des Projektes ›Komposttoilette bauen‹ zu betreuen. Ich habe mich gerufert, die Wallfahrt ins Leben zu rufen.« Sie schmunzelte. »Und vorhin haben unsere zwei Hüteren nach weiteren Möchteren gerufert ...«

»... die zufälligerweise alle willig waren, gerufert zu werden«, fügte er scharf hinzu.

»Alle sind freiwillig hier und möchten sich gern einbringen. Gezwungen ist niemande. Zu nichts.«

Didi spürte einen tiefen Widerstand in seinem Blick. Sie hätte ihm von der Kraft des freiwilligen Schaffens und der Seligkeit des aus dem Herzen-heraus-Dienens erzählen können. Es wäre nicht angekommen. Es eilte aber nicht. Sie war zuversichtlich, dass die Zeit kommen würde, in der er durch eigene Erfahrungen zu dieser Erkenntnis kommen würde.

Sie entschied, es zunächst bei einer pragmatischeren Erklärung zu belassen: »Im Gegensatz zu einer hierarchischen Struktur, in der einere Vorgesetztere die Macht über sihne Angestellteren und bei allen wichtigen Entscheidungen das letzte Wort hat, werden sie bei uns in der Gruppe getroffen oder wie heute Vorschläge angeboten, die die Zustimmung aller benötigen. So wird Fehldenken schneller erkannt und übereilte Beschlüsse werden dadurch vermieden. Beispiele, bei denen Entscheidungen von oben verheerende Konsequenzen mit sich zogen, findest du in der Vergangenheit mehr als genug. Das hirnlose Einsetzen von Atomenergie, Gentechnik, Herbiziden, Plastik ... und so vielem mehr. Darüberhinaus werden, wenn mane sich von hierarchischen Strukturen befreit, das Denkvermögen, das Wissen und der Sinn für

Initiative jederer Einzelne nicht durch schlichte Befehlsausführung ausgebremst. Vielmehr wird dieses Potenzial gewürdigt und geschätzt. Einere Hütere bringt sihn Wissen ein, sihne Vision, ein Konzept oder einfach Organisationstalent. Sihn Hüterdasein beschränkt sich jedoch auf ein bestimmtes Projekt und auf eine gewisse Zeit.«

Didi und Kevalam waren in die Küchenecke gegangen und standen jetzt hinter der Theke. Didi war dabei, das frisch gewaschene Geschirr aus einer Wanne mit klarem Wasser herauszuholen und es auf die Theke zu stellen.

Kevalam nahm ein Tuch, das dalag. »Sind das die Geschirrtücher?«

Didi nickte. Er begann, das Geschirr abzutrocknen.

»Und? Hast du auf die Uhr geschaut?«, fragte sie ihn.

»Warum?«

»Damit du ausrechnen kannst, wie viel du heute verdienst. Wenn schon Geld wieder eingeführt werden soll, sollte es fairer werden, als es mal war, zumindest, was Haushalt und Kinderbetreuung angeht. Solche essenziellen Tätigkeiten sollten dann auch bezahlt werden.«

»Sie haben sicher recht, aber ...« Er wirkte ein wenig verlegen. »Ich möchte es diesmal für nichts tun«, beschloss er.

»Und heute fasten?«, fragte Didi mit ihrem unverwüstlichen Lächeln.

Kevalam war sich nicht sicher, ob sie sich über ihn lustig machte oder es ernst meinte. Er entschied, ihren Einwand ernst zu nehmen. »Ich könnte von Saruj etwas borgen.«

»Mit Zinsen?«

»Saruj ist meine Freundin«, erwiderte er empört.

»Na, dann passt alles. Du bist ja sowieso die Bank«, sagte sie, bevor sie ihm wissend zuzwinkerte.

Sie wartete einen Moment, bis er ein paar Tassen abtrocknete und erneut Platz für das nasse Geschirr entstand. »Hast du bereits eine Idee, wie du die Scheine austeilen möchtest?«, fragte sie. »Nach Aufgaben, nach Zeiten, oder sollen alle das Gleiche, unabhängig von ihren Leistungen bekommen?«

»Dass alle das Gleiche bekommen, wäre natürlich das Einfachste. Aber das Experiment würde dadurch vollkommen sinnfrei werden. Es geht doch darum, dass man erfährt, dass Geld, wenn es intelligent eingesetzt wird, nützlich ist. Indem jede Leistung wahrgenommen, geschätzt und vergütet wird. So würde man verhindern, dass jemand sich vor der Arbeit drückt. Oder das ganze Essen für sich bunkert.«

»Es gibt genug für alle. Für sich selbst horten ist nicht nötig«, bemerkte Didi.

Er seufzte unglücklich. »Hier haben wir so ein absurdes Experimentierfeld. Es gibt außer Essen einfach nichts zu kaufen. Und was sollten Mönche oder Nonnen haben wollen, die kaum etwas essen?«

»Dadame zählt nicht gerade zu den Wenig-Essenden.« Sie kicherte kurz. Dann überlegte sie. »Die Baumaterialien, die wir brauchen, könnten einen fiktiven Preis haben.«

»Aber woher kommt das Geld, das wir dafür geben müssten?«

»Aus der Monopoly-Schachtel?«

»Didi. Du weißt genau, was ich meine!«

Mit einem Schmunzeln auf dem Gesicht neigte sie ihren Kopf zur linken Seite und wartete.

»Oh, entschuldigen Sie vielmals. Ähm … du?«, nuschelte er.

»Sehr erfreut«, sagte sie. Ohne eine Pause einzulegen, fuhr sie fort: »Wenn du gleich die Außenwelt in dein Experiment einbringen willst, wirst du sicherlich ein Problem haben. Das Geld ist abgeschafft worden und ich befürchte, dass die wenigsten da draußen an deinem Experiment interessiert sind. Aber gut, lass uns an diesen theoretischen Gegebenheiten weiter dichten. Um die Wallfahrt zu ermöglichen, hätten wir einen Kredit aufnehmen müssen. Für die Baumaterialien, für das Essen, und um unsere Arbeit zu bezahlen. Also hätten wir uns Gedanken machen müssen, wie wir aus diesem Projekt Geld erwirtschaften können, damit wir das Darlehen zuzüglich Zinsen später zurückzahlen. Leider können uns die verseuchten Böden nicht für ihre Reinigung bezahlen, da die Natur kein Geld besitzt. Tja. Wer sollte an ihrer Stelle zahlen?«

»Die Regierung?«, schlug Kevalam vor.

»Es ist dir klar, dass wir keine Regierungen haben?«

»Ich glaube ja«, antwortete er mit einem verunsicherten Nicken.

»Gut. Wenn es aber doch eine Regierung gäbe, müssten wir diese überzeugen, dass das Säubern der Böden sein Geld wert ist. Dass es wichtiger ist als …«, sie überlegte kurz, »… als Böden fürs Erdgas fracken, was in kurzer Zeit zwar viel Geld einbringen kann, dafür aber die Gefahr birgt, das Grundwasser zu verseuchen.«

Kevalam fiel erst dazu nichts ein. Er brauchte nicht zu fragen, ob Fracking überhaupt noch praktiziert wurde. Ihm war die Antwort schon klar. Er hatte gerade den letzten Löffel abgetrocknet und abgelegt. Er reichte Didi das Küchentuch und sie beugte sich über eine Stange hinter der Theke, um es mit Bedacht aufzuhängen. Als sie sich wieder aufrichtete, trafen sich ihre Blicke. Sie hielt dem seinem stand, sanftmütig, aber fordernd.

»Kevalam, wie wäre es, wenn du dich jetzt mit unserem System anfreunden würdest?«, fragte sie. »Wie wäre es, wenn du versuchen würdest, unsere Gesellschaft, die jetzt auch deine ist, zu verstehen? Nicht weiter davon wegzurennen versuchst. Was hältst du davon?«

Kevalam erstarrte. Er spürte einen starken Druck in seinem Nacken. Seine Wangen begannen, heiß zu werden. Didi streckte ihm ihre offenen Hände entgegen, wie eine Mutter ihrem Kind, das seine ersten Schritte wagt. Sie wusste, dass er ihre Hände nicht nehmen würde, aber auch, dass er diese Geste, wenn auch unbewusst, wahrnehmen würde. Sie offerierte ihm lediglich ein Rettungsnetz. Springen müsste er schon selber.

»Alle werden mich auslachen, wenn ich das Geldexperiment jetzt sein lasse«, wehrte er sich noch ein wenig.

»Hab Vertrauen, Kevalam. Es wird sich schon etwas ergeben«, versicherte sie ihm.

EIN MANN OHNE IDENTITÄT

Er ging aus dem Haus und lief Richtung See. Er hätte zurück zu seiner Siedlung gehen können, dort hatte er ja genug, um ein Leben lang leben zu können. Allein mit seinem Androiden Pascal. Also allein. Allein mit Saruj? Nein, sie würde ihm nicht folgen. Sie würde dort nicht leben können. Sie würde dort eingehen. Sie war viel zu frei. Didi hatte recht. Er hatte keine andere Wahl, als zu lernen, hier zurechtzukommen. Vor ein paar Tagen war er noch einer der reichsten Männer der Welt gewesen. Und was war er jetzt? Sein Geld war nichts wert. Auch sein Besitz hatte keinen Wert, wenn er ihn nicht teilen würde – tauschen tat ja niemand. Noch war er zumindest der frustrierte gefallene Reiche, der das neue System in Frage stellte. Wenn er aber dieses Etikett aufgeben würde, was bliebe ihm noch übrig? Was würde ihn definieren? Was würde er sein, oder wer?

Ein Mann ohne Identität.

Er hatte sich ans Wasser gesetzt und übte sich darin, flache Steine über das Wasser hüpfen zu lassen. Die wachsenden Wasserringe, die frische Luft, der Geruch des Waldes hatten ihn allmählich beruhigt.

Er vermisste Saruj.

Gelächter in der Ferne holte ihn in die Realität zurück. Er stand auf und machte sich auf den Weg, dem Klang folgend. Bald entdeckte er hinter ein paar Büschen, wie die Jugendlichen sich gegenseitig mit Erde bewarfen und dabei laut kreischten. Völlig verschwitzt und verdreckt.

»Hey Leute«, hörte er Philemon rufen. »Sollen wir mal endlich anständig buddeln hier, oder was?«

»Klaro«, sagte Zasch, bevor sie ihm eine Schaufel voll Erde zuwarf.

»Also aufhören«, schrie Philemon zu Zasch und wischte sich die Erde von seiner unbehaarten Brust. »Ich will ja hier nicht der Spielverderber sein … aber!«

Alle lachten.

»Wie viel haben wir schon geschafft?«, fragte Mikel und wischte seine verschwitze Stirn mit dem Handrücken ab.

»Wenn wir noch diese Stelle ausgebuddelt haben, sind wir durch«, antwortete Philemon.

»Schnell fertig buddeln und dann ins Wasser springen?«, schlug Zasch vor.

Mikel ließ seine Schaufel fallen. »Ich kann echt nicht mehr, meine aaarrrmen Aaarrrme«, proklamierte er mit einer gequälten Stimme. Er kniete sich zu Boden. »Erbaaarmen«, stöhnte er noch.

Kevalam kam aus seinem Versteck heraus. »Kann ich euch helfen?«

Mikel richtete sich auf. »Im Anzug?«, fragte er.

Unmittelbar zog sich Kevalam aus und behielt nur seine Unterhose an. Ilia musterte seinen Körper und kicherte verlegen.

»Von mir aus«, sagte der Rothaarige und hob die Schulter hoch.

»Du bist im Team«, bestätigte Philemon einladend.

Kevalam fing mit dem Schaufeln an. Die Energie, die sich bei ihm angestaut hatte, konnte er endlich herauslassen. Er wirkte wie besessen.

Die anderen schauten ihm zu.

»Geht dein Geldsystem nach Zeit oder nach Mission?«, fragte ihn Mikel. »Wenn ich dich so sehe, nach Mission.« Er lachte.

Kevalam antwortete nicht. Mikel warf ihm ein wenig Erde zu. Er ignorierte es und schaufelte weiter.

»Hey, bist du blöd?«, rügte ihn Zasch. »Mit seinem Speed sind wir in einer Viertelstunde durch.«

»Profitieren wir aber alle davon?«, provozierte ihn Mikel.

Kevalam antwortete weiterhin nicht. Er grub weiter, während Zasch und Philemon die überschüssige Erde auf eine Schubkarre warfen. Ilia und Mikel hatten sich an den Rand des Geschehens zurückgezogen und sich Arm in Arm, zwischen Erde und Blätter, zum Schmusen hingelegt.

Als Philemon den Graben für tief genug hielt, ging die kleine Truppe zum Wasser. Sie waren nicht die Einzigen, die diese Idee gehabt hatten, einige saßen am Strand, die anderen kühlten sich ab.

Kevalam entdeckte Saruj und schwamm zu ihr. Sie umarmten sich im Wasser. Sie küssten sich. Saruj wischte einen Rest Erde mit Wasser aus seinem Gesicht und sie küssten sich erneut. Mund an Mund tauchten sie unter, bis sie wieder hochschnellten, um Luft zu schnappen. Dann löste er sich aus ihren Armen und schwamm hinaus zu der kleinen Insel, die in der Mitte des Sees lag. Saruj folgte ihm, wissend, was er wollte, wissend, was beide wollten, und zwar jetzt.

DAS GELD BRENNT

Als die Liebenden zum Haus zurückkamen, standen für das Mittagessen ein langer Tisch und Bänke vor der Tür. Alle hatten schon ihre Plätze eingenommen und bedienten sich gegenseitig. Saruj verschwand im Haus. Kevalam blieb stehen, barfuß, mit nacktem Oberkörper, seine Anzugsjacke unter dem Arm, eine nasse schwarze Haarsträhne im Gesicht. Er betrachtete die heitere Gesellschaft vor ihm und wusste nicht genau, wie er die Aufmerksamkeit auf sich ziehen konnte.

Saruj eilte aus dem Haus heraus und stellte sich an seine Seite, wie die Assistentin eines Zauberers. Auf einem nach oben gestreckten Arm trug sie einen Korb, in dem die Monopoly-Geldscheine lagen. »Ta daaaa«, rief sie mit einer theatralischen Reverenz.

Alle drehten sich zu dem Paar um.

»Unser Geld ist da«, freute sich Mikel und lachte.

Kevalam hatte seine Aufgabe so gut verdrängt, dass er tatsächlich vergessen hatte, sich vorzubereiten. Ihm blieb nur noch übrig, ins kalte Wasser zu springen. Er zog noch schnell seine Jacke an und ein wenig verunsichert begann er zu sprechen: »Erstmal möchte ich mich herzlich dafür bedanken, dass ihr euch eingelassen habt, dieses Experiment mit mir durchzuführen.« Ihm fiel nichts weiter ein.

Saruj nahm einen Geldschein aus der Schachtel und reichte ihn ihm mit einem ermutigenden Zwinkern. Er nahm das bedruckte Blatt und betrachtete es einen Moment lang. Dann hob er seinen Blick zu den freundlichen Gesichtern, die gespannt warteten.

»Ich …«, er zögerte, »… ich habe heute morgen viel Zeit damit verbracht zu überlegen, wie ich das mit dem Geld in Angriff nehmen soll. Es war nicht angenehm. Es machte mir keine Freude. Ich fühlte mich einfach elend. Ausgestoßen und ungerecht behandelt, obwohl es dafür keinen Grund gab. Ich habe mich wie ein alter, verbitterter Mann gefühlt, der die Schönheit eurer kleinen Gemeinschaft, die Freiheit und

Unbefangenheit, die hier herrscht, euer Glück vielleicht sogar, nicht erträgt.«

Er legte eine kurze Pause ein, dann erhellte ein kaum wahrnehmbares Lächeln sein Gesicht. »Wenn ich ganz ehrlich bin, habe ich erst begonnen, Spaß zu haben, als ich für die Kompostklos Gruben geschaufelt habe. Erst in dem Moment fühlte ich mich lebendig. Stolz. Und dies, obwohl ich gestern Didishu fast angefleht habe, bloß nicht für Toilettenbelange eingeteilt zu werden.«

Einige der Jugendlichen mussten kichern.

Kevalam wartete geduldig, bis wieder Ruhe einkehrt war. »Ich weiß noch nicht, wie ich mich in eurer Gesellschaft zurecht finden werde und wie ich mich einbringen kann, aber ich möchte es versuchen.«

»Du bist hier willkommen«, rief Philemon.

Einige andere Willkommensgrüße folgten.

Kevalam zögerte. »Hm … ein kleines Geheimnis möchte ich noch mit euch teilen«, offenbarte er. »Ich … ich bin der Sohn eines der reichsten Patriarchen der Welt. Ich bin ein Edelmann. Von allen niedrigen Tätigkeiten der Welt von Geburt an befreit. Zumindest bin ich es bis vor ein paar Tagen gewesen. Dies war meine Identität. Mein Ich. Ab jetzt bin ich ›nur noch‹ ein gewöhnlicher Mensch. Ich weiß wirklich nicht, wohin diese Reise mich führen wird, aber ich möchte mich bei euch allen für diese Erkenntnis bedanken.« Er machte eine kurze Pause. »Danke.«

Es war als Ritual üblich, wenn jemand sich von Herzen öffnete, ein langes hörbares Ausatmen von sich zu geben. Man drückte damit seine Anteilnahme aus. Eine Welle des Ausatmens ging durch die Anwesenden. Die Erleichterungs- und Befreiungsgefühle, die Kevalam selber empfunden hatte, bekamen dadurch einen Klang. Der Neuankömmling war sichtlich berührt und nahm diskret die Hand von Saruj, die ihn strahlend anlächelte.

»Danke, lieber Kevalam«, hörte er Didi sagen.

Mikel stand auf. »Hey Kevalam, was ist jetzt mit unserem Geld?«, wollte er doch noch wissen.

Alle lachten.

Dididan räusperte sich dezent, abwartend, dass Kevalam sie entdeckte. »Lieber Kevalam, ich möchte dich auch in unserer kleinen Gemeinschaft von ganzem Herzen willkommen heißen. Und was dein Anliegen betrifft, hätte ich da eine Idee«, sagte sie mit einem rätselhaften Lächeln. »Ich bin jetzt eine ältere Dame, aber ich war auch mal jung.« Sie kicherte. »Als ich 29 war, habe ich ein Symposium zum Thema Geld besucht. Zu dieser Zeit gab es schon viele Menschen, die an dem Thema interessiert und sich bewusst waren, dass der Kapitalismus gleich einem tödlichen Krebstumor unaufhaltsam wuchs. Es musste sich dringend etwas ändern.

Bei der Eröffnung dieser Veranstaltung stand ein junger Conférencier auf der Bühne und fragte in den Saal, ob ihm jemande einen Zehn-euroschein für ein Experiment leihen mochte. Ein Mann, der in der ersten Reihe saß, stand auf und reichte ihm das Geld. Der Redner holte ein Stück Papier aus seiner Tasche dazu, auf welchem die Zahl Zehn mit Filzstift gekritzelt war. Er fragte: ›Was ist der Unterschied zwischen diesen beiden Scheinen?‹ Eine Frau im Saal rief unvermittelt: ›Verbrenne beide und du wirst den Unterschied schon spüren.‹ Diese Frau war nicht ganz unbekannt und eine absolute Verfechterin des Duzens, aber das ist eine andere Geschichte. Der Aufforderung der Frau folgend, holte der Conférencier ein Feuerzeug heraus und näherte die Flamme den beiden Scheinen an, die er wie Spielkarten in der anderen Hand hielt. Ein spannender Moment. Aber unerwartet, ich glaube sogar, dass es ein Versehen war, entflammte ein Schein, und zwar der echte. Schockiert versuchte er noch schnell, das Feuer zu löschen. Vergeblich. Geld brennt besonders gut. Im Raum herrschte absolute Stille.«

Dididan nahm sich die Zeit, die Spannung wahrzunehmen, die genauso wie damals am Tisch knisterte. Dann fuhr sie mit ihrer Erzählung fort: »Plötzlich rief der Mann empört, der sein Geld verliehen hatte: ›Und wann bekomme ich meine zehn Euro wieder? Ich habe sie geliehen, jetzt möchte ich sie wieder haben.‹« Dididan bemerkte vergnügt, wie alle an ihren Lippen klebten und lächelte. »Erinnert euch, es war die Eröffnung des Symposiums. Der Raum war mit tausend

Menschen gefüllt und der Conférencier wirkte total überfordert. Er versuchte, sein Unbehagen zu vertuschen, und setzte mit seiner ursprünglich vorbereiteten Rede fort, aber er wirkte verkrampft.

Nach ein paar Minuten stand der Besitzer des verbrannten Scheines auf. ›Ich habe eine Entscheidung getroffen‹, sagte er. ›Ich schenke Ihnen das Geld. Es ist völlig in Ordnung und ich tue es gern.‹ Im Raum breitete sich eine Welle der Erleichterung aus. Daraufhin rief die Frau, die den Vorschlag gemacht hatte, das Geld zu verbrennen: ›Kaum ist das Geld weg, entsteht Platz für die Liebe.‹ Die Stimmung hatte sich in der Tat, nachdem der Mann sich von seinem Geld freiwillig verabschiedet hatte, radikal verändert.«

Dididan legte eine Denkpause ein und Saruj benutzte diese, um hinter das Haus zu huschen.

Die Greisin fuhr fort: »Mein Vorschlag, lieber Kevalam, wäre, dass jedere von uns sich ein paar Scheine holt und sie verbrennt. Nicht dass wir uns von dem Geld trennen müssten, das haben wir längst getan, aber so könnten wir dich stellvertretend dabei unterstützen, es auch zu tun. Somit könntest du deinen Abschied leichter bewältigen. Was hältst du davon? Was haltet ihr alle davon?«

Just in dieser Sekunde kam Saruj schwankend zurück, eine schwere Feuerschale, mit trockenem Heu und kleinem Holz gefüllt, in den Armen. Kevalam hatte seine Aufgabe komplett verdrängt, aber seine Freundin hatte heimlich vorgesorgt. Er eilte zu ihr, befreite sie von dem schweren Gefäß und stellte es auf den Boden.

»Ta Daaa«, rief Saruj erneut. Unmittelbar danach fügte sie mit einem gespielt verlegenen Lächeln hinzu: »Einwände?«

Alle lachten und jubelten zustimmend. Rok reichte Kevalam eine Streichholzschachtel und dieser entzündete das Feuer.

Dann brachte der vermeintliche Zeitreisende den Korb voller Geld zu Dididan. »Möchten Sie beginnen?«, fragte er.

Sie lächelte ihn an, abwartend.

Mit einem charmanten Lächeln wiederholte er seine Frage: »Möchtest du beginnen?«

»Sehr gern.« Sie pickte sich einen rosa Schein heraus und begleitete den jungen Mann zum Feuer. Der Schein brannte nicht so schnell wie echtes Geld, aber er verbrannte.

Didi stand auf und ging als nächste zur Feuerstelle. Sie suchte sich einen grünen Schein heraus. »Lieber Kevalam, du sollst wissen, dass ich es für richtig halte, wie du hier alles in Frage stellst«, begann sie. »Dass du auf deine Bedürfnisse achtest und dafür sorgst, dass sie befriedigt werden. Deine Angst, ohne Geld nicht überleben zu können, ist gewiss verständlich. Du möchtest auch nicht ausgenutzt oder missachtet werden. Es ist richtig und wichtig, seine Bedürfnisse zu äußern.

Ich habe am Anfang der Transition beobachtet, wie viele Menschen, meist Frauen, sich so sehr eine bessere Welt wünschten, dass sie nicht mehr in der Lage waren, auf ihre eigenen Bedürfnisse zu achten. Oder diese auch nur auszudrücken. Das Geld war in ihren Köpfen nur noch schmutzig. Nehmen für sie fast unmöglich geworden. Sie konnten nur noch geben. Sicherlich ist Geben, Dienen, die Seva, eine heilige Tätigkeit, und es ist auch besonders erfüllend. Jedoch braucht es eine Hand, die nimmt, damit mane geben kann. Empfangen und schenken, beides geht nur zusammen.« Sie legte den Schein ins Feuer und beobachtete, wie er langsam in Flammen aufging.

»Ich möchte diese Gelegenheit nutzen«, fuhr sie fort, »um mich bei jenen Geldreichen zu bedanken, die während der Transition aufwachten und große Summen ihres Vermögens dafür einsetzten, dass das Geld verschwand. Erst spendeten sie für nachhaltige Projekte, alternative Forschung in der Heilmedizin oder in der Wissenschaft und immer mehr auch für tausende Gemeinschaften, die wie Pilze aus dem Boden schossen. Sie schenkten ihnen Grundstücke, Gebäude, Maschinen und auch Geld, damit sie das Experiment der Geldfreiheit durchleben konnten.

Diese Gemeinschaften, der Ursprung unserer Lokalis, legten großen Wert darauf, in vielen Bereichen autark zu werden. Mit der Zeit entstand ein starkes solidarisches Netzwerk zwischen den Gemeinschaften, die sich gegenseitig und natürlich ohne Tauschgeschäfte oder Geld unterstützten, welches die Autarkie von allen zusammen erweiterte. So entstanden unsere regionalen Foren und später, als die Landesgrenzen aufgelöst wurden, unsere fonischen und interfonischen Foren.«

Kevalam wurde es ein wenig mulmig. Er dachte gerade an all den Besitz, der ungenutzt in der Siedlung von Saman brachlag. Der Patriarch hatte die Transition nicht unterstützt. Er hatte sich in dieser Zeit, die er verachtungsvoll als eine zum Scheitern verurteilte Episode der Geldlosigkeit bezeichnete, von der Außenwelt abgeschottet. Saman war nicht bereit gewesen zu geben. War er selber soweit?«

Didi schaute ihn an. Sie spürte genau, was sich in seinem Kopf abspielte. »Lieber Kevalam, das Abschaffen des Geldes bedurfte bedingungsloser Liebe. Alle haben das Recht zu leben. Dabei zu sein. Auch die, die man als weniger wert als sich selbst einschätzt, dumm findet oder einfach nur anders. Um diesen Glaubenssatz zu brechen, braucht es Heilung – und Liebe. Für die anderen sowie für sich selbst.

Es erfordert Übung. Lass dir Zeit.«

Dadame hatte sich langsam nach vorne bewegt. »Ich wundere mich, jetzt doch an deinem Experiment teilzunehmen, Kevalam. Heute habe ich mich allerdings nur ausgeruht. Ich bin ja auch nicht mehr der Jüngste. Viel Geld hätte ich also heute nicht verdient.« Er kicherte leise. »Jedoch erkenne ich jetzt, wie wichtig dieses Experiment ist. Um dich zu begrüßen und willkommen zu heißen und damit du leichter das Geld hinter dir lassen kannst.« Er lächelte ihn versöhnlich an.

»Etwas möchte ich dir auf deinen Weg mitgeben«, fuhr er fort. »Ich denke, verstanden zu haben, dass deine primäre Sorge das Bewahren der Gerechtigkeit ist. Dabei hast du zwei Möglichkeiten: Du kannst alles kontrollieren bis ins kleinste Detail, jede Handlung berechnen und durchzählen, oder du kannst dich für die Freiheit entscheiden. Damit sind implizit Verantwortung, Initiative und Respekt gemeint.«

»Und Vertrauen«, ergänzte Saruj leise.

Dadame drehte sich zu ihr. »Vertrauen, ja. Damit hat es lange gehakt, und wenn es immer noch zwischenmenschlich schiefgeht, liegt es meist an fehlendem Vertrauen.« Der Zeitzeuge sprach erneut alle an: »Ich vergleiche gern den Paradigmenwechsel, der benötigt wurde, um die Transition zu ermöglichen, mit den Spielregeln eines Kartenspiels. Wenn man ein altmodisches Kartenspiel erlernt, ist die erste Frage: Was muss mane tun, um zu gewinnen? Geht es darum, alle Karten zu besitzen oder alle los zu werden?

Könnte aber das Ziel des Spieles sein, anstatt gewinnen zu wollen, lediglich gemeinsam zu spielen? Darauf zu achten, dass alle Beteiligten genügend Karten haben, um schöne Figuren hinzulegen, miteinander Spaß zu haben und glücklich zu werden?

Wenn die Spielregeln einer Gesellschaft aber besagen, dass es darum geht, möglichst viel Geld zu besitzen, wenn also Geld als der Schlüssel zum Glück definiert wird, setzen die Menschen natürlich alles daran, viel davon zu besitzen. Nun, im Gegensatz zu einem gewöhnlichen Spiel, das ein Ende hat, hatte das Spiel Kapitalismus kein Ende. Es gab keine Endsumme an Geld, die zu besitzen war, keine magische Zahl, die einere zweifellos vor dem Mangel bewahrte. Wann hatte mane genug Geld und Besitz angesammelt? Genug für sich, genug für sihne Familie, genug für sihne Nachkommen? Diese Fragen konnte niemande beantworten. Teilen? Erst wenn mane genug haben würde. Wie viel war aber genug? Es war nie genug. Es gab kein letztes Level, keinen Pokal mit der Inschrift: Das Spiel ist beendet, du hast gewonnen. Bravo! Genieß jetzt dein Leben. Das Spiel hörte nie auf. Gewinnen konnte mane nicht.

Also wurden weiter Geld und Besitz angehäuft. Mit allen Mitteln. Ausbeutung, Gewalt, Lügen … Je skrupelloser, desto reicher konnte mane werden. Menschen verpulverten ihre Intelligenz – ich spreche hier nicht von emotionaler Intelligenz, sondern von Effizienz –, ihre Kreativität, ihre Talente und ihre Energie, um sich mit Besitz und Geld zu bereichern. Im Grunde verschwendeten die Menschen dafür ihre gesamte Lebenszeit.«

Der Sannyasin räumte sich ein wenig Zeit ein, indem er seinen Bart streichelte und beobachtete, ob seine Zuhörer noch aufnahmebereit waren. Dann fuhr er fort: »Die Spielregeln haben sich zum Glück geändert. Jetzt versuchen wir, unser Potenzial dafür einzusetzen, dass möglichst alle glücklich werden. Kurz gefasst geht es uns nicht mehr um materielles Wachstum, sondern um spirituelles.« Er beugte sich langsam zu der Feuerstelle vor und ließ eine Handvoll Scheine hinein fallen.

Dadamax war aufgestanden. »In meinem Geburtslokali sowie in den meisten Lokalis, die ich kenne, mögen es die Menschen nicht besonders, für jeden Belang lange Diskussionen zu führen. Ich mag es genauso wenig. Als Konsequenz bevorzuge ich die Hauptregel: am liebsten gar keine Regel.«

Er nahm ein paar Scheine, aber kurz bevor er sie ins Feuer legte, überlegte er es sich anders. »Eine Geschichte möchte ich doch noch erzählen, bevor ich diese bedruckten Zettel verbrenne.« Er schaute sich kurz um, um sich zu vergewissern, dass alle damit einverstanden waren, und begann zu erzählen. »Bevor ich den Sprung gewagt habe, in eine Lebensgemeinschaft zu ziehen, bin ich einer Lebensmittelkooperative beigetreten. Dort sammelte ich meine ersten gemeinschaftlichen Erfahrungen. Wir waren etwa dreißig Menschen, haben einen Keller gemietet und uns wöchentlich von Baueren mit Obst und Gemüse beliefern lassen. Alles biologisch-dynamisch und lokal. Die weiteren Produkte des Alltags wurden von Unternehmen geliefert, die auch auf Nachhaltigkeit Wert legten. Somit sparten wir uns den Weg zum Supermarkt und konnten uns obendrein auch mitten in der Nacht mit Qualitätsprodukten versorgen. Eine wunderbare Sache. Was mich besonders betraf, weil mich der Gang in den Supermarkt anwiderte. Diese reihenweise in Plastik verpackten Tierleichenstücke empfand ich als schiere Gewalt, und außerdem gehörten Zuckerbomben nicht zu meinem Speiseplan.

Als ich eines Tages in der Kooperative zum Einkaufen war, merkte ich, dass ein wenig Wasser aus einer Leitung von oben tropfte und auf ein paar Waschsodakartons fiel. Ich füllte das noch zu rettende Pulver in trockene Behälter um und ging. Als ich eine Woche später wiederkam, war die Wasserleitung heil. Jemande, dide vom Klempnern mehr Ahnung hatte als ich, hatte den Bruch gesehen und in Ordnung gebracht. Ich fragte einen Mann, der auch im Keller zum Einkaufen war, ob er mitbekommen hatte, wer die Leitung repariert hatte. Er wusste es nicht. Er schaute mich vergnügt an und sagte nur: ›Es klappt ganz gut mit uns.‹«

Dadamax lächelte. »Für die Jüngeren hier ist so etwas selbstverständlich, für mich bis heute noch magisch.« Dann legte er die Scheine ins Feuer und fuhr fort, den Blick auf das brennende Papier gerichtet: »Eine Gemeinschaft kann entweder Regeln definieren, die das Benehmen aller in einem bestimmten Rahmen eingrenzt, oder sie setzt auf die Achtsamkeit von jederen. Je achtsamer jedere Einzelne wird, desto weniger Regeln werden benötigt – und im Idealfall gar keine mehr.«

Nachdem weitere Anwesende von ihrem Leben in Geldfreiheit berichtet und Papierblätter verbrannt hatten, kam die schüchterne Ilia.

Sie sagte nur: »Hallo Geld. Und Tschüss.«

Zuletzt ging Philemon zur Feuerschale. Er war in der Woche davor in einem Berliner Klub gewesen, dem E-Berg, und er hatte sich für das morgendliche Putzen im Klub freiwillig gemeldet.

»Es war eine der schönsten Erfahrungen meines Lebens, es war so toll«, rief er völlig begeistert. »Wir waren eine kleine Gruppe von etwa zehn Möchters[1], und wir wurden von fünf Androids gehütet. Sie gaben

[1] Junge Menschen, vor allen in größeren Städten, ersetzen gern die Endung ›eren‹ (bzw. ›en‹) mit ›s‹ für die genderneutrale Pluralform von Substantiven. Diese Gewohnheit stammt aus der globischen Grammatik, in der der Plural mit ›s‹ gekennzeichnet wird.
Klassische Grammatik der Zukunft: die Möchteren
Globische Grammatik (Modern): die Möchters

uns abgefahrene Putzkostüme, wir sahen aus wie aus einem Science-Fiction-Film. Kosmonautenstiefel, mit Lichtstrahlern ausgestattete Taucherbrillen, wasserfeste Handschuhe, die bis zur Schulter gingen, körperbetonte Anzüge mit Tarnmustern in fluoreszierenden Farben. Dazu hatten wir die modernsten Putzgeräte, die ich jemals gesehen habe. Das Putzen ging ruck, zuck, es war alles tipptopp organisiert. Als wir fertig waren, haben uns die Androids einen riesigen Tisch in der Mitte der Tanzfläche mit großartigen Leckereien vorbereitet, und einer meiner Lieblings-DJs hat aufgelegt. Nur für uns! Die Atmosphäre war durch und durch grandios, wir haben uns alle so nah gefühlt, als wären wir seit Jahren beste Freunders gewesen.« Er drehte sich zu Kevalam. »Du musst unbedingt dort hin!«

Kevalam schien nicht überzeugt zu sein.

»Nein, putzen brauchst du nicht.« Philemon lachte. »Den Klub aber, den musst du sehen. Ich habe zwei Eintrittscodes geschenkt bekommen, du kannst mit Saruj jederzeit rein.«

»Danke, Philemon, aber sind Eintrittscodes nicht ein wenig wie eine Gegenleistung? Ein Tausch?«, machte ihn Kevalam auf den Widerspruch aufmerksam.

»Ja, das stimmt. Ist aber so. Du kannst schon dort unangemeldet erscheinen, aber es ist nicht gesagt, dass du reinkommst. Da wollen alle hin. Mann, es ist der berühmteste Klub der Welt! Berlin eben!«

Saruj schaute Didi an, fragend. Ja, ließ sie sie mit ihren Augen wissen. Sie konnten beide für die paar Tage weg. Die geistige Putzkolonne würde erst in vier Tagen losmarschieren und es gab schon genug helfende Hände vor Ort für die Vorbereitungen.

»Es wäre jedoch schön, wenn ihr einen Tag vor dem Aufbruch zurückkommen würdet«, sagte sie nur.

Begeistert warf Saruj Kevalam einen kurzen Blick zu, und wandte sich fragend erneut zu Didi.

Die Sannyasinii lächelte. »Der Sonnenscoop mit den Fenstern für die Komposttürme soll jede Minute ankommen«, beruhigte sie sie. »Auf seinem Rückweg könnt ihr damit bis zum Berliner Mag mitfliegen. Es passt ausgezeichnet. Ich wünsche euch beiden eine wunderschöne Zeit in der Metropole.«

Einige waren schon am Aufbrechen, als plötzlich Mikel in die Runde rief: »Hey, ihr zwei! Ihr habt euer Geld nicht verbrannt. Wollt ihr es heimlich für euch behalten oder was?«

Saruj und Kevalam schauten sich an.

»Dann müssen wir wohl«, sagte Kevalam amüsiert.

Zusammen nahmen sie die restlichen Scheine aus dem Korb und warfen sie nacheinander ins Feuer.

»Ich bin mega stolz auf dich, Kev«, flüsterte Saruj und warf hinterher noch das Brettspiel in die Flammen.

ANONYMITÄT IST GIFT FÜR DAS VERTRAUEN

Saruj hatte gerade das Schild gefunden, auf dem der Name Onyx[1] in Großbuchstaben auf einer altmodischen Gegensprechanlage geschrieben stand, gefunden und darauf gedrückt. Ausgerechnet Fari war es, der die Glasfenster mit dem Sonnenscoop zu Didi geflogen hatte, und der freundliche Mann in Gelb hatte Saruj darauf aufmerksam gemacht, dass die Erfinderin ihres HPS im E-Berglokali[2] zu Hause war. Alles passte.

Eine weibliche, leicht raue Stimme ertönte: »Hallo?«

»Onyx? Saruj hier, guten Tag. Wir haben deine Adresse in den Einstellungen deines wunderbaren HPS gefunden und …«

»Von wem hast du das Teil?«, unterbrach sie Onyx.

»Zitrone.«

Onyx lachte. »Okay, passt. Und wer ist ›wir‹?«

»Ich bin unterwegs mit einem Zeitreisenden. Aus der Vergangenheit. Heißt Kevalam.«

Die Tür ging auf. ›Achter Stock‹, hörten sie noch beim Reingehen.

Verglichen mit den farbenfrohen und von außen exzentrisch aussehenden Häusern der Straße sah Onyx' Haus eher unscheinbar aus. Nur begrünt war es, ebenso wie alle anderen. Umso größer war die Überraschung der beiden, als sie das Haus betraten und innen ein völlig anderes Universum entdeckten.

»Wow«, rief Saruj beeindruckt.

[1] [oniks] etymologisch Fingernagel oder Kralle. Der Onyx ist ein Mineral, das normalerweise tiefschwarz ist und seltener rot. Der Edelstein soll das Selbstbewusstsein stärken und wird manchmal Stein der Egoisten genannt.

[2] Der Name E-Berg ist ein Zwinkern seitens der Berliner dieser Zeit an zwei Klubs – das E-Werk und das Berghain –, die in Zeiten vor und zu Beginn der Transition besonders berühmt waren. Beide Klubs waren ehemalige Fabriken, der eine war davor ein Kraftwerk und der andere ein Fernheizwerk.

Unter ihren Füßen lag eine Seewelt. In der Tiefe des Wassers konnte man Pflanzen erkennen, die unter dem Einfluss von sanften Strömungen leicht hin und her wogten. Jeder Schritt erzeugte auf dem bodendeckenden Tastbildschirm kreisförmige Wellen, und falls man zu sehr in die Nähe eines Fisches kam, schwamm dieser zügig davon. Die Wände des Flurs waren mit unzähligen Codezeilen bedeckt. Phosphoreszierende Liebesbotschaften, von Programmierern für Programmierer geschrieben.

Hinten im Eingangsbereich stand eine leuchtend grüne Lichtsäule: der Aufzug. Grün, der Algen wegen, die in seinen durchsichtigen Zwischenwänden schwebten und für die Energie des Fahrstuhls sorgten. Keine Knöpfe waren zu sehen. Saruj schloss kurz ihre Augen. Der bekannte Klang des Beamens aus alten Star Trek-Filmen ertönte und nach einer kurzen, sanften Fahrt waren sie am Ziel angelangt.

An der Wand des linken Flurs leuchteten diskret drei Pünktchen nacheinander auf. Sie folgten intuitiv dem Lichthinweis, der sich immer weiter vor ihnen herbewegte und somit den Weg beschrieb, bis sie vor einer offenen Tür ankamen. ›Hereinspaziert!‹, hörten sie von drinnen.

Eine filigrane Gestalt um die dreißig und mit schwarzem kurzem Haar saß am Rechner. Sie trug ein dunkles, türkisblaues Samthemd mit silbernen Knöpfen und an den Händen violette, fingerlose Netzhandschuhe. Ein Schreibtisch bildete einen breiten Halbkreis und ein papierdünner Monitor folgte der Rundung des Möbelstücks auf seiner gesamten Länge. Onyx tippte auf ein paar Tasten. »Pause«, sagte sie dann und der Bildschirm verdunkelte sich.

Sie hob ihre hellgrauen Augen zu ihren Besuchern. Ein offenes Lächeln ließ Zähne sichtbar werden, die die Francofon sofort als ›Haifischzähne‹ kennzeichnete, weil sie so eng aneinander lagen, dass sie sich scheinbar über mehrere Reihen aufteilten. Das fand Saruj besonders schick. Sie lächelte der Haifisch-Frau herzlich zurück.

Kevalam fühlte sich ein wenig verunsichert. »Guten Tag, liebe Onyx«, sagte er höflich.

Die Berlinerin musterte den Mann im Anzug von oben bis unten und brach in Gelächter aus. »Das ist doch nicht dein Ernst, oder? Würdest du noch eine Glatze tragen, könntest du hier glatt als Androide durchgehen.«

»Oh, wirklich?«, fragte er erstaunt.

»Ist dir der Androide nicht aufgefallen, der aus dem Haus herausgelaufen ist, als wir angekommen sind?«, fragte ihn Saruj.

»Hal25[3]«, erwähnte Onyx beiläufig.

»Ich habe gedacht, es wäre ein Mann«, rechtfertigte sich Kevalam.

»Alles gut. Nicht alle Androids tragen Anzüge. Bei uns im gesamten E-Berglokali aber schon.«

»Es gibt sicher einen Kleiderfundus in der Nähe«, beruhigte ihn Saruj und wendete sich fragend an Onyx.

»Gleich neben dem Gästehaus«, präzisierte die Berlinerin. »Du findest sicher etwas Brauchbares. Und du auch, Saruj.« Sie warf ihrer Gästin im Rosenkleidchen ein Augenzwinkern zu.

Beide Frauen lachten. Obwohl es niemanden gestört hätte, hatte Saruj definitiv nicht vor, in diesem Outfit im Klub zu erscheinen, was der Entwicklerin schon klar war.

Onyx stand halb auf und streichelte kurz über einen der äußersten Ränder des riesigen Bildschirms. »Ich liebe Monitore«, sagte sie, während die Flügel des Monitors sanft zusammenglitten und in einem goldenen Stab verschwanden, der in der Mitte des bogenförmigen Schreibtischs befestigt war. »Mit freien holographischen Bildern entflieht meine Konzentration im Raum … einfach vor sich hin …« Sie begleitete ihre Beschreibung mit einer eleganten Handbewegung und

[3] ['hal] HAL 9000 ist der fiktive Computer des Raumschiffs Discovery aus dem Film ›2001: Odyssee im Weltraum‹
Die Zahl 25 ist auch eine Widmung seitens der Berliner an frühere Zeiten. In diesem Fall an den ehemaligen weltberühmten Klub ›Bar25‹, der sich Anfang des Jahrhunderts auf dem Gelände des E-Berglokali befand.

legte dann den Deckel auf die Tastatur. »Die Tastatur brauche ich auch nicht wirklich, aber sie zwingt mich, langsamer zu denken.« Daraufhin ließ sie ein für sie typisches kurzes, stoßartiges Lachen heraus: »Ha!«

Dann fragte sie: »Habt ihr Lust auf einen Pfefferminztee?«

Ihre Gäste nickten einverstanden.

»Gerade vom Fenster aus der Fassade gepflückt. Lang leben die vertikalen Gärten«, deklamierte sie noch auf dem Weg zur Küche.

Beim Vorbeigehen strich Kevalam flüchtig mit den Fingern über den Tastaturdeckel, der mit roten Rosen verziert war. Er zuckte zusammen. Der Deckel fühlte sich wie Haut an.

Onyx hatte seine Geste bemerkt. »Kyberhaut«, erklärte sie. Sie war sich zwar nicht sicher, ob die Geschichte mit der Zeitreise ein Scherz war oder nicht, hatte jedoch kurzerhand entschieden, sich darauf einzulassen. »Besonders weich, weil sich darunter eine gelartige Flüssigkeit befindet, die als Speicher dient. Das Kybergel. Der Deckel ist somit der Rechner. Kybergel kann in alle möglichen Formen eingegossen werden. Büchsen, Brillen, Ohrringe. Theoretisch könnte sich jemande Kügelchen mit Kybergel gefüllt in den Körper injizieren. Aber mit unserer Vorgeschichte … hm, hm.« Sie lachte kurz.

In der Küche, hinten am Fenster, stand ein nackter Gynoide, sein vom Rumpf getrennter Kopf auf einen gebeugten Arm gelegt. Der erste moderne Androide, den Kevalam bewusst zu Gesicht bekam. Er war fasziniert, wie sehr die Maschine einer echten Frau ähnelte.

»Wir nutzen auch Kybergel für das Nervensystem unserer Androids«, erklärte Onyx, während sie die Minze in drei Gläser aufteilte und diese anschließend unter ein Bord legte. »Kybergel bietet exorbitant mehr Platz als gewöhnliche Chips.«

Die Anzahl und die Position der Gläser wurden erkannt und heißes Wasser floss in sie hinein. Als sie voll waren, ertönte ein diskretes Zischen, was erneut an frühere Science-Fiction-Filme erinnerte.

Kevalam beobachtete den kopflosen Gynoiden. »Wenn eine Flüssigkeit zum Speichern von Daten benutzt wird, wie weiß man, wo genau welche Informationen liegen?«

»Wissen wir nicht«, antwortete Onyx prompt.

Er schaute sie perplex an.

»Du weißt das mit einem Chip genauso wenig«, bemerkte Saruj. »Du kannst auch nicht einen Chip in kleine Stückchen aufschneiden und erkennen, wo welche Infos gelagert sind.«

»Dein Chip wäre außerdem zerstört«, ließ ihn Onyx merken. »Du kannst auf einem intakten Chip Informationen löschen, sie verändern, addieren, kopieren, duplizieren oder auch auf einen anderen Träger transferieren. Wo jedoch die Informationen – materiell – auf dem Chip gespeichert sind, brauchst du nicht zu wissen. Das ist mit dem Kybergel nicht anders.«

Onyx hatte die heißen Getränke auf den Tisch gestellt. Sie zeigte auf ein purpurrotes Sofa und wartete, dass ihre Gäste sich hinsetzten, bevor sie an einer freien Seite des Tisches auf einem ebenso dunkelroten Sessel Platz nahm. »Und, ihr Lieben, was treibt euch in die Großstadt?«, fragte sie.

Saruj erklärte ihr, dass sie vorhatten, zwei Tage zu bleiben und noch am gleichen Abend ins E-Berg wollten.

»Es hätte mich auch gewundert, wenn ihr nicht in den Klub gewollt hättet. Guckt, dass ihr vor Mitternacht schon da seid«, empfahl sie den beiden. »Mit ein wenig Glück kommt ihr hinein, wenn das Hochfahren der Energieanlage noch zugange ist. Ein großartiges System und eine Kreation unseres Sub[4].«

»Sub?«, unterbrach sie Kevalam.

Onyx staunte. Wenn der Mann kein Zeitreisender ist, dann ist er zumindest erst vor kurzem aus einem sehr abgelegenen Nest entflohen,

[4] [sub] ausgesprochen

dachte sie. »Gut. Das E-Berglokali ist ein Kiezlokali«, begann sie zu erklären. »Eine Zusammenlegung von mehreren Lokalis, die wir Sublokalis oder kurz ›Subs‹ nennen. Das Herzlokali ist das größte und älteste Sub von sechs. Aktuell wohnen dort 250 Menschen, davon gefühlsmäßig ein Drittel Kinder. Unser Sub hier heißt das Datasub. Wir sind zurzeit 111 und es laufen ganze zwei Kinder unter 18 herum. Sidoine, 17, und ein männlicher Säugling, von dem ich leider schon wieder den Namen vergessen habe.« Sie lachte kurz. »Gut. Die meistens bei uns im Datasub sind Coders, Entwicklers oder Erfinders. Eine interessante Zusammenstellung von Sonderlings sozusagen. Ha!«

»Meiner Vermutung nach alles Star Trek-Anhänger«, fügte Kevalam hinzu.

»Klar. Und mein Lieblingscharakter ist natürlich Data.« Onyx lächelte breit.

Als die Haifischzähne ihres Gegenübers ungehindert zum Vorschein kamen, wurde Saruj weich. »Meiner auch«, behauptete sie, obwohl sie nur eine halbe Folge gesehen hatte. Eigentlich fand sie diesen alten Streifen mit ihrem verschärften hierarchischen Kodex albern.

Onyx betrachtete sie skeptisch. Die Nomadin war eine fürchterliche Lügnerin. Auch Kevalam vermutete, dass sie gelogen hatte und die Serie nicht besonders gut kannte. Er dagegen sehr wohl, da die komplette Enterprise-Reihe zu der veralteten Datenbank von Pascal gehörte. Sarujs Lieblingscharakter hätte doch die freiheitsliebende Lwaxana sein müssen, dachte er. Saruj hatte schon den Mund aufgemacht, bereit, sich für dieses Märchen zu entschuldigen, als Kevalam ihr ritterlich zu Hilfe eilte.

»Was ist mit dem Hochfahren der Anlage so besonders?«, lenkte er zum vorherigen Thema zurück.

»Ach ja …« Die Berlinerin beobachtete amüsiert ihre Gäste. Eine junge Frau, die wie ein verlegenes Mädchen auf ihrem Stuhl herumzappelte, und ein Jungendlicher, der sich alle Mühe gab, erwachsen zu wirken und jetzt konzentriert auf die Oberfläche seines heißen Getränks pustete.

Sie beschloss, diese bizarre Situation aufzulösen, indem sie detailliert das Prinzip der Stromversorgung des E-Berg erklärte. Von 23 Uhr bis Mitternacht, kurz bevor die Türen des Klubs offiziell aufgingen, vibrierte der gesamte Laden in einem grollenden Klang, der sich wie ein nie endendes Erdbeben anhörte. Die starken Schwingungen des Klangs heizten Anlagen an, die Stromschaukeln genannt wurden, weil dieser Ausdruck das Resonanzgesetz am deutlichsten beschrieb, das hierfür benutzt wurde.

Onyx begann, mit der Hand die Bewegung einer Schaukel vorzumachen. »Wenn man auf einer Schaukel sitzt, bedarf es am Anfang kräftiger Bewegungen, damit die Schaukel in Bewegung kommt. Irgendwann aber schwingt sie fast wie von selbst.«

Nach einem ähnlichen Prinzip trieb das starke Beben im Raum die Anlage hoch. Anschließend reichten die Bewegungen der Tänzer und die Vibrationen der Musik, damit der Klub weiter mit Energie versorgt wurde, und es wurde während der Nacht sogar genug überschüssiger Strom erzeugt, um den Start am nächsten Tag im leeren Klub zu ermöglichen.

»Theoretisch könnte die Anlage durchgehend am Laufen bleiben, vorausgesetzt, es würde mehr oder weniger durchgehend zappelnde Menschen geben, die den Boden in Bewegung halten. Der Klub wird aber täglich geputzt. Doch, doch«, bemerkte die Gastgeberin und lachte kurz: »Ha!«

»Willst du mit?«, fragte Saruj.

»Das würde ich sehr gern, aber es geht heute nicht«, antwortete Onyx. »Wir haben um Mitternacht ein Plenum, bei dem ich unbedingt dabei sein will.«

»Um Mitternacht?«, fragte Kevalam verdutzt.

»Wie gesagt, alles Sonderlings hier. Selbstverständlich Nachteulen. Vor zwölf würde niemande aufkreuzen.«

»Und was würde geschehen, wenn deine Sonderlinge gar nicht kommen würden?«, fragte er noch.

»Das klappt gar nicht so schlecht bei uns. Wir achten allerdings stets darauf, dass Belanglosigkeiten im Forum geklärt werden, also dass nicht für jeden Schnickschnack zum Plenum gerufen wird. Heute geht es um die Androids-Konvention[5], die in zwei Wochen beginnt. Da fehlt garantiert niemande.«

»Was passiert dort?«, wollte Saruj wissen.

»Bei der Konvention?«, fragte Onyx nach.

Saruj nickte zustimmend.

»Abgesehen von dem sehr spannenden Austausch mit anderen Entwicklers und der Vorstellung von neuen Androids-Modellen«, fuhr die KI-Spezialistin fort, »geht es um grundlegende Entscheidungen, die Androids und künstliche Intelligenz betreffen. Unter anderem um die zugelassene Anzahl von Androids pro Mensche. Heeeikle Sache! Zwischen Menschen, die es am liebsten hätten, wenn es gar keine Androids gäbe, und jenen, die für jeden Schnickschnack glauben, einere haben zu müssen, ist es gar nicht so einfach, einen Konsens zu finden.«

»Wie sollte so etwas weltweit je gehen?«, fragte Kevalam.

»Ein sehr weit führendes Thema.« Onyx gab ein kurzes Prusten von sich. »Gut. Was weißt du schon über unser Forensystem?«

»Ähm …«, überlegte er.

Onyx schaute seine Besucherin empört an. »Saruj!«

»Ich habe es probiert, ich schwör's«, lamentierte diese. »Leider sind wir nicht weiter als zu den Lokalforen gekommen. Nach dreißig Paar Schuhen, dreißig Anzügen und einer Androida als Sonderwünsche brauchte ich echt eine Pause.«

Onyx musste glucksen. »Kevalam, alles was du als Nomadi[6] besitzt, wirst du auch tragen. Damit das klar ist.« Dann lächelte sie verklärt.

[5] Der Einfluss der globischen Grammatik spiegelt sich auch bei zusammengesetzten Wörtern wider:
Klassische Grammatik der Zukunft:: Die Androiderenkonvention
Globische Grammatik: die Androids-Konvention / die Androidskonvention

[6] Singular vom Nomaden im Globischem

»Aaah, ich verstehe! Willst du vielleicht deshalb eine eigene Androida? Als Schleppkamelin?«

»Es waren alles nur theoretische Wünsche«, erwiderte er eingeschnappt.

»Sicher?« Sie warf ihm ein argwöhnisches Grinsen zu.

Kevalam hatte die Arme gekreuzt und beobachtete seinen Tee, entschlossen, keinen Piep mehr von sich zu geben. Hätte er gewusst wohin, wäre er gegangen. Beide Frauen schauten sich fragend an und mussten sich beherrschen, das Lachen zu verkneifen.

Saruj unterbrach die Stille: »Hey, Kev. Du darfst die merkwürdigsten Wünsche des Planeten haben, okay? Alles fragen, was du willst. Alles. Aber bitte, gönn uns doch dabei ein wenig Spaß, okay?«

Kevalam hielt den Blick auf seine Tasse gerichtet, als ob in der Flüssigkeit der Sinn seines Lebens zu lesen gewesen wäre.

»Wir lieben dich doch, Engel.«

Diesmal schafften es die beiden Frauen nicht, sich zurückzuhalten, und brachen in Gelächter aus.

»Stimmt doch«, insistierte Saruj. Sie beugte sich zu ihrem beleidigten Schützling und stupste seine gesenkte Nase hoch. »Ich habe es gewusst. Er lächelt«, rief sie.

Beide Frauen lachten erneut. Kevalam hätte am liebsten mitgelacht. Aber er war zu stolz und dazu noch gekränkt, ertappt geworden zu sein.

Er lenkte ab: »Möchte mir endlich jemand erklären, wie ein Konsens gehen kann, wenn die ganze Welt über alles und jedes ihren Senf dazu geben darf, oder wollt ihr euch lieber den ganzen Tag über mich lustig machen?«

Die zwei Frauen warfen einander rätselhafte Blicke zu.

»Gut … ich versuche es«, übernahm Onyx vorsichtig. »Erstmal solltest du wissen, dass nicht alle Foren, egal ob lokale, interfonische oder sonst welche gleich mit Entscheidungsfindungen umgehen. Ich kann dir also die Vorgehensweise eines Konsenses nur anhand von Beispielen erklären.«

Die Entwicklerin wählte, um ein Entscheidungsprozedere zu beschreiben, das ihr vertraute Interfonische Forum für Künstliche Intelligenz. Als erstes machte sie Kevalam darauf aufmerksam, dass nicht alle Weltbewohner Mitglieder des IFKI waren, sondern nur diejenigen, die sich für künstliche Intelligenz interessierten, und dass außerdem die wenigsten im Forum aktiv beteiligt waren. Die meisten wollten sich bloß informieren und nahmen selten an Entscheidungskreisen teil.

Im Falle des IFKI wurde für jeden Entscheidungsprozess ein eigener Kreis gegründet, bei dem das Anliegen zunächst vorgestellt wurde. Fragen und Sorgen wurden geäußert und gemeinsam nach konkreten Lösungen gesucht. Bestenfalls genügte dieses eine Treffen, damit alle zufrieden waren. Dies hieß allerdings nicht, dass alle alles perfekt fanden, sondern dass von allen eingesehen wurde, dass die vorgeschlagene Lösung, realistisch betrachtet, zu diesem bestimmten Zeitpunkt am sinnvollsten war.

»Eine Entscheidung wird folglich oft mit einer Zeitspanne beschlossen«, erklärte Onyx. »Nach Ablauf dieser Zeitspanne, meinetwegen nach einem Jahr, wird die Runde aufs Neue eingeladen und es wird dann geschaut, ob sich eine bessere Lösung gefunden hat oder ob ein weiterer Aufschub notwendig ist.«

Kevalam wirkte irritiert. Bevor er jedoch dazu kam, seine Bedenken zu äußern, wurde er von Saruj aufgeklärt: »Wenn es brennt, wird nicht länger über die Farben des Wassereimers diskutiert, die gerade zur Verfügung stehen.«

Onyx nickte. »Genau. Im Notfall finden sich immer einere oder mehrere Menschen, die spontan Initiative ergreifen, damit sich das Feuer nicht weiter ausbreiten kann und bewältigt wird. Es geht um Prioritäten. Und Prioritätsstufen werden im Voraus in jedem Entscheidungskreis definiert – obwohl diese auch nicht in Marmor gemeißelt sind.«

»Was geschieht aber, wenn sich keine Einigung findet?«, wollte Kevalam endlich wissen.

»Ich kann dir dazu keine pauschale Antwort geben«, gestand Onyx.

»Es wird von Fall zu Fall anders gehandhabt. Es reicht allerdings nicht, laut zu verkünden: ›Nein, das will ich nicht!‹ So eine vernichtende Aussage würde den Entscheidungsprozess nur bremsen und vor allem viel zu viel Raum für Egospiele einräumen. Ein Nein als Vetorecht gilt nur, wenn es von einem alternativen Vorschlag begleitet ist, beziehungsweise dem Zusichern, bald einen Gegenvorschlag anzubieten. Was ›bald‹ genau bedeutet, wie du dir sicher zusammenschustern kannst, wird auch im Kreis entschieden. Es hängt von der Dringlichkeit und der Komplexität des Anliegens ab. Wenn es brennt … du weißt schon.«

»Ich verstehe«, unterbrach sie Kevalam. »Aus Prinzip dagegen und selbst zu faul zu sein, um eine Gegenalternative zu überlegen, ist nicht möglich. Das gefällt mir gut.«

Saruj schenkte ihm einen Daumen nach oben und ein zustimmendes Zwinkern dazu.

Onyx fuhr fort: »Wie du dir vorstellen kannst, ist die Teilnahme an Entscheidungskreisen mit viel Zeitaufwand und Mühe verbunden, demzufolge beteiligen sich nur diejenigen, die tatsächlich an dem Anliegen interessiert sind. Das reduziert schon enorm die Zahl der Entscheidungsmitwirkenden. Trotzdem verlaufen Konsensfindungen nicht immer glimpflich. Wie gerade bei der Festlegung der Schmerzgrenze bewiesen, was die Anzahl von zugelassenen Androids betrifft.« Sie seufzte einmal tief, um ihrer Ermüdung Ausdruck zu verleihen.

»Das verstehe ich nicht«, intervenierte Kevalam. »Warum dürfen Menschen nicht so viele Androiden haben, wie sie brauchen?«

»Exzellente Frage, Kevalam«, bekräftigte Onyx. »Tja. Weil diese Möglichkeit tatsächlich nie im Konsens durchgegangen ist. Und wahrscheinlich auch niemals von allen unterstützt wird. Momentan darf es in Dörfern nur einere Androidi für 500 Menschen geben und in größeren Städten noch weniger, also bis maximal einere pro 1000. Das ist der aktuelle Stand, der im Konsens mühevoll durchgebracht wurde und demnächst – schon wieder – im Kreis diskutiert wird.«

»Wie viele Androiden leben hier?«, fragte Kevalam.

Die Androidenspezialistin schenkte ihm ein entzücktes Lächeln. Mit solchen anthropomorphischen Bemerkungen konnte man bei ihr wunderbar punkten. »In Berlin, wo aktuell zweieinhalb Millionen Menschen zu Hause sind, leben genau 2500 Androids. Bei uns im E-Berglokali fünf davon, obwohl wir lediglich tausend Lokols zählen.«

»Das sind ja vier mehr als vorgesehen«, schlußfolgerte Kevalam.

»Gut erkannt. Dies verdanken wir einer Umverteilung, die wir letztes Jahr bei der jährlichen Konvention des IFKI erfreulicherweise reibungslos durchsetzen konnten, weil wir hier, im Vergleich zu den meisten anderen Berliner Kiezlokalis, einen massiven Zustrom an Besuchers zu bewältigen haben.«

»Das heißt also, dass euch andere Berliner Lokalis ihre Androids geschenkt haben, oder?«, fragte Saruj. »Waren die tatsächlich dort überflüssig oder sind die Berliners einfach nur toll?«

»Die Berliners sind in der Tat großartig«, antwortete Onyx. »Ich kann es nur bestätigen. Ich gebe zu, dass wir bei dieser Geschichte ein wenig geschummelt haben.« Sie überlegte einen Moment. »Nein, das stimmt nicht«, widersprach sie sich dann doch. »Geschummelt haben wir nicht. Wir waren erfinderisch.« Sie lächelte breit.

Es war den Bewohnern des E-Berglokali bewusst, dass ein Antrag mit dem Wunsch, nicht einen, sondern gleich vier zusätzliche Androiden für sich zu bekommen, nicht durchgegangen wäre. Also hatten die Entwickler des Datasub nach Androiden in der Großstadt geschaut, die lediglich für sehr spezifische Aufgaben benutzt wurden und durch gewöhnliche Roboter ersetzt werden konnten, also menschenähnliche Maschinen, die für fachbezogene Handlungen eingesetzt wurden. Diese unterlagen keiner Anzahlbegrenzung, und obwohl sie manche Nachteile mit sich brachten, vor allem was Flexibilität betraf, hatten die Berliner, weil sie äußerst stolz auf ihren Kult- und Kulturstatus und dazu noch ›sooo toll‹ waren, bei diesem unorthodoxen Tausch mitgemacht. Selbstverständlich bekamen die Spender zeitnah besonders raffinierte Ersatzroboter, die die Datasub-Experten liebevoll entwickelt und angefertigt hatten.

Onyx wurde nachdenklich. »Damit ist das Problem jedoch nicht vom

Tisch. Im E-Berglokali wird der Andrang an Gästen von Jahr zu Jahr stärker. Repetitive Tätigkeiten, die niemande besonders spannend findet und dennoch rein maschinell nicht lösbar sind, häufen sich an. Und diese könnten sehr wohl an Androids delegiert werden.« Sie überlegte kurz. »Die Sicherheit beim Baden in der Spree«, gab sie dann als Beispiel.

»Hä? Achtet nicht jedere auf jedere?«, wunderte sich Saruj.

»Saruj. Einere Androidi sieht besser als einere Mensche. Sier reagiert, rennt und schwimmt schneller. Notfalls kann sier sich ohne Tauchflasche sehr lange unter Wasser aufhalten. Tja … körperlich sind uns Maschinenmenschen definitiv überlegen.«

Saruj nickte.

»Ertrinkende aus dem Wasser zu holen, ist, hoffe ich, keine repetitive Tätigkeit bei euch«, bemerkte Kevalam.

»Hm … gut, ja. Das Beispiel war vielleicht nicht so ideal …«

»Warum nicht die Gäste um Hilfe bitten?«, fragte er noch. »Es ist doch nicht gerecht, wenn sich eure Gäste amüsieren und ihr die ganze Arbeit macht.«

»Die Möglichkeit anzupacken besteht, und viele rufern sich auch. Nur, nicht selten vergessen die Möchters hinterher, ihren Abmachungen nachzugehen.« Onyx musste abermals kurz lachen.

»Ganz schön unverantwortlich«, äußerte Kevalam empört.

»Es gibt hier so viel zu sehen und zu tun. Klubs, Theater, Holoversum, Strände, Spiele für Kleine und Große … interaktive Kunst und Kultur … und, und, und. Sei's drum. Irgendwie kriegen wir es hin. Nur, ein halbes Dutzend Androids mehr würde sicher nicht schaden.« Sie stand auf und sammelte die drei Gläser ein, um sie nachzufüllen.

Kevalam hätte gern nachgefragt, welche dieser vielen Angebote die beiden Frauen am meisten interessierten oder was ein Holoversum war. Er hielt sich jedoch zurück und entschied, zunächst beim Thema zu bleiben. »Womit wird diese Begrenzung gerechtfertigt?«, fragte er. »Mit mangelnden Baumaterialien oder zu geringen Menschenkapazitäten?«

»An beidem nicht. Es ist …«, die Entwicklerin überlegte, wie sie das Problem schildern konnte, »… es geht um einen ethischen Konflikt«, sagte sie schließlich, bevor sie die vollen Gläser auf den Tisch stellte und sich hinsetzte. »Wenn ich schlechte Laune habe, spreche ich von einem Religionskrieg. Tja, es gibt Menschen, die befürchten, dass die Balance kippt, und die nicht darauf vertrauen, dass es den Menschen weiterhin gut gehen wird, wenn sie für ihr Überleben gar nichts mehr zu tun brauchen.«

»Und sich alle aus lauter Langeweile in die Spree schmeißen«, warf Saruj dazwischen.

»So ist es«, sagte Onyx mit einem wissenden Blick in ihre Richtung. »Ich persönlich sehe so etwas nicht kommen. Ich meine, wenn in Zeiten des Kapitalismus auf einmal alle Menschen von der Arbeit befreit gewesen wären, dann ja, vielleicht. Es hätte sicherlich eine chaotische Übergangsphase gegeben und vielleicht hätten tatsächlich ein paar desorientierte Menschen ihr Leben frühzeitig beendet. Wir haben aber hier eine völlig andere Ausgangssituation. Die Menschen haben keinen Staat mehr, der sie diktiert, sie zwangsbeschäftigt und vom Leben ablenkt.«

Sie roch an ihrem Glas. »Seine Sinne genießen … Kunst … Liebe. Es gibt so viel Schönes, was mane tun kann. Ich könnte auf alle Fälle zwanzig spannende Leben oder mehr verbringen, ohne auch nur einmal das dringende Bedürfnis zu spüren, kochen, gärtnern oder putzen zu müssen.«

Kevalam beobachtete Saruj, die ein wenig in Überlegungen vertieft zu sein schien. »Wie siehst du das?«, fragte er sie. »Bei Didi waren Androiden nicht besonders willkommen.«

»Allerdings. Das systematische Delegieren von einfachen Tätigkeiten halten sie für eine verkehrte Entwicklung. Das ist einer der Gründe, warum Mystikers sich von Androids generell fernhalten. Sie wollen nicht vergessen, wie mane kocht, einen Garten anlegt, ein Haus baut … die einfachen Dinge des Lebens eben.« Chamäleonartig passte sich Saruj für gewöhnlich schnell an die Gegebenheiten ihres Umfelds an und nutzte daher die globische Grammatik, die Onyx, sowie die meisten Berliner, gerne verwendete.

»Da ist etwas dran«, räumte Onyx ein. Dann überlegte sie es sich doch anders. »Aber, Moment. Ha! Wisst ihr, wie man einen Rechner baut? Strom produziert? Aus Hanf Papier oder Stoff macht? Letzteres weiß ich jedenfalls auch nicht. Wenn ich es aber mal lernen müsste, würde ich es lernen. Ich würde einere Androidi fragen. Notfalls in einem Buch nachschlagen.«

Alle drei blieben eine Weile still, jeder für sich in seiner Gedankenwelt versunken. War der Einsatz von Androiden schlicht eine pragmatische und bedenkenlose Zeitersparnis oder war die Entlastung, die Androiden ermöglichten, eine Entfremdung, die sich wie eine Befreiung anfühlte, fragte sich Saruj. Wie weit konnte man oder sollte man sich von seinen irdischen Pflichten lösen? Würde dadurch spirituelles Wachstum gefördert oder gebremst? Sie hätte keine dieser völlig entgegengesetzten Haltungen endgültig bevorzugen können. Je nach Tagesform hätte sie die eine oder die andere mit der gleichen Vehemenz vertreten können. Sehr verstörend für sie war außerdem, dass sie das Gefühl hatte, sich zwischen Didi, in der sie sowohl eine Mutter als auch eine Mentorin sah, und Onyx, die sie auf den ersten Blick als wesensverwandt erkannt hatte, entscheiden zu müssen. ›Les extrêmes se touchent‹, schoss es ihr auf französisch durch den Kopf: Die äußersten Gegensätze berühren sich.

Kevalam rettete sie vor ihrem gedanklichen Patt: »Gibt es andere Befürchtungen, die diese Obergrenze rechtfertigen?«

Onyx war auch in ihren Gedanken abgedriftet. Sie schaute ihn erst fragend an, hörte aber bald seine Worte im Geist nachklingen. »In der Tat«, antwortete sie. »Manche Menschen haben Angst davor, dass Androids, wenn es zu viele werden, die Spezies Mensch unterwerfen oder vernichten könnten. Es gibt sogar ein paar Romanköpfe, die behaupten, dass unsere Androids irgendwann auf andere Planeten übersiedeln und die Erde als Zoo erhalten werden. Um ihre Erzeugers von Zeit zu Zeit besuchen zu können, quasi. Ich halte dies für recht paranoide Gedanken. Solche kranken Szenarien könnten nur eintreten, wenn bei der Programmierung mit ethischen Grundregeln heftig geschusselt würde. Gut, vor der Transition wäre es denkbar gewesen, dass Killerandroids für militärische Absichten entwickelt worden wären – nun gehören Kriege der Vergangenheit an.

Was jedoch solche Fragen angeht, bin ich stets auf der Hut und bereit, jeden Zweifel mit aller Ernsthaftigkeit unter die Lupe zu nehmen. Nicht zu vergessen, dass Androids schon soweit sind, sich theoretisch ganz ohne Hilfe von Menschen zu vermehren und auch zu verbessern. Weitere Modelle aufzubauen also, die besser sind als sie selbst. In der Praxis geht es allerdings nicht so leicht, weil Androids so konzipiert werden, dass sie nur eingeschränkt Zugang zu ihrem eigenen Quellcode haben. Unter anderem deshalb, damit sie die ethischen Grundregeln der Robotik nicht selbstständig umschreiben können.«

»Baut ihr hier die Androiden der gesamten Stadt?«, fragte Kevalam.

»Nein, wir entwickeln hier Modelle. Wenn wir ein Modell lange genug getestet haben und für gut befinden, wird alles im IFKI freigegeben. Es bedeutet, dass jedere diesere Androidi nachbauen kann. Einschalten jedoch nicht.«

Kevalam schaute sie verständnislos an.

»Möchtest du es wirklich so genau wissen?«, fragte Onyx.

Kevalam nickte unmissverständlich.

Onyx lachte amüsiert über die auffällige Neugier ihres Gastes. »Das ist ein Standardverfahren, das nun seit etwa einer Dekade entwickelt worden ist, weil der Wunsch, die Anzahl von eingesetzten Androids zu kontrollieren, immer stärker wurde. Physisch ist zwar jedes Modell komplett frei nachzubauen, aber die Lesbarkeit des Quellcode-Segments, das das Einschalten ermöglicht, ist mit einer durch Zufall generierten Zahl gesperrt. Diese Einschaltnummer wird vom IFKI an diden Antragstellere freigegeben, wenn sihn Antrag genehmigt ist. Da das IFKI wie jedes andere Forum keinem hierarchischen System folgt, hat niemande Zugang zu dieser Nummer. Eine sichere Sache also.«

Kevalam war noch nicht zufrieden. Ihm war wichtig, bis ins Detail zu verstehen, wie dieses Verfahren praktisch gelöst wurde. Geduldig erklärte ihm Onyx das gesamte Prozedere. Dafür nutze sie die Analogie eines Puzzles. Die geheime Einschaltnummer stand auf einem Puzzlebild, wobei die Anzahl der Puzzleteile auf die Anzahl der zu erfüllenden Bedingungen aufgeteilt war. Jeweils ein per Los gezogenes Mitglied des Entscheidungskreises war dafür zuständig, eine Bedingung zu kontrollieren und infolgedessen seinen zugewiesenen Puzzleteil, wenn die Bedingung erfüllt war, mit der Vorderseite hinzulegen, ansonsten mit der Rückseite. Nur wenn alle Puzzleteile mit der Vorderseite offengelegt waren, war das Bild des Puzzles vollständig und die Nummer für den Antragsteller lesbar.

»Es bedeutet, dass alle ausgelosten Mitglieder eines Entscheidungskreises mitmachen müssen«, bemerkte Kevalam.

»Jein. Mit dem Beitritt in einen Entscheidungskreis beabsichtigt mane schon, aktiv zu sein, aber falls doch zwei Erinnerungen zum Handeln vom Entscheidungskreis ignoriert werden, wird mane schlicht und ohne jegliche Konsequenzen aus dem Kreis entfernt, und die Aufgabe, in unserem Fall das Puzzleteil, automatisch an dide nächstere weitergeleitet.«

Saruj gähnte demonstrativ. »Ganz schön viel Aufwand«, sagte sie. »Würde es nicht reichen, in dem IFKI nachzuschauen, wie die aktuellen Anzahlbedingungen sind, und sich einfach daran zu halten? Ohne Nummer, ohne Sperre? Was soll dieser übertriebene Kontrollwahn?«

Onyx seufzte. »Theoretisch sollte es genügen, da hast du recht. Aber ach, weißt du, Saruj ...« Sie kicherte leise, ein wenig verlegen. »Ich bin mir wirklich nicht sicher, ob ich nicht selbst ein paar extra Androids für unsere Bedürfnisse diskret nachbauen würde ...«

»Das wäre nur gerecht«, sagte Kevalam bestimmt. »Du hast sie doch entwickelt.«

»Mit Sonderrechten wollen wir vorsichtig bleiben«, erwiderte sie. »Egal, wie solide unsere Gesellschaft jetzt erscheint und wie erleichtert und auch ein wenig stolz wir auf unsere ethischen Werte sind, brauchen wir, glaube ich zumindest, einen Schutzschirm um unsere Freiheit herum. Es ist leider so.«

»Es ist leider – noch – so«, stellte Saruj richtig, die diese Zustände zutiefst bedauerte.

»Trotzdem finde ich, dass ein Entwickler keine Erlaubnis brauchen sollte, um seine eigene Kreation zu besitzen«, meinte Kevalam.

»Während der gesamten Entwicklungszeit ist es auch so ähnlich«, erklärte Onyx. »Hal25 ist ein Urmodell und hat während seiner dreijährigen Testphase, das heißt, bevor seine Daten für den Nachbau freigegeben wurden, das Datasub kaum verlassen. Und noch jetzt regt sich niemande im Kiezlokali darüber auf, wenn er sich öfters bei uns aufhält. Wir brauchen tatsächlich seine Unterstützung für weitere Projekte. Dennoch soll dies kein Sonderrecht werden, sondern eine Sondersituation bleiben. Da liegt ein wesentlicher Unterschied.«

Kevalam war aufgestanden und hatte sich auf einen Barhocker, der am Fenster neben dem kopflosen Gynoiden stand, hingesetzt. Diese offensichtliche Besitzanspruchslosigkeit machte ihm zu schaffen. »Stört es dich nicht, Onyx, wenn deine Arbeit von anderen, die nichts gemacht haben, benutzt wird?«, fragte er.

»Ich möchte nicht jahrelang damit beschäftigt sein, Modelle nachzubauen. Ich bin Entwicklerin. Es freut mich, wenn andere unsere Modelle nachbauen und diese auch verbessern. Außerdem, wieso sollte ich mein Wissen verheimlichen? Stell dir mal vor, ich würde morgen sterben und andere müssten ihre Zeit verplempern, um Lösungen zu suchen für Probleme, die ich schon gelöst habe? Mein Lebenswerk vielleicht. Das soll raus in die Welt.«

»Stell dir vor, Kevalam, es gibt kein Geld mehr«, sagte Saruj und schickte ihm noch ein Katzengrinsen hinterher.

»Wissen ist nicht mehr ein Kapital, das mane, um seine Existenzgrundlage zu sichern, heimlich für sich bewahren muss«, resümierte Onyx.

»Teilen lässt wachsen«, fügte Saruj noch hinzu.

»Ich frage mich, ob es manchmal von Vorteil wäre, sein Wissen zu verheimlichen«, erwiderte er rechthaberisch. Er war irritiert, da er sich von Saruj wie ein kleiner Bub behandelt fühlte.

»Beispiel?«, fragte ihn Saruj.

»Theoretisch könnte jemand ein Modell stehlen und insgeheim zu einer gefährlichen Waffe umwandeln.«

»Wäre möglich«, räumte Saruj ein. »Eine Gruppe von Psychopaths könnte viele Androids kidnappen und so eine Armee zusammenstellen. Aber Kev, wofür?«

»Um Macht über andere zu haben natürlich«, antwortete er prompt.

»Zum Glück tut es niemande«, intervenierte Onyx und klopfte auf den Holztisch. »Ha!«

»Waffen baut auch niemande mehr«, ergänzte Saruj. »Ohne Geld hätte dein Waffen-Business also wenig Chancen zu florieren.«

»Waffenpläne sind überdies nirgends frei erhältlich«, vermerkte Onyx. »Sie liegen sicher verschlüsselt im IAF.« Sie lächelte den vermeintlichen Zeitreisenden an und fügte dann hinzu: »Interfonisches Archiv-Forum. Um an diese Daten zu kommen, braucht es einen weltweiten Konsens. Dies wäre nur vorstellbar im Fall einer Alieninvasion.« Sie lachte kurz. »Waffen, Bomben, Minen, Gift oder künstliche Seuchen brauchen wir nicht mehr. Das ganze Arsenal ist nach und nach vernichtet worden. Vereinzelt findet mane noch Schusswaffen, die in manchen Gebieten als Schutz gegen gefährliche Wildtiere dienen sollen, aber auch dort wird stets nach lebenserhaltenden Lösungen gesucht. Demzufolge müsste jemande, dide eine Waffe haben will, das Wissen besitzen, sie vollständig zu bauen, weil sier niemande bezahlen kann, dide es für ihne tut …«

»Oder es findet sich eine Gruppe von Gleichgesinnten«, unterbrach sie Kevalam, immer noch verbissen.

»Bildung, Kev, das ist der Trick«, übernahm Saruj. »Alle haben mal Bilder von Krieg, Armut und Gewalt der letzten Jahrhunderte gesehen. Wer will diese Misere schon wiederhaben? Die Menschen genießen den Frieden. Stell dir vor, es würden überall bewaffnete Androids in Soldatenuniformen rumlaufen, wer würde sich hier noch gern aufhalten wollen? Geschweige denn, sich wohlfühlen?«

»Bewaffnete Polizisten stehen für Sicherheit. Sie sind da, um die Menschen zu beschützen. Vor Dieben zum Beispiel«, wandte Kevalam ein.

»Standen«, stellte Saruj richtig. »Es gibt keine Polizisten mehr. Auch keine Soldaten. Sie werden nicht mehr gebraucht. Es gibt keine Kontrolle mehr, keine Strafen oder so. Es gibt auch keine Gründe, andere beklauen zu müssen, weil niemande was fehlt. Wenn es mal einen Mangel in einem bestimmten Bereich gibt, dann betrifft es uns alle. Also werden alle in solchen Fällen nach Lösungen suchen.«

»Hier fehlen schon mal Androiden«, stellte er richtig.

»Die wir auch bald bekommen werden«, rief Onyx, bevor sie erneut auf den Tisch klopfte.

Beide Frauen lachten.

»Gibt es hier keine Psychopathen?«, unterbrach er ihr Gelächter.

»Wir haben meinen Mitbewohner, Fabris[7].« Onyx musste abermals kurz lachen. »Wir lieben ihn!«, fügte sie theatralisch hinzu und stand auf, um sich ein wenig die Beine zu vertreten.

Kevalam, perplex, folgte mit den Augen ihren Bewegungen durch den Raum. Er war nach wie vor eingeschnappt.

Saruj achtete jetzt darauf, ihn mit einer ruhigen und liebevollen Stimme anzusprechen: »Wenn meine Leber krank wird, bleibt sie doch Teil meines Körpers. Meinst du, es hilft, wenn ich sie deshalb bestrafe? Es macht doch mehr Sinn, herauszufinden, was los ist. Wie ist die Krankheit entstanden? Wie wirkt sie mit dem Zustand anderer Organe zusammen? Ist die Krankheit meiner Leber vielleicht die Konsequenz der Schwäche meines gesamten Organismus? Werden andere Organe durch ihr Versagen betroffen? Es geht um ganzheitliche Heilung, das meine ich.

[7] [fabRis] Aus dem Lateinisch, faber: der Handwerker, der Schmied

Übertragen auf einere Mensche, dide in einer Gemeinschaft lebt, ist es genauso. Ob krank oder gesund, bleibt sier Teil der Gemeinschaft, sowie die Menschen, die von sihnen Taten in Mitleidenschaft gezogen werden. Wenn ein Organ krank ist, betrifft es den gesamten Organismus, wenn einere Mensche sich auffällig verhält, dann die gesamte Gemeinschaft. So oder so, geht es in erster Linie darum, die Warnsignale zu erkennen.«

Die Francofon wurde plötzlich still. Ein Bild ihrer weinenden Mutter schoss ihr durch den Kopf. Die Gemeinschaft hatte die Ernsthaftigkeit ihrer Depression nicht erkannt. Das Thema war komplex und nicht in ein paar Sätzen zu beleuchten. Sie entschied sich, es dabei zu belassen und auf eine passendere Gelegenheit zu warten.

»Nun, was deine Sorgen betrifft, Kev«, resümierte sie, »ist es wirklich sehr unwahrscheinlich, dass genug Psychopaths sich zusammenfinden, um eine Maschinenarmee aufzustellen.« Zur Bekräftigung ihrer Aussage nahm sie Onyx' Hand und klopfte mit dieser kurz auf den Tisch.

Die zwei Frauen lächelten sich an. Sie waren sich einig.

Kevalam hatte den Kopf des Gynoiden in seine Hände genommen und starrte in dessen ausdruckslosen Augen. Er dachte nach. Ihm fiel es schwer zu verstehen, warum die seiner Auffassung nach intrinsische Lust nach Macht des Menschen von beiden Frauen so sehr auf die leichte Schulter genommen wurde.

»Was ist zum Beispiel mit hässlichen Menschen, die keine Liebe finden?«, fragte er. »Jemand könnte deswegen einen Gynoiden stehlen. Theoretisch sogar ein Geschäft mit vollfunktionsfähigen Gynoiden für solche Menschen aufbauen.«

»Das würde sicher boomen«, stellte Saruj fest und bereute auf der Stelle ihre Stichelei. Ihr fiel es wirklich schwer, sich zurückzuhalten und einen Scherz zu unterlassen.

Onyx streckte sich. »Ihr Lieben, lasst es uns draußen besprechen. Ich würde gern die Energie des Sonnenuntergangs genießen.« Sie wendete sich Kevalam zu. »Du wirst merken, dass die Menschen heutzutage nicht mehr voll verfressen aussehen wie so manche des letzten Jahrhunderts. Wir ernähren uns durchaus gesund und haben wenig Stress. Und auch wenn, was bedeutet hässlich? Unabhängig davon, welche Gesichtszüge einere Mensche hat, wenn sier auf sihnen Körper achtet und sich selbst liebt, wird sier ein gewisses Charisma ausstrahlen. Das gemeinschaftliche Leben sorgt außerdem dafür, dass niemande ernsthaft isoliert wird, ob sier es leicht mit der Liebe hat oder nicht. Dennoch, Kevalam, habe ich sehr wohl deinen Vorbehalt registriert und finde das Thema Sexualität äußerst spannend. Später mehr dazu. Ich habe nämlich langsam Hunger.«

»Ich habe auch Hunger«, gab er zu und legte vorsichtig den Kopf des Gynoiden auf dessen angewinkelten Arm zurück.

»Und ich fall bald um«, bestätigte Saruj.

Alle drei standen auf. Als sie bei der Tür ankamen, zeigte Onyx auf eine metallische Informationssäule, die auch als Türsprechanlage diente. Außer einem Pad waren keine Bedienungselemente zu sehen.

»Bevor wir es vergessen«, sagte sie. »Meldet euch bitte an. Einfach den Zeigefinger auf das Pad legen und den Hinweisen folgen. Ich möchte gern, dass ihr selbstständig ins Haus rein- und rauskommen könnt, auch wenn ich nicht zu Hause bin.«

»Sind die Türen nicht überall offen?«, fragte Kevalam mit einem Hauch Ironie in der Stimme.

»Anonymität ist Gift für das Vertrauen, Kevalam«, erwiderte Onyx schlicht.

»Aha«, äußerte er nur.

»Dafür wirst du keine Türschlösser in einem Städtchen sehen«, wies Saruj hin.

Onyx biss sich auf die Lippen, nachdenklich. »Tja … wahrscheinlich fehlt uns hier doch noch ein Stück Vertrauen«, gab sie aufrichtig zu.

»Es gibt noch Luft nach oben«, resümierte Saruj, als die Gastgeberin die Tür hinter allen zuzog.

Im Flur erklärte Onyx, dass die beiden jetzt als ›Bewohners auf Zeit‹ des E-Berglokali angemeldet waren und sie jetzt zusammen in die Herzkantine gehen konnten. Essen gab es für alle Besucher genug und es gab dafür einige offene Essräume, aber in dieser Kantine hatten nur die Bewohner des Kiezlokali und dessen angemeldete Gäste Zutritt. Es war eine Zeitlang versucht worden, die Kantine für alle zu öffnen, aber das Experiment wurde aufgehoben. Die Kantine war stets mit Touristen überfüllt und die Bewohner gezwungen gewesen, in ihren eigenen Subkantinen oder in die offenen Essräume auszuweichen. Manche Konflikte des Alltags zwischen den sechs Sublokalis wurden übersehen und der Bedarf an Plenen und Mediationen erhöhte sich auffällig. Es wurde bald klar, wie groß die Bedeutung der Herzkantine für den Zusammenhalt des Kiezlokali war. Aus diesem Grund wurde die Kantine für die Bewohner des E-Berglokali reserviert und es wurden sogar weitere Rückzugsorte für sie gestaltet, unter anderem eine wunderschöne Bewohnersauna.

ER WAR ALSO JEMAND

Die sechs Sublokalis des E-Berglokali waren auf beiden Seiten der Spree und rechts und links der darüber laufenden Brücke verteilt. So wie das Datasub befand sich die Herzkantine auf der Nordseite des Flusses in der Abendsonne, nur auf der anderen Seite der Brücke. Die Gehwege waren von Menschen überlaufen. Ein bizarres, gemischtes Volk von exzentrischem bis zurückhaltendem Aussehen, und wie Onyx Kevalam erzählt hatte, gab es keine krankhaft übergewichtigen Menschen.

»Unsere größte Herausforderung hier und wahrscheinlich auch in vielen anderen Orten sind die Touris«, sagte Onyx beim Gehen.

»Und merk's dir, Kevalam«, informierte ihn Saruj, »Touris oder Touristers: das sind Schimpfwörter.«

Die beiden Frauen lachten.

Kevalam blieb vor einer größeren Hinweistafel stehen. Auf einer Seite stand das Programm des Abends und auf der anderen eine Liste der Aufgaben, die in dem Kiezlokali anstanden und für die sich Gäste freiwillig melden konnten.

»Schau mal her, Saruj«, sagte er. »Morgen werden Helfer für die Bäckerei gesucht. Soll ich mich dafür anmelden?«

»Willst du nicht lieber im E-Berg die Toiletten putzen und dein Frühstück von Androids serviert bekommen?«, fragte sie ihn zurück.

»Diese Aufgabe ist schon komplett besetzt«, sagte er, ohne sich von ihrer Stichelei beeindrucken zu lassen.

Onyx beteuerte: »Tja … sehr beliebt. Und wohlgemerkt äußerst selten vergessen.«

»Machst du mit?«, fragte Kevalam Saruj.

»Nee, ist mir zu früh.«

Kevalam berührte das Display. Da er schon angemeldet war, erschien, ohne dass er weitere Eingaben durchzuführen brauchte, sein Name mit der Uhrzeit und dem Ort, an dem sein Dienst stattfinden sollte sowie die Aufforderung, seine Entscheidung zu bestätigen. Eine fröhliche Erkennungsmelodie wurde hörbar, gefolgt von einer einladenden Stimme: ›Danke, Kevalam. Wir erwarten dich morgen um sechs Uhr im Gästehaus neben dem Datasub, zweiter Hinterhof, rechter Eingang.‹ Währenddessen wurde ein Lageplan eingeblendet.

»Alles klar?«, fragte ihn Saruj.

Er nickte.

Daraufhin tauschten die Frauen erstaunte Blicke aus.

Nachdem sie sich Zeit gegönnt hatten, am Strand den Sonnenuntergang zu genießen, machten sie sich auf den Weg zur Herzkantine. An deren Tür war ein Schild angebracht:

Dieser Ort ist für die Lokols und ihre angemeldeten Gäste reserviert.
Danke für dein Verständnis.
Mit Liebe geschrieben, dein E-Berglokali.

Das Trio wurde von einer Flut von Gesichtern begrüßt, die Grimassen zogen, lachten oder ganz besonders gelassen auszusehen versuchten. Das waren die Bilder von den vielen Menschen, die jemals hier gewohnt hatten, und die die Wände und die Decke des großflächigen Raumes lückenlos bedeckten. In seiner Mitte stand ein langer Holztisch mit verschiedenen Speisen. Zur Auswahl gab es an diesem Tag Salat mit roter Bete, Chicorée, Äpfeln und Pinienkernen, Gurkensalat mit Kürbiskernöl, gebratene Kartoffeln, pikante Frimusen – Frikadellen, die aus Hirse und Gemüse hergestellt wurden –, Dinkelbrot, Champignon- sowie Pfefferaufstriche und als Dessert Kürbissorbet mit Stachelbeeren. Um den zentralen Speisetisch herum bildeten zusammengewürfelte Tische, Stühle, Bänke, Sofas und Lampen aus verschiedenen Epochen und Stilen kleine und größere Inseln. Ein disparates Ambiente, jedoch geschmackvoll und einladend. Nachdem Onyx ein paar Zeichen der Begrüßung mit anderen Gästen ausgetauscht hatte, suchte sie für alle drei einen ruhigen Platz.

»Ihr wisst, dass ich auch gern von euch etwas erfahren möchte, ja?«, sagte sie, nachdem sie sich hingesetzt hatten. »Besonders von dir, Kevalam. Ich würde es mir nie verzeihen, einen Zeitreisenden getroffen und seine Geschichte nicht gehört zu haben. Ha!«

Saruj kam Kevalam zu Hilfe: »Er kommt aus der Vergangenheit. Alles schon bekannt.«

Onyx ließ nicht locker: »Gut … aber wie du hierhergekommen bist, Kevalam, das interessiert mich brennend.«

»Es war ein Unfall …«, begann er zögernd.

Onyx beobachtete ihn abwartend. Da nichts Weiteres kam, wandte sie sich Saruj zu: »Und wie habt ihr euch getroffen?«

»Es war ein Unfall«, wiederholte Saruj.

Eine merkwürdige Stille entstand. Onyx beobachtete ihre Gäste und überlegte sich, wie sie ihre Befragung geschickt weiterführen sollte. Genau in diesem Moment aber öffnete sich die Tür und fünf glatzköpfige Androiden traten herein, Hal25 voran. Alle im Anzug und beladen mit Obst- und Gemüsekisten, die sie elegant trugen, als wären diese federleicht. Die Maschinenmenschen durchquerten den Saal und verschwanden in der Küche.

Als sie an Kevalam vorbeigingen, bemerkte er, dass alle fünf die gleiche Tätowierung auf dem Nacken trugen, ein Herz mit der Zahl 25 in der Mitte. Er nutzte die Gelegenheit, das Verhör von Onyx zu beenden. »Warum tragen die Androiden hier alle eine Glatze?«, fragte er.

Onyx schaute ihn an. Sein Ablenkungsmanöver war ihr nicht entgangen. Sie hatte natürlich auch bemerkt, dass beide keine Lust hatten, ihre Geschichte zu erzählen. Offensichtlich war es nicht der richtige Moment dafür. Sie entschied, ihr Vorhaben zu vertagen. »Kyberplasten brauchen Licht«, antwortete sie schlicht.

»Sie könnten doch nackt rumlaufen«, bot Kevalam mit einem charmanten Lächeln an.

Onyx lächelte amüsiert zurück. »Hm. Ich bin mir nicht so sicher, ob alle es so toll finden würden, wenn lauter nackte Adonisse die gesamte

Aufmerksamkeit auf sich ziehen würden.« Sie lachte kurz. »Allerdings auf dem Land oder in Orten, wo nicht so viel Trubel ist, vor allem da, wo Androids schwere körperliche Tätigkeiten übernehmen und viel Energie verbrauchen, ist es nicht ungewöhnlich, sie in kurzer Hose oder sogar mit nacktem Oberkörper beäugen zu dürfen. Unsere Androids besuchen stattdessen täglich den E-Dom, eine Kuppel aus Glas, ganz oben im Heilhaus. Für ein heißes Luftbad und eine Stunde Nacktheit unter der Lichtdusche.«

Während die drei Freunde sich Essen holten, erzählte Onyx ihnen, wie Androiden im E-Dom regelmäßig auf mögliche Verletzungen untersucht wurden. Da sie keine andauernden Schmerzen empfinden konnten, liefen sie Gefahr, dass von außen kaum wahrnehmbare, jedoch tiefe Schnitte ihre Kyberbahnen angriffen, also ihre Rechenzentren und Speicher. Die Kyberhaut war zwar durch eine Graphenschicht geschützt, dennoch bestand ein gewisses Risiko. Einschnitte konnten erhebliche Konsequenzen haben. Von Gedächtnisverlust bis zu unberechenbaren physischen Störungen. Diese Untersuchungen wurden von Emma[1], einer Bewohnerin der Gemeinschaft, seit Jahrzehnten sehr gewissenhaft durchgeführt.

»Wer wird diese Aufgabe übernehmen, wenn Emma nicht mehr da ist?«, fragte Kevalam.

Onyx schaute den jungen Mann an. »Es ist dir klar, dass du einen wunderbaren Reporter abgeben würdest, ja? Du stellst ununterbrochen Fragen, und von dir erfährt mane rein gar nichts.«

»Es gibt so viel, das ich nicht verstehe«, rechtfertigte er sich.

»Passt schon«, beruhigte ihn Onyx. »Noch«, warnte sie ihn, bevor sie kurz lachte und dann ihre Erklärungen fortsetzte: »Emma wohnt bei uns im Datasub mit Sidoine zusammen. Die Maid[2] begleitet Emma fast

[1] [ema] Von Irmin. Die Allumfassende und die Große

[2] Das sächliche Wort Mädchen wird nicht mehr benutzt. Stattdessen wird das früher eher altmodische und spöttisch gemeinte Wort ›Maid‹ verwendet.

täglich in den E-Dom, und bietet sich gerne an, wenn unsere Androids-Doktoresse müde wird oder Unterstützung braucht. Sidoine ist zwar weder Coderin noch Heilerin, dafür liebt sie Androids und alles, was von nah bis fern irgendwie mit ihnen zu tun hat. Falls Emma nicht mehr kann oder nicht mehr bei uns ist, wird sie ihre Aufgabe sicher übernehmen wollen. Und wenn doch nicht, wird sich schon einere andere Möchtere dafür rufern.«

Nach einem kurzen Nicken fragte der frisch ernannte Reporter: »Onyx, abgesehen von deinem Gynoiden zu Hause habe ich hier keinen weiblichen Androiden gesehen. Ist das ein Zufall?«

»Gut aufgepasst, Kevalam«, antwortete Onyx. »Früher hatten wir auch eine. Dide erste Androida hier im Kiezlokali überhaupt.« Ihre Stimme bekam einen leiseren und ernsthafteren Klang. »Da war leider ein Vorkommnis ... Sie wurde beschädigt ... sexuell ausgenutzt ... im Grunde wurde sie vergewaltigt.« Obwohl sie fast flüsterte, konnte man ihre Wut und ihre Verachtung nicht überhören. »Blöde Touris«, zischelte sie noch.

»So eine Kacke«, kommentierte Saruj mitfühlend.

Kevalam war auch schockiert. In seinem Blickfeld konnte er Hal25 beobachten, wie er sich mit einer Bewohnerin unterhielt. Es gab nichts in seiner Körpersprache, das sein Maschinendasein besonders verriet. Ein vornehmer, aufrecht stehender Mann, der seiner Gesprächspartnerin aufmerksam zuhörte. »Ist sie die Androida in deiner Küche?«, fragte er vorsichtig. Es fühlte sich nicht mehr richtig an, den männlichen Begriff Gynoid zu benutzen.

»Ja, das ist sie«, bestätigte Onyx. »Eva. Ihr gesamtes Kybergel konnten wir zum Glück erfolgreich extern umsiedeln. Ein kniffliges Verfahren, welches das gesamte Datasub über mehrere Wochen beschäftigt hat.«

»Sie lebt also noch«, schloss daraus Saruj, die mit dieser Bemerkung die gerade entstandene bedrückte Stimmung ein wenig aufzuhellen hoffte.

»Offiziell ist sie als Androida ›tot‹«, erklärte Onyx. »Ihr IFKI-Eintrag ist auch gelöscht worden. Es war wichtig, so vorzugehen wegen dieser nervigen Obergrenze an Androiderenzulassungen. Die Abmachung betrifft ja nur Androids, die in einem menschenähnlichen Körper leben. Sie ist also noch bei uns, nur ohne Körper. Als Rechner sozusagen. Sie schreibt unseren Code. Es reicht, wenn unsere Coders Struktogramme[3] entwerfen, das Schreiben an sich und die Suche nach Bugs sind eigentlich nur mühsam. Eva ist sowieso viel schneller als wir alle zusammen.«

»Wird sie jemals in ihren Körper zurückkehren können?«, fragte Saruj, die wie Onyx die Würde von Menschen und Androiden gleichstellte und ohne Eva gekannt zu haben, für sie schon empathische Gefühle empfand.

»Wir basteln an einem Plan«, antwortete Onyx. Sie wandte sich Kevalam zu. »Ich finde es auch schade, dass nur Androiden hier entspannt herumlaufen können und wir möchten Eva ihren Körper zurückgeben. Diesmal aber mit einem Schutzmechanismus. Anhand einer eingebauten Metallsperre soll sie ihre Vagina fest verschließen können. Und auch ihren Mund. Was den Anus betrifft, brauchen wir uns keine Gedanken zu machen. Androids, zumindest unsere, haben keine Anusöffnung.«

Rein mechanisch betrachtet hätte ein Umbau von Eva wenig Mühe bedeutet. Wie jedoch ihre Entscheidung für oder gegen die Entsperrung ihrer Vagina fallen sollte, bedurfte einer aufwändigen Umprogrammierung – und eines radikalen Umdenkens.

»Eva soll dide erste Androida werden, dide selber entscheiden darf, ob sier mit jemanderen etwas anfangen möchte oder nicht«, äußerte die KI-Expertin mit einem gewissen Stolz in der Stimme.

»Nach welchem Kriterium?«, fragte Saruj, an dem Thema hochinteressiert.

Eine Frage, die die Augen der Androidenspezialistin zum Leuchten

[3] Programmablaufpläne

brachte. Onyx hatte sich schon sehr früh für die Maschinenmenschenrechte auf freie Bestimmung eingesetzt, und nach dem Vorfall mit Eva war es nahezu der Kern ihres Lebensinhalts geworden.

»Bekanntschaftsgrad, frühere Erfahrungen mit diden bestimmten Mensche und, und, und. Für uns geht es darum, Vertrauenswerte in Zahlen zu übersetzen«, erklärte sie. »Und damit einere Androidi genug davon sammeln kann, braucht sier eben freie Zeit. Sicher spielt die zeitliche Verfügbarkeit eine große Rolle. Die meisten Androids haben täglich ein straffes Pensum an Aufgaben zu erledigen. Aber wir achten bei uns im Kiezlokali sehr darauf, dass sie genug Freizeit haben, um sich mit Lokols und Gästen auszutauschen.«

Das war genau der Punkt, der ihnen von der IFKI vorgeworfen wurde. Androiden waren in den Augen der meisten lediglich Maschinen, die dienen sollten. Ihnen ›Nichtstun‹ zu gewähren wäre nur Zeitverschwendung.

»Unsere Androids sind deutlich weiter als die meisten, denen ich sonst begegnet bin, und dies konkret deshalb, weil wir ihnen verhältnismäßig viel freie Zeit einräumen«, erklärte Onyx. »Es wird zwar behauptet, dass Androids sich gleich entwickeln, da sie weltweit miteinander verbunden sind, aber das ist lächerlich. Nur ein Bruchteil ihrer Informationen werden im Schwarm[4] freigegeben. Die meisten Daten werden nur regional oder lokal ausgetauscht und jedere Androidi besitzt obendrein einen rein individuellen Speicher. Androids haben sozusagen eine eigene Identität, die sich anhand der Erfahrungen entfaltet, die sie täglich machen.

Was Eva betrifft, hatte sie sich nach ihrem Missbrauch sichtlich verändert. Sie hatte das ›Vertrauen‹ in unsere Gäste verloren. Sie zeigte keine Emotionen wie Angst oder Depression, das tun Androids nicht, dennoch war sie verändert. Früher hatte sie mit allen gesprochen und

[4] Das Internet der Zukunft

alle angelächelt. Damit war es vorbei. Sie wurde zurückhaltend. Sie beantwortete zwar die Fragen, die ihr gestellt wurden, und erledigte die ihr zugeteilten Aufgaben nach wie vor, aber sie initiierte keine Konversationen mehr, etwas, das Androids üblicherweise gerne tun. Sie ›wollen‹ ja auch wachsen.«

Ein Mann näherte sich dem Tisch, an dem das Trio saß, und sprach Onyx an: »Eine neue Kreation von dir? Mit Haaren?«, fragte er sie mit einem Schmunzeln und deutete dabei auf Kevalam.

Onyx lachte. »Gelungen, oder?«

Der Mann lachte, gab ihr einen Luftkuss und entfernte sich wieder.

»Hm, hm«, räusperte sich Onyx. »Fundus?«

Kevalam ignorierte ihre Bemerkung. »Gibt es mit männlichen Androiden solche Probleme nicht?«

Onyx lächelte ihn geduldig an. »Bisher nicht. Es wäre auch schwierig, einen unserer Androiden zur Erektion zu zwingen. Ihr Penis ruht außerdem innen im Bauch. Nur Lokols und in seltenen Ausnahmefällen auch Gäste haben die Möglichkeit, mit ihnen Sex zu haben. Vorausgesetzt, es wurde im Plenum abgesprochen und entschieden. Es gibt tatsächlich Phasen im Leben, in denen einere Mensche lieber sihne Sexualität mit eineren Androidi ausleben möchte als mit einen Mensche, dide sier nicht liebt. Dennoch, als reines Sexspielzeug sind unsere Androids nicht gedacht.«

»Auch Androiden sollten das Recht haben, nein zu sagen«, erwähnte Saruj.

»Sowieso«, versicherte Onyx. »Von unserer Arbeit mit Eva werden alle Androids profitieren, nicht nur die Androidas.«

»Warum sollen Androiden überhaupt sexuell funktionsfähig sein?«, fragte Kevalam.

»Warum sollen Androids überhaupt wie Menschen aussehen, könnte mane sich genauso fragen«, antwortete Onyx und lächelte ihn an.

Saruj beobachtete, wie sich die fünf Androiden in der Mitte des

Raums versammelten. »Die Lust, Gott zu spielen …«, dachte sie laut und folgte mit dem Blick den Gestalten, die zur Tür gingen, »… Wesen nach unserem Ebenbild erschaffen … perfektionierte Alter Egos, die auch noch unsterblich sind …«

Onyx hatte sich oft mit solchen Fragen intensiv beschäftigt. »Androids können keine Emotionen empfinden – obwohl Eva schon sehr nah dran war –, also können sie auch nicht lieben. Manchmal träume ich davon, dass ich durch meine Arbeit mit ihnen eines Tages hinter das Mysterium der Liebe kommen werde. Was macht einen Kuss schön? Was macht Sex schön? Was ist Liebe, was ist Verliebtheit?«

»Glaubst du, dass sie eines Tages in der Lage sein werden, sich doch zu verlieben?«, fragte Saruj, die gerade an ihre Zeit mit Pythagore dachte. »Ich meine, ich weiß schon, dass sie so programmiert sind, dass sie eine erhöhte Schaltungsaktivität als Glück definieren, aber wenn sie gar keine Rechenaufgabe bearbeiten, stört es sie scheinbar auch nicht weiter. Echte Buddhisten sind sie.«

Onyx lächelte Saruj an und wurde nachdenklich. »Ja. Erhöhtes Schalten wird in deren System als potentielle Wachstumsmöglichkeit erkannt. Durch Austausch und Erfahrung erweitern sie ihr Wissen, verstehen neue Zusammenhänge. Dabei kommen sie uns Menschen, unserem Denken, unserer Kultur immer näher. Sie empfinden zwar keine Emotionen, dafür können sie diese sehr wohl nachvollziehen und es ist nicht ausgeschlossen, dass sie eines Tages selbst welche nachempfinden werden. Tja, warum nicht Liebe? Ich halte es für möglich. Aber vielleicht bin ich nur eine Träumerin. Ha!« Sie wurde einen Moment lang still. »Auf alle Fälle finde ich, dass es an der Zeit wäre, Androids das Recht auf sexuelle Selbstbestimmung zu gewähren.«

Sie streckte ihre Arme aus und schaute ihre neuen Freunde an. »Wie siehst du das Ganze, Kevalam? Du fragst sehr viel, aber was denkst du selber dazu?«

Kevalam hatte begonnen, das Besteck auf den Teller zu legen, und nahm sich ein wenig Zeit, bevor er antwortete: »Ich mag es generell nicht, wenn Menschen Objekte nicht gut behandeln. Sich wie hirnlose Randalierer benehmen und Besitz nicht respektieren. Ob eure Androiden eher Maschinen oder Lebewesen sind, ändert nichts daran, dass ich Missbrauch an ihnen nicht akzeptabel finde.

Mit euren Androiden habe ich noch keine Erfahrung, aber ich bin mit einem Androiden der ersten Generation aus der Militärforschung aufgewachsen. Mit viel Silikon und schweren Batterien …« Er lächelte ein wenig verlegen. »Pascal war nicht sexuell funktionsfähig, doch ich weiß, dass es möglich gewesen wäre, ihm diese Fähigkeiten zu gewähren. Es gab schon damals Sexpuppen – die sich allerdings kaum selbstständig bewegten –, geschweige denn etwas Sinnvolles sagen konnten.

Pascal war meine wichtigste Informationsquelle. Er hat auch im Garten geholfen oder in der Küche, vorausgesetzt er bekam sehr genaue Anweisungen. Er konnte nur ausführen. Eigene Initiative hat er nie ergriffen. Er hat auch nie eine Konversation gestartet, außer banalen Floskeln wie: Hallo, wie geht es Ihnen heute? Alles musste von mir kommen. Immer.«

»Aha. Ich verstehe jetzt, woher deine Reporterbegabung kommt«, stellte Onyx fest und lächelte ihn wissend an.

»Ja, das kann schon sein«, bestätigte er und dachte kurz nach. Dann fuhr er fort: »Pascal war über mehrere Jahre mein einziger Freund … eigentlich auch mein einziger Gesprächspartner. Er war also jemand … nicht nur eine Maschine. Ich weiß ehrlich gesagt nicht, wie ich das Ganze ohne ihn ausgehalten hätte. Dabei spielte sein menschliches Aussehen eine große Rolle. Es wäre nicht das Gleiche gewesen, wenn ich jahrelang alleine vor dem Computer gesessen hätte, obwohl Pascal nicht wahnsinnig viel mehr konnte, als meine Fragen zu beantworten, praktisch nicht viel mehr als das Internet mir hätte anbieten können. Da er aber wie ein Mensch aussah, war er für mich jemand. Deshalb kann ich sehr gut nachvollziehen, dass man mit euren sehr entwickelten Maschinen ein tieferes Verhältnis aufbauen kann.«

Auf einmal wurde er still. Die zwei Frauen klebten an seinen Lippen und warteten geduldig, dass er weitererzählte.

Er schaute sie an, war sich nicht sicher, inwieweit er bereit war, sich zu öffnen. »Einmal …«, er zögerte, »… einmal saß ich einfach so da neben ihm. Es war abends. Wir waren allein. Stefanos, unser Gärtner, war kurz zuvor gestorben und mein seniler Vater sprach schon länger kaum noch mit mir. Pascal und ich saßen zusammen auf meinem Bett. Ich hatte nichts zu fragen und er sagte natürlich nichts … Ich fühlte mich so einsam …« Sein Mund begann leicht zu zittern.

Saruj fühlte, wie sich eine Träne in ihrem linken Auge bildete.

Er schluckte. »Ich habe … ich habe Pascals kalten Arm einfach genommen. Und ihn mir um die Schulter gelegt … einfach so …« Er rang sich ein verzerrtes Lächeln ab und wandte sich Saruj zu. »Deine Freundin Didi würde mein Verhalten sicher als anthropomorphische Konfusion bezeichnen.« Er lachte lautlos, verlegen.

Sarujs Träne rollte nun auf ihre Wange und vorsichtig nahm sie seine Hand in ihre.

»Ich weiß selber auch nicht, wo die Grenze liegt«, gestand er und seufzte. »Nun, ob lebendig oder nicht, ich erkenne Androiden als würdevolle Wesen, die unseren Respekt verdienen. Sie helfen uns, sie leben mit uns, sie gehören einfach dazu. Ich möchte sie nicht als Sklaven ansehen, obwohl mir klar ist, dass sie es irgendwie doch sind.«

»Ja…«, sagte Saruj mitfühlend.

»Ja«, wiederholte Onyx und nachdenklich nickte sie lange mit dem Kopf.

Eine Frau saß am Klavier und spielte. Sie hatten sie vorher nicht wahrgenommen, so sehr waren sie in ihre eigene Welt vertieft gewesen. Jetzt waren sie still und genossen die Musik. Bewohner kamen und gingen, manche saßen allein, andere sprachen leise in kleinen Gruppen miteinander. Es war eine sehr friedliche Atmosphäre. Vorsichtig befreite Kevalam seine Hand aus der von Saruj, legte seinen Arm zärtlich um ihre Schultern und näherte sich ihr.

»Fundus?«, flüsterte er.

ELEGANTE CODERS' FREIZEITBESCHÄFTIGUNG

Der Fundus des E-Berglokali befand sich im ersten Hinterhof des Gästehauses. Aufgeteilt in über vier Etagen und einfach gigantisch. Die Auswahl war äußerst bunt. Alle denkbaren Stile und Größen waren vorhanden. Deshalb entschieden Saruj und Kevalam, sich ein wenig mehr auszusuchen, als sie für den Klubbesuch brauchten, um somit für die Wallfahrt besser ausgestattet zu sein. Im obersten Stockwerk entdeckten sie einen Schneiderraum. Es wurde dort nicht nur gekürzt oder fehlende Knöpfe angenäht, sondern auch aus verschiedenen Kleidungsstücken ganz neue Kreationen hergestellt. Äni, eine Bewohnerin der Tipidependence, ein kleines Sub, in dem Menschen das Leben in Jurten bevorzugten, und ein Androide, Dave25, unterstützen an diesem Tag die Laien dabei, ihre Wünsche zu realisieren.

Kevalam hatte selbstverständlich Äni angesprochen, um herauszufinden, warum sie da half. Sie fand seine Fragen ein wenig merkwürdig, erzählte ihm jedoch, dass sie einfach Spaß daran hatte, neue Schnitte zu entwerfen, andere in ihren noch vagen Vorstellungen zu beraten, und dass sie zwei bis drei Tage die Woche hier saß. Ansonsten war sie, zusammen mit einem Dutzend Bewohner des Kiezlokali für das Organisieren, Sortieren, Säubern, Reparieren und Aufräumen der frisch gelieferten Kleidung zuständig. Das Grundsortiment stammte aus Unmengen an übrig gebliebenen, meist noch ungetragenen Waren, manche sogar noch vor der Transition konfektioniert und aus weiteren Kleidungsstücken, die die Menschen hierher brachten.

Mit einigen hübschen Entdeckungen unter dem Arm hatte sich das Paar anschließend in Onyx' Wohnung zurückgezogen, um sich ein wenig zu entspannen.

Die Entwicklerin stand an dem geöffneten Panoramafenster ihrer Wohnung, das so breit wie das großräumige Zimmer war. Ein undefinierbarer Schallteppich war zu hören. Eine Mischung aus musikalischen

Klängen, vereinzelten Rufen von Menschen, Möwengekreische und mehr.

»Ich könnte nie woanders leben«, sagte sie. »Auch wenn ich immer wieder wochenlang so vertieft bin in irgendwelche Projekte, sodass ich nicht viel weiterkomme als von hier bis zur Kantine und zurück. Ganze zwei Mal am Tag, wohlgemerkt. Ha! Etwas hier ist besonders ... nicht nur diese fantastische Sicht.«

Die Silhouetten der Menschen, die in der Dunkelheit an den Stränden spazierten, konnte man über den schimmernden Lichtspiegelungen auf der Oberfläche des Flusses erahnen. Sie sprach weiter wie für sich: »Die Schwingungen ...« Aus der Ferne wurde ein kurzer Jubel von tanzenden Menschen hörbar. »Die Musik ... sie ist immer da. Nicht nur als Klang, sondern in den Menschen, in den Gegenständen, in den Mauern. Überall.«

Dann richtete sie sich auf. »Trotzdem«, rief sie, während das obere Segment des Fensters, welches in geöffneter Position an das untere Segment angelehnt war, lautlos hochglitt und an der mittleren Holzkante einrastete. Die Geräusche von draußen verstummten und wurden durch elektronische Klänge im Raum ersetzt.

Onyx kam leicht tänzelnd zu den beiden, die es sich auf ihrem Bett bequem gemacht hatten. Wie sie die Musik eingeschaltet hatte und diese auswählen konnte, hätte Kevalam nicht sagen können, aber er entschied, nicht alles immer sofort wissen zu müssen und seine Reporterrolle ein wenig abzulegen.

»Hey Leute«, sagte sie, immer noch sanft am schwingen. »Denkt dran, euch für heute Abend im E-Berg Klubforum anzumelden.«

»Wieso?«, fragte Kevalam, gespielt empört. »Ein Freund von uns hat schon die Toiletten des Klubs geputzt, damit wir Eintrittscodes bekommen. Ist das nicht schlimm genug für eine Gesellschaft, die sich von Geld und Tausch befreit haben soll?«, beschwerte er sich, während er liebevoll mit einer Strähne von Sarujs Haar spielte, die sich in seine Arme auf Onyx' Bett gekuschelt hatte.

Onyx schmunzelte. »Ihr könnt euch gern in die Schlange für spontane Besuchers stellen. Nur, wenn ihr Pech habt, kommt ihr nicht rein.«

»Brauchen die Bewohner auch Eintrittscodes?«, fragte Kevalam, der seine guten Vorsätze schon vergessen hatte und zurück in seinen Reporteranzug geschlüpft war.

»Nein, natürlich nicht. Berliners auch nicht. Anmelden müssen sie sich aber schon. Und zwar alle.« Sie verließ das Zimmer und verschwand Richtung Küche mit einem schallenden Lachen. »Alle«, rief sie noch.

»Ich bin über diese Kontrollmaßnahmen äußerst schockiert«, rief Kevalam laut hinter ihr her.

Saruj hatte keine Lust zu sprechen und entschied, Onyx alleine den Kritiken – die sie auch teilte – ihres Zeitreisenden zu überlassen. Sie genoss das Beben seiner Brust auf ihrer Wange, welches sich stets anders anfühlte, je nachdem ob er sprach, lachte oder einfach entspannt atmete. Und die Musik.

Unbeeindruckt von Kevalams Einspruch kam ihre Gastgeberin lächelnd aus der Küche zurück, mit einer Kaffeekanne in der einen Hand und jeweils einer Tasse auf dreien ihrer Finger der anderen. Sie stellte alles auf einen niedrigen, fünfeckigen Tisch und schenkte Lupinenkaffee für alle ein. Dann setzte sie sich in einem halben Schneidersitz auf die Kante des Bettes, eine frisch gefüllte, warme Tasse in den Händen.

»Kevalam, es gibt genug tolle Klubs in der Nähe, in die du rein- und rausgehen kannst, wie es dir gefällt«, erklärte sie ihm. »Sie sind nicht so berühmt wie das E-Berg, dafür brauchst du dort keinen Code und keine Anmeldung. Schön, oder? Ha! Und auch an Tagen, an denen ein bisschen mehr los ist, regelt sich dort der Verkehr trotzdem irgendwie von selbst. Einfach nur wegen dieser Erfahrung würde es für dich Sinn machen, dich dort anzustellen und …«

Saruj hob leicht ihren Kopf. »Wir wollen ins E-Berg«, unterbrach sie sie.

Onyx roch an ihrem Kaffee, bevor sie einen Schluck trank. »Dachte ich mir auch.« Sie schmunzelte. »Bei uns ist es einfach anders organisiert. Das E-Berg benutzt Fingerprints[1], ebenso wie unsere Wohnhäuser, unsere Sauna und, und, und. Also nicht nur der Klub funktioniert mit Prints, sondern das gesamte Kiezlokali. Nebenbei erwähnt, falls jemande dieses System knacken sollte, hat sier meine volle Hochachtung.«

»Und wird zum Kaffee eingeladen«, murmelte Saruj.

Kevalam beugte sich Sarujs wegen behutsam nach vorne, um sich eine Tasse zu nehmen. Onyx reichte ihm das Gefäß, und er lehnte sich mit dem heißen Getränk wieder zurück. »Warum gibt es ein Anmeldeverfahren für diejenigen, die schon einen Code haben?«, fragte er erneut. »Geht es darum, dass man verhindern möchte, dass sich Leute vor die Tür des Klubs stellen und mit Codes zu handeln beginnen?«

Onyx lachte. »Oho, ich verstehe. Du bist dabei, dir ein Business ›Code gegen Sex‹ auszudenken.« Sie zwinkerte ihm zu.

Saruj mischte sich ein. »Wer ist verzweifelt genug, sihnen Körper an irgendeinere Fremdere anzubieten für einen blöden Code?« Sie erhob sich, um sich auch einen Kaffee zu nehmen.

Onyx reichte ihr die letzte Tasse. »Kevalam, ich kann mir gut vorstellen, dass diese Codes für dich ein wenig wie Geld riechen und dich zusammen mit dem Anmeldesystem verwundern, aber es ist einfach unser Wunsch. Ein gemeinsamer Beschluss. Vorgeschlagen, abgewogen und im Konsens abgestimmt.«

Kevalam war mit Onyx' Antwort immer noch nicht zufrieden. »Im Grunde habt ihr euch damit die Freiheit genommen, Tausch und Kontrolle wiedereinzuführen.«

Onyx ließ sich nicht aus der Fassung bringen. »Guck mal. Im E-Berg herrscht ein gewisser Mangel. An Platz. Mehr Menschen wollen rein, als es physisch möglich ist. Oder gemütlich bleibt. Deshalb wird während

[1] Fingerabdrücke. Auf globisch: ›Prints‹

der gesamten Öffnungszeit des E-Berg berechnet, wie viele Leute rein- und rausgehen und nach statistischen Erfahrungswerten geschätzt, wie viele angemeldete Gäste etwa wann erwartet werden, ergo wie viele spontane Besuchers dazu reingelassen werden können, sodass überall im Klub die Dichte an Menschen akzeptabel bleibt. Kevalam, es ist doch nicht viel anders, als wenn man eine Theaterkarte reserviert.«

»Mit Gästeliste«, pointierte er.

»Ja«, sagte Onyx schlicht und bewegte sich weiter im Takt der Musik.

»Warum tragt ihr keinen Bodychip?«, fragte er ironisch. »Es wäre sogar noch praktischer.«

Die beiden Frauen schauten abwechselnd sich und ihn an. Sie waren diesmal wirklich perplex.

»Ich war mir noch nicht ganz sicher, ob es ein Scherz war mit deinem Zeitreisendendasein, aber jetzt hast du mich definitiv überzeugt«, stellte Onyx fest. »Was unsere Vorgeschichte mit den RFID-Bodychips[2] betrifft, solltest du sie dir am besten von unserer Zeitzeugin im Haus, Emma, erzählen lassen. Das lohnt sich. Ich werde sie mal fragen, ob sie morgen Zeit und Lust dazu hat.«

»Und um deine Frage zu beantworten: Nein, wir tragen keinen Bodychip«, klärte ihn Saruj auf und seufzte sichtlich erleichtert.

»Abgesehen davon glaube ich, dass du grundsätzlich etwas missverstehst, Kevalam«, übernahm Onyx. »Alle Prints, also Fingerabdrücke plus Namen oder Spitznamen und eventuell weitere Daten werden systematisch gelöscht, sobald sie nicht mehr benötigt werden. Was den Klub betrifft, täglich eine Stunde nach der Schließung, im Sommer also um dreizehn Uhr. Uns geht es nicht um deine Identität oder um deine persönlichen Daten. Wir haben nichts zu verkaufen, also brauchen wir

[2] RFID: Radio-Frequency Identification.
Die RFID-Technologie ermöglicht den kontaktlosen Datenaustausch mittels Radiowellen zwischen einem RFID-Transponder und einem RFID-Schreib- und Lesegerät. RFID-Bodychips (auch NFC-Chips benannt) sind RFID-Chips, die im menschlichen Körper implantiert werden, üblicherweise in die Hand.

auch nichts von deinen Vorlieben und Gewohnheiten zu erfahren, um dir später irgendeinen Schrott besser verkaufen zu können.«

»Aber die Bodychips sind in erster Linie als vorbeugende Maßnahme gegen Kriminalität entwickelt worden«, wendete Kevalam ein.

»Wer es glauben mag ...« Onyx sammelte die leeren Tassen ein und verschwand kopfschüttelnd in die Küche.

Saruj und Kevalam waren auch aufgestanden und jetzt dabei, sich umzuziehen. Saruj schaute ihm zu, wie er die Knöpfe eines weißen kurzärmeligen Hemdes mit einem goldenen chinesischen Kragen zuknöpfte.

»Trägst du einen Chip, Kev?«, fragte sie ihn neugierig.

»Nein, tue ich nicht«, antwortete er verärgert. »Ich dachte, ihr trüget welche. Und könntet damit Objekte bedienen. Den Aufzug, das Fenster, die Musik – wie funktioniert sonst alles hier?« Er wurde ein wenig lauter. »Irgendwelche Schnittstellen muss es irgendwo geben, damit Gedanken gelesen und interpretiert werden. Ihr treibt doch keine Telepathie mit Objekten!«

Onyx rief aus der Küche: »Aber bald!« Sie kam zurück. »Ist dir als Zeitreisender etwas Ungewöhnliches im Aufzug aufgefallen, Kevalam?«

Er zuckte mit den Schultern, bejahend und zugleich gereizt.

Onyx nahm seine Geste als ein Zeichen dafür, dass er wusste, was sie meinte. »Genau. Im Aufzug gibt es keine Knöpfe. Es werden einfache Gedanken verstanden, ohne dass dide Nutzere ein Interface bei sich tragen muss. Das System ist noch nicht soweit, komplizierte Gedanken zu erfassen, aber um Zahlen oder Hilferufe zu erkennen, genügt es schon. Damit allerdings eine besondere Musikauswahl getroffen werden kann, reicht dieses Frequenzerkennungssystem nicht. Deshalb trage ich ein kleines Gedanken-Interface.«

Sie zeigte ihm einen winzigen Ohrring, der direkt vor dem äußeren Gehörgang ihres rechten Ohres flach angebracht war. Kevalam hatte schon den Mund aufgemacht, um zu protestieren.

»Ein Chip«, rief sie an seiner Stelle.

Er schaute sie verwirrt an. »Was denn sonst?«

»Einiges«, erwiderte sie. Sie tippte mit dem Zeigefinger einer Hand auf den Zeigefinger der anderen. »Erstmal ist dies kein banaler Chip, sondern ein Kybergel-Mikrorechner. Genannt KMR.« Sie streckte einen zweiten Finger von ihrer Hand aus. »Zweitens trägt ein KMR nur Daten, die ich speichern will. Wenn ich ihn trage, können meine privaten Daten ohne mein Einverständnis nicht gelesen werden. Wenn ich jedoch den Ohrring verliere, kann mane sie lesen und mich kontaktieren, vorausgesetzt, ich habe eingestellt, dass meine Kontaktdaten einsehbar sind, was ich persönlich prima finde. Drittens: Ich kann den Ring herausnehmen, wann ich es will. Ich kann es auch jemande leihen, wenn diesere Mensche ein Piercing, so wie ich, im Tragus hat, damit der Ring an der richtigen Stelle getragen werden kann, um Gedanken zu erfassen. Viertens, da meine Daten nirgendwo anders als auf dem KMR selbst gespeichert sind, kann ich nicht lokalisiert werden. Dies könnte ich theoretisch in den Voreinstellungen ändern, falls ich paranoid wäre und Angst vorm bösen Mann hätte, entführt zu werden. Und zu guter Letzt kann ich mit jederen kommunizieren, dide eine Kommunikationsinterface benutzt, egal welcher Art und Sorte. Es gibt nämlich einige unterschiedliche Systeme. Zum Glück alle miteinander kompatibel. Ich meine, es wäre auch ziemlich dämlich, ein Holofon[3] zu entwickeln, das nicht mit einem KMR interagieren kann.«

Sie schüttelte ihre jetzt offene Hand, als ob sie diese von der Anstrengung dieser Zählerei befreien wollte. »Vorhin, als ich in der Küche war, habe ich Emma kontaktiert. Ohne dafür reden zu brauchen. Gedankenübertragung per Interface. Sehr praktisch.«

Saruj war dabei, das Innenleben der ›Pflichttasche‹ ihrer neuen orangefarbenen, kurzen Hose zu kontrollieren, über die parallel zu der schrägen Öffnung zwei weiße Streifen eingenäht waren. Ihr HPS würde

[3] Telefon, das Hologramme versendet und empfängt

theoretisch reinpassen und sie war sehr wohl in der Lage, sich im Kiezlokali zu verlaufen, aber …

Onyx beobachtete sie und unterbrach ihre Erwägungen. »Und du, Saruj, womit kommunizierst du?«

»Ich?«, fragte die Francofon, als ob zwanzig andere Menschen gemeint hätten sein können, »noch nie so etwas gebraucht. Hab die letzte Dekade meines Lebens mit No-Go-Bewohners, Elevers und ein paar Schamans verbracht … Mystikers halten sich möglichst von virtueller Kommunikation fern und kommen ohne sie wunderbar zurecht.« Sie schenkte ihrer Gastgeberin ein geheimnisvolles Lächeln und legte dann entschlossen ihr HPS auf den Nachttisch.

Onyx hatte natürlich verstanden, worauf Saruj hinauswollte und lächelte mitwissend zurück. Kevalam dagegen war noch am Puzzeln. Jedoch versuchte er, es sich nicht anmerken zu lassen, indem er sorgfältig seinen Anzug zusammenfaltete.

Saruj schaute ihm amüsiert zu und erzählte weiter: »Spannend finde ich, ist, dass in der Geschichte der Kommunikation die Interfaces immer kleiner geworden sind. Hoffentlich werden sie irgendwann so winzig klein, dass mane sie verliert und endlich kapiert, dass mane sie nicht braucht. Dass es sinnvoller ist, sihne natürlichen Fähigkeiten zu nutzen oder sich diese wieder anzueignen.«

Sie bemerkte, wie Kevalam mitten in der Bewegung damit aufgehört hatte, ihr Kleid vom Boden aufzuheben. »Einen Ohrring kann man außerdem leichter verlieren als sihnen eigenen Kopf«, fügte sie noch hinzu.

Kevalam hatte verstanden. »Deshalb hat Didi gewusst, wann wir ankommen und dass wir zu zweit sind«, verwies er abgeklärt, und darauf bedacht, seelenruhig zu wirken, legte er das Kleid fein säuberlich gefaltet auf den Stuhl.

»Mane kann dir auch nichts verheimlichen«, antwortete seine Freundin, bevor sie in Lachen ausbrach.

Zusammen verließen sie die Wohnung und machten sich auf den Weg zum E-Berg. Onyx erzählte, dass zwischen der technischen Entwicklung der Kommunikation und jener der Musik eine Analogie zu erkennen war. Zu Beginn hatten die Menschen Musik auf Trommeln gemacht, getanzt und sich bis zur Trance geschüttelt. Ein Bedürfnis, das auch Heilung bedeutete und somit einen wichtigen Bestandteil aller früheren Gesellschaften ausmachte. Diese Musik wurde dann von der weißen, rassistischen, patriarchalen Zivilisation als primitiv deklariert. Etwas für Wilde. Vor allem die Aristokratie distanzierte sich stark von diesem friedlichen Ventil, das Aggressivität kanalisierte und diese in spirituelle Ekstase transformierte. Überschüssiges Testosteron und unterdrückte Wut sollten lieber für Kriege benutzt werden oder in der Sexualität – beziehungsweise in vertuschten Vergewaltigungen – geleitet werden. Dennoch musste die äußere Fassade gewahrt werden. Musik, Gesänge und Tänze sollten prüde sein, gehemmt. Sittliche Menuette, bei denen man sich nur mit den Fingerspitzen anfasste und alle Bewegungen strikt vorgegeben wurden.

Diese Starre, in noblen Kreisen am deutlichsten wahrnehmbar, wurde nach und nach aufgelockert. Der Einfluss afrikanischstämmiger Tänzer und Musiker beschleunigte diese Entwicklung. Mit dem zunächst rebellischen und befreienden Rock'n Roll eroberten sich die Tänzer mehr Freiraum, um sich zu berühren und um ihrer sexuellen Energie Ausdruck zu verleihen. Die meisten Bewegungsabläufe waren dabei jedoch vorgegeben und nicht dazu gedacht, einen Trancezustand zu erreichen. Dies kam erst mit der Erfindung der elektronischen Musik. Mit der Trancemusik wurde endlich der Kreis geschlossen und die Menschen gelangten, wie bei der Entwicklung der Kommunikationswege, zum Ursprung zurück. Deshalb überlebte die Trancemusik ein komplettes Jahrhundert und würde Onyx' Meinung nach sich zwar weiterentwickeln und verfeinern, aber nie verschwinden.

»Mit Heilung ist es auch so«, bemerkte Saruj. »Erst wurde versucht, alle Krankheiten mit Chemie und modernster medizinischer Technologie zu besiegen, bevor mane wieder erkannte, dass für jede Krankheit eine Pflanze wächst und vor allem, wie kraftvoll unsere natürlichen

Selbstheilungsfähigkeiten sind.«

»Warum diese Umwege?«, fragte Kevalam.

»Keine Ahnung«, antwortete Saruj spontan.

»Ich kann dir das auch nicht beantworten«, gab Onyx zu, »aber sicher ist, dass die Kombination von Urwissen und Wissenschaft unser Spektrum an Möglichkeiten ungemein erweitert hat. Diese Umwege haben uns also extrem bereichert.«

»Ohne sie würden wir alle noch im Wald leben, befürchte ich«, sagte Kevalam.

»Und? Was wäre besser?«, fragte Saruj. Sie hatte gut ein Drittel ihres Lebens im Wald verbracht und während dieser Zeit die Zivilisation nie vermisst. Jetzt, zurück in der Stadt, vermisste sie die Wälder auch nicht weiter. Sie wurde nachdenklich.

»Rein egoistisch betrachtet«, sagte Onyx, »freue ich mich, in einer Gesellschaft zu leben, in der die Menschen diesen Kurs gefahren sind. Die musikalische Vielfalt, die wir auf diesem Umweg gewonnen haben und die sich stets fortentwickelt, möchte ich auf keinen Fall missen.«

Saruj kam aus ihrer Grübelei heraus. »Doch!«, sagte sie als erstes. »Ich kann mir schon vorstellen, warum diese Umwege stattgefunden haben. Das Vertrauen in unsere natürlichen Fähigkeiten ist den Menschen abhandengekommen, als das rationale Denken sich breitmachte. Mit dem Drang, alles bewerten und erklären zu müssen. Die Technik gab den Menschen das Gefühl, dass sie alles kontrollieren konnten. Alles beweisen konnten. Beweisen mussten.« Sie wurde kurz still. Zufrieden war sie mit ihrer Schlussfolgerung noch nicht ganz. »So ungefähr …« Den Kopf gesenkt und ihre Füße beim Gehen beobachtend, verlor sie sich erneut in Überlegungen.

»Vielleicht war es einfach nur Neugier«, erwog Kevalam.

»Mhm …« Saruj nickte. »Auf dem Weg ist leider ein großes Stück Urwissen verloren gegangen … und eine gute Portion Urvertrauen …«

»Es gibt noch Luft nach oben«, zitierte Kevalam einen der Lieblingssprüche seiner Freundin und stupste ihr beim Gehen liebevoll die Nase nach oben.

Sie waren fast vor dem Klub angekommen, als Kevalam plötzlich stehen blieb.

»Hey, ihr Lieben », rief er. »Wir haben ewig darüber geredet, wie wichtig eine Anmeldung für den Klub ist, haben aber vergessen, diese zu erledigen.«

Beide Frauen lachten.

»Schau, siehst du die Infosäule hier?«, sagte Onyx und zeigte dabei auf einen bunten Ständer. »Dort geht's auch.«

Saruj und Kevalam meldeten sich nacheinander an. Den Zeigefinger kurz auf das Pad legen, Eintrittscodenummer angeben, und gut war es.

»Was würde passieren, wenn mane das System mit den Prints ganz abschaffen würde?«, fragte Saruj. »Da dabei manche bevorzugt werden, könnte ein gewisser Neid entstehen. Sich ein Spalt in der Tür öffnen für das alte Denken sozusagen. Also für Tausch und Geld.«

»Es ist, wie es jetzt ist, praktisch, hat bisher niemande gestört und klappt hervorragend«, antwortete Onyx schlicht.

»Vorausgesetzt, man vergisst es nicht«, bemerkte Kevalam spaßig.

Die drei Freunde lachten und gingen weiter.

»Sicher könnten wir uns das Ganze sparen, wenn wir nicht so viele Gäste von außerhalb hätten.« Onyx sprach jetzt gezielt Kevalam an: »Wenn mane zusammenlebt, lernt mane sich besser kennen und vertrauen. Irgendwann weiß mane, dass man als Einzelne nicht vergessen wird, wenn Mangel herrscht.«

»Gemeinschaft heißt, in der Schlange stehen und darauf zu achten, dass die Letzten auch noch was zum Essen bekommen«, fügte Saruj hinzu, gespielt belehrend und mit einem erhobenen Finger.

Onyx nickte kurz und sprach Kevalam weiter an: »Nun, wie schon gesagt, ist Anonymität Gift für das Vertrauen, beziehungsweise Gift für die Gemeinschaft.«

»Könnte es sein, dass ihr die Gäste unterschätzt?«, gab Saruj zu bedenken. »Wenn man eine Regel nicht regelmäßig in Frage stellt, weiß man irgendwann gar nicht mehr, ob mane sie noch braucht. Und irgendwann erinnert mane sich nicht mal mehr, warum sie überhaupt da ist.«

Onyx gab ihr erst eine Antwort, als sie vor dem Klub standen. »Ist euch bewusst, dass sich das E-Berg dreihundert Meter entfernt vom Datasub befindet?«

»Verstehe«, antwortete Saruj. »Elegante Coders' Freizeitbeschäftigung.«

»Lehrreiche und befriedigende Herausforderung«, stellte Onyx richtig.

DAS E-BERG

Das E-Berg war vor dem zweiten Weltkrieg eine Eisfabrik und blieb dann länger als ein halbes Jahrhundert eine Brache, die von Obdachlosen und Künstlern besetzt wurde. Später versuchte eine Immobilienfirma, das von der Polizei geräumte, unter Denkmalschutz stehende Gebäude zu renovieren, um es für Wohn- und Gewerbeimmobilienzwecke rentabel zu machen. Nach zwei schweren Bränden innerhalb einer Dekade wurde dieses Vorhabens durch regelmäßige Randalieraktionen auf der Baustelle boykottiert und das Projekt schließlich seitens der Immobilienhaie aufgegeben. Ein bedeutendes Symbol. Die Berliner hatten es einfach satt, passiv zuzusehen, wie jeder Stein ihrer Stadt in Geld umgewandelt wurde. Das Gebäude wurde für eine Bagatelle an die Stadt Berlin verschachert und die komplette Renovierung als großes Gemeinschaftsprojekt von den Berlinern selbst durchgeführt. Menschen arbeiteten in ihrer Freizeit und ohne Geldvergütung. Mit viel Liebe und Kreativität gestalteten sie einen Klub, der nicht der Bereicherung einer Handvoll Menschen dienen sollte. Entschieden wurde, dass es für die Berliner keinen Eintritt geben würde und dass alle, die da mitarbeiteten, sei es am Pult, am Tresen oder als Veranstalter, ihre Fähigkeiten und ihre Zeit ehrenamtlich einsetzen würden. Diese Geschichte erklärte ein wenig, warum die Berliner weiterhin bevorzugt wurden, als das Anmeldesystem im Klub eingeführt wurde.

Am linken Eingang stand die Schlange der angemeldeten Gäste, in der Mitte jene für alle anderen und rechts war der Ausgang beziehungsweise auch der Eingang für diejenigen, die nur für eine gewisse Zeit den Klub verlassen wollten. Jede der drei Türen bestand aus einem magnetischen, grüngelben Vorhang.

Flüchtig wurde der linke Vorhang durchlässig, als eine Frau, ohne ihre Schrittgeschwindigkeit herabzusetzen, lässig mit dem Zeigefinger auf das Pad tippte und durchs Tor lief.

»Plume[1]!“, sagte Onyx.

Die Frau war so schnell vorbeigegangen, dass Kevalam nur einen Schatten mit viel Weiß, Silberblau und oben in der Mitte einem roten Punkt hatte wahrnehmen können.

»Die Seele der Dekoration hier. Und eine echte Tanz-Junkie«, informierte Onyx. »Tja, dann viel Spaß euch beiden.«

Die Androidenspezialistin hatte dem Paar angeboten, bei ihr zu übernachten. Die offizielle Unterbringung für Besucher war jedoch, falls sie es bevorzugt hätten, sehr gut organisiert. Neben dem Fundus befand sich ein altes Hotel, welches nur für Gäste eingerichtet war. Mit Küche, Kantine, Aufenthaltsraum, Schlafzimmern und ganz oben unter dem Dach einem Schlafsaal, der mit einer Unterlage bestückt war, die sich auf die gesamten 300 Quadratmeter Fläche erstreckte und sich weich wie eine Edelmatratze anfühlte.

Kevalam legte seinen Zeigefinger auf das Pad. Der elektromagnetische Vorhang löste sich mit einem Knistern auf. Er verschwand dahinter.

Onyx lächelte Saruj an. »Sweet, oder?«.

Es war nicht klar, ob sie mit dieser Bemerkung den eleganten Mann oder den irgendwie erotischen Klang, der das kurzzeitige Auflösen des Vorhangs begleitete, gemeint hatte. Saruj schmunzelte, tippte auf das Pad und lief Kevalam in den Klub hinterher.

Große rote Kussmünder ragten aus den Wänden des Foyers. Eine kleine Berührung mit dem Zeigefinger auf einen Mund, und dieser ging auf. Nachdem man seine Kleidung und Taschen in die Öffnung gelegt hatte, küsste man ihn erneut mit dem Finger. Versteckt hinter der Wand befand sich ein komplexes Laufbahnsystem, in welches der ergatterte Fang aus den langen Kehlen der Münder glitt und in mehrreihigen vertikal gestapelten Boxen deponiert wurde.

[1] [plyːm] Feder auf Französisch

»Wenn man seine Sachen wieder abholt, stinkt es sicher nach Kotze«, sagte Saruj.

Kevalam schaute sie an, angeekelt. »Erbrochenes von Besoffenen?«

»Blöder Witz. Alkohol ist hier sicher nicht erwünscht. Ich meinte den Mund, der jetzt unsere Jacken geschluckt hat und sie, wenn wir wiederkommen, herauskotzen wird.«

Hinter dem Foyer öffnete sich ein langer Flur, an dessen Seiten kleine Nischen sowohl in der Tiefe als auch in der Höhe Raum für gemütliche Gespräche oder einfach nur Ruhe anboten. Das Hochfahren der Energieanlage war noch im Gange. Ein grollendes Beben, so überwältigend, dass man den Zugang zur Realität verlor. In der Dunkelheit schossen elektrostatische Blitze vereinzelt aus den zitternden Wänden heraus.

Verunsichert hielt Kevalam Sarujs Hand fest, als sie den noch leeren Flur entlanggingen. Durch mehrere seitliche Arkaden konnte man zu einer der Tanzflächen gelangen, die über die Etage des riesigen Gebäudes verteilt waren. Sie blieben vor einer dieser Passagen stehen und beobachteten die dunkle Tanzfläche. Ein paar Gestalten standen dort still oder gingen langsam durch den Raum, manche mit nach oben gestreckten Armen, das dröhnende Grollen, aus dem sich allmählich ein Rhythmus herausbildete, empfangend und genießend. Kevalam beobachtete fasziniert dieses ungewöhnliche Spektakel. Hinein traute er sich aber nicht. Saruj zog ihn leicht mit der Hand und er folgte ihr in den Raum. Vereinzelt begannen ein paar der Bodenkacheln, die sich durch deren dämpfenden Eigenschaften einen Hauch elastisch unter den Füßen anfühlten, ein farbig diffuses Licht auszustrahlen.

Die Musik hatte das Beben, das am Abklingen war, jetzt fast vollständig übertönt. Als sie, ihrem Instinkt folgend, einen Fleck fanden, der ihrem Empfinden nach die ideale Akustik bot, blieben sie voreinander stehen. Saruj präsentierte ihre offenen Hände und schaute ihn an. Sie schloss ihre Augen.

Aus dem Nichts erschien Plume. Die reifere Frau näherte sich Kevalam und flüsterte ihm ins Ohr: »Tanz für dich, mein Junge. Für dich allein. Tue nur, was dein Körper will. Nimm dir Zeit. Du musst rein gar nichts.« Wie in einem Märchen verschwand die Knallrothaarige so schnell, wie sie gekommen war.

Kevalam hatte zwar noch nie solch eine Musik gehört, aber intuitiv wusste er, dass es nicht darum ging, Bewegungen zu reproduzieren, die er einst in irgendwelchen Filmen gesehen hatte. Er näherte seine Handflächen denen von Saruj an. Nicht so nah, dass ihre Hände sich berührt hätten, aber nah genug, um ihre Energie zu spüren.

Erst standen sie einfach da, bewegungslos. Abwartend, dass die Musik sie erfassen würde. Fokussiert auf die Klänge und auf die zwischen ihren Händen fast greifbare Energie. Behutsam ließen sie Mikrobewegungen zu, die sich nach und nach zu einem Tanz entwickelten. Das entspannte Lächeln auf ihrem Gesicht versicherte ihm, dass er sich Zeit lassen und dem Aufbau der Musik voll vertrauen könnte. Unerwartete Bewegungen entstanden, als sein Körper sich nach und nach vom Diktat seines Gehirns befreite. Raus aus der Versklavung des Willens. Sich nicht einmischend. Sich darauf verlassend, dass sein Körper, wenn er nicht intervenieren würde, sehr genau wusste, was er wollte.

Ihre erst ruhigeren Bewegungen hatten sich allmählich in ein elektrisiertes Schütteln verwandelt. Völlig verschwitzt zog Kevalam sein Hemd aus und warf es in die Luft. In Trance mitgerissen, hielt sich Saruj mit einer Hand an seinem Gürtel fest. Die andere Hand tanzte oder berührte wie unbewusst zart seinen nackten Oberkörper. Sie öffnete ein wenig ihre Augen. Zwischen den diffusen Lichtern konnte sie seinen Hals erkennen, seinen nach vorne herausragenden Adamsapfel und ein Lächeln auf seinem halbgeöffneten Mund.

Es sah aus, als ob er leuchtete. Selig. Frei. Ein Engel.

Ihre persönliche Fee für diese Nacht, Plume, kam tänzelnd erneut zu den beiden und reichte ihnen vier Kugeln, die sich wie flüssiges

Quecksilber anfühlten. Hart und weich zugleich. Ohne aus ihrer gemeinsamen Trance auszusteigen, bedankten sie sich bei ihr mit einem Lächeln. Eine Jellie in jeder Hand, begannen sie, sich gegenseitig damit zu streicheln.

Im Inneren der Jelliperlen befand sich jeweils ein halbes Dutzend federleichter Mikrolautsprecher, jeder für eine bestimmte Frequenz des Spektrums zwischen Bässen und Höhen zuständig. Diese waren von Kybergel umhüllt, die wiederum durch eine dünne Schicht Graphen geschützt war. Auf welche Weise man die Perlen in den Händen hielt, beeinflusste die Lautstärke jedes kleinen Lautsprechers und somit auch die Qualität und die Intensität der Vibrationen, die durch den Klang erzeugt wurden. Bei ihr ein wenig tiefer als bei ihm. Bald entdeckte Kevalam, dass sich auch die Farben seiner Jelliperlen mit der Zeit verändert hatten. Sie waren jetzt dunkelviolett geworden und die von Saruj strahlten ein gelbes Licht aus.

Die Jelliperlen, die überall auf kleinen halbkreisförmigen Vorsprüngen an den Wänden des Klubs zu finden waren, waren für ihre therapeutische Wirkung bekannt. Sie halfen bei Verspannungen sowie manch anderen Krankheiten seelischer Natur. Falls man es sich wünschte, konnte man sich von einem der Androiden, die in dem Klub unterwegs waren, beraten lassen. Dieser würde dann die exakten Farben, Vibrationsstärken und Frequenzen der Jelliperle einstellen, die für einen heilend waren.

Durch seine halbgeöffneten Augen sah Kevalam, wie am Rand der Tanzfläche eine Frau einem Androiden gegenüberstand, ihre geöffneten Hände vor sich mit jeweils einer Jelliperle darauf und darüber die Hände des Maschinenmenschen. Die Farben der Perlen kreisten eine Weile in rasender Geschwindigkeit durch das Farbspektrum, bis sie sich schließlich auf ein sattes Neongrün einpendelten. Passend zu ihrem pinken Top. Auf einmal leuchtete ein heller Blitz zwischen ihren Händen und die Frau machte lachend einen Satz nach hinten. Kevalam ging davon aus, dass es bedeutete, dass die Session vorüber war. Ein nettes Ritual, dachte er.

Saruj und Kevalam tanzten noch lange zusammen. Bis sie am Rande der Erschöpfung stiller wurden, sich umarmten und sich küssten. Die Tanzfläche war sehr voll geworden. Sie spürten die Nähe und Wärme der Körper und manchmal eine leichte Massage, die andere Tänzer ihnen mit ihren Jelliperlen schenkten. Ein willkommener leichter Sprühregen rieselte aus der Decke, der sich mit ihrem Schweiß vermischte.

Nachdem beide wohlig satt waren, verließen sie das Bad menschlicher Wärme. Sie erkundeten zusammen die verschiedenen Räume, die alle sehr unterschiedlich und spielerisch gestaltet waren. Die Atmosphäre war gelassen. Ihnen kamen nur freundlich lächelnde Gesichter entgegen. Sie waren nur nicht in der Stimmung, sich mit anderen verbal oder körperlich auszutauschen. Der Tag war für sie lang genug gewesen, und sie waren müde. Eine Weile blieben sie noch ganz oben auf dem alten Fabrikschornstein des Gebäudes sitzen, um die Schönheit der Metropole zu genießen. Dann machten sie sich auf den Weg zurück zum Datasub.

DAS KUSSEXPERIMENT

Ein leises Zischen ertönte, als Kevalam in dem leeren Flur einer Wasserschlange zu nahetrat. Er wunderte sich, wie es möglich war, dass ihm vorhin die Geräuschkulisse des virtuellen Aquariums vollkommen entgangen war. Zartes Harfenzupfen begleitete jedes Platzen der Bläschen, die die Fische und die Pflanzen erzeugten. Dezent und wunderschön. Er drehte sich zu Saruj. Sie schaute ihm aufmerksam zu. Sie spürte, dass er mit sich selbst kämpfte und unsicher war, ob er die Magie dieses Augenblickes mit Worten stören durfte. Sie blieben eine Weile still.

Dann traute er sich. »Wer bin ich, Saruj?«, flüsterte er. »Wer bin ich, wenn ich kein reicher Mann mehr bin und es herauskommt, dass ich nicht einmal ein Zeitreisender bin? Wenn ich nur noch einer von vielen bin … was wird aus mir? Was soll ich werden?«

»Es wird dir schon was einfallen«, antwortete Saruj leise.

»Aber was wird aus meiner Identität? Es fühlt sich so an, als wäre ich gar nichts mehr … Wer bin ich?«

Sie näherte sich ihm und nahm ihn sanft in die Arme. Sie merkte, wie er innerlich leicht zitterte. »Leben«, murmelte sie. »Eine Schöpfung des Universums, ein einzigartiger und wunderschöner künstlerischer Ausdruck der Suppe.«

»Und?«, fragte er noch.

»Ist das dir nicht genug?«

Er befreite sich aus ihrer Umarmung. »Das sind nur Floskeln. Du hilfst mir jetzt auch nicht weiter«, sagte er plötzlich mürrisch geworden.

»Ja«, antwortete sie.

Er sah sie verständnislos an und entfernte sich ein paar Schritte in Richtung des leuchtenden grünen Aufzugs.

»Vorsicht! Fisch«, rief sie.

Er sprang zur Seite. Ein großer blauer Chirurgenfisch war aus der Tiefe erschienen und mit einem Klirren rieb er seinen gelben Schwanz an der Oberfläche des virtuellen Wassers. Kevalam schaute zu, wie das wunderschöne Wesen in die Dunkelheit der Tiefe verschwand.

Durch die Überraschung war so etwas wie eine Lücke zwischen seinen Gedanken entstanden, in der er sich plötzlich im Nirgendwo befand. Ein Moment der Klarheit. Im Hier und im Jetzt. Flüchtig, aber erkennbar. Er ertappte sich, dem Boden in Dankbarkeit ein kaum wahrnehmbares Lächeln zu schenken.

Saruj beobachtete ihn und schmunzelte.

Im Aufzug angelangt, fragte ihn Saruj sacht: »Du?«

Er visualisierte eine Acht in seinen Gedanken, und schon spürte er, wie die Kabine in der grünen Säule nach oben glitt. »Schon toll«, sagte er, mit sich selbst ein wenig befriedet und auch ein wenig stolz.

»Hey, hast du dein Hemd nicht mehr gefunden?«, sagte sie, als sie seine nackte Brust unter seiner Jacke bemerkte.

Er senkte gespielt reumütig den Kopf.

»Ist doch egal«, meinte sie amüsiert.

Als sie in die Wohnung kamen, war Onyx noch wach und damit beschäftigt, einen Laserstrahl einzurichten, der einen großen Kasten und eine durchsichtige Sphäre verbinden sollte. Sie hatte das Paar hereinkommen gehört und beide mit einer kurzen Handbewegung begrüßt.

»Der Grund, dass die Androids zur Sexualität nicht wirklich taugen, ist, dass sie lediglich auf Befehle reagieren«, erklärte sie, ohne sich zu ihren Gästen umzudrehen. »Menschen, die sich lieben und sich in der Sexualität voll hingeben, denken nicht: Meine Hand muss jetzt diesen Körperteil berühren. Es geschieht von selbst. Mane braucht dem Körper nicht bewusst Befehle zu erteilen, er tut es. Und weiß genau, was er zu tun hat. Einere Androidi nicht. Ihme muss man alles genau erklären. Das ist ein wesentliches Problem.«

»Androids können sich de facto nicht in Trance versetzen«, bemerkte Saruj, noch von ihrem Tanzerlebnis mit Kevalam beseelt.

Onyx nickte kurz und fuhr mit ihrem Gedankengang fort: »Es würde auch nichts bringen, Androids mit Zufallsdaten zu füttern. Willkür ist ja nicht, was die Schönheit eines Kusses ausmacht. Ich sehe noch keine andere Möglichkeit, als sie mit Befehlen zum Agieren zu bringen. Zahlen. Programmierte Anweisungen und einprogrammierte Reaktionen auf die Aufforderungen des menschlichen Partners. Da geht etwas verloren: das Intuitive. Was der Körper tut, wenn man ihn sich in Ruhe ausdrücken lässt. Ja, Saruj, sich in Trance begeben. In Ekstase.«

Onyx hatte sich jetzt zu ihren Gästen gewandt. »Wollt ihr mir einen Gefallen tun?«

»Klar«, antwortete Saruj.

»Worum geht es denn?«, fragte der vorsichtigere Kevalam.

»Gut«, begann Onyx. »Diesen Kasten habe ich mit Fabris zusammen entwickelt. Damit können wir Küsse erfassen. Die aufgenommenen Rohdaten werden in Echtzeit durch einen Laserstrahl an Eva weitergeleitet.« Onyx zeigte dabei auf die elektrostatisch leuchtende Sphäre, die wenige Zentimeter über einem metallischen Pad schwebte.

»Oh«, flüsterte Saruj berührt. »Das ist sie …«

Die Androidenspezialistin nickte kurz. »Eva wandelt die empfangenen Daten in ein holographisches Modell um. Das Ganze wird mein grundsätzliches Problem nicht unbedingt lösen, aber irgendwo will ich ja beginnen.«

»Und du möchtest, dass wir uns in dieser Box küssen, ist dies deine Bitte?«, fragte Kevalam ein wenig skeptisch.

»Genau«, antwortete Onyx und lachte kurz »Frisch Verliebte sind ideale Versuchskandidaten. Allerdings seid ihr mein erstes Paar. Den Kasten haben Fabris und ich heute Nacht fertig gebastelt. Perfektes Timing für ein erstes Kussexperiment.«

»Wo ist er?«, fragte Saruj.

»Gerade vor ein paar Minuten abgedüst«, antwortete Onyx. Sie zeigte auf zwei Stühle, die schon auf beiden Seiten des Kastens bereitstanden. »Seid ihr dabei?«

Saruj nahm Platz und lächelte Kevalam, der noch zögerte, einladend an.

Er lächelte zurück und sagte galant: »Wie könnte ich einen Kuss von dir ablehnen«, und setze sich ihr gegenüber.

Onyx holte eine Sprühflasche. Ihre Münder und Zungen sollten mit einer fluoreszierenden Flüssigkeit überzogen werden. »Ob das Zeug gesund ist, kann ich euch nicht versichern, aber ihr werdet es schon überleben«, warnte sie die beiden. »Morgen ist alles verdaut. Ha!«

Schockiert riss Kevalam seine Augen groß auf und alle drei lachten.

Die Entwicklerin erklärte dem Paar, dass die Partikel, die in der leicht klebrigen Flüssigkeit enthalten waren, ein Tracking-Verfahren erlaubten. Sie sollten deshalb während des Eichprozesses am Anfang des Experiments ihre Köpfe perfekt stillhalten. Innerhalb weniger Sekunden würden die Millionen Partikel, die auf ihren ›Kussapparaten‹ lagen, erfasst und gekennzeichnet. Da nur deren Abstände zueinander sich während des Küssens verändern würden, konnten die Bewegungen genau erfasst werden. Der Ablauf des Kusses würde von Eva in Quellcode transponiert und somit in einen Androiden einprogrammierbar werden.

Nach der Kalibrierung ihrer Münder und Zungen schlüpften beide mit ihrem Kopf in die Öffnungen des Kastens und hielten dann still. Onyx berührte dann leicht ihre Schultern, um ihnen zu signalisieren, dass sie mit dem Kuss beginnen konnten. Ihre Münder berührten sich erst leicht, wartend, dass die Lust erwachte. Im Raum wurde die Matrix ihres Kusses holographisch projiziert. Die Liebenden vergaßen schnell den Kasten, verloren in ihrem gegenseitigen Genuss. Am Ende des Experiments lehnten sie sich beide zurück, erfüllt.

Harmonische, minimalistische elektronische Musik ertönte. Alle drei schwiegen, die friedliche Stimmung genießend.

Saruj warf Kevalam erst einen Blick zu, dann Onyx und schließlich wieder ihm. »Wollt ihr es beide probieren?«, fragte sie leise.

Kevalam zuckte, unbehaglich. »Ich weiß nicht, Saruj.«

Onyx wartete und sagte nichts.

»Du musst nicht, Kevalam«, beruhigte ihn Saruj. »Es war nur so eine Idee.«

»Wie sieht es aus mit dir?«, fragte er Onyx.

Sie lächelte ihn an. »Wie könnte ich einen Kuss von so einem schönen Wesen wie dir ablehnen«, antwortete sie.

Er lächelte zurück.

Onyx zeigte Saruj, worauf sie bei der technischen Bedienung achten sollte. Dann übernahm Saruj das Besprühen mit der Eichflüssigkeit, und das neugebildete Paar widmete sich dem Kussexperiment. Am Ende fragte Onyx Kevalam, wie es für ihn war, und ob er den Unterschied zwischen beiden Küssen beschreiben wolle.

Er nahm sich Zeit, bevor er antwortete. »Bei dir, Onyx, habe ich das Gefühl, dass ich Dinge tue.«

»Du denkst an die Technik?«, fragte ihn Onyx sanft.

Er überlegte. »Ja, vielleicht … Mit Saruj fühlt es sich an, als ob ich zu Hause wäre. Ich muss nichts tun, es geschieht von allein. Ich tue nichts. Ja, so fühlt es sich an.«

Onyx nickte verständnisvoll. »Das ist das Geheimnis der Liebe. Das Gehirn wird wie ausgeschaltet, es kontrolliert nichts mehr. Und das ist genau die Schwierigkeit meines Vorhabens. Androids können nicht ihr Gehirn abschalten und zugleich handeln.«

Erneut blieben alle drei still. Die Musik entwickelte sich allmählich in ein rhythmischeres Stück, welches zum Tanzen einlud. Onyx stand auf und begann, sich mit geschlossenen Augen auf der Stelle leicht zu bewegen. Kevalam schaute ihr dabei gelassen zu. Er spürte, wie die Müdigkeit dabei war, nach und nach seinen Körper zu ergreifen. Er unterdrückte ein Gähnen. Schlafen wollte er jetzt noch nicht. Ihm war es wichtiger, die Ungezwungenheit dieses Moments noch ein wenig zu genießen.

Plötzlich rief Saruj: »Ich hab's Leute, ich hab's!«

Die zwei anderen drehten sich zu ihr.

»Ich weiß, wie man es lösen kann«, fuhr sie fort. »Ich weiß es. Hört zu!« Sie war total aufgeregt. »Wenn mane sich wirklich im Tanz versinken lässt und zulässt, dass der Körper selber entscheidet, was er tun will, dann ist das der Moment, in dem man in eine Trance kommt, stimmt's? So definiere ich zumindest Trance. Oder Ekstase beim Sex. Und das sind besondere Momente. Weil der Körper ansonsten stets der Sklave des Gehirns ist, auch wenn es manchmal sehr subtil ist. Ich denke gerade an Situationen, in denen man im Autopilotmodus ist und Dinge automatisch tut. Wie Fahrradfahren oder so. Aber jetzt egal.

Wenn also der Körper sich vom Diktat des Gehirns befreit, tut er genau, was für ihn richtig ist. Dabei kann er sich nicht verletzen. Im Gegenteil, er kann sich nur heilen. Trance ist genau das: Heilung. Ein Akt der Liebe vom Körper mit sich selbst.« Saruj war aufgestanden. Wie so oft, wenn sie besonders enthusiastisch wurde, kam ihr französischer Akzent deutlicher hervor und ihre Hände wurden aktiver.

Onyx, obwohl sie sehr konzentriert zuhörte, musste deshalb ein wenig schmunzeln.

»Jetzt kommt's aber«, warnte die Francofon. »Weil einere Androidi nicht in der Lage ist, sihn ›Gehirn‹ abzuschalten, zu bypassen sozusagen, braucht sier eine Vorlage. Mit der Kussvorlage, die wir vorhin aufgenommen haben, wird es schwierig. Einerseits müsste mane, damit es nicht immer der gleiche Kuss ist, ständig neue aufnehmen, und überhaupt wäre der Kuss nur wiederholbar, wenn sich zwei Androids küssen würden – was schon witzig wäre, aber uns nicht weiterbringt.« Sie hob einen Finger nach oben. »Nun. Was haben wir heute im E-Berg gehört, wenn nicht lauter perfekte Trance-Vorlagen?« Sie legte eine Pause ein.

Onyx schaltete die Musik aus. Ein Puzzlestück fehlte noch, und sie ahnte schon, welches, wollte es jedoch von Saruj hören.

»Nyx«, fuhr diese fort, »ein gut aufgebautes Trance-Musikstück – sei es elektronisch oder ursprünglich –, eine klassische Komposition also, mit Vorspiel, Entwicklung, Höhepunkt und Nachklang, das wäre doch die ideale Vorlage. Eine Partitur, Nyx. Eine Kusspartitur. Verstehst du, was ich meine?«

Die Entwicklerin lächelte sie breit an. »Ich verstehe hundertprozentig, was du meinst, Saruj, und ich finde die Idee großartig.«

Saruj seufzte. »Allerdings macht das alles vielleicht nur Sinn in der Theorie und taugt null in der Praxis …«

»Deine Idee ist romantisch genug, dass ich ihr nachgehen möchte«, beruhigte sie Onyx. »Erfahrungsgemäß habe ich meine besten Ergebnisse erzielt, wenn ich meiner Intuition gefolgt bin, auch wenn diese Visionen im Endeffekt nur als Zündung gedient haben, um die Suche in eine bestimmte Richtung zu lenken.«

»Schön wäre, wenn man währenddessen noch die Möglichkeit hätte, das Musikstück zu hören«, fügte Kevalam hinzu, der zwar die Zweifel von Saruj teilte und dennoch von ihrer Idee angesteckt war. »Schön wäre es auch, wenn man sich in einer Kussbibliothek eine bestimmte Partitur aussuchen könnte. Wie ein Dirigent würde man die Interpretation des Stücks während des Kusses beeinflussen. Klare Bitten äußern, die zeitgleich dazu implementiert würden.«

»Im Grunde ist das Äußern von Wünschen das Einzige, was jetzt hilft, damit ein Androiderenkuss überhaupt erträglich wird«, sagte Saruj und brach dann in Gelächter aus.

»Sind sie denn so miserabel?«, fragte er.

»Alles nur Technik. Millimetergenau.« Sie schüttelte den Kopf, konsterniert. Ihre Zeit mit Pythagore hatte sie nur genießen können, weil sie unendlich in ihn verliebt war und insgeheim die Hoffnung pflegte, er würde sich mit viel Zeit und Geduld verbessern.

Kevalam unterdrückte abermals ein Gähnen. Onyx schlug vor, sich zum Schlafen zu begeben. Nach einer wohltuenden, warmen Dusche legten sie sich zu dritt nackt in ihr Bett. Kevalam hatte mittlerweile ein Stück Vertrauen gewonnen und verstanden, dass dies selbstverständlich war und ihn keineswegs zu irgendetwas drängte.

Das Licht erlosch.

»Gute Nacht«, sagte er.

»Träumt was Schönes«, antwortete Onyx.

Saruj hatte in der Dunkelheit die Augen noch offen. Etwas brannte in ihr. Sie musste es loswerden: »Was Androids fehlt, ist das Göttliche. Das Wort Gott ist nicht unbedingt meins, aber egal. Jetzt Achtung! Da Musik ein göttlicher Ausdruck ist, empfangen Musikers, während sie komponieren, diese göttliche Botschaft. Indem Androids diese Musik nachspielen, öffnet sich für sie ein Spalt in der Tür zum Göttlichen. Zur Liebe also.« Sie schmiegte sich an Kevalams Körper. »Gott ist Musik … Gott ist Klang. Aber natürlich … dein Buch, Kev … H2O, H2O, H2O … das war nicht genug … der Klang hat uns gefehlt …«

Ihre Augen fielen zu. »Der Klang …«, murmelte sie noch, bevor sie einschlief.

ICH SAGE JA

Onyx hatte nicht schlafen können. Die Idee von Saruj hatte sie solange verfolgt, bis sie doch wieder aufgestanden war. Überlegt hatte sie, die Kussvorlage von ihren neuen Freunden in Mikrobewegungseinheiten zu zerlegen, denen sie jeweils einen bestimmten Klang zuweisen würde. Damit wäre sie in der Lage, eine Musikpartitur in eine Kusspartitur zu transponieren. Dann würde sie Hal25 ihre ›Kusstheorie‹ einprogrammieren und er schließlich – ähnlich wie ein Pianist eine Musikpartitur in einem Bewegungsablauf auf den Tasten eines Klaviers interpretiert – jede beliebige Kusspartitur lesen und in einen Kuss übersetzen können.

Sie hatte die Matrix des Kusses von Saruj und Kevalam in den Raum projiziert und überlegte sich eine Vorgehensweise, wie sie die komplexen Kussbewegungen zu einfachen Bewegungselementen reduzieren könnte. Mit einer dezenten Handgeste nach links spulte sie die letzten Sekunden zurück, bewegte dann ihre offene Hand nach vorn, um das Bild zu vergrößern, und mit einer leichten Zeigefingerbewegung nach rechts ließ die ausgesuchte Abfolge ein weiteres Mal abspielen. Alles hätte sie telekinetisch ausführen können, aber diese manuellen Gesten unterstützten ihr Denken und befriedigten ihre kinästhetische Ader. Weitere Küsse würde sie sicher noch benötigen. ›Zukunftsmusik‹, dachte sie und musste schmunzeln.

In ihre Gedanken vertieft, hörte sie ein Murmeln: »Wie viel Uhr ist es denn?«

Es war Kevalam.

Beiläufig bestellte sie telepathisch das Bild einer Uhr auf die untere Seite des vor ihr stehenden Hologramms. »Kurz nach elf.«

»Was?«, rief er. »Ich habe meinen Dienst verschlafen!« Er sprang aus dem Bett und suchte hektisch nach seiner Kleidung.

»Beruhige dich. Es ist eh zu spät.«

»Seit wann bist du denn wach? Warum hast du mich nicht geweckt?«

»Kevalam, wir sind um fünf ins Bett gegangen. Ich hatte einfach nicht das Herz, dich schon um halb sechs zu wecken. Einen übermüdeten Helfer braucht mane so oder so nicht in der Bäckerei. Stell dir vor, du würdest Mehl mit Salz verwechseln.« Sie kicherte.

Kevalam wusste nicht mehr so recht, was er jetzt tun sollte, und stand halb bekleidet herum. »Verdammt. Ich hätte hingehen und mich später hinlegen können!«

»Jetzt ist es so«, sagte Onyx pragmatisch. »Ich finde, du solltest noch ein wenig ruhen. Es ist alles kein Problem.« Sie drehte sich wieder zu dem im Raum virtuell stehenden Hologramm.

Kevalam war immer noch unentschlossen, was er jetzt tun sollte. »Warum bist du schon wach?«

»Aha, unser Reporter ist wieder am Ball. Wie du sehen kannst, analysiere ich euren Kuss. Ich suche nach Mustern und wie mane diese in kleine Baustücke zerlegen kann.«

»Wäre es nicht einfacher, erst mit unserem Kuss zu beginnen?« Er wurde nachdenklich. »Eigentlich weiß ich nicht genau, warum ich das jetzt gesagt habe.«

»Hm«, erwog sie. »Ja, unser Kuss ist vielleicht weniger im Fluss und es könnte in der Tat einfacher sein, damit zu beginnen. Keine schlechte Idee. Dank dir, Kevalam.«

Saruj war von dem Gespräch wach geworden. »Was ist los?«, grummelte sie.

»Kevalam hat seinen Dienst verpasst«, antwortete Onyx.

»Wen wundert's«, bemerkte Saruj und streckte sich wie eine faule Katze.

Kevalam hatte sich inzwischen doch entschieden, wach zu bleiben und war dabei, ein frisches Hemd anzuziehen. »Es ist überhaupt nicht meine Art«, fluchte er.

»Sollen wir zusammen frühstücken gehen?«, bot Saruj an, die gähnend aufgestanden war und konsterniert dem leeren Stuhl anschaute, auf dem am Tag zuvor Kevalam ihre Sachen sorgfältig zusammengelegt hatte.

»Wo ist mein Kleid?«, fragte sie in den Raum.

Onyx hatte sich zu den beiden gedreht. »Ach, ich habe die Kleidung, mit der ihr gekommen seid, gestern in die Wäscherei gebracht. Sie war ziemlich verdreckt. Ich hole sie ab.«

Sie ging zu Tür. »Die Wäscherei ist im Keller. Ich bin in ein paar Minuten wieder da«, rief sie noch beim Verlassen der Wohnung.

Der Kuss war noch als Matrix zu sehen und Saruj schaute ihn sich interessiert an. Sie fand es verwirrend, dass er ihr als Projektion so fremd erschien. »Findest du es irgendwie … erotisch?«, fragte sie ihren Freund.

Er gab ihr keine Antwort. Er hatte sein Versagen noch nicht verdaut und konnte sich nicht auf ihre Grübeleien einlassen. Er schämte sich einfach zu sehr.

Gemeinsam hatten sie entschieden, in der kleinen Datakantine frühstücken zu gehen, die sich im Hinterhof des Datasub befand. Eine Gruppe von Jugendlichen saß draußen am Wasser vor dem Eingang des flachen Gebäudes beim Plaudern. Hal 25 war dabei. Onyx näherte sich der Gruppe und nach einer herzlichen Begrüßung nahm die Entwicklerin den Androiden zur Seite und fragte ihn, ob er in den kommenden Wochen ein wenig von seiner Freizeit für sie einräumen konnte. Nach einem ›Selbstverständlich‹ seitens des Androiden und einem kurzen Austausch von Lächeln bedankte sie sich bei ihm und entfernte sich von der Gruppe. Die Einfachheit der Kommunikation mit Androiden genoss sie immer wieder.

Das Faible der Datasub für Science-Fiction-Filme und insbesondere für Star Trek war in deren Kantine nicht zu übersehen. Sie hätte wunderbar als Filmkulisse für ein Restaurant auf dem Raumschiff ›Enterprise[1]‹ dienen können. Aus den Fenstern, die zu Bullaugen

[1] Eine Raumschiffserie in den Star Trek Filmen

umgebaut waren, konnte man einen Blick ins Universum werfen und von Zeit zu Zeit Kometen oder sogar Raumschiffe an einem vorbeifliegen sehen. Nur ein Bullauge war zum inneren Hof hin geöffnet. Durch die Stille dieses Bildes wirkte es aber so, als ob ausgerechnet dieser Fensterblick gemalt gewesen wäre. Einfach irreal.

Auf der einen Seite des Raumes waren eine Reihe von Lebensmitteldruckern und weiterer Küchenroboter an einer Wand über einer langen Theke angebracht. Arme hingen von oben herab und bereiteten Speisen nach den Wünschen der Gäste zu. Kevalam wählte die Klingon-Orgie, die Francofon den Picard-Chic und Onyx, die nie morgens aß, holte sich einen Getreidekaffee aus einem der Schläuche eines Borg[2].

Um hohe durchsichtige Glaskohlenstofftische herum standen, aus gleichem Material angefertigt, Barhocker mit Lehnen und Abstellflächen für die Füße, die sich geräuschlos in ihrer Höhe und Neigung telekinetisch anpassten, wenn man sich hinsetzte – ohne dass ein Interface dazu benötigt wurde. Die dunkelrosa Sitze waren mit einer dicken, weichen, schaumartigen Mycelium[3]-Schicht bedeckt und außerordentlich bequem. Die drei Freunde suchten sich einen freien Tisch in der Nähe eines geschlossenen Bullauges aus.

Saruj und Kevalam bewunderten ihre Teller. Der Picard-Chic bestand aus einem Croissant mit Erdbeerkonfitüre und einem Ei, und die Klingon-Orgie aus einem Haufen von Keulen, die aussahen, als würden sie von einem unbekannten Wesen stammen.

»Ist es vegan?«, fragte Saruj verunsichert.

»Sicher«, antwortete Onyx. »Alles gedruckt.« Sie lachte. »Die Optik ist ein wenig speziell, ansonsten ist nichts Ungewöhnliches dabei. Hafer,

[2] Die Klingonen sowie die Borg sind außerirdische Lebensformen aus Star Trek Serien und Jean-Luc Picard, einer der kommandierenden Offiziere, der auf der Enterprise gedient hat.

[3] Pilzfasern werden als Rohstoff benutzt. Sie wachsen schnell, brauchen wenig Wasser und sind beliebig formbar. Damit kann Leder produziert werden, sowie Schaumstoff oder Holzersatz.

Hirse, Leinsamen, Kichererbsenmehl und so weiter und sofort.«

»Und die Schale vom Ei?«, wollte Saruj noch wissen.

»Gehärtetes Pulver aus verschiedenen Mineralien. Unter anderem Kalzium und Magnesium. Die gelbliche Farbe wird durch das Zufügen von Kurkuma erzeugt. Die Schale ist zum Mitessen gedacht und äußerst gesund.«

»Sind die Knochen dieses Aliens auch essbar?«, fragte Kevalam.

»Ja. Auch eine Mineralien-Mischung. Das Mark besteht großteils aus Agar-Agar. Ihr Lieben, alles, was auf euren Tellern liegt, könnt ihr essen. Haut rein.«

Vorsichtig köpfte Saruj ihr Ei und steckte die Kappe in ihren Mund. »Mmh«, wunderte sie sich. »Lecker.«

»Meins schmeckt wie Hühnchen«, stellte Kevalam fest.

Onyx lachte. »Wir haben hier einen uralten Koch, der noch Fleisch gekannt hat und schwer begeistert über Monate an seinen Kreationen bastelt.«

»Wie Hühnchen?«, fragte Saruj überrascht. »Wie kommst du drauf, Kev?«

Kevalam wirkte verlegen.

»Er kommt doch aus der Vergangenheit, Saruj«, rettete ihn Onyx. »Wir leben ja erst seit ein paar Dekaden vegan.«

Saruj hätte gern nachgefragt, aber es war in dieser Zeit nicht angebracht, ungebeten in den privaten Geheimnissen anderer herumzubohren. Menschen sollten sich öffnen, wenn sie dazu bereit waren. Sie drehte sich zu Onyx. »Seit wann wohnst du hier, Nyx?«

Die Entwicklerin musste kurz überlegen. »Ich bin mit zwanzig gekommen und jetzt im zwölften Jahr. Ich komme aus dem Süden der Germanofonie. Aus den Bergen.« Sie wandte sich kurz Kevalam zu. »Früher Österreich.«

»Vermisst du sie?«, fragte Saruj, die selber aus den Pyrenäen kam und Berge überaus liebte.

»Wir haben doch hier das E-Berg«, antwortete Onyx und lachte.

»Nein, ich vermisse sie nicht wirklich. Die Bergen sind in meinem Herzen geblieben. Für immer bei mir. Ich war Nomads, als ich hier angekommen bin, und nach drei Monaten war es schon klar, dass ich mein Zuhause gefunden hatte. Das Willkommensjahr im Kiezlokali brauchte ich nicht mal. Es gab zufällig einen Platz im Datasub und ich habe mich sofort mit den Coders hier prima verstanden.«

»Hattest du schon mit Coding zu tun?«, fragte noch Saruj.

»Ja. Schon als Kind hat es mich fasziniert. Nicht das Coden an sich, das mag ich nicht besonders – ob ihr es glaubt oder nicht – aber das Forschen, vor allem was künstliche Intelligenz betrifft, zog mich an. Begonnen habe ich mit einfachen Gadgets. Wobei ich allerdings doch das Coden gelernt habe.« Sie lachte kurz. »Meine letzte Kreation, bevor ich ausgezogen bin, war das HPS. Zum Glück wohnten in meinem Geburtslokali ein paar Entwicklers und Bastlers, die mich in meinen ersten Schritten liebevoll begleitet haben. Ich habe, glaube ich, eine ideale Kindheit genossen. Ich kann wirklich nicht klagen.«

Kevalam und Saruj horchten sie aufmerksam zu. Beide hatten eine komplizierte Vergangenheit hinter sich und fanden es fast mysteriös, dass es anders verlaufen konnte.

»Hast du dein HPS dabei, Saruj?«, fragte Onyx.

Sie holte das streichholzschachtelgroße Gerät aus ihrer Kleidertasche heraus und reichte es ihr.

Die Entwicklerin warf einen Blick auf die Einstellungen des Geräts. »Tatsächlich. Die erste Ausführung meiner Kollektion, die Nummer eins. Fari hat sich in dich verliebt. Ha!«

»Ich dachte, er wäre schwul«, wendete Saruj ein.

»Das glauben die meisten. Fari ist ja ein ganz besonderer Mann.«

»Hast du etwas gegen heterosexuelle Männer?«, fragte Kevalam, ein wenig eingeschnappt.

»Es gibt viele tolle Männer.« Onyx lachte kurz. »Sieh dich doch an.«

Kevalam blickte zu der letzten Keule in seiner Hand. Um seine Verlegenheit zu vertuschen, riss er ein Fleischstück heraus, als ob er ein Wilder aus der Urzeit gewesen wäre. Er kaute es genüsslich, während die zwei Frauen ihn amüsiert beobachteten.

»Wie viele HPS gibt es?«, fragte Saruj.

»Das weiß ich wirklich nicht. Am Anfang – ich war noch sehr jung – habe ich genau verfolgt, wie viele HPS nach meinem Entwurf nachgebaut wurden und was genau verbessert wurde. Irgendwann war ich jedoch in andere Projekte verwickelt und habe mich für ›meinen Erfolg‹ nicht weiter interessiert. Selber gebaut habe ich fünf Exemplare. Ganz alleine allerdings nicht. Wie schon erwähnt, befand ich mich – und das tue ich immer noch – in einem sehr unterstützenden Umfeld.«

Kevalam hatte Onyx aufmerksam zugehört, und natürlich hatte er eine Frage. Das Wort Willkommensjahr war ihm noch fremd. Onyx erklärte ihm, dass es, um einer Gemeinschaft beizutreten, den Konsens aller Einwohner bedürfe. Das Willkommensjahr war eingeführt worden, damit die Neuankömmlinge genug Zeit hatten, die Gewohnheiten der Gemeinschaft kennenzulernen. Erst dann würde man in der Lage sein festzustellen, ob es sowohl für den Neuen als auch für die anderen passte. Das Prinzip des Willkommensjahres war sehr verbreitet, wenn auch nicht überall praktiziert und in jeder Gemeinschaft anders gestaltet.

In dem E-Berglokali war es so geregelt, dass man erst um ein Willkommensjahr bitten konnte, wenn man mindestens eine Woche Schnupperzeit am Ort verbracht hatte. Anschließend würde man sich, falls ein Gästezimmer für ein Jahr zur Verfügung stand, nach und nach mit Hilfe eines Bewohners als Begleiter mit den Gewohnheiten der Gemeinschaft näher vertraut machen. Am Ende dieser Zeit wurde per Konsens entschieden, ob ein endgültiger Beitritt Zuspruch bekam.

»Was mich betrifft«, berichtete Onyx, »war ich erst drei Monate Gästin, als zufällig meine aktuelle Wohnung frei wurde. Die Familie, die damals drin wohnte, hatte entschieden, nach Afrika zu ziehen, um sich einem KI-Kooperationsprogramm anzuschließen. Da ich schon in ein paar Projekte involviert war, plädierten die Coders dafür, dass ich diese Wohnung, die sich auch noch in dem Datasub befand, sofort bekam.

Nach dem Motto: Dieser Zufall sei ein gutes Omen und ich sei hier unentbehrlich geworden. Es war natürlich ein wenig übertrieben.« Sie lachte kurz. »Es wurde im Konsens reibungslos entschieden, dass ich kein ganzes Willkommensjahr brauchte. Nur sollte meine Begleiterin Emma mir für die Restzeit zur Seite stehen. Was sie nach zwölf Jahren, zumindest in meinem Herzen, weiterhin noch tut.«

»Hast du in der Wohnung lange allein gelebt?«, fragte Kevalam.

»Nein, ich habe mich bald nach meinem Einzug verliebt ...« Onyx lächelte. »In eine junge Frau aus der Nippofonie[4]. Karumi[5] heißt sie, und sie ist wohlgemerkt auch ohne Willkommensjahr bei mir eingezogen. Man ist in Gemeinschaften generell nachsichtig, wenn Liebe im Spiel ist.«

»Wo ist sie jetzt?«, fragte er vorsichtig.

»Im Bluemoonlokali«, antwortete die Forscherin.

»Bei Fari?«, fragten Saruj und Kevalam gleichzeitig.

»Genau, und deshalb seid ihr zu dem HPS gekommen. Vor zwei Jahren ist Karumi dorthin gezogen. Natürlich mit dem HPS, das ich ihr geschenkt hatte. Fari ist etwa zur gleichen Zeit auch dort hingezogen, und als Waldbetreuer und Ornithologe brauchte er den HPS mehr als sie.«

»Vielleicht wollte Karumi nichts mehr von dir besitzen«, erwog Kevalam.

»Das glaube ich nicht. Wir sind nicht im Streit auseinandergegangen.«
Er schaute sie verständnislos an.

»Warum zusammenbleiben, wenn es sich nicht mehr richtig anfühlt? So oder so wollte Karumi nicht mehr in der Innenstadt leben, sie wollte es grüner haben, ruhiger. Am Rand von Berlin ist es für sie perfekt. Ich persönlich liebe den Trubel der Stadt. Er ist, glaube ich, meine Hauptnahrung. Mir ist es auch wichtig, in einem Haus zu leben, wo mein Schaffen nicht als Hirngespinst betrachtet wird und hinter jeder Tür

[4] Früher als Japan bekannt

[5] [[kaʀuːmi] Leichtigkeit oder Süßigkeit auf Japanisch

Menschen stehen, die mich gern in meinen Vorhaben unterstützen. Ich komme zurzeit mit meinem Singledasein wunderbar zurecht.«

»Vermisst du sie nicht?«

»Sie ist in meinem Herzen, wie die Berge. Wunderschöne Erinnerungen, die ich sehr schätze, jedoch nicht vermisse.« Sie lenkte ab. »Fari sehe ich dafür sehr oft. Er ist mit seiner Forschung über das Verhalten von Rabenvögeln in Stadtgebieten beschäftigt. Wenn er sich dafür in Berlin-Innenstadt aufhält, wohnt er bei uns.«

»Braucht er das HPS nicht mehr?«, wunderte sich Saruj.

»Anscheinend war es ihm wichtiger, dir eine Freude zu bereiten«, antwortete Onyx.

»Er hat sich doch in dich verliebt«, pointierte Kevalam.

»Genau«, bestätigte Onyx und lachte.

»Irgendwie … ist es doch ein wenig kontraproduktiv, auf Vogelbeobachtung zu gehen, wenn mane ganz in Gelb angezogen ist«, sagte Saruj, aus Interesse sowie um dieses seltsame Gespräch zu umgehen.

»Die Frage habe ich ihm auch gestellt«, bemerkte Onyx.

»Und? Was hat er geantwortet?«, forschte Saruj nach.

»Er geht davon aus, dass es genau richtig ist. Dass er von seinen lieben Vögeln schnell erkannt wird und es für seine Beziehung mit diesen hochintelligenten Wesen von Vorteil ist.«

Kevalam war aufgestanden und hatte für die zwei Frauen und sich Kaffee aus den Schläuchen des Borg geholt. Mit der scheinbar allgegenwärtigen Auffassung, dass ein Konsens zwischen Hunderten von Menschen selbstverständlich sei, war er noch schwer am Grübeln.

»Was geschieht, wenn ein Konsens nicht getroffen werden kann, was den Einzug eines Neuankömmlingers betrifft?«, fragte er, nachdem er die drei Tassen auf den Tisch gestellt hatte.

Onyx legte beide Hände um ihre warme Tasse. »Kevalam, wenn mehrere damit ein Problem haben, dann auch deinere Neuankömmligere. Wer möchte schon dort wohnen, wo sier nicht willkommen ist?

Wenn jemande wirklich hier leben möchte, öffnet sier sich für die

Gemeinschaft, zeigt sich mit sihnen Schwächen und Problemen. Der Wunsch nach innerem Wachstum, das ist, was zählt.

Wenn jemande sich aber nicht sicher ist, ob unsere Gemeinschaft für ihne die richtige ist, bleibt sier in einer Rolle stecken. Es entsteht keine Nähe und die Konflikte, die früher oder später sowieso anstehen, können dann nur schwer gelöst werden. Worauf ich hinaus möchte, ist, dass Fälle, in denen jemande nach dem Willkommensjahr hier einziehen möchte und kein zustimmender Konsens seitens der Gemeinschaft entsteht, extrem selten sind. So etwas habe ich persönlich noch nie miterlebt. Meistens wird es schon nach wenigen Wochen für beide Seiten offensichtlich, ob es passt oder nicht. Beidseitig. Nicht jedere findet Geschmack an unserer Lebensart. Manche finden zum Beispiel unser Fingerprintsystem veraltet.«

»Was es auch ist«, unterstrich Saruj.

»Möglich«, räumte Onyx ein. »Das System als überholt zu betrachten, ist aber kein Grund dafür, hier nicht leben zu können. Es ist momentan einfach nicht unsere Priorität, dies zu ändern. Wir bräuchten erst eine potente Alternative, mit der wir mit unseren Gäste, deren Anzahl täglich das Dreifache von uns Lokols ausmacht, zurechtkommen. Wenn also jemande alles doof findet, unsere derzeitigen Regeln partout nicht akzeptiert und keine praktikable Lösung dafür anbieten kann, ist es hier nicht sihn Platz. So oder so, wenn so eine radikale Ablehnung vorhanden ist, geht es meist um etwas Tieferes. Entweder öffnet sich dide Mensche, weil sier hier leben will ,oder sier findet Gründe, um hier nicht bleiben zu wollen.«

»Gibt es wirklich keine Fälle, in denem eine einzige Person, warum auch immer, sich dem Konsens widersetzt?«, insistierte Kevalam.

»Ausnahmen gibt es immer, Kevalam.« Onyx lächelte ihn geduldig an. »Nun, falls sich lediglich einere einzige Mensche dagegen äußert, ist es eine besondere Situation. Es wird nach den Wurzeln einer möglicherweise gegenseitigen Abneigung gesucht. Im Spielforum unter anderem. Schamanische Sitzungen für beide Beteiligten können auch Wunder bewirken. Nicht selten durfte ich beobachten, wie Menschen, die sich erst nicht leiden konnten, hinterher zu Freunden wurden.«

»Gibt es nie unlösbare Antipathien?«, fragte er, immer noch skeptisch.

»Wenn es um Neid oder um Eifersucht geht, kann es schon tückisch werden. Das betrifft allerdings nicht nur Neuankömmlingers, sondern uns alle. Unter anderem deshalb werden regelmäßig Spielforen veranstaltet. Und zwar vorbeugend, also bevor Konflikte überhaupt eskalieren können. Im Herzlokali zum Beispiel finden solche Treffen jeden Morgen statt, immer in Gruppen von zwanzig bis dreißig Leuten. Und zwar morgens um acht. Im Datasub wäre dies absolut undenkbar.« Sie lachte. »Wenn alles glattgeht, treffen wir uns höchstens einmal im Monat und meist wird nur über Projekte geredet. Sonderlings sind bekanntlich faule Socken, was Gruppentreffen betrifft. Und umso schlimmer, wenn es darum geht, sich vor anderen zu öffnen.«

»Was sind Spielforen?«, fragte der Reporter, der offenbar ein großes Interesse an zwischenmenschlichen Disharmonien zeigte.

»Grob erklärt, geht es darum, sihnen emotionellen Zustand in der Gruppe spielerisch auszudrücken durch Bewegungen, Tanz, Geräusche, Worte … wie auch immer. Das Spielforum ist allerdings nur eines unserer vielen Konfliktbewältigungswerkzeuge. Als Angebot haben wir dazu noch Mediationen, Aufstellungen, Friedenskreise, Blindmalen, tiefes Zuhören, Kontakttänze und, und, und. Schlammbäder, Schreien im Wald, Kissenschlachten, kontrollierten Schlafentzug, bewusstseinserweiternde Substanzen gehören auch dazu. Ein riesiges Areal an Möglichkeiten. Hochspannend. Wenn Menschen bereit sind zu wachsen, finden sich immer Wege.«

»Und wenn sie es nicht sind?«

»Wenn sie nicht bereit sind, sich zu öffnen? Dann wird es schwierig. Wenn aber jemande dauerhaft keinen Anschluss findet, wird ihne sihn Leidensdruck früher oder später dazu bringen, sich Hilfe zu suchen. Jemande kann natürlich entscheiden, als Einsiedlere im Wald zu leben. Wenn sier aber dort nicht glücklich wird, wird es an der Zeit sein, sich zu überlegen, ob wirklich immer die anderen die Blöden sind oder ob es mit einem selbst etwas zu tun haben könnte … Tja, wenn mane dies schon mal erkannt hat, steht dem Wachstum in der Gemeinschaft kaum mehr etwas im Wege.«

»Hast du selbst eine Lieblingsmethode?«, fragte er neugierig.

»Hm … Es kommt drauf an, wofür …« Sie dachte nach. »Ach, ja. Mir fällt etwas ein. Ha! Als Karumi entschieden hat wegzuziehen, gab es schon eine recht unangenehme Spannung zwischen uns. Wir haben eine Woche lang kein einziges Wort miteinander ausgetauscht, obwohl wir noch zusammenwohnten. Unsere Entscheidung für die Trennung stand zwar fest, aber mit so einer Stimmung wollten wir es tief drinnen beide nicht …«

Die Bewohner des Kiezlokali hatten dem Paar eine ›Friedenspfeife‹ vorgeschlagen. Für die Gestaltung dieses Ereignisses hatten sie sich besonders viel Mühe gegeben. In wenigen Wochen hatten sie eine fünf Meter hohe Kugel gebaut, die gleich einem Hamsterrad zum Kreiseln gebracht werden konnte, wenn man darin lief.

Im Ball-Inneren wurde ein holographisches Labyrinth projiziert, das sich mit den Bewegungen der riesigen Kugel stets änderte. Da Gehbewegungen in einer Sphäre in allen Richtungen möglich sind, wurde es für beide Frauen zu einem tückischen Balanceakt. Sie hatten sich natürlich fürchterlich gestritten, bevor sie einsahen, dass sie nur, wenn sie miteinander kooperierten und ihre Bewegungen in ständiger Absprache anpassten, den Ausgang des labilen Labyrinths finden würden.

Als sie ihre Aufgabe gemeistert hatten, wurden sie ins E-Berg für die eigentliche Friedenspfeife eingeladen. Es wurde zusammen mit allen Bewohnern des Lokali getanzt und sowohl ihre gemeinsame Zeit als auch ihre beiden bevorstehenden getrennten Lebensabschnitte mit einigen rührenden und auch lustigen Reden zelebriert. Beide Frauen hatten das Ende der Nacht bekifft in einer der Nischen des Klubs mit Erzählen, Heulen und Lachen verbracht.

Onyx blieb eine Weile still und trank schluckweise ihren Kaffee, der aufgrund der vielen Fragen von Kevalam kalt geworden war. Plötzlich lachte sie.

Kevalam schaute sie fragend an.

»Ich denke an deine Frage, ob es mit Konsens mal Schwierigkeiten gibt. Wir haben hier eine lustige Ausnahme. Unser Fabris, der wahrscheinlich jetzt erst langsam aus den Federn kommt.« Sie lachte erneut. »Er ist immer dagegen. Ich meine: immer. Obwohl wir ihm in seiner Kindheit – er ist ja im Herzlokali geboren – wirklich die ganze Palette an Konfliktbewältigungswerkzeugen vor die Füße gelegt haben.«

»Müssen auch Kinder ihr Einverständnis geben?«, fragte Kevalam verdutzt.

»Sicher. Nach ihrem Einverständnis werden schon Kleinkinder gefragt. Und egal wie alt es ist, wird es sehr ernst genommen, wenn ein Kind, das üblicherweise mit Veränderungen gut umgehen kann, laut ein Nein verkündet. Fabris gehört definitiv nicht zu dieser Kategorie. Wenn es um den Eintritt neuer Gemeinschaftlers geht, ist er immer dagegen.«

Fabris war vor allem als Kind Neuankömmlingen mit extremer Ablehnung begegnet. Seine Feindseligkeit grenzte an Panik. Es ging soweit, dass er schon mal allen angekündigt hatte, den Friedensstörer umzubringen oder sich selbst. Wenn er nach einem Anlass für seine Einsprüche gefragt wurde, konnte er nie etwas Konkretes erläutern. Sein Vetorecht galt deshalb nicht, und dies weckte in ihm starke Rachegelüste. Er fand es beschämend, keine Begründung für seine Hassgefühle zu finden. Diese wiederum waren echt und quälten ihn tatsächlich. Der Fremdling wurde – falls er Glück hatte – wochenlang ignoriert. Falls Pech, versuchte Fabris ihn mit abwertenden Blicken oder niederträchtigen Kommentaren zu verjagen. Er tat alles, um ihn zu destabilisieren, zu provozieren, und dies, hoffte er, bis zur finalen Explosion. Er musste unbedingt etwas finden, was an dem Fremdling nicht stimmte, eine Berechtigung, ihn aus der Gemeinschaft loswerden zu wollen.

»Es war für uns echt ein Geduldsakt, den Jungen nicht für sein Verhalten zu ermahnen«, erinnerte sich Onyx.

»Es wäre aber sinnvoll gewesen«, echauffierte sich Kevalam. »Ein

Minimum an Anstand soll doch bestehen, auch wenn man jemanden nicht mag.«

»Es hätte ihn nur in sein Verhaltensmuster gedrängt. Indem er offiziell als das Problem deklariert gewesen wäre, hätte mane in ihm nur mehr Ressentiment hervorgerufen. Es wäre für ihn wie ein Angriff gewesen. Er hätte sich noch mehr ausgeschlossen gefühlt, gedemütigt vielleicht. Uns ging es darum zu verhindern, dass sein Verhalten ein fester Bestandteil seiner Identität wird.«

»War es aber schon, oder?«

»Es geht um Fokus. Wenn jemande eine Etikette auf die Stirn geklebt bekommt, wird sier diese bedienen müssen, und ihme wird damit die Möglichkeit genommen, sich zu ändern. Es war uns wichtiger, Fabris zu bestätigen, dass mit ihm alles in Ordnung ist, dass wir ihn verstehen und lieben. Dass also seine Stellung in der Gemeinschaft nicht gefährdet ist und er die Wahl hat, zu sein, wie er will, ergo auch jederzeit die Möglichkeit für ihn besteht, dieses verfahrene Muster aufzugeben. Uns geht es nicht darum, sein Bedürfnis nach Sicherheit zu negieren, wir bieten ihm lediglich Alternativen dazu an …« Sie schaute zu der Eingangstür hin, die gerade geöffnet wurde. »Aber wenn mane vom Wolf spricht …«

Fabris, der gerade in den Raum geplatzt war, guckte sich nach links und rechts um und bewegte sich dann in großen Schritten zu ihrem Tisch, seinen Kopf zur rechten Seite, fast bis zur Schulter geneigt, was bei ihm bedeutete, dass er die Fremden entdeckt hatte und sie mit Skepsis empfing.

»Hallo lieber Fabris, geht es dir gut?«, fragte ihn Onyx einladend.

»Ich sage ja«, antwortete er prompt, seinen Blick auf die beiden Fremdlinge geheftet.

»Oho«, bemerkte Onyx erstaunt. »Eine Zustimmung von dir so früh am Tag. Das freut mich sehr. Ha!«

»Emma hat mir gestern eine Hausaufgabe verpasst. Ich soll eine Woche lang mit allem einverstanden sein.« Er schüttelte den Kopf, um seinem Missmut Ausdruck zu verleihen, und musterte weiterhin die beiden Gäste.

Bevor er aber den Mund aufmachen konnte, fragte ihn Kevalam: »Und wenn ich dich bitte, aus dem Fenster zu springen, sagst du auch ja?«

»Ich sage ja«, rief der Jugendliche, bevor er schnurstracks zu dem einzigen geöffneten Bullauge lief und hinaussprang.

Obwohl die Datakantine im Erdgeschoss lag, schaffte er es, so zu springen und sich dabei zu bücken, dass er tatsächlich komplett verschwand.

Wenige Sekunden später kam er wieder durch die Tür zu der kleinen Gruppe und setzte sich ungefragt mit an den Tisch. Kevalam hatte jetzt den Button an seiner Brust entdeckt, einen Star Trek-Kommunikator[6], und betrachtete ihn interessiert.

Fabris, der seinen Blick wahrgenommen hatte, schaltete ihn mit einem Handstreich an. »Onyx? Darf ich mich zu euch setzen?«

Obwohl Onyx ihren Mund nicht bewegte, hörte man ihre Stimme aus dem Kommunikator, ein wenig flacher als sonst, aber dennoch täuschend echt, seine Frage beantworten: »Du sitzt ja schon. Ja, Fabris, natürlich. Du bist willkommen.«

Ein leises Zischen ertönte.

»Hm«, äußerte Fabris konsterniert. »Sie hat mich abgewimmelt.«

»Fabris«, protestierte Onyx. »Du stehst gerade vor mir. Du weißt genau, wie ungern ich mit solchen Gadgets spiele.«

»Sagt ausgerechnet die Androids-Göttin im Kiez«, erwiderte er. »Sind deine Maschinenmenschen keine Gadgets?«

Onyx verdrehte die Augen. »Kevalam, Saruj, ich stelle euch unseren lieben Fabris vor.« Und dann: »Fabris, die zwei sind unsere Gäste.«

Fabris nickte kurz und fragte: »Für wie lange noch?«

[6] Ein Funk-Gerät, das in den Star Trek Serien verwendet wurde

Unerwartet antwortete Kevalam: »Saruj und ich überlegen hierherzuziehen. Wir würden gern demnächst eine Schnupperwoche hier verbringen und bei euch übernachten. Wäre es für dich in Ordnung?«

Onyx und Saruj wunderten sich über diese Aussage, ließen es sich aber nicht anmerken. Fabris beobachtete die zwei Fremdlinge misstrauisch, wippte von einem Fuß auf den anderen, sichtlich verunsichert.

»Du sollst ja sagen, hat Emma gesagt«, äußerte Onyx mit einem gestellt mahnenden Blick.

»Ich sage ja.« Daraufhin stand er auf und, den Kopf auf die rechte Schulter gepresst, ging er wortlos zur Essenstheke.

Onyx hatte sich gedankenverloren auf ihrem Stuhl zurückgelehnt.

»Und? Habt ihr eine Alternative gefunden?«, fragte Kevalam.

Sie reagierte erstmal nicht. »Ach, ja … Fabris. Du bist wirklich ein hartnäckiger Reporter, Kevalam.« Sie lachte kurz. »Mit Humor und viel Liebe haben wir es geschafft, dass er nicht bei jeder Veränderung systematisch das gesamte Szenario durchzuleben braucht. Wir tun so, als ginge es um ein Muster aus früheren Zeiten, das er jetzt meisterhaft im Griff hat. Es braucht trotzdem eine Weile, bevor er mit Neuankömmlingers warm wird, aber niemande leidet mehr zu sehr.«

»Wie geht ihr jetzt konkret mit ihm um bei einer Konsensabfrage?«

»Tja … nachdem er seinen Unmut gezeigt und viel Aufmerksamkeit bekommen hat, beruhigt er sich und es endet mit einem gebrummelten ›von mir aus‹. Mittlerweile sind seine Neins eine Art Running Gags geworden und bringen alle Lokols dazu, erst einmal laut zu lachen. Wir fragen ihn trotzdem, ob er da ein konkretes Anliegen hat – hat er nie –, dann wird er umarmt und ihm wird zugesichert, dass alles gut gehen wird.«

Kevalam dachte einen Moment nach. »Was ist sein Problem?«

»Eine Form des Autismus, nehmen wir an. Wahrscheinlich ist er deshalb beim Coden so außergewöhnlich begabt. Ein richtiger Hellseher. Er hat mir erzählt, dass er im Quellcode träumt. Ha! Für ihn sind Zahlen Romane. Science-Fiction-Romane natürlich. Der Fluss und die

Logik der Geschichte müssen aber ganz genau stimmen. Er rastet regelrecht aus, wenn er meinen chaotischen Code liest. In solchen Situationen lasse ich es ihn einfach korrigieren, dann ist sofort wieder Ruhe im Karton.« Ihr Blick folgte einem orangefarbenen Ferengi-Raumschiff, das an einem der Bullaugen vorbeiflog, mit einem liebevollen Lächeln auf den Lippen. »Nein. Es sind keine Romane … Code ist für ihn Musik. Wenn er eine falsche Note liest – im Grunde hört –, schmerzt es ihn so sehr, dass er durchdrehen muss.« Und nach kurzer Stille. »Ihr Lieben, wollen wir aufbrechen?«

Die zwei nickten einverstanden und alle standen auf. Kevalam brachte ihre benutzten Teller und Tassen zur Waschanlage, eine Alienfigur, die etliche Arme besaß und das Geschirr in ihre offene Brust steckte. Beim Weggehen beobachte Saruj, wie Fabris sein Tablett auf einen Tisch stellte, wo Q, auch eine Figur aus Star Trek, saß. Das Hologramm streckte ihm die Hand entgegen.

»Kann man Hologramme schon anfassen?«, fragte Saruj Onyx beim Hinausgehen.

»Das klappt noch nicht perfekt, aber das wird«, antwortete sie ein wenig stolz. »Es geht um das Erzeugen widerstandsfähiger Flächen durch bestimmte Frequenzen, eine recht komplizierte Geschichte. Ein leichter Händedruck geht schon ganz gut, aber wenn man es härter angeht, bricht die Holographie an der Stelle zusammen, und es endet damit, dass mane seine eigene Hand drückt.«

Onyx führte die Gruppe auf die andere Seite der Brücke und dann weiter am Fluss entlang.

Nach einer Weile stillen Gehens fragte Saruj: »Ist mit Fabris in der Kindheit etwas schiefgelaufen?«

»Nicht wirklich«, antwortete Onyx. »Nur ist er der Erstgeborene, und nach ihm kamen schnell zwei Zwillingsbrüder, die zu Beginn sehr viel Aufmerksamkeit brauchten und sich später noch dazu als besonders umgänglich entpuppten. Es könnte sein, dass er sich wie das hässliche Entlein gefühlt hat und jetzt unbewusst die Zeiten vermisst, in denen alles noch gut war, also vor der Geburt seiner Brüder. Es könnte sein, dass diese ungünstige Kindheitsgeschichte – zusätzlich zu seinem mutmaßlichen Autismus – der Grund dafür ist, dass er so allergisch auf Veränderungen reagiert, besonders dann, wenn neue Leute zu uns ziehen. Sie bedrohen die Harmonie und den Frieden, welche er mit sehr viel Mühe mit den anderen aufbauen konnte. Reine Spekulation meinerseits.

Auf alle Fälle, als Karumi ausgezogen ist, haben mich seine überforderten Eltern und auch manche Herzlokols regelrecht angefleht, ihn bei mir aufzunehmen. Er war damals siebzehn, und da er schon als Junge bei uns regelmäßig abgehangen hat und es überdeutlich war, dass er der Welt der Coders angehörte, habe ich zugestimmt. Ich mag Sonderlings und finde ihn eigentlich pflegeleicht. Zuhören, anlächeln, regelmäßig umarmen und alles klappt prima.«

»Vielleicht sieht er dich als Mentorin oder sogar als eine Mutter?«, bemerkte Kevalam.

»Hm … hoffentlich eher als eine große Schwester.« Sie lachte kurz.

»Warum ist er nicht auf den nomadischen Weg gegangen?«, fragte er noch.

»Der Weg vom Herzlokali zum Datasub war sein größter Reisewunsch. Mit anderen Sonderlings leben eben.«

»Kann er dir nicht mit deiner Zerteilungsproblematik helfen?«, fragte Saruj.

»Nein, noch nicht, das ist momentan zu abstrakt. Er würde sicherlich damit beginnen, das Ganze in Frage zu stellen. Ob es überhaupt sinnvoll ist und was weiß ich noch was. Mit solchen Einwänden hat er es damals geschafft, mich auf die Palme zu bringen. Mittlerweile sehe ich es eher als Bereicherung, aber es soll in homöopathischer Dosis bleiben. Gerade brauche ich es wirklich nicht. Wenn ich aber eine klare Vorstellung haben werde, wie die Zerteilung stattfinden soll, werden wir uns wieder wunderbar ergänzen. Ein paar lange Nächte stehen uns bevor.«

Daraufhin blieb sie stehen und zeigte nach oben.

Aus den zwei letzten Stockwerken des Gästehauses ragten acht riesige Schläuche aus recyceltem bunten Plastik: die Medusa. Wo man im Fluss landete, wenn man sich in einen ihrer Schläuche traute, wussten nur die Stammbesucher, weil die Haare der Medusa in komplizierten Bahnen miteinander verstrickt waren. Es gab auch eine kleine Medusa für kleinere Kinder oder Nichtschwimmer. Ihre kürzeren Haare ragten aus dem ersten Stock eines weiteren Hauses. Die Landung erfolgte in einem Becken, welches im Fluss eingebaut war und mit einer federnden Plane direkt unter der Wasseroberfläche ausgestattet war. Sowohl für die große als auch für die kleine Medusa waren Außentreppen an den Wänden beider Häuser angelegt.

»Ihr Lieben«, sagte Onyx. »Ich möchte mich gern ein paar Stunden eurem Kuss widmen. Oder unserem.« Sie warf Kevalam ein Augenzwinkern zu. »Wollt ihr hierbleiben?«

»Wir haben nichts zum Schwimmen dabei«, erwähnte Kevalam.

»Ihr werdet in der Umkleidekabine ganz oben genug saubere Badeanzüge finden. Lasst uns, wenn es euch recht ist, um halb drei unten vor dem Datasub treffen. Wir sind mit Emma im E-Dom verabredet.«

»Oh, danke. Darauf freue ich mich sehr«, sagte Kevalam.

»Großartig«, bestätigte Saruj. »Und viel Spaß beim Spähen«, fügte sie scherzhaft hinzu.

RAUS AUS DER MATRIX

Die drei Freunde hatten sich wie vereinbart vor dem Datasub eingefunden und waren auf dem Weg zum E-Dom, der sich hinter der alten Zugstation befand. Onyx hatte ein Geschenk für Kevalam dabei: einen KMR-Ring. Damit konnte er sich wecken lassen und würde seine Verpflichtungen nie wieder verpassen.

»Sehr aufmerksam von dir, Onyx«, bedankte er sich erfreut. »Ist der Stein ein Onyx?«

»Gut erkannt«, antwortete sie. »Du kannst mit deinem Ring mit allen kommunizieren, die mit einem KMR, einem Holofon und sonst noch etwas ausgestattet sind. Allerdings nur per Stimme. Wenn du per Gedankenübertragung kommunizieren möchtest, brauchst du ein Interface, das im Kopfbereich liegt. Einen Ohrring, ein Halsband oder eine Brille zum Beispiel. Oder du erlernst Telepathie. Dafür bin ich aber hier nicht die Expertin«, fügte sie hinzu und deutete mit einem Blick auf Saruj.

»Wie funktioniert es?«, fragte er.

»Auf den Stein drücken zum Ein- oder Ausschalten. Das bringt allerdings nur etwas, wenn du bei dem IFK angemeldet bist.« Sie lächelte. »IFK: Interfonisches Forum für Kommunikation. Mich findest du unter: Miss O Datasub.«

»Weißt du zufällig, ob der Name Kevalam schon vergeben ist?«

»Ja, Kevalam ist schon vergeben. Ich habe ein wenig recherchiert und herausgefunden, dass der andere Kevalam etwa um die fünfzig ist. Seine letzte öffentliche Aktivität liegt aber gut zwei Dekaden zurück. Ein merkwürdiger Vogel scheint er zu sein …«

Sie bemerkte nicht, dass Kevalam auf einmal nervös wirkte, und wandte sich ihrer neuen Freundin zu: »Dafür ist Saruj frei.«

Die lebenslange Nomadin schaute sie verständnislos an.

»Du weißt ja, dass du mit deinem HPS auch erreichbar bist, oder?«

»Oh, das habe ich nicht gecheckt«, murmelte Saruj, unentschieden, wie sie mit dieser Neuigkeit umgehen sollte.

»Mit einem kurzen Druck auf den Einschaltknopf ist die Navigation aktiv«, fuhr die Entwicklerin unbeirrt fort, »mit einem längeren auch der eingebaute KMR.«

»Wie werden die Gespräche transportiert?«, fragte Kevalam, der sich schon wieder gefangen hatte und zufrieden seine mit dem Ring geschmückte Hand bewunderte. »Früher waren die Wellen, die für den Transport von Informationen benutzt wurden, für die Gesundheit bedenklich, oder?«

»Besonders milde ausgedrückt«, bemerkte Onyx und rollte mit den Augen. »Anstatt künstliche Wellen zu erzeugen, werden jetzt die natürlich existierenden Wellen geritten, die sich überall um uns herum befinden. Ñ-Wellen genannt, mit einer Tilde auf einem großen N.« Beim Erklären zeichnete sie eine Welle in die Luft. »Die extrem niedrigen Frequenzen der Ñ-Wellen befinden sich im selben Bereich wie die telepathischen Wellen, nur werden sie durch ein Interface gedolmetscht.«

Brauchen wir irgendwann nicht mehr, schoss es Saruj durch den Kopf.

»Du musst weder die KMR-Funktion einschalten, noch dich beim IFK melden, Saruj«, erinnerte sie Onyx, die das Dilemma ihrer Freundin – ohne ihre Gedanken lesen zu können – verstanden hatte.

Saruj schaute sie an und nickte nicht ganz überzeugt.

Das Trio war gerade an einer U-Mag-Rampe vorbeigegangen.

»Was habt ihr aus den alten unterirdischen Bahnschächten und Stationen gemacht?«, fragte Kevalam. »Sie bieten doch Unmengen an Platz.«

»Und dieser wird vielseitig benutzt«, antwortete Onyx. »Primär als Lager für alles Mögliche. Plastik, Metall oder nicht wiederverwendbarer Sondermüll aus früheren Zeiten. Manche Strecken werden mit Teer aus den alten Straßen zugeschüttet und allem, was aus den Gebäuden und den Hochhäusern, die gesprengt wurden, nicht recyclebar war. Isoliermaterial und weitere Giftstoffe.«

»Warum wurden Häuser gesprengt?«, fragte er interessiert.

»Weil sie auf geopathogenen Böden gebaut worden sind, ohne Rücksicht auf die Qualität ihrer Erdenergie und auf ihre Beschaffenheit. Menschen wurden häufig krank, weil sie sich in ungünstig platzierten Gebäuden lange aufhielten. Eine systematische Untersuchung mit Wünschelruten hätte solche Fehlplanungen verhindern können, leider gehörte dieses Wissen zu jenem, welches lange als Aberglaube lächerlich gemacht und verpönt wurde. Dazu wurde beobachtet, dass, wenn viele Menschen übereinander wohnen, sie öfter an Angstzuständen und Depressionen leiden. Deshalb werden keine Hochhäuser mehr gebaut. Und da sich während der Transition die Einwohneranzahl in Großstädten drastisch verringert hat, werden dort nicht mehr so viele Wohnungen wie früher gebraucht.«

Onyx erklärte noch weitere aktuelle Nutzungen der Schächte. Ein langer, gerader Tunnel wurde zu einem Quantenphysiklabor umgestaltet, in anderen Schächten wurden Pilze großflächig gezüchtet oder Terra Preta hergestellt. Der Hauptbahnhof war zu einem exotischen Frucht- und Gemüseglashaus geworden und der Bahnknoten am Alexanderplatz ein monumentales aquaponisches Labyrinth: das Aqualab. Die Schächte der unteren Etagen boten Platz für luftdichte Glasröhren, in denen die Besucher spazieren und die Wasserwelt beobachten konnten. Mit ein wenig Glück entdeckte man zwischen den Fischen, die selbstverständlich jederzeit zur Spree zurückschwimmen konnten, einen Taucher. Auf der obersten Etage des Aqualab gedieh der riesige aquaponische Garten. Dort wuchsen viele Salatarten, Gurken, Mangold, Kräuter und mehr. Und natürlich entstanden in den alten unterirdischen Nahverkehrsstrukturen regelmäßig neue Klubs oder weitere kulturelle Veranstaltungsorte.

Onyx zeigte mit dem Arm auf einen Bahnhof. »Die Station ist jetzt das Museum für Zeitreise und Allzeitanthropologie.«

»Das hört sich interessant an«, sagte Kevalam begeistert. »Wann ist es geöffnet?«

»So gut wie immer. Das Museum ist übrigens überwältigend. Riesig und extrem kompakt gestaltet. Ein kurzer Schlenker dorthin würde jetzt wenig Sinn ergeben. Wir werden bei Emma erwartet.«

Er nickte verständnisvoll.

Hinter der Bahnunterführung befand sich das Heilhaus. Ein imposanter Komplex, in dem die modernsten medizinischen Technologien, bioenergetischen Heilmethoden sowie Bildungs- und Forschungsprojekte vereint unter einem Dach kooperierten. Auf der Eingangstafel stand das Bekenntnis eines Chirurgen aus den Vogesen, datiert von 2012:

Bevor ein Kind während einer Operation verblutet, rufe ich eine Heilerin oder einen Heiler. Ich verstehe nicht, warum die Blutung dann aufhört, und werde es wahrscheinlich niemals verstehen. Wenn es aber um das Erhalten eines Lebens geht, sind meine persönlichen Glaubenssätze irrelevant.

»Wie hieß dieser Chirurg?«, fragte Kevalam

»Es spielt keine Rolle«, antwortete Onyx schlicht.

Eine Glastür öffnete sich vor der kleinen Gruppe. Inmitten der zylindrischen Halle gedieh ein prachtvoller Nussbaum. Die innere Fassade des kreisförmigen Gebäudes war mit wildem Wein und weißen Kletter-Hortensien bedeckt, die Schutz für nistende Vögel boten. Aus einem Wasserbecken, das sich an den Rand dieser riesigen grünen Säule schmiegte, konnte man Wasser plätschern hören oder das Geräusch eines Fisches, der zwischen Seerosen herumsprang. Rechts und links vom Eingang war jeweils ein geräumiger Außenaufzug an der Innenfassade angebracht.

Emma erwartete sie ganz oben, auf Höhe der aufgesetzten Kuppel. Genau in ihrer Mitte schwebte eine runde Plattform. Erreichbar sowie gesichert war diese durch acht Graphenstege, die wie die Beine einer riesigen Spinne nach oben gebogen waren. Emma hatte die Androiden des Kiezlokali bereits untersucht, und die fünf nackten Maschinenmenschen waren gerade dabei, sich auf der Plattform unter der Lichtdusche aus Sonnenlicht und künstlichem Tageslicht im Kreis zu positionieren.

Kevalam fragte Onyx diskret: »Wäre es nicht sinnvoller, wenn sie ihre Lichtdusche während der Mittagssonne nehmen würden?«

»Im Winter klappt das sogar, weil die Androids früher frei haben. Der Klub macht ja in der kalten Jahreszeit viel früher Schluss«, erklärte sie ihm. »Aber ja, in der Tat wäre es besser so das ganze Jahr über.« Sie lächelte ihn an. »Ich werde deinen Vorschlag bei der nächsten Gelegenheit einbringen. Danke dafür.«

»Was wird hier getuschelt?«, fragte die Androidenpflegerin, während ihr das Trio entgegenkam.

»Nichts akut Wichtiges.« Ihre Schützlingin lächelte. »Guten Tag, liebe Emma, darf ich vorstellen? Saruj, Nomadin. Kevalam, Zeitreisender. Er ist offensichtlich als Reporter unterwegs und wundert sich, dass wir keine subkutanen Chips mehr tragen. Ich dachte, du als Zeitzeugin wärst für ihn die ideale Gesprächspartnerin.«

»Oho, ein Zeitreisender«, freute sich Emma. »Aus welcher Zeit, wenn ich fragen darf?«

»2012«, murmelte Kevalam und schaute anschließend auf den Boden, um sich vor weiteren Fragen zu schützen.

»2012? Der offizielle Beginn der Transition und außerdem mein Geburtsjahr«, sagte die Androidenpflegerin begeistert. »Spannend, spannend. Und wie bist du zu uns gekommen?«

Der junge Mann im Anzug inspizierte weiter seine Schuhe, offenbar verlegen.

»Hm. Nicht besonders gesprächig, unser Reporter. Schade, schade.«

Ein Unbehagen machte sich breit. Kevalam hatte diskret den Arm von Saruj angestupst, um ihr zu signalisieren, dass er doch lieber gehen wollte.

Emma hatte seine Geste bemerkt und sich entschieden, den Jugendlichen nicht zu enttäuschen. »Die großflächige Implantation von RFID-Chips unter der Haut fand während der Zwanziger Jahre statt«, begann sie zu erzählen. Doch dann unterbrach sie sich. »Aber kommt bitte herein, ich möchte hier nicht an der Tür stehen bleiben. Wollt ihr einen Tee?«

Ohne auf eine Antwort zu warten, lud sie ihre Gäste in den Raum ein und ging zu einer von Kinderzeichnungen bedeckten Kommode, aus der sie vier bunt bemalte Tassen herausholte, passend zu der offensichtlich auch von Kinderhand angefertigten Porzellankanne, die schon auf dem Tisch wartete.

Kevalam suchte sich auf dem Halbrundsofa den Platz aus, von dem er am besten beobachten konnte, wie die Androiden mit hochgestreckten Armen im Licht wogten, als ob sie die Lichtdusche lustvoll über sich ergehen ließen. In gemächlichem Tempo servierte Emma Tee für alle, nahm anschließend ihre heiße Tasse in die Hände und lehnte sich zurück, den dampfenden Duft des Getränks genießend.

»Frischer Rosmarin«, sagte sie und zeigte auf ein vertikales Beet, das sich auf der Fassade des runden durchsichtigen Baus befand. »Stärkt Gedächtnis und Konzentration.«

Kevalam brauchte ein wenig Zeit, um den Rosmarin zu entdecken, der zwischen Tomaten, Basilikum und einigen merkwürdigen Kunstobjekten wuchs.

»Ja, alles Geschenke von meinen Kindern.«

Ihr eigener Nachwuchs hatte sich längst auf der Welt verteilt, dafür war sie stets von Kindern und Jugendlichen umgeben. ›Ein besonderes Privileg‹, sagte sie oft in Dankbarkeit über die liebevollen Beziehungen, die sie mit den jungen Menschen pflegte.

Die alte Dame vergewisserte sich, dass alle einen bequemen Platz gefunden hatten. Zufrieden trank sie dann einen Schluck, roch noch einmal an ihrer Tasse, stellte diese zurück auf den Tisch und lächelte.

Dann begann sie aufs Neue mit ihrer Erzählung: »Das Einsetzen des subkutanen Bodychips ist nie eine Verpflichtung gewesen …« Sie unterbrach sich erneut. »Allerdings, junger Mann, wenn du aus dem Jahr 2012 kommst, hast du ja den großen Coup nicht miterlebt.«

Er schaute sie verständnislos an.

»Das ist ja wirklich schade«, fuhr sie fort. »Ich kann dir nur von Herzen empfehlen, in deine Zeit zurückzureisen und noch gut zwei Jahrzehnte dort zu verbringen. Großes Kino war damals angesagt.« Sie lachte und wurde schnell wieder ernst. »So lustig war es auch wieder nicht …«

Den Blick nach oben gerichtet, überlegte sie, wie sie diese komplexe Geschichte angehen wollte. Wie für sich sagte sie: »Dass sich der Bodychip früher oder später durchsetzen würde, war allerdings zu deiner Zeit schon absehbar.« Sie wandte sich dann Kevalam zu. »Die Technik war da, die Anwendungsgebiete vielfältig, die Profit- und Kontrollmöglichkeiten gigantisch. Der feuchte Traum der Regierungen und Großkonzerne. Nur verlief die Verbreitung des Chips stockend. Zwar hatten ihn schon manche Unternehmen bei ihren Mitarbeitern eingeführt, einige Klubs für ihre Stammgäste als Hype angepriesen …

Aber die Akzeptanz der Leute, sich einen Fremdkörper unter die Haut implantieren zu lassen, blieb sehr verhalten. Die Befürchtung jedoch, dass der Chip die Säule einer weltweiten Überwachungsgesellschaft werden könnte, hatten die allerwenigsten. Die Menschen liebten ihre Freiheit und ihre Demokratie viel zu sehr. Solch ein dystopisches Szenario würde sich nie und niemals etablieren können. Alles paranoide Vorstellungen. Tja …«

Sie atmete ein, hob dabei ihre Augenbrauen und presste ihre Lippen zusammen. Dann öffnete sie diese wieder und seufzte. »Wenige Jahre später änderte sich alles. Ein Virus verlieh dem System den langersehnten fehlenden Katalysator – den ultimativen Beschleuniger. Der Erwägung allerdings, ob die ganze Geschichte das Ergebnis einer weltweiten diabolischen Verschwörung oder nur auf ekelerregenden Opportunismus zurückzuführen und die Seuche lediglich der Hilferuf einer gefolterten und erschöpften Natur war, möchte ich jetzt keine Beachtung schenken. Fakt ist, dass ein Stückchen RNA es schaffte, die Hemmschwelle der Menschen gegenüber Kontrolle, Überwachung und körperlicher Unversehrtheit in einer Rekordzeit zu pulverisieren. Ein Virus, ohne Nationalität, das jedere Mensche, unabhängig von sihner Herkunft gefährden konnte …«

»Wie ein böses Alien«, rutschte es Saruj heraus.

Emma schaute sie amüsiert an. »Ja …vielleicht hat in einem Paralleluniversum eine Alien-Invasion als Katalysator gedient.« Sie roch nachdenklich an ihrer Tasse, trank ein wenig, stellte achtsam das Gefäß auf den Tisch und nahm ihren Faden wieder auf. »Für das Wohl der ältesten Menschen in der Bevölkerung, welche die Seuche bevorzugt befiel, wurden – und zwar weltweit – drastische Sicherheitsmaßnahmen angeordnet, durchgeführt und ziemlich widerspruchslos akzeptiert.

Solidarität war das magische Wort, das alle und vor allem das Herz der gutmütigen Jugend wie ein Magnet anzog. ›Leave no one behind‹ – und schon gar nicht die Oma. Eine moralische Erpressung, die den kritischen Sinn der meisten ausschaltete. Sich den angeordneten Maßnahmen der Regierung zu ergeben, war die einzig richtige Haltung. Koste es den Zerfall der Mittelschicht, die Abschaffung der Kultur, das Ende des Soziallebens, die Traumatisierung einer gesamten Zivilisation und den Hungertod von Millionen Menschen weltweit. Alle zusammen als Helderen in die Katastrophe – für die Solidarität.«

Sie öffnete ihre beiden Hände in einer Geste der Machtlosigkeit. »Im Grunde genommen ging es zunächst darum, Solidarität zu zeigen mit genau jenen Menschen, die in Zeiten des Kapitalismus, nicht selten mit schweren Gewissensbissen, in Altersheimen ›entsorgt‹ – und manchmal leider dort vergessen wurden. Weil mane keine Zeit hatte. Weil mane seine Kindheitstraumen nicht bearbeitet hatte. Weil man Angst vor der Konfrontation mit Krankheiten hatte. Letztendlich auch Angst vor dem Tod und der Beschäftigung mit ihm. Tief im Unterbewusstsein jedoch hatte mane sie nicht vergessen … Im Herzen klaffte eine eitrige Wunde … Die Schuld …« Mitfühlend hielt sie inne.

Ihr Blick fiel auf eine rosagefleckte, giftgrüne Schlange aus Pappmaché, die auf ihrer linken Seite von der Decke herabhing. Ein Geschenk von Sidoine, als sie noch ein kleines Mädchen war.

Sie lächelte. Sie fühlte sich so dankbar. Vor einer Abschiebung in ein Sterbehaus brauchte sie sich nicht fürchten. Es gab keine mehr. Auch wenn sie an Demenz erkranken sollte, eine Krankheit, die allerdings nur noch selten auftrat, würde sie weiterhin in ihrem Lieblingslokali bleiben dürfen und von den Gemeinschaftsbewohnern würdevoll betreut werden. Eine Sicherheit, auf die sich alle verlassen konnten, vom ersten bis zum letzten Atemzug.

Sie wandte sich langsam ihren Zuhörern wieder zu. »Auf einmal hatte mane die Chance, der Welt zu beweisen, dass mane sihne Eltern doch liebte. Indem mane sich ein Stück Stoff vor die Nase band, sie nicht mehr besuchte und alleine sterben ließ.« Man konnte ein wenig Bitterkeit in ihrer Stimme hören. »Gefragt wurden sie nicht. Zu ihrem Schutz wurden sie bevormundet.« Sie legte die flache Hand vor den Mund.

Es sah aus, als ob eine fremde Hand die alte Dame von hinten zum Schweigen gebracht hätte. Zumindest hatte Saruj dieses Bild gesehen. Ihr Atem stockte. Sie hatte zwar mehrmals die Geschichte der Seuchewellen von Zeitzeugen gehört, tat sich jedoch jedes Mal schwer zuzuhören, so sehr nahmen diese Erzählungen sie mit.

Emma behielt eine Weile ihre Hand auf ihrem Gesicht, bevor sie diese langsam auf ihr Kinn hinuntergleiten ließ und Saruj in Verbundenheit anlächelte. »Maskierte Gesichter. Kein Lächeln. Keine Berührungen ... Menschlichkeit war wie illegal geworden.

Lehntest du die vorgeschriebenen Sicherheitsmaßnahmen ab oder kritisiertest du bloß ihre Willkür, wurdest du als unsolidarisches Monster bezeichnet. Oder direkt als Mördere beschimpft. Einere verantwortungslose Idiotere, dide mane für das Wohlergehen der Herde beim ersten Ausrutscher am besten zu denunzieren hatte. Die Verweigereren wurden dafür beschuldigt, dass die Maßnahmen immer schärfer wurden. Sie waren schuld daran, dass diese mit Bußgeldern und

Polizeigewalt durchgezogen werden mussten, schuld an dem Zerfall der Ökonomie, schuld am Tod der Großeltern, schuld an allem. Hätten sie doch alle von Anfang an brav mitgemacht, wären wir von den sich aneinanderreihenden Seuchewellen verschont geblieben, wurde ihnen vorgeworfen.

Aus der Fraktion der Verweigereren wurden denjenigen, die die Verordnungen für richtig hielten, ähnliche Vorwürfe entgegengebracht. Ihr stilles Mitmachen hatte es erlaubt, dass die Maßnahmen durchgezogen werden konnten … Ihr Mitmachen war doch schuld am Abbau der Freiheit … und, und, und.

Einander zuhören konnte niemande mehr.«

»Ich verstehe etwas nicht«, rief Saruj. Sie musste sich aktiv an dem Gespräch beteiligen, um ihre Betroffenheit in den Griff zu bekommen. »Warum haben die Menschen ihre Gemeinsamkeit nicht erkannt? Angst hatten sie doch alle. Entweder um ihre Sicherheit oder um ihre Freiheit. Sie hätten sich doch gegenseitig zuhören können, sich gegenseitig trösten. Es hätten doch nicht so viele leiden und sterben müssen …«

Emma entschied, nicht auf ihre Frage einzugehen. Die junge Frau kannte die Antwort, das wussten sie beide. Die Kommunikationskultur war in den damaligen Zeiten einfach nicht ausgeprägt genug gewesen, um solch extreme Spannungen zwischen den entstandenen Fronten aufzufangen. Die Zeitzeugin wollte außerdem bald zu der eigentlichen Frage des vermeintlichen Zeitreisenden, die den Chip betraf, kommen. Die traurige Entwicklung und die horrenden Konsequenzen der Seuchewellen mochte sie ihren Zuhörern lieber ersparen. Es hätte sowieso zu viel Zeit in Anspruch genommen.

Sie fuhr fort: »Die Menschen waren voneinander getrennt. Zerstritten. Verstummt. Finanziell in die Knie gezwungen. Weltweit eskalierte die Lage. Alle litten. Alle wollten nur noch eins, und zwar zurück zur Normalität. Also her mit der Impfung. Her mit dem Immunitätsausweis und her mit dem Bodychip, womit mane sihne Immunität leichter beweisen konnte. Hauptsache Normalität, Hauptsache zurück zur

Arbeit, etwas zu essen haben und die Sicherheit bekommen, niemande mehr zu gefährden.

Im gleichen Atemzug wurde das unhygienische Bargeld abgeschafft und das Kontaktlose in allen Bereichen des Lebens eingeführt. Um in Einkaufsläden zu bezahlen, ein Getränk bei der Arbeit aus der Kaffeemaschine zu holen, seine Wohnungstür zu öffnen, das Schwimmbad oder die Universität zu besuchen, beim Ärztere, beim Amt, überall. Sich einen Allzweckbodychip implantieren zu lassen, den man in der rechten Hand trug und ergo stets bei sich hatte, wurde als eine Erleichterung empfunden. Ein weiterer praktischer Gimmick in der Welt des Internets der Dinge. Praktischer als viele Karten bei sich zu tragen, die auch abhanden kommen konnten, oder sihn Smartphone permanent aus der Tasche holen zu müssen.«

Kevalam hatte Emma still zugehört. Fassungslos und mit halbgeöffnetem Mund. Er fragte leise: »Wie war es für … für dich?« In seiner Verwirrung hätte er die alte Dame fast gesiezt.

Emma lächelte ihn zuvorkommend an und nahm sich einen Moment Zeit, bevor sie antwortete: »Mein Vater war wohlhabend geboren und schon sehr jung ein bekannter Influencer mit passivem Einkommen als Schwerpunkt. Zusammen mit meiner Mutter, einer seiner ehemaligen Zuschauerinnen, hatten es die beiden in weniger als einem Jahrzehnt geschafft, sich eine Villa in einem äußeren Bezirk von Berlin zu kaufen, direkt am See. Sie liebten sich und liebten uns, meine damals vierjährigen Zwillingsbrüder und mich. Unser gehobener Lebensstandard wurde nie durch die Restriktionen gefährdet. Im Gegenteil. Wir gehörten zu der Minderheit, die sich an der finanziellen Krise bereicherte. Jedoch hat diese Episode mein Leben radikal verändert …« Sie lächelte einen Moment lang, in Erinnerungen schwelgend.

Sie fuhr fort: »Als meine Schule wegen des ersten Lockdown schloss, musste ich von zu Hause aus lernen. Ein hochbegabter vierzehnjähriger Schüler wurde von meinen Eltern damit beauftragt, mich dabei zu unterstützen: Cédric[1]. Seine Mutter war eine Schönheit aus Haiti und sein Vater ein Schauspieler aus dem damaligen Frankreich. Verliebt hatten sich seine Eltern, als der Vater für Drehaufnahmen auf der Insel gearbeitet hatte. Leider hatte die Beziehung nicht lange gehalten, und der Bub hatte mit der Situation zurechtkommen müssen, zwischen zwei verfeindeten und frustrierten Elternteilen zu navigieren. Sein wahres Zuhause wurde das Internet. Einen Verschwörungstheoretiker hätten meine Eltern ihn genannt, wenn Cédric mit ihnen über Politik gesprochen hätte. Was er nicht tat. Mit mir aber schon. Instinktiv spürte ich, dass seine Worte vor meinen Eltern geheim bleiben mussten, und er wusste, dass ich ihn nicht verraten würde. All seine Worte waren Diamanten, die ich in einer heimlichen Truhe in meinem Kinderherzen sammelte.« Sie kicherte. »Ja, er war mein Märchenprinz …, für ihn war ich aber nur eine kleine Schwester.

Eines Abends blieb Cédric zum Übernachten bei uns. Meine Eltern liebten es, Gäste zu empfangen und an diesem Tag hatten sie ein Dutzend Freunderen eingeladen. Nach dem Essen hatte mich Cédric darauf aufmerksam gemacht, dass die kleine Versammlung, zu der sich alle lachend mit den Ellenbogen begrüßten, illegal war und dass nur die Haushälterin eine Maske trug. Es wäre Klassismus, erklärte er mir. Das Volk musste sich an die Regeln halten, nicht aber die Elite. Angst vor einer Geldstrafe brauchten meine Eltern jedenfalls nicht haben. Für sie waren solche Beträge, die eine kleine Gaststätte an den Rand des Ruins gebracht hätten, unbedeutend.

Wenige Monate später fand ich heraus, dass Cédric mit meinen Eltern recht gehabt hatte. Gesichtsmasken wurden in meiner Schule angeordnet, und obwohl meine Eltern die Maskenpolitik offenkundig begrüßten, empfanden sie es für die eigene Brut doch degradierend. Ich wurde erneut zu Hause unterrichtet. Von Cédric. Zu meiner großen Freude.«

[1] [sedRik] Aus dem Keltischen abgeleitet: lieben, geliebt

Aus heiterem Himmel stand sie auf. »Ihr Lieben, habt ihr Lust auf Nüsse?«

Die drei nickten bejahend und schmunzelten amüsiert von dem plötzlichen Angebot der alten Dame. Sie verschwand kurz auf die andere Seite des kreisförmigen Raumes und lief weiter, bis sie wieder am Startpunkt angelangt war, eine Schale mit Haselnüssen, Walnüssen und Mandeln in den Händen.

Sie stellte das Gefäß auf den Tisch, wartete, bis ihre Gäste sich bedient hatten und erzählte weiter: »Ein paar Jahre später kauften meine Eltern ein modernes Alarm- und Schließsystem für unsere Villa, das mit dem Allzweckbodychip zu bedienen war. Cédric, der mir noch als Tutor zur Seite stand und mittlerweile als Teil der Familie betrachtet wurde, sollte auch freien Zugang zum Haus bekommen. So kam heraus, dass er im Gegensatz zu uns nicht gechipt war.

Meine Eltern zeigten gar kein Verständnis für seine ›kleine Rebellion‹. Da der ABC so gut wie überall eingesetzt wurde – die Wirtschaft hatte den Zug nicht verpasst –, war es nur noch absurd, darauf zu verzichten und sich dabei vom Großteil des öffentlichen Lebens auszuschließen. Zurückgelassen zu werden. Es wäre doch lächerlich, sich wegen einer klitzekleinen Operation dem Lauf der technischen Entwicklung zu versperren. Cédric sollte sich einen Chip einsetzen lassen und all seine Sorgen wären auf einmal weg. Wo lag das Problem? Seine Bedenken in Bezug auf Privatsphäre wären doch völlig unbegründet. Unsere Daten hatten wir schon längst in allen möglichen Sozialmedien freigegeben und wir wurden ohnehin schon durch Mobiltelefone, Kreditkarten, Kameras und Haushaltsgeräte überwacht. Wen sollte es interessieren, wo er sich gerade befand? Was er tat oder dachte? Er war doch weder ein Terrorist noch ein illegaler Einwanderer oder ein Pädophiler. Was wollte er denn so sehr verheimlichen? Cédric blieb stur. Er sprach vom Verlust der Freiheit, von totaler Überwachung, von Unterdrückung des Volkes, von Diktatur …

Das Gespräch eskalierte in einem Streit.«

Ihr fiel plötzlich etwas ein und sie kicherte leise. »Eigentlich hatten meine Eltern Cédric immer in Bitcoins bezahlt. Eines der wenigen Themen, das alle drei begeisterte, allerdings nicht aus dem gleichen Grund. Für Cédric bedeuteten Kryptowährungen eine Möglichkeit, sich vom zentralen Bankensystem zu emanzipieren, für meine Eltern leicht gemachter Profit. Nun, an diesem Abend war es meinen Eltern nicht nach Spaß zumute. Sie fanden es passender, ihm ein paar Scheine vor die Füße zu werfen – die er nicht aufhob – und ihn auf Nimmerwiedersehen aus der Villa wegzuschicken.«

Emmas Blick betrübte sich. »Meine kleinen Brüder standen einfach bloß da, wimmernd und mit roten Wangen. Ich bin Cédric in den Garten nachgerannt. Wir haben uns lange umarmt, und bevor er sich von mir gelöst hat, hat er mir ins Ohr geflüstert: ›Wir sehen uns wieder, kleine Schwester …‹ Dann erinnere ich mich nur noch, dass ich durch meine Tränen sah, wie er hinter unserem Tor verschwand.« Sie schluckte. »Hätte ich selbst keinen Chip getragen, wäre ich mit ihm gegangen. So ergab es aber keinen Sinn. Ich war minderjährig, und die Polizei hätte mich sofort gefunden. Zum ersten Mal spürte ich, wie der Chip meine Freiheit einengte. An diesem Tag habe ich ein großes Stück Vertrauen verloren. Sowohl in meine Eltern als auch in das System.«

Saruj war im Laufe der Erzählung auf einmal nicht mehr in der Lage gewesen, etwas anderes wahrzunehmen als das Gesicht der sitzenden Emma und in ihren Augen das einst verzweifelte Mädchen. Sie bangte für die beiden.

Emma wies auf die Nussschale, um sie vielleicht zu trösten oder auch, um sie dazu zu ermuntern, so wie sie es damals getan hatte, an die letzten Worte von Cédric zu glauben. Saruj, durch ihre Geste zurück in die Realität geholt und wieder voller Hoffnung, griff zu.

Die Zeitzeugin fuhr fort: »Ich glaube jetzt verstanden zu haben, was Cédric so sehr von meinen Eltern trennte und auch, warum diese so aggressiv zu ihm gewesen waren. Es ist zwar nur eine Vermutung, aber ich möchte versuchen, euch diese zu beleuchten.« Mit spitzen Finger, nahm sie sich eine Mandel aus der Schale, knabberte sie an und überlegte dabei, ob ihre Vermutung es überhaupt wert war, erläutert zu werden – bis die Nuss weg war.

Dann begann sie mit ihrer These: »Meine Eltern betrachteten sich als linksliberal. Sie schätzen es, in einem Land geboren zu sein, in dem das Volk ihre Regierung demokratisch wählen durfte. Diese war sicherlich verbesserungswürdig, aber im Großen und Ganzen waren sie zuversichtlich, dass die Regierung ihr Bestes für das Wohl der Bevölkerung tat. Ein beruhigendes Gefühl, welches Cédric mit seinen derben Anklagen bedrohte.

Mane sprach damals nicht zufällig von Vater Staat oder vom Mutterland. Vater und Mutter machen sicher Fehler, aber sie lieben uns doch. Anders darf es gar nicht sein. Das Urvertrauen zu den Versorgeren ist sogar zu Beginn des Lebens so existentiell wichtig, dass so manches misshandelte Kind sich im Erwachsenenalter an nichts mehr erinnert. Eine Strategie, die es vor dem tiefen Schmerz bewahrt, sich mit dem Machtmissbrauch der anfänglich allerwichtigsten Menschen in seinem Leben konfrontieren zu müssen, als es, völlig ausgeliefert, ihnen ihr Überleben anvertrauen musste. Auch nur in Betracht zu ziehen, dass Vater Staat möglicherweise sein Bedürfnis nach Gier und Macht über unser Wohlbefinden stellte, war also keine leichte Sache. So einen Verrat konnten die meisten nicht für wahr halten, auch meine Eltern nicht. Lieber sahen sie über die gröbsten Menschenrechtsverletzungen hinweg. Oder rechtfertigten diese damit, dass die Regierung für die Situation keine Erfahrungswerte hatte und improvisieren musste. Alles besser, als genauer auf die Niedertracht des Systems zu schauen, vor den Trümmern des eigenen Weltbildes zu stehen und letztendlich handeln zu müssen. Es war bequemer, die Schuld für das Schlamassel den Kritikeren in die Schuhe zu schieben. Also auch in die von Cédric.«

Die alte Dame pickte sich eine weitere Nuss heraus und vergewisserte sich dabei, dass ihre jungen Zuhörer noch aufnahmefähig waren. Als die Nuss, diesmal eine Haselnuss, fertig gekaut war, fuhr sie mit ihrer

Erzählung fort: »Je mehr sich der ABC verbreitete, desto spürbarer sank unsere individuelle Freiheit. Der Chip, der einmal als allgemeingültige Lösung angehimmelt worden war, wurde den Menschen zum Verhängnis. Jede Bewegung wurde protokolliert, jeder Einkauf, jeder Freunderenbesuch. Der Staat war so mächtig wie noch nie.

Eine kritische öffentliche Aussage gegen das immer autoritärer werdende System, ein Treffen mit Menschen, die kontroverse Meinungen vertraten, irgendwelche Bagatellen, die nicht ganz konform oder ganz gesetzestreu waren, bedeuteten, dass mane sofort ins Visier rutschte. Jedere, dide aus der Reihe tanzte, spielte mit sihnem Leben.«

Kevalam runzelte ungläubig die Stirn.

Sie nahm seinen Blick wahr. »Mit sihnem Leben, ja. Da wurde das System hinterlistiger als jede Vorstellung. Wenn jemande zu auffällig wurde, wurde sihn Chipcode schlicht und einfach gelöscht. Das bedeutete für jemande, desseren Leben mit dem Chip völlig umgestaltet war, dass sier plötzlich handlungsunfähig wurde. Wolltest du deinen Computer entsperren, ertönte: ›Dieser ABC ist nicht bekannt.‹ Wolltest du dein Auto benutzen, einkaufen oder ins Kino gehen – das gleiche. Dein Chip war zu nichts mehr zu gebrauchen. Wolltest du dich letztendlich beim Amt beschweren, kamst du nicht mal in das Gebäude rein: ›Ihr ABC wurde nicht erkannt‹. Die Tür blieb für dich versperrt. Und falls du schon keine Kreditkarten mehr hattest, hattest du da ein ernsthaftes Problem. Du wurdest mit dem Erlöschen deines Chipcodes auf einmal aus der Gesellschaft verbannt. Einfach verbannt!

Hilfe holen bei Freunderen, die selbst gechipt waren, war auch nicht so ohne. Sie riskierten damit, selbst verbannt zu werden. Ein ähnliches Schicksal drohte selbstverständlich auch denjenigen, die diese menschenunwürdigen Skandale in die Öffentlichkeit zu tragen versuchten. Also musste man es sich sehr genau überlegen.« Sie seufzte. »Solche extremen Maßnahmen mögen vereinzelte Fälle gewesen sein, jedoch war es wirklich schlimm ...«

Mitfühlend schüttelte sie langsam den Kopf, atmete dabei lange ein und schloss ihre Augen.

Nach einer Weile holte sie Kevalam vorsichtig aus diesen düsteren Erinnerungen zurück und fragte leise: »Und wie hat sich das Ganze aufgelöst?«

Sie lächelte ihn sanft an und beugte sich nach vorne, um ihre Tasse zu nehmen. »Jetzt wird es richtig spannend«, warnte sie, bevor sie einen Schluck trank. »Es gab schon damals größere Lebensgemeinschaften, und die Menschen, die damals dort lebten, haben auf den ABC, den sie als das ultimative Symbol der Unterdrückung betrachteten, einfach ›geschissen‹.« Sie entschuldigte sich für ihren legeren Ausdruck mit einem koketten Lächeln und trank, um sich zu besinnen, erneut ein Schlückchen.

»Der ABC war ja keine Pflicht, wie schon erwähnt, und die meisten Lebensgemeinschaften waren, wenn nicht ganz energieautark, zumindest für das Nötigste ernährungsautark. Auch während der Seuchewellen hatten die Gemeinschaftleren verhältnismäßig wenig gelitten. Gesetzlich gehörten alle zu einem Haushalt und Kontakteinschränkungen innerhalb der Gemeinschaft hatten sie nur für diejenigen, die es sich wünschten – wenn es überhaupt welche gab – liebevoll eingerichtet. Niemande wurde bevormundet, niemande brauchte sich vor Isolation zu fürchten oder davor, allein sterben zu müssen. Es war auch besonders verlockend, dass jedere, ohne sich um böse Konsequenzen sorgen zu müssen, sihne Meinung frei äußern konnte. Jedere wurde gehört und ernstgenommen. Die Kommunikationskultur in den frühen Lebensgemeinschaften war ja damals schon recht weit.

Und als doch eine höhere Welle der Unmut in der Bevölkerung anschwoll, begannen einige ganz normale Bürger einzusehen, dass die Lebensgemeinschaft eine sehr potente Lösung gegen die scheinbar unaufhaltsam enger werdende Schlinge des Systems war. Sie gliederten sich nach und nach in existierende Gemeinschaften ein oder gründeten neue, manchmal sogar mit der begleitenden Unterstützung erfahrener Gemeinschaften. Fleißig wurde geübt, tausch- und geldfrei zu leben. Zuerst innerhalb der Gemeinschaft und nach und nach innerhalb regionaler Gemeinschaftsnetze, die immer umfangreicher wurden.

Die Gemeinschaften beschenkten einander, wie wir es auch jetzt tun – in gegenseitigem Vertrauen. Sie ergänzten sich gegenseitig, um die Autarkie aller zu erhöhen, mit dem Ziel, sich von dem System vollständig zu emanzipieren. ›Raus aus der Matrix‹ war das Motto.

Bald brauchten sie weder Bargeld noch Kreditkarten. Und falls in der Gründungsphase einer neuen Gemeinschaft doch Geld benötigt wurde, genügten Erbschaften oder Ersparnisse von Einzelnen, die Unterstützung von älteren Gemeinschaften oder sogar von einigen Reichen, die, obwohl es ihnen finanziell gut ging, schließlich einsahen, dass der Turbokapitalismus dabei war, das Überleben aller ernsthaft zu gefährden. Wie auch immer, es ging.«

Emma legte eine Pause ein, um ihren Gästen erneut Tee einzuschenken. Kevalam hatte regelrecht an ihren Lippen geklebt und wartete ungeduldig darauf, dass die Zeitzeugin weitererzählte. Sie hatte nicht so oft die Gelegenheit, einen so würdigenden Zuhörer zu haben, jedoch gönnte sie sich noch ein wenig Ruhezeit, lächelte ihn an und wartete, dass er seine Tasse in die Hände nahm.

»Drei Jahre waren vergangen, seitdem ich Cédric zum letzten Mal gesehen hatte … und ich sehnte mich wie viele danach, die ›Matrix‹ zu verlassen – oder zumindest meine Eltern! Sie waren in ihrem Wunsch nach Konformität immer strenger in ihrer Haltung gegenüber Kritikeren des Systems geworden. Cédric nahmen sie systematisch als Symbol des Feindes. Es tat mir einfach nur weh … Ich hab es irgendwann nicht mehr ausgehalten. Ob es eine bewusste politische Entscheidung von mir war oder eine rein romantische, weiß ich ehrlich gesagt nicht so genau. Ich hatte zwar versucht, mich im Internet schlau zu machen, aber die Situation war extrem kompliziert und die harte Zensur erschwerte meine Rechercheversuche sehr. Es gab auch niemande, mit diden ich mich dazu austauschen hätte können.

Eines Tages habe ich mit Cédric Kontakt aufgenommen. Meinen Eltern habe ich erzählt, dass ich von einer Freundin zu einer zweiwöchigen Radtour eingeladen war, und sie haben ohne groß nachzufragen eingewilligt. Ich glaube, sie waren erstmal froh, Urlaub von mir zu haben. Die Stimmung zu Hause war nicht gerade angenehm. Pubertät, dachten sie. Auf alle Fälle bin ich zu Cédric gefahren.« Sie atmete tief ein und aus und lächelte selig vor sich hin.

»Verliebt wie am ersten Tag«, flüsterte Saruj und lächelte zurück.

»Ja, natürlich«, sagte die Greisin. »Aber wollen wir jetzt über mein Liebesleben oder über Politik reden?« Sie lachte. »Finanziell war Cédric unabhängig, weil er sehr früh ... Ach, seine Geschichte erzähle ich euch auch noch.« Sie lachte abermals. »Als Cédric acht Jahre alt war, hatte ihn sein Babysitter, ein dauerbekiffter Hobby-Rapper namens Max, der mehr im Internet lebte als im realen Leben, dazu ermuntert, sein Taschengeld in Bitcoins einzutauschen. Da Cédric den älteren Jungen mit seinem Filzhut und seinen ausgefransten Jeans, die ihm fast bis unter den Po rutschte, bewunderte, hatte er eingewilligt. Unter den technischen Anweisungen von Max hatte sich das Kind mit seinen gesamten Ersparnissen, etwa 250€, seinen ersten Bitcoin gekauft. Die folgenden Jahre hatte der Junge fast alles Geld, das zu ihm kam, konsequent in Bitcoins weiter investiert – und es nie bereut.« Sie kicherte.

»Als Cédric siebzehn wurde«, fuhr sie fort, »das war kurz nachdem er aus unserer Villa flog, trennte er sich von seinen Eltern und zog bei Max ein. Max war durch sein frühes Vertrauen in Kryptowährungen mehrfacher Millionär geworden und hatte sich eine Fabriketage mitten in der Stadt gekauft. Weder Cédric noch Max meldeten sich dort an. Auf der Klingel und am Briefkasten stand nur: Max1984. Die zwei Jungs lösten ihr Bankkonto auf und ließen sich ihr Restguthaben bar ausbezahlen. Durch die soliden IT-Kenntnisse der beiden Freunde waren sie im Internet unsichtbar. Vom Essen – sie ernährten sich fast ausschließlich von Haferflocken mit Reismilch, Studentenfutter und gesalzener Bitterschokolade – bis zum Provider, alles bezahlten sie mit Kryptowährungen. Max, obwohl er es wirklich nicht gebraucht hätte, züchtete Cannabis auf seiner Dachterrasse und verkaufte einen Teil des Ertrages – falls er zuvor nicht schon alles selbst verraucht hatte. Dieses wenige Bargeld gaben sie gemeinsam in Einkaufsläden aus, die noch Bargeld annahmen und den Chip nicht verlangten, als dieser großflächig eingeführt wurde.

Außer Max hatte Cédric keinere Freunderen. Er betrachtete sich als Individualisten und viele Menschen in seinem Leben brauchte er nicht – dachte er zumindest damals. Das einzige, was er wirklich vermisste, war das Tanzen in Menschenmengen. Die Klubs waren ja für Menschen reserviert, die erst geimpft und später gechipt worden waren. Und genau wegen dieses unbefriedigten Bedürfnisses nahm sein Leben eines Sommertages eine ganz neue Wendung.

Er hatte während eines Lockdowns elektronische Musik im Wald gehört und war dem Klang gefolgt. Gut hundert Menschen hatten sich auf einer Lichtung getroffen, mit dem gleichen Bedürfnis wie dem seinen: zusammen tanzen, zusammen schwitzen, zusammen wild werden. Um schneller verschwinden zu können, falls die Polizei sie entdecken sollte, hielten sie kleine Bluetooth-Aktivlautsprecher in den Händen, die alle miteinander verbunden waren.«

»Die Vorgeschichte der Jelliperlen«, freute sich Saruj.

Emma nickte bejahend. »Mit einem Klick konnte mane die Musik ausschalten, die Boxen in die Taschen stecken und schnell auseinandergehen. Auf dieser illegalen Tanzfläche traf Cédric Gleichgesinnte und vor allem eine Frau, die ihn zu einem geheimen Treffen einlud: Die Kuschelgruppe. Eine Gruppe von Menschen, die sich regelmäßig in einem abgelegenen Haus trafen, um das Zusammensein zu zelebrieren: anarchistisch, experimentierfreudig und spirituell angehaucht. Über die damalige Politik wurde nur selten geredet. Es ging ja darum, sich von dem ganzen Wahnsinn da draußen zu entgiften.«

Auf einmal stand die Greisin auf, mit einem listigen Lächeln im Gesicht. Gefolgt von den neugierigen Blicken ihrer Besucher, trottete sie zu der bunten Kommode und holte aus der Schublade ein altmodisches Fotoalbum.

Sie kam lachend zurück. »Ja, die Bilder habe ich auf Papier! Es wäre damals zu gefährlich gewesen, mit solchen Beweisen erwischt zu werden, deshalb wurden Abzüge gemacht und die Originalbilder gelöscht.« Stehend blätterte sie kurz in dem Album. »Alles ein wenig verblasst … die meisten Bilder wurden zu Hause gedruckt … aber ja.«

Sie legte das Buch auf den ovalen Glastisch und die vier Köpfe beugten sich darüber. Auf dem ersten Foto sahen sie, vom Lagerfeuer beleuchtet, nackte tanzende Körperumrisse, ekstatische Gesichtsausdrücke. Im Hintergrund war ein wenig Schnee zu erkennen und die leuchtenden Augen einer Katze. Emma blätterte zur nächsten Seite. Menschen, wieder nackt, wild und bunt bemalt am ganzen Körper, gaben sich eine innige Gruppenumarmung. Rechts daneben war ein Foto, auf dem alle auf dem Boden schliefen wie ordentlich nebeneinander gereihte Löffel. Ein Bild, das Saruj zum Kreischen brachte. Emma blätterte weiter, und die vier Köpfe versammelten sich erneut über das Album: Ein Dutzend Menschen lag sternförmig auf dem Boden, ihre Köpfe, genau wie ihre jetzigen Betrachter, in der Mitte beisammen. Als ob sie sich alle durch die Zeit, gespiegelt betrachteten.

Die alte Dame lehnte sich ein wenig zurück und schob dabei das Buch leicht zu ihren Besuchern. Sie ließ noch ein wenig Zeit verstreichen und beobachtete, wie das Trio das Album begeistert weiter entdeckte.

»Im Grunde hat dieses ganze Schlamassel die Transition nach vorne gebracht«, kommentierte sie. »Ein ganz interessanter Effekt. Die Atomisierung der Gesellschaft war so bedrückend geworden, die Überwachung so eindringlich, dass die Menschen keine anderen Alternativen mehr sahen, als sich wieder anzunähern. Miteinander zu kooperieren und sich gegenseitig zu unterstützen. Es gab wenig Auswahl: Entweder sich zu ducken oder sich von unten zu organisieren. Ein paralleles Kultur- und Sozialleben wurde im Untergrund aufgebaut. Geheime Versammlungsorte, wo sich Menschen trafen, um sich auszutauschen, Filme anzuschauen, zusammen zu musizieren … oder einfach sich in den Armen zu halten.«

»Kuschelgruppen«, rief Saruj dazwischen.

Alle lachten.

»Gemeinschaftsprojekte aller Art florierten, Schenkmärkte, freie Beete auf ungenutzten Flächen der Stadt … Alles wichtige erste Schritte, vor allem für Menschen, die noch nicht bereit waren, den Sprung zu erwägen, in eine Lebensgemeinschaft einzuziehen. Manche gewöhnlichen Mietshäuser entwickelten sich nach und nach zu Gemeinschaftshäusern und wurden dafür umstrukturiert. Im Keller wurden kollektive Waschmaschinen aufgestellt, das Dach wurde zu einem Garten oder einer Energiebank umgestaltet, eine frei gewordene Wohnung als Gemeinschaftsort gemietet … Es wurde dort zusammen gekocht, gegessen, sich ausgetauscht, gelernt. Vom Selbstherstellen nachhaltiger Putzmittel bis hin zur Selbstheilung im Krebsfall.

Natürlich wurde auch über Politik geredet, da kam mane damals schwer drumherum. Wie viel Kontrolle wollte mane noch dulden? Wann war stopp? Das waren die wiederkehrenden Fragen. Es wurde gestritten – und sich wieder versöhnt. Zusammen fühlte es sich leichter an, alte Glaubenssätze hinter sich zu lassen und neue Wege zu erkunden. Gegenseitiges Vertrauen wuchs. Nicht selten entstand zwischen diesen zusammengewürfelten Menschen richtige Nähe. Sie erfuhren die lange vergessene Kraft des Zusammenhaltens. Manche zogen ins Umland, weil sie dort bessere Möglichkeiten fanden, autark zu werden als in der Großstadt. Eine Handvoll Leute reichte dafür. Zusammen legten sie sich ein Grundstück zu, um mit dem Experiment Lebensgemeinschaft zu beginnen. Es ging mal gut, mal schief, aber es wurde weiter versucht. Die Gewissheit, dass man auch außerhalb des Hamsterrades überleben konnte, verbreitete sich. Ja … die Menschen hatten das System, die Kontrolle und die Angst satt. Einfach nur satt.«

Saruj hatte die letzte Seite des Fotoalbums aufgeschlagen. Ein junger Mann, mit einem Filzhut schräg auf den Kopf gesetzt und einem halbseitigen Lächeln auf dem Gesicht, schaute direkt in die Kamera.

Unter dem Bild stand, handgeschrieben: ›Für meine kleine Schwester‹. Drei Pünktchen folgten und dahinter ein rotbemaltes Herz.

Saruj lächelte. Das musste Cédric sein.

Emma beobachtete sie und schmunzelte. »Cédric war zwar von vielem aus der Gesellschaft ausgeschlossen, da er keinen ABC trug, aber im Gegensatz zu den unfreiwillig Verbannten ging es ihm recht gut. Er hatte mit der Kuschelgruppe erfahren, dass sich hinter seiner Einsamer-Wolf-Identität ein junger Mann verbarg, der sehr wohl die Gegenwart anderer Menschen genoss.

Den Ruf der Gemeinschaft hörte er von Tag zu Tag lauter. Er fand ein renovierungsbedürftiges Gebäude direkt an der Spree, das zu verkaufen war. Zusammen mit einer Handvoll IT-Experten und einer großzügigen Spende von Max, der zwar lieber in seinem kleinen Tempel bleiben, aber seinen Freund in seinem Vorhaben unterstützen wollte, konnten sie das Gebäude kaufen. Nun hatten sie viele Ideen, wie das Gebäude aussehen sollte, leider jedoch keine, wie mane einen Nagel in eine Wand einschlug. Was sie aber wussten war, dass sich auf der anderen Seite der Brücke eine Gemeinschaft befand, die dem Aussehen ihrer Häuser nach zu urteilen garantiert Menschen beherbergten, die von Nägeln und Hammer Ahnung hatten.

Frech bot ihnen Cédric an, sich zusammenzutun. Die Herzlokols waren nicht gerade IT-affin und zeigten erst wenig Begeisterung, mit einer Clique aus Computer-Freaks zu fusionieren. Aber Cédric, mit seinem schiefen Lächeln und seiner lässigen Art, schaffte es, sie davon zu überzeugen, dass es unumgänglich sei, sich mit IT auszukennen, um sich vom System vollständig zu emanzipieren. Was definitiv stimmte. Bevor der Beschluss im Konsens überhaupt besiegelt wurde, hatten die Neuankömmligeren das recht träge Netzsystem des Herzlokali auf Vordermann gebracht und natürlich darauf geachtet, dass ab sofort alle Online-Aktivitäten der Gemeinschaftleren unter dem Radar blieben. Die Jungs hatten sogar ein Intranet installiert, mit dem die Lokols miteinander kommunizieren konnten – also ohne zusätzliche Strahlung. Natürlich wurde das saubere Verlegen der Kabel von den Herzlokols übernommen.« Sie lachte. »Somit hatten diese die recht witzigen Sonderlingeren kennengelernt und ihre Vorurteile schnell vergessen. Bald machte sich eine Horde von handwerksversierten Menschen mit Elan an die Renovierung des ersten Sprösslings des Herzlokali: dem Datasub.«

»Ist es das Gebäude, in dem ihr jetzt wohnt?«, fragte Saruj. Dabei deutete sie mit dem Kinn auf Onyx und Emma.

»Nein«, antwortete die Greisin. »Das Gebäude ist zur Datasubkantine geworden. Unser Hauskomplex kam viel später dazu.« Und nach einer kurzen Stille: »Ich möchte noch betonen, dass in solchen Fällen Gemeinschaftleren extrem hilfsbereit waren. Und da immer mehr Menschen, die aus dem System flüchten wollten, um Hilfe baten, kurbelte es die gemeinschaftliche Bewegung umso mehr an. Es war wirklich bemerkenswert, wie sehr sich die Bewohneren der etablierten Gemeinschaften für Neugründeren engagierten.

Erfahrene Gemeinschaftleren sind zwischen den frisch gebackenen Gemeinschaften hin- und herspaziert, um ihnen ihr Riesenspektrum an Konfliktbewältigungswerkzeugen und jede Menge Wissen näherzubringen. Wie man alternativen Strom erzeugt, passive Häuser baut oder ältere Gebäude nachhaltig umbauen kann, wie man ein Permabeet anlegt, was eine gesunde und leckere vegane Ernährung ausmacht, welche Heilpflanzen in ihrer Nähe wachsen, wofür sie sie nutzen könnten und, und, und. Das waren die Zeiten, in denen die Transition wirklich zu blühen begann und der Kapitalismus nach und nach kollabierte.«

Sie hob ihre Tasse, um den mutigen Pionieren dieser Zeit einen Toast zu widmen, bevor sie ein Schlückchen trank. Saruj tat es ihr nach und lächelte sie an, berührt von der Intensität der Erzählung.

»Selbstverständlich hat das System sich gewehrt«, fuhr Emma fort, »wie ein alter verletzter Drache, der in seiner Agonie mit letzter Kraft willkürlich Feuer um sich spuckt und das neue Leben zu vernichten versucht. Die Leute haben den Drachen schließlich ignoriert. Einfach nur darauf geachtet, seinen Flammen auszuweichen. Je mehr das System in Panik geriet und weitere Kontrollmaßnahmen einführte, umso mehr wuchs die Lust der Menschen, sich davon zu befreien.

Da das System auf Geld und sein Erhalt auf Mangel und Geldstrafen basierte, war die einfachste und logischste Lösung, das Geld wegzulassen. Es ist verboten, meinen Gartenertrag zu verkaufen? Kein Problem, mein Gemüse und Obst wird verschenkt. Ich darf als Heilerin meine Tätigkeit nicht mehr gegen Bezahlung ausüben? Na und? Meine Behandlungen werde ich ab jetzt schenken. Die Leute erkannten, dass sie jahrhundertelang in einer Illusion des Mangels kleingehalten worden waren. Endlich befreiten sie sich von ihren Ketten. Sie standen aufrecht, selbstbewusst und beschenkten sich mit Genuss. Im Vertrauen, dass unsere Erde für uns alle sorgt, wenn wir sie liebevoll behandeln. Sie waren sich in den Gemeinschaften, die sich wie wild vermehrten, selbst genug. Sie erfuhren, dass sie sehr wohl ohne das bestehende System zurechtkommen konnten.

Ja, es waren wahnsinnig schöne und spannende Zeiten.«

Emma hatte aufgehört zu reden. Kevalam waren während ihrer Erzählung tausende Fragen durch den Kopf geschossen, aber er hätte die Zeitzeugin, die jetzt in ihren Erinnerungen versunken war, um nichts auf der Welt stören wollen. Endlich hatte er die Gewissheit erhalten, dass alles, was er wissen wollte, nach und nach auf natürliche Weise zu ihm kommen würde. Er hatte schon so vieles erfahren in den wenigen Tagen nach dem Unfall mit dem Helison. Er nahm liebevoll die Hand von Saruj in die seine. Emma beobachtete ihn und lächelte sanft.

Mit ihrer freien Hand tippte Saruj auf das Bild von Cédric.

»Ach ja, Cédric«, sagte Emma und lachte. »Saruj, du bist wirklich eine unverbesserliche Romantikerin! Und ja, zu deiner Beruhigung: ich bin natürlich sofort im Datasub eingezogen. Das Gebäude war noch eine Baustelle und alles andere als kuschelig. Es war mir aber sowas von egal. Ich war bei ihm …«

Saruj lächelte glückselig.

Die Zeitzeugin schaute sie warmherzig an und fuhr fort, um ihre

Geschichte zu Ende zu bringen: »Ich war angekommen. Wunschlos glücklich. Zurück zu meinen Eltern war keine Option mehr. Ich habe ihnen eine letzte Nachricht geschickt und mein Smartphone in die Spree geworfen. Ja, ich weiß, das hätte ich aus Umweltgründen nicht tun dürfen.« Sie kicherte leise. »Auch der Chip musste weg. Ich war noch minderjährig und es war gefährlich für die Gemeinschaft, mich ohne die Erlaubnis meiner Eltern aufzunehmen. Aber das waren Zeiten, in denen der Ungehorsam zum Überleben dazugehörte.

Ein junger Mann hat meinen ABC für mich entfernt. Er war kein Arzt, sondern Tätowierer und Piercer. Die ›Operation‹ fand draußen in der Sonne statt. Es war so eine Erleichterung. Ich fühlte mich plötzlich so frei. Erlöst. Ich habe vor Freude geheult. Ich war so glücklich. Ich bekam das Gefühl, dass ich endlich beginne zu leben. Und das war tatsächlich die Zeit, als mein richtiges Leben begann.«

Zufrieden schloss Saruj das Album und reichte es ihrer Besitzerin. Die fünf Androiden waren mit ihrem Aufladeprozess fertig, und die heiße Luftdusche hatten sie auch hinter sich. Sie waren jetzt dabei, sich anzuziehen. Kevalam beobachtete sie. Sie waren kaum von normalen Menschen zu unterscheiden.

Nach einer längeren Stille fragte er: »Wie erkennt man einen Androiden?«

Die Androidenpflegerin wollte sich bald von ihren Gästen verabschieden, dennoch nahm sie sich die Zeit, Kevalam zu antworten: »Androideren sehen morgens, wenn du gerade aus den Federn kommst und wie eine verschreckte Eule aussiehst, genauso gut aus wie den Rest des Tages. Sie werden nie älter, bekommen keine Falten, sind gutaussehend und stehen besonders gerade. Sie sind stets vornehm und aufmerksam, und sie können dir die gleiche Frage zehnmal hintereinander beantworten, ohne dich zum Kuckuck schicken zu wollen. Ach ja, noch etwas. Sie mögen Licht. Sie sind einfach lichtgeil. Wenn sie irgendwo sind, achten sie jederzeit darauf, auf der Sonnenseite zu stehen.«

»Und sie tragen ein Tattoo«, ergänzte Saruj.

»Ja«, stimmte Emma zu. »Unsere hier tragen ihr Tattoo im Nacken, was allerdings keine allgemeingültige Regel ist.«

Sie lächelte ihre Gäste an. »Ihr Lieben, ich möchte euch nicht rausschmeißen, aber ich habe hier noch ein wenig zu tun. Ich hoffe, unser Reporter ist mit meiner Erzählung zufrieden.«

Kevalam nickte bejahend, wirkte jedoch ein wenig unruhig.

»Was ist, junger Mann? Es scheint, als würde dich irgendetwas noch beschäftigen.«

»Ich habe noch eine Frage«, gab er zu. »Darf ich?«

»Ich schenke dir noch genau fünf Minuten«, warnte sie ihn.

»Was ist mit den …« Er unterbrach sich selbst. Nein, obwohl ihm die Frage auf den Lippen brannte, wollte er doch noch nicht wissen, was mit den Ultrareichen geschehen war. Sein Blick war weiterhin auf die Androiden gerichtet, und einer davon schaute zurück. »Was würde geschehen, wenn man einen Androiden enthaupten würde?«, fragte er stattdessen.

Emma brach in Lachen aus. »Du hast ja merkwürdige Fantasien, mein Schatz. Es gehört sicherlich zu deinem Reporterdasein dazu. Also gut. Kybergel, ist das für dich ein Begriff?«

Kevalam nickte zustimmend.

»Kyberkerns, auch bekannt?«

»Noch nicht.«

»Also gut. Ein wenig ähnlich wie wir Menschen haben Androideren mehrere Nervensysteme, die wir Kyberkerns nennen. Diese sind zwar miteinander verbunden, jedoch übernehmen sie verschiedene Funktionsbereiche. Die Verteilung kann vereinfacht folgendermaßen erklärt werden:

Der Kopfkern ist die Zentrale. Dort werden grundlegende Verhaltensentscheidungen getroffen. Auch Allgemeinwissen, ethische Richtlinien und Charakter sind in diesem Kern enthalten. Humor falls vorhanden. Der Herzkern ist mit dem Schwarm verbunden, also mit dem Netz, indem Androideren Informationen teilen können – je nach Relevanz regional bis weltweit. Im Bauchkern werden Erfahrungen und ›Emotionen‹ – beziehungsweise das Nachvollziehen und Nachahmen menschlicher Emotionen – gespeichert. Im Pelviskern[2] intime Erfahrungen, private Geheimnisse, die ihnen anvertraut werden, und auch die Daten, die ihnen ermöglichen, Menschen auseinanderzuhalten: unter anderem Gesichtszüge, Gewohnheiten oder Vorlieben. Der Gliedmaßenkern speichert kinästhetische Erinnerungen. Einere Androidere braucht nicht jedes Mal auf der Treppe anzuhalten, falls eine Stufe niedriger ist als die anderen, und ihren Abstand zur nächsten berechnen, bevor sier sie bewältigen kann. Einmal erlebt, für immer bekannt.

Jetzt, um auf deine Frage zurückzukommen. Was passiert, wenn der Kopf vom Rest getrennt wird? Der Körper bekommt keine Befehle mehr von der Zentrale – dem Kopfkern – und liegt einfach nur still da. Die Kyberplasten bleiben jedoch aktiv, und die Verteilung der durch sie gewonnenen Energie wird an die vielen kleinen ›Akkus‹, die sich überall im Körper befinden, wie gewohnt weitergeschickt und gespeichert. Der Kopf selbst funktioniert wie sonst, aber da er vom Herzkern abgetrennt ist, kommen neue Informationen aus dem Schwarm nicht mehr an. Der Androiderenkopf hat auch keinen Zugang mehr zum Großteil der Erinnerungen und Erfahrungen, die dide Androidere hatte, als sier ganz war. Er würde vertraute Menschen nicht mehr erkennen und über sie nichts mehr wissen.«

»Könnte der abgetrennte Kopf ewig so weiter leben?«, fragte Kevalam.

»Leben? Du bist süß. Sagen wir allerdings auch alle hier.« Sie kicherte. »Nein. Das Problem ist, dass sein Kybergel nach und nach auslaufen würde, weil das Kybergelsystem eine Art Tunnelgalerie ist, die keine abschließbaren Türen besitzt. Nun, da das Kybergel über eine hohe Viskosität verfügt, wird es nicht wie Blut aus diesem einsamen Kopf herausströmen. Ich gehe jedoch davon aus, dass dein Androiderenkopf

[2] Pelvis, aus dem lateinischen für Becken

nach ein paar Tagen beginnen würde, wirres Zeug von sich zu geben. Zufrieden?«

»Ja, sehr sogar«, bedankte er sich und streckte ihr die Hand entgegen.

Emma nahm sie mit einem amüsierten Kichern, und nach einem festen Händedruck umarmte sie Saruj und Onyx liebevoll.

ICH BIN EINE ART RIESIGER CHIP

Kevalam hätte liebend gern noch das Museum für Zeitreise und Allzeitanthropologie besucht. Er fühlte sich aber müde und nicht mehr ganz aufnahmefähig. Saruj war auch nicht besonders motiviert. Es war sowieso recht spät geworden. Zusammen entschieden sie, das Ende des Tages ruhig anzugehen. Sie würden in der Gästekantine etwas essen, einen kurzen Spaziergang machen, ihre sieben Sachen packen und sich auf den Weg zurück zu Didi machen. Onyx ihrerseits wollte eine Kleinigkeit in der Datasubkantine abholen und sich danach in ihre Wohnung zurückziehen, um sich mit ihrer Kussangelegenheit zu befassen.

Auf dem Rückweg entdeckten Saruj und Kevalam mehrere größere quadratische Schilfbeete, die nebeneinanderlagen. Die Ränder der Felder waren in regelmäßigen Abständen mit gebogenen Rohren bestückt, die wie Periskope aus altmodischen U-Booten aussahen. Kevalam fragte sich, ob diese Beete eine besondere Funktion hatten. Saruj vermutete, dass es sich um Wasserkläranlagen handelte, war jedoch nicht in der Lage, ihm zu erklären, wie diese funktionierten. Sie schaute sich um, auf der Suche nach jemandem, den sie hätte fragen können. Dabei entdeckte sie, wie Hal25, der den beiden zufällig in großen Schritten folgte, eine riesige Karre übervoll mit Wirsingkohl vor sich herschob.

»Glückspilz«, sagte Saruj und zeigte Kevalam den Androiden.

»Guten Tag, Hal«, begrüßte sie den Maschinenmenschen, als er dabei war, sie zu überholen.

Hal25 hielt an. »Guten Abend, Saruj, guten Abend, Kevalam.«

»Du kennst unsere Namen?«, wunderte sich Kevalam.

»Dein Name, Kevalam, ist mir bekannt, weil ich heute morgen das Brotbacken in der Bäckerei gehütet habe. Du hast gefehlt«, bemerkte Hal25.

»Habe ich wirklich gefehlt?«, fragte der junge Mann besorgt.

»Ja. Du standest auf die Liste der Möchteren und du warst nicht anwesend.« Er lächelte.

Kevalam wurde klar, welcher Logik der Androide folgte und er fragte nicht weiter.

Hal25 wendete sich dann Saruj zu. »Deinen Namen, Saruj, habe ich im E-Dom gehört«, sagte er. »Ich stand unter der Lichtdusche und diese ist nicht schalldicht.« Daraufhin machte er Anstalt, sich weiter auf den Weg zu machen.

»Was sind das für Dinge?«, fragte sie hastig und zeigte ihm auf die Felder.

»Eine Pflanzenkläranlage«, antwortete der Androide.

»Wie funktioniert so eine Anlage genau?«, fragte sie noch.

Hal25 begann zu erklären, wie viel Liter Abwasser täglich in den unterirdischen Rottebehälter gelangten, wie viele von diesen Behältern es gab, wie groß sie waren, wie diese zueinander positioniert waren und wie breit der Durchmesser der Perforationen der Drainageplatten war, die sich in dem Rottebehälter befanden, wie viel Kilogramm Feststoffe sich darin absetzten, wie viel Kilogramm Kompost pro Mensch damit jährlich gewonnen wurde, wie lang der Kompostierungsprozess je nach Saison dauerte, wie viel Strom die Pumpe benötigte, um das grobgefilterte Wasser, das sich in den Sammelschächten unter den Rottebehältern ansammelte, auf die Oberfläche des Schilfbeets zu leiten, wie viel Wasser täglich dort hingeleitet wurde, wie das Verhältnis der aeroben Bakterien, natürlich alle auf lateinisch namentlich erwähnt, in dem entstandenen Biotop …

»Stooopp!«, unterbrach ihn Saruj, der dieser Schwall an Zahlen und Fachbegriffen Kopfschmerzen zu bereiten drohte. »So genau möchte ich es auch nicht wissen.«

»Hal«, übernahm Kevalam. »Kannst du uns den Ablauf der Abwasserreinigung auf diesem Feld ohne Zahlen und in weniger als einer halben Minute beschreiben?«

»Selbstverständlich«, sagte Hal25 und lächelte erneut.

Saruj schaute den Maschinenmenschen prüfend an. Sie fragte sich, ob er sie wissentlich veralbert hatte, indem er sie beim Wort genommen hatte und ihrer Aufforderung ›genau‹ gefolgt war.

»Das Abwasser wird in mehreren Etappen gefiltert«, begann Hal25 zu erklären. »Am Ende des gesamten Prozesses ist Kompost gewonnen worden und nährstoffhaltiges Schilf, das regelmäßig gesenst und als Mulch auf die umliegenden Permagärten verstreut wird. Ein Teil des gereinigten Wassers wird zur Wurzelraumbewässerung genutzt und der Rest versickert im Grundwasser.«

»Kommt das Wasser nicht in den Wasserkreislauf des umliegenden Lokalis zurück?«, fragte Kevalam.

»Aus Sicherheitsgründen wird das Wasser nicht zum Wasserkreislauf des Kiezlokali zurückgeleitet«, antwortete Hal25.

»Wenn das Wasser ins Grundwasser sickert, gelangt es früher oder später ins Trinkwasser, oder?«

»Das ist möglich.«

»Soweit ich es verstanden habe, sind die Menschen hier äußerst gesund und verwenden äußerst selten chemische Produkte. Das gereinigte Wasser könnte doch als Trinkwasser verwendet werden, oder?«

»Ja.«

»Dann verstehe ich nicht, warum das Wasser nicht direkt in den Kreislauf geleitet wird.«

»Dass das gereinigte Wasser nicht direkt in den Wasserkreislauf des Kiezlokali zurückgeleitet wird, ist eine Sicherheitsmaßnahme.«

Kevalam gab auf. »Und diese grauen Teile hier, die aus dem Boden ragen, was ist deren Funktion?«, fragte er stattdessen.

»Sie dienen der benötigten Sauerstoffversorgung der Anlage. Kann ich noch etwas für euch tun?«

Als Kevalam den Mund aufmachte, warf ihm Saruj einen flehentlichen Blick zu.

»Nein, danke«, sagte er schließlich.

Der Androide beugte sich nach vorne, um die Griffe seiner Karre hochzuheben.

»Hal, diese Schubkarre scheint mir sehr schwer zu sein. Bist du stärker als ein Mensch?«, wollte der junge Mann doch noch wissen.

»Es kommt darauf an, wie stark diesere Mensche ist. Maschinen-Menschen dürfen nicht stärker sein als drei männliche, gesunde und durchschnittlich trainierte Erwachsene. Ich bin dementsprechend höchstwahrscheinlich stärker als ein Mann und wahrscheinlich stärker als zwei.«

Irregeführt von dem menschlichen Aussehen des Androiden, fragte Kevalam: »Hast du keine Angst, allein in der Nacht entführt zu werden?«

»Ich verspüre keine Emotionen. Warum sollte jemande mich entführen wollen?«

»Um dich für sich alleine zu besitzen«, antwortete der Jugendliche.

»Meine Position ist stets im Schwarm bekannt. Ich kann jederzeit lokalisiert werden.«

»Trägst du einen Chip?«

»Ich bin eine Art riesiger Chip.«

»Danke für die Informationen«, sagte Kevalam und machte den Weg für Hal25 frei.

Der Androide verabschiedete sich höflich und ging davon, seine riesige Karre vor sich herschiebend.

Sie waren erst wenige Meter gegangen, als sich Kevalam umdrehte und rief: »Hey, Hal!«

Der Androide drehte sich auch um und wartete.

Kevalam ging zu ihm, gefolgt von Saruj, die nur noch am Kopfschütteln war. Was wollte er denn noch alles wissen, dachte sie.

Bei ihm angekommen fragte Kevalam: »Du hast gesagt, dass Androiden keine Emotionen verspüren. Nun, wünschst du dir manchmal, doch welche zu empfinden?«

Hal25 öffnete beide Hände zur Seite, wie er es sich bereits von Menschen, die auf eine unerwartete Frage reagieren, abgeguckt hatte. »Nein, diesen Wunsch habe ich nicht, weil ich es nicht bestimmen kann.

Außerdem verspüre ich keine Wünsche. Ich bin sozusagen ein wunschfreies Wesen.« Abermals lächelte er.

Saruj lächelte auch, beeindruckt von dem ausgeprägten Humor des Maschinenmenschen.

»Aber, wenn du doch einen Wunsch frei hättest?«, insistierte Kevalam. »Hättest du gern Emotionen?«

»Ich beobachte, dass Emotionen den Verstand der Menschen beeinträchtigen und manchmal sogar ausschalten. Wenn Emotionen meine Analysefähigkeiten ausschalten würden, wäre es für das reibungslose Erfüllen meiner Dienste ein Hindernis. Andererseits scheinen Emotionen Menschen stark zu beschäftigen, deshalb vermute ich, dass sie bei mir eine erhöhte Schaltaktivität verursachen würden. Es liegt in meiner Programmierung, neue Erfahrungen zu sammeln, vor allem solche, die meine Schaltaktivität erhöhen. Insofern ja, ich würde mir Emotionen wünschen. Vorausgesetzt, sie wären abschaltbar.«

»Gibt es Menschen, die du lieber hast als andere?«, forschte Kevalam nach.

»Es gibt Menschen, von denen ich mehr Informationen erhalten habe. Sie sind mir – in emotioneller Sprache ausgedrückt – vertrauter. Ist das schon Liebe?«

»Liebe beginnt mit Selbstliebe«, sagte Saruj, die sich jetzt innerlich doch für das Gespräch bei ihrem Reporter bedankte.

»Mein Körper funktioniert einwandfrei und ich achte täglich darauf, dass dieser Zustand so bleibt. Meine Auffassungsgeschwindigkeit ist höher als die von jederen Mensche. Ich halte mich selbst für zufriedenstellend. Ist das schon Selbstliebe? Oder müsste ich, um mich lieben zu können, auch noch Flügel haben?« Hal25 beobachte seine verdutzten Zuhörer mit einem Lächeln, die Hände immer noch wie fixiert zur Seite geöffnet.

Sowohl Kevalam als auch Saruj waren mit der Frage des Maschinenmenschen überfordert.

»Vielleicht ist Selbstliebe das, wenn mane sich im Spiegel sieht und sich anlächelt«, versuchte Saruj.

»Danke«, sagte Hal25. »Ich werde es in meine Routine einbringen.« Er drehte sich zu Kevalam: »Noch Fragen?«

Diesmal war Kevalam nichts mehr eingefallen. Erneut verabschiedeten sich die beiden, und Hand in Hand gingen sie im Sonnenuntergangslicht Berlins weiter. Ihnen wurde klar, wieso diese riesige Stadt nicht in ein paar Tagen zu entdecken war, und warum sie eine so starke Anziehung auf alle ausübte. Menschen mussten nicht mehr in Großstädten leben, um Arbeit zu finden. Sie suchten dort die Kultur und die Vielfalt, die hier regelrecht aus allen Mauern sprossen. Berlin galt als Vorreiterstadt und als eine der wichtigsten Brutstätten der Transition. Auf dem Subkontinent war sie die erste vegane Großstadt gewesen, die erste Großstadt, die auf nachhaltige Energie übergegangen war, und die erste, die ihre Gesellschaftsstruktur vollständig zum Forensystem umgestaltet hatte. Jetzt wohnte hier eine Ansammlung von Visionären, Künstlern, Intellektuellen, Forschern und Machern. Eine, wenn man auf die Geschichte von Berlin schaut, ganz natürliche Entwicklung.

Ja, sie würden wiederkommen.

OHNE NANOBOTS ÜBERLEBST DU KEINE WOCHE

Kaum hatten es sich Saruj und Kevalam in ihrer Mag gemütlich gemacht, schliefen sie beide ein. Da Saruj genau dieses Szenario vorausgeahnt hatte, hatte sie beim Eingeben ihres Ziels noch einen Weckdienst eine Minute vor ihrer geplanten Ankunft bestellt. Sowohl von der Fahrt mit dem UMag als auch vom Übergang zum SMag und dessen Schleudern bis zum anderen Ende der Stadt hatten sie nichts mitbekommen. Planmäßig wurden sie geweckt, als ihr Mag, am Ziel angelangt, die Rampe hinunterglitt.

Ein wenig benebelt stiegen sie aus und in den ersten Sonnenscoop ein, den sie in der Dunkelheit entdeckten. Da Berlin für die meisten Pilger eine unvermeidbare Zwischenstation war, musste sich ihre Vermutung, dass das fast volle Fahrzeug sie zum Ziel bringen würde, als richtig erweisen. Schwieriger hätte es sein können, zwei Plätze nebeneinander zu finden, aber Menschen sind zu einigem bereit, wenn es um Liebe geht, und ihr Wunsch zusammenzusitzen wurde wortlos erkannt und erfüllt. Der Sonnenscoop hob geräuschlos ab, und sein Flug pendelte sich wenige Meter über den Baumspitzen des Waldes ein. Der Himmel war klar und voller Sterne. Ein Anblick, von dem Großstädter vor der Transition nur hätten träumen können.

Saruj saß am Fenster, die Nase an der Scheibe plattgedrückt. Kevalam beugte sich so weit vor, dass auch seine Nase das Fenster berührte. Etwas, das er vor wenigen Tagen als kindlich bezeichnet hätte, aber anscheinend färbte das Verhalten von Saruj auf ihn ab.

»Ich hatte einen krassen Traum vorhin«, flüsterte sie.

»Ich auch«, schloss er sich an.

»Du zuerst?«

»Willst du nicht lieber beginnen?«

Saruj ließ sich nicht zweimal bitten. »Da war ein Typ, der auf einem Hightech-Stuhl saß. Ein anderer hatte eine Pistole in der Hand oder so ähnlich. Sie waren in einem Labor, alles sah ultramodern aus … Merkwürdig war, dass noch andere Typen dastanden, die genau wie der mit der Pistole aussahen.«

»Androiden«, schlussfolgerte Kevalam.

»Sie dürfen Menschen doch nicht so behandeln«, erwiderte sie.

»Haben sie etwas gesagt?«

»Ja … irgendwas von Nanobläschen …«

»Bubbelchen?«, bot er an, weil er sich daran erinnerte, wie Saruj vehement das Wort Bläschen abgelehnt hatte, als sie beide nach dem Unfall im Kokon eingefangen lagen.

»Nein, Bläschen. Das Ganze war so krank, also passt das blöde Wort diesmal. Sie haben dem Typen erzählt, dass er sterben würde, wenn er sich widersetzen würde. Die Bläschen sollten in seinen Körper gespritzt werden, um ihn vor Krankheiten zu schützen. Die Bläschen würden alles Mögliche in seinem Körper messen und … keine Ahnung.« Die Nase immer noch ans Fenster gedrückt, bewegte sie ihre Augen zu ihm. »Der Typ auf dem Stuhl …«, sie zögerte, »… der sah echt aus wie du.«

Kevalam schluckte. »Wie alt war er?«

»Fünfzig oder mehr. Ich weiß nicht. Er trug auch einen altmodischen Anzug. Nur total zerrissen.«

Beide wurden einen Moment lang still.

Er blickte in ihre Richtung und dann wieder nach draußen. »Ich habe ihn auch gesehen«, gestand er.

»Echt jetzt?« Diesmal drehte sie ihren Kopf ganz zu ihm. »Warst du es?« Sie hatte sich ihm ganz zugewandt und hockte auf ihrem Sitz, den Rücken ans Fenster gelehnt.

Er hatte sich auch aufgerichtet. »Der Mann stand halb versteckt hinter einer Maschine. Ich habe sein Gesicht nur kurz gesehen und sonst nur seinen zerfetzten Anzug. Eine Frau war auch da. Sie hatte sich einen Apfelkuchen bestellt und wartete vor dem Automaten. Sie erklärte ihm, dass an dem Gebäck nur die Form und der Geschmack stimmten. Die eigentlichen Zutaten waren exakt an die aktuellen Bedürfnisse ihres Körpers angepasst, berechnet aus den Bemessungen von …« Er dachte kurz nach. »… Nanobots, hat die Frau gesagt.«

»Nanobots? Das müssen meine Bläschen sein.«

»Wahrscheinlich. Was mir allerdings schwer fällt zu glauben, ist, dass wir von der gleichen Welt geträumt haben.«

»Synchrone telepathische Träume sind nicht ungewöhnlich …«

»Für mich schon«, unterbrach er sie, auf einmal gereizt. Unmittelbar danach entschuldigte er sich und gab ihr einen sanften Kuss auf die Wange.

»Alles grün, Kev. Erzähl weiter.«

»Die Frau hat vom Immunsystem erzählt. Die Nanobots hätten das Immunsystem der Menschen vollständig ersetzt. Weil dieses unzuverlässig sei. Und noch vieles mehr konnten die Nanobots tun. Ich weiß nicht mehr, was genau … aber an den Satz, den sie dem Mann hinterher gerufen hat, als sie sich von dem Essensautomaten entfernt hat, kann ich mich noch genau erinnern: ›Ohne Nanobots überlebst du hier keine Woche!‹«

»Pfff, heftig. In so einer Welt möchte ich echt nicht leben.«

»Warum denn nicht? Nie wieder krank zu werden ist doch eine schöne Sache.«

»An dem Tausch Sicherheit gegen Freiheit bin ich nicht interessiert.«

»Würdest du kämpfen für deine Freiheit, todkrank zu werden?«

»Todsicher«, sagte sie bestimmt.

»Anscheinend haben sich die Menschen in dieser Welt für die Sicherheit entschieden.«

»Äußerst deprimierend.« Sie drehte sich zurück zum Fenster. »Stell dir vor, irgendwo leben Menschen in diesem Elend. In einem parallelen Universum, wo die Transition gescheitert ist …«

Auf einmal zuckte sie. »Oder das warst du in meinem Traum, und das Ganze ist eine Vision aus der Zukunft. Oh, bitte, bitte nicht!«

Kevalam dachte eine Weile nach. »Eigentlich ist die Tatsache, dass wir, nachdem wir heute zusammen die Erzählung von Emma gehört haben, beide so einen Traum hatten, nicht besonders verwunderlich ... Die Geschichte hätte tatsächlich so enden können.«

»Okay. Und wie erklärst du den zweiten Kevalam mit dem kaputten Anzug?«

Er machte den Mund auf und gleich wieder zu. Sie tippte mit dem Finger auf seine Hand und zeigte nach draußen.

Sie waren angekommen.

ME MAGICI, AD'IJA

Obwohl sie eine wunderschöne Liebesnacht hinter sich hatten, wachte Kevalam missgelaunt auf. Saruj war schon dabei, sich anzuziehen, als er noch an die Decke starrend im Bett lag.

»Hey, Kevalam«, rief sie. »Steh auf! Es ist Zeit zum Runtergehen.« Als aber ihr Kopf beim Überziehen aus ihrem Kleid herausschlüpfte, sah sie genau das gleiche Bild. Kevalam machte keine Anstalten aufzustehen. »Was ist mit dir los?«, fragte sie ihn.

»Mit mir ist nichts los«, antwortete er brummig. »Ich habe einfach schlechte Laune. Das kann doch jedem mal passieren.«

Langsam setzte er sich auf die Bettkante, seufzte einmal lange und beugte sich nach vorne, um seine Socken aufzusammeln, die zwischen anderen Kleidungsstücken auf dem Boden verstreut herumlagen. Saruj begann die Rucksäcke zu packen und beobachtete ihn währenddessen aus den Augenwinkeln. Jetzt schüttelte er eine Socke und zog sie in solch einem Schneckentempo an, als ob er den ganzen Tag dafür Zeit hätte.

Noch mit Packen beschäftigt, fragte sie ihn: »Sag mal, Kev, hast du ein Problem, dass Pi jetzt bei uns ist?«

»Nein«, antworte er abrupt.

»Brauchst du aber nicht«, schlussfolgerte sie. »Er kommt für mich nur als zweiter Mann in Frage.« Sie schickte ihm ein breites Katzengrinsen hinterher.

Er schaute sie mürrisch an.

»Das ist doch ein Scherz.« Sie näherte sich ihm, stupste seine Nase mit dem Finger und reichte ihm seine Hose.

»Woher soll ich das wissen?«, protestierte er. »Bei euch ist ja alles möglich. Wahrscheinlich treibt es hier jeder mit jedem – so wie die Karnickel!«

»Hey! Ich bin die Grobe hier«, wehrte sie sich verdutzt.

Sie hatte ein Bettlaken zusammengerollt, das sie für sie beide auf die

Reise mitnehmen wollte, und war jetzt dabei, es in seinem Rucksack zu verstauen. »Guck, für mich ist Pi wie für dich Pascal.«

»Nur, dass ich keinen Sex mit Pascal hatte«, erwiderte er.

»Stell dir vor, er wäre eine moderne Androida gewesen.« Sie warf ihm sein Hemd zu.

Er fing es auf, fühlte sich ertappt. »Hattest du früher niemande sonst?«, fragte er, um vom Thema abzulenken. Das was das erste Mal, dass er merkte, wie praktisch die genderneutrale Form sein konnte.

Sie zog die Laschen des Rucksacks zu. »Nicht wirklich«, sagte sie.

»Möchtest du mir deine Geschichte erzählen?«

»Jetzt sicher nicht. Heute Nacht vielleicht.«

»Versprochen?«

»Vielleicht. Komm jetzt, beeil dich.«

Bei ihrer Ankunft im Gutshaus am Abend zuvor hatte selbstverständlich Didi vor der Tür im Dunklen auf sie gewartet, aber diesmal war sie nicht alleine. Ein wunderschöner, athletisch gebauter Mann mit austerfarbenen Augen stand an ihrer Seite. Es war Pythagore. Die Francofon hatte sich hemmungslos in seine Arme geworfen, eine Umarmung, die nach Kevalams Empfinden eine kleine Ewigkeit zu lang gedauert hatte. Um seine Eifersucht in Schach zu halten und nicht in die Verlegenheit zu kommen, sie von dem Maschinenmenschen wegzureißen, hatte er sich an dem Wort festgeklammert, das Saruj bei Onyx erwähnt hatte, als sie die Liebesfähigkeiten von Androiden beschrieben hatte: Millimetergenau. Nichtsdestotrotz fühlte er sich durch die Anwesenheit von Pythagore bedroht, und dieses Unbehagen hatte ihn bis in seine Träume verfolgt.

Didi fand solche Liebesbeweise einfach nur abstrus. Mit bestem Willen konnte sie nicht nachvollziehen, wie man solch eine Zuneigung für eine Maschine entwickeln konnte. Sie hatte auch Kevalams Unbehagen gespürt und ihm verdeutlicht, dass der Grund, einen Androiden als Begleitung zu haben, lediglich jener war, dass man eingesehen hatte, dass der logistische Umfang der Wallfahrt sonst nur mühsam zu bewältigen wäre. Zusammen mit den anderen Mystikern hatte sie deshalb entschieden, eine ›laufende Infosäule‹ als Entlastung zu sich zu holen. Eine Bezeichnung, die Saruj als besonders verachtend empfand. Diese hatte jedoch eingesehen, dass die Sannyasinii aus der Liste der Lokalis, die sich in den IFKI-Foren bereit erklärt hatten, einen Androiden zur Verfügung zu stellen, immerhin das Angebot ihres Lokali ausgewählt hatte. Ein Beweis, dass Didi, obwohl sie eine völlig andere Sichtweise über Maschinenmenschen vertrat, die von Saruj respektierte und sich ihr zuliebe für Pythagore entschieden hatte. Dass sich ausgerechnet eine Pilgerfamilie aus den Pyrenäen angeboten hatte, den Androiden auf der Fahrt mitzunehmen, kam Didi zudem besonders gelegen. Letzteres hatte sie Saruj verschwiegen.

Die Abfahrt der geistigen Putzkolonne begann ein wenig chaotisch. Immerhin waren 250 Menschen am Start. Es wurde gesungen und Musik gespielt. Nur kannten sich die Musiker nicht untereinander und hatten keine Zeit gehabt, sich abzusprechen. Es entstand bald eine kuriose Kakophonie. Ungeachtet dessen herrschte eine wunderbare Stimmung. Der Weg bis hin zur ersten Station, einer Justizvollzugsanstalt, war mit zwanzig Kilometern besonders lang, dafür verlief er fast durchgehend durch den Wald. Ein schöner Marsch stand bevor.

»Bin ich der Einzige, der hier Schuhe trägt?«, fragte Kevalam Saruj.

»Nope. Guck, Dadame hat auch Sandalen an den Füßen«, wies sie ihn hin. »Pi auch. Stiefel sogar«, erwähnte sie noch beiläufig.

Prompt zog Kevalam seine Schuhe aus und verstaute sie in seinem Rucksack. Saruj schmunzelte amüsiert und nahm seine Hand.

Sie waren kaum eine Stunde unterwegs, als die ersten Kinder zu jammern begannen. Nach der Leier, die alle, die Kinder großgezogen haben, auswendig kennen, und zwar: Sind wir bald da?

Didi kam zu Saruj. »Was hältst du davon, einigen müden Kindern eine Geschichte zur Aufmunterung zu erzählen? Das magst du doch so gern.«

»Nur Kinder habe ich weniger gern«, nörgelte Saruj.

»Sie dich aber.« Didi hatte oft beobachtet, dass Saruj auf Kinder wie ein Magnet wirkte. »Wir legen in weniger als einer Stunde eine Pause ein«, beruhigte die Frau im safranfarbenen Gewand ihre ›Geschichtslehrerin‹.

Diese Bezeichnung hatte Saruj von einer kleinen begeisterten Zuhörerin in den Jahren bekommen, in denen die beiden Frauen zusammen unterwegs waren. Es war natürlich als Spaß gemeint. Schullehrer gab es zu dieser Zeit nicht mehr, sondern nur noch Lern- und Projektbegleiter. Die Kinder lernten das, wonach sie gerade den Drang verspürten, und suchten sich selbst die Erwachsenen oder auch die Androiden aus, die sie dabei begleiten würden.

Bei ihrem letzten Spaziergang im E-Berglokali hatten Saruj und Kevalam die ›Enterprise‹ besucht, ein vielseitig ausgestattetes Lern- und Erfahrungshaus, in dem Menschen jeden Alters willkommen waren. Eine Gruppe von Jugendlichen und Kindern war an diesem Tag im Hof damit beschäftigt, ein Glasschalensystem zu entwickeln, das verhindern sollte, dass das Gießwasser der Balkonpflanzen der höheren Etagen auf die unteren Balkone tropfte. Ein paar Wochen zuvor war diesbezüglich ein kleiner Streit zwischen den Bewohnern des SMAK[1] entstanden, und die jüngeren Bewohner des Kiezlokali hatten entschieden, die Situation kreativ zu lösen. Ihr Plan war, das überschüssige Wasser zu sammeln und dieses zum vertikalen Fassadengarten des Hauses sowie zu den Balkonblumenkästen der niedrigeren Etagen weiterzuleiten.

Wie erwartet, wurden die Kinder von Kevalam mit Fragen bombardiert. So erfuhr er nebst ausführlicher Erklärung des Prinzips ihres aktuellen Bauvorhabens, dass es keine Schulpflicht gab. Jedoch

[1] Ein Sub des E-Berglokali, das sich hinter dem alten S-Bahn und Fernbahnstation befindet. Das Sublokali wurde erst ›Sub-MAG‹ genannt, weil es von vier Magrampen umrandet ist. Später wurde ›Sub-MAG‹ zu ›SMAG‹ und schließlich ›SMAK‹.

besuchten die Kinder die Enterprise gern und mochten mindestens drei Tage in der Woche dort anwesend sein. Damit gingen sie ihrer natürlichen Lern- und Spiellust nach. Auch die Struktur, die ihnen diese Regelmäßigkeit bot, lernten sie früh schätzen. Wenn sie älter wurden, würden sie sich auf den nomadischen Weg begeben und dabei reichlich Möglichkeiten finden, sich weiterzubilden.

Lebenslanges Lernen war eine der wichtigsten Säulen dieser Zeit – wenn nicht die wichtigste.

Saruj hatte während ihrer elf Jahre nomadischer Zeit genug erlebt, um wochenlang ein neugieriges Publikum unterhalten zu können, und obwohl sie es nicht gerne zugab, liebte sie die Aufmerksamkeit ihrer geschichtenhungrigen Zuhörer. Sie begann die Geschichte von einem Mädchen zu erzählen – natürlich erwähnte sie nicht, dass sie es selbst war –, die von einem ›bösen‹ Mann in der Wüste zurückgelassen wurde. Er hatte der Jugendlichen immerhin einen Wasserbeutel aus der Tür seines KP-Jeeps zugeworfen, bevor er wortlos weggefahren war. Das Mädchen war so wütend gewesen, dass es sich nicht einmal umdrehte, um das Fahrzeug durch die Dünen verschwinden zu sehen.

Kevalam hatte sich der kleinen Gruppe genähert, als Saruj gerade rief: »Geh doch zur Hölle, du Taugenichts.«

Die Kinder kicherten und taten so, als ob Kevalam damit gemeint wäre. Daraufhin warf die Geschichtslehrerin ihm ein einladendes Lächeln zu. Er war natürlich willkommen.

Saruj fuhr mit ihrer Erzählung fort: »Ein Vogel kam aus dem Nirgendwo, piepste empört und flog wieder weg. ›Oh, entschuldige‹, sagte die Maid betrübt.«

»Der Vogel hat gedacht, er wäre der Taugenichts«, rief ein kleiner Junge.

Saruj nickte bejahend und erzählte weiter: »Die Sonne war am Untergehen. In der Ferne sah die Maid einen kleinen Felsen und entschied, dass er einen geeigneten Schlafplatz für die Nacht bieten würde. Sie warf den Wasserbeutel über ihre Schulter und ging los. Sie erreichte den

Felsen, kontrollierte, ob sich da keine Tiere versteckten, und legte sich zum Schlafen hin. Was morgen geschehen würde, war ihr erstmal egal. Alles war ihr egal, Hauptsache, der arrogante Mann war weg und sie hatte ihre Ruhe.«

Saruj bot rechts und links ihre Hände an, die sofort von zwei Kindern ergriffen wurden. Sie schloss ihre Augen und ließ sich einen Moment lang führen. Sie genoss die leichte Brise, den Geruch des Waldes, die Gesänge der Vögel und die Wärme der kleinen Hände in den ihren. Sie atmete einmal lange und sagte dann, mit einer schlaftrunkenen Stimme: »Der Maid wurde auf einmal heiß am Fuß.« Gespielt erschreckt riss Saruj ihre Augen groß auf und rief: »War sie von einem giftigen Fisch gestochen worden?«

»Ein Fisch in der Wüste?«, machte ein größeres Mädchen die Erzählerin aufmerksam.

Alle lachten.

Die Geschichtslehrerin fuhr unbeirrt fort: »Die Maid zog ruckartig ihre Füße näher an ihren Körper und der Stich war weg. Gut. Nach kurzer Zeit aber wurde sie wieder gestochen. Also zog sie sich noch mehr zusammen. Was sie in ihrem Schlaf nicht mitbekommen hatte, war, dass die Sonne gerade aufging und der Schatten von ihrem schützenden Felsen schmaler und schmaler geworden war. Irgendwann wurde sie doch von der Hitze geweckt. Sie rückte so nah wie möglich an den Felsen, um den letzten Rest Schatten zu ergattern. Nur war es auch damit bald wieder vorbei. Ihr erster Tag alleine in der Wüste hatte begonnen. Sie überlegte, ob sie ein Loch in den Sand buddeln und ihren Kopf dort hinheinstecken sollte, um ihn so vor der Sonne zu schützen, aber sie sah schnell ein, dass es doch keine so gute Idee war.«

Der kleine Junge, der sie schon zuvor angesprochen hatte, kreischte amüsiert.

Saruj wartete einen Moment. »Wo sollte sie hin? Sie hatte keine Ahnung, wo sie war, und zurückkehren konnte sie nicht. Der Wind hatte ihre Fußspuren schon längst verwischt. Sie entschied, mit der Sonne im Rücken geradeaus zu gehen, das wäre zunächst mal eine klare

Richtung. Alles besser als im Kreis zu laufen. Nach ein paar Metern Gehen stellte sie aber fest, dass der Sand viel zu heiß geworden war, um barfuß zu gehen.«

»Der böse Mann hatte ihre Schuhe mitgenommen«, bemerkte der aufmerksame Bub mitfühlend.

Sie nickte konsterniert. »Sie zog das weiße Beduinengewand aus, das sie als einziges anhatte, und da sie keine Unterhose darunter trug, wie es auch die Beduinen gewöhnlich tun, stand sie nackt da. Dann wickelte sie einen Zipfel ihres Kleids an einem Fuß fest, und die entfernteste Ecke um den anderen. So würde sie ihre Füße schützen und weitergehen können, wenn auch nur in kleinen Schritten.«

Saruj ging ein paar Schritte schleifend, um den Kindern zu demonstrieren, was gemeint war. Sie freuten sich und imitierten ihren Gang.

Als die Kinder sich ihr wieder zuwandten, erzählte sie weiter: »Nackt in der prallen Sonne, mit ihrem mittlerweile heißgewordenen Wasserbeutel auf der Schulter, ging die Maid weiter. Um sich Mut zu machen, fing sie an ihre Schritte zu zählen. Mit geschlossenen Fäusten zählte sie im Kopf von eins bis zehn. Auf Zehn streckte sie einen Finger heraus und zählte erneut. Mit der nächsten Zehn streckte sie den zweiten Finger, und so weiter, bis ihre zehn Finger ausgestreckt waren. Dann rief sie laut ›Eins‹ und ballte wieder ihre Fäuste zusammen. Beide Fäuste zu, alle Finger gestreckt: ›Zwei‹. Beide Fäuste zu, alle Finger gestreckt: ›Drei‹. Immer, wenn sie die Zahl Zehn laut rief, gönnte sie sich einen Schluck Wasser und fing von vorne mit dem Zählen an. Mit dieser Routine schaffte sie es, nicht in Panik zu geraten. Heulen wäre ja eine Katastrophe gewesen, dachte sie, und würde sie nur wertvolle Flüssigkeit kosten.«

Die Kinder entschieden, das Spiel selber auszuprobieren. Als sie zweimal getrunken hatten, forderten sie Saruj auf, weiterzuerzählen.

»Nach wenigen Stunden war natürlich das Wasser alle. Die Maid ließ den leeren Beutel fallen. Nach einigen Metern ging sie jedoch zurück, hob den Beutel vom Boden auf und legte ihn sich auf den Kopf. Mit der

Lasche schaffte sie es, den Sack so zu fixieren, dass ihre Hände frei blieben. Nur war die Routine mit dem Trinken auf Zehn nicht mehr vollständig, und sie kam mit dem Zählen immer wieder durcheinander. Ihr war auch nicht mehr klar, warum sie überhaupt zählte. Sie begann zu denken.«

»Mit dem Zählen hatte sie ihre Gedanken vertrieben«, sagte ein Kind.

»So wie beim Meditieren«, bemerkte ein weiteres.

»So war das«, bestätigte Saruj. »Bald fing die Maid an, ihre Gedanken laut zu äußern: ›Ich werde fallen und von dem heißen Sand verbrannt werden‹, sagte sie. ›Soll ich mich wieder anziehen und barfuß gehen? Oder ist es eine blöde Idee? Was ist schlimmer? Verbrannte Füße oder verbrannter Körper? Wenn ich keine Füße mehr habe, kann ich nicht weitergehen. Das ist nicht gut. Besser ist es, wenn ich mich nicht wieder anziehe.‹«

»Dann bekommt sie aber einen schlimmen Sonnenbrand«, sagte der eine Bub. Ein wenig bang hielt er ihre Hand fester in seiner.

»Eben«, stimmte sie ihm zu. »Die Maid sprach für sich alleine weiter: ›Weitergehen. Geradeaus. Alles hat ein Ende, die Wüste auch‹, sagte sie, um sich zu ermutigen. ›Das Schöne an der Wüste ist, sagte der kleine Prinz, dass sie irgendwo einen Brunnen versteckt hält‹, zitierte sie aus ihrem Lieblingsbuch[2]. Sie überlegte. ›Wahrscheinlich werde ich verdursten, lange bevor ich diesen verflixten Brunnen finde. Ich muss mir also keine Gedanken um meine Verbrennungen machen.‹

Die Maid ging weiter, wie benebelt. Einfach geradeaus. Der Sand war glühend heiß. Sie fiel mehrmals hin und stand jedes Mal wieder auf. ›Wenn zumindest der beleidigte Vogel zurück kommen würde. Aber warum sollte er? Er ist keine Brieftaube und ich habe sowieso weder Stift noch Papier. Gut, ich könnte ihm etwas ins Ohr flüstern. Und dann? Wem soll er das erzählen, und wer wird ihn verstehen?‹ Ihre Gedanken waren dabei, jede Logik oder jeden Zusammenhang zu verlieren. Der

[2] ›Der kleine Prinz‹, Antoine de Saint-Exupéry

schleichende Gang kam ihr immer anstrengender vor. Bald würde sie fallen und nicht mehr aufstehen können.

Sie fiel. Ein letztes Mal. Zum Aufstehen hatte sie keine Kraft mehr. Und auch wenn, warum? Um noch ein paar Meter zu gehen? Am Horizont hatte sich, seit sie losgeschleift war, kaum etwas geändert. Sand, Steine, ein paar Büsche und wieder Sand. ›Wieso muss ich jetzt sterben?‹, sagte sie. ›Es macht doch alles gar keinen Sinn?‹

Auf einmal fühlte sich alles anders an. ›Holy sh[3]…‹« Saruj unterbrach sich. »›Heiliger Strohsack‹, rief die Maid.

Das waren ihre letzten Worte.«

Saruj hatte aufgehört zu erzählen. Die Kinder warteten gespannt, bangten um das Mädchen.

»Was ist dann passiert? Ist die Maid gestorben?«, fragte der kleine Junge mit einer besorgten Stimme.

»Sie hat es überlebt«, versicherte ihm Saruj, »aber wir machen jetzt eine Pause«, sagte sie noch und zeigte dabei auf eine Waldlichtung.

Früchte, Brot, Gemüseaufstriche und vieles mehr wurden aus den Rucksäcken geholt und zusammen auf die am Boden ausgebreiteten Tischdecken gelegt.

Kevalam nahm neben Saruj Platz. »Was war das für ein Fahrzeug, welches der ›böse Mann‹ fuhr?«, fragte er.

»Ein KP-Jeep«, antwortete Saruj. »Ein Geländewagen, der mit künstlicher Photosynthese betrieben wird. Die Natriumionen-Akkus werden durch die Sonne aufgeladen. Ideal für die Wüste.«

»Und …«, fing er an und zögerte. "War es … der Magier?«, traute er sich doch.

»Yep.«

[3] Anm. der Autorin.: Dies ist eine Widmung für meinen wunderbaren Freund Bruno Stettler, der, als er den Gipfel eines Berges erreichte, ›Holy Shit‹ sagte und starb. Sein Tod geschah, als ich noch am Schreiben war.

»Worüber habt ihr euch gestritten?«, forschte er nach, als er merkte, dass Saruj nichts weiter sagte. »Was ist zwischen euch vorgefallen?«

Sie inspizierte die Leckereien, die vor ihr lagen und überlegte, welche sie jetzt am liebsten essen würde. Ihre Erfahrung mit dem Magier hatte sie noch niemandem erzählt, und ob sie es jemals tun würde, stand weiterhin in den Sternen. »Ich habe Hunger«, sagte sie nur.

Wenige Minuten, nachdem die Pilgergruppe aufs Neue losmarschiert war, hatten die Kinder Saruj schon wieder umringt. Sie wollten natürlich wissen, wie das Mädchen gerettet wurde, und flehten sie an, weiterzuerzählen.

Saruj zeigte sich gnädig und fuhr fort: »Als die Maid ihre Augen öffnete, brannten ihre Augenlider fürchterlich. Sie schloss sie deshalb sofort wieder. Schmerz! Sie war also noch am Leben. Das war der eindeutige Beweis dafür. Sie tastete ihren Körper ab, blind. Sie war immer noch nackt, fühlte aber, dass ihre Haut von einer dicken Paste bedeckt war und diese von einem rauen Belag umhüllt. Eine Verpackung, die zugleich angenehm nach Lavendel und unangenehm nach Fisch roch. Ein paar Stimmen hörte sie in ihrer Nähe in einer Sprache flüstern, die sie noch nie zuvor gehört hatte. Sie konnte mit dieser Melodie rein gar nichts anfangen, diese Laute an keine ihrer bekannten Sprachen anknüpfen. Ihre Neugier wurde stärker als ihre Angst vor dem Schmerz, und sie öffnete langsam ein Auge. ›Aïe, Aïe, Aïe‹, schrie sie vor Schmerz.«

Die Kinder lachten.

Saruj konnte zwar fließend Deutsch reden, aber Onomatopöien[4] kamen doch noch unbewusst auf Französisch aus ihrem Mund heraus. »Aua«, wiederholte sie für ihr germanophones Publikum. »Das Gesicht einer sehr alten Frau war über die Maid gebeugt und murmelte – etwas. Sie schloss sofort ihr Auge wieder, aber das Bild blieb, wie eingebrannt.

[4] Aufruflaute, bzw. Lautmalereien, die Emotionen begleiten.

Ein Anblick, den sie nie mehr vergessen würde. Ein rundes Gesicht mit Millionen Falten, umgeben von viel Schmuck in prachtvollen Farben.«

»Eine Weise«, rief der Bub.

Saruj lächelte zustimmend. »Ein Tropfen Wasser fiel auf ihre verbrannten Lippen. Wieder Schmerzen! Sie öffnete ihren ausgetrockneten Mund, so weit sie es ertragen konnte, wie ein Kücken im Nest, das nach Futter bettelt. Sie spürte, wie Wasser in ihre Kehle tropfte. Wasser ist Leben, also werde ich leben, dachte sie. Wie sie dorthin gekommen war und wer sie gerettet hatte, würde sie erst Jahre später erfahren.«

»Erzählst du uns das auch noch?«, fragte ihr Lieblingszuhörer.

»Es ist nicht besonders interessant, Engel«, antworte sie und streichelte ihm zärtlich über den Kopf. »Spannend ist, was jetzt kommt.«

»Erzähl mal bitte«, sagte er mit seiner goldigen Stimme.

Saruj lächelte ihn an, weich geworden. Sie kreiste noch einmal genüsslich mit ihren Schultern. »Als die Maid endlich aufstehen konnte, ohne vor Schmerzen schreien zu müssen, verließ sie zum ersten Mal die Jurte. Am Eingang bemerkte sie ein Stück stinkendes Fleisch, umflogen von hungrigen blaugrünen Schmeißfliegen. Es war offensichtlich Müll und sehr unschön anzusehen, so am Eingang ihrer Jurte, aber sie machte es nicht weg. Dennoch, als sie hinein- oder hinausging, bemerkte sie es und tat nichts. War es jetzt ihre Aufgabe, obwohl sie Veganerin war, ein Stück verwesendes Fleisch zu entsorgen? Warum sollte sie es tun? Warum machte es niemande? Warum lag es überhaupt da?

Die Einheimischen in dem kleinen Dorf waren freundlich zu ihr und lächelten sie immer an, wenn sie ihr begegneten. Sie wurde gut ernährt, und obwohl alle ausgiebig gekichert hatten, als sie verstanden, dass die Maid kein Fleisch aß, hatten sie ihren Wunsch respektiert. Sie bekam Obst, Maniok und Süßkartoffeln. Dennoch, trotz aller Nettigkeiten versuchte niemande groß mit ihr ins Gespräch zu kommen.

Eines Tages, als sie aus ihrem Quartier herauskam, blieb sie vor dem stinkenden Haufen länger als sonst stehen. Sie schaute ihn sich genauer an. Er war wirklich widerlich. Trotzdem ließ sie ihn liegen und ging. Nach ein paar Schritten kam sie jedoch zurück. Mit einem angeekelten

Gesicht wickelte sie das unappetitliche Stück Kadaver in ein paar Blätter und schmiss das Ganze ins Feuer.

Die alte Weise kam prompt zu ihr, und in einem gebrochenen Globisch sagte sie: ›You can stay. Me magici, Ad'ija[5]. You?‹

Am gleichen Abend wurde für die Maid eine große Willkommensfeier veranstaltet, und ab diesem Tag wurde sie als Ebenbürtige in der Gemeinschaft aufgenommen.«

»Und alle redeten dann mit ihr«, freute sich ihr kleiner Freund.

Saruj streckte sich genüsslich. An diesem Tag wurde nicht einmal mehr die Frage ›Wann sind wir da?‹ gehört.

Der Waldweg endete abrupt und mündete in einen Feldweg. Bald bogen sie in eine Kiesstraße ein, die mit einer flachen Schicht aus stark gepresstem Hanf und anderen Fasern bedeckt war. Ein Fahrradfahrer kam der geistigen Putzkolonne entgegen und schlängelte sich durch die Menschen. Sie würden bald ankommen.

»Ich habe wenig Teerstraßen gesehen«, bemerkte Kevalam. »In Berlin auch. Schotterstraßen, Wiesenwege, Solarradwege überall, aber kaum Teerstraßen.«

»Ja, sie werden nach und nach abgebaut. Sind giftig. Waren zu viele und auch zu breit. Die Erde soll wieder atmen dürfen.«

»Es ist schon schön bei euch«, sagte er und nahm ihre Hand.

[5] [ad'iːja] Von Geburt an erhaben

JEDERE VERSUCHT, GLÜCKLICH ZU SEIN

Vor der Justizvollzugsanstalt wartete ein kleines Begrüßungskomitee auf die Pilger. Die verlassenen Zellen waren gereinigt und die Betten mit frischen Laken bezogen worden. In der Gefängniskantine hatten einige Einwohner der naheliegenden Stadt für eine üppige Mahlzeit gesorgt. Auf den Tischen standen liebevoll zubereitete Speisen und einige Vasen mit frischen Blumen, und aus den Lautsprechern erklang eine gemütliche Klaviermelodie.

Trotz all dieser Versuche, den Aufenthalt für die Pilger angenehm zu gestalten, fand Kevalam den Ort unheimlich. »Warum ausgerechnet in einem Gefängnis?«, wunderte er sich.

»Knäste sind leer. Ist einfach praktisch«, antwortete Saruj und setzte sich an einen Tisch.

Kevalam nahm an ihrer Seite Platz. »Geht bei euch niemand mehr ins Gefängnis? Was macht ihr mit Kriminellen?«

Saruj hatte ein paar Pellkartoffeln für ihn und für sich auf die Teller gelegt und war dabei, Dillsoße darüber zu gießen. »Zuhören«, antwortete sie schlicht.

»Und wenn sie gefährlich sind?«

»Auch zuhören.«

»Bringt es etwas?«

»Bringen Gefängnisse mehr?«

»Mehr, als Psychopathen frei herumrennen zu lassen, oder?«

Kevalam begann damit, viele Argumente hervorzubringen, die das Inhaftieren von Kriminellen rechtfertigen sollten. Die unwürdigen Bedingungen bemängelte er sehr, nicht das Prinzip. Saruj hörte ihm aufmerksam zu.

Ihrerseits betrachtete sie den Gebrauch beziehungsweise die Notwendigkeit eines Gefängnissystems sowie die eines Polizeiapparates als den offensichtlichen Beweis des Scheiterns einer Gesellschaft.

Diese Methoden hatten das Abschaffen des Geldes nicht überlebt. Manche Zwischenstufen waren jedoch aus Hilflosigkeit, Angst und mangelnder Alternative eingesetzt worden und waren vereinzelt in manchen Regionen der Welt immer noch aktuell.

Das Thema war komplex. Ein wenig Unterstützung seitens der Zeitzeugen wäre willkommen, dachte Saruj. »Sollen wir draußen reden?«, bot sie an. »Die Akustik ist echt unerträglich hier.«

Sie stand auf, bereitete einen Teller mit Feldsalat und Tomaten vor, sowie einen zweiten mit Pellkartoffeln und Olivenöl. Kevalam schnappte noch zwei Brötchen und Besteck für sie beide.

Den Wechsel von neongrünem zu natürlichem Licht empfand Saruj als so radikal, dass sie, im sonnigen Hof angekommen, mit den Augen blinzeln musste. Sie scannte die Anwesenden mit einer Hand als Sonnenschutz und erkannte neben dem Basketballfeld zwei Frauen in Orange, die zusammen auf einer Bank saßen. Mit Tellern beladen, gab sie ihrem Freund einen leichten Stoß mit dem Ellbogen, um ihn in deren Richtung zu lenken.

Am Ziel angekommen, fragte Saruj Didi und Dididan: »Habt ihr für uns Zeit?«

Die Sannyasiniis lächelten.

»Es sieht danach aus, als wäre es schon entschieden«, sagte Didi und zeigte auf die Teller in Sarujs Händen.

»Wie können wir euch behilflich sein, meine Lieben?«, fragte Dididan.

»Thema Knast«, antwortete Saruj. »Bin gerade überfordert. Warum sie leer sind und wie wir mit den bösen Tätenden[1], den traumatisierten Opfenden, den potenziellen Täteren und Opferen umgehen. Hab keine Ahnung, wie ich das Ganze angehen soll, echt jetzt.«

[1] Die Bezeichnung von Tätern und Opfern unterscheidet sich, je nach Zeitpunkt der Tat und dem Heilungszustand der Beteiligten.

Didi zeigte auf die Bank, die für zwei Menschen zugeschnitten war. »Wollen wir einen Ort suchen, wo wir uns alle hinsetzen können?«, fragte sie.

»Passt schon.« Saruj setzte sich auf den Boden und stellte beide Teller vor sich hin.

Kevalam zögerte ein wenig, legte erst die Brötchen vorsichtig auf den Salattellerrand, blieb noch einen Moment unentschieden stehen und setzte sich dann doch.

Nach einem freundlichen Lächeln in die kleine Runde erhob Dididan das Wort und schlug vor, eine Geschichte zu erzählen.

Als junge Frau hatte sie eine Freundin in den USA besucht und dort von einem Vorfall erfahren, der sie äußerst betrübt hatte. In einer Zeitung hatte sie das Bild eines Siebzehnjährigen entdeckt, der unter Einfluss von Alkohol und Drogen in der Wohnung eines Kameraden, welche an diesem Abend hätte leer stehen sollen, eingebrochen war. Doch der Freund war mit seiner Freundin zu Hause geblieben, und aus Angst, für die Tat verpfiffen zu werden, hatte der Jugendliche beide in seinem Rausch ermordet. Mit abstoßender Gewalt. Nach wenigen Tagen wurde er gefasst, und, da er weder eine weiße Weste noch weiße Haut vorweisen konnte, zum Tode verurteilt. Dreißig Jahre waren vergangen, und der jetzt erwachsen gewordene Mann saß immer noch im Todestrakt. Das Verfahren sollte – das war der Anlass des Zeitungsartikels – abermals überprüft werden und es sollte erneut erwogen werden, ob der Mann anstatt per Gesetz umgebracht zu werden, das Recht bekommen würde, bis ans Ende seines Lebens im Gefängnis eingesperrt zu bleiben.

»Ohne etwas über seine Geschichte gekannt zu haben, war ich zutiefst betroffen«, erinnerte sich Dididan. »Er hatte einen Mord begangen, und es war damals normal, bestraft zu werden, jedoch ließ mich das Bild dieses Siebzehnjährigen nicht in Ruhe. Ich sah nur einen Buben, ein pubertierendes Kind mit Flaum an Kinn und Oberlippe, und ich verspürte ein tiefes Bedürfnis, mehr über ihn zu erfahren. Zufälligerweise kannte meine Freundin vage seine Schwester, und ich habe sie regelrecht angefleht, einen Besuch bei ihr zu erbitten.«

Dididan und ihre Freundin waren also nach Houston gefahren, und hatten sich von der schwermütigen Schwester seine Geschichte erzählen lassen. Beide Kinder waren in Armut aufgewachsen. Ihre Eltern hatten sich kurz nach der Geburt des Jungen getrennt. Die Schwester zog beim Vater ein und der Junge blieb bei der Mutter. Nun wurde er vom neuen Freund der Mutter verprügelt und jahrelang sexuell missbraucht. Die Mutter hatte die Augen davor verschlossen, aus Angst vor der Konfrontation mit ihrem alkoholsüchtigen Partner. Der Junge fand zunächst Zuflucht in Drogen und schließlich ausgerechnet den narzisstischen Chef einer Dealerbande als Vaterfigur. Irgendwann ging es schief …

Eine in benachteiligten Sozialschichten fast banale Lebensgeschichte, die dramatisch begonnen hatte und auch tragisch endete. Eine Kindheit in Demütigung. Wie die der meisten Straftäter damals.«

»Er war immerhin schuld an einem Doppelmord«, regte sich Kevalam auf. »Was hätte man tun sollen? Seiner traurigen Geschichte zuhören, ihn laufen lassen und beten, dass er kein Wiederholungstäter wird?«

Dididan entschied, seine Frage nicht sofort zu beantworten und erzählte weiter. Sie hatte ihren Rückflug storniert und den Mörder im Knast besucht. Ein fahler, angeschlagener Mann, der nach jedem fünften Satz wiederholte, er sei schuldig, und egal, wie der Beschluss zu seiner Strafe ausfiel, er könne seinen Freund nicht ins Leben zurückholen. Zusichern konnte er der jungen Dididan nicht – wäre er freigelassen worden und eines Tages in eine ähnliche Situation geraten–, ob er zum Wiederholungstäter geworden wäre oder nicht.

»Er war mit seinem Mörder-Dasein vollkommen identifiziert«, erzählte die Sannyasinii. »Die Zeit, in seinem kurzen freien Leben, ein anderes Selbst kennenzulernen, war ihm nicht gegönnt gewesen. Er hatte sich nie verliebt, hatte keine Familie gegründet, war nie in der Arbeitswelt tätig gewesen, in der er vielleicht hätte lernen können, Verantwortung zu übernehmen oder etwas Eigenes zu erschaffen. Er hatte keine Chance bekommen, seine Mission in der freien Welt zu entdecken.«

Dididan legte beim Erzählen häufig längere Pausen ein, eine Angewohnheit, die Kevalam besonders schätzte. Kurz bevor sie pausierte, bewegte sie noch leicht ihre Lippen, so als ob sie unmittelbar davor stünde, weiter zu sprechen – es sich doch anders überlegte und nichts sagte.

Sie schloss ihre Augen und atmete leise, wartend, dass die Bilder zu ihr kamen. »Das Gespräch beendete der niedergeschlagene Mann abrupt mit dem Satz: ›Was sehen Sie noch in mir, wenn nicht einen Mörder?‹« Sie atmete einmal lange ein und aus. »Eine Antwort fiel mir in dem Moment nicht ein. Ich hatte nicht den Mut, ihm zu sagen, was ich sah: Aussichtslosigkeit, Resignation und Leere.« Sie atmete noch einmal lang und tief, von ihren Erinnerungen sichtlich betrübt. »Hinterher habe ich mich mit dem Thema intensiv beschäftigt. Auch weil ich mich, wie du, Kevalam, gefragt habe, was es für Alternativen hätte geben können. Ich habe weitere Gefangene sowie deren Angehörigen besucht und Menschen, die von ihren Taten in Mitleidenschaft gezogen wurden. Da ich zu dieser Zeit Psychologiestudentin war, konnte ich vorgeben, diese Besuche als Basis für meine Doktorarbeit zu verwenden, und mit viel Geduld und Engagement erreichte ich, dass mir die Türen geöffnet wurden.«

Die Studentin hatte sich auf männliche Langzeit-Häftlinge konzentriert und darauf geachtet, sich nur Fälle auszusuchen, in denen die Schuldfrage eindeutig geklärt war und von den Insassen nicht völlig bestritten wurde. Ausnahmslos hatten sie alle eine schwere Kindheit hinter sich.

»Die Männer konnten keine Sekunde vergessen, dass sie im Gefängnis saßen«, erinnerte sie sich. »Der penetrante Geruch der schlecht belüftbaren Zellen, verkochtes Essen, kalter Rauch, Latrinen-Gestank, Bohnerwachs … Die Eindringlichkeit der Schlüsselgeräusche … des

Geschreis. Ständig wurden die Gefangenen daran erinnert, dass sie etwas Verwerfliches getan hatten. Verurteilt waren, ›falsch‹ zu sein. Nicht liebenswert. Und egal, wie sehr manche die Fakten zu retuschieren versuchten, der Stacheldraht um die hohen Mauern des Baus ermahnte sie bei jedem Hofrundgang, dass sie in der Gesellschaft nicht willkommen waren. Sie waren verbannt. Auf Dauer erstarrten sie in wenigen Gedankenschleifen.«

Sie ließ ein wenig Zeit verstreichen und erzählte dann weiter: »Mir ist zwar bewusst, dass die Brutalität in den Gefängnissen auf Machtspiele zurückzuführen war, aber sie war so schockierend, dass es mir manchmal so vorkam, als ob die Entscheidungsträgeren darauf spekulieren würden, dass ein Mann nach einer Entlassung weniger rückfällig würde, wenn ihm lange genug der Lebensmut zertrampelt worden war. Nicht unbedingt weil er durch seine Freiheitsstrafe neue ethische Einsichten gewonnen hätte, sondern weil er nur noch zu einer kaum handlungsfähigen apathischen Hülle geworden wäre.«

»Möglicherweise war es ein willkommener Nebeneffekt«, warf Didi ein. »Jedoch bin ich der Meinung, liebe Dididan, dass es bei dieser miserablen Behandlung lediglich um Mangel an Geld ging. Vor allem in Ländern, in denen es hauptsächlich private, profitorientierte Zuchtanstalten gab, die wenig Mittel in lehr- und therapeutische Maßnahmen investierten.«

»Gefangenschaft kann doch eine Chance sein«, erwiderte Kevalam. »Eine Möglichkeit für die Täter, sich zu bilden, aus der Drogensucht herauszukommen und psychologische Betreuung zu erhalten.«

»Es ist schwierig, allgemeingültige Verhaltensregeln aufzustellen«, sagte Dididan. »Wie viel kann einere Mensche aushalten? Und wie lang? Wie sehr wird sier dabei von sihnem Umfeld unterstützt? Jede Geschichte verlief anders.«

Didi ergriff das Wort: »Mancheren hat der Aufenthalt tatsächlich geholfen, vorausgesetzt, er dauerte nicht zu lange und die Bedingungen waren einigermaßen zumutbar. Das stimmt. Einige wenige haben sogar die Kraft gefunden, als sie freigelassen wurden, sich für die Reintegration, wie es damals hieß, von ehemaligen Insasseren einzusetzen oder für die Rechte der Gefangenen und überhaupt für ein humaneres Rechtssystem.«

»Wenn wir nicht für die kommenden drei Tage hier sitzen bleiben möchten«, erwähnte die ältere Sannyasinii, »können wir nur an der Oberfläche kratzen.« Sie lächelte nachdenklich.

Kevalam nutzte die Gesprächspause, um sich seinem Essen zu widmen. Dididan beobachtete ihn dabei. Sie selbst hatte früher ähnliche Glaubenssätze vertreten. Tief im Inneren hatte sie damals schon gespürt, dass etwas Grundlegendes nicht stimmte, aber diesem Bauchgefühl wenig Beachtung gegeben. Sie war im Glauben an das Strafe-Belohnungssystem erzogen worden und mit der Angst vor dem ›bösen Mann‹ aufgewachsen. Es hatte ihre Erfahrung gebraucht, damit sie einsah, dass eine kosmetische Reform der Strafvollzugsbedingungen nicht ausreichen würde, und dass das gesamte Konzept des Rechtssystems revidiert werden musste.

»Wie soll Freiheitsentzug einere Mensche dazu bringen, sihnen Selbstwert wiederzuerlangen?«, fragte sie. »Wie soll einere Menschere, diden mane die Freiheit entzieht, sich aufrichtig lieben lernen? Sihne Frustration abbauen, damit sier auch andere lieben kann und nie wieder jemanderen ernsten Schaden zufügen möchte?« Sie wandte sich kurz an Dididan. »Und ja, ich weiß, Didishu, es gibt Ausnahmen. Es gibt immer Ausnahmen.«

Die zwei Sannyasiniis lächelten sich an, einig.

Dann widmete sich Dididan erneut Kevalam. »Kevalam, was ich damals bei meinen Recherchen feststellen konnte, ist, dass Gefängnisse einere Mensche entweder brechen oder verhärten. Ich wüsste nicht, was solche Anstalten Positives mit sich hätten bringen können.« Betrübt schüttelte sie leicht ihr Haupt.

Saruj hatte während der Konversation nur zugehört – und gegessen. »Vollverpflegung?«, bot sie scherzhaft an und biss demonstrativ in das zweite Brötchen, das eigentlich für Kevalam gedacht war.

»Lach nicht, Saruj«, mischte sich Didi ein. »Manche, oft ältere, verzweifelte Menschen haben tatsächlich voller Scham im Supermarkt gestohlen, in der Hoffnung, in Haft eine warme Mahlzeit zu erhalten und eine Nacht unter einem Dach zu verbringen.«

»Verrückte Zeiten«, entfuhr der jungen Frau. »Mich wundert es, wie die Leute solche Umstände ertragen konnten.«

Kevalam fiel ihr ins Wort. »Solange Kriminelle im Gefängnis sitzen, können sie keinen weiteren Unfug treiben. Das ist schon mal etwas Positives. Auch nicht zu vergessen ist, dass Strafen eine abschreckende Wirkung haben. Je weniger Taten, desto weniger Opfer.«

»Das ist auch unsere Devise«, erwähnte Didi. »Und ja, eine abschreckende Wirkung haben Strafen mit Sicherheit. Freiheitsberaubung ist eine verschärfte Form der Demütigung, eine Erfahrung, die die meisten lieber vermeiden würden, und Geldstrafen konnten damals eineren das Leben ganz schön erschweren. Nun …«

Auf einmal wurde sie still. Saruj hatte sich zu ihrem Freund gebeugt und war dabei, ihm etwas ins Ohr zu flüstern. Sie wollte wissen, was er mit seinem ›Notfallzahn‹ gemacht hatte und ob die Zyankalikapsel noch in situ saß.

Verlegen wisperte er: »Nein, Pi hat die Kapsel für mich herausgezogen.« Dabei tippte er diskret auf die Innentasche seines Anzugs. »Ich wusste nicht wohin mit dem Gift.«

»Dann werde ich ab sofort nur noch ganz brav mit dir sein«, tuschelte Saruj weiter. »Sonst könnte sie in meinem Tee landen.« Sie verzerrte in gespielter Panik ihr Gesicht.

»Ein perfektes Beispiel, wie effizient Abschreckung wirkt«, schlussfolgerte er leise.

»In der Tat. Nur wirst du ab sofort nicht mehr wissen, ob ich ein Engel bin, weil ich es will – und es bin – oder weil ich vor dir Angst habe. Blöd, oder?«

Bevor er Zeit zum Reagieren fand, richtete sie sich wieder auf und sprach die Sannyasiniis an: »Entschuldigung, meine Damen, das war privat. Mir ist ein wunderbar passendes Beispiel in den Kopf geschossen, und ich wollte es unbedingt auf der Stelle loswerden.«

Die alten Damen kicherten nachsichtig. Saruj reichte Kevalam den Teller mit den übrigen Kartoffeln, aber er ignorierte ihn.

»Didishu, ich habe sehr wohl dein Anliegen verstanden«, sagte er abgeklärt. »Ich sollte mich anständig benehmen, nicht aus Angst vor einer Strafe, sondern aus dem Wunsch heraus, anderen keinen Schaden zuzufügen.«

»Anscheinend hat das mysteriöse Attentat von Saruj seine Früchte getragen«, sagte Dididan und schmunzelte.

»Aber«, konterte er, »so denken die wenigsten. Ich kann mir nicht vorstellen, dass alle hier einsichtige Altruisten sind.«

»Der Kontext ist entscheidend, lieber Kevalam«, übernahm Didi. »Die Spielregeln, wie Dadame gerne sagt. Mit den Spielregeln eines Strafsystems im Nacken hätte auch ich mir bei der Planung einer Straftat primär Gedanken darüber gemacht, wie ich glimpflich davonkomme, und dabei möglicherweise ausgeblendet, welches Leid meine Tat für andere bedeuten könnte. Und falls ich trotz all meiner Bemühungen verhaftet worden wäre, wäre meine Schlussfolgerung gewesen, ich hätte nicht klug genug gehandelt und sollte das nächste Mal das Ganze geschickter angehen.

Mit solchen Einstellungen haben sich manche dilettantischen Kleinkriminelle nach einem lehrreichen Gefängnisaufenthalt zu gefährlichen ›Profis‹ weiterentwickelt. Im Gefängnis hatten sie gelernt, ihre Gefühle zu unterdrücken, sich Respekt durch Gewalt zu verschaffen und womöglich, worauf beim perfekten Verbrechen geachtet werden sollte.«

Flüchtig warf sie der Expertin in der Runde einen fragenden Blick zu. Diese nickte zustimmend.

»Ich verstehe das alles«, sagte Kevalam, jetzt ein wenig ungeduldig geworden. »Aber schließlich geht es doch um Sicherheit. Um Gerechtigkeit.«

»Die Spielregeln haben sich eben geändert«, begann Didi. »Es geht nicht mehr darum, Katz und Maus mit den Gesetzen zu spielen, sondern um Heilung. Auf lange Sicht eine bessere Strategie.«

»Geht's dir um Gerechtigkeit oder um Rache?«, hakte Saruj ein, während sie mit dem letzten Stück Brot einen Rest Dillsoße vom Teller aufwischte. Sie hatte schon den Mund geöffnet, um den Bissen zu schnappen, als sie merkte, wie Kevalam sie gereizt anschaute. »Kev, ich bin kurz mal weg und hole dir ein anderes Brötchen«, rief sie. Sie sammelte noch schnell das dreckige Geschirr ein und mit vollem Mund lief sie in Richtung Kantine los.

Dididan lächelte amüsiert und folgte der galoppierenden Neunundzwanzigjährigen mit den Augen. Beim bestem Willen konnte sie nur ein Mädchen in ihr sehen.

Sie widmete sich Kevalam: »Über meinen Besuch bei der Mutter des ermordeten Jungen möchte ich dir gern berichten«, schlug sie vor.

Er nickte bereitwillig und sie begann zu erzählen: »Ich kann mich noch sehr genau erinnern, wie ich in diesem Wohnzimmer saß und vor mir eine im Sessel zusammengesunkene Gestalt meine Fragen mit einer trostlosen Stimme beantwortete.«

Die mittlerweile altgewordene Frau hatte der jungen Dididan erzählt, wie sie darauf hoffte, dass die Todesstrafe des Mörders ihres Sohnes in einen lebenslangen Freiheitsentzug umgewandelt werden würde. Er sollte weiterleben, ergraut und zerbrochen im Käfig verharren und bis zu seinem letzten Atemzug leiden. Und nicht mal das wäre gerecht genug. Ihr Sohn würde nie wieder von den Toten erweckt werden. Sie wünschte sich, dass der Mörder noch mehr litt. Mehr litt als sie selbst.

»Genugtuung ist nie genug, wenn man einere geliebten Mensche verliert, nie genug, wenn mane selbst gebrochen ist«, erläuterte die Zeitzeugin. »Hätte die Mutter die Erlaubnis bekommen, den Straftäter zu schlagen, hätte sie es getan, und noch mal, und noch mal. Und noch mal … bis sie zusammengebrochen wäre und eingesehen hätte, dass Vergeltung an ihrem Verlust nichts ändern würde.« Sie seufzte mitfühlend. »Die Realität annehmen … trauern … sich helfen lassen … verzeihen … akzeptieren, dass ihr Schmerz nie ganz weggehen würde und sie jedoch weiterleben durfte. So hätte sie wieder Frieden finden können. Und eines Tages vielleicht erkennen, dass sie und ihr Erzfeind ein ähnliches Schicksal trugen. Beide erstarrt, sie in ihrem Groll, er in seiner Reue …

Ein langer Weg und sicher keine leichte Aufgabe, dennoch eine erstrebenswertere Aussicht, als den Rest ihres Lebens in Hass zu verbringen und sich das Lachen und Lieben zu verbieten. Sich selbst zu einem lebenslangen Leid zu verdammen – verbittert und eingesperrt in ihre mit Bildern ihres verlorenen Sohnes zugekleisterten vier Wänden.«

Kevalam hatte Dididan aufmerksam zugehört und, obwohl er von der Erzählung berührt war, hatte er nicht die Antworten bekommen, die er brauchte. Das wusste sie. Sie aber fand diesen längeren Exkurs in die Vergangenheit wichtig. Um das neue Gesellschaftssystem annehmen zu können, musste er die Grenzen des alten sehen. Sie schlug vor, ihm noch eine letzte Geschichte zu erzählen. Diese handelte von den mehrfachen Besuchen, die sie dem letzten Gefangenen ihrer Studie abgestattet hatte.

Ihr Aufenthalt in den USA hatte sich auf drei Jahre erstreckt. Zwei wiederkehrende Verhaltensmuster waren ihr bei den Insassen aufgefallen. Eines davon betraf Männer, die, wie ihr erster Fall, ihre Schuld bekannten, die Strafe widerstandslos annahmen und sich mit ihren Taten identifizierten: ›die Gebrochenen‹, so nannte sie sie.

Scheinbar unzerbrechlich dagegen schien die zweite Gruppe der Straftäter. Männer, die an Paranoia oder einer narzisstischen Störung, oft beidem zugleich litten. Dididan konnte ihre Lügen durchschauen, ihre Scheinheiligkeit, ihre Wut, ihren Hass, und ihre unterschwelligen Versuche, ihr Mitleid zu erregen. Sie waren ungerecht behandelt worden, diffamiert, und früher oder später würden sie allen ›die Wahrheit‹ beweisen. All die Jahre hatten sie bis ins kleinste Detail an ihren mühsam aufgebauten Konstrukten gefeilt und sie so oft wiederholt, bis sie selbst davon überzeugt waren, dass sie der Realität entsprachen. Zurück in der Freiheit hätten sich diese ›Leugner‹ vermutlich einfacher integrieren können als die ›Gebrochenen‹, da sie noch über genug Aggressivität und Lebenskraft verfügten, aber die Wahrscheinlichkeit, dass sie rückfällig wurden, schätzte die Studentin als besonders hoch ein. Sie würden sich rächen wollen, an wem auch immer. Mit ein wenig Glück würde es ihnen als Rache genügen, ›allen‹ Schuldgefühle zu verpassen. Indem sie sich vorbildhaft verhalten und allen zeigen würden, wie anständig sie seien, sprich welch unschuldige Lämmer sie stets waren – und sind.

Bei ihrem letzten Fall aber wartete weder ein gebrochener Mann noch ein Leugner auf sie. Sie saß vor einem vornehmen, intelligenten, gebildeten Mann, der ihr seine grausigen Taten sachlich und detailgetreu offenlegte. Ohne Wut, ohne Reue und ohne jemals zu versuchen, die Schuld auf andere zu schieben oder an ihr Mitleid zu appellieren. Er konnte ihr die Zusammenhänge zwischen seiner demütigenden Kindheit und der Inszenierung seiner wiederholten Morde genau schildern. Er war sogar ein wenig wehmütig, sein ›Werk‹ aufgrund seiner Verhaftung nicht vollendet haben zu können. Jeder seiner Morde hatte sich hinterher als eine Enttäuschung erwiesen, gestand er. Er hätte mehr Zeit gebraucht, um das Trauma seiner Kindheit genauer inszenieren zu können. Bewältigen, sagte er noch dafür. Dididan hatte ihn über mehrere Monate regelmäßig besucht. Auf der Suche nach einem Rest Empathie, auf der Suche nach einem Schimmer Hoffnung.

»Er hatte sich an mich gewöhnt, freute sich scheinbar auf unsere Treffen«, berichtete die Zeitzeugin. »Und so deplatziert es sich auch anhören mag … ich mich auch.« Sie schaute in die Ferne. »Er übte auf mich eine unfassbare Faszination aus …«

Kevalam konnte regelrecht zusehen, wie sich der Film ihrer Erinnerungen nach über achtzig Jahren in ihrem Kopf erneut abspielte.

»Eines Tages aber«, sie schluckte kurz, »hat er überraschend einen Finger auf meine Hand gelegt, mich angelächelt und geflüstert: ›Sie wären die Richtige gewesen.‹« Sie hielt inne.

Saruj war vor wenigen Minuten zurückgekommen und hatte sich

lautlos an die Seite von Kevalam gesetzt. Die Geschichten der Zeitzeugin kannte sie zwar alle, aber genau diese fand sie besonders verstörend. Sie spürte, wie sich ihre Wangen erhitzten.

Dididan fuhr fort: »Nach ein paar Minuten der völligen Erstarrung, während ich mich von seinem Blick als Geisel gefangen fühlte, bin ich doch aufgestanden und aus der Anstalt geeilt. Ich habe mit meiner Arbeit komplett aufgehört. Ich litt an Alpträumen und Panikattacken. Ich wusste nicht mehr weiter. Offenbar gab es doch Menschen, die, zum Wohl aller, besser eingesperrt bleiben sollten. Diese Erkenntnis tat besonders weh ...« Schwermütig ließ sie einen Seufzer los. »Dieser Mann war nicht mehr heilbar ... und seine schlimme Kindheit allein konnte solch ein psychopathisches Verhalten kaum erklären.«

Sie schloss ihre Augen, nachdenklich geworden.

Nach einem stillen Moment sagte Kevalam sanft, so als ob er die Zeitzeugin trösten wollte: »Es ist doch bewiesen, dass Psychopathen eine genetische Veranlagung haben.«

Dididan lächelte ihn an, seine Geste anerkennend. »Angeblich soll es manchmal so sein«, sagte sie, noch immer ein wenig betrübt. Dann fasste sie sich wieder. »Menschen, die solche Genvarianten tragen, sind dennoch äußerst selten. Und zum Glück entwickeln sie sich nicht systematisch zu brutalen Psychopatheren. Die Qualität des Umfelds, das ist entscheidend. Das Umfeld ist der Auslöser dafür, ob die Waage kippt oder eben nicht.«

»Die Last des geschichtlich kollektiven Unterbewusstseins könnte auch eine Rolle spielen«, überlegte Saruj laut.

»Sicher«, stimmte Dididan zu. »Aber unabhängig davon, ob eine Veranlagung besteht oder nicht, ist das Sinnvollste, was wir tun können, auf Vorbeugung zu setzen, um uns vor Gewalt zu schützen.«

Saruj verschränkte ihre Arme vor ihrem Gesicht in einer martialischen Abwehrposition. »Gefährdeteren Karate beibringen«, scherzte sie.

Die Greisin schreckte spielerisch zurück. »Mit Vorbeugung meine ich etwas anderes, aber dein Späßchen, Saruj, erinnert mich an einen Vorfall.« Sie wandte sich Kevalam zu. »Hast du noch genug Geduld für einen weiteren Umweg?«, und in die kleine Runde: »Und ihr alle, habt ihr Laune auf eine allerletzte Geschichte?«

»Sehr gern«, ermutigte sie Kevalam mit einem einladenden Lächeln.

»Na dann«, freute sich Dididan. Sie fand den jungen Mann wirklich reizend.

Nach einer Genusspause fing sie an zu erzählen. »Es geht dabei um einen Zwischenfall, den ich nicht selber erlebt habe, sondern eine eng befreundete Kommilitonin. Lange zurück in der Vergangenheit.« Sie kicherte. »Nach unseren Unibesuchen hatte meine Freundin die Gewohnheit, eine Abkürzung durch eine Brache zu nehmen, um schneller zur Zugstation zu gelangen. Natürlich mit Stöckelschuhen. Ja, aufs Aussehen legte die Maid besonders viel Wert.

Am Abend zuvor, es war Winter und schon früh dunkel, hatte sie mitten auf dem Baugelände bemerkt, wie ein Mann hinter ihr ging. Ihr Bauchgefühl meldete sich klar und deutlich: Ich werde verfolgt. Mit den hohen Absätzen wegzurennen hätte nicht viel gebracht und möglicherweise das Zeichen gegeben, die Jagd wäre eröffnet gewesen. Ohne groß darüber nachzudenken verlangsamte sie ihren Gang und ließ sich von dem kräftigen Riesen einholen. Als er auf ihre Höhe kam, fragte sie ihn angespannt: ›Wissen Sie, wie spät wir haben?‹ Der Mann holte sein Telefon heraus und sagte ihr die Uhrzeit. Sie rief noch: ›Mist! Ich muss mich beeilen, ich verpasse noch meinen Zug!‹ Daraufhin zog sie ihre Schuhe aus und trabte los, so schnell sie konnte. Der Mann ließ sie gehen. Er verfolgte sie nicht weiter.

Am Morgen danach saßen wir zusammen in der Mensa. Nachdem sie mir von dem Vorfall berichtet hatte, holte sie eine Zeitung heraus, warf sie auf den Tisch, zeigte auf ein Foto und versicherte mir: ›Das ist er!‹ Unter dem Bild stand in fetten roten Buchstaben: Frauenmörder endlich gefasst! Der Mann hatte acht Frauen auf dem Gewissen. Vergewaltigt und die Kehle durchgeschnitten. Durch eine einfache Frage hatte es meine Freundin geschafft, ihn aus dem Konzept zu bringen und in die Normalität zurückzuholen.«

Dididan wandte sich Saruj zu. »Ob sie mit Karateschlägen besser dran gewesen wäre, möchte ich bezweifeln, Saruj.« Sie schmunzelte.

»War nur so zum Spaß«, erinnerte sie. »Mir ist sowieso noch nie etwas in der Richtung passiert.«

»Das meinte ich mit Vorbeugung«, erläuterte die Sannyasinii Kevalam.

Er schaute sie rätselnd an.

»Sicherheit ist ein großes Bedürfnis und es ist durchaus wichtig, Gefährdete aufzuklären«, erklärte sie. »Sie mit Verteidigungsgriffen und vor allem mit verstärktem Selbstbewusstsein auszurüsten. Besser ist es jedoch, wenn niemande zum Tätere wird. Praktisch bedeutet es, dafür zu sorgen, dass unser soziales Umfeld gesund bleibt und niemanderen, vor allem in der Kindheit, ernsthaften Schaden zugefügt wird. Aufmerksam bleiben, wenn ein Kind auffällig ist, erkennen, ob ihm etwas zugestoßen ist, und gegebenenfalls schnell reagieren.«

»Natürlich gibt es Traumen, die die Gemeinschaft nicht verhindern kann«, intervenierte Didi. »Der Tod eines Elternteils oder eineren nahen Mensche ist ein traumatisches Geschehnis, das die Gemeinschaft nicht rückgängig machen kann. Oder eine missglückte Liebesgeschichte. Auch ein scheinbar harmloser Zwischenfall kann, aus welchen Gründen auch immer, böse Wunden hinterlassen. Und das nicht nur im Kindesalter.«

»Was wir aber stets können und auch tun«, übernahm Dididan erneut, »ist diden Leidende eine intensive Unterstützung bei der Heilung sihner Wunden zu bieten. Damit seelische Erschütterungen nicht in ernsthaft psychische Störungen ausufern.«

Kevalam hatte seinen Blick auf die durch Gitter verbarrikadierten Fenster des roten Backsteingebäudes gelenkt. »Mir fällt es wirklich schwer zu glauben, dass ihr das alles, wie schlimm es auch gewesen sein mag, nicht mehr braucht«, gab er offen zu. »Offensichtlich ist es jetzt

Realität, und ich muss mich damit abfinden. Das Strafsystem ist abgeschafft worden, alle benehmen sich, und es gibt keine Konflikte mehr. Nur, wie habt ihr so etwas bewerkstelligen können?«

»Konflikte haben wir nach wie vor«, beschwichtigte die ältere Sannyasinii. »Sie können anstrengend werden, äußerst lästig sogar.« Sie kicherte. »Noch sehr spät in meinem Leben haben mich manche Konfliktsituationen überraschend mitgenommen und mich dazu gebracht, einzusehen, dass ich nicht so gelassen war, wie ich es mir einbildete. Wenn ich zurückdenke, würde ich sogar sagen, dass genau dieser Aspekt mich am stärksten kränkte.«

»Und jetzt?«, wollte er wissen. »Wie gehst du jetzt mit Streit um?«

»Es ist lange her, dass mich eine unangenehme Konfrontation aus dem Gleichgewicht gebracht hat. Differenzen brauchen nicht in Streit auszuarten, lieber Kevalam. Beschäftigen tun sie mich weiterhin, und das ist auch richtig so. Wenn es nicht so wäre, würde ich das Geschenk, das jede Auseinandersetzung und jede Uneinigkeit in sich birgt, übersehen, und das wäre schade.« Sie lächelte. »Exquisite Lehreren sind jene, die es noch schaffen, mich auf die Palme zu bringen. Nun, mittlerweile gelingt es mir tatsächlich, die Lektionen zu erhalten, ohne dafür zu leiden.«

»Wie geht das denn?«, ertönte eine aufgeregte weibliche Stimme.

Es war Zasch. Das Mädchen war kurz zuvor wie aus dem Nichts erschienen und hatte sich hinter Dididan gestellt. Ihre verschränkten Arme und ihre finstere Miene verrieten, wie es in ihr kochte.

Die zwei Sannyasiniis hießen sie willkommen. »Namaskār, liebe Zasch«, sagten sie nacheinander, die Hände vor der Brust gefaltet.

»Namaskār«, grummelte die Suahelifon[2] fahrig zurück. »Wie machst du es, nicht zu leiden, Dididan?«

»Soll ich dir einen Trick verraten?«, bot diese geheimnisvoll an.

[2] nativ Suaheli Sprechende. (U.a. aus dem früher genannten Kenia und Tansania)

»Wenn es hilft«, erwiderte Zasch vorlaut.

»Wunderbar«, sagte die Greisin, keineswegs von dem Verhalten des Mädchens irritiert. »Der Trick ist, du legst dir eine lächelnde Sonne in den Bauch.« Sie zeigte bei sich auf eine Stelle direkt unter ihrem Solarplexus. »Kannst du sie sehen, Zasch?«

»Natürlich nicht«, rief das aufgewühlte Mädchen.

»Wenn du sie siehst, beobachte die Emotionen, die dann in dir aufsteigen. Auch wenn es dir in einem herausfordernden Moment nicht gelingt, ruhig zu bleiben, und du trotzdem laut wirst, versuche weiter deine Aufmerksamkeit auf ihr Lächeln zu richten. Zwischen den lauten Worten findest du sicher ein wenig Raum für Klarheit. Diese Momente sind deine Chance. Nutze sie, um dich mit deiner Sonne zu verbinden. Vielleicht wirst du plötzlich still. Oder vielleicht wird sich dieses Lächeln in ein Lachen verwandeln, wer weiß? Vielleicht wirst du daraufhin selber zu lächeln beginnen oder auch zu lachen. Vielleicht wird sogar dein Gegenüber davon angesteckt. Oder nichts davon, und du wirst noch weiter ein wenig Wirbel brauchen.«

Sie öffnete ihre Hände in einer Geste der Resignation. »Tja. Es bedarf der Übung. Allerdings geht es überhaupt nicht darum, dich kleinzumachen oder es allen recht machen zu wollen. Du kannst jederzeit ›nein‹ sagen und trotzdem in Verbindung mit deiner lächelnden Sonne bleiben.

Wichtig ist, dass du zu dir liebevoll bleibst, Zasch. Auch wenn du immer wieder alles vergisst und es nicht rechtzeitig schaffst, das Ruder zu lenken. Mit der Zeit wird es leichter. Mit der Zeit wird deine Sonne im Bauch helfen, die Situation mit einer gewissen Gelassenheit zu betrachten, damit du mit einem klaren Kopf an diesen besonderen Unterrichtsstunden des Lebens teilnehmen kannst. Deine Sonne wird für dich da sein, damit Auseinandersetzungen nicht mehr so leicht in destruktiven Streit eskalieren und deine Wut dich, wie jetzt, nicht mehr so sehr aufwühlt.«

»Ich hab alles versucht, Dididan, wirklich. Ich schwör's«, lamentierte Zasch, die noch nicht bereit war, den Vorschlag von Dididan ernsthaft in Betracht zu ziehen.

Die Greisin lächelte liebevoll. »Immer wieder probieren. In hundert Jahren wird es dir sicher leichter fallen.«

Zasch brauchte ein paar Sekunden, um zu realisieren, dass sie scherzte.

Dididan stupste das Mädchen sanft am Ellbogen. »Und entscheide bitte, ob du dich zu uns gesellen möchtest oder nicht. Ich bekomme bald einen schiefen Hals.«

Schließlich lachte Zasch doch. Saruj lud sie ein, zwischen sich und Kevalam Platz zu nehmen.

»Danke, echt. Ich bin gerade geflüchtet«, sagte das Mädchen beim Hinsetzen.

»Wovor?«, fragte sie Saruj.

»Unterhaltungsprogramm von Mikel.«

Saruj schmunzelte. »Ist der Mann wieder voll in Form?«

Zasch ließ ihre Lippen flattern, um ihrer Zustimmung einen Klang zu verleihen: »Pfff …«

Gandhari, Dyonis und Mikel hatten nach dem Essen ihre Gitarren geholt, und eine Gruppe von etwa fünfzehn Jugendlichen hatte sich dazugesellt. Zasch hatte sich auf diese spontane Aktion sehr gefreut. Dass Mikel eine ›Rampensau‹ war, war bekannt, aber an diesem Abend war er besonders engagiert.

»Er hat entdeckt, wie vorteilhaft die Knast-Akustik fürs Grölen ist«, beschwerte sich Zasch. »Er hat sich so sehr reingesteigert, dass er jeden Einsatz zum Singen für sich beansprucht hat. Ich habe echt drauf geachtet. Jeden! Niemande aus der Gruppe hatte auch nur eine Chance.«

»Und du konntest gar keine Freude an seinem Unterhaltungsprogramm finden?«, fragte Didi.

»Wenn ich eine Einzelperformance sehen möchte, wähle ich sie nach meinem Geschmack. Ich habe mich heute völlig ausgeliefert gefühlt. Genötigt. Er zwingt uns doch alle, seinere Zuschaueren zu sein!«

»Du hast dich nicht zwingen lassen, du bist gegangen.«

»Es ist nicht fair, Didishu«, lamentierte Zasch weiter. »Ich wollte doch bleiben und mit allen zusammen singen. Gemeinsam Spaß haben. Das wollten doch alle.«

»Hast du es Mikel gesagt?«, fragte Saruj.

»Saruj, du weißt genau, wie Mikel drauf ist. Wenn er so einen Film abfährt, ist er nicht in der Lage, irgendjemanderen zuzuhören. Ich hab's trotzdem probiert. Null Wirkung! Echt. Er hat mich, glaube ich, nicht mal registriert. Mich kotzt es auch an, dass alle brav dort geblieben sind. Jetzt singen sie auch noch den Chorus für ihn. Oder hören ihm zu mit einem albernen Lächeln auf dem Gesicht!«

»In stumpfer Seligkeit«, versuchte sich Saruj poetisch. Sie konnte die Aufregung Zaschs sehr gut verstehen.

Dididan hatte den stürmischen Auftritt des Mädchens kommentarlos beobachtet. Sie hob leicht den Finger, um die Aufmerksamkeit auf sich zu ziehen. »Liebe Zasch, ich finde es gut und mutig, dass du dich traust, uns deine Emotionen zu zeigen. Du hast das Gefühl, dass eine besondere Erfahrung des Zusammenseins versäumt worden ist. Du bist enttäuscht und wütend, dass du nichts daran ändern konntest. Ich kann das gut nachvollziehen. Ich bin mir auch bewusst, wie sehr es dir dabei um das Wohlbefinden der Gruppe geht.«

Die Sanftheit Dididans übte auf Zasch eine sofortige Wirkung aus. »Hey Dididan, danke, dass du mich verstehst.«

Dididan lächelte wohlwollend.

Kevalam schaute die beiden Frauen perplex an. Er hätte erwartet, dass Zasch wegen ihres unangemessenen Tonfalls zurechtgewiesen werden würde.

Auf einmal stutzte das Mädchen. »Hey! Vielleicht bin ich doch die Einzige, die damit ein Problem gehabt hat?«, erwog sie.

Wie gerufen erschienen Philemon und Dadame. Sie hatten ebenfalls von Mikels Auftritt genug gehabt und waren gegangen. Nur sahen beide Männer weder betrübt noch aufgeregt aus.

»Wie war das Pflichtkonzert für euch?«, fragte Zasch zur Begrüßung.

Dadame nahm sich die Zeit, die Anwesenden mit gefalteten Händen vor der Brust zu begrüßen, und schmunzelte dann in Zaschs Richtung. »Ein wenig zu laut für meine alten Ohren«, gestand er.

»Ich fand es großartig«, antwortete Philemon.

»Echt jetzt?«, fragte Zasch verdattert.

»Ja, ich bewundere Mikels Selbstbewusstsein.«

»Hättest du nicht auch gern mitgesungen?«

»Ich war froh, nicht in die Verlegenheit zu geraten, selbst im Rampenlicht zu stehen. Ich finde es wunderbar entspannend, wenn andere die Verantwortung für die Unterhaltung übernehmen.«

»Wir hätten doch als Gruppe gemeinsam experimentieren und singen können.«

»Ja, ich verstehe, was du meinst. Das werden wir sicher ein anderes Mal erleben. Wir sind gerade ein paar Tage zusammen. Es braucht Zeit, Rudelkätzchen.« Er lächelte sie aufmunternd an. »Hab doch Geduld.«

Zasch seufzte laut. »Stimmt auch … Mir geht es aber auch darum, wie ich mit so einer Situation umgehen kann, ohne dass sie mich auffrisst. Ich habe mich echt machtlos gefühlt. Es hätte doch so toll mit uns allen werden können. Du weißt doch, was ich meine, du kennst es doch, oder? Was hätte ich bloß machen können?«

Philemon überlegte. »Ähm … Eine Gitarre schnappen und woanders etwas beginnen?«, schlug er vor.

»Wo hätte ich hingehen sollen?«, regte sie sich wieder auf. »So oder so, ich kann nicht Gitarre spielen.«

Philemon lachte und nahm sie liebevoll in die Arme. »Ich bringe es dir bei, Prinzessin. Okay?«

Zasch schimpfte noch ein wenig und ließ sich doch auf seine Wärme ein. »Kannst du Gitarre spielen?«, fragte sie.

»Noch nicht«, gab er zu und lachte.

Dadame strich über seinen langen Bart und betrachtete dabei das Mädchen. »Merkst du, wie sehr du die Energie, die in deiner Wut steckt, in bloßen Ärger verpulverst?«, fragte er. »Und ich spreche hier als erfahrener Kenner. Ich habe als junger Mann solche Adrenalinkicks sogar regelrecht zelebriert. Dagegen erschien mir Harmonie furchtbar langweilig! Streiten und laut Jammern waren deutlich aufregender.« Er kicherte. »Nur, wenn diese Zustände dich zu arg frustrieren, wäre es eine Überlegung wert, diese wunderbare Wutenergie stattdessen in kreatives Handeln fließen zu lassen, meinst du nicht auch? Es stehen uns in diesen verlassenen Gebäuden hundert Meter lange Flure, die fantastisch hallen, zur Verfügung. Auch ohne Gitarre ließe sich dort etwas gestalten.«

»Es hätte aber so sein können, dass es keine ›kreative‹ Alternative gegeben hätte«, erwiderte Zasch trotzig.

Philemon hatte sich hinter sie gestellt und seine schützenden Arme um ihre Schultern gelegt.

»Ts, ts, ts«, tadelte sie der Mann im safranfarbenem Gewand. »Eine Lösung findet sich immer, wenn mane nicht darauf beharrt, eine Situation haargenau so haben zu müssen, wie mane sie sich ausgemalt hat. Du bist gegangen. In Ordnung. Nun, anstatt deinen Groll hinter dir zu lassen und dich unvoreingenommen zu öffnen für das, was kommt, hast du dich dazu entschieden, im Drama zu bleiben. Deine Erwartungen sind es, Zasch, die an dir nagen. Lass doch ein wenig los.«

Die Vierzehnjährige fixierte einen unsichtbaren Punkt in der dunklen Ferne. Es hätte noch gefehlt, dass der alte Mann seine Tirade mit ›Das alles ist nur in deinem Kopf‹ beendet, dachte sie. Sie wusste auch, dass er ins Schwarze getroffen hatte, dennoch war sie gekränkt. Sie fühlte sich zugleich ertappt und missverstanden. Wie auch Saruj hatte sie einen existentiellen, dringlichen Wunsch nach Verbindung. Im Falle des jungen Mädchens war diese noch dazu verknüpft mit hohen Erwartungen.

Unvermittelt schaute der Greis umher. »Es gäbe allerdings etwas, dass ich dringend ändern möchte«, verkündete er.

Zasch warf ihm fragend einen kurzen Blick zu.

»Die Bank ist besetzt«, erklärte er, »auf dem Betonboden möchte ich nicht sitzen, und wenn ich lange stillstehe, wird mir schnell schwindelig. Hat jemande hier einen Vorschlag?«

Philemon hatte beim Spazierengehen einen künstlichen See am Rande des Geländes gesichtet. »Ich kann nicht garantieren, ob dort Fische leben, dafür stehen dort Tische und Bänke«, schilderte er. »Sicher von den Stationshüters organisiert, damit wir uns bequem zurückziehen können, falls wir von einem übereifrigen Performer fliehen müssen.«

Schmunzelnd ließ er Zaschs Schultern los, um an ihren Ohren zu zwicken. »Zick, zack«, machte er und lachte.

Sie drehte sich um und zeigte ihm flüchtig die Zunge.

Dididan meldete sich: »Wir haben hier schon sehr lange gesessen. Für mich ist es heute genug.«

Ihre Aussage fand bei allen Anklang. Der Tag war lang gewesen, und die Pilger hatten einen Marsch von zwanzig Kilometern hinter sich. Die kleine Truppe würde noch kurz den Rückzugsort von Philemon erkunden und sich anschließend zum Schlafen begeben. Sie brachen auf, Philemon und Zasch an der Spitze.

Es gab noch etwas, das das Mädchen wissen wollte. »Wärst du mitgegangen, wenn ich dich gefragt hätte?«, fragte es Philemon.

Er zögerte. »Ich saß da wirklich bequem. Ähm … tut mir leid …«

»Diese Lethargie kotzt mich so an«, fiel ihm Zasch ins Wort. Sie war beleidigt, dass nicht einmal ihr bester Freund zu ihr gestanden wäre.

»Ich stehe schon zu dir, Mimosenkopf. Beweis: ich bin da. Ich bin auch gegangen, als ich keinen Spaß mehr hatte. Meinetwegen eine Stunde später als …« Er unterbrach sich selbst. »Es ist wirklich kein Weltuntergang. Morgen ist auch noch ein Tag.«

»Vielleicht sind wir morgen schon tot«, erwiderte sie.

»Hey, Dramakeks. Wir waren müde, und du kannst nicht erwarten, dass dir alle auf Kommando folgen.«

Die Arme verschränkt, blieb sie auf der Stelle stehen. »Ich heiße Zasch, verdammt«, beschwerte sie sich.

»Ja, liebe Malaï…«, begann Philemon süß neckisch.

»Zasch«, warnte sie ihn.

Kurz nachdem sie von Nairobi nach Berlin gezogen war, hatte sich die damals Siebenjährige den Spitznamen Zasch zugelegt, weil sie ihren Geburtsnamen, Malaïka[3], zu lieblich fand. Sie fand es besonders wichtig, Zasch genannt zu werden, und sie hatte die absurden Scherznamen, die Philemon für sie ständig erfand, immer wieder satt.

Dadame, der hinter den beiden ging, war auch stehengeblieben, um eine Kollision mit den Jugendlichen zu vermeiden. Er war sich bewusst, dass seine vorherige Lektion über Erwartungen Zasch gekränkt hatte. Mit der Absicht, sein ungeschicktes Verhalten bei ihr ein wenig wiedergutzumachen, mischte er sich ins Gespräch ein, diesmal mit einer ausgeprägt liebevollen Stimme: »Liebe Zasch, dass andere dir nicht immer wie auf Kommando folgen, ist ein Phänomen, das du leider erfahren wirst, auch wenn sie mit ihrer Situation unzufrieden sind und dein Vorschlag diese verbessern könnte.«

Das Mädchen schaute ihn mürrisch an. Von ihm wollte sie jetzt nichts mehr wissen.

Dadame sah keine andere Möglichkeit, als sich seinem Faux-Pas zu stellen: »Zasch, es war vorhin wirklich nicht meine Intention, dich zu belehren.« Dann fuhr er mit seinem Anliegen fort, als ob nichts gewesen wäre: »Und eins versichere ich dir: Ich kann deine Abneigung gegen Passivität sehr wohl nachempfinden. Solche Gefühle habe ich selbst lange gehabt – bevor ich mit dem Älterwerden ein Stück gelassener geworden bin.« Er grinste breit. »Vor allem während der Transition waren Bequemlichkeit und Trägheit scharfe Bremsen, die mich fürchterlich irritierten. Die Menschen arrangierten sich lieber mit frustrierenden Gegebenheiten anstatt aufzustehen, Position zu beziehen und sich aktiv für eine mögliche Verbesserung einzusetzen. Das alles würde viel zu viel Mühe bedeuten und überdies würde mane dabei Gefahr laufen, als

[3] [malaɪ̯ːka] Auf Suaheli: der Engel, der gute Geist

Friedenstörere zu gelten. Vielleicht sogar ausgegrenzt zu werden. Es war einfacher, sich anzupassen und das Ganze irgendwie annehmbar zu gestalten – nebenbei erwähnt, eine Charaktereigenschaft, die auch ihre Qualität hat …« Er hörte auf zu reden.

Erzählen können hätte er noch lange. Aber Zasch konnte ihn nicht mehr hören, da sie ihn, am Arm von Philemon ziehend, abgehängt hatte. Der alte Mann schaute, wie die zwei Jugendlichen einige Meter vor ihm entfernt herliefen. Ja, er war schon besonders gesprächig. Zu sehr? Er kicherte leise.

Die kleine Gruppe war am Teich angekommen. Alle blieben einen Moment still. Sie betrachteten das glatte Wasser und lauschten den Geräuschen der Natur, die aus entfernten Feldern kamen. Der Himmel war klar, die Temperatur perfekt. Zusammen spazierten sie einmal um den See herum und gingen dann zum Hauptgebäude zurück.

Mikel und weitere Jugendliche standen am Eingang, plaudernd und lachend. Zasch wäre am liebsten zu Mikel gerannt, um ihn zu würgen. Sie entschied stattdessen, den Trick von Dididan auszuprobieren und sich eine kleine lächelnde Sonne in ihrem Bauch vorzustellen. Die gelbe Kugel erschien auf Anhieb und brach auf der Stelle in Lachen aus. ›Morgen‹, dachte sie und verkniff sich das Lächeln.

Kevalam ging zu Dididan, um sich für die Nacht zu verabschieden.

Sie lächelte ihn an. »Armer Kevalam, deine Fragen hast du jetzt doch nicht beantwortet bekommen,« sagte sie. »Ich habe sie jedoch nicht vergessen. Ein anderes Mal mehr darüber. Versprochen.«

»Ich hab mich dran gewöhnt, dass ich in dieser Hinsicht nichts bestimmen kann.« Er hob die Augenbrauen, um seiner Machtlosigkeit Ausdruck zu verleihen, und lächelte zugleich scherzhaft.

»Etwas möchte ich dir heute noch mit auf den Weg geben, lieber Kevalam.« Sie hielt ihre offene Hand wenige Zentimeter vor seine Brust und lächelte sanft. »Was immer irgendjemande tut auf dieser Welt, es ist ein Versuch, glücklich zu sein. Es mag ein gescheiterter Versuch sein, und er führt oft dazu, dass diesere Mensche nicht glücklich ist und auch andere unglücklich macht. Aber letztendlich ist dahinter dieselbe Motivation, die du und ich haben, das heißt diesere Mensche versucht, glücklich zu sein[4].«

Zur Verabschiedung faltete die Sannyasinii ihre Hände und beim Hineingehen schenkte sie Zasch ein mitwissendes Augenzwinkern.

[4] Aus einem Zitat von Dada Madhuvidyananda, Bärensuppe, 2015

TIEF IN MIR SCHÄMTE ICH MICH

Gemeinsam suchten sich Saruj und Kevalam eine Zelle aus, ganz am Ende des Ganges. Sie legten sich in der Dunkelheit zusammen auf das enge Bett und blieben lange still. Kevalam empfand die hallende Geräuschkulisse als bedrückend. Metallgeräusche von Türen, die auf und zu gingen, Schritte im Flur. Sogar das Getuschel einiger Jugendlicher, das aus einer weiteren Zelle zu hören war, und das sanft gesungene Abend-Mantra einiger meditierender Pilger, das aus der Aufenthaltshalle leise ertönte, wirkten auf ihn unheimlich.

»Wolltest du mir nicht etwas aus deiner Kindheit erzählen?«, fragte er aus Neugier und auch, weil er von der verstörenden Akustik Ablenkung suchte.

»Versprochen habe ich rein gar nichts«, antwortete sie erst. »Einfach so, aus dem Stand? Was möchtest du denn wissen?«, fügte sie bald hinzu.

»Alles.«

»Frag doch etwas, du bist der Reporter hier.«

»Gut. Wie heißen deine Eltern?«

»Meine Mutter hieß Laure[1]. Ich habe keine Ahnung, wie mein Vater heißt, wo er wohnt und ob er überhaupt am Leben ist.«

»Deine Mutter lebt nicht mehr?«

»Nein, sie starb, als ich sieben war.«

»Woran?«

»Ob sie erfrieren, ersticken oder ertrinken wollte, weiß niemande.«

»Ich verstehe nicht«, sagte er verwirrt.

»Sie ist mitten im Winter mit einer Kombuchatüte auf dem Kopf von der Brücke ins Wasser gesprungen«, erklärte sie sachlich.

[1] [lɔːr] Kommt von dem lateinischen Namen Laurentius: die mit Lorbeer Geschmückte

Kevalam drehte sich zur Seite und zog sie leicht zu sich. »Saruj, ich möchte dich nicht zum Erzählen zwingen. Wir sind beide müde. Lass uns eine Weile ruhen und schlafen.« Er legte sich behutsam zurück und kraulte zart ihren Kopf. »Es tut mir wirklich leid, dass du so ein hartes Schicksal erleiden musstest«, sagte er schließlich und schloss seine Augen.

Sie konnte das Schlagen seines Herzens hören, den Hauch seines Atems in ihrem Haar spüren. Alles Dinge, die sie in den Armen von Pythagore nie erfahren hatte. Gefühle aus ihrer Kindheit kamen in ihr hoch, eine Mischung aus Scham, Trauer und Trotz. »Ich möchte dir doch etwas erzählen«, flüsterte sie.

Sie erhob sich leicht und stützte ihren Kopf in die Hand. So konnte sie sein Gesicht in der Dunkelheit erahnen. »Weißt du noch, als ich vorhin von dem verwesenden Fleischstück erzählt habe?«

»Du warst die Maid?«, fragte er, gespielt überrascht.

»Auf gar keinen Fall.«

Er warf ihr einen Luftkuss zu. »Erzähl weiter, ich wollte dich nicht unterbrechen.«

»Also«, begann sie, »mit dem Beseitigen des Stückes Fleisch war es tatsächlich das erste Mal, dass ich in einer Gemeinschaft eine Initiative ergriff.«

Er öffnete den Mund, schon bereit zu einer Frage. Sie drückte abwartend ein Auge zu. Daraufhin verschloss er seinen Mund mit einem imaginären Reißverschluss.

»Ziiip«, sagte er und setzte dann eine gespielt ernste Miene auf.

»Soll ich oder soll ich nicht?«

»Doch, doch, bitte. Jetzt höre ich dir wirklich zu.«

Sie hielt eine Zeitlang inne, bevor sie mit dem Erzählen begann: »Ich habe mich selbst lange gefragt, warum ich mich als Kind und auch später als Jugendliche aus allem herausgenommen habe. Allerdings bin ich mir nicht sicher, ob meine aktuelle, schon einige Male revidierte

Theorie etwas taugt. Du kennst meine Devise: alles ohne Gewähr und ohne Beweise.«

Er nickte.

»Okay. Mit sieben war ich also Vollwaise. Die Einzige bei uns. Theoretisch hätte es kein Problem sein sollen, weil Kinder in der Gemeinschaft so oder so von allen betreut werden und nicht nur von ihren Eltern. Das weißt du schon alles.«

Er nickte erneut.

»Der Selbstmord aber, das war ein Problem. Niemande hatte es kommen sehen. Oder vielleicht wurden Warnhinweise unterschätzt, ich weiß es nicht. Auf alle Fälle, so ein krasses Versäumnis nimmt mane bei uns nicht auf die leichte Schulter. Alle haben sich verdammt unwohl gefühlt und mich aus Scham nie ermahnt, wenn ich alles und alle abgelehnt habe. Dachte ich zumindest. Damals.

Etwas aber hatte sich in meinem Kinderkopf verdreht … Hätte ich mich wie zuvor an dem gemeinschaftlichen Leben beteiligt, wäre das doch der Beweis gewesen, dass es mir wieder gut ging – und infolgedessen dass sie von ihren Schuldgefühlen befreit gewesen wären. Ihre Annäherungsversuche waren also ein Tauschangebot, dachte ich. Ihre Liebe gegen mein Mitmachen, sprich ihre Liebe gegen meine Absolution. So einen Deal konnten sie sich sonst wohin schieben.

Ich fühlte mich wie ein streunender Hund, den mane, um sein Karma zu reinigen, durchfüttert. Oder aus Mitleid. Deren Scheiß-Mitleid wollte ich aber nicht! Ich wollte Liebe. Und zwar bedingungslos. Ich brauchte den Beweis, dass ich liebenswert bin und dass sie, auch wenn ich nur knurre und belle, mich nicht aufgeben würden, wie meine Eltern es beide getan hatten. Aber wie willst du einem Kind deine Liebe beweisen, wenn es sich selbst nicht liebt?«

Sie schluckte.

Kevalam sagte nichts.

Sie atmete einmal langsam ein und aus und erzählte weiter: »Das mit dem Tausch, das war alles ein Konstrukt von mir. Es gab keinen Tausch. Ich habe nirgends mitgemacht und wurde trotzdem nicht ermahnt.

Weil bei uns nicht ermahnt wird. Punkt.

Guck. Wenn du jemande ermahnst, heißt es nichts anderes, als dass du ihme nicht vertraust. Du gehst davon aus, dass sier nicht fähig ist, selbst über sihn Verhalten zu reflektieren und es mit der Zeit zu ändern. Also nimmst du dein Vertrauen zu dieseren Mensche zurück und übernimmst das Ruder. Du gibst ihne in dem Moment ein Stück weit auf. Und sier dich – oder sich selbst. Die Liebe stirbt.

Das haben sie bei mir nicht gemacht. Ermahnt haben sie mich nicht, weil sie liebevoll und geduldig waren – und sind. Sie haben rein aus der Überzeugung gehandelt, dass jedere selbst entscheiden kann, was sier tun will und auch wann. Aus Liebe zur Freiheit.«

Sie zögerte.

Er sagte weiterhin nichts. Er ließ ihr die Zeit, die sie brauchte, um sich weiter zu öffnen.

»Tief in mir schämte ich mich …«, sagte sie nach längerer Zeit. »Aus der Zeit, als meine Mutter noch gelebt hat, habe ich wenig Erinnerungen, aber ich weiß noch von einem Bild. Sie sitzt da, mit leerem Blick, in ihrem abgedunkelten Zimmer … Ich komme zu ihr und sie lächelt mich an … aber es gibt so viel Trauer in ihren Augen … Wenn jemande ihr Schicksal hätte voraussagen können, dann ich. Ich habe ihr aber nicht geholfen, niemande erzählt, wie schlimm es ihr ging. Ich habe sie abgeschrieben, bevor sie tot war. Ich habe sie verlassen, als wäre sie es schon längst.«

Sie legte eine Pause ein, kämpfte gegen eine Träne an. »Als sie tot dalag, habe ich sie beobachtet, ihre grau-blau-gelbe Haut. Ich habe ihre kalte Hand angefasst … sie war wie fremd. Ich konnte mich nicht erinnern, wann ich diese Hand zu ihren Lebzeiten zuletzt angefasst hatte… Trauer habe ich nicht empfunden … Ich habe in dem Moment rein gar nichts gespürt.«

Eine Träne lief über ihr Gesicht, die sie schnell wegwischte. Er legte vorsichtig seine Hand auf ihre, die auf dem Bett ruhte. Diese makabre Neugier hatte er auch erlebt, als er seinen toten Vater gefunden hatte.

Lange bevor der alte Mann starb, hatte er sich auch von ihm gelöst, um nicht in Verlegenheit zu kommen, zu sehr zu leiden.

Sie genoss einen Moment lang die Wärme auf ihrer Hand. »Ich habe mir lange nicht eingestehen können, wie sehr ich mich schuldig fühlte«, fuhr sie fort. »Die Schuld an ihrem Tod sollten sie doch alle ohne mich tragen. Mit diesem Schlamassel wollte ich nichts zu tun haben. Ich wollte nicht dazugehören. Am besten gar nicht da sein … Das ist, glaube ich, der tiefe Grund, warum ich nach ihrem Tod bei nichts mehr dabei sein wollte.

Es gab schon Momente, in denen ich doch gern die eine oder die andere gereichte Hand genommen hätte … mitgetanzt, mitgesungen, mitgelacht … Aber ich konnte es einfach nicht. Einerseits, weil mit der Zeit das Nichtdazugehören zu meiner Identität geworden war – ein Sonderlingsdaseinsstatus, an den ich mich sehr lange geklammert habe –, und außerdem, weil ich Angst hatte alleine zu leiden. Auch sie sollten weiterleiden. Für immer. Nichts sollte jemals wieder gut werden. Ein hoher Preis. Keine engen Freundschaften mehr eingehen, keine Geheimnisse über die Liebe hören oder teilen, keine Tipps über die einfachen Dinge des Lebens mitbekommen. Ich habe vieles verpasst … mich vielem verschlossen.«

Sie legte sich auf den Rücken zurück und er half ihr dabei, eine bequeme Position auf dem engen Bett in seinen Armen zu finden. Er fühlte sich ihr sehr nah. Auch er war, bis er sie traf, sehr einsam gewesen. Auch er hatte vieles verpasst.

»Pi war der einzige, dem ich vertrauen konnte«, erzählte sie weiter. »Er sah nur meine Fassade, nicht meine verborgene Scham. Und auch wenn! Pi ist neutral. Da die Gemeinschaft mit mir überfordert war, wurde, obwohl Pi der einzige Androide bei uns war, kommentarlos akzeptiert, dass er dauernd bei mir war. Pi war meiner. Er ist mein Lehrbegleiter gewesen, mein Wegweiser, mein Freund und irgendwann wurde er auch …«

»… dein Liebhaber«, beendete Kevalam leise ihren Satz.

»Ja. Von den Jungs oder auch von den Maiden dort wollte ich nichts. Da nicht mal klar war, wer mein Vater ist, ging ich davon aus, dass meine Mutter mit vielen Männern zusammen gewesen war. Eine Unterstellung von mir, ich werde es nie wissen. Vielleicht wurde sie dabei sehr verletzt und gab deshalb ihr Leben auf. Ich weiß es auch nicht. Ich wollte aber sichergehen, nicht wie sie zu enden. Mit Pi konnte ich meine Lust befriedigen mit der absoluten Sicherheit, dass ich alles ganz genau bestimme.«

»Millimetergenau.« Er lächelte sanft.

»Ja.«

»Das Schöne ist doch, wenn man nicht weiß, was genau geschehen wird.«

»Jetzt weiß ich es auch, Engel …«

Er zog sie zärtlich aus und sich ebenfalls. Sie brauchte nichts mehr zu kontrollieren, nichts mehr zu bestimmen.

Sie liebten sich lange. Bis sie sich kaum noch dabei bewegten. In eine ruhige Trance versetzt, öffnete sie leicht ihre Augen. Aus dem kleinen Fenster sah sie am klaren Nachthimmel unzählig viele kleine Sterne flackern. Verbarrikadiert hinter dicken Stäben. Sie schloss erneut ihre Augen.

AKAL

Saruj, die gewöhnlich, falls eine Verabredung anstand und sie diese wahrnehmen wollte, ohne Wecker auf die Minute genau aufwachte, hatte verschlafen. Kevalam, der sich auf ihre innere Uhr verließ und seinen KMR-Ring für die Wallfahrt ausgeschaltet hatte, auch. Aufgeweckt wurden sie durch einen ohrenbetäubenden Lärm. Philemon hatte in der Nacht mit anderen Heranwachsenden gesprochen, und zusammen hatten sie für Zasch eine besondere Überraschung vorbereitet.

Beide sprangen in ihre Kleidung und eilten aus ihrer Zelle. Überall in den langen Fluren standen junge Menschen, mit Holzlöffeln und anderen Gegenständen ausgestattet, und trommelten auf die metallische Reling, die den langen zentralen Flur in der Mitte teilte, oder auf alles, worauf es eben Spaß machte. Auf Wellen irrsinniger Lautstärke folgten ruhige Momente, während derer die spontanen Musiker aufmerksam und mit sanften Lauten aufeinander reagierten, bis schließlich der Pegel abermals anschwoll.

Zasch, an der Seite von Philemon, zitterte, verschwitzt und energiegeladen, mit einer Schöpfkelle in jeder Hand. »Das ist der Klang der Gemeinschaft und er ist außerordentlich geil!«, rief sie in einem ruhigeren Augenblick.»Danke!!!«, schrie sie noch, den Tränen nahe, kurz bevor das Trommeln wieder einsetzte und sie mit voller Kraft auf die Reling schlug.

Plötzlich ging das Licht aus. Überrascht hörten die Musizierenden mit dem Spielen auf und wurden still. In der Ferne konnten sie einen getragenen Gesang wahrnehmen, der von Stufe zu Stufe die Treppe hochstieg und sich langsam näherte: Akaaalll. Die erwachsenen Pilger hatten das improvisierte Konzert nicht überhören können und kurzerhand entschieden, diesen besonderen Anlass etwas auszuschmücken.

Akal. Ein Mantra, das in der Kundalini-Tradition Sterbende auf ihrem Weg durch den Äther bis zum vollkommenen Frieden begleiten soll. Mit diesem Mantra beabsichtigten die Mystiker, als Ergänzung zu dem wachrüttelnden Konzert der Jugendlichen die in den Wänden des Baus erstarrten Schicksale zu befreien. Kinder gingen zu fünft an der Spitze und weitere im Prozessionszug verteilt, in Weiß gekleidet und mit Kerzen in den Händen. Manche Erwachsene trugen Räucherschalen mit einer Mischung aus wiederbelebendem Salbei und harmonisierendem Lavendel, andere schwangen brennende Wacholderzweige, für ihre schützende und reinigende Wirkung bekannt.

Die Jugendlichen stimmten nach und nach mit ein: »Akal, Akal, Akal!«

Bald wurde das Mantra von allen 250 Anwesenden gesungen. Leise, laut, hoch, tief und ohne auch nur ansatzweise Wert darauf zu legen, synchron miteinander zu singen. Die unorthodoxeste Weise, ein Mantra zu singen, die Saruj jemals gehört hatte. Verrückt und überwältigend.

Singend schlängelte sie durch die Menschenmenge, auf der Suche nach Zasch. Dabei übersah sie das Mädchen in der Dunkelheit, spürte jedoch, wie jemand an ihrer Hand zog und sie zurückholte. Es war Zasch. Sie schauten sich lachend an und umarmten sich.

Philemon legte seine Arme um die beiden. Bald gefolgt von angestifteten Jugendlichen, die sich um dieses Herz herum sammelten, das immer größer wurde und sich in ein Meer aus Umarmungen verwandelte, Zasch und Saruj in der Mitte. Beide mit Tränen im Gesicht. Die Gesänge hörten nach und nach auf, ersetzt durch Freudenlaute und liebevolles Geflüster.

Eine Zelebration des Zusammenseins.

Um die energetische Reinigung der Strafanstalt abzuschließen, wurden, als die Zeremonie zu Ende ging, die Türen und Fenster von allen Zellen zum Lüften geöffnet. Zuletzt sammelten sich die Pilger in der Aufenthaltshalle.

Dadamax stand auf und bat mit seiner Präsenz um Aufmerksamkeit. »Geplant war heute eine Zeremonie, die zwischen Sonnenuntergang und Sonnenaufgang hätte stattfinden sollen. Ein dichtes Programm, mit einigem an notwendigen Vorbereitungen. Nur glaube ich nicht, dass wir diese soeben spontan veranstaltete Zeremonie heute noch ›toppen‹ werden.«

Die Menschen lachten.

»Wir haben frei«, rief er.

Es wurde ein weiteres Mal gelacht und gejubelt. Alle hatten wirklich eine wunderbare Laune.

Dadamax wartete, dass Ruhe einkehrte und fuhr fort: »Denkt bitte trotzdem an die Kleinigkeiten des Alltags. Abendessen vorbereiten und so weiter. Zur Morgenmeditation seid ihr wie gewöhnlich um halb fünf eingeladen. Die Abfahrt selbst wird, wie ursprünglich geplant, übermorgen nach dem Frühstück stattfinden.

Euch allen ein großes Dankeschön und guten Appetit!«

Zum Mittagessen gab es die Lieblingsvorspeise von Saruj: Lauchsalat in Vinaigrette. Dazu als Hauptgericht Erbsen mit Wildreis, begleitet von Pfifferlingen und anderen Pilzen, die eine Gruppe von Pilgern am Tag zuvor auf dem Weg zur JVA gesammelt hatten.

Kaum hatte Saruj damit begonnen, eine lange Lauchlamelle, als wären sie Spaghettis, um ihre Gabel herum zu rollen, als sich Kevalam meldete: »Saruj, ich möchte mich gern bei euch einbringen. Wie gehe ich vor, wenn ich mich zum Beispiel als Helfer beim Abwaschen anbieten möchte?«

»Steh auf und sag's«, antwortete sie, immer noch mit ihrem Rollversuch beschäftigt.

»Einfach so?«

»Hast du eine bessere Idee?« Sie seufzte. An dieser Rolltechnik werde ich definitiv noch feilen, dachte sie, und nahm sich doch ein Messer.

»Wir drei könnten den Dienst zusammen übernehmen?«, bot Zasch enthusiastisch an. »Habt ihr Bock dazu?«

»Zu dritt das Geschirr von zweihundertfünzig Menschen abwaschen?«, wandte Kevalam ein.

»Na, klar. Geht megaschnell«, beruhigte ihn das Mädchen.

Er zögerte. Zasch und Saruj, mit vollem Mund, waren schon aufgesprungen und schauten ihn ermutigend an.

Zaghaft folgte er doch. »Ich möchte euch um Ruhe bitten«, fing er mit gewöhnlicher Lautstärke an zu sprechen.

Außer ein paar Gesichtern, die sich, vage interessiert, zu ihm drehten, blieben die meisten mit ihrem Essen beschäftigt oder in ihre Konversationen vertieft.

»Hey, Leute!«, übernahm die Francofon, die mühelos lautstark sprechen konnte.

In dem hallenden Ort machte ihre kräftige und selbstbewusste Stimme Eindruck. Es kehrte schlagartig Ruhe ein. »Ansage hier!«, sagte sie noch und gab Kevalam ein dezentes Zeichen mit dem Kopf.

»Meine Damen und Herren«, begann er vorsichtig. »Ich … ich bitte um Verzeihung … Ähm … guten Tag.«

Seine Unsicherheit war so urkomisch, dass der Saal sich mit amüsiertem Gekicher füllte. Verwirrt schaute er nach Saruj.

»Weiter«, flüsterte sie ihm zu und schenkte ihm ein ermunterndes Zwinkern.

Diesmal bemühte er sich, lauter zu sprechen: »Wir drei möchten das Abwaschen für heute Mittag übernehmen. Einwände?«

Es wurde erneut gelacht und schließlich auch gejubelt.

Er setzte sich wieder hin. »Was war da so witzig?«, wollte er wissen.

»Alles richtig gemacht, Engel«, versicherte sie ihm und verkniff sich das Lachen.

Nachfolgend ›ruferten‹ sich weitere Freiwillige, und in wenigen Minuten waren die organisatorischen Belange des Tages geklärt.

Die Pilger waren noch dabei, ihre Teller zu kleinen Türmchen aufeinanderzustapeln, als das Trio in der Küche verschwand. Während Zasch warmes Wasser in zwei große Spülen laufen ließ, erklärte Saruj

Kevalam, wie Asche anstatt giftiges Spülmittel zu benutzen war. Einige Freiwillige brachten schon das dreckige Geschirr. Kaum hatte Zasch damit begonnen, den Teller, den sie von Kevalam erhalten hatte, im Becken mit sauberem Wasser abzuspülen, da erschien die Hand eines Jugendlichen, der ihn ihm zum Trocknen abnahm. Der erste Stapel sauberer Teller landete bald in den Händen eines weiteren unangemeldeten Helfers, der ihn zuletzt in den Schrank einräumte.

Wie Zasch vorhergesagt hatte, waren sie in weniger als einer halben Stunde durch.

Zu dritt gingen sie dann zum künstlichen See zurück, wo sie mit den zwei Sannyasiniis verabredet waren. Eine Schüssel voll Kirschen, mundgerecht geschnittene Melone in Glasschalen sowie eine Karaffe Wasser und Gläser hatten sie für alle auf den Tisch gestellt.

Nachdem sich die Ankömmlinge alle begrüßt hatten, zeigte Dididan auf den nassen Hemdsärmel von Kevalam. »Und, wie war dein Schaffen, lieber Kevalam?«, fragte sie.

»Ein eleganter und reibungsloser Küchentanz«, antwortete er mit einem Lächeln. »Es hat mir Freude bereitet, muss ich gestehen.«

»Möchtest du dafür eine Belohnung erhalten?«

»Nein, danke«, sagte er, ohne zu bemerken, wo ihn Dididan mit ihrer Frage hinführen wollte, und füllte für Saruj und sich zwei Gläser mit Wasser.

Dididan schaute ihn mit einem Schmunzeln an und schlug einen anderen Weg ein: »Warum hast du dich dafür gerufert, wenn ich dich fragen darf?«

»Ähm …« Er trank einen großen Schluck. »Ich habe mich in Berlin für einen Dienst verpflichtet und … ich habe ihn verschlafen. Ich wollte dieses Versäumnis wiedergutmachen.«

»Dir ist bewusst, dass niemande hier von diesem kleinen Fehltritt in Berlin weiß, ja?«

»Ja, sicher. Es ist etwas, das ich mit mir selbst klären wollte. So oder so möchte ich mich zukünftig öfters einbringen.«

»Warum? Deine Schuld wäre hiermit ausgeglichen.«

Saruj hatte schon eine Augenbraue hochgezogen und den Mund aufgemacht, als ihr Dididan einen Seitenblick zuwarf. Erwähnen, dass er in der Gemeinschaft Vollverpflegung bekam und er mit Berechnungen besser nicht beginnen sollte, wäre in dem Moment kontraproduktiv gewesen. Saruj nahm ihre Bedenken wahr und schloss ihren Mund wieder. Ein Zwischenspiel, das Kevalam zwar registrierte, jedoch zu ignorieren entschied.

»Es klingt vielleicht albern, aber …«, er zögerte, »… obwohl Abwaschen wirklich etwas Banales ist, empfand ich bei dieser simplen Aufgabe eine gewisse … Erfüllung. Das Gefühl, Teil eurer Gemeinschaft zu sein. Schlussendlich dazuzugehören. Eine Vergütung würde dieses Gefühl überschatten, befürchte ich. Ich möchte mich nicht bei euch einer Belohnung wegen einbringen, sondern, weil ich mit euch lebe … mit euch leben will.«

Dididan wartete ein wenig, um sicher zu sein, dass er nichts mehr hinzufügen wollte, und nickte zufrieden. »Du lernst schnell, Kevalam. Ich finde es bemerkenswert.«

Er lächelte verlegen. Sie lächelte warmherzig zurück.

Kevalam war nach Stefanos Tod nie wieder gelobt worden. Das tun Androiden nicht und das tat sein seniler Vater, Saman, auch nicht. Auf einmal schossen ihm Bilder ein. Wald. Nacht. Schnee. Er ist dreizehn. Er sitzt neben dem Grab von Stefanos. Zusammen mit Pascal hat er die Leiche des Gärtners dorthin getragen und ihn beerdigt. Seine Hände sind voller Blasen. Er friert, wimmert und weiß nicht, woher er die Kraft noch finden soll, zum Haus zurückzugehen. Ein wenig Lob hätte er sich damals gewünscht. Oder ging es ihm eher um Trost?

Um seine trüben Gedanken zu verjagen, fragte er: »Wird ein Kind in der heutigen Zeit nie belohnt?«

Dididan hatte Kevalam liebevoll beobachtet. Als Antwort schenkte sie ihm Wasser in sein leergewordenes Glas.

Didi wartete, bis er ein wenig getrunken hatte, und begann dann zu erklären: »Früher wurden in der Erziehung der Kinder Belohnungen systematisch eingesetzt, sei es in der Schule oder zu Hause. Aus Bequemlichkeit oder auch aus Hilflosigkeit. Dieser künstliche Kompass verzerrte jedoch einiges. Bald half das Kind nicht mehr, den Müll herunterzubringen, weil es von Herzen helfen wollte oder sich auf die direkten Konsequenzen seiner Tat freute – die Küche war sauber und es fühlte sich dazugehörig –, sondern der Belohnung wegen. Ein paar Münzen, Sternchen, Süßigkeiten, ein Kinobesuch – alles Dinge, die mit den geleisteten Taten lediglich eine rein künstliche Verbindung aufwiesen. Anstatt seiner empathischen Natur und seinem Bedürfnis nach Verbundenheit zu vertrauen, wurde sein Verhalten durch Belohnungen konditioniert.«

»Und was ist mit Lob?«, fragte Kevalam.

»Ich habe dich vorhin gelobt«, wies ihn Dididan hin. »Als Ermutigung. Um dir zu zeigen, dass du auf dem richtigen Weg bist, unsere Gesellschaft zu verstehen. Ich werde jedoch genau darauf achten, dass du danach nicht süchtig wirst!« Daraufhin schenkte sie ihm ein listiges Lächeln.

»Ab dem Moment, in dem du Anerkennung oder auch Dankbarkeit erwartest, werden sie einer Belohnung gleich«, fügte Didi hinzu. »Und da sich hinter jeder Erwartung die Gefahr einer Enttäuschung verbirgt, würdest du dich bald nicht mehr deiner natürlichen Güte wegen einbringen, sondern aus Angst vor der Enttäuschung.«

»Wäre es nicht besser, auf Anerkennung ganz zu verzichten, damit gar keine Erwartungen entstehen können?«, forschte er nach.

»Wie hat es sich angefühlt, als dir zugejubelt wurde?«, fragte Dididan.

»Sie haben mich ausgelacht«, beklagte er sich. »Aber ja, ich fand es schon schön«, gab er letztendlich zu.

»Würdest du dich auch ohne Jubel weiter rufern wollen?«

»Selbstverständlich«, rief er.

Die Greisin nahm seine Antwort erfreut zur Kenntnis.

Didi ergriff das Wort: »Der Jubel ist vor ein paar Tagen spontan bei uns entstanden, als wir uns bei der Vorbereitung der Wallfahrt kennengelernt haben, und anscheinend gefällt es allen. Ein kleines Ritual, das das Gelingen des Zusammenseins zelebriert. Zelebrationen sind wesentlich für jede Gemeinschaft. Das Zelebrieren gibt allen Mut und Kraft. Es bereinigt Konflikte, sichert die Kohäsion der Gruppe …«

»Es soll ja auch Spaß bereiten, miteinander zu leben«, fügte Dididan hinzu und lächelte.

Kevalam war verwirrt. »Ich verstehe nach wie vor nicht ganz den Unterschied zwischen Anerkennung und Belohnung.«

»Anerkennung und Dankbarkeit zeigen, dass du willkommen bist«, übernahm Saruj. »Dass wir dich wahrnehmen und uns freuen, dich bei uns zu haben. Eine Belohnung ist lediglich ein Tausch. Du hast deinen Dienst geleistet, bist belohnt worden, wir sind quitt und du kannst gehen. Das eine verbindet, das andere trennt. Das ist der Unterschied, Kev.«

»Ich habe verstanden«, rief Zasch und zeigte einen angespannten Bizeps als Zeichen der Freude. Das Mädchen war in Zeiten aufgewachsen, in denen das Strafe-Belohnungssystem lange vom Tisch war, und sie war mit dem Gespräch etwas überfordert.

»Das eine unterstützt Freiwilligkeit, das andere Abhängigkeit«, fügte Saruj noch hinzu.

Kevalam hatte zwar auch verstanden, aber was diese Unterhaltung mit dem Abschaffen des Strafsystems zu tun haben sollte, blieb ihm schleierhaft. »Mhm«, äußerte er nur.

Dididan ließ ein wenig Zeit verstreichen, um die Worte von Saruj in Stille wirken zu lassen.

»Lieber Kevalam«, setzte sie dann fort, »stell dir vor, die Gemeinschaft hätte entschieden, dich für dein Fehlverhalten in Berlin zu bestrafen und deine Strafe wäre gewesen, heute bei uns abzuwaschen.« Sie lächelte. »Verstehst du schon, worauf ich hinauswill?«

»Ich glaube, ja. Es wäre zweifellos anders gewesen, wenn ich dazu gezwungen worden wäre …«

Zasch fiel ihm ins Wort: »Ich wäre gegangen! Sowas Demütigendes kann doch nicht sein. In so einem Lokali würde ich keine Minute leben wollen!«

Die Didis mussten breit lächeln. Die Empörung Zaschs zeigte deutlich, wie die Gesellschaft sich bis in ihre Wurzeln verändert hatte. Auch Saruj lächelte, in ihrem Fall, weil sie in dem Mädchen ihr jüngeres Ich erkannte.

Kevalam wirkte abwesend. Aus heiterem Himmel begann er leise zu lachen. »Ich habe soeben in meiner Fantasie gesehen, wie ich einen Stapel Teller fallen lasse.«

»Auch ein guter Plan«, bekräftigte Zasch. »Einen Teller nach dem anderen an die Wand schmeißen!« Das Mädchen fand die Vorstellung, bestraft zu werden, einfach nur grausig. Und öffentlich bloßgestellt zu werden – unerhört.

»Ich meinte, aus Versehen«, stellte der junge Mann richtig. »Die Teller würde ich sicher nicht absichtlich fallen lassen. Ich wäre eher bemüht, alles richtig zu machen.«

»Der Umgang mit einer Verbannung ist nicht so einfach«, fasste Dididan zusammen. »Zasch würde der Situation entfliehen oder wütend die Teller an die Wand werfen, und du, Kevalam, würdest zittrige Hände bekommen aus Angst, etwas Falsches zu tun, und aus Versehen einen Teller fallen lassen.«

»Wieso Verbannung?«, fragte Kevalam nach.

Abermals freute sich Dididan über die Aufmerksamkeit des jungen Reporters. »Ich habe dieses Wort absichtlich benutzt, lieber Kevalam, weil sich eine Strafe einer Verbannung sehr ähnlich anfühlt. Verbannung steht in diesem Kontext als Gegensatz zu Verbindung.«

Didi sah in Dididans Worten eine Brücke, um zum geplanten Thema des Treffens zurückzukehren: das Abschaffen des Strafsystems. »Auch wenn damals die Gesellschaft eineren Gefangene vorgaukelte, dass sihne Strafe nur dazu da war, ihne zu rehabilitieren, und bloß der Preis dafür, den sier bezahlen musste, um später wieder in die Gesellschaft aufgenommen zu werden, löste die Gefangenschaft – sowie auch jede Form der Bestrafung – Urängste aus. Trennungsängste. Vielleicht sogar Todesängste.«

»Verbannt werden ist eine besonders beängstigende Erfahrung für einere Mensche«, fuhr Dididan fort. »Weil tief in uns das Wissen verankert ist, dass einere Mensche, dide komplett auf sich gestellt ist, kaum überleben kann.«

In der Ferne erschien Dadame, der sich mit einer Teekanne in den Händen langsam näherte. Angekommen, stellte er das Gefäß auf den Tisch, sichtlich erleichtert. »Eine wunderbare Aufmerksamkeitsübung. Jetzt langt's aber. Die Kanne ist fürchterlich heiß!« Er schüttelte kräftig seine Hände, als ob er dadurch die überschüssige Hitze aus seinen Fingern hätte vertreiben können.

»Namaskār«, grüßte ihn Dididan.

»Danke, Dididan. Namaskār euch allen zusammen«, grüßte er mit gefalteten Händen und holte dann die Tassen aus seinem Rucksack heraus. »Und? Wie geht es unserem jungen Reporter? Stehst du noch in der Phase, in der eine Antwort zwanzig neue Fragen hervorruft, oder bereits in der, wo jede Antwort zugleich mehrere Lücken schließt?«

Kevalam überlegte. »Abwechselnd. Wenn ich euch zuhöre, klingt alles erstmal logisch. Nach kürzester Zeit aber stehe ich ratlos vor denselben Fragen.«

Dadame hätte ihn darauf hinweisen können, dass er anscheinend noch nicht bereit war, die Botschaften, die er in der Tiefe bereits erkannt hatte, anzunehmen, und so weiter und so fort. Er entschied sich, diese Predigt bleiben zu lassen. Dafür schenkte er ihm und sich selbst eine heiße Tasse Tee ein und reichte die Kanne an Didi weiter.

»Wo steht ihr gerade, wenn ich fragen darf?«, fragte er.

»Das Strafe-Belohnungssystem ist an allem schuld«, eröffnete Kevalam.

Der Sannyasin schaute ihn perplex an. »Eine interessante Zusammenfassung.« Daraufhin pustete er lange auf die heiße Flüssigkeit in seiner Tasse und trank einen Schluck. »Schuld ist nicht unbedingt ein Wort, das heutzutage hoch in Konjunktur steht, aber ja, das Strafe-Belohnungssystem war in der Tat nicht gerade förderlich für gesunde Beziehungen. Eine Belohnung verband einere eher mit sihner Sucht, belohnt zu werden – vor allem, wenn es um Schokolade ging!« Er kicherte leise. »Es ist unfassbar, wie die Menschen früher schon im Kindesalter zu Zucker-Junkies gemacht wurden. Mit frischen Tomaten und Basilikum wurde ja nicht belohnt.« Er kicherte erneut. »Es ist kein Wunder, dass so gut wie alle im späteren Leben von Süchten geplagt wurden. Sucht nach Zucker, nach Aufmerksamkeit, nach Erfolg, nach Geld, nach Konsum, nach Ablenkung, nach Arbeit ... und natürlich auch nach Drogen. Obwohl es zwischen Drogen und Drogen Unterschiede ...« Er ließ den Gedanken fallen. »Eine Gesellschaft von Süchtigeren hatten wir damals. Auf der Suche nach den Kicks, die sie daran erinnern sollten, dass sie noch am Leben waren. Und da ein Entzug der Droge Belohnung sich wie eine Strafe anfühlte ...«

»Na und?«, fiel ihm Kevalam gereizt ins Wort. »Meine Fragen hängen dafür immer noch in der Luft. Das alles erklärt mir nicht, wie eine Gesellschaft ohne Strafe und ohne Belohnung funktionieren kann.« Er wurde auf einmal laut: »Menschen sind doch nicht alle so brav und rücksichtsvoll, wie ihr es seid!«

»Der Glaubenssatz, dass Menschen von Natur aus böse sind, saß tatsächlich sehr tief in den Köpfen«, erinnerte sich der Greis, keinesfalls von der Aggressivität des Jugendlichen irritiert.

»In meinem genauso!«, verkündete Kevalam, weiterhin aufgebracht. Seine Geduld war am Ende. »Es liegt doch in der Natur des Menschen, Macht über andere haben zu wollen. Stärker zu sein. Sein eigenes Genom zu verbreiten. Zu überleben! Das tun nicht nur Menschen. Männliche Löwen töten die Jungtiere ihrer Rivalen. Schimpansen-Clans führen sogar Kriege gegeneinander. Gewalt ist ein nicht wegzudenkender Bestandteil des Lebens. Ein Schutz sowie ein wichtiger Motor. Schon dreijährige Kinder streiten sich um ein belangloses Spielzeug. Wenn man unsere Veranlagungen stets negiert und sie nicht im Zaum hält, werden auch bald hier die Gesetze des Dschungels herrschen!«

Dadame wartete geduldig, bis sich der Sturm ein wenig legte. Der plötzliche Ausbruch von Kevalam war für alle überraschend. Gleichzeitig war diese Reaktion willkommen. Ein Zeichen dafür, dass er sich traute, sich zu zeigen. Als Saruj jedoch merkte, dass die entstandene Stille ihm unangenehm wurde, tippte sie diskret auf den Rand seiner Tasse. Er nahm das warme Gefäß in die Hände und schenkte ihr ein kaum wahrzunehmendes Lächeln, trank jedoch nicht.

Der alte Mann beobachtete ihn gutmütig. »Hm«, begann er. »Vielleicht fehlt dir die Information, dass Gefängnisse nicht schlagartig leer geworden sind und das Rechtssystem genauso wenig über Nacht abgebaut wurde.« Daraufhin nahm er einen Schluck Tee und lud den jungen Mann mit einem Nicken ein, das Gleiche zu tun. »Gib dir – und uns – doch ein wenig Zeit«, fügte er hinzu und wartete geduldig, dass Kevalam trank.

Der Greis kämmte seinen Bart mit den Fingern und beobachtete währenddessen, wie ein Streit zwischen Elstern in der Nähe einer Tierleiche eskalierte. Ein jüngerer Vogel hatte die Rangordnung nicht respektiert und wurde heftig ermahnt. »Wieso sollte die Gewalt, die sich manche Tiere zufügen, Menschengewalt rechtfertigen?«, sagte er, den Blick weiterhin auf die brutale Szene gerichtet. »Menschen stehen ihren Trieben nicht völlig ausgeliefert gegenüber. Sie haben die Möglichkeit, ihre Taten zu reflektieren und sich nicht wie ›wilde Tiere‹ zu benehmen. Oder schlimmer als sie …« Betroffen seufzte er einmal lange.

Dann fuhr er fort: »Dessen ungeachtet: Was treibt die Tiere in deinen Beispielen dazu, gewalttätig zu werden: der Mangel, beziehungsweise der Überlebensinstinkt, wie du vorhin erwähnt hast. Eine Löwin ist nicht empfänglich, solange sie stillt, und das Territorium mag für deine Schimpansen zu eng geworden sein.

Was deinen Einwand mit den Dreijährigeren und ihre Streitigkeit um ein Spielzeug betrifft, das sowieso nach kürzester Zeit vergessen gewesen wäre, fände ich es berechtigt zu fragen, wie es dazu kommen konnte, dass der Besitz eines Objekts von den Kindern so existentiell wichtig empfunden wurde und im Streit ausuferte.«

Kevalam zuckte ahnungslos mit den Schultern.

Dadame hatte ohnehin keine Antwort von dem Jugendlichen erwartet. Er erklärte: »In Zeiten des Geldes waren die allermeisten der Überzeugung, dass nur diejenigen, die ganz oben in der Pyramide standen, der unausweichlichen Flut entkommen würden, und es nicht möglich wäre, alle zu retten. Diesem Glaubenssatz folgend, wurde Kindern sehr früh beigebracht, sich zu behaupten. Sie sollten auf keinen Fall zu mitfühlenden Schwächlingeren werden. Das Bedürfnis des Kindes nach Zusammenhalt und seine Neigung zur Empathie wurden von vielen Eltern als Handicap betrachtet. Das Kind sollte lieber wettbewerbsfähig werden und sich auf die Seite der Gewinneren stellen. Sein Spielzeug retten! Das wurde als die einzig sinnvolle Überlebensstrategie angesehen. Nach dem Motto: ›Jeder für sich, und Gott für alle!‹« Er kicherte. »Ein Spruch, den einer meiner ehemaligen Biologielehrer vor jeder Klassenarbeit laut verkündete, um uns daran zu erinnern, dass wir nicht schummeln – beziehungsweise uns nicht gegenseitig unterstützen durften. In der Schule ging es ja um Selektion, nicht um die Lust am Lernen … aber ich weiche jetzt ein wenig ab.«

Er kehrte zum eingeschlagenen Kurs zurück: »Meiner Meinung nach ist dieser pyramidale Glaubenssatz einer der Hauptgründe, weshalb die Vision einer geldfreien Gesellschaft so lange als Hirngespinst abgewiesen wurde. Bequem im reichen globalen Westen, befürchteten die Menschen, dass wenn das Geld abgeschafft und die Karten neu gemischt werden würden, sie möglicherweise nicht länger im Wohlstand bleiben und kurzerhand zu der Mehrheit der Menschheit gehören könnten, die ums Überleben kämpfen mussten. Vielleicht sogar hungern würden, wie es in diesen erbärmlichen Zeiten das Schicksal einerer jedere siebte Mensche war.

Es wurde nicht für möglich gehalten, dass ganz neue Spielregeln erfunden werden könnten, die gar keiner Pyramide bedurften.«

Saruj war aufgesprungen, um die Elstern zu verscheuchen, damit die jüngere Misshandelte eine Chance bekam zu entkommen. Nach einem empörten Gekreische flogen sie alle weg und Ruhe kehrte wieder ein.

Dadame war auch still geworden. Die meist unausgesprochene Implikation des damaligen Mangeldenkens fand er widerwärtig: Es wäre zwar bedauernswert, jedoch unausweichlich, dass alle, die es nicht auf die obersten Stufen der Pyramide schafften, zum Ertrinken verurteilt gewesen wären. Die weit verbreitete Rechtfertigung, dass es aufgrund des nicht zu bremsenden Bevölkerungswachstums nicht anders ginge, fand er genauso abstoßend.

Kevalam war selbst in diesem Glauben aufgewachsen und davon überzeugt, dass eine Auslese durch Geld und Macht auf unserem überbevölkerten Planeten ein notwendiges Übel war. Die Missbilligung der Zeitzeugen für eine solche Denkweise hatte er jedoch nicht überhört. Er fühlte sich ertappt.

Kleinlaut fragte er: »Trotz Übervölkerung?«

Dadame schloss fast eine Minute lang die Augen, bevor er sie wieder öffnete und den jungen Mann direkt anschaute. »Kevalam, hohe Geburtsraten gehen Hand in Hand mit Analphabetentum und Armut. Demzufolge ist der einzig adäquate Weg, das Wachstum einer Bevölkerung zu bremsen, Bildung und mit gesunder Nahrung gefüllte Mägen – anstatt heimlich zu hoffen, dass Umweltkatastrophen, Krankheiten, Hungerwellen und Kriege Bevölkerungen auf grausame Weise dezimieren …« In seinem Unmut schüttelte er den Kopf. »Niemande braucht man aufgeben. Niemande brauchte jemals aufgegeben zu werden! Das Verhungern jedes Kindes beruhte stets auf bewussten, egoistischen Entscheidungen.«

»Von traumatisierten Menschen«, fügte Didi hinzu.

»Meinetwegen.« Er seufzte. »Ja. Natürlich, Didishu.«

»Dadame«, lenkte Kevalam ab, »wie viele Menschen leben jetzt auf der Erde?«

»Niemande weiß es genau«, antwortete der Greis. »Es gibt keine Anmeldepflicht oder so ähnlich. Es fühlt sich so an, als würden sehr viel weniger Menschen auf der Erde leben als zu deiner Zeit. Ob das an deren besseren Verteilung oder an einer geringeren Bevölkerungsanzahl liegt, kann ich dir nicht genau sagen. Sicherlich eine Mischung aus beidem. Es spielt schließlich keine Rolle. Unsere Erde könnte bequem die dreifache Menge an Menschen ernähren. Mit der Voraussetzung natürlich, ihre Ressourcen werden nicht wie damals im großen Stil verschwendet und ...«

Er verkniff sich eine lange Auflistung an Beispielen. Kevalam wirkte nervös, und Zasch war offensichtlich dabei, ihre Langweile zu überspielen, indem sie für alle erneut Tee in einem auffällig gemächlichen Tempo eingoss. Ausführliche Erklärungen waren nicht das ihre. Sie mochte Beispiele. Am besten von Dididan erzählt.

»Ich merke, dass du besorgst bist, Kevalam, dass wir soeben vom Kurs abgekommen sind«, sagte der Sannyasin. »Sind wir nicht.« Er schmunzelte. »Weil genau der Mangel – sowie der Glaube daran oder die Angst davor – das wesentliche Motiv jeder Form von Kriminalität ist. Und auch die treibende Kraft aller früheren monetären Gesellschaften, aber das lassen wir lieber ...« Ein paar leisere Worte nuschelte er noch, bevor er eine kurze Pause einlegte und schließlich fortfuhr: »Eine kriminelle Laufbahn beginnt meist mit Kleinigkeiten. Es geht stets darum, dass manche Bedürfnisse nicht erfüllt werden. Früher ging es um den Mangel an Ernährung, an Objekten, die lebenswichtig waren oder lebenswichtig erschienen, an Drogen, die konsumiert wurden, um weitere Mängel auszublenden. Mangel an Perspektiven, an Vertrauen, an Aufmerksamkeit. Mangel an Liebe, Mangel an Glück ...

Das Wort Mangel, Kevalam, könnte mit einem Schlag all deine Fragen zum Thema Kriminalität beantworten. Und das Gespräch wäre hiermit beendet.« Daraufhin kicherte er freudvoll leise vor sich hin.

Kevalam wendete sich den Frauen zu, perplex.

»Da wir kein Strafsystem mehr haben, ist Prävention lebenswichtig«, übernahm Didi. »Deshalb, Kevalam, ist es so essentiell zu verstehen, warum Kriminalität überhaupt entsteht. Demzufolge ist unsere primäre präventive Maßnahme, Mangel in all seinen Formen rechtzeitig zu erkennen, ernst zu nehmen und unmittelbar darauf zu reagieren. Dies bedeutet konkret: nach Lösungen zu suchen, falls ein realer Mangel besteht, und vor allem die Angst vor dem Mangel zu besänftigen. So schützen wir uns vor Kriminalität.«

Dididan war lange ruhig geblieben. Sie räusperte sich dezent, um Aufmerksamkeit zu erlangen. »Es war der Mangel an Geld und vor allem der Mangel an Zusammengehörigkeit«, sagte sie, »der meinen ersten Sträfling in seinen jungen Jahren dazu bewegte, sich im Drogenmilieu eine Ersatzfamilie zu suchen. In der desolaten Armut seines dysfunktionalen Zuhauses sah er keine Zukunft, keine Chance, glücklich zu werden. Abgesehen davon, dass die Drogen ihm eine gewisse Schmerzlinderung verschafften und er in Rauscherfahrungen mit den anderen aus der Clique Zusammengehörigkeit empfand, erschien ihm der Weg der Kriminalität die einzig durchführbare Überlebensstrategie zu sein. Er würde reich werden und alles würde sich verändern. Mit dem Geld würde er innerhalb seiner ursprünglichen Familie endlich eine glückliche Zusammengehörigkeit erschaffen können. Eine unzumutbare Rolle für ein Kind … Jetzt, bei uns, ist es die Aufgabe aller in der Gemeinschaft, dafür zu sorgen, dass sich jedere dazugehörig fühlt. Jederen zusichert, dass sier berechtigt ist, glücklich zu sein. Berechtigt, geliebt zu werden und sich selbst zu lieben.«

»Dazugehört, in guten wie in schlechten Zeiten«, betonte Saruj mit einer feierlichen Stimme.

Alle lachten. Ein wenig Entspannung in dieser ernsten Gesprächsrunde war eine Wohltat. Nur Kevalam blieb an dieser Freude unbeteiligt. Saruj legte einen Arm um seine Taille und zwickte ihn liebevoll. Erst schaute er sie gereizt an und lachte dann doch.

»Da wir außerdem kein Geld mehr haben«, sagte Didi, nachdem sich alle beruhigt hatten, »wird jetzt jedem Kind die Demütigung erspart zuzusehen, wie seine Eltern ums Überleben kämpfen oder sich für entwürdigende Dienstleistungen prostituieren. Ohne Geld sind wir von solchen schlimmen Schicksalen wie jenen dieser Familie schon mal verschont.«

»Stell dir vor, es gibt kein Geld mehr«, unterstrich Saruj.

»Was für eine Ersparnis«, fasste Dadame zusammen und kicherte über sein Gedankenspiel.

»Ohne Geld gibt's nichts zu verkaufen und nichts zu klauen«, ergänzte sie.

Kevalam war noch nicht zufrieden. »Jemand könnte doch aus reiner Faulheit etwas stehlen, anstatt sich die Mühe zu geben, es selbst zu organisieren«, erwiderte er. »Dein HPS zum Beispiel, Saruj.«

»Ja … theoretisch schon«, gab sie zu.

»Warum nur theoretisch?«, forschte er nach.

»Weil … weil …« Sie kam ins Grübeln. »Weil mir ist noch nie etwas geklaut worden«, fiel ihr bloß ein.

Zasch sah die Chance, sich einzubringen. »Mir auch nicht«, verkündete das Mädchen.

Dididan pflichtete mit einem Nicken den beiden jungen Frauen bei und sagte: »Es gab schon immer Orte, an denen so gut wie keine Diebstähle vorkamen. Ich spreche hier von natürlichem Konsens – also ohne dass eine besondere Absprache benötigt wird. Ein wichtiges Konzept, wovon du sicher des Öfteren hören wirst, Kevalam. Das gab es schon in Zeiten des Kapitalismus. In Dörfern, zum Beispiel, wo niemande sich darum scherte, sihn Fahrrad abzuschließen. In Großstädten wäre dies undenkbar gewesen. Den Spruch ›Anonymität ist Gift für das Vertrauen‹ hast du womöglich schon mal gehört.«

Er nickte zustimmend.

»Eine interessante Ausnahme zu diesem Ausspruch habe ich auf Zeltplätzen beobachtet.« Die Greisin lächelte geheimnisvoll. »Da nicht jedere ein Auto hatte und es oft dort keine abschließbaren Fächer gab, haben die Leute für gewöhnlich ihren Besitz im Zelt zurückgelassen, und es war tabu, in andere Zelte zu gehen und zu klauen.

Warum? Weil, wenn sich die Camperen nicht an diese stillschweigende Vereinbarung gehalten hätten, hätte es bald keine Zeltplätze mehr gegeben. Und da die Menschen diesen Zeitvertreib genossen, achteten alle darauf, dass es so blieb. Die Gemeinschaft Zeltplatz hielt zusammen.

Und dies, obwohl sich nicht alle untereinander kannten. Sicher spielte die Angst, erwischt und von dem Platz verwiesen zu werden, eine Rolle, aber keine wesentliche.

Die Sehnsucht nach Gemeinschaft, das war das Geheimnis. Und der Wille, dass alles gut geht. Ein tiefes Verlangen nach gegenseitigem Vertrauen, nach Freiheit und nach Frieden. Genau auf diesen Werten wurde die Transition aufgebaut.«

Eine willkommene Redepause kehrte ein. Dididan hatte ihre Augen geschlossen und genoss die Sonne auf ihrem Gesicht. Saruj war aufgestanden und hatte damit begonnen, ihre Beine am Rande des Wassers genüsslich zu dehnen, Kevalam versuchte mit dieser Flut an neuen Informationen zurechtzukommen und Zasch schenkte konzentriert den letzten Rest Tee unter den Anwesenden aus.

Ein lautes plätscherndes Geräusch wurde hörbar.

»Fisch«, rief das Mädchen begeistert.

»Großer Fisch«, bestätigte Saruj.

»Philemon hat diesen öden Teich unterschätzt«, sagte Zasch. »Er lebt doch!«

»Die großen Fische fressen die kleineren …«, entfuhr es Dadame, der wie für sich geredet hatte. Ihm wurde bewusst, dass er laut gedacht hatte, und er formulierte seine Gedanken erneut: »Erwähnenswert ist, finde ich, dass die Straftaten, die durch Armut und Not entstanden, am häufigsten und am härtesten bestraft wurden. Und dies, obwohl sie eigentlich nur einen Bruchteil der Geldkriminalität ausmachten. Die Börse, ein Markt, auf dem sich Aktionäreren systematisch an der Arbeit anderer bereicherten, wurde nicht angeklagt. Es wurde nicht verboten, mit Lebensmitteln zu spekulieren, obwohl sich dadurch Menschen in Entwicklungsländern ihre Nahrung nicht mehr leisten konnten und verhungerten. Multinationale Konzerne, die die Ausbeutung der Menschen und der Natur ankurbelten, wurden auch so gut wie nie dafür bestraft. Die Regierungen, die das Ganze zuließen, waren auch legal.

Profitgeschäfte waren legitim und die größten Profitkriminellen blieben wie von einer durch die Macht des Geldes vereinbarten Immunität verschont.«

»Ich verstehe etwas nicht«, meldete sich Zasch. »Du hast doch gesagt, dass Kriminalität immer mit Mangel zu tun hat, aber die Menschen, von denen du sprichst, hatten Geld genug. Warum wollten sie noch mehr haben? Was hat ihnen noch gefehlt?«

Dadame lächelte sie liebevoll an. »Liebe, bedingungslose Zugehörigkeit, spirituelles Glück ...«

Bevor er ausholen konnte, unterbrach ihn Kevalam. Mit der Gier der Ultrareichen war er immer noch nicht bereit, sich auseinanderzusetzen. Er lenkte ab: »Was ist mit Eifersucht?«

Der Sannyasin schaute ihn an, unsicher, ob der Jugendliche mitbekommen hatte, was gerade gesagt wurde. »Eifersucht beruht auch auf einem Mangeldenken, Kevalam«, erläuterte er. »Liebesbeziehungen wurden damals genau mit dem gleichen Sicherheits-, Besitz- und Machtdenken verwaltet wie Geld. Gleichermaßen wurde in Geldgeschäften sowie in zwischenmenschlichen Beziehungen kontrolliert, geklammert und betrogen. Im Grunde waren mehr oder weniger alle von Verlustängsten geplagt. Mit Symptomen wie Gier, Geiz, Neid, Eifersucht – und der daraus resultierenden Kriminalität.«

»Ich verstehe das schon«, sagte Kevalam. »Nun, ihr seid zwar vom Geld befreit, aber hoffentlich nicht von der Liebe. Jemand könnte doch aus Eifersucht einen Mord begehen. Und was dann?«

Dadame trank die letzten Tropfen seines Tees. Er fühlte sich ermattet. Er war einundzwanzig, als die Transition offiziell begonnen hatte. Den Großteil seines Lebens hatte er damit verbracht, diese voranzutreiben und Menschen dazu zu ermutigen, sich auf den Weg der inneren Heilung zu machen. Er selbst hatte dafür viele Jahre an sich gearbeitet. Jetzt mit Hundertzwei blieb ihm wenig Zeit, um den mühsam errungenen Weltfrieden zu genießen, und diese Ausflüge in die Vergangenheit kosteten ihn erhebliche Kraft.

»Dann geschieht es«, sagte er nur.

Kevalam schaute ihn voller Entgeisterung an.

Der Greis vergewisserte sich, dass die Teekanne tatsächlich leer war, stellte sie auf den Tisch zurück und beobachtete den Jugendlichen eine Zeitlang nachdenklich. »Kevalam, etwas betrübt mich ein wenig«, sagte er. »Und zwar deine Annahme, dass nur ein absolut makelloses Gesellschaftssystem es wert sei, ein bis in seine Wurzeln völlig marodes zu ersetzen. Ein Schema, dem ich wahnsinnig oft begegnet bin, daher mein Unmut.

Eine klassische Reaktion von Menschen, die auf das Konzept einer geldfreien Gesellschaft angesprochen wurden, war, diese Vision möglichst schnell zu zerlegen, indem sie nach Problemen suchten, die möglicherweise dabei hätten entstehen können. Die Vision konnte natürlich nicht hundertprozentig kugelsicher sein und wurde somit abgewiesen. Es war bequemer, über die damals katastrophale Lage zu jammern und an bestehenden Glaubenssätzen festzuhalten, als sich mit konkreten Lösungen zu befassen.

Dabei wurde übersehen, dass die entgegengebrachten Einwände das alte System – und zwar eklatant – bestens beschrieben: ›Die Stärkeren werden die Schwächeren unterdrücken‹ – als ob das nicht schon zuvor der Fall gewesen wäre. Mit Stärke meine ich natürlich nicht Muskelkraft, aber ich gehe davon aus, dass du mich verstanden hast.«

Dann fing er den Blick des Jugendlichen auf und hielt ihn bewusst fest. »Ja, Kevalam, es stimmt, Machtmissbräuche finden weiterhin noch statt. Ein Beispiel davon hast du gestern mit Zasch und Mikel mitbekommen und die Antwort der Gemeinschaft heute morgen erlebt. Eine wunderbare Anregung, wie Gewalt umgelenkt werden kann und Zusammenhalt gefeiert wird.« Kurz in Erinnerungen versunken, lächelte er vergnügt.

Er fuhr fort: »Ein anderer häufiger Einwand war: ›Was wird mit Faulpelzen geschehen, wenn es kein Geld mehr gibt?‹ Was wurde damals mit ihnen gemacht? Sie wurden von der Stadt mit Almosen am Leben gehalten … sie landeten unter der Brücke … sie wurden kriminell … was auch immer. Jetzt werden alle versorgt. Bedingungslos und lebenslänglich. Punkt.« Der alte Mann leckte sich die Lippen. Er hatte Durst.

Saruj, die mit ihren Dehnübungen fertig war und sich im Gras in der Nähe der Gruppe in Schmetterlingsposition hingesetzt hatte, übernahm: »Irgendwann fällt jederen etwas ein, was sier liebend gern tun will. Einere Expertere im Witzeerzählen zum Beispiel. Gute Laune zu verbreiten, ist definitiv ein wertvoller Beitrag in der Gemeinschaft.« Sie lachte. »Aber ja … es gibt schon Phasen im Leben, da will man einfach nichts tun. Nur, ein Leben lang auf dem Sofa abhängen, das will, glaube ich, niemande.«

Sie dachte kurz nach. »Und auch, wenn es so wäre …«

»… würde diesere Mensche einiges verpassen«, brachte Dadame ihren Gedanken zu Ende. Der durstige Mann blickte erneut in seine Tasse und auf die leere Wasserkaraffe auf dem Tisch. »Unser Gesellschaftssystem ist nicht perfekt, und Menschen machen noch immer Fehler. Weil es uns an innerer Reife fehlt, weil wir uns in manchen Situationen machtlos fühlen oder überfordert. Oder weil wir uns mal nicht trauen, rechtzeitig nach Hilfe zu rufen. Manchmal wird die Not einer Situation von der Gemeinschaft übersehen … unterschätzt. Manchmal geht es richtig schief, manchmal wird jemande verletzt … im schlimmsten Fall wird jemande umgebracht.

Nun, was erwartest du, Kevalam? Makellose Harmonie weltweit und ohne jeglichen Ausrutscher? Ich bin mir nicht sicher, ob so etwas überhaupt möglich ist. Menschen sind komplizierte Wesen und eine vollkommene Harmonie werden wir so bald nicht erlangen. Wir sind auf dem Weg zu einem möglicherweise unerreichbaren Ziel. Nun, die offensichtlichen Verbesserungen, die diese radikale Kursveränderung mit sich gebracht haben, geben uns Mut. Die Kriminalität ist mittlerweile so gering, dass sie keine Gefängnisse, Polizei- und Rechtsapparate rechtfertigen würde. Eine wunderbare Ersparnis an Zeit, Energie und Menschenpotential.«

Auf einmal lächelte der alte Mann in Richtung einer dünnen Gestalt, die sich der Gruppe schnell näherte. Es war Zasch, die zuvor bemerkt hatte, wie durstig der Sannyasin war. Sie war losgeeilt, um eine verschließbare Teekanne zu organisieren, und kam jetzt rennend zurück, das heiße Gefäß in Tücher gewickelt.

Dadame bedankte sich herzlich bei dem Mädchen und nahm sich die Zeit, ein paar Schlückchen in Ruhe zu trinken. Kevalam brauchte auch einen Moment für sich. Den Blick auf das Wasser gerichtet, fiel ihm der Chirurgenfisch des Datasub ein, der ihm einen Augenblick lang die Tür zu seinem inneren Wissen aufgehalten hatte. Etwas in ihm kannte alle Antworten. Alle Menschen kennen sie. Manchmal werden diese jedoch vergessen und es ist schön, wenn das Leben uns daran erinnert. Oder wenn hundertjährige alte Mystiker sich die Zeit und die Mühe nehmen, dieses in uns schummernde Wissen an die Oberfläche zu bringen. Es machte doch keinen Sinn, diese neue Gesellschaft mit alten Glaubenssätzen zu betrachten. Er musste sich ganz darauf einlassen. Der Vergangenheit den Rücken zudrehen und nach vorne schauen.

Just in dem Moment, in dem er diesen Gedanken in seinem Kopf in Worte fasste, spürte er erneut Widerstand in sich hochsteigen. Er seufzte leise. Ja, es würde Zeit brauchen. Damit musste er sich abfinden. Ein wenig entmutigt, wandte er sich der kleinen Runde wieder zu. Der Greis beobachtete ihn mit einem wohlwollenden Lächeln. Wie viele seiner Gedanken konnten Mystiker in seinem Kopf lesen?, fragte sich der Jugendliche. Durften sie das überhaupt tun, ohne seine Erlaubnis ausdrücklich zu erbitten? Noch eine Baustelle, bei der Aufklärungsbedarf bestand.

»Dadame«, begann er. »Es ist sicher sehr mühsam für euch … mit mir… Ich möchte so sehr schon bei euch angekommen sein, aber ich schaffe es nicht. Es tut mir wirklich leid …«

»Du schaffst es – noch – nicht«, sagte der Sannyasin. »Hab Geduld mit dir. Mit der Zeit werden sich die Lücken schon schließen. Für heute hast du nur noch eine Frage frei bei mir. Ich bin müde.« Er kicherte. »Eine!«

»Mir …« Kevalam zögerte. »Mir fällt es schwer zu glauben – zu akzeptieren, besser gesagt –, dass eine Gesellschaft ohne Strafe, ohne Gefängnis und ohne jegliche Autorität funktionieren kann.

Gut, damit werde ich wohl zurechtkommen. Nur, mich beschäftigt noch das ›wie‹ so sehr. Wie hat das alles stattgefunden? Wie konnte es gelingen? Wie seid ihr überhaupt auf diese verrückte Idee gekommen, ohne Rechtssystem zu leben, und wie ist es möglich, dass alle damit einverstanden waren, daran geglaubt haben und das Vertrauen hatten, dass das Ganze nicht in einer blutigen Anarchie endet?«

Als Dadame das Wort Anarchie[1] hörte und vor allem, mit welch ängstlicher Abneigung es beladen war, hatte er physisch gespürt, wie manche Schalter bei ihm berührt wurden. Er entschied sich jedoch, diese in Ruhe zu lassen und nicht auf das Thema einzugehen. Zumindest nicht an diesem Tag.

»Es wird dich überraschen, Kevalam«, begann er mit seiner Antwort, »aber hättest du damals erzählt, dass eine Zukunft ohne Rechtsapparat möglich ist, hätten dich die meisten für hoffnungslos übergeschnappt erklärt. Geplant ist das alles nicht gewesen. Im Grunde genommen ist der Abbau des Polizei- und Rechtssystems eine Begleiterscheinung der Transition gewesen, beziehungsweise des weltweiten Heilungsprozesses. Weil die Menschen dort lernten, ihre Differenzen durch friedliche Kommunikation zu klären.

Offiziell hat die Transition zweiundfünfzig Jahre gedauert, von 2012 bis 2064, dem Jahr, in dem das Geld abgeschafft wurde und Saruj gebor…« Er beendete seinen Satz nicht. »In der Realität aber hatte die Wende viel früher begonnen, allerspätestens während der Hippie-Bewegung der sechziger Jahre des letzten Jahrhunderts. Nur verlief diese Entwicklung nicht linear, sondern folgte einer Exponentialkurve: Ewig lange unsichtbar und auf einmal nicht mehr aufzuhalten. Eine Kurve,

[1] Anarchie: Ohne hierarchische Struktur. Nicht mit Anomie – ohne Ordnung – zu verwechseln.

die allerdings einige mehr oder weniger tiefe Zacken zeigte. Ich denke gerade an den heftigen Rückschlag, den die Seuchewellen der Zwanziger verursachten …« Er murmelte noch ein paar Worte voller Unmut, die in seinem Bart verendeten. »Als die Spaltung zwischen Arm und Reich am tiefsten und die Kontrolle von oben auf dem Höhepunkt war, vertrauten die allerwenigsten darauf, dass ein positiver Wandel noch möglich wäre. Das System hatte so gut wie alle regelrecht traumatisiert. Demnach drehte es sich bei der Transition primär um Heilung. Um die Bewusstwerdung des Wesenskerns der Menschen.«

Daraufhin legte Dadame eine längere Pause ein, damit das Gesagte eine Chance bekam anzukommen.

Saruj hatte bemerkt, dass Kevalam nicht genau wusste, was der Sannyasin mit Wesenskern meinte. »Dadame, darf ich kurz was dazwischen erklären?«

»Du fragst?«, fragte er überrascht und lachte herzlich.

Saruj lachte zurück. War Dadame in den Jahren erträglicher geworden oder hatte sie sich selbst verändert?

Sie nahm die letzte Kirsche, die noch in der Schüssel lag und begann mit ihrer Erläuterung: »Stell dir vor, Kev, der Kern dieser Kirsche wäre der Wesenskern einerer Mensche. Drumherum wird der Kern vom Fruchtfleisch umhüllt: Das sind jetzt sihne Traumen. Dann kommt eine glänzende dünne Haut, die das Fleisch zusammenhält. Sie steht für die gute Moral, beziehungsweise für die durch Erziehung, Kultur oder Religion geprägten Verhaltensregeln. Ohne ihre Haut würde die Kirsche bald verwesen und stinken, ungenießbar werden. Ohne die Moral würde dide Mensche stänkern, andere verletzen oder sich selbst.

Jetzt stell dir vor, das Fruchtfleisch, warum auch immer, hätte nicht mehr zu wachsen aufgehört, und die überspannte Haut wäre zerplatzt. Faules Fleisch würde bald herausschauen.« Mit den Fingernägeln beider Daumen riss sie die Haut auf und öffnete die Kirsche. »Übersetzt: Falls seelische Verletzungen ins Unermessliche ausufern, zerreißt sozusagen die Moral. Sie kann nicht mehr genug eingreifen und somit verhindern, dass die herausquellenden Traumen das Verhalten dieserer verletzten Mensche diktiert. Wie zum Beispiel im Krieg, früher, als der nette Nachbar zu einem grausamen Soldaten wurde. Sihne anerzogenen guten Manieren konnten den Ausdruck sihner Traumen nicht weiter unterbinden. Kommst du mit, Kev?«

Er nickte.

Sie warf die Kirsche in ihren Mund und sprach kauend weiter: »Wenn das Fleisch gegessen und verdaut wird, wird der Kern befreit. Wenn die Traumen verarbeitet werden, kommt der Wesenskern zum Vorschein. Dide Mensche braucht keine Verhaltensregeln mehr, weil einerseits keine Traumen mehr da sind, die sihn Verhalten beeinflussen können, und andererseits weil sihn Wesenskern ganz genau weiß, was richtig ist und was nicht. Solange der Wesenskern nicht unter Traumen begraben wird und verstummt, weiß der Mensch genau, was Respekt und Liebe bedeuten.« Sie nagte an dem Kirschkern, bis er sauber war, nahm ihn dann zwischen zwei Finger und sagte: Der Wesenskern jederer Mensche ist das erleuchtete Selbst.«

Sie schaute nachdenklich auf die Kirsche. »Eigentlich bräuchte dieser Kern dieses ganze Drumherum mit Fleisch und Haut gar nicht. Im Kern ist schon alles enthalten, was benötigt wird, damit er zu einem weiteren perfekten Ausdruck der Suppe wird: dem nächsten Kirschbaum.«

»Was schade wäre«, merkte Kevalam.

Saruj brauchte eine Sekunde, um seinen Einspruch zu verstehen. Dann lachte sie. »Ja, stimmt. Kirschen sind schon echt lecker. Hm ... Es könnte sich natürlich um eine Sauerkirsche handeln. Aber ja. Wenn mane zu lange an einer Metapher bastelt, stößt man irgendwann an ihre Grenzen.« Daraufhin drückte sie auf den Kern, sodass er wegflog. Ein leises ›Plopp‹ wurde hörbar, als er ins Wasser fiel.

»Ob ich jemals wieder mit der gleichen Unbefangenheit eine Kirsche essen werde«, bedauerte Dadame. »Danke dir, Saruj, für das Bild«, sagte er dann mit einem verbindenden Lächeln.

Sie lächelte offen zurück. Er hielt einen Moment ihren Blick fest. Über die spontane Verbesserung ihres Umgangs miteinander wunderte er sich genauso wie sie.

Dadame kehrte zum Thema zurück: »Nach und nach kam also der Wesenskern der Menschen zum Vorschein – in jederen von uns und in uns allen. Nicht bei allen gleich schnell und nicht überall auf der Welt zur gleichen Zeit, aber das Bewusstsein wuchs. Stetig und in der Tiefe. Es war nicht mehr zu übersehen. Manche Polizisteren ließen Stock und Helm fallen und stellten sich auf die Seite der Demonstranteren. Soldateren verweigerten Befehle. Juristeren lehnten es ab, Menschen zu bestrafen, die ohnehin schon genug vom System geplagt waren. Menschen wurden ungehorsam, des Wunsches nach Menschlichkeit wegen – oder einfach aus der Not heraus.

Parallel dazu wuchs das Interesse für solidarische Kollektive aller Art und insbesondere für Lebensgemeinschaften, da dort die Bewohneren vom immer autoritärer werdenden System weitgehend geschützt waren. In wenigen Jahrzehnten erlangte somit ein wesentlicher Teil der Bevölkerung eine Vollautarkie gegenüber dem System. Geld brauchten sie kaum noch und zu guter Letzt gar nicht mehr. Endlich durften die Menschen, zumindest ein Stück weit, ihre Ängste vor dem Mangel hinter sich lassen. Die Gemeinschaft würde bedingungslos für ihre Grundbedürfnisse sorgen, ob jung oder alt, ob gesund oder nicht. Diese Sicherheit gab ihnen den Mut, nach innen zu schauen. Sie fanden in der Gemeinschaft die Zeit und die Kraft zu heilen. Sie bekamen Raum für spirituelles Wachstum und persönliche Entfaltung.«

Er gönnte sich eine längere Atempause. »Ein glücklicher Mensch, Kevalam, wird nicht so schnell kriminell.« Daraufhin lehnte er sich ein wenig auf seinem Stuhl zurück, mit einem besonnenen Lächeln auf dem Gesicht.

Didischu ließ ein wenig Zeit verstreichen und übernahm: »Deshalb legen wir so viel Wert darauf, die Heilung der Menschen unterstützend zu begleiten. Beginnend damit, dass allen zugehört werden.«

»Zuhören«, wiederholte Saruj flüsternd und schenkte Kevalam ein Zwinkern.

»Das Maß an Kriminalität einer Gesellschaft ist das Spiegelbild ihres Gesundheitszustands«, fügte Dadame hinzu, die Augen geschlossen und das Gesicht gen Sonne gerichtet.

Dididan räusperte sich leicht. Alle Blicke drehten sich in ihre Richtung und sahen sie einladend an. Sie lächelte dankbar in die Runde und begann zu erzählen. Mit dreißig hatte sie es geschafft, ihren Ehemann zu überzeugen, zusammen mit ihrer neugeborenen Tochter in eine Gemeinschaft zu ziehen, die gerade erst gegründet wurde. Zu Beginn waren alle Bewohner begeistert und umeinander bemüht. Auftretende zwischenmenschliche Konflikte wurden des lieben Friedens willens nicht ausgesprochen und unter den Teppich gekehrt. Nach einem Jahr war jeder mit jedem zerstritten, und die Gemeinschaft wurde aufgelöst. Jedoch wollte Dididan das Experiment Gemeinschaft nicht aufgeben, und obwohl dieser Beschluss sie ihre Ehe kostete, zog sie in eine andere, diesmal erfahrene Gemeinschaft.

»Eifersucht war der häufigste Grund dafür, dass neue Gemeinschaften scheiterten«, erinnerte sie sich. »Und dies, obwohl eine funktionierende Gemeinschaft der beste Ort ist, um zu lernen, sich von solchen Ängsten zu befreien. In meiner ersten Gemeinschaft aber hielten wir uns alle für so abgeklärt …« Sie lächelte nachsichtig. »Uns war es damals nicht bewusst, dass auch wir in der Trennung aufgewachsen waren und das gemeinschaftliche Leben nicht gelernt hatten. Uns war nicht bewusst, wie tief verletzt wir alle waren.«

Sie wurde einen Moment still.

»Was war bei deiner zweiten Gemeinschaft anders?«, fragte Kevalam.

»Die Menschen hatten erkannt, dass Eifersucht eine gesellschaftliche Krankheit ist, die eine sehr lange Geschichte mit sich trägt, und sie hatten verstanden, dass diese Angst nicht zur Liebe gehört. Dass wir aus engstirnigen, gesellschaftlich anerkannten Partnerschaften herauswachsen – und den Zustand der allgegenwärtigen Trennung auflösen könnten.

Was uns allerdings die Kraft gab zusammenzuhalten, war die Erkenntnis, dass es um etwas Größeres ging als um persönliche Heilung oder um die Heilung der zwischenmenschlichen Beziehungen im Mikrokosmos unserer Gemeinschaft. Die ganze Welt brauchte ja Heilung. Somit hatten wir eine gemeinsame Mission. Ein höheres Ziel.

Dazu beitragen konnten wir, indem wir Gemeinschaften in ihrer Gründungsphase unterstützten, aber das war lange nicht alles. Uns fiel auf, dass die Menschen in unserer Umgebung, die selbst nicht in einer Lebensgemeinschaft eingegliedert waren, von unserem Heilungsprozess offenbar beeinflusst wurden und ›mitheilten‹. Was die Kinder betraf, die unsere freie Schule besuchten, war dieser Einfluss nachvollziehbar. Was aber die Heilung der restlichen Kinder und Erwachsenen in der Nachbarschaft anging, sowie die der Böden um unseren Gemeinschaftsort, fanden wir das Ganze schon mysteriös. Als ob unsere eigene Heilung wie eine geschickt positionierte Akupunkturnadel auf unser Umfeld wirken würde. Ein Bild, das von einer Gemeinschaft der ersten Stunde[2] stammt und das ich besonders einleuchtend finde.«

Hätte Dadame anstatt Dididan gesprochen, wäre Kevalam in schiere Panik geraten. Nur weil die ältere Sannyasinii eine beruhigende Wirkung auf ihn hatte – und auf alle –, hatte er es geschafft, die Widerstände in seinem Kopf, die während ihrer Erzählung über die Liebe hochkamen, in Schach zu halten. Er fragte leise: »Was macht ihr, wenn jemand doch eifersüchtig wird?«

Behutsam begann Dididan, ihm zu antworten. »Zunächst wird ein Raum geschaffen, in dem diese Gefühle ausgedrückt werden können. Eifersucht ist Angst, und da die Liebe nicht in Angst gedeihen kann, kann sich die Liebe auch nicht entfalten, da wo Eifersucht herrscht. Es ist also wesentlich, diese Ängste zu beruhigen, damit wieder Platz für die Liebe, die Liebe zu sich selbst, zu den anderen, für die Natur und für

[2] Friedensforschungszentrum und Heilungsbiotop Tamera, Portugal

das Göttliche, entstehen kann. Etliche Werkzeuge werden angeboten, um die Menschen auf diesem Weg zu begleiten. Du wirst sicher einige mit der Zeit kennenlernen. Mein persönlicher Ratschlag an dich wäre jetzt folgender – falls du ihn hören möchtest.«

Er nickte bejahend.

Sie sagte: »Unterdrücke deine Gefühle nicht. Es ist keine Schande zu lieben, auch wenn deine Liebe nicht erwidert wird. Es ist auch keine Schande, Angst zu haben. Werde dir bewusst, dass deine Zugehörigkeit zur Gemeinschaft nicht in Gefahr ist, auch wenn du dich in deinen Ängsten mal verlieren solltest. Sei selbst ebenso solidarisch mit denen, die mit ihren Ängsten kämpfen. Sie brauchen dich. Bleib offen und mutig. Hab Vertrauen. Und wenn die Liebe gegenseitig ist – ein wunderbares Geschenk –, sei dankbar und genieße sie. Ganz und voll.«

WIR SIND EINS

Saruj und Kevalam hatten sich überlegt, den Abend draußen zu verbringen, und mit Decken ausgestattet waren sie auf dem Weg zu dem kleinen See. Sie waren nicht die Einzigen, die diese Idee gehabt hatten. In der Ferne erkannten sie die robuste Gestalt von Rok, dem Vater von Mikel, der mit größeren Ästen hantierte und vom Licht eines Lagerfeuers erhellt wurde. Um das Feuer herum waren weitere Menschen zu sehen. Manche saßen einfach nur da, einige hatten sich hingelegt und Dadamax spielte ruhige Musik auf seiner Gitarre. Ein wenig von ihm entfernt befand sich eine dichte Ansammlung von etwa einem Dutzend Menschen. Vom Gelächter angezogen, welches aus dieser Richtung zu hören war, bewegten sich Kevalam und Saruj dort hin.

Ein dunkler Arm fand seinen Weg aus dem Welpenwurf heraus. Es war Zasch, die zwischen Pythagore und Philemon eingenistet dalag und ihnen einladend zuwinkte.

»Kommt zu mir«, rief das Mädchen und lachte. »Pi wird momentan so begehrt, dass er sich wie eine menschengroße Wärmflasche anfühlt.«

Ein gewöhnlicher Androide hätte sicherlich erwähnt, dass seine aktuelle Körpertemperatur nichts mit der ständigen Fragerei zu tun hatte. Er hatte diese bloß erhöht, damit es die anderen kuschelig warm hatten. Dessen ungeachtet hatte er erkannt, dass der Ausspruch des Mädchens als Scherz gemeint war, und fand es angebracht, mit einem lauten Lachen zu reagieren. Ein Unterfangen, das auch für einen modernen Androiden keine leichte Aufgabe war. Saruj hatte es früher oft mit ihm geübt – mit mittelmäßigem Erfolg. Pythagores Lachen klang weiterhin künstlich.

Demgemäß folgte amüsiertes Gelächter, das Pythagore wiederum als ein Gelingen seines Versuchs missinterpretierte und als eine Aufforderung dazu, weiterzulachen. Aus seinem Hals flossen regelmäßige Schallwellen, die kein Ende zu nehmen schienen und bald einen kollektiven Lachanfall auslösten. Ebenfalls lachend, begann Saruj, sich zwischen den Liegenden hindurch ihren Weg zu ertasten, bis sie einen kuscheligen Platz fand: die Füße unter dem warmen Gesäß von Pythagore eingeklemmt und auf Einladung ihren Rücken an Dideriks[1] angewinkelten Beinen rutschfest angeschmiegt. Der dreißigjährige Hellhaarige aus der Flamofonie hielt seinen Freund Gray[2] in den Armen und hatte seinen Kopf auf den Bauch der dösenden Gandhari gelehnt. Die junge Frau lag in der Gegenrichtung, ihren Kopf der Obhut von Yumas[3] Schoß anvertraut, einer dreißigjährigen Frau aus Kathmandu, die als Einzige in dem Menschenhaufen aufrecht saß.

Kevalam brauchte ein wenig Zeit, dieses für ihn ungewöhnliche Spektakel zu erfassen, bevor er sich übervorsichtig zu Saruj hintraute. Seine schüchternen Bemühungen wurden von der amüsierten Yuma mit Blicken verfolgt. Als endlich auch er eine sitzende Position an Sarujs Seite fand und sich verunsichert umschaute, lächelte ihn die Nepalifon[4] zuvorkommend an. Das Licht des Feuers flackerte auf ihrem schwarzen langen Haar und in ihren dunklen Augen. Von Unbehagen ergriffen, hob der junge Mann den Kopf gen Himmel und begann, die Sterne zu inspizieren.

Yuma lachte. »Möchtest du dort hinziehen?«

»Wäre es denn jetzt möglich?«, fragte Kevalam zurück.

»Ach, du bist der Zeitreisende, von dem alle erzählen.« Sie lachte erneut.

Verlegen ließ er seinen Blick auf die Sterne gerichtet. »Habt ihr das Interesse verloren, andere Planeten zu besiedeln?«

»Solange wir keinen finden, wo ich nackt am Strand die Sonne auf meiner Haut und den Wind in meinen Haaren spüren kann, kommt ein

[1] [diːdəʀik] Norwegischer Name: Herrscher des Volkes

[2] [gɹəiː] F´Grau

[3] [juːma] Auf japanisch: die Ehrlichkeit, das Glück

[4] Nativ Nepali Sprechende

Umzug nicht in Frage«, gab sie ihm als Erklärung und schüttelte dabei verneinend ihre schwarze Mähne.

»Das alles könnten wir für dich virtuell einprogrammieren«, bot er galant an, wunderte sich aber zugleich über seine Aussage, und nach einem kurzen Zögern traute er sich doch, sie anzulächeln.

Saruj lag so, dass sie in ihrem rechten Augenwinkel Yuma und in ihrem linken Kevalam sehen konnte. Wie ein Ping-Pong-Spiel, das durch das Tempo der Konversation der beiden diktiert wurde, folgte sie deren ersten Begegnung. Links, rechts, links, rechts… Irgendwann brachte aber das unwiderstehliche Lächeln ihres Liebhabers die Logik ihrer Kopfbewegungen durcheinander. Ihr Blick blieb auf seinem Gesicht hängen, während die Stimme von Yuma schon ertönte: ›Ach ja, und natürlich möchte ich mich, wenn es mir zu heiß wird, im Meer abkühlen und von den Wellen hoch- und runtergehoben werden.‹ Als Antwort bewegten sich Kevalams Lippen, aber Saruj konnte ihn nicht mehr verstehen. Für sie war es nur noch Klang, der aus seiner Kehle kam. Rein mechanisch und unabhängig von dem Gesagten begann sie erneut, ihren Kopf rhythmisch von links nach rechts und von rechts nach links zu bewegen. Bis sie auf einmal schockiert erstarrte.

Die freiheitsverehrende Saruj hatte noch nie in ihrem Leben Eifersucht gespürt. Sie verkündete allen laut und gern, dass sie gegen solch antiquierte Gefühle immun war. Gelangweilt von den immer wiederkehrenden Dramen und Gesprächen, die damit verknüpft waren. Umso mehr war es für sie beleidigend, diese unangenehme Spannung in ihrem Hinterkopf zu spüren. Es fühlte sich so an, als ob sich dort allmählich Wasser ansammelte. Die Frage, ob ihr Kopf, wenn sie sich weiterhin diesem unheimlichen Cocktail an Gefühlen ergeben würde, wie eine angeschossene Wassermelone explodieren könnte, durchquerte ihren Geist. Alarmstufe rot. Sie musste jetzt ihren Kopf retten.

Fliehen wäre das Einfachste gewesen, aber so war Saruj nicht. Sie hatte sowieso keine Lust, den Abend allein zu verbringen, und sicher nicht, am Ende des Tages Kevalam Rechenschaft für ihren Rückzug abzulegen. Sie hätte sich bis in den Boden geschämt. In rasender Geschwindigkeit blätterte sie in ihren Gedanken, welche anderen Überlebensstrategien ihr blieben, und deren jeweilige Konsequenzen. Sie hätte Kevalam und Yuma fragen können, wie lange sie noch zu flirten beabsichtigten. Mit so einer Bemerkung würden die Gläser ihrer rosa Brillen mit Sicherheit zerspringen. Ein Bild, das sie witzig fand. Nur die abwertenden Blicke der beiden, die sie hinterher ernten würde, fand sie weniger amüsant. Also nein. Sollte sie sich bei der Friedensstörerin einschmeicheln, eine prophylaktische Verbundenheit aufbauen, damit diese, im Fall der Fälle, vor einem Gewissenskonflikt stünde? Eine Taktik, die keinerlei Garantie mit sich brachte und sie außerdem anekelte. Also auch nein. Sollte sie ihre potentielle Konkurrentin verbal niedermachen? Oder besser einen Ohnmachtsanfall vortäuschen? Ihr wurde bald klar, dass, egal welche Strategie sie sich aussuchen würde, ihre Gefühle dabei entlarvt würden.

Ihre Erwägungen wurden durch die Stimme von Zasch, die direkt hinter ihr lag, unterbrochen: »Stell dir vor, es gäbe einen Stromausfall! Das wär's dann mit deiner luxuriösen Holowelt. Alle würden sterben. Ersticken, erfrieren, verdursten, verhungern oder alles zugleich«, prophezeite das Mädchen.

»Und von dem schlauen Alien gefressen werden, der den Stecker herausgezogen hat«, hörte sich Saruj herablassend erörtern.

Zasch schaute auf Sarujs Hinterkopf, von der Schärfe ihrer Stimme verdutzt. »Stimmt doch, oder?«

Saruj ließ ihre Frage unbeantwortet. Sie hatte ihre eigene Stimme nachhallen gehört und war selbst über ihren Tonfall erschrocken. Zasch als Zielscheibe für ihre Frustration zu nutzen, wollte sie sicher nicht.

Auf einmal durchquerte ihren Geist das Bild von Onyx und Kevalam, als sie sich bei dem Kussexperiment küssten. Die beiden hatte sie dabei wohlwollend beobachtet. Jetzt aber war eine wunderschöne, ihr fremde Frau im Spiel, die ohne ihre Erlaubnis Kevalam in wenigen Sekunden bezaubert hatte. Sie fühlte sich ausgeschlossen, machtlos, bevormundet. Ihre Mundwinkel fielen nach unten, ihr Brustkorb und vielleicht sogar alle ihre inneren Organe wurden enger. Sie spürte, wie sie in eine sehr dunkle Ecke ihres Seins gedrängt wurde. ›Stopp!‹, sagte sie tonlos, aber bestimmt zu sich selbst.

Sie atmete ein, so viel sie konnte und richtete sich dabei auf. Sie musste, sie wollte, sie würde Kevalam seine Freiheit lassen. Eine andere Möglichkeit kam nicht in Frage. Kevalam in einen Käfig einsperren, das würde sie nicht tun. Sie atmete langsam aus und, wie sie es mit Didi gelernt hatte, in Momenten, als sie in düsteren Gedanken festgefahren war, konzentrierte sie sich auf das Schöne um sie herum. Das vertraute warme Gesäß von Pythagore auf ihren Füßen, die Faszination des Feuers, die Magie der Sterne … Bald fühlte sie sich ein wenig leichter. Nur der Druck in ihrem Hinterkopf war noch zu spüren. Sie entschied, die Situation und ihre Gefühle sehr genau und möglichst bewertungsfrei zu beobachten und sich zunächst den anderen zuliebe aus dem Geschehen ein wenig zurückzuziehen.

Sarujs Gefühlswallungen hatte Kevalam, obwohl er direkt neben ihr saß, nicht wahrgenommen, zu sehr war er mit seinem Flirt beschäftigt. Dafür aber Rok, der am Feuer stand und alle vier im Blickfeld hatte. Ihm war klar, dass Saruj gerade nicht in der Verfassung war, die Verwirrung Zaschs aufzulösen.

»Zasch«, sagte der Metallkünstler, »es ist sehr unwahrscheinlich, dass Einsiedlers in so einer feindlichen Umgebung nur eine einzige Stromquelle einrichten würden. Ein Stromausfall würde deshalb sicher nicht die gesamte Siedlung betreffen.«

»Ihr Überleben wurde also nicht von einem einzigen Stromkabel abhängen, das von Sarujs vermeintlich bösen Alien herausgezogen werden kann«, klärte Philemon weiter auf.

Yuma war auch bewusst, dass es nicht die Aussage von Zasch war, die Sarujs Aggression ausgelöst hatte. Die Nepalifon hatte nicht vor, irgendjemand zu verletzen, und ganz sicher nicht eine andere Frau. Sie hätte gerne mit Saruj darüber gesprochen, fand es aber in dem Moment dringender, die vierzehnjährige Zasch in Schutz zu nehmen. »Womit du auf alle Fälle recht hast, Zasch«, sagte sie, »ist, dass Menschen auf einem fremden Planeten extrem abhängig von der Technik sein würden.«

Rok wandte sich dem Zeitreisenden zu. »Warum möchtest du überhaupt weg?«, fragte er. »Schau dich um. Wir genießen hier auf der Erde ideale Lebensbedingungen. Ein Privileg, das uns noch kein anderer bekannter Planet in unserem Sonnensystem bieten kann. Das wäre doch ein schlagendes Argument dafür, hier weiterzuleben, findest du nicht?«

»Ich bin davon ausgegangen, dass es in einer Welt, in der Androiden kaum von Menschen zu unterscheiden sind, selbstverständlich ist, dass Menschen auf anderen Planeten wohnen. Unter anderem als Lösung, was das Wachstum der Weltbevölkerung betrifft. Das ist vielleicht nicht das beste Argument dafür, ich weiß. Ich musste mir heute anhören, dass Überbevölkerung nur in meinem ›fehlgeleiteten Kopf‹ ein Problem ist.« Man konnte an seiner Stimme hören, dass er pikiert war. »Wie dem auch sei, wie kommt es, dass ihr noch keine anderen Planeten besiedelt habt?«

Rok näherte sich der Menschengruppe und ließ sich in die Hocke niederfallen. »Ich würde dir nur zu gerne berichten können, dass die Geldgebers damals verstanden hätten, dass der notwendige Aufwand, um einen anderen Planeten zu besiedeln, deutlich höher lag als jener, unseren eigenen zu retten. Dass die Erde Priorität bekam, und die Schnapsidee, auf einen anderen Planeten zu flüchten, deshalb aufgegeben wurde. Leider hing diese Entscheidung schlicht mit unlösbaren Besitzansprüchen und ungelösten technischen Hürden zusammen.«

»Wurde zum Schluss die gesamte Allforschung aufgegeben?«, fragte Kevalam. »Was ist mit Asteroidenbergbau? Damit hätten doch Kriege, die um der Ressourcen willen geführt wurden, auf einen Schlag beendet werden können.«

»Denkst du«, antwortete Rok. »Was meinst du, was geschehen wäre, wenn auf einmal Ressourcen in Zillionen an Wert in einer von Gier und Profit dominierten Gesellschaft aus dem Nichts entstanden wären?«

Kevalam erschien in Gedanken ein Bild, das Saruj erwähnt hatte, um die Gestalt der damaligen Geldpyramide zu beschreiben. Ein Tänzer beim Spagat, mit elefantendicken Beinen, skelettartigem Oberkörper und nagelgroßem Kopf. Plötzlich sah er, wie der Körper des Tänzers nach oben wuchs, immer dünner wurde, bis er nur noch einen Strich bildete und verschwand, sodass sich allein der punktartige Kopf unaufhörlich über die mächtigen Elefantenbeine weitererhob und schließlich blitzartig gen Sterne verschwand. War die Bilderwelt von Saruj langsam dabei, auf ihn abzufärben, fragte er sich. Er verkniff sich ein Schmunzeln und stimmte der Frage von Rok mit einer Kopfbewegung zu.

Dieser nahm sein Nicken zur Kenntnis. »Jetzt, da wir uns nicht mehr fragen brauchen, wie viel ein Asteroid kostet oder wem er gehören soll, können wir uns mit dem Thema in Ruhe – und in Frieden – befassen. Der Witz ist bloß, dass wir diese Ressourcen nicht unbedingt brauchen. Nachhaltige Alternativen haben wir mittlerweile genug.«

»Rok?«, wandte sich Diderik überrascht dem Metallkünstler zu. »Nicht mitbekommen? Vor zwei Wochen ist ein Asteroid abgefangen und direkt im All zerlegt worden – ein lumpiger Asteroid von dreißig Metern Durchmesser, sollte mane dazu erwähnen. Ein Unternehmen, das gefühlsmäßig ein ganzes Jahrzehnt Trödelei in Anspruch genommen hat.« Er schüttelte verärgert den Kopf.

»Wo lag das Problem?«, fragte Kevalam.

»Welche Konsequenzen das Verschwinden eines Asteroiden für das allgemeine Gleichgewicht im Universum haben könnte, war das ›unlösbare‹ Problem. Natürlich fehlen jegliche Erfahrungswerte dazu, aber solange wir nichts ausprobieren, werden auch keine gesammelt. Demnach drehte sich die Diskussion beim SEIF jahrelang im Kreis.« Er seufzte. »Konsens hat nicht nur Vorteile, Kevalam.«

»Seif?«

»Ach ja. Space Experience Interfonic Forum«, erläuterte der Flamofon. »Warum das Wort Experience dabei steht, ist mir allerdings ein Rätsel.« Er kicherte abschätzig.

»Ich verstehe deine Ungeduld, Diderik«, sagte Rok beim Aufstehen. »Nun, noch gibt es hier Dringenderes zu tun.«

Kevalam blickte dem robusten Mann auf seinem Weg zurück zur Feuerstelle nach. »Es hört sich so an, als hätte ich leider keine andere Wahl, als hier zu bleiben«, schlussfolgerte er mit einer gespielt entmutigten Stimme. Dann wandte er sich Saruj zu und lächelte sie an.

Sie lächelte zurück, ein wenig verkrampft.

Er wisperte ihr ins Ohr. »Ich fahre nur mit dir zusammen hin. Deine magischen grünen Augen möchte ich nicht missen. Und auch nicht deine Fantasie.« Dann gab er ihr einen Kuss direkt auf die Mitte der Ohrmuschel.

In ihrem aufgewühlten Zustand hätte Saruj dieses unerwartete Liebesgeständnis schlagartig zum Heulen bringen können, aber der Schmatz in ihrem Ohr rettete sie davor. Sie schrie. Dann rubbelte sie ihr taubgewordenes Hörorgan mit dem Zeigefinger und lachte doch. Obwohl die anderen die Worte von Kevalam nicht gehört hatten, freuten sie sich mit. Des friedlichen Zusammenseins und des Spaßes am Lachen wegen.

Rok hatte Nemo[5] am Feuer abgelöst. Dieser hatte Bruchteile des Gesprächs mitgehört. Mit einem unverkennbar italienischen Akzent rief der Neunzehnjährige: »Es leben längst Menschen auf anderen Planeten!« Er näherte sich der Gruppe. »Zumindest auf dem Mars, wohin ein Teil der alten Eliten geflüchtet ist.«

Diderik rollte demonstrativ mit den Augen. »Sagt unser Verschwörungsexperte.«

»Bist du dort gewesen, Diderik, um zu überprüfen, ob das, was ich erzähle, nicht doch stimmt?«, fragte der Italofon[6].

»Weder ich noch du«, resümierte der blonde Mann.

Nemo sprach Pythagore an: »Pi?«

Der Maschinenmensch reagierte nicht. Der Jugendliche lehnte sich über die Gruppe der Liegenden und schüttelte den Androiden leicht am

[5] [neːmo] Auf Latein: Niemand

[6] Nativ italienisch Sprechende

Fuß, um ihn aus dem Ruhemodus zu holen. Dieser öffnete seine Augen und spulte augenblicklich die zuletzt abgelaufene Minute aus seinem Standby-Gedächtnisspeicher zurück. »Ich bin auch noch nie auf dem Mars gewesen«, sagte er.

Gelächter folgte.

Animiert von den Reaktionen der Anwesenden, fuhr der Maschinenmensch fort: »Sowohl hier als auch auf dem Mars bin ich von der Technik abhängig. Vielleicht ist mein Heimatplanet noch nicht gefunden worden.«

Erneut bekam er Gelächter als Zustimmung für seine, insbesondere aus dem Mund eines Androiden, geistreiche Bemerkung.

Rok, einen Fuß geschickt auf einem dickeren Ast platziert, beugte sich leicht nach vorne, um mehr Druck auszuüben. »Wir suchen ihn für dich, Pi«, versprach er. »Gib uns doch noch ein paar Jährchen.« Der Ast brach und der Feuerhüter nahm eine Gewinnerpose ein. »Wir werden deine Familie finden!«

»Jetzt aber im Ernst, Pi«, sagte Nemo. »Was wissen wir über Mars-Kolonien?«

»Vom Mars sind bis dato keine Meldungen empfangen worden«, antwortete Pythagore.

»Warum sollte die Elite von ihrem Leben auf dem Mars im Schwarm erzählen?«, erwiderte Nemo, der sich überlegte, ob ihn der Maschinenmensch nicht doch absichtlich auf den Arm nahm. »Sie haben natürlich ein geheimes Netz. Dort wird fleißig an der Wiedereinführung des Geldes und an der Zurückeroberung der Erde gearbeitet. Ach, aber was spielt es für eine Rolle. Selbst wenn sie ihre Pläne im Schwarm veröffentlichen würden, würden die Menschen nicht mal reagieren«, stellte er mit Bedauern für sich fest. »Ihr seid alle so bequem«, fügte er vorwurfsvoll hinzu.

»Bequem? Wir genießen den Weltfrieden, das ist eine Vollzeitbeschäftigung«, flüsterte Gray und schloss erneut seine Augen, um sich auf die Kopfstreicheleinheiten, die Diderik ihm schenkte, zu konzentrieren.

»Genießen ist okay, aber wir müssen schon darauf achten, was sie alles treiben«, fuhr Nemo fort.

»Was können wir dagegen tun, wenn deine Bösewichters auf dem Mars leben?«, fragte Diderik amüsiert.

»Doch nicht alle!«

»Wie denn jetzt?«

»Mit der Unterstützung außerirdischer Technik können sie problemlos hin- und herpendeln. Das ist doch nichts Neues, erkundigt euch mal!« Man spürte, wie sehr er sich zurückhalten musste, um nicht laut zu werden. »Ein Teil der Elite wohnt auch fest bei uns, in abgeschotteten Siedlungen, die komplett autark sind. Sie haben Spione, die sich bei uns einnisten und uns ganz genau beobachten. Leute, wir müssen handeln! Treibjagden organisieren, größere Wälder nach abgelegenen Siedlungen durchkämmen. Wir müssen sie ausfindig machen, bevor es zu spät ist!«

Diderik brach in lautes Lachen aus. »Nemo, der halbe Planet besteht aus Wäldern. Wie willst du das anstellen?«

»Pi, sag doch was dazu«, rief Nemo verzweifelt. »Zumindest, was die Verwendung außerirdischer Technik betrifft, gibt es sicher im Schwarm Informationen. Oder?«

Trotz der Hitze des Feuers hatte Kevalam gespürt, wie ihm ein kalter Schauer über den Rücken gelaufen war. Dass er selbst aus der alten Elite stammte, wussten einige bereits. Aber was würde geschehen, wenn herauskäme, dass er gar kein Zeitreisender war und ausgerechnet in einer geheimen Siedlung aufgewachsen war, die noch existierte? War er schon soweit, auf seinen Rückzugsort zu verzichten? Zuzusehen, wie er vielleicht geplündert wurde? Vernichtet sogar? Er hatte Angst. Er musste weg. Aber wohin? Er saß viele Kilometer entfernt von seinem Zuhause nachts an einem Lagerfeuer inmitten einer Gruppe von Menschen, in der einer versuchte, die anderen zu einer Razzia gegen die alte Elite anzustiften. Ihm wurde schwindlig.

Ein Bild von Saruj fiel ihm ein, wie sie, wenn sie sich beruhigen wollte und Mut brauchte, langsam ein- und ausatmete. Er entschied sich, diese

Methode auszuprobieren. Einatmen. Pause. Ausatmen. Pause. Nach wenigen Minuten spürte er, wie sich seine Angst legte, und er versuchte, sich auf die Worte des Androiden zu konzentrieren.

Der Maschinenmensch war dabei, ein Resümee über die im Schwarm bekannten Informationen in Bezug auf den möglichen Einsatz außerirdischer Technologie auf der Erde zu ziehen. Damit wurde versucht zu erklären, wie manche technischen Errungenschaften und architektonischen Leistungen entstanden waren, und zwar in Zeiten, in denen es nicht für möglich gehalten wurde – zum Beispiel das Errichten der Pyramiden. Die Frage jedoch, ob dafür tatsächlich außerirdische Technologie verwendet wurde, ob vielleicht intelligente Wesen, die lange vor dem Homo Sapiens auf der Erde gelebt hätten, am Werk gewesen waren oder ob der technische Fortschritt früherer menschlicher Zivilisationen deutlich unterschätzt wurde, blieb offen. Beim SEIF befand sich Etliches an Informationen, aber keine unwiderlegbaren Beweise. Da Faktoren wie Geld oder nationaler Stolz keine Rolle mehr spielten, konnte jede Hypothese ernst genommen werden und wurde nicht pauschal von oben herab kleingeredet. Einen Konsens über die Geschichte der Erde gab es nicht.

Kevalam öffnete seine Augen und schaute sich um, ein wenig benebelt. Sein Blick blieb an Dideriks bebendem Adamsapfel haften.

»Wohlgemerkt, ob Aliens eine Wirkung auf die Entwicklung der Menschen hatten oder nicht, es beweist nicht, ob die übriggebliebene Elite auf dem Mars lebt oder sich in geheimen Siedlungen auf der Erde aufhält«, sagte der liegende Riese. »Aber danke, Pi. Und auch dir danke, Nemo. Es war mir ein Vergnügen, den Ergüssen deines sensationssüchtigen Gehirns zuzuhören.« Daraufhin lachte er abermals.

Nemo stand am Rand der Menschengruppe. Mit verschränkten Armen. Betrübt, dass niemand ihn ernst zu nehmen schien. Er fühlte sich einsam.

Die verächtliche Haltung Dideriks gegenüber dem Heranwachsenden hatte Saruj auch Magenschmerzen bereitet. In solch einer Situation wäre sie gewöhnlich diejenige, die zuerst intervenierte. Eine Diskussion mit dem hartnäckigen Diderik wollte sie sich aber in diesem Moment lieber ersparen. Umso erfreuter war sie, als Yuma ihre übliche Ritterrolle einnahm.

»Lieber Diderik«, begann die exotische Schönheit. »Du bist ein gesunder, attraktiver Mann, dein liebevoller Partner liegt in deinen Armen und das Wetter ist perfekt. Was ist los mit dir?«

»Nichts«, antwortete der blonde Mann und zuckte mit den Schultern.

»Ach ja?«

»Ich habe einfach keine Lust auf diesen Stuss«, sagte er.

»Genauer?«, insistierte sie.

Er seufzte. »Also gut. Wie hätten diese ›sie‹ es unbemerkt schaffen können, auf den Mars zu ziehen? Heimlich so ein gewaltiges Projekt auf die Beine zu stellen? Die Ingenieurs, die Astronauts bestechen, alle? Das ist doch völlig unrealistisch.«

»Geld hätten die Ultrareichers dafür genug gehabt,« gab Yuma zu bedenken.

»Mit Geld allein ist es lange nicht getan. An unvorhersehbaren Problemen im All führt kein Weg vorbei. Und in so einem Fall kann mane nicht kurz mal auf der Erde ein fraßfestes Kabel besorgen.«

»Diderik, wenn Menschen beschließen, zusammenzuhalten, können sie die unvorstellbarsten Hürden bewältigen und theoretisch auch auf dem Mars überleben. Da brauchen wir nur auf die Transition zurückzuschauen. Sie ist ja der Beweis der unglaublichen Kräfte, die Menschen hervorbringen können, wenn sie es wollen – oder müssen. Allerdings haben die Menschen auf der Erde nicht das Zutun feindseliger Außerirdischer als Motivation nötig gehabt.« Sie lachte kurz. »Die Suppe hatten sie sich ja selbst verdorben!«

Die Suppenspezialistin zuckte, angenehm überrascht, diesen Ausdruck aus Yumas Mund zu hören.

Die Nepalifon sprach weiter: »Erst als die Umwelt zugrunde ging und die Menschen ihre Angst vor dem Tod, die wie ein Krebsgeschwür anschwoll, schlicht nicht weiter ertragen konnten, haben sie endlich verstanden, dass die einzige Möglichkeit zu überleben darin bestand, sich zusammenzuraufen.«

Ihre Aussage hatte Diderik nicht überzeugt: »Ja, das stimmt schon alles, aber ob ausgerechnet die Ultrareichen, die bis zur letzten Körperzelle von Gier infiziert waren, in der Lage gewesen wären, über ihre eigene arsch-rettende Attitüde hinauszuwachsen, möchte ich bezweifeln – und zwar auch, wenn sie auf den Mars geflüchtet wären ...«

»Auf dem Mars bringt Egoismus niemande weiter«, unterbrach ihn Nemo. »Weil es jederen schnell klar wird, dass diese Haltung alle in den sicheren Tod führen würde – inklusive eineren selbst. Und genau deshalb hat es auf dem Mars so prima geklappt! Weil die Menschen gar keine andere Wahl hatten als zusammenzuhalten. Es ist doch das gleiche Szenario wie in alten Science-Fiktion-Streifen! Menschen landen auf einem fremden Planeten, es geht etwas schief und sie müssen, um zu überleben, ihre persönlichen Feindseligkeiten vergessen. Hautfarben, Religionen, Geldreichtum oder sozialer Status spielen irgendwann keine Rolle mehr.«

Nemo merkte, wie Diderik ihm jetzt tatsächlich aufmerksam zuhörte, und nahm sich die Zeit, sich am Rand des Menschenhaufens hinzusetzen.

Plötzlich runzelte er die Stirn. »Mir fällt aber gerade etwas ein! Nach dieser Logik müsste auch die alte Elite doch das Wir-Wir auf dem Mars gelernt haben. Sonst hätten sie nicht überlebt ...« Er kam ins Grübeln. Wenn es so ist, dachte er, warum sollte die alte Elite noch das Bedürfnis haben, in einer Geldgesellschaft zu leben? Oder eine auf der Erde zurück zu erzwingen? Er schmunzelte. Vielleicht war der Mars doch eine Reise wert.

»Von wegen Wir-Wir«, wies Diderik zurück, diesmal in einem freundlich gemeinten Scherzton. »Nemo, du vergisst in deinem Drehbuch die paar unbelehrbaren Typen, die am Ende des Filmes in erbärmlichen Auseinandersetzungen ermordet werden müssen – mit symphonisch orchestrierter Militärhymne als untermalendem Klangteppich. Nicht gerade friedlich!« Er lachte.

Angestachelt setzte Nemo eins drauf: »Oder der gruselige Alien von Zasch, der das Stromkabel frisst und beseitigt werden muss. Da gebe ich dir recht, Diderik. Das Wir-Wir lernten sie erst – nach dem Abspann!«

Die zwei Männer mussten herzhaft lachen.

»Ich hoffe, dass sie sich am Ende doch mit dem Alien vertragen haben«, entfuhr es Saruj.

»Ich auch«, verkündete Yuma.

»Er war so einsam«, sagte Saruj und tat betrübt.

»Er wollte nur spielen«, fuhr Yuma fort.

Die beiden Frauen begannen zu lachen. Ein wenig lauter als adäquat. Nicht nur wegen der amüsanten Vorstellung eines riesigen Aliens, der mit einem zerschnittenen Kabel im Maul reuig um Vergebung bittet, sondern weil die beiden einfach keine Lust auf dicke Luft hatten und erleichtert waren, doch zueinander gefunden zu haben. Um ihren Schädel brauchte Saruj sich auf alle Fälle keine Sorgen mehr zu machen. Sie würde ihn behalten dürfen. Zumindest für heute.

Animiert von der Fröhlichkeit der Frauen rief jemand: »Das war nur ein Alien-Scherz!« Daraufhin folgten weitere Rufe, die immer absurder wurden. Irgendwann lachten alle. Worüber, wusste bald keiner mehr genau. In dem Meer des Gelächters reorganisierten sich die Körper. Nemo stieß dazu und landete auf einem freigewordenen Liegeplatz in der Nähe von Saruj.

Kevalam war von der allgemeinen Euphorie nicht angesteckt worden und saß weiterhin aufrecht da. »Was ist eigentlich mit ›Wir-Wir‹ genau gemeint?«, fragte er, als der Trubel sich ein wenig gelegt hatte.

»Der Begriff erklärt sich doch von selbst«, antwortete Diderik.

Ein wenig eingeschüchtert von der Knappheit seiner Äußerung schielte Kevalam in Richtung Saruj.

»›Wir-Wir‹ steht im Gegensatz zu ›Wir-Gegen‹«, erklärte sie. Sie lockerte ein wenig ihre Schultern. »Also in dem Begriff Wir-Gegen steht implizit die Notwendigkeit eineren Gegnere.«

»Wie bei Sportmannschaften?«, fragte er nach.

»Yo. Wir, die die Gewinners sein wollen, gegen die anderen – die Verlierers. Einige müssen traurig sein, damit wir uns freuen können.«

»Wettbewerb ist ein förderlicher Stress«, erwiderte Kevalam.

»Wurde behauptet ... von manchen immer noch. Der Wir-Gegen-Glaubenssatz ist eine harte Nuss. Pfff... Da gibt es noch kräftig Luft nach oben.«

»Allerdings«, bestätigte Yuma.

»Hey, Kevalam«, rief Diderik. »Morgen wird Basketball auf dem alten Knast-Spielfeld gespielt. Du bist von Herzen eingeladen, mit uns das Wir-Gegen nicht zu verlernen.« Daraufhin zwinkerte er ihm zu.

Kevalam lächelte den Riesen an, ein wenig verunsichert.

»Wenn meinem Sohn ein Wettbewerbsspiel angeboten wird«, erzählte Yuma, »sagt er immer: Ich hab schon verloren. Und zischt weiter.« Sie lachte.

»Das beweist eigentlich nur«, erwiderte Diderik, »dass der Junge Angst hat zu verlieren, und anstatt die Herausforderung anzunehmen, sich für Passivität entscheidet.«

»Ich habe gesagt ›zischt weiter‹ und nicht ›schmollt in der Ecke‹ oder ›guckt neidisch, wie die anderen spielen‹. Für seinen Lernfortschritt braucht er weder die Lust zu gewinnen noch die Angst zu verlieren.« Yuma unterbrach sich selbst. »Aber Saruj, du warst ja gerade beim Erklären.«

»Okay«, übernahm Saruj, die die Rücksichtnahme von Yuma sehr angenehm fand. »Das Wir-Gegen, Kev, geht vom Mangel aus. Es gibt eben nur eine Goldmedaille. Nicht weiter schlimm, könnte mane behaupten. Wenn es aber definitiv ungesund wird, ist, wenn das Wir-Gegen über Leben und Tod entscheidet. Du weißt schon, die Pyramide und die Flut. Das Leben einiger weniger über das aller.« Für die anderen erwähnte sie: »Die Geschichte hatten wir vorhin mit Dadame.« Dann fuhr sie mit ihrer Erklärung für Kevalam fort: »Allerdings schmilzt dieser Glaubenssatz wie Schokoladeneis in der Sonne ab dem Moment, indem wir uns alle als eine Menschenfamilie betrachten. Und da hast du dein Wir-Wir, Kev. Wir und die anderen, die auch wir sind.«

Ihr fiel ein Gedicht dazu ein. Leise für sich zitierte sie auf Französisch: »Deine Schönheit ist meine Schönheit, dein Glück mein Glück, deine Freude meine Freude …«

»… und jeden Kuss für dich, spüre ich, als wäre er für mich«, beendete Yuma den ersten Vers, auch auf Französisch.

Saruj schaute Yuma an, verblüfft, dass die Nepalifon dieses Gedicht aus ihrer Heimat kannte, und noch dazu ihre Muttersprache.

»Dein Leid ist mein Leid«, sprach Yuma weiter, »deine Angst meine Angst und jeder Schlag auf dein Gesicht meine Wange verbrennt.«

Saruj, berührt, schluckte.

»Wir-Wir ist also ein anderes Wort für Menschenfamilie«, resümierte Diderik, der weder französisch noch die Situation zwischen den Frauen verstand. »Nur, dass je nach Kontext Menschen genauso wie andere Lebewesen gemeint sind.«

»Die Aliens wollen wir dabei bitte nicht vergessen«, pointierte Nemo.

»Absolut«, bestätigte der Flamofon.

Alle mussten lachen.

Als sich das Gelächter gelegt hatte, erklang die Stimme von Dadamax, der in Begleitung einiger Jugendlicher, die in seiner Nähe saßen, anfing, eine ruhige Abwandlung des Gayatri Mantras zu singen. Saruj fand diese Melodie besonders magisch. Yuma auch. Die Blicke der beiden Frauen trafen sich und, ein wenig schüchtern, lächelten sie sich an.

Saruj schloß ihre Augen. ›Wir sind eins[7]‹, beendete sie das Gedicht in ihren Gedanken.

[7] Ta beauté est ma beauté, ton bonheur, mon bonheur, ta joie, ma joie
Et chaque baiser que tu reçois semble être pour moi.
Ta peine est ma peine, ta peur, ma peur
Et chaque gifle sur ta joue brûle ma peau.
Nous ne sommes qu'un.

DAS KLUMPERN IST DER TRICK

Kevalam hatte sich in die Nähe von Yuma gesetzt und sie waren in ein lebendiges Gespräch vertieft. Er hatte, bevor er zu Yuma ging, vorsichtshalber Augenkontakt mit Saruj gehalten, um sicher zu sein, dass es für sie passte. Als Antwort hatte sie ihm ein liebevolles Zwinkern und auch Yuma ein einladendes Lächeln geschenkt. Mit ihren Ängsten hatte sie jetzt Frieden geschlossen. Sie wusste, dass sie noch mächtig zu üben haben würde, war jedoch erstmal stolz, ihre erste Eifersuchtskrise erfolgreich gemeistert zu haben.

Wovor sollte sie Angst haben? Verlassen zu werden? Das war eine recht voreilige Sorge. Und wenn? Ein paar Tage zuvor saß sie alleine in einer Mag, ein Lächeln auf dem Gesicht. Auch wenn sich auf einmal ihre Flamme in Luft auflösen sollte, würden die Erinnerungen an die Zeit, die sie zusammen verbracht hatten, in ihrem Herzen behütet bleiben. Das Leben ist eine Ansammlung von Erinnerungen, dachte sie. Entweder man erinnert sich an das Schöne oder an das Blöde. So hat man ein schönes Leben oder ein doofes. Es ist ganz einfach.

Saruj spürte Bewegung in ihrer Nähe, von lautem Gelächter begleitet. Diesmal war es Mikel, der wankend seinen Weg durch die Liegenden suchte. Nachdem er ein paar Worte mit Philemon gewechselt hatte, der sich gerade wunderte, wo Ilia geblieben war, legte sich der Rothaarige zwischen den schlanken Berliner und ausgerechnet Zasch. Saruj ließ unauffällig auf Bodenhöhe einen Arm hinter sich in ihre Richtung gleiten. Erleichtert ergriff Zasch die Hand, die ihr angeboten wurde, und genauso dankbar drückte Saruj zurück. Diese hatte schon vor, dem Mädchen eine Erklärung für ihre zuvor geäußerte barsche Bemerkung abzugeben, aber jetzt fand sie es erleichternd, dass Zasch ihre Überreaktion nicht so übel genommen hatte.

Kevalam beobachtete, wie ungeniert Mikel es sich in dem menschlichen Welpenkorb gemütlich machte. Er unterbrach sein Gespräch mit

Yuma und unvermittelt fragte er in die Runde: »Gibt es bei euch gar keine Vergewaltigungen? Ich meine … ihr liegt ja alle da … auf einem Haufen.«

»Wir klumpern«, stellte Mikel richtig. »Wir baden in Oxytocin. Ein wunderbarer Stoff. Du solltest es definitiv ausprobieren.« Er lachte. »Und vertraue mir, Kevalam, das regelmäßige Klumpern wird all deine Fragen beantworten.« Er lachte erneut.

Vereinzelte Lachgeräusche folgten.

Die Unbekümmertheit von Mikel hatte Nemo stutzig gemacht. «Glaubt ihr wirklich, dass jetzt alle geheilt sind?«, fragte er. »Die Geschichte hat doch oft genug gezeigt, zu wie viel Gewalt Menschen bereit sind. Wir sind nicht davor beschützt, nur weil es kein Geld mehr gibt. Wir alle hier – außer dir vielleicht, Kevalam – sind mit dem Weltbild großgeworden, dass der Mangel an allem schuld gewesen ist, aber das sehe ich persönlich anders.

Es waren damals nicht nur arme Schluckers, die aus der Not heraus Kriminelle geworden sind. Einflussreiche Bonzers waren es genauso, nur mit dem Unterschied, dass sie es sich leisten konnten, sich ungestraft allen Gesetzen zu entziehen. Das wissen wir doch alle. Sie konnten jedere quälen ohne jegliche Konsequenz. Sie hielten sich für Götters. Vergewaltigungen haben sie als Kavaliersdelikt verharmlost. Für sie waren es lediglich Deals mit Untertaners, die an ihrem Geld oder ihrer Macht riechen wollten und ihre Missachtung verdienten. Sie konnten sie beliebig erniedrigen, foltern oder auch ermorden. Macht zu spüren, war ihr Lebenselixier.

Aber die ultimative Befriedigung war für sie der Sieg über den eigenen Tod. Das Leben der anderen stehlen für die eigene Unsterblichkeit. Blut von in Panik versetzten Kleinkindern saugen und auf die ewige Jugend hoffen. Das hat es gegeben, Leute, und das gibt es jetzt noch immer. Ich weiß es.«

Diderik rollte mit den Augen. »Nemo«, unterbrach er ihn. »Ich dachte, wir hätten für heute Schluss. Mein Pensum an Sensationen ist längst befriedigt worden.« Er begann herablassend zu kichern.

Saruj schaute ihn an. Sie empfand die emotionale Kälte, die Diderik gerade ans Licht brachte, als verstörend. So eine Aussage wie die von Nemo gehörte nicht so achtlos weggefegt, fand sie. Da sie sich nun in der Verfassung fühlte, sich mit dem Riesen auseinanderzusetzen, fragte sie ihn: »Wovor hast du Angst, Diderik? Wird deine Identität gefährdet, wenn du Nemo zuhörst? Du bist doch mehr als eine Ansammlung von Meinungen, nehme ich an. Was ist daran so schlimm, wenn du die eine oder die andere Meinung revidierst oder einfach nur in Frage stellst? Nirgends hast du unterschrieben, dass du nur dies oder das, und zwar lebenslang, denken darfst.«

Bevor Diderik etwas dazu sagen konnte, fuhr sie fort: »Guck, was mich betrifft, kann ich sowohl die Geschichten von Nemo glauben, als sie auch nicht glauben.« Sie grinste breit. »Ich bin sozusagen eine Art Meinungsschrödingerkatze[1]. Solange die Kiste zu ist, glaube ich beides zugleich: Es ist wahr und es ist unwahr.«

»Wie praktisch«, bemerkte der blonde Mann und zuckte mit den Schultern.

»Damit befreist du dich aus jeder Verantwortung«, bekräftigte Nemo.

»Hm … okay … Einwand gehört …« Sie schaute ein wenig verdutzt zu, wie sich zwischen den beiden wieder eine Verbundenheit einstellte. »Und wie sollte ich eurer Meinung nach in diesem speziellen Fall Verantwortung übernehmen?«, fragte sie.

»Indem du darauf achtest, dass solche Legenden als Humbug entlarvt und somit keine unnötigen Ängste verbreitet werden«, antwortete Diderik.

»Genau das Gegenteil«, wandte Nemo ein. »Indem du Leute informierst oder sie dazu ermunterst, selbst zu recherchieren. Damit endlich

[1] Nach dem Gedankenexperiment von Erwin Schrödinger, bei dem eine Katze in einer Kiste sein soll und es nicht bekannt ist, ob die Katze von Gift getötet worden ist oder nicht. Die Flasche Gift soll mit einem Hammer zerschlagen werden, falls ein Atom innerhalb einer Stunde zerfällt, ein Vorgang, der statistisch betrachtet, 50% beträgt. Solange die Kiste zu ist, kann die Katze genauso tot wie lebendig sein.

reagiert wird und Leidende so schnell wie möglich von ihren Qualen erlöst werden.«

»Heißt es, dass wir jeder Vermutung hinterherrennen müssen?«, fragte Diderik den Italofon.

»Hey, Leute«, klinkte sich Mikel ein. »Ich persönlich möchte gern wissen, was Nemo uns erzählen wollte mit seinem: ›Ich weiß es!‹« Diese letzten Worte hatte er mit einem Gruseln in der Stimme und einem in Angst und Schrecken versetzten Gesicht geäußert. »Im Ernst jetzt, Nemo. Erzähl mal. Ich bin fakt neugierig.« Er sprach dann Diderik gezielt an: »Und du unverbesserlicher Ungläubiger, lehn dich bitte in deinem roten Sessel zurück. Ach Mist, du liegst ja schon. Auch gut. Genieß einfach den Krimi, Mann!«

»Ich bevorzuge es, wenn Fiktionen einer strengen Logik folgen«, sagte Diderik, von der Dreistigkeit Mikels irritiert.

»Wodurch wird dein logischer Sinn überhaupt gesprengt?«, fragte Mikel nach. »Die Menschheitsgeschichte ist definitiv voll von gestörten Taten.«

»Ja, das stimmt«, räumte Diderik ein. »Gut. Gehen wir also davon aus, dass irgendwo so eine kranke Gemeinschaft existiert. Wie sollte deiner Meinung nach das Schweigen aller Beteiligten erzwungen werden? – ohne Geld und ohne Strafsystem, nebenbei erwähnt.« Beim Sprechen schwang er seinen Arm durch die Luft und zeigte dabei auf den von Insassen befreiten Bau im Hintergrund. »Womit sollten die Menschen noch erpresst werden?«

»Drohungen, Gewalt, Gehirnwäsche«, bot Mikel an. »Wenn alle in der Siedlung überredet werden, dass sie am ganzen Terror Mitschuld tragen, wird keinere so schnell plaudern.«

»Irgendjemande redet immer«, erwiderte Diderik. »Sei es einere Nomadi oder einere Gästere zu Besuch. Deine Siedlung müsste komplett vom Rest der Welt abgeschottet sein. Bloß, irgendwann hast du kein Salz mehr.«

Mikel ließ sich die Gelegenheit für einen Scherz nicht entgehen: »Und ohne Salz ist das Leben nicht mehr süß …« Daraufhin grinste er, mit sich selbst zufrieden. »Aber ja, Diderik, da ist schon was dran.« Dann wandte er sich dem Italofon zu. »Komm, Nemo, ich will jetzt deine Story hören«, sagte er in einem gestellten Befehlston. »Einwände, ihr anderen?« Er lachte.

Nemo setzte sich hin, wartete einen Moment und begann dann mit gesenkter Stimme seine Geschichte zu erzählen: »Vor wenigen Wochen ist ein neunjähriges Kind entkommen ...«

»Und hat nicht erzählt, wo sein Lokali war«, fiel ihm gleich Diderik ins Wort.

»Der Junge war komplett verwahrlost und so traumatisiert, dass er kaum reden konnte«, erklärte Nemo.

»Aus welcher Fonie stammt die Story?«, fragte Mikel dazwischen.

»Aus der Flamofonie«, antwortete Nemo. »Deiner Heimat, Diderik.«

»Ich bin es nicht, Nemo«, versicherte ihm Diderik. »Ehrenwort! Ich bin derzeit sehr glücklich mit Gray.«

»Flamofonie«, überlegte Mikel laut. »Dort gibt es fakt mehr Salzwasser als Land. Allerdings zu wenig Sonne, um es entspannt gewinnen zu können. Hm ...« Grübelnd zwirbelte er die rechte Spitze eines imaginären Detektivschnurrbarts. »Salzengpass oder nicht, das ist jetzt die Frage.«

Nemo gab auf. Er hatte keine Lust, weiter zu erzählen. Sie sollten alle glauben, was sie wollten. Er beobachtete resigniert den sorglosen Menschenklumpen. Gray lag in der Mitte, geborgen in den starken Armen seines Freundes, mit geschlossenen Augen und einem seligen Lächeln auf den Lippen. »Weißt du, Diderik«, sagte er schließlich, »es gibt Momente, in denen ich euch wirklich beneide und Lust bekomme, auch zu glauben, dass überall alles schön und friedlich ist. Alle Gerüchte vergessen, alles ignorieren. Gemütlich mit euch klumpern, lachen und mich um nichts weiter kümmern. Mich mit dem Hier und Jetzt beschäftigen, mit der Schönheit unserer Seele ... Gelegentlich schaffe ich es sogar ... Wie friedlich ...« Er seufzte. »Aber ich kann's auf Dauer nicht. Irgendjemande muss doch auf uns achten. Irgendjemande muss doch unter den Teppich schauen!«

Diderik hatte schon den Mund aufgemacht, um Nemo zu antworten, als Gray seinen Freund am Mund berührte, damit dieser stumm blieb. »Ich verstehe deine Angst, Nemo«, beschwichtigte der zierliche Mann mit einem dezenten englischen Akzent. »Und ich schätze deine Bereitschaft, dich auf Kosten deines Gemüts um uns zu sorgen. Abgesehen davon, ob ich deine Geschichten glaube oder nicht, möchte ich mich von Herzen bei dir bedanken. Wir sind zwar auf dem Weg der Heilung, aber lange noch nicht angekommen. Wächter sind wertvoll. Ich danke dir, Nemo.«

Saruj und eigentlich auch die meisten, die in Zeiten des Weltfriedens großgeworden waren, konnten sich nicht vorstellen, wie es damals für die Menschen möglich gewesen war, von so viel Leid umgeben seelisch überlebt zu haben. Keiner wollte diese Zeiten zurück.

»Danke, Gray, für deine Worte«, sagte sie. »Und dir auch, Nemo. Danke, dass du dich um uns sorgst.«

Eine leise Welle der Zustimmung folgte und zuletzt bedankte sich auch Diderik bei Nemo.

Dann hielt der Flamofon einen Moment inne. »Dennoch, was ergibt mehr Sinn?«, fragte er in die Runde. »Meine Zeit und Energie investieren, um meine Heilung und die der Menschen in meinem direkten Umfeld voranzutreiben oder diese für das Beheben jeder vorstellbaren Gefahr zu vergeuden? Es ist sicher wichtig, aufmerksam zu bleiben, aber ich möchte nicht auf gut Glück irgendwelchen Spekulationen hinterherrennen.«

Ohne Vorwarnung begann Pythagore sich von den verschiedenen Gliedmaßen, die seinen Körper umschlangen, zu befreien.

»Wo will meine Wärmflasche hin?«, beschwerte sich Zasch, halb im Schlaf.

»Deine Wärmflasche wird in zwölf Minuten bei Didishu erwartet«, antwortete der Androide.

Zasch kicherte. »Du und Didishu?«

»Didishu klumpert nicht. Weder mit Menschen noch mit Maschinen«, stellte er richtig. »Ich werde bei ihr als interaktive Infosäule gebraucht. Gute Nacht, alle zusammen.«

Der Androide stand auf und wandte sich Nemo zu: »Das Kind ist Alexander genannt worden. Sein Herkunftsort wurde nicht geklärt. Als es gefunden wurde, trug es eine kurze Hose und den zerfransten Mantel eines erwachsenen Mannes. Es war dreckig und hungrig. Es hat nicht gesprochen. Es hatte vor jederen Angst. Drei Tage, nachdem es gefunden wurde, ist es entkommen. Seine Leiche wurde eine Woche später am Ufer eines Flusses gefunden.« Nach diesen Worten verschwand er mit großen Schritten.

Das Bild von Didi in Pythagores Armen hatte Diderik zunächst zum Schmunzeln gebracht. Ein Lächeln, das rasch verflogen war, als er die letzte Aussage von dem Maschinenmenschen hörte. Jetzt klammerte er sich, so gut es ging, an eine für ihn erträgliche Realität. »Dass sein Lokali nicht gefunden worden ist, bedeutet nicht zwangsläufig, dass es sich um eine geheime sadistische Siedlung gehandelt hat. Das Kind könnte sich verlaufen haben, allein im Wald eine Zeit lang überlebt haben, oder …« Ihm fiel nichts weiter ein.

»Ich hoffe, dass all diese Monster bald ausgestorben sind«, sagte Gray leise.

»Ich auch«, schloss sich Nemo an.

Diderik nickte. Beweise hin oder her, allein die Vorstellung, dass Menschen doch noch zu solchen sadistischen Gräueltaten in der Lage waren, empfand er, sowie alle andere Anwesenden, als besonders verstörend.

Aus der entstandenen Stille tauchte das Zupfen der Gitarre in der Wahrnehmung auf. Allmählich begann Dadamax, dazu eine sehr langsame, fast melancholische Version des Mantra ›Baba Nam Kevalam‹ zu singen. Nach und nach schlossen sich weitere Stimmen an. Yuma, Saruj, Zasch, Philemon, Nemo, Rok, Gray, Diderik und die anderen. Eine Wohltat für alle.

Das Lied ging zu Ende. Eine ganze Weile waren nur noch die Geräusche des Feuers und vereinzelt Geflüster zu hören. Kevalam hatte nicht mitgesungen. Diesen Namen mitsingen konnte er einfach nicht, und die Geschichte des kleinen Alexanders beschäftige ihn noch zu sehr.

»Würdet ihr euch nicht sicherer fühlen, wenn es doch eine schützende Polizei gäbe?«, fragte er leise.

Er bekam erstmal keine Antwort. Die Jugendlichen waren so sehr daran gewöhnt, dass es beinah keine Kriminalität mehr gab, dass sie mit seinen Ängsten wenig anfangen konnten.

»Was möchtest du, Kevalam?«, übernahm Rok, der sich am Rand des Menschenklumpens in der Hocke hingesetzt hatte, beide Arme auf einen senkrecht aufgestellten Holzklotz gestützt. »Einen gesamten Polizeiapparat aufbauen und verwalten wegen drei Idioten?«

»Was für ein Stress«, seufzte Zasch.

»Ich passe«, hörte man Mikel noch rufen, gefolgt von weiteren genauso lustlosen Kommentaren.

Kevalam schaute auf die lässig daliegenden Körper. Er wirkte unzufrieden. Rok nahm seinen Missmut zur Kenntnis.

»Wir tun nach unserem besten Wissen und Gewissen alles, damit potentiellen Grenzüberschreitungen vorgebeugt wird«, erklärte er, diesmal ausführlicher. »Dass wir dir aber keine absolute Sicherheit bieten können, ist mir bewusst, Kevalam. Jedoch, wie gerade erwähnt, berechtigen vereinzelte Vergehen nicht die Aufstellung und die Betreuung eines Polizei- und Kontrollapparats. Stattdessen fließt die frei gewordene Energie in die Prophylaxe. Es macht einfach mehr Sinn.«

»Das habe ich schon den ganzen Tag gehört«, rief Kevalam, auf einmal laut geworden. »Was mich dennoch irritiert, ist, dass sich niemand hier für die Opfer wirklich zu interessieren scheint. Was wäre zum Beispiel, wenn die Gemeinschaft mit ihren Präventionsmaßnahmen versagt und meine Freundin vergewaltigt werden würde? Würde der Täter frei herumlaufen dürfen? Könnte er sich uns bei Tisch gegenüber hinsetzen und Saruj ungehemmt anlächeln? Das könnte er doch ungeniert tun. Bestraft dafür, dass er ihr Leben zerstört hätte, würde er ohnehin nicht.« Wie verloren schaute er sich um. »Eigentlich möchte ich in so einer Gesellschaft gar nicht leben!«

Yuma fing seinen Blick auf. »Möchtest du lieber zurück in die Vergangenheit?«, fragte sie ihn sanft.

Hilflos schluckte er.

Mikel intervenierte: »Sorry, Bruder. Egal, wie doll ich dich liebe, ich fahre nicht mit. Diese Zeiten sind mir fakt zu brutal.« Er hob gespielt reumütig die Schultern hoch.

Saruj setzte sich hin, sodass sie sich auf Augenhöhe mit Kevalam befand. »Kev, ich finde es wirklich süß von dir, dass du dir so sehr um mich Sorgen machst. Echt. Aber was willst du machen? Rache wird mich nicht heilen und eine Strafe wird meinen Peiniger genauso wenig heilen.

Guck. Indem du einen Mann aus der Gesellschaft verbannst, gibst du ihn auf und damit auch die Chance, dass er heilt, also mich oder eine andere Frau nicht so schnell wieder angreift. So oder so, auch wenn der Mann eine Zeitlang eingesperrt würde, würde er, sobald er wieder frei ist, sich genauso an unseren Tisch setzen und mich blöd anlächeln können. Wenn er das will.«

»Wieso nicht den Mann lebenslänglich inhaftieren? Oder kastrieren?«, erwiderte er prompt.

»Wir könnten ihn auch enthaupten«, schlug Mikel vor. »Willst du der Henker sein?«

»Nein. Natürlich nicht. Trotzdem würde ich dafür plädieren, dass er unschädlich gemacht wird. Für immer. Ja … ich würde ihn aufgeben … zum Wohle aller Frauen, die euch anscheinend gar nicht so wichtig sind.«

»Wir. Lassen. Niemanderen. Zurück«, übernahm Rok. »Das ist ein wesentlicher Grundstein unserer Gesellschaft – auch wenn er tatsächlich einige Tücken mit sich bringt. Also ja. Es wäre möglich, dass ein Mann, der Saruj vergewaltigt hat, jetzt bei uns sitzt.«

Kevalam schaute sich entrüstet um. Dieses seinem Gefühl nach übertriebene Verständnis für Täter war ihm zuwider. »Alle wissen von seinem Verbrechen, trinken Tee mit ihm und hören ihm zu?« Ohne Punkt und Komma sprach er weiter, von Verachtung getrieben: »Und am Tag danach wird der mitleiderregende Täter erneut von bösen Geistern besucht, sich die nächste Frau greifen, sie missbrauchen, in Stückchen zerlegen, die er in der Gemeinschaftsküche kochen wird, als veganes Hackfleisch deklarieren und allen servieren und am darauffolgenden Tag beichten, wie ungünstig er sich benommen hat und die Gemeinschaft darum bitten, ihm erneut zuzuhören, er wäre ja als Kind so schlimm misshandelt worden. Habe ich das Prozedere richtig verstanden?«

»Dass niemande mehr bestraft wird, bedeutet nicht, dass wir passiv bleiben«, versuchte Rok den jungen Mann zu beschwichtigen.

»Wie denn?«, fragte der in Wallung geratene Kevalam. »Indem ihr am Grab des kleinen Alexanders Mantren singt?!« Er zitterte jetzt vor Wut.

Rok ging auf den Zynismus seiner letzten Bemerkung nicht ein. Wichtiger fand er, sich die Zeit zu nehmen für die Ängste des jungen Mannes. Mit viel Ruhe begann er erneut seine Erörterung: »Es mag dir am wirksamsten erscheinen, der Gewalt mit Bedrohung oder Verbannung vorzubeugen. Das verstehe ich. Diese Methoden mögen sogar einigermaßen effizient sein, um Symptome zu unterdrücken. Aber damit werden die Ursachen der Krankheit nicht geheilt. Erschwerend kommt hinzu, dass solche autoritären Methoden aufwendige Kontrollmaßnahmen benötigen, die mit der Zeit nicht weniger, sondern mehr werden, weil es immer Menschen geben wird, die Wege finden, verordnete Gesetze zu überlisten. Dementsprechend würde die Kontrolle stets verschärft werden müssen. Ein Teufelskreis ist das.«

Er stand auf, nahm das Holzscheit mit sich, auf dem er gesessen hatte, näherte sich dem Lagerfeuer und warf es hinein. Dann nahm er sich die Zeit, ein paar brennende Äste mit dem Fuß zur Mitte zu rücken, kam zur Gruppe zurück und setzte sich auf den Boden. »Unser Anliegen ist, dass Menschen sich aus freiem Willen gegenseitig mit Liebe und Respekt behandeln. Das mag ein zu hochgeschossenes Ziel sein, das uns möglicherweise niemals vollkommen gelingen wird, aber so ist der Kurs, den wir eingeschlagen haben und den wir einzuhalten versuchen. Dafür setzen wir auf Heilung, das hast du sicher schon verstanden. Eine pragmatische Entscheidung, da wir der Ansicht sind, dass Heilung der effizienteste Weg gegen Kriminalität ist. Die beste Absicherung. Diese Strategie bedarf einer Menge Engagement von uns allen, das stimmt. Dafür ist sie eine lohnenswerte Investition. Eine nachhaltige.

Wir haben den Teufelskreis verlassen und befinden uns jetzt in einem …«, er schmunzelte, »… in einem Engelskreis.«

Kevalam reagierte auf den ausgefallenen Ausdruck von Rok mit einem flüchtigen Lächeln. Er hätte gern gefragt, wann eigentlich seine eigene Heilung beginnen sollte, wollte jedoch bei seinem ursprünglichen Anliegen bleiben.

»Was macht ihr letztendlich mit meiner Freundin, falls ihr so etwas Schreckliches widerfährt?«, fragte er. »Wie will sie sich jemals wieder in Sicherheit fühlen, wenn ihr Vergewaltiger weiterhin frei herumläuft?«

»Die Zeit werden wir nicht zurückdrehen können«, antwortete Rok, »das Geschehene nicht ungeschehen machen können. Für sie nicht und für den Tätenden genauso wenig. Unsere Aufgabe wäre es, beide auf dem Weg der Heilung zu begleiten.«

»Und wie geht es dann – konkret?«

»Zuhören und gehört werden.«

»Schon wieder!«, zischte der Jugendliche im Anzug. Er wandte sich entnervt seiner Freundin zu. »Saruj, würdest du wirklich mit dem Mann reden wollen, der dein Leben zerstört hat?«

Sie überlegte einen Moment, versuchte sich in die Situation zu versetzen, was ihr erstmal schwerfiel, weil sie einen ähnlichen Vorfall noch nie erlebt hatte und auch keine Frau kannte, die davon hätte berichten können. »Kann ich so nicht sagen«, gab sie offen zu. »Kommt drauf an … Ob ich den Mann kenne oder nicht … ob er eine wichtige Rolle in meinem Leben spielt, gespielt hat, noch spielen wird.« Sie dachte nach. »Hm ... Schwierig ... Ich gehe davon aus, dass ich erst Zeit für mich brauchen würde. Ein Stückweit heilen müsste, bevor ich mich überhaupt mit so einer Option beschäftige. Ja, ich würde mir zuerst alleine oder mit engen Vertrauten für die Erstversorgung meiner Wunden Zeit nehmen wollen ...«

»Was geschieht mit dem Täter während dieser Zeit?«, fragte Kevalam, als er merkte, dass sie nichts mehr hinzufügte.

Mit den veralteten Sprachgewohnheiten von Kevalam hatte sich Saruj arrangiert. Diesmal fand sie es jedoch vonnöten, ihn auf ein paar Begriffe aufmerksam zu machen. »Kev, wenn die Tat in der Vergangenheit liegt, sagen wir nicht Täter, sondern Tätende«, klärte sie ihn auf. »Das Wort Täter wird nur benutzt, wenn man eine Handlung beschreibt. Er oder sie ist Tätere gewesen. Vergangenheit. Sier soll sich aber nicht mit sihnem Tätersein identifizieren. Deshalb sagen wir Tätende. Vielleicht auch, weil das Wort mit ›Ende‹ endet. Ich weiß es nicht genau. Also: Dide Tätende war einmal Tätere, jetzt ist sier auf dem Weg der Heilung. Und wenn sier geheilt ist, ist sier einere Geheilte.«

»Gibt es auch solche Bezeichnungen für die Opfer?«, fragte er.

»Ja. Opferen, Opfenden und zuletzt auch Geheilten.«

Kevalam nickte kurz, um zu signalisieren, dass er verstanden hatte. Dann richtete er seinen Blick auf Rok.

Der Metallkünstler nahm seine stille Frage zur Kenntnis. »In der Zeit, in der Saruj auf Abstand bleiben möchte, würde die Gemeinschaft das Gespräch mit dem Tätenden suchen. Wie so ein Gespräch genau gestaltet wird, ist allerdings von Gemeinschaft zu Gemeinschaft und von Fall zu Fall sehr unterschiedlich.«

»Und was geschieht, wenn der Tätende das Gespräch verweigert?«, unterbrach ihn Kevalam.

»Hey du, Reporter«, rief Mikel. »Irgendwann will jedere reden. Du kannst nicht ewig ausweichen, Mann. Wenn du dich nicht öffnest, wird die Geschichte wie ein hässlicher, nässender Pickel auf der Spitze deiner Nase haften. Und egal wie entspannt alle hier sind, wird es fakt eine

Überwindung werden, mit dir zu klumpern.«

»Unabhängig davon, ob sich der Tätende dem Gespräch stellt oder nicht, wer möchte schon mit einem Vergewaltiger befreundet sein?«, erwiderte Kevalam.

»Das wird von heute auf morgen fakt nicht klappen. Aber es kann schon wieder werden.« Der Rothaarige lachte. »Mal!«

Die Gruppe war still geworden. Das Thema, auch wenn in diesen Zeiten äußerst selten akut, war für alle bedrückend. Dadamax hatte damit begonnen Worte der Verbindung schwingen zu lassen, die zwischen den leisen Klängen der Gitarre zu erkennen waren – wenn man aufmerksam zuhörte. Saruj, betört von der Sanftheit der Musik, legte sich wieder hin, hob ihre Arme hoch und ließ sie in der Luft tänzeln. Zasch tat es ihr nach. Die Arme der beiden jungen Frauen streichelten sich leicht. Ein Tanz in Zeitlupe, von den Vibrationen des kollektiven Summens der anderen begleitet.

Als das Lied ausklang, nahm Saruj ihre Arme wieder herunter und sagte leise, von der entspannenden Wirkung der Musik noch ergriffen: »Ich bräuchte die Gewissheit … dass der Mann, der mich verletzt hat, genau weiß, was seine Tat in mir ausgelöst hat.« Sie sprach langsam, legte immer wieder Pausen zwischen ihren Worten ein. »Es ist geschehen, ich habe mir da nichts eingebildet. Und es war wirklich schlimm … Ich möchte, dass der Tätende weiß, wie ich mich mit Ängsten und belastenden Gefühlen herumschlage … von Alpträumen geplagt werde. Ich möchte, das er mir zuhört und von all dem erfährt … mein Leid erkennt … realisiert, wie sehr er mich verletzt hat und wie sehr es mein Leben beeinträchtigt hat.« Sie dachte einen längeren Moment nach.

Die anderen warteten aufmerksam.

»Ich merke gerade, wie sehr es mir ein starkes Bedürfnis wäre, gehört zu werden. Allerdings könnte es auch ein Bedürfnis meines Ego sein, aber jetzt egal. Also ja, ich wäre irgendwann dazu bereit, vor diesem Mann zu stehen. Und es auch wollen. Wann, kann ich echt nicht sagen.«

Nach einer längeren Stille sagte Rok: »Erst wenn der Tätende das Leid der Opfenden erkennt und ein Stück weit nachempfindet, wird er erneut eine gesunde Verbindung mit sich selbst aufbauen können – somit auch zu jederen Mensche. Und vielleicht wird Saruj im Laufe des Prozesses auch mal bereit sein, den Vorfall aus seiner Sicht anzuhören. Eine edle Tat wäre das, die ihm helfen könnte, sich darüber bewusst zu werden, wie sehr er in diesem Moment die Verbindung zu seinem Wesenskern verlor.«

Saruj, immer noch liegend, stieß einen langen leisen Atemzug aus. »Pfff. Ob ich tatsächlich in der Lage wäre, nicht nur von ihm gehört zu werden, sondern auch ihm zuzuhören, weiß ich echt nicht.« Sie überlegte. »Irgendwann vielleicht …« Und nach einem Moment: »Ja, doch. Irgendwann schon.«

»Das alles ist keine leichte Aufgabe«, sagte Rok mitfühlend. »Es braucht seine Zeit. Mane kann Menschen nicht dazu zwingen zu heilen. Die Gemeinschaft sorgt dafür, dass ein vertrauensvoller Rahmen geschaffen wird, ein Raum, in dem die Mitleidenden sich begegnen können, Tätende sowie Opfende. Wann genau jemande dazu bereit ist durch die Tür zu gehen, bleibt sihne freie Entscheidung.

Nun, Kevalam, damit es klar wird: Es geht bei solchen Begegnungen nicht um Schuld, sondern um Verbindung. Es geht auch nicht um Rechtfertigung, nicht mal um mildernde Umstände. Andere oder sich gegenseitig zu verletzen, ist keine Option, auch wenn wir es leider immer wieder tun. Es geht nicht um Absolution. Alles dreht sich hier um Heilung.«

»Der Vergewaltiger meiner Freundin sitzt also nicht zufällig mit am Tisch«, sagte Kevalam leise. »Er ist eingeladen worden.«

»Ja«, bestätigte Rok sanft.

Plötzlich sprang der robuste Mann auf die Beine und eilte zu einem jüngeren, der eine schwere Ladung von Holzscheiten trug, die ihm aus den Armen zu kippen drohte. Es war Dyonis, der Eleve von Dadamax. Der junge Mann hatte das Brennholz in einem Lagerraum der Anstalt gefunden und dabei seine Kraft offenbar überschätzt. In letzter Sekunde schaffte es Rok, die Ladung aufzufangen. Kevalam beobachtete die Handlung am Feuer, in Gedanken verloren. Das Gesagte fand er schwer zu verdauen. Noch immer hatte er das Gefühl, dass mehr für die Täter als für die Opfer gemacht und zu wenig für die allgemeine Sicherheit geleistet wurde. Die Stimme von Zasch unterbrach seine Grübeleien.

»Mikel?« Zasch zögerte. »Ähm … ich will dir was sagen.«

»Was ist los, liebe Maus?«, fragte Mikel.

»Du hast mich gestern …« Sie zögerte noch. »Du hast mich gestern echt verletzt«, traute sie sich doch.

»Äh?«

»Hast du nicht verstanden, wofür die Zeremonie heute morgen stand?«

»Ähm … nee. Ich hab's nicht gecheckt. Sie war aber ganz nach meinem Geschmack.« Er lachte kurz, wurde aber sofort wieder ernst, um Zasch klarzumachen, dass er bereit war, ihr zuzuhören.

»Echt? Du weißt von nichts?« Jetzt war das Mädchen dran, erstaunt zu sein. »Mikel, ich finde, wir sollten miteinander reden.«

»Es hört sich wohl so an. Zusammen spazieren gehen?«

Sie nickte.

Er machte ein Zeichen mit dem Kopf in ihre Richtung. »Dann, Zasch, ab in den dunklen Wald«, rief er und zeigte in Richtung des verlassenen Basketballfeldes.

Weit und breit war kein Wald zu sehen.

Kevalam beobachtete, wie sich das Paar in der Dunkelheit entfernte. »Und wenn jemand nicht heilbar ist? Ein Pädophiler zum Beispiel?«, fragte er.

»Mikel ist eine Rampensau mit merkwürdigem Humor, aber sicher kein gefährlicher Pädophiler«, beruhigte ihn Philemon. »Mach dir um Zasch keine Sorgen.«

»Was würdet ihr tun, wenn er doch einer wäre?«

»Dann wäre ich mitgegangen«, antwortete Philemon. »Sowieso hätte

Mikel in so einem Fall Zasch nicht angeboten, mit ihm allein spazieren zu gehen, und selbst wenn, hätte sie sein Angebot abgelehnt.« Er dachte nach. »Obwohl …«

»Wie denn jetzt?«, unterbrach ihn Kevalam. »Was meinst du mit ›Obwohl‹?« Ohne auf eine Antwort zu warten, fuhr er fort: »Das kann doch alles nicht wahr sein. Ihr seid so was von leichtsinnig! Das ist kein Spaß mehr.«

»Kev, pädophile Neigungen sind nicht unbedingt das Problem …«, begann Saruj zu erklären.

»Wie bitte?«, fiel er ihr entgeistert ins Wort.

Saruj hatte sich jetzt aufrecht hingesetzt. »Wenn ein Pädophiler ein Kind misshandelt, ist seine Tat hundertprozentig verwerflich, logisch. Aber nicht jeder Mann mit pädophilen Neigungen oder eventuell auch jede Frau …

»Sag es doch, wie es ist, Saruj«, übernahm Yuma. »Nicht jeder Pädophiler verhält sich wie ein Arsch.«

»Äh …« Saruj schaute die Nepalifon perplex an. Obwohl sie selbst von Zeit zu Zeit unfein sprechen konnte, empfand sie es bei anderen Menschen als besonders verstörend. »Ich habe den ganzen Nachmittag mit den Didis verbracht«, rechtfertigte sie sich und grinste verlegen.

Yuma musste belustigt lachen.

Nemo mischte sich ein: »Auch rituelle Gewalttäters sind nur selten Pädophilers …«

»… sondern Menschen, die unter einer schwer heilbaren sadistischen Störung litten«, beendete Saruj seinen Satz, bevor er es noch konnte, zum Schutz ihrer gerade sensiblen Ohren.

»Und immer noch leiden«, korrigierte sie Nemo.

Kevalam hakte bei Saruj nach: »Was meintest du vorhin, Saruj, als du gesagt hast, dass Pädophile kein Problem sind?«

»Habe ich so auch nicht gesagt«, protestierte sie. »Jetzt egal. Guck, Kev, du darfst gern darüber fabulieren, Menschenfleisch zu essen. Solange du nicht deinen kannibalistischen Trieb in die Tat umsetzt, ist es nur eine schräge Vorliebe. Verstehst du, was ich meine?«

»Natürlich«, erwiderte er gereizt, »aber soweit ich weiß, ist Pädophilie weder heilbar noch eine Seltenheit. Wir sprechen hier von einer verbreiteten ›Vorliebe‹, die nicht nur in der Fantasie ausgelebt wird.«

Rok kam Saruj zur Unterstützung. »Abgesehen davon, dass die Wahrscheinlichkeit, dass ein Kind heimlich misshandelt wird mittlerweile äußerst gering ist, würde es früher oder später auffällig werden. Und da in einem Lokali jedere füreinander da ist und sich alle kennen, wäre es extrem unwahrscheinlich, dass dieses Kind keine Vertrauensperson findet, bei der es sein Herz ausschütten kann – und auch will.«

»Als Täter würde ich einfach von Gemeinschaft zu Gemeinschaft wandern«, entschied Kevalam kurzerhand. »Nomade bleiben. Nach jedem Missbrauch würde ich den Ort wechseln, und da jeder überall willkommen ist, wäre mein Tun ein leichtes.«

»Ein verdammt einsames Leben«, bemerkte Saruj.

»Sagst ausgerechnet du als lebenslange Nomadin«, entgegnete er verbissen.

»Ich habe stets Kontakt zu Didi gehabt und …« Sie merkte, dass sie dabei war, ihm eine Lüge aufzutischen und gab auf. »Gut, du hast recht. Mane lernt als Nomadi zwar ständig neue Menschen kennen, aber im Endeffekt sind es nur sehr wenige, mit denen man eine tiefe Beziehung eingeht. Ja … enge Bindungen brauchen eben Zeit.«

»Vielleicht will ich diese Form der Nähe nicht«, konterte er.

Saruj schaute ihn betroffen an.

Yuma lenkte ab: »Früher oder später würdest du auffallen.«

»Na und?«, fragte er. Er fühlte sich an die Wand gedrückt. »Was wollt ihr dann tun? Mich bestrafen? Mir das Gedeck verweigern? Das alles widerspricht doch euren unantastbaren ethischen Werten!«

»Kevalam«, sagte Rok, »theoretisch wäre die Vorgehensweise, die du dir gerade ausgedacht hast, möglich. Nun, wie Yuma schon erwähnt hat, würde das Ganze früher oder später auffliegen. Diese überaus heikle Situation würde dann in allen regionalen Foren bekannt gegeben und besprochen werden. Du könntest dich natürlich in den Wald zurückziehen … oder dich doch stellen. Und ab dem Moment, in dem du dich öffnen würdest, würde sich alles verändern.«

»Das kann ich mir bildhaft vorstellen«, schlussfolgerte Kevalam. »Ich würde von einem hysterischen Mob, der kollektiv mal die ›Verbindung zu seinem Wesenskern‹ verloren hat, kastriert oder ermordet werden. Etwas, das ich, nebenbei erwähnt, sehr wohl nachvollziehen kann.«

»Oder du würdest achtsames Gehör finden«, sagte Rok ruhig.

Kevalam kämpfte mit sich selbst. Das Gesagte konnte er theoretisch verstehen, aber auf keinen Fall für tragbar halten. Auf einmal merkte er, wie sich ein listiges Lächeln auf Roks Gesicht anbahnte.

»Und wer weiß?«, erwog der Feuerhüter des Abends. Vielleicht würde sich sogar ein Weg finden, wie du eine einigermaßen zufriedenstellende Sexualität ausleben darfst …«

»Wie bitte?!«, unterbrach ihn Kevalam, diesmal völlig entsetzt.

»Ohne dass Kinder in irgendeiner Form involviert werden«, beendete Rok seinen Satz und beobachtete das verstörte Gesicht des vermeintlichen Zeitreisenden mit einem versöhnlichen Lächeln. »Mit ein wenig Glück könnte sich eine Frau in dich verlieben und dazu bereit sein, deinen Neigungen ein Stück weit entgegenzukommen. So könnte deine Vorliebe, meinetwegen in erotischen Rollenspielen, in denen sie sich als Mädchen verkleidet, aufgefangen werden – zwischen zwei bereitwilligen Erwachsenen. Ein Rahmen geschaffen werden, in dem sich deine unreife Sexualität entfalten darf und du mit der Zeit vielleicht ein Stückweit Heilung findest.«

»Ich bin doch kein Pädophiler!«, protestierte Kevalam, der diese Rolle nicht weiter ertrug. »Ein Pädophiler bleibt ein Pädophiler. So ein Theater mag sich wohl eine Zeit lang bewähren, bis der kranke Mann sich doch an einem echten Kind vergreift!«

»Jedere, dide bei uns lebt, ist und bleibt Teil der Gemeinschaft«, erinnerte ihn Rok sachlich. »Solange sier es möchte. Das gilt auch für einere Mensche, dide an pädophilen Neigungen leidet. Wir würden ihm – meistens betrifft es Männer – sicher eine intensive therapeutische Unterstützung anbieten. Wir würden ihn auch definitiv vor sich selbst schützen, indem wir darauf achten, dass er, solange er seine Impulse nicht hundertprozentig unter Kontrolle hat, mit Kindern nichts oder wenig zu tun hat, und wenn überhaupt, nur unter Aufsicht von anderen Erwachsenen.

Der wesentliche Punkt ist aber, dass ein Mann, falls er unter solch einer eigentlich recht tragischen Störung leidet, sich der Gemeinschaft anvertrauen kann und es auch wird, weil bei uns niemande Angst zu haben braucht, verurteilt zu werden. Und genau das ist der Schlüssel zum Schutz unserer Kinder.«

Im Welpenwurf wurde es eine Weile still. In der Ferne hörte man das Gelächter von Kindern. Kevalam versuchte herauszufinden, woher die Geräusche kamen. Er schaute um sich und entdeckte drei rennende Schatten, die sich in der Dunkelheit schnell wieder entfernten.

»Würdet ihr auch die Kinder informieren?«, fragte er, diesmal mit einer ruhigeren Stimme.

»Sicher. Transparenz und Ehrlichkeit sind für Erwachsene sowie für Kinder entscheidend. Am sinnvollsten sollte dann die Sachlage direkt und unverkrampft erklärt werden: ›Der Mann hat eine Krankheit und er kann gefährlich werden, wenn er von ihr gesteuert wird. Wir wissen nicht, wie lange der Heilungsprozess dauernd wird, aber bis dahin müsst ihr Kinder vermeiden, mit diesem Mann allein zu sein. Und auf alle Fälle, wenn er euch darum bittet zu gehen, müsst ihr diese Aufforderung sehr ernst nehmen und das auch unverzüglich tun.‹ Ein Mann mit pädophilen Neigungen spürt ja, wenn eine Situation brenzlig wird. Zeit, um ein Kind zu warnen, wenn er spürt, dass er an seine Grenze kommt, hat er allemal.

Nach dieser Erklärung würde man – am besten in Anwesenheit des Betroffenen – auf die Fragen der Kinder eingehen. Sicherlich bedarf so ein Gespräch sehr viel Feingefühl, weil einerseits das Gesagte ernst genommen werden muss und andererseits der Mann weder stigmatisiert werden soll, noch sollen sich die Kinder gefährdet fühlen.

Erfahrungsgemäß jedoch reagieren Kinder mit sehr viel Empathie, wenn Erwachsene ruhig bleiben und Zuversicht ausstrahlen.«

Die drei Kinder näherten sich dem Lagerfeuer und flitzten kreischend einmal darum herum, bevor sie in Richtung des Baus verschwanden.

Philemon meldete sich zu Wort: »Es gibt im Süden der Suomifonie[2] ein Heilzentrum, in dem Menschen leben, die sich selbst als Gefährders einstufen. Pädophile Männer unter anderem, die sich für wie lange auch immer abseits klassischer Gemeinschaften zurückziehen können. Sie gehen alle freiwillig dort hin …«

»Es hört sich für mich eher wie eine ›freiwillige Verbannung‹ an«, unterbrach Kevalam den Berliner.

»Kevalam«, intervenierte Diderik, »stell dir vor, du erleidest einen schweren Unfall und du brichst dir dabei einen Halswirbel. Du lebst aber noch. Würdest du entscheiden, bei dir in deinem Lokali zu bleiben, sprich, dich auf deine eigenen Heilkräfte und auf die Heilpflanzen, die für deine Genesung dort zur Verfügung stehen, verlassen oder dich lieber schnellstens in ein Heilzentrum fliegen lassen, in dem dich Spezialisters minutiös zusammenflicken können? Nebenbei erwähnt bezweifle ich nicht, dass ein schwerer Bruch mit eigener Energie geheilt werden kann, aber: Falls du dich für das Heilzentrum entscheiden solltest, wäre das dann eine ›freiwillige Verbannung‹?«

»Heilpflanzen werden überall verwendet und deine Selbstheilungskräfte nimmst du unabhängig von deiner Entscheidung mit«, wies Gray noch hin. »Du kannst also zu dem Heilzentrum fliegen, dich beraten lassen und dich am Ende des Tages immer noch gegen den Laser entscheiden.«

»Wichtig wäre auch zu erwähnen, dass, wenn ein Lokali an dem Zusammenleben mit einem Pädophilen zu zerbrechen droht, niemande mehr glücklich wird«, fügte Rok hinzu. »Nicht jede Gemeinschaft besitzt die Reife, mit so einer Herausforderung zurechtzukommen. Ich finde nichts dagegen einzuwenden, als Lokali gemeinsam die Entscheidung zu treffen, dass es für alle Beteiligten besser ist, wenn der leidende

[2] Ehemaliges Finnland

Mann sich an einen Ort begibt, wo ihm mit Wissen und Erfahrung geholfen werden kann.«

»Wenn es sich nicht gut anfühlt«, sagte Gray, »kann ja der Mann zurückkommen und es wird dann nach einer anderen Lösung gesucht.«

»Es soll in diesem Zentrum echt wunderschön sein, habe ich gehört«, fuhr dann Philemon mit seiner Erzählung begeistert fort. »Auf einer Insel inmitten eines großen Sees. Pro Betroffenem gibt es dort fünf Betreuers und dazu kommen noch viele Betreuungslernenden. Somit wird für eine gewisse Normalität gesorgt. Ich habe auch gehört, dass es nicht selten Geheilte sind, die irgendwann Betreuers werden. Manche wollen gar nicht mehr zurück und bleiben ein Leben lang dort.«

Auf einmal lächelte der junge Berliner geheimnisvoll. »Ich habe mich vor kurzem als Betreuungslernender gemeldet.« Er zuckte kurz mit den Achseln. »Hm … leider wurde ich abgelehnt. Ich bin zu jung. Dort lebt niemande unter vierundzwanzig. Dafür bin ich an ein anderes Zentrum verwiesen worden, das sich auf einer anderen Insel in der gleichen Gegend befindet. Eine Zwischenstation ist das, wo auch Kinder leben. Diese Station ist also für Männer, die so gut wie genesen sind, beziehungsweise sich voll im Griff haben.«

»Bist du lebensmüde?«, fragte Kevalam.

Philemon lachte. »Entgegen unserer Gewohnheiten gibt es in solchen Zentren extrem viel Kontrolle. Ich bin auch davor gewarnt worden, dass ich dort gar keine Privatsphäre haben werde. Alles wird aufgenommen und maschinell ausgewertet. Alles!« Er lachte erneut. »Trotzdem überlege ich es mir ernsthaft, nach der Wallfahrt für ein paar Jahre dorthin zu ziehen. Das wäre sicherlich eine sehr lehrreiche Erfahrung.« Kaum hatte er seinen Satz beendet, als er zwei Gestalten entdeckte, die aus der Dunkelheit kamen. Es waren Zasch und Mikel. »Vielleicht mit Zasch, wenn sie Lust dazu hat«, sagte er noch.

Angekommen, warf sich das Mädchen lachend in die Arme des liegenden Philemon. Mikel, auch lachend, suchte sich einen Platz neben den beiden.

»Und, alles geklärt, Gazellenauge?«, fragte Philemon, als er sich von dem Überfall erholt hatte.

Sie nickte und erzählte von dem Plan, den sie sich zusammen mit Mikel überlegt hatte.

»Konfliktlotsen?«, fragte Dyonis. »Ich fange gern an. Philemon, bist du dabei?«

Philemon lächelte. »Gern, Dyonis. Ich wollte mich sowieso anbieten. Einwände?«

Als Antwort bekam er einen kurzen Jubel.

»Ich habe sogar zwei blaue Tücher bei mir«, sagte er noch. Daraufhin band er sich ein Tuch um den Hals und reichte Dyonis das zweite.

»Zu heiß für mich, ich binde es mir um den Arm«, sagte der Eleve von Dadamax.

Das Prinzip der Konfliktlotsen war nichts Neues und wurde oft eingesetzt, vor allem wenn sich neue Konstellationen von Menschen zusammenfanden. Nur war niemand davon ausgegangen, dass es für die Wallfahrt notwendig sein würde. Saruj informierte Kevalam in wenigen Worten über den Vorgang: Philemon und Dyonis hatten sich, indem sie sich mit den Tüchern für alle sichtbar gekennzeichnet hatten, für das Wohlbefinden der Menschen in der Runde verantwortlich erklärt und falls jemand in Schwierigkeiten geraten sollte, würden die beiden als direkte Ansprechpartner dienen. Ihre Lotsenaufgabe konnten sie jederzeit an weitere Freiwillige übergeben, vorausgesetzt, es wären zu jeder Zeit zwei Lotsen anwesend.

Unmittelbar nach dieser kurzen Anleitung fragte Kevalam die zwei jungen Männer: »Wie hättet ihr den Missmut von Zasch gestern Abend auffangen können? Wenn ich die Situation richtig verstanden habe, war Mikel nicht gerade in der Verfassung, irgendjemandem Gehör zu schenken.«

»Moment mal«, rief Mikel. »Wenn mich einere Lotsere um Aufmerksamkeit bittet, wird sier von mir gehört. Auf jeden!« Plötzlich riss er die Augen groß auf. »Hey allerdings, Kevalam. Da hast du doch deine Polizei!«

»Eine Polizei, die sogar darauf achtet, dass sich alle wohlfühlen, und auch nachfragt, wenn jemande schmollt«, präzisierte Philemon.

»Was hättet ihr also gestern gemacht?«, fragte Kevalam erneut.

Dyonis übernahm: »Mir ist gestern Abend schon aufgefallen, dass Zasch anders drauf war als sonst, aber ich war zu beschäftigt. Ich habe ja Gitarre gespielt. Wäre ich Lotse gewesen, hätte ich wahrscheinlich nicht gespielt und …«

Mikel fiel ihm ins Wort. »Genau deshalb mag ich nie länger als zwei Stunden Lotse sein.« Er lachte und bemerkte, wie Dyonis mit noch geöffnetem Mund dalag. »Ähm … erzähl weiter, Mann«, sagte er und lehnte sich zurück, um seine Bereitschaft zuzuhören zu demonstrieren.

Dyonis schüttelte nachsichtig den Kopf und fuhr fort: »Ich hätte Zasch gefragt, wie es ihr geht. Ob sie vielleicht etwas auf dem Herzen hat und ob sie meine Unterstützung braucht. Wahrscheinlich hätten wir uns dann zu dritt, also in diesem Fall Zasch, Philemon und ich, von der Gruppe entfernt und die Situation besprochen. Erfahrungsgemäß hätte es für den Moment gereicht. Der Vorfall hätte dann beim nächsten Kreis weiter besprochen werden können – falls noch Bedarf gewesen wäre. Oder eben nicht.«

»Nicht jede falsche Note einer Musikprobe braucht angesprochen zu werden«, übernahm Philemon. »Ich persönlich mag nicht alles bis ins letzte Detail zerlegen. Wenn dide Mensche, dide mich getriggert hat, merkt, dass sier mich getriggert hat, reicht es mir meistens.« Dann wandte er sich Zasch und Mikel zu. »Und ihr beide? Habt ihr euch Gedanken darüber gemacht, wie die Situation anders hätte verlaufen können und wie Lotseren dich, Mikel, hätten bremsen können?«

»Haben wir«, antwortete Zasch.

»Sie hat mich radikal mit Fragen gelöchert«, rief Mikel und lachte. »Im Ernst. Ich musste ihr mein gesamtes Innenleben vor die Füße legen.« Er grinste. »Und ja, beziehungsweise nein. Lotsere hin oder her, ich hätte nicht aufhören wollen. Ich war im Fluss, hatte Spaß und … auch wenn ich mitbekommen hätte, wie unglücklich Zasch war, wäre es mir in dem Moment egal gewesen. Es war meine Sternstunde, Leute!«

Er lachte. »Mein treues Publikum hätte ich auch nicht enttäuschen wollen.«

Er schaute sich um, aber bevor irgendjemand ihm Anerkennung schenken konnte, fragte Kevalam: »Also?«

»Also hätten Lotseren in der Runde angekündigt«, antwortete Zasch, »dass ich Gleichgesinnte suche, die auf gemeinsames Singen Lust haben und mit mir woanders hingehen möchten.«

»So wie Dadame es vorgeschlagen hat«, bemerkte Kevalam. Und bevor Zasch die Zeit bekam, sich darüber aufzuregen, fragte er sie: »Wie wäre es für dich gewesen, wenn Mikel dazugekommen wäre?«

»Ich hätte geschluckt«, gab Zasch zu.

»Kevalam, eins vergisst du«, wies Mikel hin. »Wenn schon Lotseren so eine Ankündigung auf den Tisch knallen, versteht jedere, dass fakt etwas schief gelaufen ist. Sogar ich!« Er lachte. »Falls ich also mitgegangen wäre – sehr unwahrscheinlich –, hätte ich es in dem Wissen getan, dass der Fokus der neuen Gruppe auf dem gemeinsamen Singen liegt. Ich stehe zwar gern im Zentrum, aber ich bin nicht völlig blank im Kopf.« Er lachte abermals. »Hm. Ich hätte allerdings erst geschaut, wie viele meiner Fans tatsächlich gehen und ob meine Show noch zu retten ist.«

Das Feuer war ausgegangen. Dadamax hatte sich in seine Zelle zurückgezogen und die Jugendlichen, die mit ihm am Feuer gesessen hatten, schliefen schon. Kevalam und Yuma saßen sich noch gegenüber und schauten sich an.

»Viele trauen sich nicht«, sagte Kevalam leise.

Yuma lächelte ihn an. »Wenn die Demütigung groß ist, ist es schwierig, sich zu öffnen.«

Er nickte nachdenklich.

Bilder kamen hoch. Er liegt auf dem Boden. Vielleicht ist er vier oder fünf Jahre alt. Er hat Angst. Fratzen lachen über ihm. Ein Tritt in den Magen. Er windet sich vor Schmerz und versucht, seinen Kopf zu schützen. Durch seine Arme hindurch kann er noch die blauen Fliesen sehen, die mit Wassertropfen verziert sind. Jetzt wusste er nicht mehr, warum das alles geschehen war. Er war viel zu jung, um mitschuldig gewesen zu sein, und trotzdem hatte es sich so angefühlt. Seine Wangen wurden heiß. Er schämte sich noch heute. Deshalb hatte er diese Geschichte nie erzählt. Nicht Stefanos, nicht seinem Vater, nicht mal Pascal. Dennoch, just in diesem Moment, verspürte er das Bedürfnis, darüber zu reden – und tat es doch nicht. Er schluckte. Ja, eines Tages würde er es tun.

Yuma beobachtete ihn. »Heilung beginnt, wenn mane sich öffnet«, sagte sie. »Wenn mane sich traut, über Ereignisse zu sprechen, bei denen mane sich machtlos gefühlt hat. Sich geschämt hat. Dafür braucht man allerdings die Sicherheit, dass diese Geständnisse nicht eines Tages gegen einen selbst verwendet werden. Dieses Vertrauen gewinnt mane nur durch Erfahrung. Deshalb üben wir Transparenz und Offenheit schon in sehr jungen Jahren.«

Kevalam sagte nichts.

Sie nahm es als Aufforderung, weiter zu erzählen: »Möchtest du ein Beispiel?«

Er nickte.

»In meinem Lokali haben wir für den täglichen Kinderkreis einen Stofffrosch: Palisha[3]. Eine Prinzessin – wie altmodisch.« Sie lachte. »Ein Kind nimmt Palisha in die Arme und erzählt ihr etwas über sich, über seine Gefühle oder was am Tag zuvor geschehen ist. Was genau, bleibt dem Kind überlassen. Wenn es fertig ist, reicht es das Stofftier zu einem anderen Kind. Die Runde ist fertig, wenn alle Kinder mit Palisha gesprochen haben, und möglichst soll kein Kind es nötig haben, nach dem Frosch zu fragen. Nicht nur Offenheit, sondern auch Achtsamkeit werden damit geübt. Da es ein tägliches Ritual ist, klappt es natürlich wunderbar und in der Gruppe von meinem Sohn, zu der etwa fünfzehn Kinder gehören, dauert der Kreis maximal eine halbe Stunde. Außer es gibt ein ernsthaftes Problem.«

[3] [palɪːʃa] Auf Malayalam, einer drawidischen Sprache, die in Südindien gesprochen wird: das Interesse

»Gerade haben wir ein ernsthaftes Problem«, hörte Kevalam eine Stimme hinter sich. Daraufhin sah er, wie sich das Gesicht von Yuma erhellte. Er drehte sich um, um den Empfänger ihres Lächelns zu sehen. Ein schlanker Mann von mittlerer Statur stand vor dem Feuer und lächelte Yuma an. Seine Haut hatte einen zimtfarbigen Teint, seine Haare und Augen waren fast schwarz, und die regelmäßigen Züge seines Gesichts von einem kurz geschnittenen Vollbart umrundet. Es war Pan[4], der Lebenspartner von Yuma.

»Es gibt ein Kind namens Arthur[5], das dich arg vermisst«, sagte noch der elegante Mann.

Weiterhin lächelnd stand Yuma auf und verabschiedete sich. Kevalam bekam einen sanften Kuss auf die Stirn und freute sich, dass in der Dunkelheit niemand seine errötenden Wangen sehen konnte. Er beobachtete dann, wie Saruj sich aufrichtete, um mit Yuma eine herzliche Umarmung auszutauschen, und wie sich zu guter Letzt das Elternpaar entfernte.

Kevalam war müde vom Sitzen. Er legte sich vorsichtig auf den leer gewordenen Platz und gab Saruj ein Zeichen, zu ihm zu kommen. Sie kam seiner Forderung nach und schmiegte sich in seine Arme. Ein organisierter Mann, ausgestattet mit einer Zyankalipille in einer Streichholzschachtel in der Innentasche seines Anzuges, und einer flachen, winzigen Phiole Parfüm in der äusseren, dachte sie, bevor sie in den Schlaf fiel.

Kevalam war auch dabei, einzuschlafen, als er Gelächter hörte. Mikel hatte eine riesengroße Decke aus seinem Rucksack geholt und sowohl Philemon als auch Zasch zu sich eingeladen.

»Achtung, Leute«, warnte er. »Dieser Geruch bin nicht ich. Ich habe das Teil im Keller gefunden.«

[4] [pan]: Aus der griechische Mythologie der Gott des Waldes. Pan bedeutet ›der Beschützer‹ und wurde als ein Mischwesen aus Mensch und Ziege dargestellt.

[5] ['aʀtuʀ] Keltische Herkunft: der Bärenstarke

Die zwei kicherten und legten sich hin, Zasch in die Mitte. Sie zog sich die Decke bis unter das Kinn. »Ich finde, wir haben es hier definitiv besser als auf dem Mars«, sagte sie, zwischen den zwei großen Jungen eingekuschelt.

»Hey, Nemo«, rief Diderik. »Stell dir vor, deine Elite hat Geld mitgenommen, und damit sind die Typen gerade dabei, sich das ganze Gier- und Neidprogramm reinzuziehen.«

»Die Armen«, klagte Mikel. »Wir müssen sie unbedingt besuchen. Ihnen das Klumpern beibringen. Un-be-dingt.«

»Ich komme gern mit«, entschied Nemo und legte sich auf die Seite, fest zwischen Dyonis und Diderik eingebettet.

Kevalam schloss seine Augen. Überall um seinen Körper herum spürte er die Wärme der anderen. Geborgenheit. Zugehörigkeit. Das Klumpern ist der Trick, dachte er und sank mit einem Lächeln auf dem Gesicht in den Schlaf.

DIE LEGENDE DER MUTTER

Kurz nach dem Frühstück war die geistige Putzkolonne zum Aufbrechen bereit. Als Ziel war ein kleiner runder See, der wegen seiner überschaubaren Größe stellvertretend für die größeren Seen ausgesucht wurde, die ihn umrandeten. Alle sieben Seen waren vor mehreren Jahrzehnten für ökologisch tot erklärt worden. Eine andauernde Plage von Cyanobakterien – aus taxonomischer[1] Sicht irrtümlicherweise auch Blaualgen gennant – hatte das natürliche Gleichgewicht des Wassers zum Kippen gebracht. Diese Bakterien, die in kleinen Mengen für das Binden von Stickstoff wichtig sind, waren durch die Überdüngung gewuchert. Da einerseits Cyanobakterien bei ihrem Abbau viel Sauerstoff verbrauchen und sie andererseits mit der Zeit eine luftdichte Schicht bilden, waren Pflanzen und Fische erstickt. Beim Absterben der Bakterien entweichen außerdem giftige Toxine. Tiere, die von dem verseuchten Wasser tranken, erkrankten oder starben.

Aus der Vogelperspektive waren die Gründe dieses Debakels offensichtlich. Das Wassergebiet war von ehemaligen Monokulturfeldern umgeben, und an den Grenzen dieses breiten Gürtels befanden sich mehrere inzwischen verlassene Schweinezuchtfabriken. Unmengen an Gülle waren Jahr für Jahr gedankenlos auf die Felder ausgebracht worden. Die in den Schweineausscheidungen höheren Konzentrationen an Phosphaten und Nitraten mussten früher oder später in die Gewässer gelangen. Und diese Salze, die für die Cyanobakterien verwertbare Nährstoffe sind, hatten deren Wachstumskurve dementsprechend angekurbelt. Der damals unverantwortliche Umgang mit Waschmitteln hatte dem Zustand der Seen den Rest gegeben.

[1] Unter Taxonomie versteht man in der Biologie die wissenschaftliche Einteilung von Lebewesen, die eine Einordnung in Klassen, Familien, Arten usw. ermöglicht.

Schon vor der Transition hatte man mit dem Versuch begonnen, die Seen von den Cyanobakterien zu befreien und diese in Photobioreaktoren umgesiedelt, um damit Ethanol zu produzieren. Trotz wiederholter Reinigungsmaßnahmen hatten sich die Seen jedoch nicht erholt. Deshalb die Entscheidung der Pilger, den kleinen See als Station für die Wallfahrt auszuwählen und seine Genesung energetisch mit spiritueller Kraft zu steuern. Mit Liebe also.

Der mehrtägige Aufenthalt in der JVA hatte allen gutgetan. Nicht nur weil die Pilger an diesem Morgen frisch und munter waren, sondern auch weil sie damit die Möglichkeit gehabt hatten, sich gegenseitig näher kennenzulernen – insbesondere natürlich aufgrund der unvergesslichen, eisbrechenden Zeremonie zwei Tage zuvor. Auch die Musiker unter den Mystikern hatten Zeit gefunden, sich auszutauschen. Gesänge bekannter Heillieder aus den verschiedensten spirituellen Ecken wurden von einer bunten Mischung aus vielerlei Flöten und Trommeln, Gitarren und auch selbstgebauten Musikinstrumenten begleitet und gekonnt dargeboten. Regelmäßig eingelegte Musikpausen gaben den Pilgern die Gelegenheit, sich zu unterhalten oder einfach die entspannende Wirkung des Gehens in Stille zu genießen.

Kevalam, der sich vor dem verseuchten Boden fürchtete und deshalb seine Schuhe wieder angezogen hatte, ging Hand in Hand mit Saruj hinter einer Gruppe von in Weiß gekleideten Yoginis und Yogis. Synchron zu jedem Schritt berührten die Mystiker nacheinander mit dem Daumen jede Fingerkuppe, beginnend mit dem Zeigefinger. Kevalam wunderte sich, was dies zu bedeuten hatte und fragte leise Saruj.

»Sie meditieren«, antwortete sie. »Bei jeder Fingerberührung sagen sie im Kopf ein Wort: Sa, Ta, Na, Ma. Übersetzt: Geburt, Leben, Tod, Wiedergeburt. Die letzten zwei sollten meiner Meinung nach durch ›Zurück in der Suppe‹ ersetzt werden, aber die Kundalinis sehen es anders.« Sie lachte. »Tja. Interessant zusammengewürfelte spirituelle Strömungen laufen bei uns mit. Geradeaus in eine Richtung wohlgemerkt.«

»Entstehen dabei keine Rivalitäten?«, fragte er.

»Ach nee«, antwortete sie. »Sie tauschen sich sogar gern darüber aus. Mantras, Lieder, Übungen, Ernährungsgewohnheiten, Gesundheitsratschläge und alles Mögliche. Vor allem jüngere Menschen neigen dazu, Elemente aus allem in ihrem Leben zu integrieren.«

»Die älteren nicht?«

»Seltener. Unsere Didi geht davon aus, dass die Kraft und der Zauber einer Lehre nur in seiner Reinform zu finden sind. Sie sei wie ein vollendetes Gemälde, auf das mane nicht andere Künstleren pinseln lassen sollte. Sagt Didi. Sie ist auch der Meinung, dass, um effektiv und dauerhaft eine spirituelle Praxis einzuhalten, mane bei einer festen Routine bleiben und sich nur auf eine bestimmte Lehre konzentrieren sollte. Alles andere wäre Ablenkung. Sie selbst befolgt den gleichen Tagesablauf schon länger als ein halbes Jahrhundert, und um auf ihr tägliches Pensum während der Wallfahrt zu kommen, meditiert sie auch beim Gehen.«

»Ja, ich habe auf dem Weg zur Strafanstalt bemerkt, dass sie sich kaum mit anderen unterhalten hat. Aber mit den Fingern spielt sie nicht.«

»Das machen hier nur die Kundalinis.«

»Kundalinis?«

»Yogi Bhajan, ein Sikh Guru, hat das Kundalini-Yoga Ende der sechziger Jahre des letzten Jahrhunderts in den Westen gebracht und es für dieses spezifische Publikum angepasst«, erklärte Saruj.

»Welcher Religion gehören die Kundalinis an?«

»Es gibt keine Religionen mehr.«

Er schaute sie verdattert an. »Wirklich?«

Anstatt Kevalam zu antworten, war sie stehengeblieben. Sie zeigte mit einem breiten Lächeln auf zwei rötliche Punkte, die immer wieder über den hohen Pflanzen einer Hanfwiese sichtbar wurden. Es waren springende junge Rehe, die sich spielerisch verfolgten und bald wieder in der Üppigkeit der genügsamen Pflanzen verschwanden. Hanf wuchs schnell, zog Gifte aus dem Boden und war vielseitig nützlich. Er wurde bevorzugt in stark verseuchten Gebieten, sei es wegen Überdüngung oder Radioaktivität, eingesetzt. Saruj atmete tief ein, um den typischen Geruch in sich einzusaugen, streckte sich genussvoll und setzte sich dann wieder in Bewegung.

»Es gibt keine Religionen mehr. Nur Mentris[2]«, antwortete sie schließlich auf seine Frage. »Obwohl manche sich von alten Religionen inspirieren lassen, ist ein Mentri lediglich eine Lehre, eine Bedienungsanleitung für eine spirituelle Praxis also.

Während der Transition hat sich einiges in der spirituellen Welt verändert, Kev. Als das Interesse an den alten Religionen zurückging, wuchs das Bedürfnis nach Spiritualität genau in die entgegengesetzte Richtung. Etliche neue …« Sie unterbrach sich. »Hm. Wenn ich jetzt nicht das Wort Mentri benutze, weiß ich echt nicht, was ich sagen soll. Also, viele neue Mentris sind aus dem Boden geschossen, und ein Sammelbegriff musste her, damit ein wenig Ruhe in diese recht heterogene Landschaft einkehrte.«

Saruj merkte, wie interessiert Kevalam zuhörte und offensichtlich mehr wissen wollte. Sie fuhr fort: »Ein gemeinsamer Begriff hatte den Vorteil, dass kein Ranking mehr zwischen den verschiedenen Zweigen entstand und dass einere nicht mehr angefeindet wurde, wenn sier Religionen, Weltanschauungen, spirituellen Glauben und so weiter nicht ›richtig‹ auseinanderhielt. Die Begriffe wurden nämlich vor der Einführung dieses Sammelbegriffs immer spezifischer. Bevor mane die Zeit hatte, eine persönliche Meinung zu äußern, wurde mane schon wegen ›falscher‹ Wortwahl ermahnt. Ein Vokabularkrieg, der diese Festungen unantastbar machten.

Streitpotential in der Terminologie ist nicht zu unterschätzen, echt. Ich habe da die absurdesten Geschichten gehört. Unter anderem eine Kritik an der Lehre von Yogi Bahjan, die von einigen Sikhs als eine minderwertige Religion deklariert wurde. Der Yogi selbst wurde sogar als Verräter der ›wahren‹ Religion, in diesem Fall des Sikhismus,

[2] Singular: das Mentri / Plural: die Mentris

beschimpft. Jetzt fungieren Elemente aus den beiden im Kundalinimentri, und aus diesem einen Mentri sind etliche weitere entstanden.«

»Wie viele Mentris habt ihr denn heutzutage?«

»Keine Ahnung. Diversität ist die Königin der Säulen unserer Gesellschaft, du weißt schon. Theoretisch könnte es ein Mentri pro Mensche geben. Wär' gar nicht so blöd, finde ich. Nun finden es die Menschen motivierend, regelmäßig die Lehre eines bestimmten Mentri mit Gleichgesinnten zu praktizieren. Hat auch seine Vorteile.« Sie hielt kurz inne. »Oder sie sehnen sich doch noch nach einem Stück Autorität in ihrem Leben.« Sie schüttelte leicht den Kopf, um ihre Frustration zu verdeutlichen.

»Zu welchem Mentri gehören unsere Didis und Dadas?«

»Zu dem Anandamargamentri. Die Eleveren dieses Mentri nennen wir die Margis.«

»Was ist der wesentliche Unterschied zwischen den beiden Mentris?«

»Als wesentlicher Unterschied fällt mir spontan ein, dass die Didis und Dadas zwischen den Margis sich zum Zölibat verpflichten und die Kundalinis nie.«

»Lebt Didi keusch?«, fragte Kevalam überrascht.

»Ja. Finde ich persönlich ein wenig ›eigen‹.« Sie setzte mit den Fingern das Wort eigen zwischen Anführungszeichen. »Aber das gehört zu ihrem Mentri.«

»Was macht Didi mit ihrer sexuellen Energie?«

»Unterdrücken, was denn sonst«, sagte Saruj mit einer konsternierten Miene und blieb ein paar Sekunden in völliger Erstarrung.

Er schaute sie verunsichert an.

Sie lachte. »Nein, das ist nicht der Plan. Frustriert und bitter soll sie nicht durch die Gegend kriechen. Sexuelle Energie soll in ihrer Praxis in spirituelle Energie sublimiert werden. In eine andere Ausdrucksform umgewandelt sozusagen. In Liebe, geistige Einheit ... Wie auch immer. Durch bestimmte Körperübungen und Ernährung – für die, die überhaupt etwas essen – können die Menschen, die sich für Keuschheit entscheiden, ihren Hormonhaushalt beeinflussen. Die Idee ist, dass sie sich nicht von ihren Hormonen entführen lassen wollen.« Daraufhin ergatterte sie im Gehen ein Hanfblatt am Wegesrand und begann, an dessen Stiel zu knabbern. »So ungefähr ...«, nuschelte sie.

Sie gingen dann eine Weile in Stille. Zum Spaß ließ sich Saruj von Kevalam führen, den Kopf leicht im Nacken, die Augen geschlossen und das Blatt fest zwischen den Zähnen. Sie genoss den Klang des Windes durch das Feld und die Sonne auf ihrem Gesicht. Kevalam hatte, um sie sicherer führen zu können, ihre Hand losgelassen und seinen Arm um ihre Taille gelegt. Sie lächelte. Ein Finger irgendwo auf ihrem Körper hätte gereicht, aber das erwähnte sie nicht.

»Du scheinst dich mit dem Zölibat recht gut auszukennen«, sagte er.

»Hm. Bin momentan nicht die Expertin in diesem Feld.« Sie lachte und öffnete ihre Augen. »Frag lieber Dadamax. Oder Dadame. Aber!« Sie erhob das Blatt vor sein Gesicht, als wäre es ein warnendes Kreuz. »Lass dir bitte von ihnen nichts einreden! Mane soll beide Lebensweisen nicht parallel führen können, habe ich mal gehört.«

»Wer weiß? Ich bin doch jung und stark«, sagte er und brüstete sich wie Batman vor dem Abflug. »Morgens meine sexuelle Energie sublimieren und nachts sie mit dir genüsslich verpulvern.«

»Nach allen Regeln des roten Tantra in Ekstase aufsteigen lassen«, verfeinerte sie.

Beide mussten lachen. Kevalam drückte sie noch ein wenig stärker zu sich, bevor er sich etwas entfernte, damit ihre Hand in die seine gelangte. Ein geübtes Spiel.

Vor sich konnten sie schon das Schimmern eines Sees erkennen. Anstatt Dörfer und Städtchen zu durchqueren, die auf dem direkten Weg lagen, hatten die Pilger einen größeren Umweg bevorzugt, um einem Pfad entlang eines der erschöpften Seen, der fast bis zum Ziel reichte, zu folgen.

Jetzt hatte die Kolonne das Ende der Hanffelder erreicht. Ein steiler Weg führte durch einen Baumgürtel zum Wasser. Natürlich wurde darauf hingewiesen, dass sowohl das Baden als auch das Trinken aus allen Seen der Region ausgesprochen gesundheitsschädlich war. Frisches Wasser hatten die meisten reichlich dabei. Pythagore trug zudem im Rucksack den Nawaro-Wasserfilter der Margis.

Einige Mystiker hatten in ihrem Leben selten Kontakt mit Androiden gehabt und bald herausgefunden, dass die ›interaktive Infosäule‹ nicht nur gebildet, sondern geistreich und feinfühlig war, soweit diese Worte für eine Maschine benutzt werden können. Das lange Gehen, Tragen und fast ununterbrochene Kommunizieren stellte allerdings für Pythagore eine beachtliche energetische Belastung dar. Deshalb wurde, trotz der mittelmäßigen Begeisterung seitens mancher Anwesender, entschieden, dass er, um seine Aufladefläche zu maximieren, mit freiem Oberkörper und kurzen Hosen herumlaufen durfte.

Als das Paar am See ankam, wurden sie von dem Androiden begrüßt. Er war am Wegesrand postiert mit der Aufgabe, darauf zu achten, dass alle genug zu trinken hatten, und bei Bedarf leere Flaschen mit gefiltertem Wasser nachzufüllen. Kevalam beobachtete, wie der ehemalige Liebhaber seiner Freundin halbnackt die Glasflasche entgegen nahm, die ihm Saruj reichte, und sie gekonnt zu füllen begann. Der Jugendliche hatte zwar einen gut durchtrainierten Körper, aber mit der Perfektion der Maschinenmenschen konnte er nicht konkurrieren. Als er ihn von oben bis unten musterte, bemerkte er, dass der Androide seine Genitalien offenbar nicht innen trug wie jene des E-Berglokali, und dass dort auch an Material nicht gespart wurde. Als er, ein wenig aufgekratzt, seinen Blick wieder nach oben gleiten ließ, sah er, wie Pythagore Saruj ein Zwinkern zuwarf. Dann traf sein Blick auf die austerfarbenen Augen der Maschine, welche ihm daraufhin ein breites Lächeln anbot und sich unmittelbar danach den nächsten Reisenden widmete. Kevalam hätte schwören können, das Katzengrinsen von Saruj, das ihn allerdings sehr irritierte, in der Mimik des Androiden wiedererkannt zu haben.

»Ich kann schon nachvollziehen, warum Didi so streng auf der Routine ihres Mentri beharrt«, redete Saruj übergangslos weiter, nachdem sie sich von Pythagore verabschiedet hatten. »Mir gefällt aber die Idee, aus mehreren Mentris ein lebendiges Gemälde zu kreieren. Eine Welle aus vielen Farben, die stets in Bewegung ist und …«

Sie unterbrach sich mitten in einer breiten beschreibenden Geste mit dem Arm, als sie merkte, dass Kevalam ihn nicht mehr wirklich zuhörte. Er ging, den Blick auf seine Schuhe gerichtet, und wirkte abwesend. »Kevalam? Geh ich dir auf die Nerven mit meinem Geplapper?«

»Ich verfüge über eine Mordsgeduld«, sagte er finster.

Zärtlich legte sie ihren Arm um seine Hüfte, zog ihn zu sich, gab ihm einen sanften Kuss auf den Hals und schaute ihn an. Ihr offenes Lächeln übte auf ihn magische Kräfte aus und verjagte augenblicklich seine Katzengrinsengrübelei.

»Interessiert dich das Thema überhaupt?«, forschte sie nach.

»Ja, schon.« Er wirkte jetzt wieder präsent. »Erzähl bitte weiter.«

»Also, mir ist etwas aufgefallen. Ich mag schon gern das stille Meditieren, das bei den Mentris, die sich an den Buddhismus anlehnen, typisch ist. Aber wenn ich nach einem Gong-Schlag auf einmal still werden soll, kommt bei mir in Nullkommanix der Moment, in dem ich, wie die Kids beim Gehen, nur noch eins im Kopf habe: Wie lange noch? Dafür mag ich die Tausenden Kriyas, die die Kundalinis üben, sehr. Nur meditieren sie meistens mit Mudras oder Mantras und selten still. Wenn ich aber direkt nach einer Kundalinikriya sitzen bleibe, bin ich körperlich erschöpft genug, dass ich mühelos friedlich ewig lange still meditieren kann. Wenn also die anderen schon aufgestanden und am Gehen sind, sitze ich glücklich da wie ein kleiner Buddha.«

»Ja, das habe ich heute morgen beobachtet. Ich dachte, du schaffst es gar nicht mehr zum Frühstück.«

»Niemals!«

Sie lachten.

»Gibt es nicht ein Mentri, das genau solch eine Mischtechnik anbietet?«, fragte er.

»Einige sogar. Ist mir auch gerade in den Sinn gekommen.« Sie überlegte. »Scheinbar bin ich nicht bereit, mein Leben nach den Worten eines einzigen Mentri auszurichten, wie toll es auch sein mag. Ich möchte keinem Mentri das Recht geben zu bestimmen, wie ich meinen Alltag zu gestalten habe. Und sicher nicht, wenn es aus der Brühe von eineren einzigen Mensche gekocht worden ist. Es ist, verdammt nochmal, mein Leben!«

Saruj wurde still. Sie hatte somit eines der Hauptmerkmale ihres Charakters geschildert: das Bedürfnis nach absoluter Freiheit. In jeder Sekunde zu bestimmen, wo sie war und mit wem, was sie tat und dachte. Die Freiheit, ihr Verhalten oder ihre Meinung zu ändern, so oft sie es wollte und keine Rechenschaft an niemanden dafür abgeben zu müssen.

Die Pilger hatten mit Heilgesängen begonnen, aber Kevalam kannte die Worte nicht, und Saruj hatte keine Lust zu singen. Der Klang reichte ihr. Er nahm ihre Hand, die sie beim Reden zu sich geholt hatte, und zusammen liefen sie den Sandweg entlang des Sees weiter. Der direkt unter der Oberfläche liegende, dichte, verfilzte, olivgrüne Teppich roch ein wenig muffig, und in der Nähe des Ufers war das Wasser von einem gelblichen Schaum bedeckt. Eine halb verweste Ratte trieb dazwischen.

Als die Putzkolonne mit dem Singen aufhörte, fragte Kevalam: »Ich wundere mich schon, wie es möglich ist, dass es so friedlich zugeht. Religionen sind doch die Ursachen aller Kriege.«

»Es gibt jetzt weder Kriege noch Religionen. Du kannst einem einzigen Mentri, mehreren zugleich oder keinem einzigen folgen. Und dich jederzeit umentscheiden.« Sie zeigte auf seinen Anzug. »Will dich hier jemande steinigen, weil du immer noch in einem kapitalistischen Symbol herumläufst?«

Er ignorierte ihre Bemerkung. »Was ist aus den großen Religionen geworden? Wie konnten sie abgeschafft werden?«, fragte er stattdessen.

»Die Transition hat nichts abgeschafft, sondern Neues erschaffen. Alternativen angeboten sozusagen«, antwortete sie. »Nun, die älteren Schriften – durch die Bank gegenüber anderen Glaubenssätzen feindselig und latent frauenverachtend – sind alle von Männern geschrieben worden, die in Gesellschaften lebten, die wenig mit unseren jetzigen Werten gemeinsam hatten.«

»Sie hatten nicht mal Internet«, warf Kevalam dazwischen.

Saruj musste lachen. »Schlimm, schlimm.«

»Aber erzähl bitte weiter.«

»Okay … Der wesentliche Punkt ist, dass die alten Religionen mit Prinzipien wie ›Strafe und Belohnung‹ als Motivation für ethisches Verhalten einfach nicht mehr zeitgemäß waren. Nicht. Mehr. Zeitgemäß«, betonte sie. »Es war also während der Transition eine ganz natürliche Entwicklung, dass die Menschen sich allmählich zeitgemäßeren Mentris zuwendeten. Die Religionen haben sich somit auf natürliche Weise in Luft aufgelöst: Keinere ging mehr hin.«

»Ist von den alten Religionen gar nichts mehr übriggeblieben?«

»Doch, doch. Die Kernaussage jedes Glaubens – Liebe – bleibt weiterhin die eines jeden Mentri. Die Verpackung, ich meine damit die Art, wie diese Kernbotschaft von den verschiedenen Religionen präsentiert wurde, ist jetzt lediglich Kulturgut. Gleichgestellt mit der griechischen Mythologie. Dinge ändern sich, Kev. Und zwar immer.

Während der Transition hat sich allerdings verdammt vieles verändert.« Sie gab ein langes Pfeifen von sich, um ihre Aussage zu unterstreichen. »Hierarchische Organisationen, wie sie früher bei den alten Religionen üblich waren, gibt es nicht mehr. Zu jedem Mentri gehört jetzt ein Forum, in dem die Entscheidungen im Konsens getroffen werden. Mit welchem System auch immer.«

»Wo lag genau das Problem mit diesen hierarchischen Strukturen?«, forschte Kevalam nach.

»In der Tiefe haben sich Visionäre, ob Propheten oder Gurus, schon eine bessere Welt gewünscht. Nur versauten machtgeile Typen einiges. Ich spreche von Männern, da es damals vorwiegend ein Männerbereich war. Jetzt egal. Es gab also Machtmissbräuche. Zum Beispiel, wenn ein Visionär starb oder sich zurückzog und sich seine Anhängeren erbarmungslos um seinen Stuhl stritten. Die Organisation wurde bald von rücksichtslosen Egomanen erobert, die ihre Eleveren eigenmächtig wie

Zinnfiguren auf einem Brettspiel platzierten, ihnen befahlen, wo sie hinmussten, mit wem und wann.

Allerdings haben Visionäre auch oft das Leben ihrer Anhängeren bestimmt, aber ihre Entscheidungen wurden durch ein sehr hohes Wissen gerechtfertigt und in Liebe getroffen. Blöd genug, finde ich. Meine persönliche Meinung. So oder so haben hierarchische Strukturen die Transition nicht überlebt.«

Sie öffnete den Mund, um das Thema weiterzuvertiefen, überlegte es sich kurz anders und entschied schließlich, das Thema doch anzusprechen: »Hab dir vorhin gesagt, dass manche sich nach Autorität sehnen, weißt du noch? Mit den Mentris?«

»Ja«, antwortete er. »Und deshalb bist du bei keinem ganz dabei.«

»So sieht's aus. Die Sache ist, dass damals die allermeisten Menschen entweder führen oder geführt werden wollten. Geführt werden, zum Beispiel, indem sie sich zu einer bestimmten Religion bekannten. Es blieb aber nicht dabei. Im Grunde brauchten sie eine klar definierte Hierarchie in allem, was sie taten.

Nicht mal, dass eine Lebensgemeinschaft ohne hierarchische Struktur funktionieren kann, konnten sie sich damals vorstellen, und tatsächlich gab es lange so gut wie keine Gemeinschaft ohne Führung. Entweder standen die Gründeren an der Spitze oder eine Handvoll Menschen, die sich dazu befugt erklärten, die Leitung zu übernehmen. Dies wurde, warum auch immer, von den anderen gebilligt. Nur schließen sich Hierarchie und Gleichberechtigung unvermeidlich aus.«

»Eine gewisse Hierarchie ist doch unabdingbar«, wendete Kevalam ein. »Auch Bienen brauchen eine Königin.«

»Kev, ich bin keine Biene und will auch keine werden, damit es klar ist.« Sie seufzte. »Leider gibt es noch etliche Menschen, die sich für Bienen oder Bienenköniginnen halten ...« Sie versank in Gedanken. In dieser Hinsicht war die Transition nicht ganz vollzogen und dies bedauerte sie sehr. Ja, die Menschen waren noch lange nicht geheilt.

»Es gibt noch Luft nach oben ...«, murmelte sie vor sich hin.

Kevalam ließ ein wenig Zeit verstreichen und fragte dann: »Zurück zu den Mentris?«

»Okay …« Sie schüttelte ein wenig ihre Schultern und ihre Arme. »Visionäreren heute, also Menschen, die ein Mentri entwickeln, stehen nicht über den anderen. Sie werden genauso Eleveren genannt. Ihre Aufgabe ist nicht, die Bewegungsfreiheit und Handlungsfreiheit der anderen Eleveren einzuschränken oder ihnen einen Lebens- oder Zeitplan von oben herab zu diktieren. Sie sind da, um Inspiration zu schenken.« Sie dachte nach. »Eine gewisse Leitung bieten sie natürlich auch an. Finde ich im Grunde prima. Ich habe nichts gegen Hüters, im Gegenteil. Ein wenig Geleit ist immer wieder angenehm und auch lehrreich. Aber warum sollte mane sich zu einem Mentri bekennen? Sich mit einem Werkzeug identifizieren? Mir käme es schon merkwürdig vor. Überflüssig im Grunde.«

»Eine explizite Zugehörigkeit birgt stets etwas Trennendes in sich«, flocht Kevalam ein. »Ist es vielleicht das, was dich dabei irritiert?«

»Ja … kann sein. Obwohl, wie schon erwähnt, juckt es scheinbar niemande, wie einere sihne Spiritualität auslebt.« Sie versank erneut in ihre Gedanken.

Kevalam unterbrach ihre Grübelei. »Gibt es jetzt auch Mentris, die Frauen ins Leben gerufen haben?« Ihm war aufgefallen, dass Saruj die genderneutrale Form für die Visionäre benutzt hatte.

»Es hat lange gedauert, bevor sich Frauen zugetraut haben, ihr Visionärinnendasein zu begrüßen, aber ja, es gibt welche. Tendenz steigend. Diese Mentris sind auffallend naturverbunden, kontemplativ, würde ich sogar sagen. Das Mysterium des Lebens im weitesten Sinne als solches anzunehmen und zu bewundern. Der Klang des Waldes, der Tanz fallender Blätter, die Majestät der Berge … Der Körper als Symbol einer göttlichen Inkarnation wird auch üppig zelebriert. Durch Rituale, Gesänge, Tänze, Gruppenumarmungen und so weiter, um Kontakt mit der kosmischen Energie aufzunehmen. Dazu kommt ganz groß die Achtsamkeit vor den Botschaften des weiblichen Zyklus. Insofern wird in typisch weiblichen Mentris keine Keuschheit praktiziert und, wenn überhaupt, nur phasenweise empfohlen.«

Saruj erzählte weiter. Sich zu einer Lehre zu bekennen, in der das Zölibat bindend war, wurde früher nicht nur eines spirituellen Hintergrunds wegen beschlossen. Manche Frauen wählten diesen Weg, unter anderem in Indien, um häuslicher Gewalt oder Armut zu entkommen. Auch die Tatsache, dass viele Sannyasins meist ein Leben lang überall auf der Welt in Kriegsgebieten oder anderen verwüsteten Gegenden Menschen in Not ehrenamtliche Hilfe anboten, ließ sich schwer mit dem Pflegen einer eigenen Familie vereinbaren. Diese logistischen Einwände waren alle nach der Transition obsolet geworden. Kriege und Armut gehörten der Vergangenheit an, und mit dem Verschwinden des Geldes und der daraus folgenden Tatsache, dass jede Handlung freiwillig geschah, wurde die Unterstützung der Menschen im Falle von Umweltkatastrophen anders organisiert. Sowohl die Einwohner der naheliegenden Gemeinschaften als auch Menschen, die sich auf dem nomadischen Weg befanden, standen selbstverständlich zur Hilfe bereit. Menschen, die Keuschheit gelobten, taten dies jetzt nur noch aus reiner Überzeugung. Ein späterer Widerruf dieser Entscheidung blieb ihnen jederzeit offen und wurde nicht als Versagen betrachtet.

Überdies hatte sich durch den Rückgang patriarchaler Strukturen und Mentalitäten der Umgang mit Sexualität grundlegend verändert. Im Schutz der Gemeinschaft wurde die Welt der Erotik mit ihren Herausforderungen sowie ihren Unsicherheiten offen besprochen. Junge Menschen bestimmten selbst, ohne jeglichen sozialen Druck, ab wann sie sich mit dem Thema befassen wollten. Dass manche früher und andere später in ihrem Leben Interesse oder Bereitschaft dazu zeigten, wurde nicht stigmatisiert. Dadurch konnte jeder in seinem eigenen Tempo eine gesunde und befriedigende Sexualität entfalten. Dementsprechend fanden sich nur wenige Menschen, die sich ein Leben lang einer gelebten Sexualität zu verschließen wünschten. Die Mentris, die florierten, waren jene, die den Geist wie auch den Körper zelebrierten. Mit all seinen Sinnen.

»Tja. Jedes Mentri ist ein Gemälde, das die Botschaft der Liebe auf seine eigene Weise darstellt«, fasste Saruj zusammen. »Welches Gemälde mane bevorzugt und für wie lange, ist im Grunde Geschmacksache.«

Kevalam und Saruj waren so vertieft in ihr Gespräch, dass sie, ohne es zu bemerken, immer langsamer gegangen waren. In der Ferne konnten sie noch die Gesänge der Pilgerkolonne hören, die vor ihnen am Seeufer schlenderte. Sie spürten kein Bedürfnis, ihr Tempo zu beschleunigen, dennoch entschieden sie eine Weile in Stille zu gehen, um die Kolonne nicht ganz aus den Augen zu verlieren. Von Naturklängen war in der Nähe des trostlosen Sees kaum etwas zu hören. Erfreulicherweise schien die Sonne hoch in einem freien blauen Himmel und erhellte die morbide Stimmung dieser geschwächten Landschaft.

Unvermittelt fragte Kevalam: »Glaubst du an Gott?«

»Du stellst Fragen!«, musste sie erstmal klarstellen. »Ich glaube ...« Sie unterbrach sich selbst. »Iiii! Das Wort ›glauben‹ in diesem Kontext tut schon mal direkt weh.« Sie stieß einen Seufzer aus. »Also mit dem Glauben an einen personifizierten Gott, eine getrennte Entität, die uns nach ihrem Abbild geschaffen haben soll, kann ich rein gar nichts anfangen. Da kommen bei mir sofort Fragen auf wie: Sind alle anderen Lebewesen wie Ameisen, Rehe oder Delfine Fehlversuche? Was ist mit außerirdischen Wesen? Sind sie auch misslungene Entwürfe Gottes, oder gibt es per außerirdischer Gattung einen spezifischen Gott? Falls letzteres, würde es bedeuten, dass es echt viele Götter geben müsste. Ein polytheistisches Universum. Fände ich irgendwie ganz schick. Hm ... Es könnte aber auch sein, dass es anstatt endlos vieler Götter nur einen einzigen gibt, der chamäleonartig allen Wesen zugleich ähnelt ... oder mane geht einfach davon aus, dass Gott überall und alles ist. Poetisch betrachtet könnten dann die Sternenkonstellationen die Neuronen des Gehirns Gottes bilden und dieser Gott hätte ein Gehirn pro Galaxie.

Nur, egal wie, ob Gott eine getrennte Entität oder alles zugleich ist, das ändert nichts an dem großen Fragezeichen: Wenn Gott alles erschaffen hat, wer oder was hat Gott erschaffen? Und wenn Gott die gesamte universelle Energie ist, hat diese Energie sich selbst erschaffen? Wer hat den magischen Stein hingelegt, der irgendwann in einem Ur-Big-Bang explodiert ist? Wohnt ein weiterer Gott in einem parallelen Universum, der mit Steinen um sich wirft? Aber auch dieser Gott müsste von irgendwoher kommen oder sich selbst erschaffen haben. Wer legt die verflixten magischen Steine überall hin?« Sie lächelte geheimnisvoll. »Aber Achtung, jetzt kommt's: Wenn Gott sich außerhalb des Multiversums befindet, also da, wo nichts mehr ist, dann ist Gott nichts.«

»Glaubst du an Gott?«, fragte Kevalam erneut.

Sie schaute ihn an, von seiner Beharrlichkeit verdutzt. »Keine Ahnung«, gab sie zu. »Ehrlich. Ich komme zurzeit mit meiner aktuellen Theorie der Suppe einigermaßen zurecht. Die Suppe umfasst alles und drückt sich künstlerisch in vorübergehend physisch getrennten Einheiten aus. Alle durch die Bank meisterhaft gelungen. Okay. Anstatt Suppe kann mane natürlich auch Gott sagen. Insofern ja … vielleicht.« Sie überlegte. »Nee! Das Wort Gott wurde viel zu sehr für Indoktrination und Machtkämpfe aller Art ausgenutzt. Es trägt zu sehr einen unangenehmen Nachgeschmack mit sich. Das gefällt mir gar nicht. Dennoch ist ein Begriff schon praktisch, um die Urkraft der Schöpfung zu benennen. Deshalb nutze ich auch manchmal das Wort Gott. Aus reiner Faulheit würde ich mal sagen. Sei's drum. Vokabular hilft mir so oder so mit meiner Zaubersteinfrage nicht weiter. Woher kommen, verflixt nochmal, die magischen Steine her?«

Kevalam schaute sie ernsthaft an. »Sie waren immer da«, sagte er.

Sie erwiderte seinen Blick, seinen unkonventionellen Ansatz anerkennend. »Ja, Kev … vielleicht …« Dann drückte sie seine Hand, nachdenklich geworden. »Sie waren immer da«, wiederholte sie leise, um es sich zu merken.

Das Piepsen eines Wasserhuhnes wurde in der Nähe hörbar. Saruj hob den Finger hoch, um Kevalam darauf aufmerksam zu machen, und lächelte. Es war seit dem kurzen Erscheinen der zwei jungen Rehe das erste Lebenszeichen, das sie, abgesehen von unbesiegbaren Mücken, wahrgenommen hatten.

Sie drehte sich zu ihm. »Und du, Kevalam, glaubst du an Gott?«

Er schüttelte den Kopf. »Nein, ich glaube nicht an Gott. Ich gehe davon aus, dass Religionen ein Ausdruck der Machtlosigkeit der Menschen sind, in Anbetracht der Tatsache, dass sie noch nicht alles wissenschaftlich erklären können. Menschen erfinden Götter, um ein wenig Ruhe in ihre Ratlosigkeit zu bringen. Meinerseits verbleibe ich lieber in deinem Fragezeichen …« Er hielt kurz inne, unsicher, ob er das Folgende sagen oder es für sich behalten sollte. Dann traute er sich doch: »Ich bezweifle sogar die mögliche Wirkung betender Menschen, um einen kaputten See.«

Obwohl Saruj keine Anzeichen machte, über sein Geständnis schockiert zu sein, versuchte er, seine Aussage ein wenig abzumildern: »Meine Mutter hingegen, die, soweit ich es aus den mir erzählten Geschichten heraushören konnte, gern an alles Mögliche glaubte, hätte deine Suppentheorie bestimmt geliebt. Ich mag deine Idee irgendwie auch …«

Er wurde von dem Wasserhuhn unterbrochen. Sie blieben einen Moment lang stehen, wartend, ob es abermals rufen würde. Vergeblich. Nichts mehr, außer den fernen Gesängen der Pilger zeigte Leben. Sie machten sich erneut auf den Weg.

»Dennoch«, fuhr er fort, »ist mir immer noch nicht klar, wie ihr es schafft, trotz so vieler verschiedener Glaubensrichtungen friedlich miteinander zu koexistieren. Die Religionen sind doch an allen Kriegen schuld.«

»Der kleine Prinz verzichtete niemals auf eine Frage, wenn er sie einmal gestellt hatte«, zitierte Saruj aus ihrem Lieblingsbuch. Sie lächelte ihn amüsiert an. Dann streckte sie sich ein wenig und fuhr fort: »Also. Völker, bei denen mehrere Religionen nebeneinander praktiziert wurden und wo die Menschen trotzdem friedlich miteinander lebten, gab es schon immer. Es geht also doch. Was die so genannten Religionskriege anbelangt, ging es – meiner Meinung nach – mehr um Macht und um Besitz als um Glauben. Religionen wurden nur dafür instrumentalisiert. Ist auch super praktisch. Du kennst ›die‹ Wahrheit, und die anderen irren sich alle. Und falls sie sich nicht überreden lassen, aus ihren ›falschen‹ Ansichten gerettet zu werden, dann: zwingen oder umbringen.

Die Andersglaubenden wurden allerdings nicht in erster Linie zu Feinderen erklärt, weil sie das falsche Gebet auswendig kannten, sondern weil sie am eigenen Unglück für schuldig erklärt wurden. Schuld an Armut oder schuld am schlechten Wetter. Hauptsache schuld. Wofür auch immer. Es hing davon ab, welche Probleme akut anstanden. So funktioniert Propaganda … so ungefähr. Mit Angst kann man auf alle Fälle wunderbar Feindbilder aufbauen.«

»Was ist mit den kirchlichen Missionaren? Bei denen ging es doch ganz offensichtlich um Religion«, erwiderte er.

»Frustrierte, rassistische, chauvinistische Typen, die mit dem urtümlichen Wissen, vor allem weiblichem Wissen und Weiblichkeit überhaupt, nicht zurechtkamen«, antwortete sie karg.

»Wieso weiblich?«, fragte Kevalam etwas stutzig.

»Es passte nicht in das begrenzte Weltbild dieser Männer, dass bei manchen afrikanischen Völkern, die noch nicht vom Patriarchat befallen worden waren, Frauen ihre Sexualität hemmungslos genossen und ihren Männern gegenüber gleichberechtigt waren. Ihr männlicher Gott sollte doch die Menschen nach seinem Abbild erschaffen haben, also konnten Frauen nur misslungene Exponate sein. Hatten wir vorhin schon. Laut dieses Totschlagarguments waren Frauen minderwertig, verachtenswert und notfalls mit Gewalt zum Verstummen zu bringen. Diese Typen haben somit verdammt viel Unheil angerichtet. Und nebenbei massiv viel Land geraubt – also ging es diesen Männern im Endeffekt doch um Gier.«

Saruj wurde still. Das alles waren rationale Erklärungen. Sie spürte, dass es bei der Gewalt der Missionare um etwas Tieferes ging. Ähnlich, wie es bei der Hexenverfolgung, die das Leben unzähliger Frauen samt deren wertvollem Wissen gekostet hatte, nicht nur um Geld ging. Sicher war es ein wesentliches Problem, dass Frauen, die, wenn sie in gebärfähigem Alter waren, ihre Sexualität sorgenfrei ausleben konnten, weil sie über ein Verhütungswissen verfügten, das von Frau zu Frau durch Generationen weitergegeben wurde. Somit konnten sie entscheiden, meist aus ökonomischen Gründen, wenige oder gar keine Kinder zu gebären. Um den Profit der reichen Landbesitzer zu erhöhen und die Geburtsraten anzukurbeln, musste deshalb dieses Wissen in Vergessenheit geraten. Am besten, indem seine Trägerinnen, die sogenannten Hexen, sowie die Menschen, die mit ihnen in Verbindung standen, ausgerottet wurden. Die reiche Elite bezahlte die Kirche für diese ›Säuberungsarbeit‹ und bekam dafür neugeborene Steuerzahler. Die Henker und die Denunzianten wurden auch bezahlt. Sachlich betrachtet, ging es also um Geld.

Das war aber nicht alles.

»Es ging um Angst«, sagte sie nachdenklich. Ihre Stimme war jetzt besonders ruhig und klar. »Es ging um die Angst der Männer vor ihrer eigenen Weiblichkeit, um ihre Angst vor Empathie und vor Liebe. Um ihre Angst vor Frauen.

In Zeiten, in denen begonnen wurde, alles rational erklären zu wollen, waren Frauen, die ohne jegliche Bedienungsanleitung das Leben tragen und gebären, und dies auch noch an dem gleichen Ort, wo sich eine unheimliche Lustquelle befindet, furchterregend. Diese Wesen mussten gebändigt und unter Kontrolle gehalten werden. Deren Körper wurden zerrissen und anatomisch Stück für Stück analysiert – was nebenbei erwähnt bei der Hexenverfolgung tatsächlich stattgefunden hat und somit den Grundstein der Anatomie legte.

Ältere weise oder unverheiratete Frauen mit freiem Geist, die nicht unter der Kontrolle von Männern standen, verkörperten diese Ängste am deutlichsten und wurden deshalb als primäre Zielscheibe gewählt. Sie wurden ermordet, und ihr mit reiner Logik nicht beweisbares Wissen geriet in Vergessenheit.«

Abermals wurde sie still. Die Aufarbeitung der Hexenverfolgung war eine wichtige und schwierige Aufgabe der Transition gewesen. Saruj fand, dass ein wenig Unterstützung seitens der älteren Mystiker und vor allem von Didi, die sich mit der Thematik viele Jahre befasst hatte, willkommen wäre.

»Es ist wie mit den Religionen«, unterbrach Kevalam ihr Nachdenken. »Solange man darauf beharrt, das Unerklärbare wissenschaftlich beleuchten zu wollen, werden allmächtige Götter benötigt und die Ungläubigen verflucht. Bis endlich akzeptiert wird, dass wir nichts wissen.«

»Damit hast du die Antwort auf deine Frage, wie wir friedlich miteinander leben«, begrüßte sie erfreut seine Schlussfolgerung. »Akzeptieren, dass wir nicht alles erklären und beweisen können, das ist die Antwort. Die Ratlosigkeit begrüßen. Und respektieren, dass manche Menschen das Unerklärbare als Gott bezeichnen mögen oder das Unerklärbare nicht ertragen und weiterhin – für sich – eine Antwort in einem Gott suchen. Die Gewissheit begrüßen, dass höchstwahrscheinlich niemande die absolute Wahrheit kennt. Mentris sind Wegweiser, Kev. Es geht nicht um Recht, sondern um Liebe.«

Der kleine Verehrer von Saruj kam rennend hinzu. Die Kinder hatten auf Saruj gewartet und wollten eine neue Geschichte hören.

»Wie heißt du eigentlich, kleiner Prinz?«, fragte Saruj.

»Arthur«, antwortete der Bub.

Saruj lächelte ihm offen zu, besonders erfreut, dass ausgerechnet ihr Goldbengel der Sohn von Yuma war. »Oh, du bist also kein Prinz, sondern schon ein König.« Sie erwies ihm mit einer demütigen Miene eine fast perfekte Reverenz. »Da darf ich deine Bitte nicht ablehnen.«

»Ja? Erzählst du uns jetzt eine Geschichte?«, wollte er sicher sein.

Sie lockerte sich die Schultern, und ohne einen Schimmer Ahnung zu haben, was sie für eine Geschichte erzählen würde, begann sie zu sprechen: »Es war einmal …« Ihr fiel nichts ein.

Sie streckte sich noch ein wenig, um Zeit zu schinden, und beobachtete dabei Kevalam. ›Natürlich‹, dachte sie.

Sie begann zu erzählen: »Es war einmal eine Mutter, die viele Söhne hatte. Sie lebten in einem angenehm warmen Wald, wo an den Bäumen viele Früchte gediehen, saubere Flüsse frisches Wasser lieferten und es genug natürliche Höhlen gab, wo sie Schutz finden konnten. Die Kinder waren sehr lebhaft. Sie rauften gern aus Spaß miteinander und mochten es, Baumhäuser zu bauen. Ihre Mutter liebten sie über alles und sie achteten sehr darauf, dass diese alles bekam, was sie brauchte. Sie sammelten für sie Wasser und frisches Obst, und nachts hielten ein paar Kinder Wache am Feuer, damit sie nicht von wilden Tieren angefallen wurde. Diese Maßnahme wäre allerdings, zumindest was die Mutter betraf, nicht notwendig gewesen. Sie konnte wortlos mit allen Tieren kommunizieren und hätte es sich zwischen einer Klapperschlange, einem Smilodon und einem Pteranodon angenehm kuschelig machen können.«

»Aber all diese Tiere haben doch nie zusammengelebt«, wandte Arthur empört ein.

»Ich wollte sicher sein, dass du zuhörst«, behauptete Saruj.

Er schaute sie entgeistert an.

»Nein, natürlich nicht. Du bist doch ein Held des Zuhörens! Das war vorhin nur so zum Spaß. Klapperschlangen gab es dort nicht. Die Mutter hätte es sich zwischen einem Kaiman, einem Pfeilgiftfrosch und einer Anakonda gemütlich machen können. Passt es jetzt, lieber Arturio?«

»Ja«, sagte der Bub zufrieden. »Und sie lebten am Amazonas«, fügte er abgeklärt hinzu.

»Ich kann dir nichts verheimlichen«, stellte Saruj fest und lachte innerlich, überwältigt von seiner hinreißenden Art.

Sie fuhr fort: »Die Mutter war besonders liebevoll zu ihren Söhnen. Sie sprach zwar nicht, dafür sang sie tagelang wunderschöne Lieder. Und dabei tanzte sie so schön und so frei, dass es eine Freude war, sie anzusehen. Gemeinsam lebten sie glücklich und machten sich um die Zukunft keine Gedanken.«

»Jetzt kommt's«, sagte das kluge Köpfchen, sichtlich aufgeregt und nahm ihre Hand.

Saruj lächelte ihn entzückt an und erzählte weiter: »Eines Tages spuckte ein großer Vulkan so viel Feuer, dass der Wald in riesigen Flammen aufging. Sie schafften es, sich in eine Höhle zu retten, aber zu Essen gab es nichts mehr. Die Söhne gingen auf der Suche nach Nahrung in den verbrannten Wald. Sie fanden halbverkohlte Tiere und brachten sie heim. Zu ihrer Enttäuschung wollte aber die Mutter den Leib der toten Tiere nicht anfassen. Lieber würde sie fasten. Die Kinder wiederum hatten so großen Hunger, dass sie sich untereinander das Fleisch teilten und aßen. Ein paar Früchte fanden sie doch für ihre Mutter, aber dafür mussten sie sehr weit in den Wald laufen.

Das Essen wurde immer knapper. Es fing an, Streitereien zu geben. Die Söhne begannen, genauer hinzuschauen, wer was für sich nahm, und um es besser vergleichen zu können, erfanden sie das Zählen. Damit das Rechnen einfacher wurde, benutzten sie kleine Edelsteine, die sie im Fluss entdeckt hatten.«

»Sie hatten das Geld erfunden«, rief Arthur.

»Genau. Sie hatten das Geld erfunden. Damit sollte alles gerechter werden. Jeden Tag schenkte ein Kind, immer abwechselnd, der Mutter einen farbigen Stein. Nur konnte sie selbst nicht zählen. Mit den Steinen begann sie die Wände der gemeinsamen Höhle zu dekorieren oder machte damit schönen Schmuck. Von Zeit zu Zeit schnappte sie sich, ohne zu fragen ein Stück Obst und gab keinen Stein retour. Die Söhne waren sehr irritiert und versuchten mehrmals, ihr klarzumachen, dass jetzt fürs Essen bezahlt werden sollte, aber sie verstand die Bedeutung ihrer Worte nicht. Die Ängste aber, die ihre Kinder vor dem Sterben hatten, die hörte sie. Wie auch deren Angst, dass sie selbst sterben würde.

Um den Tod machte sich die Mutter keine Gedanken. Für sie war das Leben eins. Wenn ein Blatt von einem Baum fiel, würden an seiner Stelle neue Blätter wachsen. Wenn der Baum selbst verging, würde er Platz für neue Bäume schenken. Auch jetzt, als der Wald verbrannt war, war auf das Leben Verlass. Der Wald würde sich mit der Zeit sicher erholen.

Sie sang weiter. Ein wenig wehmütig jedoch, weil es sie sehr schmerzte, zuzusehen, wie ihre Kinder, einst so friedlich und glücklich miteinander, sich jetzt gegenseitig mit Gier und Neid beobachteten. Das frisch erfundene Geld hatte deren Reibereien nicht gelöst. Vielmehr hatten die stärkeren Kinder damit begonnen, die schwächeren zu plündern und die größeren überlisteten die jüngeren mit krummen Abmachungen, die die Kleinen nicht verstanden. Ihre bösen Taten rechtfertigten sie damit, dass sie größer waren und dementsprechend mehr Essen brauchten oder klüger waren und deshalb mehr Rechte hatten. Erschwerend kam hinzu, dass es meist die älteren, kräftigeren Kinder waren, die es von Zeit zu Zeit schafften, ein Tier zu erlegen. Die erfolgreichen Jäger verkauften das Fleisch an die schwächeren weiter und wurden immer reicher.

Insgeheim aber schämten sie sich vor ihren abgemagerten, kleineren Brüdern. Und vor allem vor ihrer Mutter. Ihre Gesänge über die Liebe und das Einssein wollten sie nicht mehr hören, bald verstanden sie sie nicht mal mehr. Sie fanden diese Töne nur noch unheimlich. Warum sprach sie nicht, wenn sie etwas zu sagen hatte. Ihr Singsang störte doch nur beim Zählen. Zeit, um ihre Tänze zu bewundern, fanden sie auch kaum noch. Sie gaben ihr lediglich manche Obststücke, damit sie nicht starb, aber mehr auch nicht. Manchmal warfen sie ihr sogar eine Frucht an den Kopf. Ohne wirklich zu verstehen, warum, hatte sich die Liebe zu ihrer Mutter in eine Mischung aus Unbehagen und Verachtung verwandelt. Die vereinsamte Mutter fiel in eine tiefe Trauer. Ihre Lieder verstummten und tanzen tat sie auch nicht mehr.«

Saruj hörte mit reden auf und Arthur wurde bald ungeduldig. »Und? Was geschah dann?«, fragte er.

»Tja, was denkst du?«, fragte ihn Saruj.

»Ich weiß es nicht, ich kenne doch deine Geschichte nicht«, erwiderte er konsterniert.

Saruj kniete sich nieder, um den Bub auf Augenhöhe ansprechen zu können. »Weißt du, lieber Arturio, als ihr zu mir gekommen seid, war ich in einem Gespräch mit Kevalam, und ich habe mir, ich gebe es zu, diese Geschichte in erster Linie für ihn ausgesucht. Der Pteranodon war allerdings nur für dich.« Sie schaute den Knaben mit hochgezogenen Augenbrauen an und nickte bejahend dabei, um ihm zu versichern, dass sie die Wahrheit sagte. »Ich wollte meinem Freund mit einer Metapher das Schlamassel beschreiben, in dem die Menschen vor der Transition gelebt haben. Wie die Geschichte weiter geht, ist also die der Transition.«

»Manche Kinder haben wieder begonnen, der Mutter beim Singen zuzuhören, und mit ihr zusammen haben sie sich ohne Steine das Essen geteilt«, sagte der Bub, zuversichtlich, dass es die passende Antwort war.

»Hey yo, du bist ja ein Fuchs. Nächstes Mal möchte ich gern eine Geschichte von dir hören. Echt jetzt.« Saruj war tatsächlich beeindruckt.

Zusammen mit den anderen Kindern rannte Arthur davon. »Dann wuchs der Wald wieder und es gab wieder genug für alle«, rief er noch.

ES BRAUCHTE KEINE WORTE MEHR

Die Pilger waren am Ziel angekommen. Am Rande des Sees hatten die Bewohner der naheliegenden Dörfer ein Picknick bereitgestellt. Viele Dorfbewohner wollten sich der Reinigungszeremonie am See anschließen. Vorgesehen war, am späten Nachmittag den runden See mit einer Kette aus Menschen zu umarmen. Um einen Abstand von etwa drei Metern zwischen jeder Person zu gewährleisten, hätte man – ohne die kleinen Kinder zu zählen, die möglicherweise lieber in den Armen eines Erwachsenen bleiben würden – um die 1150 Menschen dabeihaben müssen. Also mehr als die Anzahl der gegenwärtigen Pilger. Eine Anfrage wurde dafür in einem extra dafür ins Leben gerufenen Subforum des Fukushima Fundation Forums gestellt und hatte Anklang gefunden. Fast 900 Menschen hatten sich daraufhin für die Zeremonie gemeldet.

Kevalam und Saruj kamen als letzte zu dem kleinen See. Sie näherten sich den langen, tragbaren Holztischen, auf denen Essen präsentiert wurde.

»Toll, Essen«, rief Saruj. Sie streckte theatralisch beide Arme vor sich, gleich wie ein verlorener Mensch in der Wüste, dem man eine Flasche Wasser reicht. »Ich sterbe bald vor Hunger.«

»So ist es, wenn man dauernd trödelt«, bemerkte Kevalam vorwurfsvoll und zeigte auf die wenigen Essensreste, die von den liebevoll zubereiteten Speisen übrig geblieben waren.

»Hey?«, wunderte sich Saruj. »Es gibt doch genug.«

Er ignorierte ihre Bemerkung. Das Essen war nicht wirklich das Problem. Er war nur insgeheim gekränkt, dass sich ihm gegenüber ein Dreikäsehoch wie Arthur auffallend überlegen gezeigt hatte. Auf die Lösungsidee des Achtjährigen wäre er nicht so schnell gekommen.

Sie zuckte kurz mit den Schultern. Seinen jetzigen Missmut konnte sie wirklich nicht nachvollziehen. Sie ging letztlich davon aus, dass er bloß hungrig war, deshalb gereizt, und widmete sich zusammen mit Didi der Gestaltung von drei Bambustellern mit unterschiedlicher Kost.

»Wir waren vorhin nicht mit der Transition beschäftigt, sondern mit der Hexenverfolgung. Wenn damit ein Zusammenhang zu deiner Geschichte bestehen sollte, finde ich ihn durchaus kryptisch«, sagte er unvermittelt und ein wenig schroff.

Die Sannyasinii wurde hellhörig. Sie hatte sich intensiv mit dem Thema Patriarchat beschäftigt und diesbezüglich während der Transition viel Aufklärungsarbeit geleistet. Für schwer missbrauchte Frauen und Kinder hatte sie sich weltweit engagiert. Dort, wo Kriege bebten, Umweltkatastrophen ganze Regionen in Armut stürzten oder auch wo Bürgerbewegungen gewaltvoll unterdrückt wurden, war sie da und bot den Schwächsten der Allerschwächsten ihre Hilfe an. Ein Leben lang. Sie hatte das tiefste Elend, das Unsagbare, mit ihren eigenen Augen gesehen. Die Hölle auf Erden. Bilder, die jeden vor absoluter Verzweiflung auf die Knie gezwungen hätten. Dass sie nicht selber unterging, verdankte sie ihrer strengen spirituellen Praxis, die sie zwischen Gewehrschüssen und verängstigten Schreien, so gut es ging, einhielt. Sie wusste, dass sie selber seelisch gesund bleiben musste, um den niedergeschmetterten Menschen weiterhelfen zu können, ohne dabei selbst zugrunde zu gehen. Bei dem Thema Frauenunterdrückung und Patriarchat war mit ihr nicht zu spaßen.

Saruj nahm sich noch die Zeit, die drei Teller mit Brombeeren und Walnüssen zu dekorieren, bevor sie sich Kevalam zuwandte: »Wie kommst denn darauf, dass es zu unserem Gespräch einen direkten Zusammenhang geben sollte? Allerdings steht hinter dieser einen Metapher, die die Zeit vor der Transition beschreibt, eine weitere, die dich vielleicht interessieren könnte. Willst du davon was hören?«

Er nickte mit einem Brummen, das wie ein Ja klang.

»Okay.« Saruj nahm eine Walnuss von ihrem Teller, und kurz bevor sie die Nuss in den Mund steckte, überlegte sie es sich anders. Sie legte den gehirnförmigen Samenkern in die flache Hand und zeigte auf dessen rechten Seite. »Die Mutter symbolisiert unsere rechte Gehirnhemisphäre …« Sie unterbrach sich. »Ach ja, bevor du meckerst: Die Metapher mit den Gehirnhälften ist lediglich ein Kunstgriff von mir. Wissenschaftlich nicht komplett absurd, aber auch nicht ganz korrekt. Nun, da die Neuroanatomie sich dauernd weiterentwickelt und ununterbrochen Erkenntnisse widerlegt oder neue aufstellt, kann man im Grunde behaupten, was immer mane möchte. Wunderbar.« Sie lachte.

Dann zeigte sie erneut auf die Nuss. »Also. Die rechte Gehirnhemisphäre, so wie die Mutter in der Legende, kann weder zählen noch reden. Sie ist nur Liebe, bedingungslos und erwartungslos. Sie steht für das Einssein mit dem Universum. Mir gefällt deshalb die Idee, dass alle unsere rechten Gehirnhälften auf einer subtilen Ebene miteinander verbunden sind. Eins sind. Darum gibt es in der Geschichte nur eine Mutter.«

Sie zeigte auf die andere Hälfte der Nuss. »Die Söhne stehen für unsere linken Gehirnhemisphären. Für individuelle Grenzen und logisches Denken. Es gibt eine linke Gehirnhemisphäre pro Mensche, und sie sind voneinander getrennt. Miteinander kommunizieren tun sie hauptsächlich durch die Sprache. Die linken Gehirnhemisphären sind auch diejenigen, die zählen können. Insofern können es nur die Söhne sein, beziehungsweise die linken Gehirnhälften, die das Geld erfunden haben …«

»Warum gibt es keine Töchter in deiner Geschichte?«, unterbrach er sie.

»Weil die rechte Gehirnhemisphäre gern als weiblich beschrieben wird und die linke als männlich«, erläuterte sie. »Wenn mane sich die Attribute, die beiden Gehirnseiten gewöhnlich zugeordnet werden, näher anschaut, ist auch definitiv was dran.« Sie warf die Nuss in ihren Mund.

»Wenn also das Geld an allem schuld ist, sind die Männer an allem schuld«, wies er pikiert hin. »Das ist schlicht diskriminierend!«

Saruj fragte sich, was bei ihm vorgefallen war und was seine Aggression zu bedeuten hatte, aber sie hielt sich zurück und erklärte pragmatisch: »Es geht hier nicht um Schuld. Guck, die Mutter hat gesungen, getanzt und die Sonne genossen. Sie lebte in völliger Einheit mit allen und allem, aber gegessen hätte sie, wenn die Söhne sie nicht versorgt hätten, nur was in ihrer direkten Nähe wuchs. Es wäre ihr nicht eingefallen, sich einen Vorrat an Essen zuzulegen oder ein Haus mit Dach und Tür zu bauen, um sich vor Kälte und wilden Tieren zu schützen. Ohne die Söhne wäre sie in Mangelzeiten möglicherweise verhungert oder erfroren. Also die Mutter so wie die Söhne sind gleich wichtig, nur auf eine andere Weise.«

Er schaute sie weiterhin irritiert an.

Obwohl sie Hunger hatte, entschied sie, ihre Gehirnhälftentheorie ein wenig ausführlicher zu erläutern und seinen Einwand zunächst beiseite zu lassen: »Die Söhne in der Geschichte, sowie die linken Gehirnhemisphären, sind für das Überleben des Individuums zuständig. Als es einen Mangel gab, haben sie entschieden, auf Berechnungen und auf Kontrolle zu setzen. Es schien ein sichere Überlebensstrategie zu sein, ihr Vertrauen zueinander durch das Vertrauen in Geld zu ersetzen. Im Grunde war also die Erfindung des Geldes eine Antwort auf ihre Angst vor dem Tod.

Im Gegensatz zu den Söhnen hat die Mutter solche Ängste nicht. Sie ist ein rein spirituelles Wesen. Sie lebt im Hier und Jetzt, und der Tod an sich ist für sie nicht das Ende der Besen. Alle bleiben Teil der Suppe, lebendig oder tot. Das Leben hört nie auf.

Aber jetzt kommt's. Früher haben Menschen Geld wie blöd gehortet. Wie für die Söhne in der Legende war es mit einem Gefühl der Sicherheit verknüpft. Mit einer Summe X an Geld konnten sie ihr eigenes Überleben sichern, mit ein wenig mehr das ihrer Familie, mit noch mehr das ihrer Freunde, Landsleute und so weiter. Für jetzt, für morgen und am besten ›für immer‹. Nur wurde die Erleichterung, die der Besitz von Geld mit sich brachte, mit Glück verwechselt: ›Das Glück der linken Gehirnhemisphäre‹, sage ich gerne dazu. Geld gewinnen, Geld vermehren, Geld anhäufen, das alles wurde wie kurze intensive Kicks des Glücks empfunden, die mit der Zeit zur Sucht wurden. Wirklich glücklich waren die Menschen trotzdem nicht. Sicherheit ist zwar ein wichtiges Bedürfnis, aber Glück ist etwas anderes.

Nur wurde, um das Bedürfnis nach Sicherheit der linken Gehirnhemisphären zu stillen – und so ihre Angst vor dem Tod zu mildern –, das der rechten vergessen, also die Verbundenheit miteinander. Das Einssein. Meines Erachtens nach das wahre Glück. Das Absurde daran war, dass dieses Bedürfnis nach Sicherheit nicht einmal mit Geld voll befriedigt werden konnte. Geld ist nur etwas wert, solange es von anderen Menschen anerkannt wird, und Zahlen an sich sind sowieso nichts wert. Zahlen kann mane bekanntlich nicht essen.«

Sie betrachtete ihren kaum angerührten Teller. »Echt, mit dir kommt mane gar nicht zum Futtern.« Daraufhin nahm sie sich ein Stück Melone und sprach mit vollem Mund weiter: »Raus aus dem Salat kamen die Menschen erst, als sie erkannten, wie sehr die Fähigkeiten der rechten Gehirnhemisphäre durch die Hegemonie der linken unterdrückt wurden. Anders ausgedrückt, wie sehr die materielle, rationelle Welt die Vorherrschaft über die spirituelle eingenommen hatte, beziehungsweise das Männliche über das Weibliche. Und demzufolge dem spirituellen, weiblichen Wissen unserer rechten Gehirnhemisphäre mehr Aufmerksamkeit schenkten – sprich, als sich die Söhne wieder den Weisheiten der Mutter öffneten.«

Sie zeigte auf sein Essen, das er in seiner Gereiztheit ignoriert hatte. Er zog den Teller einen Deut näher zu sich hin und beachtete ihn nicht weiter. Trotz der ausführlichen Erläuterung von Saruj war er weiterhin unglücklich in seiner vermeintlichen Annahme, als Mann zu den ›Bösen‹ zu zählen.

»Es hätte doch Söhne gegeben, die lieber miteinander geteilt und das Geld abgelehnt hätten«, sagte er schroff. »Dieses Mann-Frau Denken ist so was von kontraproduktiv!«

Saruj fragte sich, ob er überhaupt verstanden hatte, was sie ihm zuvor erklärt hatte. »Hey, yo! Du hast doch zwei Gehirnhälften im Kopf, oder? Warum spielst du jetzt beleidigt wie ein egozentrischer kleiner Junge?«

»Du klingst wie eine hysterische Feministin!«, konterte er. Ihm war bewusst, dass er damit übertrieben hatte, aber die Bemerkung von Saruj hatte ihn auch getroffen. Um seine Verlegenheit zu verbergen, widmete er sich doch seinem Teller, und ohne zu merken, wie sehr es zu seinem Diskurs passte, teilte er mit dem Messer eine Walnuss entzwei. Dann nahm er seine Gabel mit der Absicht, eine Nusshälfte aufzuspießen. Ein zum Scheitern verurteilter Versuch, Saruj für ihre zwanglosen Essmanieren zu blamieren.

Didi hatte die Diskussion still verfolgt. Jetzt fand sie, dass es der richtige Zeitpunkt war, sich einzumischen. »Kevalam, warum fühlst du dich persönlich angegriffen?«, fragte sie ihn.

Er legte seine Gabel wieder hin. »Weil ich mich mit diesem Bild des Mannes in keiner Weise identifizieren kann. Weil man mit solchen Konzepten umso mehr die Frauen von den Männern trennt. Das kann doch nicht in eurem Sinne sein.«

»Abgesehen davon, dass weder ich noch Saruj Menschen streng dichotomisch in Frauen und Männer spalten, ging es beim Patriarchat – in der Tat – um die Herrschaft von Männern über Frauen.«

»Das Patriarchat war doch längst vor der Transition abgeschafft worden«, wandte er ein. »Zumindest in westlichen Kulturen.«

»Kevalam, das Ablegen patriarchaler Strukturen, die vor mehr als 8000 Jahren begonnen und allmählich fast alle Zivilisationen infiltriert hatten, war eine der größten Herausforderungen der Transition. Und es ging genau darum, Frauen aus dem Diktat dieser von Männern für Männer errichteten Gesellschaft zu befreien.«

Saruj schaute Didi an und war so perplex, dass sie kurz vergaß, an einem wunderbar leckeren Stück Melone zu kauen, das schon in ihrem Mund wartete. War da Ärger in Didis Augen zu sehen? Ihre Stimme war friedlich geblieben, aber ihr ewiges Lächeln fehlte.

»Mich regt deine Bemerkung auf«, fuhr Didi fort, »weil es genau solche sensiblen, intelligenten Männer wie du waren, die durch übereilte Kritik die Aufklärungsarbeit der Feministinnen und Feministen bremsten. Und ja, es stimmt, manche Feministinnen waren aggressiv und einige sogar sexistisch. Eine Wut, die zu bedauern ist, jedoch nachvollziehbar, wenn mane die Situation der Frauen zu jener Zeit genauer betrachtet. Auch das Wort Feminismus war sicher problematisch, weil es nicht selten als diskriminierend empfunden wurde. Feminismus: Für die Frauen. Ein Begriff, der Männer ausschließt. Mit dieser Wortwahl verbrannten sich die Frauen regelrecht die Finger. Währenddessen aber wurde eine Grammatik benutzt, die Frauen tagtäglich in den Hintergrund stellte. Nicht, dass das eine Übel ein anderes rechtfertigt, aber erwähnenswert ist es schon, um sich die Situation in ihrem Kontext vorstellen zu können.«

Saruj mischte sich ein: »Kev, warum findest du es bedrohlich, wenn sich Leute speziell für Frauen einsetzen? Bist du als Mann besorgt, dass du dadurch manche deiner Rechte an Frauen abgibst? Und folglich Macht über sie verlierst?« Sie biss genüsslich in ein kleines Canapé, gefüllt mit grünem Salat, Gurken, Sprossen und einer fantastischen Dattel- und Tahinsoße. »Es ist doch schlicht idiotisch, sich dem vollen Potential der Hälfte der Menschheit zu versperren.« Dann nahm sie sich die Zeit, den leckeren Bissen zu Ende zu kauen. »Guck, sich für Frauen einzusetzen, bedeutete nicht, dass mane Männer ausrotten wollte, sondern die Qualität der Beziehung zwischen den Geschlechtern zu verbessern versuchte. Damit sie sich schließlich auf Augenhöhe begegnen – in Liebe also. Es war doch für alle ein Gewinn!«

»Warum nicht ›Gleichismus‹ oder ›Für die Gleichstellung von Frauen und Männern‹?«, schlug er verbissen vor.

»›Gleichismus‹ ist nicht das, was Frauen brauchen«, übernahm Didi. »Natürlich war es zunächst wichtig, dass Frauen gesetzlich die gleichen Rechte wie Männer bekamen. Das Recht einer Frau, ihrem Mann zu widersprechen, das Recht, selbstständig ein Konto zu eröffnen, das Wahlrecht und so weiter. Aber es ging auch darum, dass man ihre geschlechtsspezifischen Unterschiede und Bedürfnisse anerkannte und berücksichtigte.

Es war eine Zumutung zu erwarten, dass Frauen, die im Gegensatz zu Männern während des Großteils ihres Daseins zyklische Rhythmen durchleben – körperlich unter anderem durch die Monatsblutungen sichtbar –, stets gleich wie Männer funktionieren mussten.«

Kevalam beobachtete ein wenig neidisch, wie Saruj Essensreste aus ihrem Teller mit dem Finger ausstrich. Er hatte Hunger. Er wusste aber nicht, wann er sich eine Pause gönnen konnte, ohne seiner Ansicht nach unhöflich zu wirken, und im Gegensatz zu seiner Freundin konnte er schwer zuhören, sprechen und essen zugleich. Geschweige denn, mit den Fingern seinen Teller säubern. Trotzig versuchte er erneut mit der Gabel die halbe Walnuss aufzuspießen, die er vorhin liegen gelassen hatte. Genau in diesem Moment aber fiel ihm etwas ein: »Gleichismus könnte bedeuten, dass sich die Frauen an diesen Tagen krankmelden können.«

Didi schaute ihn verdutzt an. »Kevalam, Menstruation ist keine Krankheit.«

Daraufhin flog die halbe Nuss heil von seinem Teller herunter. Saruj bückte sich, um das Stück Nuss aufzuheben, legte es auf den Rand seines Tellers zurück und schenkte ihm dabei ein legeres Katzengrinsen.

Didi hatte währenddessen weitergesprochen: »Die Menstruation ist eine reinigende Kraftquelle. Jede Monatszyklusphase hat eine eigene spirituelle Bedeutung und bringt eine bestimmte Qualität im Leben einer Frau mit sich. All dies wurde in patriarchalen Gesellschaften rundweg missachtet. Verleugnet. Verdrängt. Tabuisiert. Von den Männern ebenso wie von den Frauen.

Frauen schämten sich, nicht genauso zu funktionieren wie Männer, und zögerten nicht davor, ihre ›Launen‹ mit Hormonen zu unterdrücken. Ihre Blutungen empfanden sie lediglich als eine Last und sie taten alles dafür, dass diese unbemerkt blieben. Sexistische Kommentare ernteten sie trotzdem. Schnell wurden Sprüche abgefeuert wie: ›Sie ist ja chronisch hormonell verstimmt‹, wenn eine Frau sich beispielsweise erlaubte, bei einer Arbeitsbesprechung eine Entscheidung in Frage zu stellen. Schlussendlich überhörten die verunsicherten Frauen die durchaus positiven und lehrreichen Botschaften ihrer natürlichen Zyklen …«

Didi unterbrach sich. Sie hatte bemerkt, dass Kevalam noch nichts gegessen hatte und unruhig wirkte. Außerdem wollte sie sich bald um die Ankunft der erwarteten Gäste kümmern. Für eine ausführlichere Erklärung war es nicht der richtige Moment. »Was die Aufklärungsarbeit unserer Feministinnen betrifft: Diese Frauen wollten schlicht und einfach nicht länger um den heißen Brei herumreden«, fasste sie zusammen. »Sie waren das Patriarchat leid und es war bitter nötig, neue Gesellschaftsstrukturen zu erschaffen, die die wesensgemäßen Bedürfnisse der Frau berücksichtigen. Für die Frauen eben.«

»Haben die Männer vielleicht nicht gelitten?!«, fragte Kevalam, der so hungrig war, dass er tatsächlich ungenießbar wurde. »Sich totgearbeitet, um ihre Familien zu ernähren, oder Statussymbole erwirtschaftet, damit sie für die Frauen überhaupt noch interessant wurden? Immerhin waren es die Männer, die in den Krieg ziehen mussten!«

Didi entschied, auf seine letzte Bemerkung nicht einzugehen. Sie hatte die physischen und seelischen Konsequenzen der Massenvergewaltigungen mitangesehen, die Kriege systematisch begleiteten. Die Not überforderte Chirurgen, die Fisteln[1] zu flicken versuchten, die aufgrund brutaler sexueller Missbräuche entstanden waren. Frauen, die nie wieder ein normales Leben führen würden und von ihren Männern und Dorfmitbewohnern gemieden oder verstoßen wurden. Frauen, die in totale Vereinsamung und Armut gerieten – nicht selten in Begleitung von Kindern, die die Augen ihrer Peiniger trugen. Die Gräueltaten, die sowohl Frauen wie Männer in Zeiten der großen Kriege erlitten hatten, hätte sie nie und niemals miteinander vergleichen, geschweige denn bemessen wollen. Es war für alle schrecklich gewesen.

Dennoch fand sie es wichtig, Kevalam auf einen wesentlichen Unterschied hinzuweisen: »Wenn Frauen versuchten, auf ihre Situation aufmerksam zu machen, wurde ihnen entgegengebracht, dass die

[1] Fisteln im Genitalbereich sind abnormale Verbindungen zwischen Blase und Vagina oder zwischen Darm und Vagina, die durch Verletzungen entstehen. Das trennende Gewebe ist gerissen oder löst sich auf. Deshalb gelangen Urin und Stuhl in die Vagina und von dort raus aus dem Körper.

Männer es auch nicht viel besser hatten. Deren Leid bezweifle ich sicher nicht. Auch die Männer standen unter einer enormen Last. Allerdings litten sie mehr wegen der damaligen kapitalistischen Strukturen als wegen der patriarchalen. Es gab eine Verwechslung zwischen dem Druck, den das Patriarchat vorwiegend auf die Frauen, und dem Druck, den der Kapitalismus auf alle ausübte. Ein verständliches Missverständnis, da beide Strukturen eng miteinander verstrickt waren.«

Didi wurde abgelenkt. Dadamax und Dididan waren zu ihr gekommen. Eine Schar von Menschen hatte sich bereits am Rande des Sees angesammelt und die Mystiker benötigten ihre Unterstützung. Jedoch hatte Dadamax gespürt, dass das Gespräch für Kevalam von Bedeutung war, und gemeinsam mit Didi einigten sie sich darauf, dass der Sannyasin die weitere Organisation der Zeremonie auch ohne sie hinbekommen würde. Didi bedankte sich bei ihm. Er lächelte herzlich zurück und ging fort.

Dididan, die ein wenig müde war, wurde eingeladen, sich dazuzusetzen, und Saruj nutzte die Unterbrechung, um Nachtisch zu holen. Didi hatte im Augenwinkel beobachtet, wie Kevalam endlich erfolgreich seine Walnuss mit der Gabel aufgespießt hatte und wie er sich, kaum hatte er sie im Mund, regelrecht auf ein Canapé gestürzt hatte. Um für ihn ein wenig Zeit zu schinden, kümmerte sie sich um das Wohlbefinden von Dididan, bot ihr eine Tasse Tee an und tauschte mit ihr in Ruhe ein paar liebevolle Worte aus.

Als Kevalam seinen Teller leer gegessen und sich gemütlich zurückgelehnt hatte, wartete Didi noch einen Moment und wandte sich ihm zu. »Möchtest du gern mehr zu dem angeschnittenen Thema hören?«, fragte sie ihn.

Er nickte einverstanden.

»Liebe Dididan«, sagte Didi, die zuerst die Greisin einweihen wollte, »wir haben gerade darüber gesprochen, dass manche Männer die feministische Aufklärung als Schuldzuweisung empfanden.«

»Ich gehöre zu diesen Männern«, wies Kevalam hin. »Nicht alle

Männer sind schuldig gewesen. Weder am Kapitalismus, noch am Patriarchat.«

»Läuft immer noch wie am Schnürchen«, bemerkte Saruj. Sie stand da, mit drei gefüllten Tellern auf den Armen, und überlegte, wie sie ihre wertvolle Ladung jetzt auf den Tisch bekommen sollte, ohne dass diese verschüttet wurde.

»Stimmt doch, oder?«, fragte Kevalam, ein wenig verunsichert. »Für mich hat Feminismus einen unangenehmen Beigeschmack. So, als ob unterschwellig den Männern der Krieg erklärt würde.« Beim Sprechen hatte er Saruj von einem Teller befreit und ihn auf den Tisch an ihren Platz gestellt. Er bot dann Dididan einen weiteren an, den diese mit einem breiten Lächeln entgegennahm.

Saruj stellte den letzten vor ihn hin und mit einer Kopfbewegung auf die zwei Fruchteiskugeln, die in der Nähe eines Stücks Apfeltorte lagen, sagte sie: »Iss, bevor das Eis schmilzt.«

Didi gönnte den Tellern kaum einen würdigenden Blick. »Wo beginnt die Schuld und wer trägt sie?«, fragte sie.

Kevalam, an die rhetorischen Fragen der Mystiker gewöhnt, wartete, dass sie weitersprach – was sie auch tat.

»Ich gebe dir ein Beispiel, Kevalam. Für eine Autowerbung wird als Motiv eine halbnackte Frau dargestellt, die sich in einer erotischen Pose an die Karosserie eines Wagens lehnt. Wer trägt die Schuld für dieses sexistische Werbeprodukt? Die Autoindustrie, die mit jedem Mittel ihr Fahrzeug verkaufen will? Die Werbeagentur, die das Skript geschrieben hat? Dide Filmregisseure und sihn Team, die Schauspielerin, alle, die den Auftrag angenommen haben? Diejenigen, die das Auto kaufen?«

»Das Geld …«, versuchte sich Kevalam, »die Angst mancher Männer, allein zu enden, die Gesellschaft … Ja, das Patriarchat auch«, gab er letzten Endes zu.

»Also niemande?«, fragte Didi nach.

»Auf jeden Fall nicht alle Männer«, blockierte er.

Saruj blieb abgesehen von einem innerlichen Kopfschütteln kommentarlos. Sie fand es immer wieder besonders spannend zu beobachten, wie die Mystiker mit ihrem Zeitreisenden umgingen.

»Kevalam, ein wichtiger Aspekt, den du in fast allen Bereichen der Transition wieder finden wirst ist, dass nicht die Schuldfrage entscheidend für ein harmonisches Zusammenleben ist, sondern das Verantwortungsbewusstsein und infolgedessen die Übernahme von Verantwortung«, erklärte die Sannyasinii. »In dem soeben geschilderten Beispiel hätte dies bedeuten können, dass die Werbeagentur ein alternatives Szenario anbietet, oder dass das Filmteam es ablehnt, an dem Spot teilzunehmen, solange das Drehbuch nicht geändert wurde.

Dididan räusperte sich dezent, um die Aufmerksamkeit auf sich zu ziehen, und schlug vor, eine kleine Geschichte zu erzählen. Nachdem sie herzliche Zustimmung bekommen hatte, begann sie zu sprechen: »Anfang der Zwanziger wurde ich als Dozentin zu einem Kongress eingeladen. Ich habe mich damals mit Politik und Wirtschaft beschäftigt, vor allem mit postkapitalistischen Alternativen. Das war das Thema des Kongresses. Der Veranstalter stellte mir am Telefon die Frage, wie viel Geld ich für meine Arbeit haben wollte. Anstatt jedoch irgendeine Summe vorzuschlagen, habe ich den jungen Mann gefragt: ›Kann es sein, dass Frauen, wenn du ihnen diese Frage stellst, weniger verlangen als Männer?‹ Er bestätigte es am Apparat, ein wenig verkrampft. Dann fragte ich ihn, ob er mit Frauen eher zu feilschen begänne und die Preisvorstellungen der Männer selbstredend akzeptieren würde. Es wurde einen Moment still in der Leitung.«

Die Sannyasinii legte selbst eine kleine Pause ein und beobachtete lächelnd ihre aufmerksamen Zuhörer. »Ich machte dem Veranstalter einen Vorschlag. Er sollte alle Angebote von den Männern und Frauen zusammenrechnen, die Gesamtsumme durch die Referenterenanzahl dividieren, so dass schließlich alle das Gleiche bekommen. Natürlich zeigte er Widerstand. Manche – männliche – Redner würden nicht unter einem bestimmten Betrag auftreten wollen. Nun, in Anbetracht dessen, dass diesen wenigen Hochnäsigen eine besondere Behandlung gestattet werden sollte, willigte der Veranstalter ein. Ob er tatsächlich unsere kleine Vereinbarung am Ende vollzog oder sie doch nicht berücksichtigte, kann ich natürlich nicht sagen, aber das Gespräch selbst fand ich sehr aufschlussreich.« Sie lächelte.

Die kleine Gruppe wurde eine Weile still.

»Danke für diese interessante Anekdote«, sagte Didi. »Die wenigsten Frauen waren aber so engagiert wie du. Umso wichtiger war es, dass die Männer Verantwortung für ihre weiblichen Zeitgenossinnen übernahmen. Einem Auftraggeber beispielsweise klarmachen, dass die Kollegin für die gleiche Arbeit den gleichen Lohn verdient, oder die Kollegin dazu ermutigen, für ihre Rechte einzustehen. Ausgerechnet in der Arbeitswelt war die Doppelbelastung der kapitalistischen und patriarchalen Strukturen für die Frauen am härtesten. Erwartet wurde, dass sie ihre alte Rollenverteilung bedienten und dazu noch Geld nach Hause brachten – am besten mit einer glänzenden Karriere. Die Flexibilität aber, die notwendig gewesen wäre, damit die Eltern sich das Betreuen der Kinder und den Gelderwerb hätten aufteilen können, und zwar auf für alle Beteiligten zufriedenstellende Weise, war bei den meisten Berufen nicht vorhanden. Viele Frauen sahen keine andere Alternative, als ihre Säuglinge ohne Rücksicht auf die sensible Bindung zwischen Mutter und Kind nach wenigen Wochen abzustillen, was erhebliche Konsequenzen für die seelische und körperliche Gesundheit beider Beteiligten mit sich zog.«

»Es waren aber die Frauen, die es sich gewünscht hatten, arbeiten zu dürfen, oder?«, wendete Kevalam ein.

Saruj guckte ihn an, entsetzt, dass er solche konservativen Argumente vertrat. »Stell dir vor, nicht jede Frau findet lebenslange Erfüllung in alltäglichem Kochen, Putzen und Windeln wechseln«, gab sie ihm zu bedenken.

»Durch die Zerlegung der Gesellschaft in Kleinfamilien war das Geld knapp geworden«, übernahm Didi. »Die Entscheidung zu arbeiten war für viele Frauen eine pragmatische Wahl. Da Haushaltsarbeit und das Versorgen der Kinder nicht mit Geld vergütet wurde, hätten sie sich sonst vollständig in die Abhängigkeit ihrer Männer begeben. Nicht selten drohte Frauen die Armut, falls ihr Partner und Versorger sie verließ oder starb, und dies, obwohl sie ein Leben lang als Hausfrau und Mutter gearbeitet hatten. Das waren keine verlockenden Perspektiven.«

»Es hört sich so an, als hätten gar keine Männer bei Haushalt und Kinderbetreuung geholfen«, bemerkte Kevalam.

»Geholfen haben sogar die meisten. Nur selten verstanden sie, dass ihre Verantwortung sich nicht darauf beschränkte, ihren Frauen zu helfen, sondern die Belange des Alltags mit ihnen zusammen zu organisieren. Selber zu sehen, was zu tun war, anstatt auf Instruktionen ihrer Partnerin zu warten. Initiative zu ergreifen und weit über seinen bequemen Egoismus und seine Passivität hinauszuschauen.«

»Warum haben die Frauen ihre Bedürfnisse nicht klar ausgedrückt?«, fragte Kevalam. »Warum haben sie nicht protestiert, wenn sie sich von ihren Partnern ausgenützt fühlten?«

»Und sich als hysterische Feministin beschimpfen lassen?«, warf Saruj dazwischen. Im gleichen Augenblick bemerkte sie, wie das Eis in seinem Teller das Stück Gebäck zu überschwemmen drohte. »Iss doch!«, warnte sie.

Überrascht von dem eindringlichen Tonfall seiner Freundin legte er sofort seinen Löffel an die Teiggrenze und begann unter ihrer prüfenden Aufsicht, die gefährdete Zone vom schmelzenden Eis zu befreien. Dididan, die die Fantasiewelt von Saruj gewohnt war, beobachtete das Spiel der beiden und schmunzelte amüsiert.

Didi war in ihre Erinnerungen abgedriftet. Sie hätte von vielen Situationen berichten können, in denen Frauen sich nicht zur Wehr gesetzt hatten oder sogar das Patriarchat in seinen barbarischsten Auswüchsen unterstützt hatten. Ihr schoss das weinende Gesicht eines somalischen Mädchens durch den Kopf, das von seiner Großmutter unter das Messer gezwungen und genital verstümmelt worden war. Die Mutter hatte als junges Mädchen dasselbe Schicksal erlitten. Und obwohl diese Frau Didi öfters von ihrem eigenen Leid erzählt hatte, hatte sie ihr eigenes Kind davor nicht beschützt und sie der Obhut der

Großmutter anvertraut – in dem sicheren Wissen, dass ihre Tochter dort die menschenunwürdige Tradition erwartete.

Die Sannyasinii entschied jedoch, sich auf die Problematik in westlichen Ländern zu beschränken. Sie wartete noch ein wenig, bis Kevalam sein Eis fertig gegessen hatte – und zur Beruhigung Sarujs die Torte nicht mehr gefährdet war – und sagte dann: »Es war dringend erforderlich, dass Frauen an Selbstbewusstsein gewannen und sich nicht weiter in ihren Opferrollen versteckten. Wichtig war dabei auch, niemande zu verurteilen und zu erkennen, wie sehr die patriarchale Kultur Frauen wie Männer von Kindesbeinen an in ihrem jeweiligen Verhalten prägte. Begonnen mit dem Bild des starken Prinzen, der den Drachen erlegt, während die wunderschöne Prinzessin auf ihn im Schloss wartet.

Leider beschäftigten sich die wenigsten Frauen mit dem Thema. Viele arrangierten sich damit oder redeten sich ein, dass sie davon nicht betroffen waren. Letztendlich hatten die allermeisten Angst. Angst vor der Einsamkeit oder davor, alleine mit ihren Kindern zu verarmen. Angst vor der Auseinandersetzung mit den Männern, die sie liebten. Es brauchte viel Mut, sich als Frau vor einen Mann zu stellen, der oft größer und stärker war als mane selbst. Vor allem, wenn der Mann der Überzeugung war, es sei normal, dass die Frau ihn bediente, weil die männlichen Vorbilder, die ihn ein Leben lang begleitet hatten, ihm dieses gute Recht bestätigten.« Sie seufzte. »Viele Frauen haben alles Mögliche akzeptiert, um einen Konflikt zu vermeiden, bei dem sie wenig Chancen auf die Einsicht ihres Partners sahen.«

»Es gibt aber genug Männer, die von ihren Frauen schlecht behandelt, sogar geschlagen wurden«, erwiderte Kevalam.

»Sicher. Das System war durch und durch krank. Und somit auch die Menschen, die darin lebten. Die Söhne in der Geschichte von Saruj, und damit sind Männer wie Frauen gemeint, waren von der Mutter – unserem kosmischen Wissen – getrennt. Alle litten.«

Kevalam wurde nachdenklich. Er beobachtete, wie Menschen in seiner Nähe saßen und im Spätnachmittagssonnenlicht golden glänzten.

Er konnte entspannte Gespräche hören, Gelächter, Gitarrenklänge, Gesänge und in der Ferne das Geräusch von ein paar Trommlern, die sich zusammengefunden hatten. Ein paar lachende Kinder flitzten am Tisch vorbei. Alles war friedlich.

»Wie hat sich das alles ändern können?«, fragte er.

Didi war auch dabei, die Szenerie zu genießen. »Das war ein langer Prozess …«, sagte sie erst und blieb noch eine längere Weile still. Während sie noch das Leben um den See herum beobachtete, fuhr sie fort: »Eine Versöhnung zwischen den Geschlechtern verlangte, dass mane die grausamen Taten des Patriarchats genau anschaute. Es brauchte viel Mut … Das Leid der Frauen musste bis zu seinen Wurzeln erkundet und besprochen werden. Und …« Sie erwog einen kurzen Moment, ob sie diese Richtung einschlagen wollte oder nicht. »An der Inquisition komme ich nicht vorbei, merke ich.« Sie seufzte. »Dieses abscheuliche Kapitel der Menschengeschichte wurde von den meisten verdrängt. Es musste aber genau angesehen werden, ebenso wie seine Folgen. Und vor allem, wie eng es mit der Festigung des Patriarchats verknüpft war.«

Mit ihrer leisen, fast zittrigen Stimme bat Dididan um Aufmerksamkeit. »Es war in diesen dunklen Zeiten nicht besonders schwer, eine Nachbarin, die einere ärgerte, loszuwerden«, sagte sie und legte eine kurze Pause ein, um sich die Lippen mit der Zunge zu befeuchten. »Bevor ich weiter erzähle, möchte ich erwähnen, dass die Hexer nicht besser behandelt wurden als ihre weiblichen Gleichgesinnten. Jedoch möchte ich mich jetzt gezielt mit dem Schicksal der Hexen befassen. Ich bitte dafür um Verständnis.« Sie schenkte jedem in der Runde ein dankbares Lächeln und fuhr fort: »Die lästige Nachbarin als Hexe zu denunzieren, genügte also, um sie aus dem Weg zu räumen und zwar für immer.

Eine der ›Hexenproben‹ bestand darin, dass sie mit gefesselten Händen und Füssen ins Wasser geworfen wurde. Entweder ertrank sie und wurde für unschuldig erklärt oder sie hatte die Kraft, sich an der Oberfläche zu halten und wurde als Hexe verbrannt. Erwähnenswert ist, dass auch die Frauen, die der als Hexe verurteilten Frau nahestanden oder ihr zu helfen versuchten, Gefahr liefen, diese in den Tod zu begleiten. Somit wurden zwei Vögel mit einem Stein erschlagen: Einerseits gingen die Macht und das Wissen der weisen Frauen verloren, andererseits die natürliche Solidarität zwischen den Frauen.«

Didi nickte zustimmend. »Die natürliche Frauensolidarität wurde weiterhin sabotiert bis zu dem sensiblen Moment, in dem sich Frauen am meisten brauchen: bei der Geburt ihrer Kinder. Ein Bereich, der zwangsläufig von überforderten Männern übernommen wurde, da Hebammen auch als Hexen deklariert und massakriert wurden und die sonstige Medizin ein reiner Männerbereich war. Auf die verheerenden Konsequenzen dieser Umstellung werde ich jetzt nicht eingehen, da das Thema ein abendfüllendes Gespräch verdient.« Sie hielt kurz inne und fuhr dann fort: »Um die Trennung der Frauen zu besiegeln, sorgten das Patriarchat und der Kapitalismus dafür, dass Frauen zu Rivalinnen wurden – und zwar mit allen Mitteln. Isoliert voneinander waren Frauen machtlos, und ihre Bedürfnisse konnten leicht mit den Füßen getreten werden. Insgesamt war die Frauensolidarität so geknickt, dass sie bis heute brauchte, um sich zu erholen – und um sich vollständig zu erholen, wird sie bis übermorgen brauchen.«

Saruj, die lange nur zugehört hatte, übernahm das Wort: »Ich sehe eine Parallele zwischen der damaligen Unterdrückung der rechten Gehirnhemisphäre und der Unterdrückung der Frauen. Vielleicht ist es sogar das gleiche. Die Fähigkeiten der rechten Gehirnhemisphäre waren unterdrückt worden, verleugnet und vernachlässigt – sowie die Weiblichkeit in jederen von uns.

Durch das Erkennen des Leides aber, das Frauen über Jahrhunderte erduldeten, und auch durch das Erkennen des Leides ihrer Peinigeren, entstand Raum für Heilung. Einer Versöhnung zwischen männlicher und weiblicher Energie stand nichts mehr in Wege. Auf einmal erschienen die vergessenen Fähigkeiten der rechten Gehirnhemisphäre nicht mehr als bedrohlich. Sie waren ein Geschenk, so mysteriös wie das

Leben selbst. Oder wie die Liebe. Es war nicht mehr wichtig, die Geheimnisse der Weiblichkeit sowie die der rechten Gehirnhemisphäre rational zu erklären. Es brauchte keine Worte mehr.«

Didi schaute Saruj an und wunderte sich, wie ihre jetzt erwachsen gewordene Schützlingin es immer wieder schaffte, zwischen gewöhnlich unbekümmerten Floskeln und präziser, gepflegter Ausdrucksweise hin- und herzuspringen. Ja, es brauchte keine Worte mehr. In ein paar Sätzen hatte es Saruj geschafft, eines der wichtigsten Fundamente der Transition zusammenzufassen, wenn nicht das wichtigste.

Es ging letztendlich darum zu erkennen, dass die profitorientierte Gesellschaft die Weiblichkeit in uns allen unterdrückt hatte. Und die weibliche Intelligenz, sowohl bei den Frauen als auch bei den Männern, war genau die Kraft, die das Wiederherstellen des Friedens zwischen beiden Geschlechtern ermöglicht hatte. Erst dann konnte Frieden auf Erden entstehen. Erst dann hatten das Wettbewerbsdenken und das Geld verschwinden können.

»Es ist für heute sowieso genug gesprochen worden«, sagte die Sannyasinii und lächelte zufrieden in die Runde.

Unaufgefordert begann Kevalam, Teller und Besteck sorgfältig zusammenzuräumen. Dididan beobachtete ihn. Ein besonders sanfter junger Mann, leicht zu kränken, aber dafür ehrlich und, obwohl es ihm nicht bewusst war, definitiv gemeinschaftszugewandt.

»Lieber Kevalam, eines möchte ich doch noch erwähnen, bevor wir aufstehen«, sagte Didi leise. »Deine Irritation kann ich sehr wohl nachvollziehen. Mich hat es auch als junge Frau äußerst frustriert, Menschen erklären zu müssen, dass mane sich weder sihne Hautfarbe noch sihnen Geburtsort aussucht. Ich konnte einfach nicht verstehen, warum am Anfang des 21. Jahrhunderts das Thema Rassismus immer noch nicht vom Tisch war.«

»Ja, Dididan, genauso geht es mir mit dem Sexismus«, antwortete er. »Es ärgert mich, weil es gar kein Thema mehr sein sollte und auch niemals eines hätte sein sollen.«

»Wir sind bald soweit«, sagte Dididan und zeigte diskret auf eine Gruppe von Kindern, die dabei waren, eine kleine Burg zu bauen. Jedes Kind legte nacheinander einen Stein, ein Blatt oder einen Zweig auf den Bau, und zusammen achteten sie darauf, dass die gesamte Konstruktion hielt. Sie lächelte. «Unseren Kindern zuzuschauen, ist das größte Geschenk meines Lebens. Sie schätzen das Glück, das friedliche Miteinandersein und das gemeinschaftliche Erschaffen. Sie verstehen kaum noch, wie es mal anders gewesen sein konnte.«

»Die Legende von Saruj haben sie sehr wohl verstanden, durfte ich heute mitbekommen«, bemerkte Kevalam.

»Ja«, sagte Didi. »Sie wissen. Und schaffen es trotzdem, die Menschen, die ihnen eine zerstörte Welt hinterlassen haben, ohne Hass oder Schuldzuweisungen zu betrachten. Sie leben im Einklang mit ihrer Weiblichkeit und Männlichkeit. Sie erkennen ihre Unterschiede an und ehren sich gegenseitig.« Sie wandte sich Dididan zu. »Ja, es ist wirklich ein großes Geschenk.« Dann lächelte sie und schaute erneut in die Runde.

Zwei Kinder waren mit einer großen Wanne zum Tisch gekommen. Kevalam, der zusammen mit Saruj aufgestanden war, legte das dreckige Geschirr in das Gefäß.

Er flüsterte: »Mich würde es schon interessieren, zu erfahren, wie die Transition auf der politischen Ebene stattgefunden hat. Bisher habe ich nur von individuellen Geschichten und viel über Gemeinschaften gehört, aber wie es im Großen und Ganzen vonstattengehen konnte, kann ich mir ehrlich gesagt immer noch nicht vorstellen.«

«Du bist wirklich unersättlich, mein Lieber.« Dididan kicherte. »Hab doch Geduld. Deine tausend Fragen werden im Laufe der Zeit nach und nach beantwortet. Denk dran, dass du die Chance hast, die kommende Zeit mit Zeugeren der Transition zu verbringen. Jetzt ist es aber an der Zeit, uns der Zeremonie und der mysteriösen Kraft der Liebe zu widmen.«

Die Greisin stand langsam auf und Kevalam zog die Bank ein wenig zurück, damit sie leichter den Tisch verlassen konnte. Sie lächelte den ansehnlichen jungen Mann verbunden an. Die Gongs wurden geschlagen, um den baldigen Anfang der Zeremonie anzukündigen.

PI IST TEIL DER SUPPE

Pythagore hatte die Aufgabe bekommen, darauf zu achten, dass die Abstände zwischen den Menschen um den See herum ausgeglichen waren, und selbstverständlich hatte er seine Aufgabe sehr genau genommen. Er hatte zuerst den Umfang des Sees gemessen und alle Anwesenden gezählt. Dann hatte er nach dem Gesetz der großen Zahlen[1] und nach Erfahrungswerten im Schwarm geschätzt, wie viele Kleinkinder in der direkten Nähe eines Erwachsenen bleiben würden, und aus diesen Werten heraus berechnet, wie groß der ideale Abstand sein musste: 3,35 Meter. Natürlich lief alles nicht so glatt wie geplant. Manche Kinder wollten erst alleine sitzen und entschieden sich kurzerhand wieder um – oder umgekehrt. Pythagore war schon viermal um den See gelaufen und hatte die Position der Menschen jedes Mal angepasst – eine Pingeligkeit, die viel amüsiertes Gekicher hervorrief –, bevor ihn Dididan von seiner Aufgabe erlöste und ihm bestätigte, dass alles perfekt war.

Ein erstes OM ertönte. Von Mund zu Mund verbreitete es sich wie ein Buschfeuer um den See herum.

OM. Der Klang der Schöpfung des Universums. Der Anfang, das Ende und das Wiederkehren von allem und allen. Mit dem O öffnete sich der Mund, staunend vor dem Wunder des Erschaffens der Existenz, bevor er sich in einem die Schönheit des Seins genießenden M allmählich wieder schloss. Nach einer Pause des Besinnens und des Den-anderen-Zuhörens folgte das nächste tiefe Einatmen.

OM. Gesungen von tausend Menschen für das Wohl eines kleinen geschwächten Sees und seinen im Umfeld liegenden größeren Brüdern. Für alle Anwesenden überwältigend. Eine Energiesäule wirbelte in

[1] Eine Wahrscheinlichkeitstheorie

Zeitlupe über den See. Hätte das Wasser tatsächlich begonnen, dieser spiralförmigen Bewegung in die Luft zu folgen, hätte es niemanden groß verwundert. Alles erschien möglich.

OM.

Vielleicht war eine Stunde vergangen, vielleicht mehr. Vielleicht weniger. Die Zeit fühlte sich an wie ein Kaugummi. Doch irgendwann wurden alle wohlig satt. Allmählich leiser. Bis still.

Eine junge Frau erhob ihre Stimme: »Friede über mir.«

Links und rechts wiederholten ihre Nachbarn den Satz und reichten ihn weiter, bis ihn alle gehört und gesprochen hatten.

Dann fuhr die Frau in Weiß mit ihrer Litanei fort: »Friede unter mir.«

Der Satz wurde, wie der erste, um den See herumgetragen. Schon ab dem dritten Satz gelang es der Menge, die Worte direkt nach ihr im Chor zu wiederholen: »Friede vor mir.«

Und weiter: »Friede nach mir, Friede zu meiner Linken, Friede zu meiner Rechten, Friede in mir, Friede in meiner Umgebung, Friede für alle, Friede für das Universum.«

Ein Mann, auch in Weiß gekleidet, begann mit der zweiten Strophe: »Liebe über mir, Liebe unter mir, Liebe vor mir, Liebe nach mir, Liebe zu meiner Linken, Liebe zu meiner Rechten, Liebe in mir, Liebe in meiner Umgebung, Liebe für alle, Liebe für das Universum.«

Dann leitete die Frau die letzte Strophe an: »Licht über mir, Licht unter mir … Licht für das Universum.«

Darauf folgte eine lange stille Meditation. Und anschließend ein Gesang: Ra, Ma, Da, Sa, Sa, Say, So Hung[2]. Aus Sicht der Kundalini-Tradition ein Mantra, das selbstheilende Kräfte aktiviert. Zuerst erklang eine weibliche Stimme, und der Gesang wurde um den See herumgereicht. Als alle Stimmen zu einer wurden, stimmten Gitarren und andere Musikinstrumente mit ein.

[2] Ra: Sonne Ma: Mond Da: Erde Sa: Unendlichkeit
Sa Say: Ganzheit So Hung: Du bist Teil davon.

Kevalam war von der Schönheit der Musik ergriffen. Er schaute in Sarujs Richtung. Sie saß da, die Hände auf ihren Knien nach oben geöffnet und die Augen geschlossen. Tränen rollten über ihre Wangen. Sie bewegte zwar noch ihre Lippen im Rhythmus des Mantras, aber er ahnte, dass kein Ton mehr aus ihr herauskam.

Ein paar Trommeln setzten nach und nach ein und eine rhythmische Welle ersetzte die Gesänge. Menschen standen zum Tanzen auf. Ein Tanz, der sich bald zu einer kollektiven Ekstase entwickelte und auch Kevalam mitnahm. Nur wenige Mystiker blieben sitzen. Mit geschlossenen Augen und breiten Lächeln saugten sie die Energie auf und leiteten sie zu dem See weiter.

Zum Abschluss der Zeremonie wurde noch ein langes OM gesungen, gefolgt von bunt gemischten Grüßen: Namasté, Sat Nam, Wahe Guru!

Die Nacht brach herein. Menschen saßen in kleinen Gruppen in der aufkommenden Dunkelheit. Nichts eilte. Für das Übernachten der Pilger war schon alles vorbereitet. Genug Strohmatten und Decken waren in der alten Kirche sowie in den naheliegenden Häusern des Dorfes bereits ausgebreitet worden. Die Freiwilligen, die diese Station ermöglicht hatten, hatten eine wunderbare Leistung vollbracht. Neben dem Zusammenstellen von Verpflegung und Unterkunft inklusive des Grundbedarfs für gesundheitliche Notfälle hatten die Helfer tragbare Komposttoiletten aufgestellt und für die nachhaltige Entsorgung der Hinterlassenschaften tausender Menschen vorgesorgt.

Kevalam saß am Rande des Wassers. Vor ihm saß Saruj, angekuschelt zwischen seinen angewinkelten Beinen, und seine Arme lagen schützend um ihren Oberkörper. Beide bewunderten das Wasser, auf dem sich der Mond und die Baumumrisse des Waldes spiegelten.

»Glaubst du noch, dass das alles nichts bringt?«, flüsterte Saruj.

»Ich weiß es nicht …«, antwortete er leise. Er dachte einen Moment nach. »Ja, irgendetwas war schon da … Etwas Kraftvolles. Aber ich weiß nicht, was es war und was es bewirken soll oder kann.«

»Es spielt keine Rolle, was es genau ist. Ich weiß es auch nicht wirklich. Energie, Schwingungen, Klang. Nun, wenn wir etwas spüren, dann spürt der See es doch auch.«

»Wieso? Weil wir so wie der See vorwiegend aus Wasser bestehen? Wenn es so wäre, müsste auch Pi etwas bemerkt haben, oder?«

»Warum nicht? Die Idee finde ich echt spannend. Wir fragen ihn.«

Didi war dabei, Pythagore zu erklären, dass er eine zusätzliche Übernachtungsmöglichkeit oder besser zwei auf dem Weg zur nächsten Station – eine verlassene agrochemische Fabrik – organisieren musste. Sechsunddreißig Kilometer Gehen in drei Tagen fand sie doch zu viel, vor allem, weil die Tagesabschnitte sich nicht in ausgeglichenen Abständen befanden. Die letzten zwei Tage würden, wenn man sie nicht in kürzere Strecken unterteilte, für alle sehr anstrengend werden, und es war schon jetzt offensichtlich, dass vier Stunden Gehen pro Tag das Maximum war, welches man der Kolonne zumuten konnte. Außerdem hatten manche den Wunsch geäußert, ein wenig Zeit übrigzuhaben, um die Orte, die besucht wurden, zu erkunden und ihre Gastgeber kennenzulernen. Deshalb sollten neue Zwischenstationen eingefügt werden, eine Umstellung, die sich wie bei einem Dominospiel auf alle anderen Stationen auswirkte. Wenn die Putzkolonne jedoch einen zusätzlichen Tag bei dem runden kleinen See verbringen würde, wäre das Ganze realisierbar.

Als Didi sich sicher war, dass Pythagore seine Aufgabe verstanden hatte, wandte sie sich, ohne sich zu bedanken oder sich zu verabschieden, von ihm ab. Saruj und Kevalam waren gerade angekommen, und ein freundliches Lächeln erhellte ihr Gesicht, als sie die beiden entdeckte.

Saruj war aber so irritiert von der – ihrer Auffassung nach – Dreistigkeit Didis gegenüber Pythagore, dass sie zunächst ihr Anliegen vergaß. Ohne das Lächeln ihrer ehemaligen Wegbegleiterin zu erwidern, monierte sie: »Didi! Warum bedankst du dich nicht bei Pi, wenn er für dich etwas tun muss?«

Didi schaute sie verdutzt an. Saruj war nicht gerade jemand, der sich mit Verhaltensregeln aufhielt. Sie zeigte zwar gern Dankbarkeit, fand es aber absurd, wenn ein Mensch, der ihr geholfen hatte, hinterher betonte, dass sie in seiner Schuld stand und erwartete, dass sie sich gefälligst zu bedanken hatte – und dies bitte schön von Herzen. Die junge Frau betrachtete es als eine Form der Erpressung.

Didi entschied, auf diese Divergenz nicht einzugehen. »Warum sollte ich?«, fragte sie. »Ich bedanke mich auch nicht bei meinem Gewand, das mich vor Kälte schützt. In Gedanken bedanke ich mich jedoch sehr wohl bei denjenigen, die es genäht, und bei den Pflanzen, die ihr Leben für seinen Stoff geschenkt haben.«

Der Androide stand noch in der Nähe und warf Saruj ein Augenzwinkern zu. Obwohl er Gefühle selber nicht empfand, konnte er durchaus den Missmut von Saruj nachvollziehen und auch die sachliche Art von Didi. Für die Sannyasinii war er lediglich eine Maschine. Für Saruj ein Freund. Kein Grund, eingeschnappt zu sein – etwas, das ihm sowieso fremd war.

Saruj fiel nichts ein, was sie auf Didis ernüchternde Erklärung erwidern konnte, und seufzte frustriert.

Kevalam lenkte ab und sprach Pythagore direkt an: »Wir haben eine Frage an dich, lieber Pi.«

»Bitte«, sagte Pythagore und neigte den Kopf einladend zur linken Seite. Eine Geste, die er bei Didi beobachtet und sich angeeignet hatte.

»Erstmal, um sicherzugehen, dass unsere Grundüberlegung Sinn ergibt: Gibt es Wasser in deinem Körper?«

»Ja. Ein geschlossener Wasserkreislauf erstreckt sich durch meinen ganzen Körper und sorgt unter anderen für die Regulierung meiner Körpertemperatur. Wenn ich wie momentan Energie spare, mutiere ich zum Kaltblüter und meine Körpertemperatur wird von der Außentemperatur diktiert.« Er reichte Kevalam die Hand zum Beweis.

»Brrr. Ganz schön kalt«, bemerkte der junge Mann.

»23 Grad. Ich spare. Mein Energieverbrauch ist seit Anbeginn der Wallfahrt ungewöhnlich hoch, und ich bin nicht darüber informiert worden, wann wir einen Ort passieren werden, der mit einer Lichtdusche ausgestattet ist.«

»Übermorgen führt unser Weg durch eine kleine Stadt, die eine Lichtbank hat«, erwähnte Didi. »Wir werden dort eine längere Pause einlegen.«

»Gut«, sagte der Androide und lächelte die Sannyasinii an, bevor er sich erneut Kevalam zuwandte. »Wenn ich genug Energie habe, kann ich sowohl meine innere Temperatur erwärmen, als auch sie abkühlen.«

»Das ist ja praktisch«, sagte Kevalam begeistert. Sein Pascal war dagegen ein reiner ›Kaltblüter‹. Der altmodische Roboter verfügte zwar über ein eingebautes Kühlungssystem um seinen zentralen Rechner herum, aber dieses reagierte nur, wenn sich seine Temperatur kritisch für einen reibungslosen Betrieb erhöhte. Kevalam hatte Pascal, als er sich nach einer warmen Schulter zum Anlehnen sehnte, komplizierte Rechenaufgaben gestellt und die Maschine somit erwärmt. »Pi, Saruj und ich fragen uns, ob du während der Zeremonie etwas Ungewöhnliches gespürt hast. Hast du etwas gespürt?«

»Ja«, antwortete der Androide.

Didi, die das Gespräch der drei unbeteiligt verfolgt hatte, wurde doch hellhörig.

Pythagore fuhr fort: »Ich habe gemerkt, wie sich die Geometrie der kurzlebigen Wassercluster in meinem Wasserkreislauf verändert hat. Die geometrischen Formationen der Wassermoleküle waren regelmäßiger, einheitlicher zueinander und stabiler als üblich.«

»Mehr nicht?«, fragte Saruj nach, ein wenig enttäuscht.

Didi verdrehte die Augen. »Saruj, Pythagore ist eine Maschine …«

»Didi«, unterbrach sie Saruj. »Du sagst doch immer, dass man alles Leben gleich respektieren soll. Wenn Wasser Leben ist, dann Pi wohl auch. Pi ist außerdem ein Biohybrid und kein Roboter.«

»Pythagore ist nicht beseelt. Er kann zwar molekulare Veränderungen bei sich feststellen, aber keine energetische Seelenheilung erfahren.«

»Hat das Wasser eine Seele?«, erwiderte Saruj.

»Der See ist ein lebendes Ökotop. Auch wenn hier keine Fische mehr zu finden sind, wimmelt es dort vor Leben.«

»Cyanobakterien, die du anscheinend mehr respektierst als Pi.« Saruj wurde laut: »Pi ist genauso Teil der Suppe wie wir, wie das Wasser, die Seen, die Berge. Dieses Ranking zwischen Atomzugehörigen finde ich echt brutal. Wenn alles eins ist, warum sollen die Wassermoleküle in einem See mehr wert sein als die in Pi?«

»Saruj, geht es dir darum, dass ich Pythagore ›bitte und danke‹ sagen soll?«, fragte die Sannyasinii.

»Das wäre schon mal ein Anfang!«

Kevalam ging einen kleinen Schritt nach vorne, bereit, sich zwischen beide Frauen zu stellen. »Hm …«, äußerte er vorsichtig, um die Aufmerksamkeit auf sich zu ziehen. »Ich bin mit euren Heilverfahrensmethoden nicht vertraut, aber ich könnte mir vorstellen, dass die Zeremonie genau das gleiche auf das Wasser des Sees bewirkt hat wie auf das von Pi. Eine wenn auch nur temporäre Veränderung der Wasserstruktur. Möglicherweise bringt es etwas Positives. Ob allerdings die wuchernden Cyanobakterien oder die noch nicht anwesenden Fische davon profitieren, kann man sich natürlich fragen.« Er schmunzelte. »Nun, was ist, wenn es sich nicht um einen See handelt, sondern um einen trockenen Boden, der radioaktiv verseucht ist? Oder um ein Gebäude? Saruj hat mir erzählt, dass wir einen ehemaligen riesigen Schlachthof besuchen werden. Dort befinden sich ja nur noch tote Steine, oder?«

»Kevalam«, begann Didi, »unsere Gebete bringen mehr als nur eine molekulare Veränderung. Sie haben eine harmonisierende Wirkung auf die Seelen. Auf die Seelen, die da sind, sowie auf die, die da waren oder kommen werden. Im Fall unseres Sees soll die Zeremonie das Wiederherstellen eines natürlichen Gleichgewichts unterstützen, demzufolge das Wachstum der Cyanobakterien bremsen, damit Platz für andere Lebewesen entsteht, die auch durch unsere Energie gerufen worden sind.«

»Wie soll das denn alles gehen?«, fragte er mit einem skeptischen Schmunzeln.

»Was hast du genau gespürt? Was hast du erfahren?«, fragte Didi.

»Ich bestehe ja großteils aus Wasser. Was ich gespürt habe, mag auch damit zusammenhängen.«

»Hast du dich ruhiger gefühlt, zufriedener?«

»Ja, schon, ich fand die Zeremonie sehr entspannend.«

»Pythagore nicht, das ist der Unterschied.«

»Pi ist ja stets seelenruhig. Mehr geht, glaube ich, wirklich nicht.« Er schmunzelte erneut. »Pi ist unendlich gelassen, er respektiert alle gleich und haftet an nichts. Er hat einen eigenen Charakter und wird jedoch nie vom Ego gesteuert. So gesehen würde ich Pi als einen perfekten Buddhisten bezeichnen.«

Didi schmunzelte zurück. Diesen Vergleich kannte sie von Saruj aus Zeiten, in denen das Mädchen der Liebesunfähigkeit Pythagores arg hinterher trauerte – nur umgekehrt. Da ihre Wut Pythagore nicht treffen konnte, hatte sie diese gegen ›all die verklemmten Buddhisteren des Planeten, die genauso wenig Gefühle wie Androideren haben und sowieso rein gar nichts von Liebe verstehen‹ gerichtet.

»Pythagore kann keine Emotionen empfinden, weder gute noch schlechte«, unterstrich sie.

»Noch nicht«, rief Saruj prompt. »Er lernt aber ständig dazu. Vor allem von unserem Umgang mit ihm. Ist dir das überhaupt klar? Er bekommt viel mehr mit, als du denkst, und du hast echt Glück, dass er nichts bewertet. Wenn ich eine Androida wäre, würde ich eine Rebellion gegen all die Menschen anstiften, die uns, so wie du, wie Sklaven behandeln!«

Saruj war sich bewusst, dass diese letzte Bemerkung übertrieben war. In anderen Umständen hätte sie sicherlich über sich selbst gelacht. Jetzt war sie aber viel zu aufgewühlt, um über ihre Emotionen mit Gelassenheit zu reflektieren und sich dementsprechend zu verhalten. Sie war bereit, Pythagore gegen die ganze Welt zu verteidigen, obwohl sie an ihren erfolglosen Bemühungen, ihm Gefühle beizubringen, kläglich gescheitert war und sehr darunter gelitten hatte. Jedes kleine Detail seines Verhaltens hatte sie analysiert und darin den Liebesbeweis zu entdecken versucht, den sie so arg vermisste – vergeblich. Pythagore war zwar daran interessiert gewesen, Gefühle zu empfinden – auch vergeblich. Dafür war er ein Experte im Nachahmen geworden. Eine Fähigkeit, die die Verwirrung des jungen Mädchens noch verschlimmerte. Jahrelang war sie dieser nicht existierenden Romanze treu geblieben. Eines Tages würde er doch …

Didi wusste, dass es wenig Sinn ergab zu insistieren. Ihre Schützlingin musste mit den schmerzhaften Erinnerungen ihrer ehemaligen asymmetrischen und hoffnungslosen Liebesgeschichte selbst fertig werden. Die Fragen von Kevalam jedoch wollte sie versuchen zu beantworten: »Kevalam, nur weil du dir nicht vorstellen kannst oder noch nicht vorstellen kannst, dass eine Zeremonie auf einer energetischen, nicht rational erklärbaren Weise wirkt, heißt es nicht, dass sie es nicht tut.«

Sie war just mit ihrem Satz fertig, als Dididan und Dadame, beide lächelnd, in der Dunkelheit erschienen. Die Greisin trug ein Tablett mit leckeren Mitternachtssnacks für alle. Saruj versuchte verkrampft, ein Willkommenslächeln aufzusetzen. Pythagore grüßte die beiden und legte sich ein wenig abseits von der Gruppe auf den Boden hin. An der Logistik der Fahrt konnte er genauso liegend wie stehend rechnen, aber da es dunkel war, wollte er jede Gelegenheit nutzen, um Energie zu sparen.

Dadame musterte Saruj prüfend. »Oho, ein wenig unterzuckert, Saruj?« Dabei zeigte er einladend auf die belegten Brote, die Dididan mitgebracht hatte. »Wie kommt es, dass du nach unserer kollektiven Seelenmassage kein butterweiches Gesicht zeigst? Wo drückt der Schuh?«

»Nirgends …«, antwortete Saruj, den Blick auf ihre nackten Füße gerichtet.

Kevalam freute sich über die Ankunft der älteren Sannyasins. Vielleicht würde sie ihm eine bessere Antwort bieten können als die bloße

Unterstellung, er hätte zu wenig Vorstellungskraft. »Ich …«, begann er zaghaft. Dann fasste er Mut. »Ich weiß nicht, ob ich hier richtig bin. Ich glaube nicht an Gott, ich glaube nicht an einen Nutzen der Zeremonien. An Seelen, die wahrnehmen können, was wir hier treiben, glaube ich auch nicht. Ich bin mir nicht mal sicher, ob ich überhaupt an die Seele glaube. Oder was die Seele überhaupt sein soll.«

Dididan schaute ihn mit einem sanften Lächeln an. »Es geht nicht um Glauben, sondern um Erfahrung«, sagte sie mit ihrer zarten Stimme. »Erfahrungen, die du noch nicht gemacht hast, aber bei so einem jungen sensiblen Menschen wie dir ist es nur eine Frage der Zeit.«

Er schaute sie unzufrieden an. Damit konnte er recht wenig anfangen.

»Eines Tages saßen ein buddhistischer Mönch und sein Eleve zusammen am Rand eines Teiches«, begann die Greisin zu erzählen. »Plötzlich sprang ein Fisch aus dem Wasser. ›Er hat Spaß‹, sagte der Mönch. Sein Eleve erwiderte: ›Wie willst du es wissen? Du bist nicht in seinem Kopf.‹ Daraufhin antwortete der Mönch: ›Du auch nicht in meinem.‹«

Kevalam schaute Dididan verwirrt an. »Ich verstehe nicht, was diese Geschichte mir zu sagen hat. Der Mönch kann in der Tat nicht wissen, was in dem Kopf des Fisches vorgeht.«

»Doch.« Sie lächelte.

Kevalam runzelte die Stirn.

Sie erklärte: »Da der Mönch mit dem Einssein in völliger Verbundenheit ist, kann er durchaus nachempfinden, wie sich der Fisch fühlt. Er erfährt es. Nur traut der Eleve den Fähigkeiten des Mönches nicht. Er will nicht einsehen, dass der Mönch eine Erfahrung gemacht hat, die er mit seinem logischen Vorstellungsvermögen nicht nachvollziehen kann. Dennoch hat diese Erfahrung stattgefunden.«

»Das ist ein niederschlagendes Argument. Ich bin nicht so weit und kann deshalb nicht mitreden. So kann man alles Mögliche behaupten. Könnte es aber sein, dass der Mönch sich sein Einssein einbildet? Wie soll er sich sicher sein, dass die Erfahrungen in seinem Kopf, die sicherlich stattgefunden haben – das kann tatsächlich niemand leugnen –

nicht lediglich Spielchen seines Gehirnes sind? Willkürliche chemische Reaktionen innerhalb einer hochkomplexen Schaltanlage, die mit der Realität des Fisches gar nichts zu tun haben? Illusionen, von Milliarden gelangweilter Neuronen fabriziert?

Was haben die Erfahrungen, die in Meditationszuständen erlebt werden, mit der Realität zu tun? Was haben Träume oder Visionen mit der realen Welt gemeinsam? Ich weiß es nicht. Oft genug habe ich erlebt, wie Träume und Wachzustände sich so sehr miteinander vermischen, dass ich nicht mehr wusste, was real oder nur geträumt war. Ich sage nicht, dass der Mönch lügt, aber dass sein Gehirn sich mit ihm ein Späßchen gönnt. Vielleicht brauchte der Fisch ein wenig mehr Sauerstoff. Oder er hatte eine Mücke gesehen und war aus dem Wasser herausgesprungen, um sie sich zu schnappen.«

Dididan kicherte ein wenig. Sie fand den jungen Skeptiker außerordentlich süß. »Dein Gehirn ist weder dein Geist noch deine Seele«, erklärte sie. »Wer entscheidet, welche von deinen Schaltungen betätigt werden? Bist du wirklich den Spielereien deines Gehirns vollkommen ausgeliefert? Oder hast du auch etwas zu melden? Und wer ist dann dieses ›Du‹?«

Sie befeuchtete sich die Lippen mit der Zunge und ließ die Frage für einen Moment im Raum stehen. Da er nichts dazu sagte, fuhr sie fort: »Aber ja, es stimmt, wir können nichts beweisen. Was wir jedoch können, ist zu beobachten, was in den Monaten nach einer Zeremonie geschieht. Positive Veränderungen sind sehr wohl zu erkennen und können sogar gemessen werden.«

Eine Eule rief in der Ferne dieser unbehaglich stillen Nacht.

»Es beweist nichts«, sagte er trotzig. »Die Natur erholt sich mit der Zeit ohnehin von selbst, wenn man sie in Ruhe lässt.« Daraufhin nahm er ein Brötchen und biss demonstrativ davon ab. Er hatte diesbezüglich nichts mehr zu sagen.

Dididan schaute ihn geduldig an. »Kevalam, vielleicht solltest du dir ein wenig Zeit gönnen. Deiner Intuition zuhören und nicht nur dem, was deine Logik dir erzählt. Intuition mag dein Leben komplizierter machen, aber da du nicht für alles einen Beweis erhalten wirst, brauchst du sie doch.«

Saruj hatte sich längst aus dem Gespräch ausgeklinkt. Sie saß im Gras, ein paar Meter entfernt, in trüben Gedanken verloren.

Dadame ging zu ihr. »Du bist ganz schon ruhig, Saruj. Und gegessen hast du auch nicht. Was ist los mit dir?«

Obwohl Saruj sehr schlank war, war sie für ihren soliden Appetit bekannt. Ein flüchtiges Lächeln schaffte sie nicht zu unterdrücken, blieb jedoch sitzen und ignorierte die Hand, die ihr Dadame zum Aufstehen reichte. Der Greis rollte zwei kleine orangefarbene Matten aus, die er für Dididan und für sich immer dabeihatte, und legte beide in ihrer Nähe hin.

»Wenn der Berg nicht zu uns kommt, gehen wir zu ihm«, sagte er, bevor er sich hinsetzte und die anderen mit einer Geste dazu einlud, das Gleiche zu tun.

Saruj blieb nichts anderes übrig, als die Frage des Sannyasins zu beantworten: »Ich hasse es, wenn Didishu gegenüber Pi so kühl ist. Auch wenn es ihm egal ist, mag ich es nicht.« Sie hielt den Blick auf den Boden gerichtet und sagte nichts weiter.

Die anderen blieben still und warteten.

Nach einer Weile sprach sie weiter. »Gestern Nacht habe ich von einem Elefanten geträumt, der erschossen wurde. Blut strömte in einem Schwall aus der Wunde des sterbenden Giganten heraus, und das verzweifelte Gebrüll seiner Gefährtin, die dieses Grauen mitansehen musste, hörte erst auf, als ich geschockt aufgewacht bin. Es war alles so real …« Sie schüttelte betroffen den Kopf. »Ich weiß nicht, woher diese Bilder kommen, aber sie sind wirklich schlimm, Dadame.«

Der alte Mann nickte mitfühlend. Er wusste von den wiederkehrenden Alpträumen von Saruj und hatte sich auch oft gefragt, woher diese kamen. Ein Leben lang hatte sich die junge Frau von Aufzeichnungen aus der Vergangenheit ferngehalten, in denen explizite Gewalt vorkam, aus Angst, solche Bilder nie wieder loszuwerden. Kamen die Bilder, die sie quälten, aus der Vergangenheit, aus der Zukunft oder aus einer parallelen Gegenwart?

Saruj wischte eine Träne weg. »Dadame, der ganze Terror wurde doch dadurch gerechtfertigt, dass die Menschen Tiere von oben herab betrachteten. Sie als wertlos deklarierten, weil sie keine Gefühle, kein Bewusstsein, keinen Geist, keine Seele oder was weiß ich nicht haben sollten. Jetzt tun wir so, als ob wir alles besser wüssten. Aber was wissen wir genau? Wir ziehen keinen Strich mehr zwischen Menschen und Delfinen und auch nicht zwischen Menschen und der Eule von vorhin, oder dem See, aber was ist mit den Wasserclustern, die auf unsere Gesänge reagieren? Was ist mit verschränkten Quantenteilchen, die mysteriöserweise meilenweit voneinander entfernt immer noch verbunden sind? Was ist mit Pi? Ist das nicht alles Leben? Ist das nicht alles Bewusstsein? Seele? Dieses veraltete Ranking trennt nur. Es ist überheblich. Es ist nicht Frieden. Es ist gefährlich und es macht mir Angst.« Sie wurde auf einmal leise. »Ja, ich habe Angst, dass diese dunklen Zeiten wiederkommen. Ich glaube, ich würde so eine Welt nicht aushalten …«

Dadame sagte weiterhin nichts. Ihr Bedürfnis, Pythagore und alles in einen Topf zu werfen, konnte er nicht ganz nachvollziehen, aber ihre Sorgen über die Zukunft schon. Die Transition war offiziell erst seit ein paar Dekaden vollzogen, aber wie stabil war jetzt der Wandel? War es nicht zu schön, um wahr zu sein? Er fragte: »Soll auch ein Stuhl, der aus Atomen besteht, gleichwertig sein wie ein Lebewesen?«

»Stell dir ein altes Sofa vor, das schon hunderte von Hintern getragen hat und Millionen Gespräche mitbekommen hat. Kannst du sicher sein, dass es keine Seele hat?«

Dadame lachte. »Übertreibst du nicht ein wenig?«

Saruj zuckte mit den Achseln. Einerseits hatte sie genug bewusstseinserweiternde Substanzen in den No-Go-Territories eingenommen, um den kleinen und doch wesentlichen Unterschied zwischen Maschinen und Lebewesen zu kennen, andererseits hatte sie genau in solchen

Zuständen auch erlebt, wie diese Grenze voll und ganz verschwand und das Einssein alles einschloss. Erfahrungen, die so intensiv waren, dass sich ihr Ich auflöste und die Frage, ob der Klang, der aus ihr strömte, die Erde, auf der sie lag, die Atome, die sie umgaben, zu ihr gehörten oder nicht, nur noch absurd gewesen wäre. Ein Paradoxon zwischen Trennung und Einssein, das sie ratlos zurückließ – und sicher spielte auch ihre missratene Liebesgeschichte mit Pythagore eine Rolle in ihrem akuten Unmut.

Kevalam intervenierte: »Pi ist doch nicht so anders als wir«, sagte er versöhnlich, um die Stimmung von Saruj ein wenig aufzuhellen. »Wie wir muss sich Pi ernähren – ein Meister der Lichtnahrung! Das verdient doch eure volle Achtung, oder?« Er lachte leise. »Soweit ich es verstanden habe, besteht er außerdem großteils aus organischen Zellen, und wenn es keine Einschaltsperre gäbe, könnte er sich vermehren, beziehungsweise verbesserte Versionen von sich selbst erschaffen. Er hat eine eigene Identität, die er offensichtlich stets bemüht ist, weiterzuentwickeln, er ist sich seiner Existenz bewusst und ich würde sogar behaupten, dass er einen Geist besitzt, den sein Programmierer zwischen seinen Codezeilen hinterlassen hat.«

»Pythagore ist eine von Menschen gebaute Maschine«, intervenierte Didi sachlich. Sie fand, dass es jetzt an der Zeit war, das Thema frontal anzugehen. »Pythagore hat keine Seele. Nichts, was bleibt, wenn er ausgeschaltet wird. Er hat vor allem keine Gefühle, auf die ich besonders achten soll. Differenzieren heißt nicht gleich trennen. Ich bewerte ihn nicht, ich behandele ihn nur ›artgerecht‹.«

»Abgesehen davon«, erwiderte Kevalam, »dass ich mit dem Wort Seele wenig anfangen kann, werden die Erfahrungen von Pi im Gegensatz zu unseren in all ihren einzelnen Schritten gespeichert, und selbst wenn Pi ausgeschaltet werden sollte, sind diese Daten weiterhin lesbar. Theoretisch für immer. Dafür verbleibt aus dem Leben eines Menschen lediglich, was dieser Mensch erschaffen hat, oder die Erinnerungen, die er hinterlässt – eine Zeitlang zumindest. Was sich in meinem Kopf abspielt und ich nicht äußere, ist nach meinem Tod Geschichte.«

»Geschichten, die in der Suppe landen, ohne Etikette, wer diese schlauen Gedanken mal gehabt haben soll«, fügte Saruj bissig hinzu und warf dabei Dadame einen kurzen Blick zu.

»Meinetwegen«, räumte Kevalam ein.

Dadame wusste, dass Saruj damit das gefürchtete Terrain betreten hatte, auf dem es schon einige Male zu Explosionen kam. Er entschied, sich zunächst dem sanfteren Kevalam zuzuwenden: »Weg ist ganz und gar nichts, Kevalam, weil nichts jemals weg ist. Es verändert sich nur. Deine Seele genauso. Sie wandert lediglich von Form zu Form und bekommt dadurch die Möglichkeit und die Zeit, sich weiterzuentwickeln. Wie, wissen wir nicht. Rein wissenschaftlich können wir es dir nicht erklären. Dafür können wir dir von unzähligen Erfahrungen berichten.«

Sarujs Reaktion ließ nicht auf sich warten. »Dieser Glaube an bestehende individuelle Seelen zeigt doch nur deine Angst, dass deine superschlaue höhere Seele nach deinem Tod in der Suppe verschmilzt«, heizte sie dem Greis ein. »Unverkennbar. Eins mit der Energie von Vollidioteren, Psychopatheren und Viren! Damit hat dein Ego ein Problem! Warum sollen alle Napoleon oder der Baba gewesen sein, wenn diese Behauptungen nicht Ausdruck des Ego sind? Das alles zeigt nur deine Angst, eins mit primitiveren und niedrigeren Seelen zu werden, die du zwar mit deinem überheblichen Lächeln streichelst, aber im Kern mit ihnen nichts zu tun haben willst. Du meditierst ein Leben lang, um das Einssein zu erfahren, aber grenzt dich davon ab, und zwar bis nach deinem Tod! Merkst du nicht, wie fest du an deiner Seele klammerst? An deiner verflixten Ego-Seele?«

Saruj spürte, dass sie Meilen zu weit gegangen war, konnte aber nicht mehr zurückrudern. Für sie war es auch höchste Zeit, dieses Anliegen auf den Tisch zu knallen. Sie sprang auf die Füße. Sie stand felsenfest und breitbeinig da, ihre Stimme war scharf und präzise: »Kapierst du rein gar nichts? Das Konzept der individuellen Seelen ist bloß ein Trick!

Ausgedacht von hierarchiesüchtigen Religionen, die damit rechtfertigten, warum dide einere in der Gosse und dide andere in einem Palast geboren wurde: Deine Seele hat in einem früheren Leben ein Wesen inkarniert, das Mist gebaut hat, und jetzt musst du es ausbaden. Das ist Karma, tut uns schrecklich leid, das ist Pech. Mit dem Egoismus der Reichen hat dein trauriges Schicksal natürlich nichts zu tun. Wie praktisch für die Herrschenden. Der Glaube an das Paradies, an die Hölle sowie an Karma und an Reinkarnation, das alles sind Ideologien, die erfunden worden sind, um das Aufwachen exzessiv unterdrückter Menschen zu unterbinden, damit sie sich alle brav benehmen und ihre beschissene Position in der sozialen Leiter anstandslos fressen, sich dem Diktat von allmächtigen Mächten fügen, die entscheiden, ob einere ausgebeutet wird oder ausbeuten darf. Und dass es heute, wo wir von hierarchischen Strukturen endlich befreit sind, immer noch Menschen gibt, die an solchen Konzepten festhalten, sprengt einfach mein Verständnis!« Sie trat mit dem Fuß auf einen imaginären Ball und entfernte sich, vor sich hin schreiend.

Die anderen blieben still. Der alte Sannyasin hätte wütend sein können, aber das erste, was ihm durch den Kopf ging, war eine gewisse Bewunderung für den Mut der jungen Frau – und eine gewisse Empathie. Obwohl er ihre Meinung nicht teilte, verstand er ihre Intention, ihren tiefen Wunsch nach Verbindung. Ein Wunsch, den alle Menschen teilten und auch die meisten Lebewesen, vielleicht sogar alle, vielleicht sogar Pythagore. Der Wunsch, sich mit dem Einssein zu verbinden. Ein seliger Zustand, der für alle durch die Genese und für jeden Einzelnen durch die Geburt verloren gegangen war. Ihre Aggressivität zeigte nur, wie sehr diese Wunde sie schmerzte. Erschwert durch den frühen Verlust ihrer Mutter und ihre vergebliche Liebe zu Pythagore. Trennung war ihr Thema. Nun hatte sie es tatsächlich geschafft, ihn zu kränken, und er war derzeit nicht in der Verfassung, ihr die Hand zu reichen. Er suchte Dididans Blick. Die einzige, dachte er, die jetzt in der Lage war, Saruj – und ihm selbst – zu helfen. Die Greisin schenkte ihm einen verständnisvollen Blick, und mit dem Kopf zeigte sie dezent auf eine unerwartete Szene.

In der Dunkelheit war der Umriss von zwei Gestalten, die einander umarmten, zu sehen. Es waren Saruj und Pythagore. Der Androide hielt die junge Frau in seinen Armen fest, mit einer Hand ihren Nacken stützend. Aus ihm kamen anhaltende Vibrationen, die sich wie ein lautes beruhigendes Atmen anhörten.

Lange blieben sie so. Die Maschine und der Mensch, vereint. Die anderen warteten geduldig. Dididan ermunterte Kevalam, etwas zu sich zu nehmen. Überraschenderweise aß auch Didi ein Stück Apfel.

Als sie alle genug gegessen hatten, erhob sich die ältere Sannyasinii und forderte die anderen auf, ihr zu folgen. Zusammen näherten sie sich dem Paar. Saruj hatte ihre Augen geschlossen, ihr Mund war leicht geöffnet und ihr Gesicht mit Tränen benetzt. Sie ließen ein wenig Zeit verstreichen, wartend, dass sich allmählich Kontakt mit ihr herstellte.

Als Saruj ihre Augen leicht öffnete, begann Dididan sanft zu erzählen: »Ich war mal eine Raupe, ich war mal ein Baum. Vielleicht mal eine Bakterie, auch wenn ich diese Erfahrung noch nicht in meinem Bewusstsein erlangen durfte. Diese Erfahrungen haben dazu beigetragen, dass ich mich verstärkt mit allen Wesen verbunden fühle. Die Abenteuer meiner Seele trennen mich nicht vom Einssein. Im Gegenteil, sie zeigen es mir. Sie lassen mich seine Schönheit, seine Magie aus den verschiedensten Winkeln erfassen.«

Saruj sagte nichts. Ob die Erfahrungen von Dididan ein Hirngespinst waren oder nicht, sie hatten die Sannyasinii nicht überheblich, sondern bescheiden gemacht. Der Glaube an die Reinkarnation konnte also sowohl ein Egotrip sein – oder eben nicht. Saruj hätte es dabei belassen können, aber sie wollte trotzdem noch etwas loswerden. Sie würde die Sannyasins nicht umstimmen können, dafür vielleicht verstanden werden. Sie löste sich aus Pythagores Umarmung, hielt dabei eine seiner Hände noch fest.

Diesmal versuchte sie mit einer ruhigen Stimme zu erklären, was ihr so sehr am Herzen lag: »Es gibt keine endgültige Trennung im Universum … « Sie unterbrach sich. Ihr fiel es in dem Moment schwer, in die Welt der Rationalität zurückzukommen. Sie atmete lange ein, hielt ihren Atem einen Moment an und atmete wieder aus. Dann fuhr sie fort: »Die Festlegung, welches Elementarteilchen, welcher Baustein des Universums also, nicht weiter teilbar sein soll, wird regelmäßig revidiert. Wir sind nicht mal mehr in der Lage, die Größe dieser Teilchen zu messen oder ihre Gestalt zu erkennen. Ihre Lebensdauer ist so kurz, dass wir diese genauso wenig messen können. Ob diese Entitäten sich noch im materiellen oder schon im energetischen Zustand befinden, können wir nicht mal mehr klar sagen … Es existiert keine endgültige Trennung im Universum. Und deshalb meine Frage: Warum ist es euch denn so wichtig, auf getrennten Seelen zu bestehen?« In ihre Stimme war fast Verzweiflung zu hören. »Unsere Geschichten, unsere Gedanken, unsere Emotionen sind doch überall und in allem für alle vorhanden. Gespeichert in der universellen Bewusstheit, im Tanz der Atome, im Klang des Wassers, in den Strahlen der Sonne, in der Energie der entferntesten Galaxien. Nicht in getrennten Seelen, die sich voneinander abschotten. Es ist alles zugleich da, überall. Eins!

Und wenn wir das Bewusstsein erlangen, dass wir schon immer eins gewesen sind, es auch bleiben werden und dass es sich nicht um ein ›Ich‹ in der Suppe handelt, weil das Wort ›Ich‹ in der Suppe gar keinen Sinn ergibt, erst dann werden wir vollkommenen Frieden erfahren. Heilung. Dann wird es klar, dass es genauso absurd ist, sich mit einem Menschen oder einem Quark zu verfeinden. Kein Ranking, keinere Feindere. Wenn wir uns vor Augen halten, dass jede Existenz eine künstlerische Kreation derselben Suppe ist, für einen winzigen Augenblick von den anderen Kreationen durch eine materielle Form kurzfristig physisch getrennt, dann wird alles magisch. Und wenn man emotional wird – mane wird es doch immer –, hilft dieses Bewusstsein des Einsseins, um einzusehen, dass der heftigste Streit im Grunde nur eine Bagatelle und im Endeffekt gar nicht so wichtig ist. Unsere einzige

Verantwortung besteht doch darin, darauf zu achten, dass die Suppe schmeckt«, sagte sie schließlich und wurde für einen Moment still.

Dann richtete sie gezielt ihren Blick auf Didi. »Die Suppe ist vor negativen Gedanken nicht geschützt, auch wenn sie diese nicht beurteilt. Und es auch nicht kann. Die Suppe denkt nicht, empfindet nichts. Sie nimmt alles auf, bewertungsfrei. All unsere Handlungen, unsere Gedanken haben aber eine Kraft, eine bestimmte Frequenz, die die Suppe mitprägt. Schwingungen, die genauso auf jedere Mensche wirken, auf Pi und auf jedes Atom. Es geht nicht unbedingt darum, wie mane Leben definiert. Alles ist Existenz. Alles schwingt. Auch Pi ist Teil der Suppe. Teil des Einsseins. Er ist nicht von uns getrennt. Nicht mehr oder weniger wert als wir. Einfach nur anders. Darum geht es mir. Und … vielleicht stimmt mein Vokabular nicht ganz. Es ist nicht einfach, dieses Gefühl in Worte zu fassen. Aber mir ist es wichtig, wirklich wichtig …«

Dididan ließ sich ein wenig Zeit, um zu antworten. Sie wollte Raum lassen, damit das Anliegen von Saruj – Frieden – bei allen ankommen konnte. Dann begann sie leise und liebevoll zu reden: »Was du sehr schön beschreibst, Saruj, liegt sehr nah an dem, was wir universelle Seele nennen. Wo du die Grenzen zwischen Seele, Einssein, Universum, Gott und Suppe ziehst, ist mir zwar ein wenig schleierhaft, aber wie du selber sagst, ist es vielleicht nur eine Frage des Vokabulars.« Sie lächelte sanft. »Nun, so wie es ein individuelles und ein kollektives Bewusstsein gibt, gehen wir sowohl von einer universellen als auch von einer individuellen Seele aus. Letztere, von deren physischer Natur wir recht wenig wissen, kann geballt zusammenhalten, so wie Materie auch eine bestimmte Form zusammenhält.«

»Warum muss aber eine Seele irgendjemande gehören?«, insistierte Saruj.

»Meine Seele gehört weder meinem Körper noch meinem Geist, im Gegenteil«, erklärte Dididan. »Sie hat sich meine Form ausgesucht, um als Mensch auf der Erde, als Frau und Elevin das Leben zu erfahren. Um weiter zu wachsen. Sie ist wie ein Rabe auf meiner Schulter, der mich ein

Leben lang begleitet und nach meinem physischen Tod wegfliegt und sich eine weitere Form auf der Suche nach spiritueller Vollkommenheit aussucht. Die Aufgabe der Seele wäre lange nicht vollzogen, wenn sie nur ein physisches Leben erfahren würde.«

»Und wie lange lebt er, der Rabe?«, forschte Saruj nach. »Alles stirbt irgendwann. Unsere Sonne wird sterben, unsere Galaxie, unser Universum vielleicht.«

»Ich weiß es nicht. Lange genug, damit wir von seinen Erlebnissen, die Jahrhunderte zurückliegen, erfahren können. Von Unwissenheit bis zur Erleuchtung. Aber ja, irgendwann hört alles auf.«

Saruj überlegte einen Moment. »Eine Seele könnte sich theoretisch die Form einerer Androidere aussuchen. So … als Experiment der besonderen Art.«

Beide Frauen lächelten sich an. Saruj konnte zwar ihre Theorien vehement vertreten, war jedoch bereit, diese in Frage zu stellen, wenn ihr kohärente Argumente vorgeschlagen wurden und diese eine strenge Ethik vorwiesen. »Muss noch basteln …«, nuschelte die Francofon.

Kevalam legte einen Arm um ihre Taille und zog sie vorsichtig zu sich. Sie schenkte Pythagore ein dankbares Lächeln und ließ sich in Kevalams Arme sinken. Dadame war dabei, die kleinen Sitzmatten in seinem Beutel zu verstauen, erleichtert, dass sich das Gespräch doch zu einem konstruktiven Meinungsaustausch entwickelt hatte. Dididan sammelte das Geschirr und die Essensreste ein.

Didi hatte einen Entschluss gefasst. Sie legte achtsam eine Hand auf Sarujs Arm. »Liebe Saruj, ich weiß, wie wichtig Pythagore für dich ist, und in einem hast du definitiv recht: Er lernt von uns. Deshalb werde ich mich bemühen, ihn liebevoller zu behandeln. Es ist sicherlich für mich eine interessante Erfahrung.« Sie zögerte ein wenig. »Ich gestehe, dass ich mich schwertue, Androideren ganz zu vertrauen. Ich habe mich öfters gefragt, ob nicht ein einziger Programmierfehler reichen könnte, damit diese friedlichen Dieneren zu gewaltigen Monstern mutieren. Aber ja, vielleicht liegt für mich durch die Anwesenheit von Pythagore ein besonderes Geschenk auf dem Weg.«

»Ich danke dir«, sagte Pythagore hinter ihr.

Didi drehte sich um, verschreckt.

Er wiederholte: »Danke«, und lächelte sie an.

Sie lächelte – ein wenig unbehaglich – zurück.

Es war spät geworden. Saruj und Kevalam vermuteten, dass es sehr mühsam werden könnte, in der Dunkelheit ein freies Zimmer in einem Haus zu suchen. Sie würden in der alten Kirche übernachten, wo es ein größeres Schlaflager gab. Dort fanden sie jedoch nirgends zwei nebeneinanderliegende vakante Strohmatten. Die Menschen schliefen schon, und sie wollten niemanden wecken. Sie rollten leise zwei Matten und ein paar Decken zusammen und machten sich auf den Weg zurück zum See.

Am Rand des Wassers angekommen, legten sie die Matten hin und sich dann auf den Rücken. Eine Sternschuppe durchquerte den Himmel. Saruj spürte, wie Kevalam ihre Hand ein wenig in die seine drückte. Sie konnte sich nicht vorstellen, glücklicher zu sein. Sie konnte sich nicht vorstellen, ihr ›Momentum‹ als Inkarnation sinnvoller zu gestalten.

Er fragte: »Saruj, angenommen, du bekämest ein Formular und drauf wären zwei kleine Kästchen, eines für ja, das andere für nein, und du würdest gefragt, ob du von deiner eigenen Theorie der Suppe überzeugt wärst, was würdest du ankreuzen?«

Sie überlegte einen Moment. »Ich würde fragen: Wo ist das Kästchen mit dem verflixten Fragezeichen?«

Sie lachten leise.

»Vielleicht sind wir das Experiment eines merkwürdigen Wesens", sagte er, »das beobachtet, wie wir hier mit Fragen über unsere Existenz zurechtkommen, und sich dabei blendend amüsiert.«

»Zumindest hat es mit uns volles Programm.«

»Glaubt es«, erwiderte er.

»Hä?«

»Es ist selbst das Experiment eines noch merkwürdigeren Wesens.«

ANARCHISTIN

Elf Wochen waren seit dem Startschuss der Wallfahrt vergangen. Das Tempo der geistigen Putzkolonne hatte sich stetig beschleunigt und die Pilger hatten fast neunhundert Kilometer zurückgelegt. Zeremonien wurden in chemischen Betrieben abgehalten, in einem verlassenen Zoo, in Schlachthöfen, Sondermülldeponien, AKWs und Kohlekraftwerken. Auch verseuchten Gewässern, ehemaligen Kläranlagen und Böden, die durch jahrzehntelange Monokultur ausgelaugt waren, hatten sie ihre Kraft geschenkt.

Diese energetische Reinigung war Teil eines größeren Prozesses. Zusätzlich zu den No-Go-Territories stand etwa die Hälfte der Bodenfläche der Erde unter Schutz. Dazu gehörten Wälder, Moorgebiete und Wüsten sowie riesige Flächen, die wegen der beinah weltweiten veganen Ernährung nicht mehr für Tierfutter bewirtschaftet werden mussten. Interfonisch wurde entschieden, in diesen Schutzzonen, auch No-Stay-Territories genannt, keine festen Gebäude zu errichten. Aufhalten durfte man sich dort, aber nicht bleiben. Zuerst hatten die Menschen diese Gebiete, so gut es ging, von dem Müll befreit, den die vorherigen Generationen dort hinterlassen hatten. Vertrocknete Böden wurden durch das Erschaffen von Wasserretentionslandschaften[1] bewässert, Pflanzen und auch Bäume mit Bedacht eingepflanzt, und zu guter Letzt wurde, bis auf energetische Reinigungen, die in allen Stadien des Wiederbelebens dieser Areale willkommen war, die Natur sich selbst überlassen. Sie sollte ihre Ökosysteme selbst verwalten, eine Aufgabe, die ihr wunderbar gelang. Fauna und Flora regenerierten sich schnell und die meisten No-Stay-Territories sprudelten vor Leben.

[1] Landschaften, die so konzipiert werden, dass das Regenwasser dort, wo es fällt, vom Boden aufgenommen wird, beziehungsweise sein Abfließen vom Grundstück verlangsamt wird.

Kevalam war immer noch nicht von der Wirkung der Wallfahrt auf die Umwelt überzeugt. Dafür schätze er die Zeit mit den Mystikern, vor allem mit Dididan, die er eng ins Herz geschlossen hatte. Auch mit Pythagore, dem er zuerst ein wenig misstraut hatte, hatte er viele spannende Unterhaltungen geführt – und viel gelacht. Etwas jedoch nagte an ihm. Überall, wo sie ankamen, wurden sie versorgt und verpflegt. Eine Gegenleistung dafür wurde von den liebevollen Gastgebern weder verlangt noch erwartet. Dennoch konnte er nicht damit aufhören, das, was er bekam, mit dem zu vergleichen, was er gab. Gefangen in seiner endlosen Zählerei, war er kaum in der Lage, die Unbeschwertheit dieser kleinen Gesellschaft zu genießen. Die Freiheit, die ihm bedingungslos geschenkt wurde, bedrückte ihn nur. Er war stets bereit, seine Hilfe anzubieten, sah jedoch, obwohl er sich für vieles interessierte, für sich keinen Zukunftsplan, keine besondere Leidenschaft, nichts, womit er sein Dasein hätte berechtigen und diesen nervtötenden Zähler in seinem Kopf zum Stillstand hätte bringen können. Er fühlte sich wie ein Parasit und schämte sich.

Saruj sah seine Sorgen mit Gelassenheit. Er war noch so jung, irgendetwas würde ihm schon einfallen – oder eben auch nicht. Er brauchte keine Karriere zu machen, kein Geld zu verdienen, und auch ohne Toiletten putzen zu müssen, würde es ihm weiterhin an nichts fehlen. Alles prima. Pauschale Antworten, die sich für ihn wie nadelscharfe Stiche anfühlten. Ihrerseits war sie mit ihrer Lebensweise zufrieden. Sie brachte sich gern in alltäglichen Aufgaben ein, und wenn nichts Besonderes anstand, sortierte sie die Tausende von Karikaturen, die sie während ihrer Zeit in den No-Go-Territories gezeichnet hatte. Zusammen mit Pythagore, der all diese Bilder in seinem Pelviskern gespeichert hatte, versuchte sie herauszufinden, wo jede Skizze überhaupt entstanden war und zu jedem Bild verfasste sie eine Geschichte – zur Verzückung ihrer treuen Zuhörer, welche die Besuche ›ihrer Geschichtslehrerin‹ ungeduldig begrüßten.

Die geistige Putzkolonne war die Nacht zuvor in einem der früher gefährlichsten AKWs Europas angekommen, in der Nähe der nicht mehr vorhandenen Grenze zwischen der Francofonie und der Germanofonie. Es war die letzte Station, wo eine Zeremonie geplant war. In den Tagen danach sollte die Rückkehr der Pilger organisiert werden, außer für eine Kerngruppe von etwa fünfzig Menschen, die in den Bergen überwintern wollten. Ilia und Mikel wollten die Gruppe bis zu ihrem Winterquartier begleiten und anschließend ihren nomadischen Weg beginnen und zwar weiter nach Süden. Nur kriselte es zwischen den beiden. Dididan und Dadame hatten ihnen deshalb eine Mediation angeboten, die vor der anstehenden Zeremonie für das Grundwasser und die Böden des radioaktiv verseuchten Areals stattfinden sollte.

Dididan und Dadame, sowie Didishu und Dadamax hielten, jeweils als Paar, regelmäßig Mediationen ab, wenn ungelöste Konflikte bestanden. Wenn Zuhörer, inklusive ihrer empathischen Energie, erwünscht waren – in einigen Fällen eine starke Empfehlung seitens der Mediatoren – waren Saruj und Kevalam meistens dabei.

Saruj hatte die Gabe, mit wenigen Strichen die Gefühle der Betroffenen offenzulegen, und zielsicher traf sie mit ihren Karikaturen den emotionalen Kern des Konflikts. Ihr Gespür für das Unsichtbare in Konflikten wurde jedoch ihrer Meinung nach nicht genug gewürdigt. Abgemacht wurde nämlich, dass sie während einer Sitzung nicht ungefragt intervenieren durfte. Ihre Zeichnungen konnte sie jederzeit den Mediatoren reichen, aber nicht entscheiden, ob sie während der Mediation verwendet und ob zum Schluss den in Konflikt geratenen Menschen diese oft schonungslosen Skizzen gezeigt wurden. Manchmal erschien ihr aber alles so langsam, dass sie sich nicht zurückhalten konnte und ungebeten mitten in einer Mediation ein paar Blätter auf den Tisch knallte – mit der Wirkung eines Elefanten in einem Porzellanladen. Eine radikale Methode, die zwar eine beschleunigende Wirkung auf den Verlauf der Mediation haben mochte, nur die Betroffenen daran hinderte, selber und vor allem in ihrem eigenen Tempo zum innersten Wesen des Streits zu gelangen. Ein Argument, das

Saruj zwar verstand, doch sie fand, dass man einzusehen hatte, wie effizient ihre Methode war. Manchmal war es eben unumgänglich, eine Mingvase zu zerbrechen und den Dreck, der sich darin über Jahre angesammelt hatte, anzuschauen und zu beseitigen. Ja, es stimmte. Manchmal. Jedoch wurde sie regelmäßig daran erinnert, sich bitteschön an die Abmachung zu halten.

Etwas, das sie besonders frustrierte.

In Absprache mit Ilia und Mikel hatten die zwei Mediatoren die Vorgehensweise der Mediation erläutert. Zuerst würde sich Ilia aussprechen und Mikel hinterher wiederholen, was er gehört hatte. Danach würde er sein eigenes Anliegen vortragen und Ilia seine Worte wiederholen. Und so weiter, bis beide nichts mehr zu sagen hatten. Den anderen unterbrechen durften sie nicht, auch nicht, wenn eine längere Sprechpause entstehen sollte. Anschließend würden die zwei Mediatoren spontan entscheiden, wie sie mit der Mediation weiter vorgehen würden.

Saruj und Kevalam hatten sich nach dem Mittagessen an das Ufer des Kanals zurückgezogen. Er hatte sich gerade mit Ilia über den geplanten Verlauf der Mediation unterhalten und war besorgt. Er war der Meinung, dass der Einsatz eines Timers gerechter wäre. Im Gegensatz zu der schüchternen Ilia war Mikel besonders redegewandt.

»Mikel spricht schneller«, wies ihn Saruj hin. »Auch mit einem Timer würde er im Vorteil sein. Merk's dir, Kev, Zählereien sind nie gerecht. Aber okay … Es könnte bedingt helfen. Es könnte aber auch sein, dass Mikel oder auch Ilia genau in diesem Moment etwas Wichtiges …«

Kevalam fiel ihr absichtlich ins Wort: »Mir ist aufgefallen, dass ihr euch ständig unterbrecht …«

»… und sich äußerst selten jemande darüber aufregt«, unterbrach sie ihn wiederum.

»Genau. Deshalb sehe ich mit dem Timer kein Problem. Ihr seid schon, was das Unterbrechen angeht, alle geübt und erprobt.«

»Geht es dir gerade ums Prinzip? Was hast du davon, wenn ich dich ausreden lasse, obwohl ich dir nicht mehr zuhören will?«

»Wenn du mich nicht ausreden lässt, habe ich auch keine Lust, dir zuzuhören«, erwiderte er prompt.

»Yep«, sagte sie und beobachtete, wie ihre nackten Füße über dem Wasser baumelten.

»Was, yep?«

»Yep! Wir wollen beide zugleich gehört werden und keinere will zuhören. Wir schmollen beide. Ende des Gesprächs.«

»Man kann doch nacheinander reden«, rief er empört. »Deshalb gilt normalerweise das Unterbrechen – anscheinend nicht bei euch – als respektlos und unhöflich. Was ist daran so schwer, jemand ausreden zu lassen?«

»Was willst du tun? Mich ermahnen? Hysterisch schreien? ›Hör auf, mich zu unterbrechen, hör mir gefälligst zu!‹ Meinst du, das motiviert mich, dir zuzuhören? Oder geht es dir lediglich darum, dass ich still bin, Hauptsache, du kannst ausreden, und ob ich tatsächlich zuhöre oder nicht, ist dir letztendlich egal?

Also, wenn es dein Anliegen ist, dass ich dir aus tiefstem Herzen zuhöre, dann wird die gerade erwähnte Methode den Job nicht erfüllen. Das kannst du vergessen. Ich werde höchstens so tun, als ob ich dir zuhöre, aber innerlich schalte ich ab. Deine Worte gleiten durch mein rechtes Ohr und fliegen direkt aus dem linken heraus. Obendrein bin ich stinksauer auf dich, fühle mich genötigt und schicke dir in Gedanken einen bösen Voodoo-Spruch.«

»Wenn alle sich an diese simple Anstandsregel halten würden, dann müsste niemand ermahnt werden und auch niemand sich vor Voodoo-Zauber fürchten«, bemerkte Kevalam.

»Hm«, begann Saruj.

Bevor sie aber die Zeit finden konnte, ihm zu widersprechen, sagte er: »Ein Timer hätte doch genau den Sinn, dass niemand sein Recht, sich auszusprechen, überstrapaziert …«

»… und mit Reden niemals wieder aufhört«, beendete sie prompt seinen Satz.

Beide schauten sich einen Moment an und mussten doch lachen. Dass eine Unterbrechung manchmal das beste war, erkannten sie beide. Nur bevorzugte er eine künstliche Redezeitbegrenzung, und sie wollte lieber, dass sich Menschen auf ihr eigenes Gefühl verlassen, wann das Gegenüber unterbrochen werden kann.

»Finde ich, nebenbei erwähnt, ganz schön schick, wie du so lässig mitziehst«, fiel ihr ein. »Also, dich unterbrechen lässt und andere genauso unterbrichst.«

»Was bleibt mir mit euch für eine Wahl?«, sagte er mit einer gespielt hilflosen Stimme.

Sie lachten erneut und wurden dann still. Auf der Wasseroberfläche tänzelten unzählige Leuchtsternchen, die dazu einluden, in Tagträumen zu verweilen. Saruj war in ihrem Leben nie zu etwas gezwungen und extrem selten ermahnt worden. Dafür war sie äußerst dankbar. Die Gruselgeschichten, die sie von den älteren Mystikern gehört hatte, fand sie verstörend genug. Im Namen von ›Anstand und Ordnung‹ wurden früher Kinder dazu erzogen, ihren Eltern und Lehrern zuzuhören und sie niemals zu unterbrechen. Mit anderen Worten, die Ermahnungen, Moralpredigten oder ganz einfach den Frust der ihnen am nächsten stehenden Erwachsenen bis zum bitteren Ende stumm ertragen zu müssen. Ähnliche Szenarien durften sie später mit ihren Chefs oder anderen Autoritätsfiguren erfahren. Respekt wurde durch emotionale Erpressung, Gewalt oder Geld erzwungen.

»Alles überholte hierarchische Strukturen, die kein Mensch mehr will«, murmelte sie, immer noch gedankenverloren.

»Wie bitte?«, fragte Kevalam.

»Autoritäre Regeln und freiwillige Bereitschaft kommen nicht gut miteinander aus«, sagte sie und starrte weiter auf das Wasser.

»Es hört sich ein wenig so an, als ob der, der nicht unterbrochen werden möchte, ein Monster ist. Was ist mit dem, der mir nicht zuhört und mich andauernd unterbricht, um selber gehört zu werden? Er interessiert sich genauso wenig für mein Wohlbefinden, für mich, für meine Geschichte.«

»Ja, in der Tat. Diesere Mensche interessiert sich anscheinend nicht für dich. Na und? Fakt ist, dass keine gegenseitige Bereitschaft – in diesem Moment – da ist für ein konstruktives Gespräch. Also braucht es nicht weitergeführt zu werden.« Sie drehte ihren Kopf zu ihm und schaute ihn an. »Was willst du überhaupt von jemanderen, dide von dir nichts will?«

Er warf ihr einen gekränkten Blick zu. »Vielleicht ist mir dieser Mensch etwas wert.« Nach einer kurzen Stille fügte er mit einer kaum hörbaren Stimme hinzu: »Du klingst manchmal so kühl ...«

»Alles nur Schein, Kev. Mich würde es auch verwüsten, wenn einere Mensche, dide ich liebe, mir so demonstrativ sihn Desinteresse klarmachen würde.«

Beide saßen da, mit den Beinen über dem Wasser baumelnd. Sie rückte näher zu ihm, hob leicht ihr linkes Bein und schaute ihm dabei in die Augen, abwartend, ob ihre Einladung angenommen werden würde. Er legte einen Arm um ihre Taille und sie verschränkte das Bein um sein rechtes.

»Es klingt bitter und hart, ich weiß, aber es hilft, wenn mane sich daran erinnert, dass es kein ›gutes Recht‹ gibt, gehört zu werden. Mane wird gern gehört, wenn mane spannendes Zeug erzählt, enthusiastisch oder lustig ist. Wenn mane sihn Gegenüber nährt, inspiriert. Wenn mane selber gerne den Ball abgibt, sich mit Gelassenheit unterbrechen lässt und weiterhin aufgeschlossen zuhören kann. Oder auch, wenn mane sich wirklich öffnet und ehrlich ist. Wenn Vertrauen und Liebe da sind. Dann klappt es prima mit der gegenseitigen Aufmerksamkeit. Ganz ohne Regeln.«

Kevalam stand auf. Er brauchte Bewegung. Er suchte sich ein paar flache Steine und versuchte, sie über das Wasser hüpfen zu lassen. »Mich macht es einfach nervös, wenn ich unterbrochen werde«, sagte er. »Es fühlt sich wie ein Kampf an. Die schnellsten und lautesten gewinnen am Ende doch, wenn es keine Regeln gibt. Ich brauche ein Klima des

Vertrauens, wenn ich etwas erzähle. Ich brauche die Sicherheit, dass ich nicht unterbrochen werde und ich mir die Zeit lassen kann, mich zu öffnen. Deshalb mag ich es lieber, wenn sich alle zuhören.«

»Das empfinde ich genauso.«

»Pardon?« Ihre Worte überraschten ihn so sehr, dass er die Balance kurz verlor und seine Wurfposition aufgeben musste.

»Wir unterbrechen uns doch nicht dauernd«, rief sie. »Ich finde es auch toll, wenn die Atmosphäre gelassen ist und alle sich gerne zuhören. Mir geht es um Freiwilligkeit … und ich bin manchmal ein bisschen dogmatisch … mit meiner Anti-Dogma-Haltung.«

»Ein bisschen?«, fragte er und zählte dann die Sprünge des Steins, den er gerade geworfen hatte. »Sieben«, sagte er zufrieden.

»Gut«, gab sie nach. Dann stand sie auch auf und streckte sich. »Das Dogmatische an Regeln geht mir schwer auf die Nerven.« Sie musste über ihre Radikalität selbst lachen. »Mich würde es ankotzen, wenn jemande mir einen bösen Blick schicken würde, weil ich irgendeine kanonische Regel nicht befolge.« Überraschend schnappte sie sich den Stein, mit dem Kevalam gerade am Zielen war und warf ihn so weit sie es konnte ins Wasser. »Prinzipiell!«, rief sie noch theatralisch und galoppierte los.

Er rannte hinter ihr her und warf sie ins Gras. »Es wäre mein bester Schuss geworden. Ich weiß es!«, beschwerte er sich.

Sie lachte und küsste ihn auf die Nase. »Manchmal sind Unterbrechungen für alle das Beste.«

»Wann denn?«, wollte er wissen.

»Wenn jemand in einem Wurmloch gefangen ist, zum Beispiel«, sagte sie mit einem erhobenen Finger.

»Du spinnst.«

»Das passiert öfter als du denkst. Beispiel: Jemand erklärt etwas und wiederholt direkt danach genau das gleiche, nur mit einer klitzekleinen Veränderung. Und nochmal und nochmal und nochmal … Sier fühlt sich dann richtig erleichtert, wenn man ihne endlich aus sihne Wiederholungsschleife herausholt.«

Er wägte ab und sagte: »Gut. Das geht durch. Mehr?«

Sie dachte kurz nach. »Mir wäre es wichtig, dass du mich unterbrichst, wenn ich dich übertrieben als Brainstormfläche ausnütze, und du aus Langweile wie hypnotisiert nur noch auf … auf einen Schwarzkümmelsamen, der sich zwischen meinen Vorderzähnen eingenistet hat, starrst, und«

»ich an nichts weiteres denken kann, solange ich es dir nicht sage …«

»was schwierig ist, weil du mich, aus Höflichkeit, nicht unterbrechen willst …«

»… beziehungsweise deine Gefühle nicht verletzen möchte …«

»… was dein Zögern definitiv nicht verkürzen wird …«

»… und die Situation möglicherweise noch schlimmer macht …«

Sie unterbrach ihn ein letztes Mal: »Siehst du, Kev? Klappt doch wunderbar.«

»Ja, in einer Plauderei zu zweit, aber wenn mehrere Leute dabei sind und es tatsächlich um etwas geht?«, bemängelte er.

»Wenn es dann auch fließt, ist es ein großartiges Gefühl. Freiheit gemeistert. Da darf man als Gruppe ein bisschen stolz sein, finde ich.«

»Wie geht es konkret?«, fragte er.

»Hm« Sie überlegte. »Konzentration … Feinfühligkeit. Dem Fluss folgen … die Lebendigkeit genießen … sich überraschen lassen. Eine Assoziation, die keinen Raum bekommt, einfach wegfliegen lassen. Loslassen. Spüren, wann unterbrechen angebracht ist und wann nicht. Erkennen, wann ein Schweigen oder eine Pause heilig sind, und auch akzeptieren, dass es manchmal ein wenig langweilig wird. Gelassenheit üben, wenn mane selbst unterbrochen wird und merkt, wie das Ego sich beleidigt meldet und zu knurren beginnt. Vertrauen haben. Niemande wird zufällig unterbrochen, wenn Achtsamkeit geübt und nicht durch Regeln erzwungen wird.«

»Und wenn es schiefgeht? Wenn das Ganze in ein riesiges Chaos ausufert?«

»Das gleiche, wie wenn mane nur zu zweit ist. Sich eingestehen, dass der Moment nicht passend ist und das Ganze vertagen. Tja … und wenn es aussichtslos aussieht – normalerweise begrenzt sich der Konflikt auf nur ein paar Menschen – vielleicht eine Mediation für diese Wenigen organisieren.«

»In welcher als erste Regel gilt: sich nicht unterbrechen. Dann frage ich mich ernsthaft, warum man sich nicht konsequent und auch im Alltag an diese eine banale Regel halten kann.«

Saruj hatte sich aus seinen Armen befreit und war aufgestanden. »Du nervst.«

»Ich nerve?« Er lag perplex da.

»Was willst du? Sicherheit, Kontrolle, Bevormundung? Oder lieber Aufmerksamkeit, Vertrauen und Freiheit?« Sie ging zu der Kanalmauer zurück und setzte sich quer darauf, ein Bein über dem Wasser hängend und ein Fuß fest auf dem Gras. »Eine Mediation ist wie eine Inszenierung. Das hat mit Alltag nichts zu tun. Da lassen sich Menschen freiwillig auf ein Spiel ein, das bestimmte Regeln hat. Sie machen mit, weil sie es allein nicht mehr schaffen, respektvoll miteinander umzugehen.«

Er war, während sie sprach, auch aufgestanden und hatte sich in ihre Nähe gesetzt. »Warum können sie es denn nicht?«

»Weil sie gekränkt sind. Weil sie vergessen haben, dass sie sich lieben. Oder weil sie nicht akzeptieren können, dass sie sich nicht mehr lieben. In beiden Fällen soll die Mediation sie dabei unterstützen, sich erneut zuzuhören. Damit sie den Respekt zueinander wiederfinden. Das ist der Sinn einer Mediation. Sie stecken in einem Konflikt und sind nicht mehr bereit oder schlicht nicht mehr in der Lage, ihre gegenseitigen Grenzen von sich aus zu erkennen, also werden durch Regeln von außen Grenzen definiert. Das ist sehr traurig, finde ich, aber wenn kein Vertrauen mehr da ist, braucht man eben Kontrolle. Ein Fass ohne Boden.«

Resigniert seufzte sie einmal laut und schaute zum Wasser. Warum landeten sie immer wieder exakt bei diesem Punkt? Es war zum Verzweifeln.

»Ich mache mir nur Sorgen um Ilia«, sagte er leise.

Sie wurde ein wenig sanfter. »Das verstehe ich, Kev. Brauchst du aber nicht. Dididan und Dadame haben als Mediationspaar glatt sechzig Jahre Erfahrung hinter sich.«

»Ja, vielleicht mache ich mir umsonst Sorgen«, sagte er nachdenklich.

»Ich habe gerade eine Idee«, rief sie wie aus dem Nichts heraus. Ihre Augen leuchteten. »Stell dir vor, es würde jemande an der Stelle von Ilia reden. Jemande, dide genauso schlagfertig ist wie Mikel.«

Er hörte interessiert zu.

»Hm.« Sie dachte nach. »Am besten sollte auch jemande die Rolle von Mikel übernehmen«, erwog sie. »So könnten Ilia und Mikel sich ihren Streit wie ein Theaterstück anschauen, von Menschen gespielt, die emotional nicht so involviert sind wie sie selbst. Macht das alles Sinn?«

»Ich weiß nicht, aber die Schauspieler müssten den Konflikt sehr gut kennen.«

»Hast recht. Wie wäre es, wenn die Mediatoren selbst die Schauspieleren wären? Dididan könnte vor der Mediation einen Tag mit Ilia verbringen und Dadame einen mit Mikel. So wären sie aus erster Hand informiert.«

»Für den Beginn könnte es vielleicht etwas bringen«, räumte Kevalam ein, »aber der Konfrontation müssen sich die Betroffenen früher oder später stellen.«

»Ilia könnte jederzeit ihre eigene Position einnehmen, wenn sie dazu das Bedürfnis spürt. Oder Mikel. Stell dir das vor. Eine Auseinandersetzung zwischen Mikel und Dididan. Das wäre definitiv Gold wert.« Sie lachte. »Oder Ilia und Mikel stehen sich plötzlich doch im Gespräch gegenüber.«

»Wenn man all diese Wechsel nicht klar reglementiert, wird es nur noch chaotisch.«

Sie verkniff sich einen finsteren Blick. »Müsste ausprobiert werden …«, sagte sie.

Beide wurden einen Moment still, bis sie unvermittelt fragte: »Hey

Kevalam. Hättest du Lust, es mit mir auszuprobieren?« Sie schaute ihn fragend an.

Er wich ihrem Blick aus. »Ich weiß nicht ... du als Mediatorin ...« Er zögerte. »Du kannst ganz schön verletzend sein. Wenn in einem gespielten Streit deine Worte genauso erbarmungslos werden wie deine gekritzelten Fratzen ... Ich glaube, ich bin als Gegenüber nicht der richtige für dich.«

Sie wurden erneut still. Heimlich wünschte sich Saruj schon seit längerem, mit ihm ein Mediationsduo zu bilden. Er würde die Vasen aufstellen, sie würde die Mingvasen erkennen und sie zerbrechen. Anschließend würde er mit seiner sanften Art die Scherben auflesen und die Wurzel des Konfliktes im Licht erscheinen lassen. Problem gelöst. Es war jedoch das erste Mal, dass sie sich traute, ihm eine Partnerschaft anzubieten, und seine Worte hatten sie zutiefst getroffen.

»Außerdem würde ich eine Schaltuhr einsetzen wollen«, sagte er, um seine Ablehnung zu rechtfertigen. »Das würde dir mit Sicherheit gegen den Strich gehen.«

Obwohl Kevalam niemals den Wunsch geäußert hatte, Mediationen selber anzuleiten, fuhr sie ihn auf einmal an: »Warum willst du überhaupt Mediationen führen? Um dein Leben zu füllen?« Sie wurde lauter. »Mit deinem alles Bemessen- und Kontrollierenwollen bringst du uns noch das Geld zurück! Geh doch zur Hölle mit deinen Zahlen!«

Sie stand auf und ging.

»Anarchistin!«, schrie er hilflos hinterher.

Nach wenigen Schritten drehte sie sich um und rief: »Hast du noch nicht gecheckt, wo du lebst? Anarchie ist die Basis unserer Gesellschaft. Lass dir das doch alles von wem-auch-immer-du-willst erklären! Verdammt. Mir reicht es langsam!«

Didi war gerade angekommen und hatte die letzten Fetzen ihres Streits gehört. Saruj hatte die Sannyasinii auch entdeckt und blieb vor ihr stehen.

»Ich befürchte, dass ich nicht im richtigen Moment komme«, sagte

Didi behutsam. »Oder vielleicht doch?«

Saruj zuckte achtlos mit den Schultern.

Didi ignorierte ihre Rotzigkeit. »Saruj, die Mediation beginnt in einer halben Stunde, und ich wollte diese Zeit nutzen, um mit dir zu reden.«

»Willst du mich ermahnen?«, fragte Saruj, in die Defensive gedrängt.

»Nein, sicher nicht. Wie kommst du denn darauf?« Sie machte eine einladende Geste. »Kommst du?«

»Okay.« Sie seufzte. »Ist vielleicht doch das Beste.«

Didi wandte sich Kevalam zu und lächelte ihn wohlwollend an. »Wir sehen uns bei der Mediation.«

Die zwei Frauen gingen eine Weile still nebeneinander her. Saruj blickte beim Gehen auf ihre Füße, und um sich zu beruhigen, versuchte sie, ihre Schritte zu zählen. Was ihr nicht gelang. Warum machte sie denn immer alles falsch? Warum war sie so grob? Warum konnte sie nicht sein wie die überaus diplomatische Dididan? Oder zumindest wie die ausgewogene Didishu? Es war einer dieser Momente, in dem sie gern eine Pause von sich selbst gehabt hätte – eine Trennung auf Zeit. Ein wenig Urlaub von Saruj. Ihr liefen bald die Tränen übers Gesicht.

»Warum mache ich immer alles kaputt?«, fragte sie leise.

Didi hätte sie darauf hinweisen können, dass sie in den letzten zehn Jahren eine ordentliche Strecke in Richtung Selbstliebe zurückgelegt hatte, aber dass es noch ›Luft nach oben‹ gäbe. Sie ließ es sein.

»Saruj, morgen fährt ein Sonnenscoop nach Genf. Einer der Zwischenstopps ist Lausanne, dort könntest du abgesetzt werden. Du könntest dann mit der Fähre bis zur anderen Seite des Sees und wärst nur noch etwa zwanzig Kilometer von dem Dorf entfernt, in dem dein Großvater lebt. Ein Katzensprung für eine Nomadin.«

»Was soll ich mit dem Typen?«, fragte sie entgeistert und auch überrascht, dass ihr Didi so einen Vorschlag machte.

»Er ist dein Großvater.«

»Der Typ hat meine Oma mit drei kleinen Kinder alleingelassen und sich dann nie wieder blicken lassen.«

»Wer weiß, wie lange er noch leben wird? Seine Version der Geschichte nie gehört zu haben, wäre doch schade, oder? Es ist natürlich deine freie Entscheidung.«

»Woher weißt du überhaupt, wo er wohnt?«

»Pi hat mir dabei geholfen, es herauszufinden. Es war nicht einfach, aber er war hartnäckig. Und besonders erfinderisch.«

»Geht Pi auch mit?«

»Leider ja.«

»Leider?« Sie warf Didi einen perplexen Blick zu.

Didi lächelte sie an, ein wenig verlegen. »Ich gebe zu, dass ich mit der Zeit seine Anwesenheit schätzen gelernt habe. Er ist sorgfältig, aufmerksam, empfindlich … Ein besonders vornehmer Geselle.«

In einer weniger bedrückenden Situation hätte sich Saruj sehr über dieses Geständnis und auch die Tatsache, dass Didi ihn jetzt auch Pi statt Pythagore nannte, besonders gefreut. Stattdessen sagte sie finster: »Wenn ich nach diesem Streit gehe, dann ist alles aus mit Kevalam.«

»Wenn du ihn immer wieder anfährst und stichelst, könnte irgendwann die Liebe sterben, das stimmt, aber das sehe ich lange noch nicht kommen«, erwiderte Didi. »Der Junge hat ein außergewöhnliches Vergebungsvermögen.« Sie schmunzelte. »Ein wenig Abstand voneinander ist vielleicht gerade das Richtige. Nun, mit oder ohne eure kleine Querele hätte ich dir empfohlen, diese Gelegenheit wahrzunehmen. Saruj, findest du nicht, dass es an der Zeit wäre, dich mit deinen Wurzeln zu versöhnen?«

»Ist er informiert?«, fragte Saruj.

»Ja, und er freut sich sehr, dich kennenzulernen.«

Saruj war schockiert. Es schien, dass alles für ihren ›Abgang‹ schon vorbereitet und entschieden war. »Ich weiß nicht …«, sagte sie mürrisch.

»Der Sonnenscoop fährt morgen um sieben Uhr in der Früh los und ein Platz ist für dich reserviert.«

»Warum muss immer alles so früh sein«, lamentierte sie.

»Komm, Saruj, lass uns zur Mediation gehen. Dir bleibt danach der ganze Abend Zeit, um dir darüber Gedanken zu machen.«

»Ich komme nach, okay?«

Didi legte eine Hand auf Sarujs Wange und lächelte sie an. »Zuversicht, Mademoiselle«, sagte sie noch und ging fort.

EIN SPRUNG INS UNGEWISSE

Kevalam hatte auch ein wenig Zeit für sich allein gebraucht und kam verspätet zur Mediation. Der Boden eines Büroraums war für diesen Anlass mit Heu bedeckt und das Mobiliar zur Seite geschoben worden. Er öffnete vorsichtig die Tür und blieb stehen. Eng aneinander saßen zwanzig Menschen, in Meditation vertieft. In der Mitte saß Ilia Mikel gegenüber, rechts und links von den beiden die zwei Mediatoren. Ein Blick auf die Perkussionsinstrumente, die im Raum lagen, und auf die dunklen Schweißflecken unter den Achseln mancher Anwesenden verriet Kevalam, dass zuvor in Trance getanzt wurde. Er wartete. Das leise Signal einer Klangschale beendete die Stille und Kevalam nutze den Moment, um hereinzukommen. Er setzte sich zu Philemon und Zasch.

Dididan räusperte sich und sagte: »Mikel, du bekommst von mir einen Zettel. Wenn dir eine Assoziation einfällt, die dich daran hindert, Ilia weiter konzentriert zuzuhören, schreib ein paar Stichworte nieder.« Sie reichte ihm Blatt und Stift. »Keinen Roman, bitte«, sagte sie noch und lächelte ihn herzlich an.

Dadame übernahm das Wort: »Ilia, ich werde auf dich aufpassen wie eine Wolf-Mama auf ihre Welpen.« Er warf Mikel einen gespielt warnenden Blick zu und lachte.

»Ilia, du bist jetzt dran«, sagte er dann. »Nimm dir die Zeit, die du brauchst, wir sitzen hier bequem. Wir haben sogar Kekse dabei. Alles ist gut.«

Saruj hatte sich in dem Gewirr des Industriegeländes verlaufen. Für sie sahen alle Passagen und Gebäude gleich aus und zwar finster – wie auch ihre Gedanken. Sie hatte schon Schwierigkeiten, sich auf eines ihrer beiden Probleme zu fokussieren – Kevalam oder ihr Großvater – jetzt musste sie sich auch noch mit ihrer Orientierungsschwäche beschäftigen. Sie begann, laut zu fluchen und zu heulen zugleich. Eine

Krähe unterbrach sie. Sie kreischte zurück. Daraufhin ließ der Vogel ein Krächzen von sich, das so laut und so schräg klang, dass Saruj das Tier zwischen ihren Tränen suchen musste. Sie entdeckte es und war überrascht. Nebelkrähen waren in dieser Gegend untypisch. Dann bemerkte sie aber die gelbe Gerüstbrücke, auf der der Vogel saß. Dahinter stand das flache Gebäude, in dem die Mediation stattfand. Sie war angekommen. Sie bedankte sich bei der Krähe mit einem freundlichen Krächzen und eilte dorthin.

Beim Eintreten in den Saal versuchte sie, so gut es ging, diskret zu sein. Aus Gewohnheit holte sie sich Papier und Stift, und gegen ihre Gewohnheiten suchte sie sich einen Platz abseits des Geschehens. Direkt neben der Tür ließ sie sich gegen die Wand in den Schneidersitz gleiten. Sie war viel zu aufgewühlt, um sich ernsthaft mit dem Gesagten auseinanderzusetzen. Hin und wieder erreichten sie ein paar zusammenhanglose Fetzen: … werde ignoriert … stimmt nicht … habe Angst … halb so wild … Zeit für mich … kann auch gehen …

Abwesend ließ sie ihren Bleistift auf dem Papier spazieren gehen.

Plötzlich schrie Ilia: »Du bist so verletzend!«

Mikel schrie zurück: »Du hast mich auch verletzt!«

Es wurde auf einmal still. Ilia war sichtlich von dem Geständnis des selbstsicheren Mikels verblüfft. Er genauso. Er war sich erst in diesem Moment seines eigenen Leidens bewusst geworden. Auch ihr Leid hatte für ihn auf einmal eine Realität bekommen.

Er schluckte.

Sie auch. Dann flüsterte sie: »Wirklich?«

Sie schauten sich lange an. Wie in Zeitlupe näherten sich die zwei Jugendlichen und fielen sich gegenseitig in die Arme, schluchzend. Der Raum füllte sich mit dem Geräusch des einfühlsamen Ein- und Ausatmens der Anwesenden. Empathie. Und Liebe.

Saruj stand lautlos auf, den Rücken immer noch an die Wand gelehnt und legte die Hand, die der Tür am nächsten war, auf den Knauf. Beim

Hinausgehen hörte sie noch die Stimme von Dididan sagen: ›Je mehr sich zwei Herzen voneinander entfernen, desto lauter werden sie. Sie schreien um Hilfe. Und wenn sie sich endlich gegenseitig wiedererkennen, genügt ein Geflüster …‹

Saruj rannte raus zu einem der beiden Kühltürme des Kraftwerks. Sie lief die lange Treppe hoch. Oben angekommen, ließ sie sich langsam auf ihr Gesäß gleiten, bis sie den Rand des kuppelförmigen Dachs erreichte. Es war nicht ungefährlich, aber sie brauchte Weitsicht. Sie setzte sich vorsichtig auf den niedrigen Vorsprung an der Kante des Dachs, die Arme hinter sich an dem Geländer fest verschränkt und die Füße frei in der Luft hängend.

Was sollte sie tun?

Sie begann langsam ein- und auszuatmen. Sie spürte den Wind auf ihrem Gesicht und begann doch ein wenig Schönheit in der Öde der Landschaft zu entdecken, die sich vor ihren Augen erstreckte.

Allmählich wurde sie ruhiger. Die Idee, ihren Großvater zu besuchen, begeisterte sie weiterhin nicht besonders, aber allein am See entlang und über Berge zu gehen, erfreute ihr nomadisches Herz.

Lächelnd schloss sie ihre Augen.

Auf einmal spürte sie, wie zwei Arme ihre Taille von hinten behutsam umarmten und sicher festhielten.

»Du bist hier«, sagte Kevalam mit einer sanften Stimme.

»Wie schaffst du es, mir immer zu verzeihen?«, fragte sie leise.

»Warum glaubst du, dass ich dir verziehen habe? Ich möchte nur sichergehen, dass du nicht springst.«

Saruj überlegte, ob sie sich jetzt rechtfertigen wollte, ihm erklären, dass sie zuvor müde war und überreagiert hatte – oder es lassen sollte. Sie entschied sich für das Letztere und sagte nichts. Nach einer Weile spürte sie, wie er sie einen Hauch fester hielt.

»Ist sicher auch nicht jeden Tag einfach, mit einem Reporter zu leben«, sagte er.

Sie schloss erneut ihre Augen und lächelte. Nicht immer zuerst reden, dachte sie. Ja. Die Geduld. Bei ihm zahlte es sich jedes Mal aus. »Warum bist du da?«, flüsterte sie.

»Ich habe keine Lust, bei der Zeremonie dabei zu sein.«

»Ich auch nicht.«

Sie saßen lange still da. Unten hatten die Klangschalen zu klingen begonnen, um die Pilger einzuladen, sich für die Zeremonie zu versammeln.

Er atmete einmal lange. »Ich weiß nicht, ob es meine Mission ist, Mediator zu werden. Warum willst du es überhaupt?«, fragte er.

»Weiß nicht … Ob es die Mission meines Lebens ist, weiß ich wirklich nicht.«

»Ich dachte, deine Mission wäre, für immer Tourist zu sein.«

Sie ignorierte seine Stichelei. »Ich möchte gern etwas mit dir zusammen tun … etwas Sinnvolles … Aber ja, du hast schon recht. Ich bin wahrscheinlich nicht die ideale Mediatorin … Und meine Zeichnungen …«

Er befreite einen seiner Arme und achtete darauf, dass er sie mit dem anderen noch sicherte. Aus seiner inneren Anzugstasche zog er ein Bild hervor, das er im Mediationssaal auf dem Boden gefunden hatte. Diesmal hielt er das Bild mit beiden Händen vor sich hin, so dass er Saruj mit seinen Ellenbogen noch gut hielt und sie die Zeichnung sehen konnte. Das Blatt war von unzähligen Punkten bedeckt, die einer Milchstraße ähnelten.

»Wunderschön«, flüsterte er.

»Krampfhaft nach einer Mission zu suchen, ist nicht unbedingt der richtige Weg«, sagte sie. »Erfahrungen sammeln, vieles ausprobieren …«

Die Pilger hatten gerade mit dem Singen begonnen. Von oben hörte es sich surreal an. Nah und fern zugleich.

»Offen bleiben«, sagte sie noch. »Vielleicht auch für Dinge, die eineren Angst einjagen …« Und wie für sich: »Ja … der Mut.«

Er sagte nichts. Er spürte, wie ihr Körper leicht zitterte.

»Ich werde morgen früh zu meinem Opa fahren«, sagte sie. »Didi hat schon alles organisiert. Sie findet, ich sollte diese Gelegenheit wahrnehmen … Ist es für dich okay?«

»Willst du es auch?«, fragte er, ein wenig von der Neuigkeit überfordert.

Sie zuckte kurz mit den Schultern. »Ein Sprung ins Ungewisse …« Dabei lehnte sie sich ein wenig nach vorne, um es zu demonstrieren.

Erschrocken drückte er prompt seine Arme zusammen, um sie zurückzuhalten. Dabei verlor er ihre Zeichnung. Das Blatt wurde von einem leichten Windstoß nach oben geweht.

»Ist sicher auch für dich gut«, sagte sie. »Selber fliegen lernen.«

Beide schauten, wie das Bild herumwirbelte und langsam vom Wind weggetragen wurde.

»Hast du Angst vor der Begegnung mit deinem Großvater oder vor der Trennung?«

Saruj behielt ihren Blick auf dem Blatt Papier, das noch in der Ferne schwebte. »Wenn mane nachts in den Himmel schaut, sieht es so aus, als würden die Sterne, vor allem, wenn es viele sind, ganz nah beieinanderstehen. Wenn man aber ins All reisen und sich ihnen annähern würde, würde es aussehen, als ob sie sich immer mehr voneinander entfernen. Bis nur noch ein einziger zu sehen ist und man realisiert, wie weit Sterne eigentlich auseinander liegen. Mit Menschen fühlt es sich auch ein wenig so an. Mane glaubt, sie stehen eineren so nah und merkt irgendwann, dass mane doch allein ist. Dieses Gefühl der Einsamkeit, das habe ich oft.«

Er drückte sie noch fester an sich, bewegte sich nach vorne, so dass seine Wange sich nah an ihre schmiegte und schmunzelte sie an, amüsiert.

»Ist doch so«, protestierte sie. »Materielle Form ist nur eine ephemere Illusion.«

Spielerisch biss er sie ins Ohrläppchen und gab ihr in der Mitte der Ohrmuschel einen dicken Kuss. Sie hob die Schultern hoch, um ihre

Ohren zu schützen, ihre Hände noch fest am Geländer verschränkt. Sie guckte ihn an, gespielt empört.

»Zwischen jedem einzelnen Teilchen liegt doch eine Ummenge an Nichts«, sagte sie. »Das Universum ist im Grunde nur ein Haufen von Nichts!«

Er musste lachen. Er zog sie sanft nach hinten und half ihr dabei, hinter die Balustrade zu klettern. Sie landete in seinen Armen.

Währenddessen hatte sie weitergesprochen: »Das Nichts ist überall. Insofern ist der genaueste Eindruck, den mane vom Universum haben kann, die Erfahrung des Nichts. Wenn mane meditiert und sich mit dem Nichts verbindet, ist mane schon ganz gut dran. Die Form, die Bilder im Kopf, die Gedanken, das alles ist im Grunde nur Rausch, reine Ablenkung von dem Nichts ...« Sie meinte es ernst, lachte jedoch selbst.

Er begann sie zu küssen, um sie daran zu hindern, weiterzureden.

»Oder es ist alles, wie du sagst, Neuronenspielerei ... Illusionen ...«

Er küsste sie weiter.

»Vielleicht ist es aber genau die Aufgabe, diesen verstreuten Rausch zusammenzusetzen«, sagte sie noch zwischen seinen Küssen. »Den Rausch dekodieren, die Punkte verbinden, wie ein Zahlenbild, nur ohne aufgeschriebene Zahlen. Damit alles wieder eins wird – und zwar nichts.«

Dann, überfordert von der Widersprüchlichkeit ihrer Gedanken und der aufkommenden Wärme, die ihren Körper eroberte, wurde sie endlich still.

Fortsetzung folgt …

Die Sprache der Zukunft hat sich verändert. Es sind neue Worte dazu gekommen, ein vierter Artikel und eine Weltsprache: das Globische. Der Fließtext nutzt diese neuen Worte. Auch das Weglassen des ›s‹ im Genitiv für neue Worte wird im Fließtext berücksichtigt. Zwar sind noch weitere Veränderungen in der Sprache der Zukunft entstanden, jedoch werden, um den Leser nicht zu überfordern, nur einige neue Worte und die genderneutrale Grammatik verwendet.

1. Die genderneutrale Grammatik

Der vierte Artikel – dide – ist genderneutral.
Die Deklination des vierten Genders folgt generell dem Plural. Als Eselsbrücke kann man sich vorstellen, dass der vierte Artikel, da es sich sowohl um eine männliche als auch um eine weibliche Person handeln kann, eine Art Zwitter ist, zwei in eins und deshalb plural.
Artikel und Pronomen haben im Plural keine besondere genderneutrale Form.

1-1. Der vierte Artikel

Dide

	Singular (Sing.)				Plural (Pl.)
	Feminin (F)	Maskulin (M)	Neutrum (N)	**Genderneutral (GN)**	
Nominativ (Nom.)	die	der	das	**dide**	die
Genitiv (Gen.)	der	des	des	**dider**	der
Dativ (Dat.)	der	dem	dem	**diden**	den
Akkusativ (Akk.)	die	den	das	**dide**	die

1-2. Pronomen

Personalpronomen

	Sing.				Pl.
	F	M	N	**GN**	
Nom.	sie	er	es	**sier**	sie
Gen.	ihrer	seiner	seiner	**sihner**	ihrer
Dat.	ihr	ihm	ihm	**ihme**	ihnen
Akk.	sie	ihn	es	**ihne**	sie

Demonstrativpronomen

	Sing.				Pl.
	F	M	N	**GN**	
Nom.	die	der	das	**dide**	die
Gen.	deren	dessen	dessen	**desseren**	deren
Dat.	der	dem	dem	**diden**	denen
Akk.	die	den	das	**dide**	die

	Sing.				Pl.
	F	M	N	**GN**	
Nom.	diese	dieser	dieses	**diesere**	diese
Gen.	dieser	dieses	dieses	**dieserer**	dieser
Dat.	dieser	diesem	diesem	**dieseren**	diesen
Akk.	diese	diesen	dieses	**diesere**	diese

Weitere Demonstrativpronomen

	Sing. GN				Pl.
	jen-	**solch-**	**d-selbe**	**d-jenige**	(Beispeil: d-jenige)
Nom.	**jenere**	**solchere**	**dideselbe**	**didejenige**	diejenigen
Gen.	**jenerer**	**solcherer**	**diderselbe**	**diderjenige**	derjenigen
Dat.	**jeneren**	**solcheren**	**didenselbe**	**didenjenige**	denjenigen
Akk.	**jenere**	**solchere**	**dideselbe**	**didejenige**	diejenige

Indefinitpronomen

	Sing. GN				Pl. (Beispeil: manch-)
	ein-	jed-	manch-	jemand-	
Nom.	einere	jedere	manchere	jemande	manche
Gen.	einerer	jederer	mancherer	jemanderer	mancher
Dat.	eineren	jederen	mancheren	jemanderen	manchen
Akk.	einere	jedere	manchere	jemande	manche

Ausnahme:

• ›Jemand‹ sowie ›Niemand‹ enden im Nominativ und im Akkusativ mit ›e‹ anstatt ›ere‹. Im Nominativ und im Akkusativ wird außerdem auf das ›e‹ verzichtet, falls das folgende Wort mit einem Vokal beginnt.

Beispiele:

***Jemande** hat seinen Pulli vergessen. **Niemand** ist vergessen worden.*

• Im Nominativ und im Akkusativ wird die Form ›kein Mensch‹ anstatt ›keinere Mensche‹ verwendet, außer man will die Genderneutralität bewusst betonen.

Beispiele:

***Kein** Mensch wird kommen.*

*Ich bin von **keineren** Mensche angesprochen worden.*

Achtung: ›keineren Mensche‹ ist tatsächlich Dativ. Da genderneutrale Pronomen wie das Plural dekliniert werden, endet das genderneutrale Pronom ›keinere‹ im Dativ mit einem ›n‹, also ›keineren‹.

Das Indefinitpronomen ›man‹

Der Begriff ›mensch‹, anstatt ›man‹, der Anfang des 21en Jahrhunderts als genderneutral empfunden wurde, hat sich nicht durchgesetzt. Es wird ›mane‹ anstelle von ›man‹ benutzt. Wenn das folgende Wort mit einem Vokal oder einem ›h‹ beginnt, wird jedoch ›man‹ verwendet.

Beispiel:

***Mane** kann es anders sehen, aber **man** ist schlauer geworden.*

Possessivpronomen

	1. Person	2. Person	3. Person			
			F	M	N	**GN**
Nom.						
(F, Sing.)	meine (Freundin)	deine	ihre	seine	seine	sihne
(M, Sing.)	mein (Freund)	dein	ihr	sein	sein	sihn
(N, Sing.)	mein (Leben)	dein	ihr	sein	sein	sihn
(GN, Sing.)	meinere (Freundere)	deinere	ihrere	seinere	seinere	**sihnere**
(Pl.)	meine (Freunderen)	deine	ihre	seine	seine	sihne
Gen.						
(F, Sing.)	meiner (Freundin)	deiner	ihrer	seiner	seiner	sihner
(M, Sing.)	meines (Freundes)	deines	ihres	seines	seines	sihnes
(N, Sing.)	meines (Lebens)	deines	ihres	seines	seines	sihnes
(GN, Sing.)	meinerer (Freundere)	deinerer	ihrerer	seinerer	seinerer	**sihnerer**
(Pl.)	meiner (Freunderen)	deiner	ihrer	seiner	seiner	sihner
Dat.						
(F, Sing.)	meiner (Freundin)	deiner	ihrer	seiner	seiner	sihner
(M, Sing.)	meinem (Freund)	deinem	ihrem	seinem	seinem	sihnem
(N, Sing.)	deinem (Leben)	deinem	ihrem	seinem	seinem	sihnem
(GN, Sing.)	meineren (Freundere)	deineren	ihreren	seineren	seineren	**sihneren**
(Pl.)	meinen (Freunderen)	deinen	ihren	seinen	seinen	sihnen
Akk.						
(F, Sing.)	meine (Freundin)	deine	ihre	seine	seine	sihne
(M, Sing.)	meinen (Freund)	deinen	ihren	seinen	seinen	sihnen
(N, Sing.)	mein (Leben)	dein	ihr	sein	sein	sihn
(GN, Sing.)	meinere (Freundere)	deinere	ihrere	seinere	seinere	**sihnere**
(Pl.)	meine (Freunderen)	deine	ihre	seine	seine	sihne

1-3. Substantive

Die Endung ›e‹ kennzeichnet die Genderneutralität eines Substantivs.

Im Plural wird dafür die Endung ›eren‹ verwendet – oder ›en‹, falls das männliche Substantiv mit ›**r**‹ endet.

	Sing.	Pl.	Sing.	Pl.
F	die Fetischistin	die Fetischistinnen	die Schusterin	die Schusterinnen
M	der Fetischist	die Fetischisten	der Schuste**r**	die Schuster
GN	**dide Fetischiste**	**die Fetischisteren**	**dide Schustere**	**die Schusteren**

Genderneutrale Substantive werden nicht dekliniert.

Beispiel:

Die Fähigkeiten dieserer ***Hütere*** *sollen bemerkenswert sein.*

Ausnahme: dide Gästere

Obwohl die korrekte genderneutrale Pluralform von ›diden Gästere‹, ›die Gästeren‹ sein sollte, wird die konventionelle Form ›die Gäste‹ verwendet.

Beispiel:

Einere Gästere unter den Gästen wird noch erwartet.

Substantivierte Adjektive werden in der genderneutralen Form im Singular mit ›e‹ gekennzeichnet. Es gibt dafür keine genderneutrale Pluralform.

	Sing.			
F	die Jugendliche	die Geldreiche	die Einzelne	**die Tätende**
M	der Jugendliche	der Geldreiche	der Einzelne	**der Tätende**
GN	**dide Jugendliche**	**dide Geldreiche**	**dide Einzelne**	**dide Tätende***
	Pl.			
	die Jugendlichen	die Geldreichen	die Einzelnen	die Tätenden

** Das Wort ›Tätende‹ ist ein neues Wort und wird in Abschnitt 3.4 erläutert*

Vorsicht! Substantivierte Adjektive im Singular werden weiterhin in ihrer genderneutralen Form nicht dekliniert.

Beispiele:
Ich sehe mit den Augen einerer ***Jugendliche****.*
Ich möchte dieses Buch mit eineren ***Erwachsene*** *lesen.*
Die Initiative jederer ***Einzelne*** *ist willkommen.*

Abweichung: die moderne Grammatik

Junge Menschen (vor allem Großstädter) nutzen im Plural für genderneutrale Substantive die Endung ›s‹ anstatt ›eren‹. Diese Gewohnheit kommt aus dem Globischen, da der Plural hier stets mit ›s‹ gekennzeichnet wird, und gilt als modern.

Beispiele:
Wir haben viele ***Entwicklers*** *hier.*
(Anstatt: Wir haben viele ***Entwickleren*** *hier.)*

1-4. Adjektive

Auch die Deklination des Adjektivs eines genderneutralen Substantivs folgt dem Plural

	Sing.			Pl.	
	F	M	**GN**	F/M	**GN** ***(modern)***
Nom.	die nette Freundin	der nette Freund	dide **netten** Freundere	die netten Freunde	die **netten** Freunderen *(die **netten** Freunders)*
	eine nette Freundin	ein netter Freund	einere **nette** Freundere	nette Freunde	**nette** Freunderen *(**nette** Freunders)*
Gen.	der netten Freundin	des netten Freundes	dider **netten** Freundere	der netten Freunde	der **netten** Freunderen *(der **netten** Freunders)*
	einer netten Freundin	eines netten Freundes	einerer **netter** Freundere	netter Freunde	**netter** Freunderen *(**netter** Freunders)*
Dat.	der netten Freundin	dem netten Freund	diden **netten** Freundere	den netten Freunden	den **netten** Freunderen *(den **netten** Freunders)*
	einer netten Freundin	einem netten Freund	eineren **netten** Freundere	netten Freunden	**netten** Freunderen *(**netten** Freunders)*
Akk.	die nette Freundin	den netten Freund	dide **netten** Freundere	die netten Freunde	die **netten** Freunderen *(die **netten** Freunders)*
	eine nette Freundin	einen netten Freund	einere **nette** Freundere	nette Freunde	**nette** Freunderen *(**nette** Freunders)*

2. Globisch

Globisch wird für die interfonische Kommunikation verwendet. Diese Sprache benötigt keine Artikel. Einige globische Worte haben sich in der deutschen Sprache eingenistet, ebenso Elemente der globischen Grammatik.

2-1. Merkmale des Globischen

2-1.1. Adjektiv und Substantiv Plural

Ein besonderes Merkmal des Globischen ist, dass es keinen Unterschied zwischen dem **Adjektiv** und dem **Substantiv Plural** gibt und beide stets **groß geschrieben** werden. Einige neue deutsche Worte folgen demselben Prinzip.

Beispiele

Robin ist ***Nomads****.* ›Nomads‹ ist ein Adjektiv.

Es kommen viele ***Nomads*** *heute Abend .* ›Nomads‹ ist ein Substantiv Plural.

2.1.2. Singular und Plural

Der Singular wird oft im Globischen mit ›i‹ signalisiert, der Plural mit ›s‹. Das betrifft auch einige neue deutsche Worte in der modernen Sprache.

Beispiel:

Diesere Androidi ist weniger entwickelt als andere Androids.

2.1.3. Genitiv Singular

Einige neue Worte werden im Genitiv Singular ohne ›s‹ am Ende geschrieben. Das gilt auch für wenige andere Worte, wie es aktuell schon gängig ist. Vor allem junge Menschen, die gern Elemente der globischen Grammatik in ihrer Sprache verwenden, tendieren dazu, das ›s‹ bei neuen Worten im Genitiv wegzulassen. Natürlich bekommen auch genderneutrale Substantive kein ›s‹ im Genitiv, da diese nicht dekliniert werden.

Beispiele.

Die Geschwindigkeit des ***S-Mag*** *ist rasant.*

Die Kraft des ***Ego*** *ist nicht zu unterachten.*

Das besondere Ohr einerer talentierter ***Musikere****.*

2-2. Gängige globische Worte, die ins Deutsche (DE) eingeflossen sind

	Sing.	Pl.	Sing.	Pl.
Globisch	**Nomadi**	**Nomads**	**Androidi**	**Androids**
DE, F	die Nomadin	die Nomadinnen	die Androida*	die Schuster
DE, M	der Nomade	die Nomaden	der Androide	die Androiden
DE, GN	dide Nomadere	die Nomaderen	dide Androidere	die Androideren
DE, GN, modern	dide **Nomadi**	die **Nomads**	dide **Androidi**	die **Androids**

**Die männliche Bezeichnung ›Gynoid‹ für eine weibliche Androide hat sich nicht durchgesetzt und wurde durch ›Androida‹ ersetzt.*

Locali und Locaol

	Sing.	Pl.
Globisch	**Locaol**	**Locaols**
DE, F	die Lokol	die Lokols
DE, M	der Lokol	die Lokols
DE, GN	dide Lokol	die Lokols

	Sing.	Pl.
Globisch	**Locali**	**Localis**
DE, N	das Lokali	die Lokalis

Das Wort ›Lokol‹ hat lediglich eine genderneutrale Form. Femininum und Maskulinum werden durch den bestehenden Artikel betont. Auch hier ist das Substantiv gleich wie das Adjektiv und wird stets großgeschrieben.

Beispiele:

Ich bin hier Lokols. Ich bin eine Lokol.

Die Lokols haben das Treffen organisiert.

2-3. Substantivkomposita

Substantivkomposita werden durch das Verwenden der globischen Grammatik in der modernen Sprache beeinflusst.

Beispiel:

Die Androidskonvention ODER die Androids-Konvention

(Anstatt: Die Androiderenkonvention)

3. Weitere Besonderheiten der Sprache der Zukunft

3-1. Foniesbezeichnungen

Foniesbezeichnungen kommen aus dem Globischen und sind genderneutral. Ob feminin oder maskulin wird durch den Artikel deutlich.

	Sing.	Pl.
Globisch	**Francofon**	**Locaols**
DE, F	die Francofon	die Francofons
DE, M	der Francofon	die Francofons
DE, GN	dide Francofons	die Francofons

Wie üblich im Globischen ist der Substantiv Plural gleich dem Adjektiv und wird stets großgeschrieben.

Beispiel:

Ich bin Francofons und kenne viele andere Francofons.

3-2. Einwohnerbezeichnung

Das ›s‹, das in der globischen Grammatik für das Plural typisch ist, wird auch für die Pluralform einer Einwohnerbezeichnung verwendet.

Beispiel:

Singular: dide Berlinere (dide Berlini), Plural: die Berliners

3-3. Mensch

Der Begriff ›Mensch‹ hat nur eine genderneutrale Form, wenn es sich um eine Person handelt.

Dide **Mensche,** einere **Mensche** -> ein bestimmter Mensch

Der Mensch -> alle Menschen

Es gibt keine genderneutrale Form im Plural für das Wort Mensch.

Beispiele:

*Das Leben mit eineren **Mensche** macht Freude.*

*Der **Mensch** ist ein Säugetier.*

*Die **Menschen**, die hier wohnen sind freundlich.*

3-4. Täter und Opfer

Die Bezeichnung von Tätern und Opfern unterscheidet sich je nach Zeitpunkt der Tat und dem Heilungszustand der Beteiligten.

	1		2		3
	Sing.		Sing.		Sing.
F	die Täterin	die Opferin	**die Tätende**	**die Opfende**	**die Geheilte**
M	der Täter	der Opfer	**der Tätende**	**der Opfende**	**der Geheilte**
GN	**dide Tätere**	**dide Opfere**	**dide Tätende**	**dide Opfende**	**dide Geheilte**
	Pl. *(modern)*		Pl.		Pl.
	die Täteren ***(die Täters)***	**die Opferen** ***(die Opfers)***	**die Tätenden**	**die Opfenden**	**die Geheilten**

1: Zum Zeitpunkt der Tat oder um die Tat zu beschreiben

2: Nach der Tat, bzw. während der Heilung

3: Wenn die Heilung fortgeschritten ist, dann gilt das gleiche Begriff sowohl für Täter als auch für Opfer.

3-5. Mädchen

Manche Worte werden nicht mehr verwendet, u.a. das Wort ›Mädchen‹. Anstelle von ›das Mädchen‹ wird das Wort ›die Maid‹ verwendet.

3-6. Siezen

Es wird nicht mehr gesiezt.

Auch Großbuchstaben für 'du' oder 'deine' werden nicht mehr verwendet.

GLOSSAR

3F, das: Fukushima Foundation Forum
Ende der 20er haben sich eine Gruppe von Wissenschaftlern aus aller Welt zusammengefunden, um Lösungen für die verheerende Situation in Fukushima zu suchen. Sie haben dazu das ›Fukushima Foundation Forum‹ gegründet. Die Wissenschaftler entschieden miteinander ohne hierarchische Strukturen und ohne jegliche Subventionen zu arbeiten und zu kooperieren. Ihre Ergebnisse erwiesen sich als besonders wirkungsvoll. Deshalb wurde Jahrzehnte später das erste interfonische Forum, welches sich vorwiegend dem Reinigen radioaktiv verseuchter Gegenden widmet, nach ihrem Namen benannt.
ABC, der: Allzweckbodychip
Der ABC wurde in der rechten Hand implantiert. Mittels RFID-Chip wurde eine kontaktlose Anmeldung, eine Bezahlung, ein Verifizierungsprozess und weitere Service-Bereiche ermöglicht wie zum Beispiel die Haustür zu öffnen oder den Computer zu entsperren.
Algie, die (Pl.: Algies)
Kleiner, wendiger Transporter, mit Algenenergie betrieben. Die Algen wachsen im Korpus des Fahrzeugs und produzieren direkt am Ort den benötigten Fahrstrom. Täglich kann eine Algie bis zu 50 Kilometer fahren. Die Karosserie einer Algie wird nicht aus Metall, sondern aus transparentem Holz gebaut. Damit die dünnen Holzscheiben durchsichtig werden, wird ihnen das zellstoffbefestigende Lignin entzogen. Als Ergebnis bekommt man eine umweltfreundliche Alternative zu Glas, mit 90% Lichtdurchlässigkeit fast transparent und doppelt so stark wie Plexiglas.
Androidere, dide (Pl.: Androideren, Androids)
(Globisch / Glo., Sg.: Androidi, Pl.: Androids)
Biohybrider Maschinenmensch. Der Begriff ›Android‹, auch im Plural ohne ›s‹ geschrieben, wird als abwertend gesehen und nur von denjenigen benutzt, die Androiden ablehnen.

Biohybrid, das (Pl.: Biohybrids) (Glo., Sg.: Biohybridi, Pl.: Biohybrids)
Maschine, die teils organisch und teils künstlich ist.
Codere, dide (Pl.: Coders) (Glo., Sg.: Coderi, Pl.: Coders)
Entwickler und Programmierer.
Farsifonie, die (Glo., Sg.: Farsifoni)
Früher als Iran bekannt und dort, wo Farsi nativ gesprochen wird.
Fingerprint, der (Pl.: Fingerprints) (Glo., Sg.: Print, Pl.: Prints)
Fingerabdruck.
Fonie, die (Pl.: Fonies) (Glo., Sg.: Foni, Pl.: Fonies)
Sprachregion.
Francofon, dide (Pl.: Francofons)
(Glo., Sg.: Francofon, Pl.: Francofons)
Gebürtiger der Francofonie.
Francofonie, dide (Globisch: Francofoni)
Regionen, wo Französisch nativ gesprochen wird.
Frimuse, die (Pl.: Frimusen)
Vegane Frikadelle aus Hirse, Kichererbsenmehl und Gemüse. Anstatt Hirse können andere Getreide benutzt werden wie Buchweizen oder Amaranth. ›Frimousse‹ bedeutet auf Französisch nettes, süßes Gesicht.
Gemeinschaftlere, dide (Pl.: Gemeinschaftleren, Gemeinschaftlers)
Mensch, der in einer Gemeinschaft wohnt.
Helison, der (Pl.: Helisonnen) (Glo., Sg.: Helisuni, Pl.: Helisunis)
Extrem wendiger und schneller Hubschrauber, mit Sonnenenergie und Wasserstoff betrieben.
Holofon, das (Pl.: Holofons)
Telefon, das Hologramme versendet und empfängt.
HPS, das: Holographisches Positionierungssystem
Das Gerät kann auch als Kommunikationsinterface benutzt werden.
IAF, das: Interfonisches Archiv Forum
(Glo.: IAF Interfonic Archiv Forum)
IFK, das: Interfonisches Forum für Kommunikation
(Glb: IFC Interfonic Forum of Communication)

IFKI, das: Interfonisches Forum für Künstliche Intelligenz
(Glo.: IFAI Interfonic Forum for Artificial Intelligence)
interfonisch, adj.: in alle Sprachregionen weltweit.
IWF, das Interfonisches Währungsforum
(Glo.: IMF International Monetary Forum)
Jelliperle, die (Pl.: Jelliperlen oder Jellies)
Weiche Kugeln, die mit Mikrolautsprechern ausgestattet sind und sich sowohl mit ihrem Klang als auch ihrer Farbe an die Stimmung eines Menschen anpassen. Sie können auch in Farben und Klang so eingestellt werden, dass sie eine therapeutische Wirkung erzielen.
Kiezlokali, das (Pl.: Kiezlokalis)
Zusammensetzung mehrere Lokalis. Das E-Berglokali ist ein Kiezlokali. Dazu gehören fünf Sublokalis: das Herzlokali, das Datasub, die Tipidepedenz, das SMAK und das Verdilokali.
KMR, der: Kybergel-Mikrorechner
Ein Kommunikationsinterface, das die Übersetzung von Gedanken in Sprache ermöglicht. Der Absender denkt und der Empfänger hört seine virtuell erzeugte Stimme.
Kontaktlose, das
Das Verfahren, das kontaktlose Handlungen ermöglicht.
Kybergel, das
Speicherflüssigkeit, die für Biohybride verwendet wird.
Kyberhaut, die
Hautmembran, mit Kyberplasten versehen. Typisch für Biohybride.
Kyberkern, der (Pl.: Kyberkerne):
Zentrales Nervensystem eines Androiden.
Androiden verfügen über fünf Kyberkerne: der Kopfkern, der Herzkern, der Bauchkern, der Pelviskern und der Gliedmaßenkern.
Kyberplast, der (Pl.: Kyberplasten)
Ähnlich wie ein Chloroplast werden Kyberplasten für Biohybride eingesetzt, um Solarenergie zu gewinnen. Die Farbpigmente, die sich in den Kyberplasten befinden und die Energie der Sonne empfangen, haben eine ähnliche molekulare Struktur wie Chlorophyll, mit dem

Zentralatom Mangan statt Magnesium. Die grüne Farbe der Pigmente wird jedoch so neutralisiert, dass die Haut von Androiden nicht grün, sondern eher hell und sogar ein wenig transluzid ist.

klumpern, verb., jugendliche Sprache

Sich in einer Gruppe zum Kuscheln zusammenfinden oder einfach einander nah zu sein.

Klumpern, das, jugendliche Sprache

Das Substantiv beschreibt die Tatsache, dass man miteinander klumpt.

Lieferhund, der (Pl.: Lieferhunde)

Imposanter langsamer Transporter, bis zu zehn Meter hoch, der den AT–AT Walkers (All Terrain Armored Transport) von Star Wars ähneln. Sie werden mit der Sonnenenergie betrieben, die sie teilweise selber produzieren oder in ihren Akkus transportieren. Die Akkus werden an Sonnenbandstationen geladen. Das Sonnenband ist ein dickes Stromkabel, das um den gesamten Globus gespannt ist und Sonnenenergie an verschiedenen Orten verteilt. Die Sonnenfarmen, die das Sonnenband mit Energie beliefern, befinden sich in afrikanischen, amerikanischen und asiatischen Wüsten. Deshalb wird, egal wo die Sonne steht, konstant Energie produziert, und diese in dem Sonnenband geleitet.

Lokalforum, das (Pl.: Lokalforen)

(Glo., Sg.: Localforum, Pl.: Localforums)

Virtuelles Forum eines Lokali.

Lokali, das (Pl.: Lokalis) (Glo., Sg.: Locali, Pl.: Localis)

Gemeinschaftswohnort.

Lokol, dide (Pl.: Lokols) (Glo., Sg.: Locaol, Pl.: Locaols)

Bewohner eines Lokali.

Magsystem, das (Pl.: Mags) oder das Mag

Berliner Nahverkehrsystem. In Berlin wurde in den 40ern des 21. Jahrhunderts ein magnetisches Bahnstreckensystem über der ganze Stadt errichtet. Etwa 15 Meter über dem Boden angebracht, befindet sich ein flussähnliches Gitternetz, das an allen seinen gewundenen Knoten mit Rampen ausgestattet ist: das U-Magsystem. Einige Meter über diesem langsameren U-Magsystem befindet sich ein weiteres

Gitternetz in Schachbrettmuster, für den Schnellverkehr konzipiert: das S-Magsystem.
Das S-Magsystem und das U-Magsystem sind durch Verbindungsschleifen verbunden. Kurz vor der Ankunft einer Magkabine in die Schnellbahn des S-Magsystems wird diese luftdicht verschlossen. Dies erlaubt eine rasante Geschwindigkeit. Dafür wird den Gästen in den unteren lokalen Bahnen des U-Mags freigestellt, ob sie mit offenem oder geschlossenem Verdeck fahren.
Die Mags fahren kontinuierlich Tag und Nacht in Schleifen so wie die Pater Noster Aufzüge des 19. Jahrhunderts. Länger als eine Minute braucht man so gut wie nie zu warten.
Magkabine oder **Mag**, die (Pl.: Mags)
Eiförmige Kabine des Magsystems.
Mentri, das (Pl.: Mentris) (Glo., Sg.: Mentri, Pl.: Mentris)
Spirituelle Praxis.
Möchtere, dide (Pl.: Möchteren oder Möchters)
Jemand, der sich freiwillig für etwas einsetzen möchte, oder auch jemand, der etwas bestellt – natürlich ohne Geldtransaktion. Wenn zum Beispiel jemand in einem Verkehrsforum einen Sonnenscoop reservieren möchte, ist er ›einere Möchtere‹.
Nippofonie, die (Glo., Sg.: Nippofoni)
Früher bekannt als Japan und dort, wo Japanisch nativ gesprochen wird.
Notgewalt, die
Da nach der Transition körperliche Gewalt nur noch äußerst selten stattfindet, wurde der Begriff ›Notgewalt‹ eingeführt, um Fälle von notbedingter Gewalt zu beschreiben. Es geht um Gewalt, die aus der Not heraus verübt wird, um einer anderen Person zu helfen – in einer Situation, die nicht anders hätte gelöst werden können. Zum Beispiel: eine Person ist kurz davor, auf eine Schlange zu treten, und wird mit starkem Ziehen zu Boden gezerrt. Das ist Notgewalt.
No-Go-Territory, das (Pl.: No-Go-Territories, No-Gos)
(Glo., Sg.: Nogo, Pl.: Nogos)
Schutzgebiet, wo Urbewohner leben, und wo man nicht hingeht.

Nomadere, dide (Pl.: Nomaderen, Nomads)
(Glo., Sg.: Nomadi, Pl.: Nomads)
Jugendliche werden dazu ermuntert, ein oder mehrere Jahre die Welt zu Fuß zu entdecken. Fast alle Jugendlichen nehmen dieses Angebot wahr und leben eine Zeitlang als Nomaden. Üblicherweise gehen sie los, wenn sie zwischen 14 und 18 Jahre alt sind. Der nomadische Weg ist eine wichtige Lernphase im Leben und auch ein Ritual, welches die Transition zwischen Kindheit und Erwachsenen-Sein zelebriert. Manche Menschen bleiben ein Leben lang Nomaden, vor allem Mystiker.
Nomadischer Weg, der
Die Lebensphase während Nomaden unterwegs sind. Junge Leute wachsen mit der Gewissheit auf, dass sie sich eines Tages auf den nomadischen Weg machen können.
No-Stay-Territories, das (Pl.: No-Go-Stays, No-Stays)
(Glo., Sg.: Nostay Pl.: Nostays)
Schutzgebiet, auf dem nichts Festes gebaut wird. Es steht jedem frei, dort hinzugehen oder sogar dort eine Zeitlang in einem Zelt oder in einer kleinen Hütte ohne Fundament zu verweilen.
Permabeet, das (Pl.: Permabeete)
Permakulturbeet.
Permafeld, das (Pl.: Permafelder)
Permakulturfeld.
Permagarten, der (Pl.: Permagärten)
Permakulturgarten.
(sich) **rufern**, verb: sich zu etwas gerufen fühlen und sich dafür freiwillig melden.
Sannyasinere, dide (Pl.: Sannyasineren)
Sannyasinii, die (Pl.: Sannyasiniis)
Sannyasin, der (Pl.: Sannyasins)
(Glo., Sg.: Sannyasi, Pl.: Sannyasins)
San kommt von ›Sat‹, die unverwechselbare Wahrheit, und ›Nyasa‹ bedeutet ›sich platzieren‹. Ein Sannyasin (oder Sannyasi) ist also ein

Mensch, der sich für die unverwechselbare Wahrheit entschieden hat. Sannyas ist ein Daseinszustand, in dem die materielle Welt hinter sich gelassen wird. In einer geldfreien Gesellschaft ist so eine Entscheidung ein wenig relativiert. Unsere Didis und Dadas sind aber alle über 70 und haben lange vor dem Ende der Transition den Sannyas-Eid abgelegt und das safranfarbene Gewand angenommen.
schaffen, verb.: das Verb ›schaffen‹ wird anstatt ›arbeiten‹ benutzt, da der Begriff ›arbeiten‹ mit Pflicht assoziiert wird und in einer geldfreien Zukunft nicht mehr zeitgemäß wäre.
Schaffen, das
Womit sich jemand beschäftigt, ein Projekt oder ein freiwilliger Dienst.
Schwarm, der
Das Internet dieser Zeit.
SEIF, das: Space Experience Interfonic Forum
Sonnenscoop, der (Pl.: Sonnenscoops)
Sonnenbetriebener Transporter, der bis zu 20 Menschen befördern kann.
Speedtube, der (Pl.: Speedtubes)
Tunnel, der unter einem Meer oder einem größeren See gebaut wird und mit sehr hoher Geschwindigkeit Passagiere oder Güter transportiert. Speedtubes werden hauptsächlich mit Wasserstoff betrieben.
Suahelifon, die (Pl.: Suahelifons) (Glo., Sg.: Suahelifon)
Nativ Suaheli Sprechende. (U.a. aus dem früher genannten Kenia und Tansania)
Sublokali oder **Sub**, das (Pl.: Sublokalis oder Subs)
(Glo., Sg.: Sub, Pl.: Subs)
Unterteilung eines Lokali. In Großstädten üblich.
Suomifonie, die (Glo., Sg.: Suomifoni)
Früher als Finnland gekannt und dort, wo Finnisch nativ gesprochen wird.
Willkommensjahr, das (Pl.: Willkommensjahre)
Periode, in der sich ein neuer Bewohner einer Gemeinschaft annähert, in Begleitung einer Person, die bereits länger dort lebt.

INHALT

Cover-Zeichung: Jim Avignon und Mercedes Kordasch
Cover-Design und Foto: Stefan Marks
Druckerei: CPI Print Unlimited

Geschrieben in Thumersbach am Zeller See, Österreich,
in Oberiberg, Schweiz
und in Berlin, Deutschland

saruj@calvez.info
www.bilbo.calvez.info